증편 한국구비문학대계

8-22

부산광역시 ③-중부산권

이 저서는 2014년 대한민국 교육부와 한국학중앙연구원(한국학진흥사업단)의 구술자료 아카이브 구축사업의 지원을 받아 수행된 연구임(AKS-2014-OHA-1240001)

증편 한국구비문학대계

8-22
부산광역시 ③-중부산권

박경수 · 정규식 · 서정매

한국학중앙연구원

역락

발간사

　민간의 이야기와 백성들의 노래는 민족의 문화적 자산이다. 삶의 현장에서 이러한 이야기와 노래를 창작하고 음미해 온 것은, 어떠한 권력이나 제도도, 넉넉한 금전적 자원도, 확실한 유통 체계도 가지지 못한 평범한 사람들이었다. 이야기와 노래들은 각각의 삶의 현장에서 공동체의 경험에 부합하였으며, 사람들의 정신과 기억 속에 각인되었다. 문자라는 기록 매체를 사용하지 못하였지만, 그 이야기와 노래가 이처럼 면면히 전승될 수 있었던 것은 그것이 바로 우리 민족의 유전형질의 일부분이 되었기 때문이며, 결국 이러한 이야기와 노래가 우리 민족을 하나의 공동체로 묶어 주고 있는 것이다.

　사회와 매체 환경의 급격한 변화 가운데서 이러한 민족 공동체의 DNA는 날로 희석되어 가고 있다. 사랑방의 이야기들은 대중매체의 내러티브로 대체되어 버렸고, 생활의 현장에서 구가되던 민요들은 기계화에 밀려버리고 말았다. 기억에만 의존하여 구전되던 이야기와 노래는 점차 잊히고 있다. 한국학중앙연구원이 1970년대 말에 개원함과 동시에, 시급하고도 중요한 연구사업으로 한국구비문학대계의 편찬 사업을 채택한 것은 바로 이러한 시대적 상황에 대한 우려와 잊혀 가는 민족적 자산에 대한 안타까움 때문이었다.

　당시 전국의 거의 모든 구비문학 연구자들이 참여하였는데, 어려운 조사 환경에서도 80여 권의 자료집과 3권의 분류집을 출판한 것은 그들의 헌신적 활동에 기인한다. 당초 10년을 계획하고 추진하였으나 여러 사정으로 5년간만 추진되었으며, 결과적으로 한반도 남쪽의 삼분의 일에 해당

하는 부분만 조사하게 되었다. 그럼에도 불구하고 한국구비문학대계는 주관기관인 한국학중앙연구원의 대표 사업으로 각광 받았을 뿐 아니라, 해방 이후 한국의 국가적 문화 사업의 하나로 꼽히게 되었다.

21세기에 들어서면서 한국학중앙연구원에서는 미완성인 채로 남아 있는 구비문학대계의 마무리를 더 이상 미룰 수 없다는 생각으로 이를 증보하고 개정할 계획을 세웠다. 20년 전의 첫 조사 때보다 환경이 더 나빠졌고, 이야기와 노래를 기억하고 있는 제보자들이 점점 줄어들고 있었던 것이다. 때마침 한국학 진흥에 대한 한국 정부의 의지와 맞물려 구비문학대계의 개정·증보사업이 출범하게 되었다.

이번 조사사업에서도 전국의 구비문학 연구자들이 거의 다 참여하여 충분하지 않은 재정적 여건에서도 충실히 조사연구에 임해 주었다. 전국 각지의 제보자들은 우리의 취지에 동의하여 최선으로 조사에 응해 주었다. 그 결과로 조사사업의 결과물은 '구비누리'라는 이름의 데이터베이스에 탑재가 되었고, 또 조사자료의 텍스트와 음성 및 동영상까지 탑재 즉시 온라인으로 접근할 수 있는 시스템을 갖추었다. 특히 조사 단계부터 모든 과정을 디지털화함으로써 외국의 관련 학자와 기관의 선망의 대상이 되고 있다.

이제 조사사업의 결과물을 이처럼 책으로도 출판하게 된다. 당연히 1980년대의 일차 조사사업을 이어받음으로써 한편으로는 선배 연구자들의 업적을 계승하고, 한편으로는 민족문화사적으로 지고 있던 빚을 갚게 된 것이다. 이 사업의 연구책임자로서 현장조사단의 수고와 제보자의 고귀한 뜻에 감사를 표하지 않을 수 없다. 아울러 출판 기획과 편집을 담당한 한국학중앙연구원의 디지털편찬팀과 출판을 기꺼이 맡아준 역락출판사에 감사를 드린다.

2013년 10월 4일
한국구비문학대계 개정·증보사업 연구책임자 김병선

책머리에

　구비문학조사는 늦었다고 생각하는 지금이 가장 빠른 때이다. 왜냐하면 자료의 전승 환경이 나날이 달라지고 있기 때문이다. 전승 환경이 훨씬 좋은 시기에 구비문학 자료를 진작 조사하지 못한 것이 안타깝게 여겨질수록, 지금 바로 현지조사에 착수하는 것이 최상의 대안이자 최선의 실천이다. 실제로 30여 년 전 제1차 한국구비문학대계 사업을 하면서 더 이른 시기에 조사를 했더라면 하는 아쉬움이 컸는데, 이번에 개정·증보를 위한 2차 현장조사를 다시 시작하면서 아직도 늦지 않았다는 사실을 실감했다.

　구비문학 자료는 구비문학 연구와 함께 간다. 자료의 양과 질이 연구의 수준을 결정하고 연구수준에 따라 자료조사의 과학성이 결정되기 때문이다. 실제로 1차 조사사업 결과로 구비문학 연구가 눈에 띄게 성장했고, 그에 따라 조사방법도 크게 발전되었다. 그러나 연구의 수명과 유용성은 서로 반비례 관계를 이룬다. 구비문학 연구의 수명은 짧고 갈수록 빛이 바래지만, 자료의 수명은 매우 길 뿐 아니라 갈수록 그 가치는 더 빛난다. 그러므로 연구활동 못지않게 자료를 수집하고 보고하는 일이 긴요하다.

　교육부에서 구비문학조사 2차 사업을 새로 시작한 것은 구비문학이 문학작품이자 전승지식으로서 귀중한 문화유산일 뿐 아니라, 미래의 문화산업 자원이라는 사실을 실감한 까닭이다. 따라서 학계뿐만 아니라 문화계의 폭넓은 구비문학 자료 활용을 위하여 조사와 보고 방법도 인터넷 체제와 디지털 방식에 맞게 전환하였다. 조사환경은 많이 나빠졌지만 조사보고는 더 바람직하게 체계화함으로써 누구든지 쉽게 접속하여 이용할 수 있는 데이터베이스를 구축했다. 그러느라 조사결과를 보고서로 간행하는 일은 상대적으로 늦어지게 되었다.

2차 조사는 1차 사업에서 조사되지 않은 시군지역과 교포들이 거주하는 외국지역까지 포함하는 중장기 계획(2008~2018년)으로 진행되고 있다. 한국학중앙연구원 어문생활연구소와 안동대학교 민속학연구소가 공동으로 조사사업을 추진하되, 현장조사 및 보고 작업은 민속학연구소에서 담당하고 데이터베이스 구축 작업은 한국학중앙연구원에서 담당한다. 가장 중요한 일은 현장에서 발품 팔며 땀내 나는 조사활동을 벌인 조사자들의 몫이다. 마을에서 주민들과 날밤을 새우면서 자료를 조사하고 채록하여 보고서를 작성한 조사위원들과 조사원 여러분들의 수고를 기리지 않을 수 없다. 조사의 중요성을 알아차리고 적극 협력해 준 이야기꾼과 소리꾼 여러분께도 고마운 말씀을 올린다.

구비문학 조사를 전국적으로 실시하여 체계적으로 갈무리하고 방대한 분량으로 보고서를 간행한 업적은 아시아에서 유일하며 세계적으로도 그 보기를 찾기 힘든 일이다. 특히 2차 사업결과는 '구비누리'로 채록한 자료와 함께 원음도 청취할 수 있는 데이터베이스를 구축해서 세계에서 처음으로 인터넷과 스마트폰으로 이용할 수 있는 디지털 체계를 마련했다. '구슬이 서 말이라도 꿰어야 보배'인 것처럼, 아무리 귀한 자료를 모아두어도 이용하지 않으면 소용이 없다. 그러므로 이 보고서가 새로운 상상력과 문화적 창조력을 발휘하는 문화자산으로 널리 활용되기를 바란다. 한류의 신바람을 부추기는 노래방이자, 문화창조의 발상을 제공하는 이야기 주머니가 바로 한국구비문학대계이다.

2013년 10월 4일

한국구비문학대계 개정·증보사업 현장조사단장 임재해

한국구비문학대계 개정·증보사업 참여자 (참여자 명단은 가나다 순)

연구책임자

    김병선

공동연구원

    강등학   강진옥   김익두   김헌선   나경수   박경수   박경신   송진한   신동흔
    이건식   이경엽   이인경   이창식   임재해   임철호   임치균   조현설   천혜숙
    허남춘   황인덕   황루시

전임연구원

    이균옥   최원오

박사급연구원

    강정식   권은영   김구한   김기옥   김월덕   김형근   노영근   서해숙   유명희
    이영식   이윤선   장노현   정규식   조정현   최명환   최자운   한미옥

연구보조원

    강소전   구미진   김보라   김성식   김영선   김옥숙   김유경   김은희   김자현
    김혜정   마소연   박동철   박양리   박은영   박지희   박현숙   박혜영   백계현
    백은철   변남섭   서은경   서정매   송기태   송정희   시지은   신정아   오세란
    오소현   오정아   유태웅   육은섭   이선호   이옥희   이원영   이홍우   이화영
    임세경   임 주   장호순   정다혜   정유원   정혜란   진 주   최수정   편성철
    편해문   한유진   허정주   황영태   황진현

주관 연구기관 : 한국학중앙연구원 어문생활사연구소
공동 연구기관 : 안동대학교 민속학연구소

일러두기

- 『증편 한국구비문학대계』는 한국학중앙연구원과 안동대학교에서 3단계 10개년 계획으로 진행하는 "한국구비문학대계 개정·증보사업"의 조사 보고서이다.

- 『증편 한국구비문학대계』는 시군별 조사자료를 각각 별권으로 간행하는 것을 원칙으로 한다. 서울 및 경기는 1-, 강원은 2-, 충북은 3-, 충남은 4-, 전북은 5-, 전남은 6-, 경북은 7-, 경남은 8-, 제주는 9-으로 고유번호를 정하고, -선 다음에는 1980년대 출판된 『한국구비문학대계』의 지역 번호를 이어서 일련번호를 붙인다. 이에 따라 『증편 한국구비문학대계』는 서울 및 경기는 1-10, 강원은 2-10, 충북은 3-5, 충남은 4-6, 전북은 5-8, 전남은 6-13, 경북은 7-19, 경남은 8-15, 제주는 9-4권부터 시작한다.

- 각 권 서두에는 시군 개관을 수록해서, 해당 시·군의 역사적 유래, 사회·문화적 상황, 민속 및 구비 문학상의 특징 등을 제시한다.

- 조사마을에 대한 설명은 읍면동 별로 모아서 가나다 순으로 수록한다. 행정상의 위치, 조사일시, 조사자 등을 밝힌 후, 마을의 역사적 유래, 사회·문화적 상황, 민속 및 구비문학상의 특징 등을 중심으로 설명하고, 마을 전경 사진을 첨부한다.

- 제보자에 관한 설명은 읍면동 단위로 모아서 가나다 순으로 수록한다. 각 제보자의 성별, 태어난 해, 주소지, 제보일시, 조사자 등을 밝힌 후, 생애와 직업, 성격, 태도 등을 중심으로 서술하고, 제공 자료 목록과 사진을 함께 제시한다.

■ 조사자료는 읍면동 단위로 모은 후 설화(FOT), 현대 구전설화(MPN), 민요(FOS), 근현대 구전민요(MFS), 무가(SRS), 기타(ETC) 순으로 수록한다. 각 조사자료는 제목, 자료코드, 조사장소, 조사일시, 조사자, 제보자, 구연상황, 줄거리(설화일 경우) 등을 먼저 밝히고, 본문을 제시한다. 자료코드는 대지역 번호, 소지역 번호, 자료 종류, 조사 연월일, 조사자 영문 이니셜, 제보자 영문 이니셜, 일련번호 등을 '_'로 구분하여 순서대로 나열한다.

■ 자료 본문은 방언을 그대로 표기하되, 어려운 어휘나 구절은 ( ) 안에 풀이말을 넣고 복잡한 설명이 필요할 경우는 각주로 처리한다. 한자 병기나 조사자와 청중의 말 등도 ( ) 안에 기록한다.

■ 구연이 시작된 다음에 일어난 상황 변화, 제보자의 동작과 태도, 억양 변화, 웃음 등은 [ ] 안에 기록한다.

■ 잘 알아들을 수 없는 내용이 있을 경우, 청취 불능 음절수만큼 '○○○'와 같이 표시한다. 제보자의 이름 일부를 밝힐 수 없는 경우도 '홍길○'과 같이 표시한다.

■ 『증편 한국구비문학대계』에 수록된 모든 자료는 웹(gubi.aks.ac.kr/web)과 모바일(mgubi.aks.ac.kr)에서 텍스트와 동기화된 실제 구연 음성파일을 들을 수 있다.

차례

● 설화

● **현대 구전설화**

● **민요**

2. 동구

▌조사마을

● 현대 구전설화

● 민요

● 근·현대 구전민요

3. 동래구

▌조사마을

● 현대 구전설화

● 민요

4. 부산진구

▌조사마을

5. 서구

▌조사마을

7. 영도구

▌조사마을

▌제보자

◆ 설화

● 근 · 현대 구전민요

부산광역시 개관

1. 지리적 위치와 역사

부산은 우리나라 제1의 국제무역항을 가진 항구도시이자 서울특별시 다음으로 큰 제2의 도시로 한반도의 남동쪽 끝에 위치하고 있다. 부산은 전체 15개 구와 1개 군으로 구성되어 있는 광역시로 한국의 광역시 중에 가장 큰 도시이다. 부산의 지리적 위치를 자세하게 말하면, 동쪽으로는 동경 129°18'13"(장안읍 효암리), 서쪽으로는 동경 128°45'54"(천가동 미백도), 남쪽으로는 북위 34°52'50"(다대동 남형제도), 북쪽으로는 북위 35°23'36"(장안읍 명례리) 안에 자리잡고 있다. 부산의 총 면적은 765.94km² 에 달하는데, 동남쪽으로 남해와 동해 바다를 접하면서 대한해협과 연결되고, 북쪽으로는 울산광역시와 양산시 동면과 물금읍, 서쪽으로는 김해시 대동면과 경계를 이루면서 경상남도와 닿아 있다.

부산은 지정학적 위치 때문에 해양을 통해 일본 등 세계로 진출하는 관문 역할을 해왔을 뿐만 아니라 해양과 대륙을 잇는 교두보 역할을 담당해 왔다. 특히 1970년대 이후 한국의 국력이 신장되면서부터 세계 경제권이 태평양 연안국가로 집중되면서 부산은 태평양시대를 이끌어가는 중요

한 전진기지로서 역할을 해왔다.

부산이 국제도시로 성장하게 된 배경에는 지정학적 위치 외에도 사람이 살기 좋은 기후 조건도 놓여 있다. 부산은 온대 계절풍 기후대에 속해 있는데, 대한해협과 접하면서 해양의 영향을 받아 여름과 겨울의 기온차가 크지 않는 해양성기후의 특징을 보인다. 따라서 여름에는 타 지역보다 온도가 낮고 해운대해변 등 모래해변이 많아 피서객들이 몰리고 있으며, 겨울에는 따뜻하여 사람이 살기에 좋은 도시로 각광을 받고 있다.

부산의 처음 명칭은 부자 부(富)자를 쓰는 부산(富山)으로 칭해졌다. 『태종실록』 태종 2년(1402년) 1월 28일조에 부산(富山)이란 명칭이 처음 보이며, 이후 『경상도지리지』(1425년), 『세종실록지리지』(1454년) 등에 '동래부산포(東萊富山浦)'라 하였고, 신숙주가 편찬한 『해동제국기』(1471년)에는 '동래지부산포(東萊之富山浦)'라 하여 오랫동안 부산(富山)이란 지명이 사용되었다.

그런데 『성종실록』 성종 1년(1470년) 12월 15일자에는 가마 부(釜)자의 부산(釜山)이란 명칭이 사용되고 있어서 이 시기를 전후하여 두 명칭이 혼용되었던 것으로 추정된다. 그러다 『동국여지승람』(1481년)에서 다시 부산(釜山)이란 명칭을 사용한 이래 계속 이 지명이 사용되고 있는 것으로 보아, 대체로 15세기 말엽부터 부산(釜山)이란 지명 표기가 일반화되었던 것으로 본다. 그리고 『동래부지』(1740년) 산천조에 "부산은 동평현에 있으며 산이 가마꼴과 같으므로 이같이 일렀는데, 밑에 부산·개운포 양진(兩鎭)이 있고, 옛날 항거왜호(恒居倭戶)가 있었다."라고 하였으며, 『동래부읍지』(1832년)에도 같은 내용이 기록되어 있다고 한다. 이 같은 사실로 미루어 보아, 부산(釜山)이란 지명은 가마꼴과 같은 산[이 산은 현재 좌천동의 증산(甑山)을 지칭하는 것으로 봄]이 있다고 하여 붙여진 명칭임을 알 수 있다.

부산이 일제 강점기인 1914년 3월 1일 행정구역 개편에 따라 부산부제가 실시되면서부터 근대도시로서의 면모를 서서히 갖추어 갔다. 당시 부산의 면적은 불과 84.15km²로 지금의 중구·동구·영도구 그리고 서구의 일부를 포함한 지역에 지나지 않았다. 그러다 1936년 제1차 행정구역 확장으로 동래군 서면과 사하면 암남리를 편입하면서 면적이 크게 늘어났으며, 1942년 제2차 행정구역 확장으로 동래군 동래읍과 사하면·남면·북면 일부가 편입되어 1914년 당시보다 면적이 세 배 이상인 241.12km²로 확대되었다.

2. 행정 구역과 인구

부산은 행정구역 확장에 따라 행정 중심지가 과거의 동래군 동래읍으로 이동되는 추세를 보였다. 부산의 제3차 행정구역 확장이 1963년 1월 1일자로 직할시로 승격되면서 동시에 이루어졌다. 이때 동래군 구포읍·사상면·북면과 기장읍의 송정리가 편입되었는데, 그 면적은 360.25km²로 늘어났다. 이후 1978년 제4차 행정구역 확장으로 김해군 대저읍·명지면·가락면의 일부 지역이 편입되었고, 1989년 제5차 행정구역 확장으로 경상남도 김해군의 가락면·녹산면과 창원군 천가면(가덕도)의 편입으로 면적은 525.25km²로 크게 확대되었다. 부산은 1995년 1월 1일 행정기구 개편에 따라 직할시에서 광역시로 개칭되었으며, 동년 3월 1일자로 제6차 행정구역이 확장되면서 양산군 5개 읍·면(기장읍·장안읍, 일광면·정관면·철마면)과 진해시 웅동 일부 지역이 편입되었다. 2010년 8월 현재 부산광역시는 일부 해안지역의 매립으로 767.347km²로 확장되어 오늘에 이르고 있다. 부산광역시의 15개 구와 1개 군 중에 가장 큰 면적을 차지하는 지역이 기장군이다. 기장군이 전체의 28.47%를 차지하고 있고, 다음으로 강서구(23.59%), 금정구(8.51%)의 순이며, 구도심지에 해당하는 중구와 동구가 각각 0.37%와 1.28%로 적은 면적의 순위를 보인다.

부산은 1914년 행정구역 개편 이래 계속 행정구역을 확장하면서 항구도시로서 발전해 왔는데, 1990년대 이전까지 인구도 계속 늘어나는 추세를 보였다. 1914년 당시 20,000명을 조금 넘었던 인구가 1942년에 334,318명으로 늘어났다가, 일본인들이 물러간 1945년 당시 28만여 명으로 잠시 줄어들었으나, 그 이후부터 계속 인구가 늘어났다. 특히 1950년 6월 25일 한국전쟁이 발발한 이후에는 부산이 임시수도가 되면서 전국 각지에서 피난민들이 몰려들었는데, 1951년 844,134명으로 인구가 급증했다. 그러다 1955년 인구가 100만 명을 넘어선 이래 1980년에 300만 명이 넘는 도시로 성장했다. 이후 인구 증가의 속도가 약간 둔화되다가, 1995년 양산군의 5개 읍면의 편입으로 인구가 3,892,972명으로 정점을 이루었다. 그러나 1996년 이후부터 기업의 역외 이전, 출산율 감소, 청년층의 타지역 진학이나 취업 등에 의해 인구가 감소하기 시작했다. 2010년 8월 현재 부산의 인구는 3,566,437명으로 줄어들었는데, 최근 출산율의 증가와 외국인의 증가 등으로 360만 명 선에서 주춤거리는 상태에 있다.

3. 지형지세와 문화권

부산은 크게 동부 구릉과 해안지대, 서부 평야와 공장지대, 중부 내륙과 해안지대로 구분할 수 있다. 이는 부산에서 금정산맥이 북쪽에서 남쪽으로 내륙의 중심을 관통하고 있고, 그 동쪽으로는 구릉을 끼고 해안이 발달되어 있으며, 그 서쪽으로는 낙동강을 끼고 길게 뻗어있는 지형지세를 기준으로 한 것이면서, 각 지형지세에 따라 서로 다른 산업과 문화권이 형성되어 있다는 점을 고려한 것이다.

먼저 동부 구릉과 해안지대는 금정산의 동남 방향으로 해운대의 장산을 중심으로 구릉을 끼고 있는 해안지대로 오늘날 흔히 '동부산권'이라 불리는 지역에 해당한다. 이 지역은 북쪽에서 남쪽으로 해안을 따라 기장군, 해운대구, 수영구, 남구를 잇는 곳으로 전형적인 리아스식 해안을 이루면서 어업과 수산업이 발달하고, 구릉지대 주변으로는 밭작물 중심의 농업이 성행했다. 오늘날에는 해운대신도시, 정관신도시, 센텀시티, 마린시티 등의 조성 등으로 부산에서 가장 인구가 밀집되고 있는 대도시로 변모했으며, 기장군 곳곳에 산업단지가 조성되는 한편 동부산 관광단지가 예정되어 개발을 앞두고 있다. 그리고 해운대해변을 비롯하여 송정, 광안리, 일광 등 해변을 끼고 관광리조트 산업이 발달되고, 센텀시티의 영상단지와 부산벡스코를 중심으로 영상산업과 전시컨벤션 산업이 급속하게 성장함으로써 부산에서 새로운 중심 도시로 이미 자리를 잡고 있다.

부산광역시의 행정구역(2010년 기준)

다음으로 서부 평야와 산업지대는 낙동강을 기준으로 강 서쪽으로 신어산맥과 강 사이의 분지를 이루는 평야지대와 강 하구의 삼각주 지대, 그리고 강 동쪽으로 금정산맥과 강 사이에 발달한 공단의 산업지구로 구분할 수 있다. 이들 지역은 현재 강서구, 북구, 사상구, 사하구로 구성된 이른바 '서부산권'으로 일컫는 지역인데, 사하구의 일부 지역을 제외하고 대부분의 지역은 1963년 이후 거듭된 행정구역 확장으로 편입된 곳이다. 이들 지역은 과거 동래군 구포읍·사상면·북면과 김해군 대저읍·명지면·가락면·녹산면과 창원군 천가면(가덕도)에 속해 있었던 곳으로, 김해군과 창원군에서 편입된 지역은 현재의 강서구를 이루고, 동래군에서 편입된 지역은 현재의 북구, 사상구, 사하구를 이룬다. 그리고 전자의 지역은 평지와 삼각주를 중심으로 논농사와 밭농사가 발달했거나 천가면처럼 어업과 농업으로 생계를 꾸렸던 곳이며, 후자의 지역은 사상공업단지와 장림공업단지 등이 있는 곳으로 공업과 상업이 발달한 곳이다.

　마지막 중부 내륙과 해안지역은 금정산의 동남쪽으로 길게 위치한 내륙지역과 남쪽의 해안지역을 포함하는데, 이 지역을 동부산권, 서부산권과 구분하여 '중부산권'으로 명명할 수 있다. 이 지역은 부산의 구도심권인 중구·서구·동구·영도구와 동래군에서 편입된 지역인데, 후자의 지역은 인구가 증가하면서 금정구·동래구·연제구·부산진구로 분구되어 오늘에 이르게 되었다. 1970년대까지 부산은 전자의 구도심권인 중구와 서구를 중심으로 발전했다. 그러나 1980년대 이후 금정구가 개발되어 신흥주거지역으로 자리를 잡고, 구도심권에 있던 부산광역시청·법원·부산경찰청 등이 연제구로 옮겨오면서 구도심권은 급격히 쇠락하는 반면 구 동래군 지역은 행정·상업·주거가 복합된 도시로 크게 성장했다. 물론 구도심권도 최근 롯데월드 유치, 도시재개발사업, 북항개발사업 등을 추진하면서 과거 화려했던 도심지로의 부활을 꿈꾸고 있다.

　이제 부산광역시의 15개 구와 1개 군을 동부산권, 서부산권, 중부산권으로 나누어 차례대로 각 구·군 지역을 개관해 보자.

4. 동부산권 : 기장군, 해운대구, 수영구, 남구

먼저 동부산권의 기장군은 부산에서 가장 넓은 지역을 차지하는 지역이면서, 1995년 행정구역 확장에 따라 양산군에 속해 있다 기장군으로 분리되어 가장 늦게 부산에 편입된 지역이다. 이 기장군은 삼한시대 거칠산국 갑화양곡(甲火良谷)으로 불렸는데, 통일신라시대 경덕왕 16년(757년)에 지금의 기장(機長)이란 명칭을 쓰는 기장현으로 동래군에 속했다. 고려시대에는 한때 울주의 영현으로 차성(車城)이란 별호로 불렸다. 이후 양산군에 속했다가 공양왕 3년(1391년)에 기장군으로 개칭되었다. 기장군은 조선시대에 기장현으로 다시 개명되고, 선조 때 폐현되는 등 곡절을 겪었다가 광해군 9년(1617년)에 기장현으로 복현되었다. 고종 32년(1895년) 이후에는 동래부의 기장군으로 개명되었는데, 1914년 행정구역 개편 때 기장군이 폐지되고 동래군에 속하게 되었다. 그러다 1973년 행정구역 개편 때 양산군에 병합되어 양산군의 관할에 있었다. 1995년 행정구역 개편 때 비로소 양산군에서 분리되어 기장군의 이름을 되찾고 부산광역시에 편입되었다. 현재 기장군은 1986년 이후부터 기장읍, 장안읍, 일광면, 정관면, 철마면으로 2개 읍과 3개 면을 두고 있다. 기장군의 인구는 2010년 말 기준으로 40,664가구에 103,762명(남자 52,082명, 여자 51,680명)으로 조사되었다.

기장군은 큰 면적에 비해 인구는 10만을 약간 넘는 정도로 부산광역시에 속해 있지만, 경상남도의 여러 군 지역과 같이 대부분의 주민이 농업과 어업을 주요 생업으로 삼고 생활하고 있는 곳이다. 이런 까닭에 청년들은 대도시로 빠져나가서 노인들만 주로 남아서 생활하고 있어 노인 인구가 절대 다수를 차지한다. 그런 만큼 전통사회의 풍습과 민속이 유지되고 있는 곳이 많고, 구비문학도 부산의 다른 지역에 비해 잘 전승되고 있는 편이다. 조사자도 이런 점을 고려하여 기장군 지역의 구비문학을 집중 조사하였다. 특히 철마면은 산으로 둘러싸인 분지에 위치하고 있는 농촌 지역으로, 기장군 중에서도 전통사회의 모습이 가장 잘 유지되고 있으면서 구비전승도 가장 활발하게 이루어지고 있는 지역이었다. 그런데 정관면은 신도시로 개발되면서 자연마을이 크게 줄어드는 변화를 겪으면서 구비문학도 크게 쇠퇴하는 국면을 보였으며, 해안을 끼고 있는 기장읍, 일광면, 장안읍에서는 어업노동요의 전승이 기대에 비해 매우 미약했다.

다음으로 해운대구를 살펴보자. 해운대구는 한반도의 동남단에 위치하여 북쪽으로는 개좌산(450m) 줄기를 경계로 기장군과 금정구와 나뉘고, 서쪽으로는 수영강을 경계로 동래구, 연제구, 수영구와 마주 접하고 있다. 이 지역은 신라 때 동래현에 속했다가 고려 때는 울주에 병합되었다. 조선시대 후기에 해운대는 동래부 관할로 있었으며, 1914년 행정구역 개편 이후에는 동래군 남면에 속했다가 1957년에는 동래구에 편입되었고, 1980년에 비로소 동래구에서 분리되어 해운대출장소가 해운대구로 승격되었다. 해운대의 '해운(海雲)'이란 지명은 신라 말의 석학 고운(孤雲) 최치원 선생의 자(字)에서 유래된 것으로, 최치원 관련 유적이 여러 곳에 있다. 과거 해운대구는 어업을 주로 했던 운촌, 승당마을과 장산 주변에서 농업을 했던 장지, 지내마을 등으로 구성되어 부산에서도 변두리 지역이었으나, 현재는 부산의 문화관광 중심 도시일 뿐만 아니라 컨벤션·영상·해양레저 특구로 기능하며, 달맞이온천축제, 모래축제, 바다축제 등 사계절 축제가 열리고 아쿠아리움, 요트경기장, 벡스코, 부산광역시립미술관, 갤러리, 추리문학관 등 각종 문화 관광시설이 몰려 있는 곳으로 변모했다. 게다가 해운대해수욕장과 송정해수욕장, 동백섬, 달맞이언덕 등 천혜의 자연경관과 해운대온천의 자연 조건이 어울려 관광벨트를 형성하고 있는 곳이 해운대구이다.

해운대구는 또한 지하철 2·3호선, 광안대로, 부·울고속도로 등 기반시설 확충으로 동부산권의 교통·물류 요충지로 부상하고 있으며, 해운대신도시·센텀시티·마린시티 등이 조성되어 부산에서 계속 인구가 유입되고 있는 주거지역으로 각광을 받고 있다. 해운대신도시는 1990년대에 장산 아래 군수송부대가 있던 자리에 조성되었으며, 센텀시티는 과거 수영비행장이 있던 곳으로 2000년대 초에 전시·컨벤션과 영상·IT 중심의 산업시설과 대형백화점의 상업시설을 비롯하여 고층아파트로 조성되었으며, 마린시티는 한때 멸치잡이가 성행했던 수영해변의 매립지역으로 역시 고층아파트와 요트 등 위락시설 등이 집중된 곳이다. 해운대구는 물론 급격하게 발전된 이들 지역 외에도 과거 기장현의 관할에 있다 편입된 송정동, 그리고 도시 외곽에 위치하면서 상대적으로 개발이 늦게 진행된 반송동·재송동·반여동 지역을 아우르고 있다. 현재 해운대구의 관할 행정구역으로는 송정동, 좌동(1~4동), 중동(1~2동), 우동(1~2동), 재송동(1~2동), 반여동(1~4동), 반송동(1~3동) 등 18개 동이 있는데, 전체 면적이 51.45km^{2}로 부산의 6.8%를 차지한다. 그리고 해운대구의 인구는 2010년 8월 말 현재 42만을 넘고 있어 부산 전체 인구의 12%를 차지할 정도로 면적에 비해 인구밀도가 높은 곳이다. 그런데 해운대구의 급격한 도시화는 전통 구비문학의 전승을 어렵게 하고, 과거 지내, 장지, 운촌, 승당 등 자연마을을 중심으로 전승되었던 민속도 급격하게 쇠퇴하는 요인이 되었다. 이 지역에서 구비전승의 문학을 조사하려면 힘들게 수소문하여 토착민을 찾아서 조사하거나, 상대적으로 도시화가 늦게 이루어진 반송동과 재송동 지역을 주로 조사해야 했다.

　부산의 동부산권에 속하는 수영구는 수영강의 하류에서 동북쪽으로 해운대구와 인접하면서 황령산 동남쪽에 위치하고 있으며, 서북쪽으로 금련산을 경계로 부산진구, 북쪽으로는 연제구, 서남쪽으로는 대남로터리를 경계로 남구와 인접하고 있는 지역이다. 이 수영구는 조선시대에는 동래부, 1914년에는 동래군, 1936년에는 부산부 부산진출장소 관할에 있었다가, 1953년 부산진구 대연출장소 관할로 변경되고, 1957년에는 동래구 수영출장소로 분리되었다가 1975년에는 남구로 승격됨에 따라 남구에 속했다. 그러다 1995년에 남구에서 분리되어 수영구가 신설되어 오늘에 이르렀다. 현재 수영구에는 수영동, 망미동(1-2동), 광안동(1-4동), 남천동(1-2동), 민락동 등 10개 동으로 구성되어 있다. 이 중 망미동, 남천동은 아파트가 밀집된 주거 중심 지역이라면, 수영동은 수영구의 중심으로 수영공원, 팔도시장이 있는 개인 주택 중심의 주거지역이다. 그리고 광안동과 민락동은 광안리해변과 2003년 완공된 광안대교를 볼거리로 하면서 많은 횟집을 끼고 있는 지역으로 해운대와 함께 관광객이 몰려드는 관광휴양지역이 되어 있다. 특히 광안대교는 부산의 새로운 명소로 각광을 받고 있는데, 매년 10월 말에 광안대교를 배경으로 열리는 부산불꽃축제는 부산의 새로운 볼거리로 주목받고 있다.

수영구의 중요 인물로 고려조 18대 의종 때 사람으로 고려가요 「정과정곡」의 지은 정서(鄭敍, 호 瓜亭)를 들 수 있다. 망미동에 그의 호를 딴 과정로가 있고, 그가 기거한 곳에는 「정과정곡」이 새겨진 시비가 있다. 그리고 수영 출신으로 조선 숙종 때 인물로 울릉도와 독도를 지킨 안용복 장군이 있다. 수영공원에 그의 충혼탑이 세워져 있다.

수영구는 동래구와 함께 국가중요무형문화재를 가진 지역이다. 수영야류가 국가중요무형문화재 제43호, 좌수영어방놀이가 국가중요무형문화재 제62호로 지정되어 있다. 이 외에도 수영농청놀이가 시 지정 무형문화재 제2호로 지정되어 있는데, 수영구의 민속문화재는 매년 수영공원에서 수영전통민속제로 정기공연되고 있다. 그리고 광안리해변에서는 매년 정월 대보름에 수영전통달집놀이를 하고, 4월 말에는 과거 멸치잡이를 직접 시연하는 광안리어방축제를 열고 있다.

동부산권에서 가장 남쪽에 위치한 남구는 동북쪽으로는 대남로를 경계로 수영구, 서쪽으로는 동천을 경계로 동구, 서북쪽은 황령산을 경계로 부산진구와 접하고 있는 지역이다. 남구는 시대에 따라 동래군, 동래진,

동래부, 동래구 등 여러 명칭으로 불리는 지역 관할에 있었다가, 1975년에 남구로 승격되어 독립된 지역이 되었다. 1995년에는 남구에서 일부 지역이 수영구로 분리되어 나뉘게 된다. 그리고 남구 지역 관할에 부산의 상징이자 시 지정 문화재인 오륙도가 있고, 해안절경으로 유명한 이기대공원, 신선대유원지, UN기념공원 등이 위치하고 있다.

남구는 부산에서도 교육·문화의 중심 지역이라 할 수 있다. 부경대학교, 부산외국어대학교(2014년 1월 금정구 남산동으로 이전), 경성대학교, 동명대학교가 유엔로터리를 중심으로 1km 반경 이내에 몰려 있으며, 이들 5개 대학 이외에도 55개의 교육시설이 집중되어 있다. 그리고 부산문화의 요람인 부산문화회관, 부산박물관, UN기념공원이 서로 넘나들 수 있게 인접해 있다. 그런가 하면 남구는 부산의 항만시설이 밀집된 지역이기도 하다. 부산의 중요 항만시설인 신선대, 우암, 감만 등의 컨테이너 부두가 소재하고 있기 때문이다. 남구의 인구는 2010년 8월 말 현재 11만여 세대에 296,208명(남자 147,247명, 여자 122,665명)으로 조사되었다. 현재 남구에는 대연동(1-6동), 용호동(1-4동), 용당동, 감만동(1-2동), 우암동(1-2동), 문현동(1-4동) 등 19개 동이 있다.

5. 서부산권 : 강서구, 북구, 사상구, 사하구

서부산권에는 낙동강 좌우 지역인 강서구, 북구, 사상, 사하구 등의 4개 구를 포함한다.

먼저 강서구는 낙동강 하류의 서쪽에 길게 위치하면서 경남 김해시와 접하고 있는데, 평야가 많은 비옥한 지대로 일찍부터 사람이 살기 시작했던 것으로 보인다. 이 지역에서 신석기시대와 청동기시대의 유적과 유물이 많이 출토되었던 사실에서 이를 미루어 알 수 있다. 강서지역은 금관가야 문화권으로, 김해는 철 생산의 중심지로 여기서 채집된 사철을 제련하여 멀리 낙랑, 왜(일본), 대방까지 수출하였다는 기록이 보인다.

삼한과 삼국시대에 강서지역은 변한 12국의 하나인 구야국(狗耶國)으로 변한의 맹주국이었다. 중국의 『후한서(後漢書)』 건무(建武) 18년 기록에 보면, "가락국(駕洛國)을 세워 김수로왕이 시조가 되어 맹주국이 되었다"고 기록하고 있다. 『삼국사기』 법흥왕조에 보면, 동왕 19년(532년)에 금관 가야가 신라에 병합되어 금관군으로 고쳐져 태수가 다스리게 하였다고 한다. 문무왕 20년(680년)에는 금관소경으로 개칭하여 낙동강 상류를 하주(下州), 하류를 상주(上州)라 하였다. 경덕왕 16년(757년)에 지방제도를 개편할 때 김해소경(金海小京)으로 바꾸면서 비로소 김해라는 지명을 사용했다. 고려 초기 태조 23년(940년) 김해소경을 김해부로 개칭, 다시 임해현(臨海縣)이라 하다가 다시 군으로 승격하였고, 성종 3년(1012년)에는 금주방어사라 하였다. 충렬왕 19년(1293년) 금주현으로 되었다가 1308년에 금주목으로 승격되었다.

조선시대 태종 3년(1413년)에 김해도호부가 되었고, 연산군 5년(1499년)에는 김해진관이 설치되어 그 관할에 있었다. 그 후 고종 33년(1896년)에 김해군으로 개칭되었다. 일제 강점기에도 계속 김해군에 소속되어 있었으며, 1978년 2월에 김해군 대저읍과 명지면 일부(신호리는 제외), 가락면 일부(북정, 대사, 상덕, 제도리)가 부산광역시 북구에 편입되어 대저, 강동, 명지동이 되었다. 1983년 5월에는 시 직할 강서출장소가 설치되었다가, 1989년 1월 김해군 가락면·녹산면과 의창군 천가면(가덕도, 1914년부터 1979년까지 창원군에 속했음)을 편입시켜 강서구로 승격하였다. 1995년 3월 1일에는 진해시 웅2동 일부가 강서구에 편입되었다. 강서구 관할 행정구역으로는 대저동(1~2동), 강동동, 명지동, 가락동, 녹산동, 천가동 등 7개 동이 있다.

북구는 조선조에 양산군의 행정 관할이었다가 한말에는 경상남도 동래부 관할이 되었다. 1904년에는 동래부 계서면 구포리, 1906년에는 동래부 좌이면 구포리, 1919년에는 부산부로 편입되었다. 1943년에는 동래군 구포읍으로 승격되면서 구포리, 덕천리, 만덕리, 화명리, 금곡리, 금성리를 아래에 두었다. 1963년에는 부산진구의 구포출장소와 사상출장소의 관할에 있었다. 1975년 부산진구의 구포 및 사상출장소를 통합하여 부산광역시 직할 북부출장소로 개칭되었고, 1978년 북구로 승격되었다. 이때 김해군 대저읍, 가락면, 명지면 일부가 북구에 편입되었다. 1987년 강서지역은 시 직할 강서출장소로 분리되었고, 1995년 3월 1일에는 사상구와 분리되었다. 이 북구는 과거부터 물산의 중심 집결지였는데, 경부선이 개통되기 이전에는 해로를 통해 물자를 수송했다. 당시 북구의 구포는 물자의 집산·교역지였다.

북구는 1970년대에 들어 흥아공업유한회사와 부국제강주식회사 등 2개의 큰 공장이 들어서면서 부근의 인가도 늘어나기 시작했다. 1983년부터 화명과 금곡지구가 주거단지로 개발되면서 신흥 주거지역으로 발전했다. 그런데 1980년대 후반까지도 도시의 변두리 지역으로 교통이 불편한 곳이 많았는데, 1988년에 구포~양산간 4차선도로가 완공되어 교통난 해소와 지역발전에 획기적인 계기가 마련되었다. 그리고 동년 9월에는 제2만덕터널이 개통되어 덕천교차로에서부터 동래 미남로타리까지의 상습적인 교통 체증현상이 많이 감소하게 되었다. 1990년대에 들어와서 서부산권의 교통과 상권의 중심지로 발돋움하기 위해 구포대교 기공식을 가진 후 1996년 마침내 완공을 보게 되었고, 1992년 12월에는 동서고가도로가 1단계로 개통되었다. 1996년 6월에는 구포~냉정간 남해고속도로와 만덕로 확장 공사를 완료하고, 1998년에는 지하철 2호선 공사가 마무리되어 교통 불편이 크게 해소되었다. 북구는 현재 교통의 요충지로서 김해국제공항과 남해고속도로, 구포대교, 경부선 구포역 등을 통한 부산 서북부의 관문이 되고 있다. 또한 구포구획정리지구, 금곡·화명지구, 만덕·덕천지구 등 대단위 주택단지 조성으로 신흥 주거 중심 도시로 성장하고 있다.

현재 북구의 총면적은 38.28Km로 8,600여 세대가 살고 있으며 총인구는 30만 명에 육박하고 있다. 북구의 관할에는 구포동(1~3동), 금곡동, 화명동(1~3동), 덕천동(1~3동), 만덕동(1~3동) 등 13개 동이 있다.

사상구는 모라동과 학장동의 신석기 조개무지 유적에서 김해문화기의 김해식 토기 파편이 발견된 것으로 보아 일찍부터 사람이 살았을 것으로 추측된다. 낙동강을 끼고 있는 지리적 조건과 따뜻한 기후 등이 정착 생활에 적합한 조건이 되었다. 이 지역은 낙동강 하구의 동안지역으로 삼한시대에 변한 12국 중 독로국에 속하였던 곳으로 추정하고 있다. 삼국시대에는 거칠산국의 영역 하에 있었을 것으로 추정하는데, 사상구 지역은 신라 경덕왕 때 거칠산군의 동평현에 속했던 것으로 본다. 고려 성종 14년(995년)에는 전국 12도 중 영동도의 양주군(현 양산) 동평현에 속했으며, 조선시대에는 동래부 사상면에 속했다. 일제 강점기인 1914년에는 동래군 사상면에 속했다가 1936년에 부산부에 편입되어 부산진출장소의 관할이 되었다. 1975년에 부산진구의 구포 및 사상출장소를 통합하여 북부출장소로 했으며, 1978년 2월에 북구로 승격되었다가, 1995년 3월에는 북구 관할에 있던 삼락동, 모라동, 덕포동, 괘법동, 감전동, 주례동, 학장동, 엄궁동 지역을 분할하여 사상구로 발족하게 되었다.

사상구는 36.06km^2(부산광역시의 3.6%)를 차지하고 있으며, 2010년 8월 말 현재 94,391세대에 256,205명(남자 130,665명, 여자 125,540명)으로 부산광역시 전체 인구의 7%를 약간 상회하고 있다. 그리고 65세 이상 인구가 21,821명으로 전체 인구의 8.5%로 매우 낮은 편인데, 이는 사상공업지구에 주로 청장년층이 밀집해 있기 때문이다. 사상공업지구에는 2,448개 업체(업종별 : 기계·장비 794개, 철강금속 649개, 신발고무 247개, 자동차부품 198개, 기타 560개)가 입주해 있는데 부산광역시 전체 업체의 29.2%를 차지하며, 이들 업체에 근무하고 있는 종업원 수만 해도 31,372명에 이른다. 말하자면 사상구는 부산 최대의 공업지역으로 부산

경제의 중심지가 되었는데, 이는 공항·항만·육로가 입체적으로 연결된 지역의 이점이 최대한 고려된 것이다. 현재 사상구의 관할 행정구역으로는 삼락동, 모라동(1, 3동), 덕포동(1~2동), 괘법동, 감전동, 주례동(1~3동), 학장동, 엄궁동 등 12개 동이 있다.

사하구는 서부산권에서도 낙동강의 하류의 남단에 위치하고 있다. 사하구는 북쪽으로 사상구, 동쪽으로 서구, 서쪽으로 강서구와 접하고 있는데, 다대포해수욕장과 을숙도 등의 좋은 자연경관을 가지고 있는 한편, 신평·장림공단이 위치하고 있는 곳이기도 하다. 이 지역 역시 다대동 조개무지 유적이나 괴정동 유적에서 출토된 유물의 성격으로 보아 신석기시대부터 사람들이 살기 시작하였을 것으로 추측된다. 삼한 및 삼국시대 사하지역은 거칠산국의 영역 하에 있었을 것으로 추측된다. 고려시대에는 울주의 속현인 동래현에 속했지만 변두리 지역이었다. 조선시대에는 이 지역이 군사요충지가 되어 세종 때 다대진이 설치되었으며, 명종 2년(1547년)에는 도호부로 승격되었다. 조선 후기에는 동래부 관할이었으며 일본과 대치하는 군사상 요충지로서 구본산성(다대포), 구덕산성 등의 성곽이 수축되었다. 1910년에 사하지역은 경상남도 부산부에 편입되었다가, 1914년 부산부가 동래군으로 분리되면서 동래군에 속했다가 1942년 행정구역 개편으로 다시 부산부에 편입되어 부산부 사하출장소의 관할이 되었다. 1949년 부산부가 부산광역시로 개칭되면서 부산광역시에 속하게 되었고, 1957년에 서구 직할의 사하출장소가 설치되었다. 그러다 1983년 12월 사하구로 승격되어 오늘에 이르고 있다.

사하구의 전체 면적은 40.94km²(부산광역시의 5.4%, 16개 자치구군 중 5번째)이며, 2010년 9월 말 현재 130,832세대에 356,359명(남자 178,520명, 여자 177,839명)이 거주하고 있다. 사하구의 관할 행정구역으로는 괴정동(1~4동), 당리동, 하단동(1~2동), 신평동(1~2동), 장림동(1~2동), 다대동(1~2동), 구평동, 감천동(1~2동) 등 16개 동이 있다.

6. 중부산권 : 금정구, 동래구, 연제구, 부산진구, 중구, 동구, 서구, 영도구

부산의 중부산권은 양산의 원효산에서 시작하여 금정산(801m) 상계봉(638m), 백양산(642m), 고원견산(504m), 구덕산(562m) 시약산(590m) 승학산(495m)으로 이어지고 있는 금정산맥을 끼고 있는 지역으로 북쪽의 금정구에서부터 동래구, 연제구, 부산진구, 동구, 중구, 서구와 영도구를 포함하는 지역을 말한다. 영도구를 동부산권으로 소속시킬 수 있으나, 영도구의 생활권이 서구와 연결되어 있다는 점에서, 그리고 남구의 오륙도를 기점으로 볼 때 남해안에 접해 있는 지형적 조건을 고려하면 중부산권으로 구분하는 것이 적합하다고 생각한다.

중부산권의 가장 북쪽에 위치한 금정구부터 개관해 보자.

금정구는 서쪽으로 북구, 남쪽으로 동래구, 동쪽으로 해운대구, 북동쪽으로 기장군과 접하고 있으며, 밖으로는 경남의 양산시와 경계를 이루고 있는 지역이다. 고대에는 이 지역이 장산국(또는 거칠산국)의 영향권에 있었을 것으로 본다. 신라 경덕왕 16년(757년)에 동래군으로 지칭된 후에 고려와 조선시대를 거치면서 동래현, 동래진, 동래부(도호부) 등으로 불리다, 1914년 행정구역 개편 때에는 부산부와 분리되어 경남 동래군이 되었다. 1942년에 부산부에 동래군의 일부 지역이 편입되어 동래출장소의 관할에 있었으며, 1963년 부산직할시로 승격될 때 동래군 북면에 있었던 6개 동(선동, 두구동, 노포동, 청룡동, 남산동, 구서동)이 추가로 편입되어 북면출장소 관할에 있게 되었다. 1975년에는 북면출장소가 폐지되고 동래구에 들었다. 1988년 1월 1일에 동래구에서 과거 북면 지역과 장전동, 부곡동, 금사동, 서동, 금성동을 분리하여 금정구를 설치했다. 이후 금정구의 관할에 있던 부곡1동에서 부곡4동으로(1992년 9월 1일), 오륜동을 부곡3동에 흡수하고, 선동과 두구동을 합쳐서 선두구동, 노포동과 청룡동을 합쳐서 청룡노포동으로 통합(이상 1998년 11월 1일)했으며, 서3동과

서4동을 합하여 서3동으로(2009년 1월 1일) 했다. 현재 금정구 관할 행정동은 선두구동, 청룡노포동, 남산동, 구서동(1~2동), 장전동(1~3동), 부곡동(1~4동), 서동(1~3동), 금사동, 금성동 등 17개 동이다.

금정구는 경부고속도로 및 부울간 국도 7호선, 산업도로, 지하철 1호선의 기점 내지 종점으로 타 지역으로 나아가기 편리하고, 또한 부산 시내로 진입하기도 좋다는 점에서 교통이 편리한 곳이다. 그리고 이 지역의 배후에 있는 금정산에는 금정산성과 음식점이 즐비한 금성동, 우리나라 5대 사찰의 하나인 범어사가 있는 곳이어서 등산, 관광, 여가, 휴식 등을 즐길 수 있다. 금정구는 이와 같은 쾌적한 자연환경과 부산대학교, 부산가톨릭대학교 등을 비롯한 많은 교육시설 등이 이 지역에 계속 인구를 유입하게 하는 요인이 되었다. 특히 1980년대 이후 부곡, 장전, 남산, 구서, 청룡지구에 대단위 아파트 단지가 조성되면서 금정구의 인구는 계속 증가되는 추세를 보였다. 그런데 금정구의 주거환경의 변화와 외부 인구의 유입은 오랜 세월 조성된 자연마을들을 해체시키는 결과를 빚었다. 자연마을의 해체는 지역 관련 구비문학의 전승을 끊어지게 하는 중요한 요인이 되었다. 화훼·채소 등 농업을 주로 하고 있는 선두구동 지역에 아직도 자연마을들이 남아 있는 것을 그나마 다행으로 생각해야 하는 상황이다. 금정구는 이처럼 대단위 아파트지역, 주택 밀집지역, 공단이 남아있는 금사동 지역, 농업을 하는 선두구동 지역 등이 도·농복합지역의 특성을 보여준다. 2010년 8월 말 현재 금정구에는 93,310세대에 250,538명(남자 123,830명, 여자 126,708명)이 거주하고 있는데, 이는 부산광역시 전체 인구의 7.2%를 차지한다. 해운대구 다음으로 인구가 밀집된 지역이 금정구이다.

다음 동래구 지역은 삼한시대에는 변한, 삼국시대에는 거칠산국으로 있다 신라에 병합되면서 거칠산군에 속하게 되었다. 신라 경덕왕 16년(757년)에 처음 동래군(東萊郡)으로 개칭되었다가 고려 현종 9년(1018년) 울주

(蔚州) 동래현(東萊縣)으로 되었다. 조선 태조 6년(1397년)에는 동래진(東萊鎭)이 설치되었으며, 명종 2년(1547년) 국방과 대일외교의 중요성을 인정하여 도호부로 승격되었으나, 임진왜란 최초의 패전지(敗戰地)라는 이유로 일시 현(縣)으로 격하되었다가 선조 32년(1599년) 다시 도호부로 승격되었다. 1914년 부제(府制)의 실시로 동래부는 부산부와 분리되어 부산부에 속하지 않는 지역과 기장군 일대를 관할 구역으로 하는 동래군(東萊郡)에 소속되었는데, 현 동래구 지역은 동래군 동래부 읍내면에 주로 속했다. 1942년에는 기장군과 일부 지역을 제외하고 부산부에 편입되어 동래출장소로 개편되었다. 1957년 구제의 실시로 동래출장소에서 동래구(東萊區)로 직제를 개편하게 되었다. 이후 동래구는 1988년에 금정구, 1995년에 연제구로 분구되면서 관할 행정구역이 크게 축소되었다. 현재 동래구 관할 행정구역은 온천동(1~3동), 사직동(1~3동), 명륜동, 복산동, 수민동, 명장동(1~2동), 안락동(1~2동) 등 13개 동으로 구성되어 있다. 동래구의 전체 면적은 16.65km²이며, 2010년 8월 말로 101,522세대에 279,336명(남자 138,368명, 여자 140,968명)이 거주하고 있는 것으로 조사되었다.

동래구는 과거 동래군의 중심지로 유서 깊은 역사를 가진 곳이면서 많은 유·무형문화재를 가진 문화의 고장이라 할 수 있다. 국가 지정 문화재로 동래패총(東萊貝塚, 사적 제192호), 복천동고분군(福泉洞古墳群, 사적 제273호)의 사적지가 있으며, 동래야류(東萊野遊, 중요무형문화재 제18호), 대금산조(중요무형문화재 제45호)의 국가중요무형문화재가 있다. 그리고 시 지정 문화재로 동래향교, 동래부동헌, 충렬사, 동래읍성지, 송공단 등 유형문화재가 있고, 동래학춤, 동해한량춤, 동래고무, 동래지신밟기, 가야금산조, 충렬사제향 등 무형문화재가 있다. 동래구는 역사가 깊은 만큼 유명한 인물이 많이 배출된 고장이다. 충렬의 인물로 동래부사였던 송상현, 조선시대 측우기 등을 발명한 장영실, 육종학의 권위자였던 우장춘 박사(일본 출생이나 동래 원예고교에 재직했음), 독립운동가 박차정 의사가 동래의 인물로 잘 알려져 있다. 동래야류, 동래학춤, 동래한량춤, 동래고무, 동래지신밟기 등 무형문화재는 부산민속예술보존협회에서 온천동 금강공원 내에 사무실과 공연장을 두고 전승과 보전에 힘쓰고 있다. 동래구는 또한 동래온천, 각종 위락시설을 가진 금강공원, 금정산, 사직동의 부산종합운동장 등이 위치하고 있는 곳으로 부산에서 볼거리가 많은 관광·체육의 중심지이다.

연제구는 동래구와 함께 부산의 중심에 자리하고 있는 곳으로, 과거에는 동래부, 동래군, 동래출장소, 동래구 등으로 불렸던 지역에 포함되어 있었다. 그러다 1995년 3월 1일자로 동래구에서 연산동과 거제동을 묶어서 분구되면서 연제구로 탄생되었다. 이 연제구는 북쪽으로 동래구, 동쪽으로 해운대구, 수영구, 서쪽으로 부산진구, 남쪽으로 남구와 경계를 이루고 있다. 연제구의 현재 관할 행정동은 거제동(1~4동)과 연산동(1~9동)으로 모두 13개 동이다. 그런데 연제구에 부산광역시청, 부산지방검찰청, 부산지방법원, 부산지방노동청, 부산지방경찰청 등 중요 행정기관이 옮겨오면서 부산의 행정중심지가 되었으며, 과거 거제동과 연산동에 속했던 넓은 들판이 주택지구와 행정지구로 변모되면서 인구가 급격하게 늘어나게 되었다.

부산진구는 삼한 시대에 거칠산국(居漆山國), 신라 때에는 동래군 동평현, 고려 때는 양주 동평현, 조선시대에는 동래부의 동평면 일부와 서면 일부 지역에 속해 있었다. 부산진구의 명칭은 임진왜란 당시 부산포구의 관문이라고 할 수 있는 부산진성에서 유래되었다. 1914년에는 동래군 서면에 속했으며, 1936년에 부산부로 편입되면서 부산진출장소가 설치되었다. 1957년에 구제의 실시로 비로소 부산진구가 발족을 보게 되었다. 1963년에는 부산직할시 승격과 동시에 부산진구 직할 동과 대연출장소 내 6동에 동래군 구포읍 사상면을 부산진구에 편입하면서 38개 동을 관할하는 큰 지역이 되었다가, 1975년 10월에 10개 동을 분리하여 남구로 분구하고, 1978년 2월 15일에 14개 동을 분리하여 북구를 발족하게 했다. 이때 부산진구의 관할은 22개 동으로 줄어들었으나, 1979년에 양정동, 개금동, 부암동이 분동이 되어 다시 29개 동으로 늘어났다. 이후 여러 차례 동의 경계지역 조정, 동의 통합(1998년 7월 1일, 양정1동 등 8개 동을 4개 동으로 조정)으로 25개 동이 되었다. 부산진구의 현재 면적은 29.68km²이며, 동북쪽으로 연제구, 동남쪽으로 남구, 남쪽으로 동구·서구, 서쪽으로 사상구, 서북쪽으로 북구와 경계를 두고 있다. 여기에 백양산(642m), 황령산(428m), 화지산(199m)이 지역의 경계를 형성하고 있으며, 백양산 기슭 성지곡에 초읍어린이대공원이 조성되어 시민들의 휴식공간이 되고 있다. 부산진구는 또한 서면을 중심으로 부산의 중심 상업권이 형성된 곳이다. 이곳에 롯데백화점, 지오플레이스와 밀리오레, 홈플러스 서면점과 가야점, 이마트 서면점 등 여러 대형백화점과 할인점이 있다. 그리고 부산진구의 문화공간으로 2008년 개관된 국립부산국악원, 2006년 쥬디스태화신관 맞은편에 개관된 부산포민속박물관, 부산여자대학의 차박물관 등이 있다. 그런데 서면 등 중심 지역은 낮으로는 인구가 늘었다가 밤으로는 인구가 빠져나가는 상업지역의 특성을 보여준다. 2010년 8월 말 현재 부산진구의 인구가 153,395세대에 391,846명(남자 193,873명, 여자 197,973명)으로 조사되었는데, 이웃 금정구, 연제구 등에 대형 아파트 단지가 조성되면서 그곳으로 많은 주민들이 이주하는 등 인구가 계속 감소하는 추세를 보이고 있다. 부산진구의 관할 행정구역에는 부전동(1~2동), 범전동, 연지동, 초읍동, 양정동(1~2동), 전포동(1~3동), 부암동(1, 3동), 당감동(1~4동), 가야동(1~3동), 개금동(1~3동), 범천동(1~2, 4동) 등 25개 동이 있다.

부산 동구 지역은 중부산권의 다른 지역들과 마찬가지로 삼한시대는 변한, 삼국시대는 거칠산국, 금관가야의 지배를 받다 신라에 편입되어 거칠산군, 후에 동래군으로 개칭된 지역이다. 고려시대에는 울주군 동래현에 소속되었다가 조선시대에는 동래군 동래현, 영조 16년(1740년)에는 동래부 동평면에 소속되었다. 이때 동래부는 읍내면, 동면, 남면, 남촌면, 동평면, 서면, 북면의 7개면으로 구성되었으며, 이 중 동평면은 현 부산진구 당감동, 가야동과 동구 지역을 포함했다. 당시 동평면에는 부현리, 감물리, 당리, 미요리, 가야리, 부산역 내리, 범천리, 범천2리, 좌백천1리, 두모포리, 해정리 등 12개 리가 있었다. 1910년에는 동래군 동평면은 초량동(사중면으로 편입됨)을 제외하고 대부분의 지역이 부산면에 소속되었다. 당시 부산면은 범일1동, 범일2동, 좌천1, 2동, 좌천동, 수정동, 동천동, 로하동, 서부동, 산수동 등 10개 동이 있었다. 1913년에는 동래군의 부산면과 사중면이 부산부에 편입되었는데, 1914년 4월에 행정구역 개편 때 동구 지역은 부산부 부산면에 소속되었다. 이때 부산면에 속한 지역은 범1동, 범2동, 좌1동, 좌2동, 좌천동, 동천동, 수정동, 두포동, 산수동, 서부동이었다. 1949년 8월 15일에 부산부가 부산광역시로 개칭되고, 1957년부터 부산광역시의 구제 실시로 초량출장소 관할에 있던 초량동, 수정동, 좌천동, 대창동3가, 범일1~3, 6~7동 등 9개 동이 묶여 동구가 되었다. 1966년에는 동구 관할은 초량동, 수정동, 좌천동, 범일동이 분동이 되어 전체 18개 동이 되었으며, 1970년 7월에는 초량4동, 좌천2동, 범일4동이 분동이 되어 21개 동으로 늘어났다. 1975년 10월에는 범일3동 일부가 남구에 편입되고, 범일2동이 범일5동으로 편입되면서 범일3동이 폐동이 되어 20개 동으로 줄었다. 이후 행정동의 구역이 여러 차례 조정되는 과정을 겪었으며, 1985년에는 초량5동이 초량3동에 편입되어 19개 동으로 줄었다. 1989년에는 부산진구 범천동에 속했던 동천 일부가 동구에 편입되고, 1993년에는 중구 영주동 일부가 동구에 편입되었다. 동구 관할 동은 이후 1998년 9월 17일과 2008년 1월 1일 두 차례 행정동을 통합·축소함으로써 14개 동으로 줄어 현재에 이르고 있다. 동구 관할 현재의 행정구역은 초량동(1~3, 6동), 수정동(1~2, 4~5동), 좌천동(1, 4동), 범일동

(1∼2, 4∼5동) 등 14개 동이다.

　동구는 부산광역시의 중앙에 위치하여 동쪽은 동천을 경계로 남구, 동 북쪽은 수정산·구봉산을 경계로 부산진구·서구, 서쪽은 영주천을 경계로 중구와 접하고 있으며, 동남으로 길게 뻗쳐있는 지형을 보인다. 그런데 동구는 배산임해의 지형으로 주로 초량천·부산천·호계천등 하천 주변과 구봉산·수정산 기슭에 주거와 상업지역이 위치하여 이들 지역을 중심으로 발전하여 왔으며, 시가지의 3분의 1 정도는 일제 강점기(1909∼1913년)에 해안 매립으로 조성되었다. 그러면서 동구는 부산항 3·4·5 부두를 포용하고 있는 국제무역의 요충지이며, 부산역사가 위치함으로써 부산 교통의 심장부 역할을 하고 있다. 동구의 전체 면적은 9.78km²로 부산광역시 전체의 1.3%를 차지하며, 2010년 말 기준으로 인구가 44,018세대에 101,514명(남자 50,649명, 여자 50,865명)이 거주하고 있는 것으로 조사되었다.

　동구와 함께 부산의 중앙부에 있으면서 구도심권을 형성했던 지역이 중구이다. 중구는 신라 때 동래군 동평현에 속했으며, 고려와 조선시대에 동래군, 동래부, 동래도호부의 관할에 있었다가 1914년 행정구역 개편으로 부산부에 속했다. 1951년 9월 1일에는 중부출장소가 설치되었으며, 1957년 1월 구제 실시로 중구가 탄생되어 오늘에 이르고 있다.

　중구는 일찍부터 도시화가 진행된 지역이다. 1876년 개항 이후 전국 각처에서 모여든 상인들이 현재의 영주동터널 위쪽에 정착함으로써 새로운 마을이 생겨나게 되었으며, 1889년 말에는 현재의 대청로에서 구 미화당백화점 사이의 도로가 개설되면서 송현산(현 용두산)을 중심으로 시가지가 형성되었다. 1910년 10월에는 1910년 10월 30일 부산역사(1953년 화재로 소실)를 준공하여 제1부두까지 철도를 부설하면서 동양 굴지의 무역항으로 발돋움하게 되었다. 그리고 1909년부터 1912년까지 해안을 매립하여 현재의 중앙로가 형성되고, 중앙동 4가와 대청동 1·2가 지역이 생겼으며, 남포동 일원에 자갈이 많은 바닷가를 매축하여 택지를 조성하고 상가지역을 만들어 오늘날의 자갈치시장이 되도록 했다. 중구는 현재 부산의 관문인 부산항 1·2부두와 국제여객부두, 연안여객부두가 있는 곳으로 국제간 물류교역과 인적 교류의 중추기능을 담당하고 있다. 이뿐만 아니라 부산경남본부세관, 부산지방보훈청 등 47개소의 행정기관과 한국은행, 산업은행 부산지점 등 65개소의 금융기관, 부산전화국, 국제전화국, 무역회관을 중심으로 관련 업체들이 밀집되어, 중구는 행정·무역·금융·업무·정보·통신의 중심지일 뿐만 아니라 자갈치시장, 국제시장 등 시장과 롯데, 코오롱 지하상가 등이 위치한 광복, 남포, 부평동의 상가 지역을 포함하여 부산상권의 중심지역을 형성하고 있다. 또한 용두산공원, 중앙공원, 보수동 책방골목, 한복거리, 미문화원, 사십계단 등은 부산광역시민과 함께 한 부산 역사의 현장이기도 하며, 1998년 1월 부산광역시청이 연제구로 이전한 곳에 제2롯데월드를 건립 중에 있고, 자갈치시장의 현대화 추진 등으로 과거의 화려했던 구도심권을 부활하려는 노력을 계속 진행하고 있다. 중구는 현재 면적 2.82km²에 2010년 8월 말 현재 22,046세대에, 48,264명(남자 23,761명, 여자 24,503명)이 거주하고 있으며, 관할 행정구역에 중앙동, 영주동(1~2동), 동광동, 대청동, 보수동, 광복동, 남포동, 부평동 등 9개 동이 있다.

서구는 부산광역시 16개 구·군 중에 영도구, 사하구 등과 함께 남단에 위치한다. 행정구역상으로 동쪽으로는 중구·동구, 서쪽으로는 사하구, 북쪽으로는 부산진구·사상구와 경계를 이루고 있고, 남쪽으로 송도연안과 남항을 낀 남해바다와 접하고 있다. 이 지역은 암남동패총 등을 통해 신석기시대부터 사람들이 주거했음을 알 수 있다. 이 지역 역시 부산의 다른 지역과 마찬가지로 1914년 부산부에 편입되기 전에는 동래군, 동래부 등에 속해 있었다. 개항 이후부터 서구 지역은 중구 지역과 함께 시가지가 조성되어 부산의 중추 도심권으로 성장했다. 한국전쟁 중에는 대한민국 임시정부 청사가 있었으며, 오랫동안 경남도청과 법조청사 소재지로서 부산 발전에 크게 기여했다. 1957년 구제의 실시로 오늘날의 서구가 탄생되었는데, 2003년 1월부터는 대신동 청사시대를 마감하고 충무동 청사시대를 맞고 있다. 서구의 총 면적은 13.85km²이며, 2010년 8월 말 현재 51,574세대에 124,285명(남자 61,812명, 여자 62,473명)이 거주하고 있다. 서구의 관할 행정동은 동대신동(1~3동), 서대신동(1·3·4동), 부민동, 아미동, 초장동, 충무동, 남부민동(1·2동), 암남동 등 13개 동으로 구성되어 있다.

서구는 행정과 교육의 중심지로 명성을 간직한 곳으로, 현재에도 행정기관 및 관공서 29개소·교육시설 41개소 종합병원 4개소가 소재하고 있고, 구덕운동장과 국민체육센터 등의 체육시설이 있으며, 구도심의 축인 기존 시가지 중심 일반 주택 밀집지역으로 이루어져 있으나, 뉴타운 건립 등 도심지 재개발·재건축 사업으로 주거환경이 크게 개선될 예정이다. 그리고 송도해안과 북쪽의 부산 최초의 해수욕장인 송도해수욕장이 송도 연안정비사업을 기반으로 관광지로서의 옛 명성을 회복하고 있고, 천마산 조각공원, 구덕문화공원 조성 등을 통해 환경친화적 문화예술 도시로 탈바꿈되고 있다. 또한, 공동어시장은 전국 수산물 수급에 중요한 역할을 하고 있는데, 감천항 일대에 해양국제수산물류·무역기지 조성, 꽃마을 전통문화·휴양관광단지 건립 등이 이루어지면 향후 관광특화도시로 변모될 것으로 기대하고 있다. 이 지역의 구덕망깨소리와 아미동농악이 시 지정 무형문화재로 구덕민속예술협회를 중심으로 전승되고 있다. 그리고 동대신2동 당산제, 꽃마을 당산제, 시약산 당산제, 아미동 산신제, 암남동 용왕제와 산신제, 천마산 산신제가 매년 지속되고 있다.

영도구는 중부산권의 동쪽 남단에 있으면서 독립된 섬인 영도에 위치하고 있다. 영도의 원래 이름은 절영도(絶影島)였는데, 신라시대부터 조선조 중기까지는 목장으로 말을 방목한 곳이었다. 일제 강점기에는 영도를

'마키노시마(牧島)'라고 하기도 했다. 광복 후에 행정구역을 정비하면서 옛이름 '절영도'를 줄여서 현재의 '영도'로 부르게 되었다. 영도는 신석기 시대의 동삼동패총, 영선동패총 등으로 보아 일찍부터 사람이 살기 시작 했던 곳임을 알 수 있다. 이 지역은 삼한시대 변한, 후에 가락국의 속령이 되었다가 신라시대 거칠산국 속령이 되었으며, 고려시대에는 동래현, 조 선시대에는 동래부 관할에 있었다. 1881년에 절영도진(絶影島鎭)이 설치 되었다가 1910년 10월 1일 동래부를 부산부로 개편했는데, 영도지역은 부산부에 속했다. 1914년 3월 행정구역 개편 이후 1951년 9월 영도출장 소가 설치될 때까지 계속 부산부에 속했다. 1916년부터 1926년까지 절영 도 대풍포 매축공사가 이루어졌으며, 1934년에 영도대교가 완공되어 영 도가 비로소 육지로 연결되었다. 1945년에 현재의 한국해양대학교가 개 교되었으며, 1957년에 구제 실시로 영도출장소가 영도구로 승격되었다. 이후 청학동, 봉래동, 동삼동 등의 분동이 계속 이루어져 17개 동을 관할 하게 되었다가 1998년 10월과 2007년 1월 규모가 작은 동의 통폐합이 이루어져 11개 동으로 축소되었다. 2008년 7월에는 남항대교가 개통되어 부산 내륙과 한층 쉽게 연결되고, 부산신항 및 녹산공단으로의 물동량 이 동이 원활하게 되었다. 그리고 2013년 완공 예정으로 항만 배후도로인 북 항대교의 건설이 진행되고 있고, 해양박물관이 건립중에 있어 영도구는 향후 해양 분야의 특화지역으로 발전될 전망이다.

영도구는 섬 중앙에 봉래산(395m)이 봉우리를 이루고 있으며, 동남쪽 으로 천혜의 절경인 태종대가 자리 잡고 있다. 북동쪽 해안 일대에는 한 진중공업 등 부산 최대의 조선공업단지가 있으며, 남항, 봉래동 등 저지 대에는 상업지역이 형성되어 있다. 이외 주거지역은 깨끗한 남해와 접한 전형적인 배산임해의 지형에 따라 산비탈과 해안가에 조성되어 있다. 현 재 부산영도태종대와 동삼동패총이 국가지정 문화재로 되어 있다. 영도구 의 총 면적은 14.13km²이며, 2009년 12월 말 현재 57,651세대에 149,787

명(남자 74,997명, 여자 74,850명)이 거주하고 있으며, 이 중 65세 이상이 20,893명으로 높은 비중을 차지한다. 영도구의 인구가 한때 21만 명을 넘었는데, 1980년대 중반 이후 인구가 내륙으로 많이 빠져나가면서 인구 감소가 계속 이루어지고 있다. 그렇지만 섬지역의 특성 때문에 도시화가 상대적으로 늦게 이루어지면서 자연마을이 아직도 많이 보존되고 있어 구비문학 조사 환경은 다른 도심지 지역에 비해 좋은 편이었다.

7. 구비문학의 전승과 조사

부산광역시 전체를 대상으로 구비문학을 조사한 전례가 지금까지 없었다. 그러나 각 지역별로 구·군의 관청이 주도하거나 뜻있는 개인에 의해 민요와 설화를 조사한 사례들이 있다. 부산광역시 역사편찬위원회에서 『부산지명총람』(1985)을 간행하면서 해당 지역의 지명 유래 등을 설명하기 위해 관련 지명설화들을 언급한 바 있으며, 부산광역시 시사편찬위원회에서 『부산광역시사』(1991), 『부산의 자연마을1~5』(2006~2010)을 편찬하면서 부산지역 전승 설화와 민요를 내용 기술에 포함시킨 바 있다. 그리고 부산광역시청 홈페이지를 통해 그동안 간행된 부산광역시지에 수록된 설화(전설 포함)를 추려서 올려놓고 있다. 이외 부산광역시의 구·군에서 구지와 군지를 간행할 때 해당 지역의 설화와 민요를 일부 수록한 것들이 있다. 개인적으로 부산의 구비문학을 조사한 사례들도 있다. 박원균이 『향토부산』(태화출판사, 1967)을 펴내면서 부산의 설화와 민요를 일부 포함시켰으며, 김승찬·박경수·황경숙이 『부산민요집성』(세종출판사, 2002), 류종목이 『현장에서 조사한 구비전승민요1 : 부산편』(민속원, 2010. 2)을 간행하여 부산지역 전승 민요의 성격과 양상을 파악하는 데 중요한 기여를 했다. 그런데 부산의 구비전승 설화를 현장에서 조사한 자료집이 아직 간행되지 않은 단계에 있다.

각 구·군별 구비문학 조사 현황을 살펴보자. 먼저 기장군의 경우, 『동래부읍지』(1832), 『양산군지』(1986), 『기장군지(상·하)』(2001) 등에 기장군 지역 설화가 조사되어 수록되어 있고, 기장군의 각 읍·면사무소별로 부산광역시에 편입된 이후 간행한 『기장읍지』(2005), 『장안읍지』(2008), 『일광면지』(2006), 『정관지』(2000), 『철마면지』(2007) 등에 지역별 설화와 민요가 조사되어 수록되어 있다. 그러나 이들 민요나 설화 자료의 대부분이 지역 인사들로부터 원고를 받아 수록한 것들로 전승설화를 부분적으로 다듬은 흔적이 드러나고 제보자나 조사장소가 분명히 드러나지 않는 것들이 많다. 또 일부 지역의 자료는 개인이 조사한 자료를 전재하고 있는 경우도 있다. 관 주도가 아닌 개인이 기장군의 민요와 민속을 조사하여 간행한 업적도 있다. 기장군의 대표적인 향토사학자이자 민속학자인 공태도는 기장군의 군지와 각 읍·면지의 편찬에도 많은 도움을 주었을 뿐만 아니라 『기장군의 민요와 민속』(기장군향토문화연구소)을 간행하고, 『기장이바구』(기장향토문화연구소, 2009)를 편찬, 간행한 바 있다. 기장군의 설화와 민요는 이상의 자료들을 통해 대강이나마 그 전승 상황과 성격을 파악할 수 있다. 그렇지만 구비전승 자료는 현장성이 잘 드러나도록 채록되어야 자료로서의 가치를 가질 뿐만 아니라 학문적 활용을 위한 유용성을 지닌다. 이런 점에서 이상의 자료들이 상당한 한계를 지니고 있다는 점도 부인할 수 없다.

기장군 외에 해운대구에서 『해운대민속』(1996)을 간행하면서 당제와 관련된 설화를 수록한 바 있고, 동래구에서도 『동래향토지』(1993), 수영구에서는 『수영역사문화탐방』(2000)을 간행하여 관할 지역 동의 유래담과 중요 무형문화재를 소개했다. 부산남구민속회에서는 수영구와의 분구 이전에 남구청의 지원을 받아 『남구의 민속1』(1997)과 『남구의 민속과 문화』(2001)를 간행하여 수영야류 등 국가중요무형문화재와 당제, 설화 등에 대해 구체적인 내용을 조사하여 보고했다. 금정구의 금정문화원에서는

『장전동의 이야기』(2009)와 관내 동별 사료집으로 『향토문화』를 2002년 선두구동 편부터 2006년 구서동 편까지 6권을 간행하였으며, 북구에서는 『부산북구향토지』(1991), 강서구에서는 『부산강서구지』(1993)를 펴낸 바 있다. 연제구의 연제문화원에서는 지명 설화를 50편 조사하여 홈페이지에 올리고 있다. 이밖에 각 구청에서도 지역 향토지의 간행하고 홈페이지를 통해 관내 마을의 지명유래담이나 지역전설 등을 올리고 있다.

개인적으로 부산의 민속과 구비전승 자료를 조사, 연구한 것으로 김승찬이 『가덕도의 기층문화』(부산대학교 한국민족문화연구소, 1993), 『두구동의 기층문화』(상동), 『부산 산성마을의 기층문화』(부산대학교 한국민족문화연구소, 1994), 황경숙이 『부산 기장군 장안읍 효암리 민속문화』(세종출판사, 2002), 『부산의 민속문화』(세종출판사, 2003)를 간행하여 부산의 민속뿐만 아니라 관련 지역의 설화와 민요를 현장조사한 자료를 제공하면서 해당 자료에 대한 특징을 연구했다. 이밖에 김병섭이 개인적으로 『장산의 역사와 전설』(국제, 2008)을 간행하여 장산 관련 설화를 소개했으며, 영도가 고향인 황동웅이 『아름다운 섬 절영도 이야기』(정명당, 2009)를 펴내 영도의 역사와 명승고적, 교육, 종교 등과 함께 전승 설화와 지명유래담 등을 소개한 바 있다.

『한국구비문학대계』 개정·증보사업의 일환으로 2010년도에는 부산광역시의 구비문학을 현장조사하기로 한 일행은 현장조사 전에 구·군청이나 읍·면사무소를 방문하여 구비문학 관련 자료를 사전에 입수하거나 관련 정보를 파악하여 현장조사에 참고하기로 했다. 현장조사단은 크게 3팀으로 구성하여, 각 팀별로 지역을 나누어 일정한 기간에 조사하기로 했다. 다만 기장군은 조사지역이 매우 넓을 뿐만 아니라 자연마을이 많이 남아 있어 부산광역시의 다른 지역보다 구비문학 조사를 위한 좋은 조건을 갖추고 있다는 점을 고려하여 현장조사단 전체가 공동 조사를 하기로 했다. 기장군을 제외한 부산의 15개 구는 3팀이 각 5개 구씩 분담하되, 1팀은 사하구, 강서구, 북구, 서구, 중구를, 2팀은 금정구, 동래구, 연제구, 부산진구, 동구를, 3팀은 해운대구, 남구, 수영구, 사상구, 영도구를 조사하기로 했다.

구비문학 현장조사는 기장군부터 시작했다. 2010년 1월 18일(월)부터 20일까지 3일간 진행된 기장군의 조사지역과 조사 결과를 보이면 다음과 같다.[1]

조사일	구/군	읍/면	조사마을	설화	민요	소계
1. 18(월) ~ 1. 20(수)	기장군	기장읍	죽성리 두호마을	4	22	26
			내리 내동마을	0	19	19
			시랑리 동암마을	2	8	10
			교리1동 교리마을	3	11	14
			서부리 서부마을	3	3	6
1. 20(수)		일광면	용천리 산수곡마을	3	0	3
			용천리 회룡마을	2	1	3
			화전리 화전리 화전마을	3	24	27
1. 20(수)		장안읍	명례리 대명마을	1	8	9
			대명마을회관	0	11	11
			오리 판곡마을	0	4	4
			임랑리 임랑마을			
1. 20(수)		정관면	예림리 예림마을	2	16	18
			두명리 두명마을	2	6	8
			매학리 구연동마을	2	0	2
1. 19(화) ~ 1. 20(수)		철마면	장전리 대곡마을	2	1	3
			웅천리 중리마을	3	29	32
			웅천리 미동마을	0	11	11
			와여리 와여마을	4	14	18
			구칠리 점현마을	1	0	1
			연구리 구림마을	4	1	5
			이곡리 이곡마을	2	0	2
소계			21개 마을	43	189	232

---

[1] 도표의 통계는 2010년 9월 당시 현장조사 결과 보고 때의 기록이다. 당시 조사한 설화와 민요의 편수는 이 책에 자료가 수록되는 과정에서 일부 자료의 삭제 또는 통합 등에 의해 변경되었음을 밝혀둔다.

이상에서 보듯이, 기장군에서 기장읍과 철마면에서 집중 조사가 이루어졌으며, 다른 읍·면에서는 3개 마을씩 조사되었다. 설화의 경우 마을마다 대체로 2-3편씩 채록되었으며, 민요의 경우 기장읍 죽성리 두호마을, 기장읍 내리 내동마을, 일광면 화전리 화전리 화전마을, 정관면 예림리 예림마을, 철마면 웅천리 중리마을, 철마면 와여리 와여마을에서 다른 지역보다 많은 민요가 조사되었다. 설화는 지역 인물의 효행 등과 관련된 인물전설, 바위나 지형 등에 얽힌 전설이 많았으며, 민요는 <모심기 노래>가 주로 불렸다. 3일 동안 기장군에서 설화 43편, 민요 189편을 조사했는데, 조사기간을 더 늘렸다면 조사 성과는 더 많았을 것이다.

기장군 다음으로 집중 조사한 지역은 강서구이다. 강서구 중에서도 가덕도 지역을 2팀으로 나누어 여러 날에 걸쳐 집중 조사했다. 금정구와 영도구도 부산의 다른 구지역보다 현장조사를 많이 한 지역이다. 금정구의 경우, 자연마을이 아직도 많이 남아있고, 또 금정산의 정상 아래에 있으면서 타지 사람들이 많이 유입되었지만 그래도 자연마을에 토착민들이 많이 거주하고 있는 금성동을 집중 조사를 했다. 영도구의 경우도 오랜 기간 섬으로 내륙과 분리되어 있고, 지역민들 중 젊은 사람들은 내륙으로 많이 나갔지만 많은 노인들이 여전히 마을을 지키고 있다는 점을 고려하여 현장조사 대상 마을을 늘렸다. 동래구와 수영구도 역사가 깊고 부산의 대표적 무형문화재가 집중된 지역인 점을 고려하여 5개 이상의 마을을 조사했다. 이와 반면, 공단지역이 많거나 상업지역이 많은 북구, 사상구, 사하구, 부산진구, 동구, 서구 등은 1~3개 마을로 조사 대상 마을을 줄였다. 다음은 부산광역시의 각 구별 조사일정에 따른 조사마을과 조사 자료의 결과[2]를 보이면 다음과 같다.

---

[2] 도표의 통계는 2010년 9월 당시 현장조사 결과 보고 때의 기록이다. 당시 조사한 설화와 민요의 편수는 이 책에 자료가 수록되는 과정에서 일부 자료의 삭제 또는 통합 등에 의해 변경되었음을 밝혀둔다.

조사일	구별	조사마을	설화	민요	무가	소계
2. 3(수)		천가동11통(눌차동) 내눌마을	0	1		1
상동		천가동1통(동선동) 동선마을	1	11		12
상동		천가동3통(성북동) 선창마을	1	15		16
4. 28(수)		천가동8통(천성동) 서중마을	23	26	1	51
1. 27(수)	강서구	녹산동 본녹산마을	1	42		43
상동		녹산동 성산마을	4	4		8
1. 28(목)		명지동 사취등마을	0	7		7
상동		명지동 진목마을	0	9		9
2. 3(수)		천가동9통(천성동) 남중마을	5	13		18
상동		천가동10통(대항동) 대항마을	0	12		12
상동		천가동7통(천성동) 두문마을	1	6		7
소계		11개 마을	36	146	1	183
1. 21(목)		청룡노포동 작장마을	6	23		29
상동		청룡노포동 청룡마을	10	6		16
1. 23(토)		선두구동 선동마을	6	6		12
상동		선두구동 신천마을	10	5		15
상동		선두구동 임석마을	0	15		15
상동	금정구	금사동(회동동) 동대마을	10	31		41
1. 28(목)		금성동 공해마을	3	4		7
1. 21(목)		금성동 산성마을	0	13		13
1. 28(목)		금성동 중리마을	8	0		8
7. 7(수)		서2동	1	25		26
소계		10개 마을	54	128		182
1. 25(월)		용호1동	1	8		9
상동	남구	용호2동	7	19		26
7. 6(화)		대연6동	3	42	2	47
소계		3개 마을	11	69	2	82
2. 3(수)	동구	범일4동	3	35		38
상동		수정5동	17	11		28
소계		2개 마을	20	46		66
1. 26(화)		칠산동	8	45		53
상동		명륜동	3	0		3
1. 27(수)	동래구	명장2동	17	18		35
상동		온천3동	4	0		4
1. 28(목)		온천1동	3	2		5
소계		5개 마을	35	65		100
2. 4(목)	부산진구	개금2동	18	8		26

상동		당감1동	0	21		21
4. 9(금)		당감3동	3	0		3
상동		초읍동	9	16		25
소계		4개 마을	30	45		75
1. 21(목)	북구	구포1동	2	40		42
1. 23(토)		화명2동	0	25		25
소계		2개 마을	2	65		67
1. 23(토)	사상구	모라1동	9	20		29
상동		삼락동	0	1		1
소계		2개 마을	9	21		30
1. 25(월)	사하구	당리동	7	15		22
상동		하단2동	5	18		23
1. 26(화)		다대1동	7	11		18
소계		3개 마을	19	44		63
	서구	남부민3동	0	4		4
소계		1개 마을	0	4		4
1. 21(목)	수영구	광안4동	3	4		7
상동		남천1동	7	16		23
상동		남천2동	2	0		2
1. 22(금)		민락동	8	1		9
상동		망미1동	4	0		4
상동		망미2동	4	1		5
소계		6개 마을	28	22		50
2. 1(월)	연제구	연산6동	11	19		30
상동		거제1동	5	5		10
상동		거제2동	2	1		3
소계		3개 마을	18	25		43
1. 27(수)	영도구	동삼1동	1	13		14
상동		동삼2동	1	29		30
1. 28(목)		신선3동	1	7		8
상동		청학2동	8	8		16
소계		4개 마을	11	57		68
2. 4(목)	중구	보수1동	4	13		17
소계		1개 마을	4	13		17
2. 3(수)	해운대구	반송1동	2	3		5
상동		반송2동	0	11		11
2. 4(목)		반여1동	0	13		13

상동		우1동	0	16		16
상동		중1동	9	1		10
소계		5개 마을	11	44		55
합계		61개 마을	286	794	3	1,083

　이상에서 보듯이, 부산광역시에서 기장군을 제외하고 15개의 각 구별로 매우 제한된 마을을 대상으로 조사한 결과이지만 설화와 민요를 합해 총 1,083편을 조사했다. 설화에 비해 민요가 약 3배 가까이 조사되었다. 노인정을 중심으로 현장조사를 하다 보니, 남성 노인들보다 여성 노인들을 많이 만나게 된 결과이다. 남성 노인에 비해 여성 노인이 오래 살면서, 설화보다 민요를 더 적극적으로 구연했기 때문이다. 도시에서 남성 노인들이 모여서 이야기하는 기회가 여성 노인들에 비해 많이 부족한 까닭에 남성 노인들을 대상으로 구비문학을 조사하기가 어려웠다. 그렇지만 이런 가운데서도 강서구 가덕도의 천성동 서중마을의 김기일(1929년생, 남) 제보자는 훌륭한 설화 구술자였다. 그는 19편의 설화를 앉은 자리에서 짧은 시간에 연이어 구술할 정도로 설화 구연능력이 뛰어났다. 그리고 같은 마을의 박연이(1925년생, 여) 제보자도 민요 16편, 설화 3편, 무가 1편 등을 구연했는데, 시간을 두고 좀 더 조사했다면 더 많은 자료들을 채록할 수 있었을 것이다. 강서구 가덕도와 함께 비교적 많은 구비문학 자료를 조사한 지역이 금정구이다. 아직도 자연마을이 여러 곳에 남아 있는 조건이 다른 지역보다 구비문학 조사에 유리한 조건이 되었던 셈이다. 금정구 다음으로 역사가 깊은 동래구에서도 구비문학 자료가 상당히 채록되었는데, 다른 지역보다 설화가 많이 채록된 것이 특징이다. 남구와 영도구에서도 비교적 많은 설화와 민요가 채록되었다. 두 지역 모두 민요가 많이 채록되었는데, 영도구의 경우 아쉽게도 어업노동과 관련된 민요의 채록은 이루어지지 못했다. 이 지역에서 더 이상 어업노동 관련 민요의 채록은 힘

들 것이란 생각이 들었다. 그렇지만 도시화가 많이 이루어진 부산에서 설화와 민요를 합해 전체 1,300편에 가까운 자료가 채록된 것으로, 아직도 전통 구비문학의 전승이 노인들을 중심으로 명맥을 이어오고 있음을 확인했다는 것이 성과라면 성과이다. 그러나 이런 구비문학의 전승 현황은 향후 5년 이상 경과된다면 크게 달라질 것으로 전망된다. 그만큼 전통사회에서 전승되어 온 구비문학은 부산광역시의 급격한 도시화와 전승자의 노령화로 인하여 맥이 거의 끊기는 상황을 맞고 있다고 볼 수 있다.

1. 금정구

▌조사마을

부산광역시 금정구 금사동

조사일시 : 2010.1.23
조 사 자 : 박경수, 서정매, 황영태, 최수정

금사동 중에서도 회동동에 있는 동대마을회관

　2010년 1월 현재 금사동은 부산광역시 금정구의 행정동이자 법정동이
다. 행정동인 금사동은 법정동인 회동동의 전부를 포함하는데, 주거지역
과 준공업지역이 공존하며 회동수원지 등 GB지역의 54%를 차지하고 있
다. 이 금사동은 조선시대에는 동래부 동상면에 속했다가 1942년에는 서
리, 금사리, 회동리를 합하여 동래군 동면 서동이라 했다. 1985년 12월에
는 서3동(기존 동상3동)에서 금사동으로 분동이 되었는데 당시 동래구에

속해 있었다. 지금은 기장군과 해운대를 연결하는 교통의 요지로 급부상하고 있다.

금사동 내의 회동동에는 부산의 8대 명소에 속하는 동대(東臺)가 있었다. 이 동대는 오늘날의 금정구 회동동 수영강변 일대에 있었으나, 하천정비와 주택지 조성으로 그 흔적을 찾을 수 없게 되었다. 『동래부지』(1740) 고적조에는 "동래부의 동쪽 10리 사천(絲川)변에 있는데, 바위의 높이가 4~5장(丈)으로 깎아지른 듯이 서 있고, 계곡의 물이 만포(灣抱)하고 돌아서 연못을 이루니 낚시하기 좋으며, 봄·여름으로 대에 오르면 활연(豁然)한 운치가 있다"고 하였다. 그리고 회동수원지 아래에 동대리라는 마을이 있었는데, 지금은 도시화로 주위가 주택지로 변하였으나 옛날의 풍치는 사라져 버렸다.

조사자 일행은 금사동 중에서도 회동동에 속한 동대마을을 동래문화재사랑 봉사회원으로 있는 문영조 씨의 소개로 방문하게 되었다. 미리 연락은 하지 않고 동대마을회관을 찾았는데, 노래를 잘 부르는 할머니가 있다고 하여 방문한 것이다. 동대마을회관에는 11명의 할머니가 삼삼오오 모여서 담소를 나누고 있었는데, 많은 분들이 즐겁게 민요를 불러주는 등 화기애애한 분위기에서 조사가 이루어졌다.

<바구니를 물어다 준 범>, <동대, 석대, 운봉 사람들의 특징>, <가난한 동대마을>, <방귀 힘이 센 할머니>, <일하기 싫어하는 며느리를 칭찬한 시아버지> 등의 설화가 구술되었고, 민요로는 <모심기 노래>, <아기 어르는 노래> 등 다양한 종류의 민요가 가창되었다.

부산광역시 금정구 금성동

조사일시 : 2010.1.28
조 사 자 : 박경수, 서정매, 황영태, 최수정

금성동 공해경로당

금성동 마을 중앙에 위치한 금성2통경로당

금성동 중리마을 입구에 위치한 돌집

  금성동(金城洞)의 명칭은 금정산성 안의 동네라는 뜻에서 비롯된 것이다. 금정산성은 사적 215호인 우리나라 최대의 산성이다. 금정산성은 삼국시대에 축조된 것이라는 흔적은 있으나, 오늘날의 성은 조선시대에 축성 된 것이다. 효종 때 동래부사 임의백(任義伯)이 금정산에 성을 쌓을 것을 건의하였고, 현종 8년(1667) 현종이 통제사 이지형(李枝馨)을 불러 왜구를 방어할 책략을 지시하였다. 그후 숙종 27년(1701) 경상감사 조태동(趙泰東)이 상계하자 숙종이 동의하면서 축성되기 시작하였다. 조정의 동의를 얻은 조태동은 동래부사 박태항(朴太恒)에게 공사를 주관하도록 하여 본격적으로 성을 쌓기 시작하였다.

  오늘날 금성동은 죽전(竹田)・중리(中里)・공해의 3개 자연마을로 구성되어 있다. 죽전마을은 화살을 만드는 대나무가 많이 생산되어 붙여진 이름이고, 중리마을은 중성문이 있었기 때문에 불린 이름이다. 공해마을은 공해란 말이 관아를 뜻하듯이, 산성 내의 좌기청, 군기고, 화약고, 내동헌, 별전청 등의 관아가 위치하였던 까닭에 붙여진 이름이다. 금성동에는 부산지역 특산물의 하나인 산성막걸리가 아직까지 그 명맥을 이어오고 있으며, 휴일에는 금정산성을 찾는 등산객들과 나들이 가족들이 많이 모여든다.

『동래부지』(1740)에는 산성리로 불렸는데 조선 중기에는 동래부 북면(北面), 말기에는 양산군 좌이면(左耳面), 한때는 동래군 서면에 속하기도 하였다. 일제 때는 부산부 좌이면에서 동래군 좌이면으로 다시 1918년에는 동래군 구포면 금성리로 행정 관할이 바뀌었다. 1963년에는 부산시의 직할시 승격과 동시에 부산시에 편입되어 부산진구 금성동이라 하였으나, 북부출장소가 설치되자 이의 관할 하에 두었으며, 1988년 금정구의 분구로 금정구에 속하게 되었다.

금성동은 금정구 서편에 위치하고 있으며, 동쪽으로는 청룡동, 남산동, 장전동과 접하고 있고 서쪽에 북구 화명동, 금곡동, 만덕동과 경계하고 있다. 금정산 계곡 해발 400m에 위치하고 있는 산성마을은 주위로는 높이 500~600m의 금정산릉에 둘러싸여 있다. 고지대라 기후가 차가워서 부산의 평지보다 2~3도가 낮고, 계절도 15도 정도의 차가 있다.

조사자 일행은 공해경로당을 미리 연락을 하지 않고 찾아갔다. 산성 주변의 경로당에는 원래 사람이 많이 모이는 것으로 알고 있었기 때문이다. 점심때가 조금 지난 시간이었지만 점심으로 라면을 막 먹으려던 참이어서 본의 아니게 점심을 얻어먹게 되었다. 조사는 점심을 먹은 후 시작되었다. <창부타령>, <요로지기 타령>, <다리 세기 노래>, <보리타작 노래>, <아기 어르는 노래(불매소리)> 등의 민요가 불렸고, <고당지의 산신령 발자국>, <도깨비에 홀려 혼이 빠진 사람> 등이 구술되었다.

금성동에는 금성2통경로당이 있다. 조사자 일행은 공해마을의 공해경로당 조사를 마치고 산성2통경로당을 방문했다. 미리 연락을 하지 않고 찾아갔지만, 할머니들이 모두 화투를 치며 무료한 시간을 보내고 있었다. 조사자들을 반기기는 했지만, 화투를 치면서 노래를 불러주기도 하였다. 설화는 조사되지 않았고, 민요 위주로 구연이 되었다. <모심기 노래>, <다리 세기 노래>, <아기 어르는 노래> 등 기능요도 조사되었으나 <권주가>, <도라지 타령>, <사발가>, <양산도>, <노랫가락>, <창부타령>, <너냥 나냥> 등 가창유희요의 구연이 많이 이루어졌다.

금성동 중리마을의 입구에는 돌집이라는 식당이 있다. 이 돌집에서 식당을 하며 거주하는 제보자 차옥자(여, 75세) 씨는 오랫동안 중리마을에서 살아왔기 때문에 금정산성과 범어사에 관한 이야기를 많이 제공했다. <다시 지은 북문 사당>, <물이 마르지 않는 금샘>, <호식당한 아기>, <도깨비와 싸운 사람>, <논이 많았던 범어사>, <계명봉의 유래>, <모래를 파서 던지는 호랑이>, <버들 유씨와 차씨가 동성동본인 이유> 등 대체로 지역 관련 이야기를 많이 구술해 주었다.

부산광역시 금정구 서2동

조사일시 : 2010.7.7
조 사 자 : 박경수, 서정매, 정혜란, 황영태

금정구 서2동은 3개 동으로 구성된 서동의 한 행정동이다. '서동'이란 마을 명칭은 조선 후기 1832년에 간행된 『동래부읍지』에서 찾아볼 수 있다. 즉 동래부는 명장리(鳴藏里)·서리(書里)·금사리(錦絲里)·반여리(盤如里)·회동리(回東里) 등을 동상면(東上面)이라 하였고, 우리(佑里)·중리(中里)·좌리(佐里)·남수리(南壽里) 등은 동하면(東下面)이라 하였다.

1942년 10월 1일에는 동래군이 부산부로 편입됨에 따라 동상면의 중심 마을인 서리·금사리·회동리를 합하여 서동(書洞)이라 부르게 되었다. 이후 동세가 확장됨에 따라 1959년 서동을 금사동과 회동동을 합하여 동상동(東上洞)으로 개칭(改稱)하였다. 1968년 2월에는 시내 영주동, 충무동 등지의 고지대 철거민의 정책이주지로 선정되어 인구가 급격히 증가하게 되었으며, 1975년 동상동은 동상 1, 2, 3동으로 분동되고, 1982년 동명이 영도 동삼동과 발음이 비슷하여 혼동을 많이 했던 까닭에 동명을 옛 서동(書洞)으로 개칭하게 되었다. 그리고 1988년 동래구에서 분구 당시에 4개의 동으로 분동되었으나, 2009년부터 서3동과 서4동이 서3동으로 다시 합쳐졌다.

원래 서리(書里)로 불리던 '서동(書洞)'은 서쪽에 있는 마실이란 뜻의 섯골(西谷)마을과 안쪽에 있는 마실이란 뜻의 안골(內谷)마을인 두 개의 자연마을로 형성되어 있었는데, 내곡은 '안마실'이란 뜻으로 마을명으로는 부적절하여 섯골을 한자로 서곡(書谷)으로 표기하면서 '서동(書洞)'으로 발전한 것이다.

섯골(書谷)은 현 금정여고에서부터 서곡초등학교까지 서동우회도로 아래 지역 일대에 있던 자연마을로서 서동의 본동이며 중심 마을이다. 섯골은 큰마실(마을), 안골을 작은마실(마을)이라 하였으며 현재에도 서곡초등학교, 서곡컴퓨터학원, 서곡슈퍼 등 섯골을 뜻하는 서곡의 이름을 붙인 곳들이 많이 남아 있다.

안골(內谷)은 현재 금사중학교에서부터 금정전자공고 아랫 지역 일대에 있던 자연마을이다. 안마실(안마을), 내곡(內谷)이라고도 부르는데, 안쪽에 있는 마을이라 하여 안골, 안마실이라 부른다. 1945년 광복 당시 가구 수는 약 30호 정도이며, 농업을 주업으로 하였다.

서동은 부산 전형의 산동네는 아니지만 산동네 형식을 고스란히 가지고 있어서, 동네는 좁은 편이며, 2~3층의 판자집이나 벽돌집들로 이루어져 있다. 또한 취수문제가 열악하기 때문에 지붕 위에 파란 물통을 모두 놓고 있다. 거기다 협소한 길에 자동차들이 주차하고 있어 길이 비좁으며, 서동고갯길은 엄청난 교통량에 비해 도로는 오직 편도 1차선뿐이다.

조사자 일행은 경로당에 관한 정보를 얻기 위해 먼저 서2동사무소에
들렀다. 동사무소에서 알려준 곳이 바로 비탈진 길에 들어서 있는 삼한여
명아파트경로당이었다. 마침 할머니들이 삼삼오오 모여 있었고, 조사자들
이 도착하자 노래를 부를 만한 제보자들에게 전화를 해서 경로당으로 부
르는 등 적극적으로 조사에 도움을 주었다.

　　현장 조사는 민요 위주로 이루어졌다. 설화는 <도깨비에게 홀린 사람>
의 단 한 편만이 구술되었을 뿐이다. 민요로는 <모심기 노래>, <쌍가락
지 노래>, <달 노래>, <노랫가락>, <남도령 노래>, <사발가>, <도라
지 타령>, <아기 어르는 노래>, <보리타작 노래>, <양산도>, <권주
가>, <청춘가>, <찰수제비 노래>, <너냥 나냥>, <댕기 노래>, <진주
난봉가>, <방귀타령>, <화투 타령>, <못갈 장가 노래> 등인데 유희요
가 많이 구연되었다.

서2동 삼한여명아파트경로당

부산광역시 금정구 선두구동

조사일시 : 2010.1.23
조 사 자 : 박경수, 서정매, 황영태, 최수정

선두구동은 1998년 선동과 두구동이 통합되어 생긴 동명이다. 부산광역시 최북단에 위치한 선두구동은 10개의 자연마을로 형성된 근교 농촌마을이다. 면적은 금정구의 18.4%인 12km²나 되는데, 전 지역이 오랫동안 개발제한구역과 상수도보호구역으로 개발이 제한되었다. 2007년 10월 4일 취락지 위주로 개발제한구역이 해제되었고, 환경정비구역도 완화되었다. 1914년부터 동래군 북면에 속했다가, 1963년에 부산시에 편입되어 북면출장소의 관할에 있었다. 그러다 1975년부터는 동래구가 확대되어 동래구에 속해 있다가 1988년부터 금정구가 분구됨에 따라 금정구에 속하게 되었다.

먼저 선동은 조선시대부터 선동(仙洞)이라 불렸다. 1740년 간행된 『동래부지』에도 북면 선동이라 하여, 동래부에서 15리 떨어져있다고 기록되어 있다. 일제 강점기 때 선리(仙里)라고 불렸으며, 1963년 부산직할시 승격 때 부산시로 편입되어 북면출장소의 관할 아래에 있다가 1966년 선리사무소를 다시 선동사무소로 고쳐져 오늘에 이르렀다.

선동은 두구동의 임석(林石)마을과 같이 선돌(立石)이 있었는데, 이 표지물로 동리 이름을 삼게 되었다는 설이 있다. '설뫼'를 입산(立山)이라고 부르는 것은 한자의 뜻을 취한 것이고, 선돌을 선동이라 한 것은 한자의 음을 취한 것으로 풀이된다. 한편, 선동은 오륜대와 인접하여 신선이 노닐었다는 데서 신선이 사는 마을이란 뜻으로 이어졌다고 하나 이는 마을 사람들의 구전에 의한 것이다.

선동은 하정·상현·하현·신현·신천등 5개의 자연마을로 구성되었는데, 이중 하현마을은 1942년 회동수원지의 건설로 없어져 4개의 자연마을만 남아 있다. 1904년 간행된 『경상남도동래군가호안』에 의하면 각리 동에는 선리 24호, 현리 13호, 하정리가 17호, 신천리 20호의 호수가 있었다고 기록되어 있다. 1914년 행정구역 개편 때 이 4개리를 병합하여 선리라 하여 동래군 북면에 소속되었다. 이중 하정리는 조선시대 소산리(蘇山里)라 하였고, 여기에는 역원이 있었다. 당시 동래부 관내에는 소산역(하정)과 휴산역(休山驛, 연산동과 수영 사이)의 2개 역이 있었다. 선동은 남북으로 경부고속도로가 통과하고 그린벨트지역이 많아 현재 개발이 늦어지고 있으며, 이로 인해 지역 발전도 미약한 편이다.

다음으로 두구동(杜邱洞)은 『동래부지』(1740)의 방리조에는 동래부 북면 두구리(豆口里)로 기록되어 있다. 조선 후기 이후 두구리(豆口里)의 명칭이 아름답지 못하다고 하여 두구리(杜邱里)로 명칭이 바뀌었다. 두구동의 명칭에 대해서는 임진왜란 이전 동래의 읍지(邑地)를 물색할 당시 먼저 초읍동에 들러 산세가 좋고 자리가 음양에 맞다 하여 우선 초(抄)해 놓고, 이보다 더 좋은 데가 없는지 찾아 다니던 중 두구동의 지세가 뛰어나은지로 정하려 했으나, 동래읍 (수안동 일대)을 보고는 동으로 학소대(鶴巢臺)와 남으로 대조포란형(大鳥抱卵形)이 서울의 장안과 견줄 만하다 하여 이곳을 읍지로 정하였다. 그래서 읍지(邑地)를 초(抄)한 곳을 초읍동이라 하였고, 두고 보자고 점을 찍은 땅은 두구동이라 하였다고 전한다. 이로 미루어 볼 때, 두구동의 지세가 평탄하고 좋았음을 알 수 있는 말이다.

두구동은, 구전에 의하면, 임진왜란 때 난을 피하여 북상 중 유(劉)·조(趙)씨 일가가 정착하여 마을을 형성하였다고 한다. 세월이 흐르면서 두구동은 본래 조리(造里)마을·죽전(竹田)마을·대두(大豆)마을·임석(林石)마을·중리(中里)마을·수내마을·송정(送亭)마을 등 7개 자연마을로 구성되어 있었다. 이 두구동에는 현재 하훼단지가 조성되어 있고, 시설재배를 통해 하훼, 버섯, 당근 등이 많이 생산되고 있으며, 약 10만평에 금정체육공원이 소재하고 있다. 이 금정체육공원에는 3개의 경기장(농구장, 싸이클

경기장, 테니스장)과 조깅코스 및 공원이 조성되어 있어 찾는 사람이 계속 증가하는 추세이다. 현재는 국도 7호선 및 경부고속도로 시 진입 지점에 위치하고 있고, 동래여고~두구동간의 도로확장공사가 마무리되어 교통이 편리해졌다.

조사자 일행이 선두구동에서도 신천마을에 먼저 찾아갔다. 신천마을의 신천경로당은 새로 지은 경로당으로 내부가 깔끔하고 따뜻했다. 할아버지 2분과 할머니 5분이 모여 조사가 이루어졌다. 임달년 제보자(여, 93세)가 기억은 많이 감퇴되었지만 옛날에 부른 노래를 잘 구연하고 이야기도 재미있게 해 주었다. 다른 분들은 이야기를 묵묵히 들으며 웃어주기도 하면서 경청했다. 임달연(여, 93세) 제보자는 <모심기 노래>를 비롯하여 <이노래>, <쌍가락지 노래>, <다리 세기 노래>, <아기 어르는 노래> 등을 구연해 주었고, 이 외 다른 4명의 제보자는 이야기를 구술해 주었다. <신천마을의 유래>, <용두봉의 용발톱>, <호랑이산의 유래> 등 마을의 지명설화를 비롯하여 도깨비와 방귀가 소재가 된 이야기가 다양하게 구술되었다.

조사자 일행은 신천마을 조사를 마치고 임석마을로 향했다. 임석마을경로당은 마을의 작은 길 사이에 있어서, 찾는 데 조금 시간이 걸렸다. 많은 사람들이 모여서 화투를 치고 있었는데, 일단 준비해 온 과자와 음료수를 내면서 조사에 협조를 요청하자 자연스레 화투판이 접어졌다. 둥글에 앉아서 간식을 먹으면서 민요가 구연되었다. 아쉽게도 이야기는 조사되지 못하였다. 긴 가사보다는 창부타령과 같이 짧게 부르는 유희요가 주로 불렸다. <너냥 나냥>, <도라지 타령>, <모심기 노래>, <검둥개 노래>, <아기 어르는 노래>, <양산도>, <화투타령>, <권주가>, <청춘가>, <사발가> 등이 구연되었다.

선두구동 신천마을 신천경로당

선두구동 임석마을 임석마을경로당

조사자 일행은 신천마을과 임석마을 조사를 마치고 회동수원지의 북쪽에 위치한 선동마을을 찾아갔다. 선동마을에 도착하니 마을 입구에 경로당이 있어서 오고가는 사람들을 한눈에 다 볼 수 있었다. 한 방에 커튼을 쳐서 남녀를 구분하였는데, 남녀 모두 서로 잘 아는 친한 사이로 보였다. 남자 노인들은 거의가 화투를 치고 있었고, 할머니들은 모두 이불을 함께 덮고 누워 있었다. 조사자들이 도착하자 반갑게 맞으며 조사에 임해 주었다. 과자와 음료수를 내자 자연스럽게 둥글게 앉아 노래가 시작되었다. 서사민요는 거의 제공되지 않았고 짧은 서정민요가 주로 구연되었다. <성주풀이>, <모심기 노래> <쌍가락지 노래> 등을 조사할 수 있었다.

선두구동 선동마을 선동경로당

부산광역시 금정구 청룡노포동

조사일시 : 2010.1.21
조 사 자 : 박경수, 서정매, 황영태, 최수정

청룡노포동은 1998년 청룡동과 노포동이 통합되면서 생긴 동명이다. 1988년 동래구에서 금정구가 분구될 때까지만 해도 청룡동과 노포동은 별개의 동이었고, 이런 구분은 1998년 두 동의 통합 때까지도 지속되었다.

먼저 노포동은 1740년에 편찬한『동래부지』의 기록에 의하면, 북면 작장리(鵲掌里)와 소산리(蘇山里)에 해당되는 지역이다. 1937년에 편찬된『동래군지』에는 작장리와 소산리의 이름이 보이지 않으며 대신 노포리로 등장하고 있다. 1910년 일제 강점으로 다시 동래부에 속하였고, 1914년 일제의 부·군 통폐합에 따라 동래군 북면 노포리로 되었으며, 1963년 부산시로 편입되었다가 1966년 리제(里制) 폐지에 따라 노포동이란 이름으로 불리게 되었다. 노포동은 노포·작장·대룡·녹동 4개의 자연마을로 구성되어 있다. 이중 작장마을이 대표 마을이었으나 울산지역으로 도로가 열리면서 노포마을이 중심마을로 대두되었다. 지금은 울산과 양산방면으로 가는 도로와 경부고속도로, 그리고 지하철 시발지인 차량 기지창이 위치하고 있어 비교적 교통이 편리한 곳이다. 서편에는 완만한 개발제한지역이고, 동편은 약간의 평지가 있어 쌀 중심의 농업과 과수원이 있고 양어장이 있다.

노포란 '농사를 잘 짓는 농부', 또 농사일에 경험이 많은 사람으로 '늙은 농부'를 뜻하는데, '노포동'이란 '농사가 잘되는 마을', '다른 곳에 비해 농토가 풍부한 마을'이라는 데서 붙여진 이름이라고 한다. 1984년에 발굴된 노포동고분군(古墳群)은 부산지방의 고분군 중 가장 앞선 시기의 유적으로 노포동은 어떤 지역보다 앞서 취락이 형성되었다고 볼 수 있다. 이에 따라 노포동을 말 그대로 오래된 채밭이라 풀이하기도 한다.

청룡노포동 작장마을의 작장할머니경로당(1층)과 작장할아버지경로당(2층)

청룡노포동 청룡마을의 청룡노인정

다음 기존 청룡동은 1740년(영조 16년)에 편찬된 『동래부지』에는 지명이 나타나지 않지만, 1904년 탁지부에서 편찬한 『경상남도동래군가호안』에는 청룡동이란 지명이 기록되어 있고, 33호의 호수가 있다고 했다. 그리고 1937년 편찬된 『동래군지』에도 동래군 북면 청룡리란 명칭이 보인다. 이로 보아 청룡이란 지명의 유래는 그렇게 오래되지 않았음을 알 수 있다. 청룡(青龍)은 불교에서 '이십팔수' 가운데 동방(東方)에 있는 일곱 성수를 총칭하기도 하며 사신(四神)의 하나로 동쪽 하늘을 맡은 신을 뜻하기도 한다. 청룡동은 범어사의 동편 마을이란 뜻에서 지어진 동명으로 풀이되고 있다. 한편, 동네의 고로(古老)들은 계명봉이 계룡(鷄龍)의 형상으로 산의 중턱에는 계명암이 있고, 서단(西端)을 마주 대하여 미륵암이 있고, 동단(東端)에는 용의 머리가 있다 하여 청룡동이라 이름을 지었다고 한다. 고로들은 미륵암을 미리암이라 부르는데, 현재 항측도(航測圖) 상에도 미리암으로 표기되어 있다. '미리'는 우리말로 '용'을 뜻한다는 점에서 고로들의 이야기를 뒷받침해 준다.

청룡동의 자연마을은 청룡·용성·신리·상마·하마의 5개로 구성되며, 이중 청룡마을 외에도 용성마을 또한 용과 관계가 깊다. 신리마을은 1940년대 북면사무소가 기찰(부곡동)에서 이곳으로 옮겨오면서 새로이 생긴 마을이란 뜻이다. 상마·하마는 범어사의 주변에 위치하면서 청룡마을 서쪽에 있는 마을인데, 이곳에 삼을 많이 심었던 것에서 유래한다고 한다. 원래 마을은 범어사의 창건 이래 잡역에 종사한 사람과 목수의 가족들이 모여 살았던 곳이 오늘에 이르렀다. 현재는 대중음식점이 많은 곳으로 금정산 등산객이나 범어사 탐방객이 많이 찾아오는 곳이 되었다. 청룡동은 유서깊은 범어사(대웅전, 삼층석탑, 일주문, 석등, 당간지주)와 금정산성 북문 등이 소재한 곳으로 연중 관광객의 발길이 끊이지 않을 뿐만 아니라 부산시민의 안식처 역할을 하고 있는 곳이다.

청룡노포동에서 먼저 조사자 일행이 찾아간 곳은 기존 노포동에 속했던 작장마을이다. 작장마을은 큰길가 옆에 위치한 마을이다. 작장마을은 경로당은 2층으로 되어 있다. 1층은 할머니경로당이고 2층은 할어버지경로당이다. 할아버지경로당에 올라가니 몇몇 분들이 앉아 계셨지만, 1층으로 내려가야 많은 것을 들을 수 있다며 의외로 소극적인 모습이었다. 결국 1층의 할머니경로당으로 내려가서 민요를 제공 받을 수 있었다. 그리고 할머니들은 박용진 할아버지를 만나면 많은 노래와 이야기를 들을 수 있다며 소개를 해 주었다. 박용진(남, 77세) 제보자는 이미 마을 밖에 나가 있었기 때문에 저녁 늦게 따로 자택을 방문하여 설화를 조사할 수 있었다. 박용진 제보자가 구술한 설화는 <두구동과 작장마을의 유래>, <흉년을 미리 대비한 동래부사 민영훈>, <까치발 형상의 작장마을>, <도깨비가 놀았던 작장천>, <기왓장으로 왜놈들을 물리친 아낙네>, <상마, 하마마을의 유래> 등이다. 민요로는 <모찌기 노래>, <모심기 노래>, <장가 노래>, <너냥나냥>, <노랫가락>, <청춘가>, <백수가>, <꼬꾸랑 노래>, <멍멍개 노래>, <강대추 노래>, <아기 어르는 노래>, <신세한탄가>, <권주가>, <파랑새요> 등이 구연되었다.

조사자 일행은 작장마을 조사를 마치고 청룡노포동의 청룡노인정을 찾았다. 이 노인정은 지하철 범어사역 7번 출구 쪽 큰 도로가에 위치하고 있었다. 이 노인정은 할머니와 할아버지가 함께 모이는 노인정으로, 많은 어른들이 화투를 치거나 담소를 나누고 있었다. 그러나 인원이 너무 많아서인지 일부 노인들만 제보에 협조를 해 주었고, 다른 분들은 옆에서 조사중임에도 계속 바둑을 두거나 화투를 쳤다. 그래도 비교적 많은 설화와 민요가 조사되었다. 설화로는 <도깨비와 싸운 사람>, <금정산 금샘>, <청룡마을의 당산나무>, <벼락으로 만들어진 벼락덤불>, <청룡동의 유래>, <고려장이 없어진 내력>, <팔송정의 유래>, <호식당한 사람> 등이 구술되었다. 그리고 밀양 출신의 최호진(남, 85세) 제보자가 거의 혼자 민요를 구연하다시피 했는데, <모심기 노래>, <논매기 노래>, <망깨소

리>, <보리타작 노래>, <상여소리> 등 기능요가 많았다. 이들 기능요는 메기고 받는 형식의 노래였는데, 제보자가 앞소리를 메기면 청중들이 받는소리를 해주었다.

강덕희, 여, 1930년생

주 소 지 : 부산광역시 금정구 서2동
제보일시 : 2010.7.7
조 사 자 : 박경수, 서정매, 정혜란, 황영태

강덕희는 1930년생으로 경상남도 진주시 단성면에서 태어났다. 올해 81세로 말띠이며 본관은 진양이다. 현재 진성댁으로 불린다. 18세 때 남편을 만나 결혼하였으나 남편은 9년 전에 작고하였다. 슬하에 3남 2녀를 두었는데, 큰아들은 안타깝게도 사망하고, 현재 둘째 아들과 함께 살고 있다.

벼농사를 짓다가 40세 때 부산으로 이사를 와서 온천장을 거쳐 현재 서2동에서 거주하고 있다.

보세공장, 장갑공장 등에서 일해서 생계를 유지했다. 현재는 조그마한 가게를 열고 장사를 하는데 계란 등 식료품을 팔고 있다. 2006년에 교통사고를 당하여 6개월간 병원에 입원을 한 바가 있다. 초등학교를 졸업했으며, 종교는 불교이다.

노래를 부를 때 몸을 떨면서 불렀다. 제보자는 6편의 민요를 제공해 주었는데, 이들 노래는 대부분 고향에서 일하면서 알게 된 노래라고 했다.

제공 자료 목록
04_21_FOS_20100707_PKS_KDH_0001 방귀 타령
04_21_FOS_20100707_PKS_KDH_0002 모심기 노래
04_21_FOS_20100707_PKS_KDH_0003 찰수제비 노래

04_21_FOS_20100707_PKS_KDH_0004 화투 노래
04_21_FOS_20100707_PKS_KDH_0005 못 갈 장가 노래
04_21_FOS_20100707_PKS_KDH_0006 까치야 노래

강정필, 여, 1927년생

주 소 지 : 부산광역시 금정구 청룡노포동 작장마을
제보일시 : 2010.1.21
조 사 자 : 박경수, 서정매, 황영태, 최수정

강정필은 1927년 기묘생(토끼띠)으로 올
해 나이 84세이다. 경상남도 양산시 다방마
을에서 태어나 다방댁으로 불린다. 18세에
남편을 만나 결혼하였으나 남편은 7년 전에
작고하였다. 슬하에 3남 2녀를 두었는데, 자
녀들은 울산과 부산 등지에서 회사원과 농
장일을 하고 있다. 밭농사와 논농사를 짓고
살았으나 지금은 나이가 많아 쉬고 있다. 초
등학교를 2년까지 다니고 중퇴하였으며, 종교는 불교이다. 현 거주지인
작장마을에서는 시집올 때부터 지금까지 65년 간 살고 있다.

<함경도 울산 노래>, <노랫가락>, <청춘가>, <백수가> 등을 구연
해주었다. 노래를 부를 때는 눈을 지긋이 감고 부르기도 하는 등 감정을
넣어 노래를 불러 주었다.

구연한 대부분의 노래는 젊었을 때 주위 사람들이 부르는 것을 듣고
배운 것이라고 했다.

제공 자료 목록
04_21_FOS_20100121_PKS_KJP_0001 함경도 울산 노래
04_21_FOS_20100121_PKS_KJP_0002 노랫가락

04_21_FOS_20100121_PKS_KJP_0003 청춘가
04_21_FOS_20100121_PKS_KJP_0004 백수가

김귀근, 남, 1938년생

주 소 지 : 부산광역시 금정구 선두구동 신천마을
제보일시 : 2010.1.21
조 사 자 : 박경수, 서정매, 황영태, 최수정

김귀근은 1938년 무인생으로 올해 73세
호랑이띠이다. 본관은 경주다. 제보자는 부
산광역시 금정구 선두구동 신천마을에서 태
어나 지금까지 살고 있는 신천마을의 토박
이이다. 부인은 올해 70세라고 한다. 슬하에
2남 1녀를 두었는데, 현재 모두 부산에서
살고 있다.

제보자는 선동개발위원으로 있으며 벼농
사를 지으며 살아왔고, 지금도 벼농사를 짓고 있다. 고등학교를 졸업했으
며, 종교는 없다.

신천마을 이름의 유래, 용두봉과 용발톱에 관한 이야기, 호랑이산의 유
래 등 마을의 지명 유래담을 구술해 주었다.

제공 자료 목록
04_21_FOT_20100123_PKS_KGG_0001 신천마을의 유래
04_21_FOT_20100123_PKS_KGG_0002 용두봉과 용발톱
04_21_FOT_20100123_PKS_KGG_0003 호랑이산의 유래

김달순, 여, 1925년생

주 소 지 : 부산광역시 금정구 금성동 동대마을
제보일시 : 2010.1.23
조 사 자 : 박경수, 서정매, 황영태, 최수정

김달순은 1925년 을축생으로 부산광역시 기장군 장안읍 기룡리에서 태어났다. 올해 86세로 소띠이며, 19세에 2살 많은 남편을 만나 결혼을 하였다. 남편은 안타깝게도 젊은 나이인 26세 때에 요절하여, 61년 간 홀로 살아왔다. 슬하에 2형제를 두었는데, 한 명은 서울에서, 다른 한 명은 제보자와 함께 동대마을에서 살고 있다. 제보자는 야간학교를 2년 다니다 중퇴하였으며, 종교는 불교라고 했다. 농사를 짓고, 새끼를 꼬며 살아왔다. 제보자는 기억력이 좋아서 많은 노래를 구연해 주었는데, 노래를 부른 후 설명까지 곁들이는 등 친절하게 제보에 임해 주었다. 제보자가 제공한 다양한 노래는 모두 농사를 지으면서 친구들과 어른들로부터 듣고 배운 것들이라고 했다.

제공 자료 목록

04_21_FOS_20100123_PKS_KDS_0001 모심기 노래
04_21_FOS_20100123_PKS_KDS_0002 다리 세기 노래
04_21_FOS_20100123_PKS_KDS_0003 요로지기 타령
04_21_FOS_20100123_PKS_KDS_0004 쌍가락지 노래
04_21_FOS_20100123_PKS_KDS_0005 상추 노래
04_21_FOS_20100123_PKS_KDS_0006 남녀연정요
04_21_FOS_20100123_PKS_KDS_0007 사발가
04_21_FOS_20100123_PKS_KDS_0008 도라지 타령
04_21_FOS_20100123_PKS_KDS_0009 부모살이 노래
04_21_FOS_20100123_PKS_KDS_0010 양산봉 노래

김말년, 여, 1933년생

주 소 지 : 부산광역시 금정구 청룡노포동 작장마을
제보일시 : 2010.1.21
조 사 자 : 박경수, 서정매, 황영태, 최수정

　김말년은 1933년 부산광역시 금사동에서
태어났다. 올해 나이 78세 닭띠로, 마을에서
는 금사댁으로 불린다. 22세에 남편을 만나
결혼했으나, 남편은 8년 전에 작고하여 지
금은 홀로 살고 있다. 슬하에 자녀는 3형제
를 두었는데, 자녀들은 양산, 하동, 서울 등
지에서 살고 있다.

　보석공장에서 일을 하였으나, 지금은 나
이가 많아 쉬고 있다. 초등학교를 3년까지 다니고 중퇴하였으며, 현 거주
지에는 15년째 살고 있다.

　제공해 준 노래는 어머니로부터 배운 것으로, <멍멍개 노래>이다.

제공 자료 목록
04_21_FOS_20100121_PKS_KMN_0001 멍멍개 노래

김말선, 여, 1931년생

주 소 지 : 부산광역시 금정구 청룡노포동 작장마을
제보일시 : 2010.1.21
조 사 자 : 박경수, 서정매, 황영태, 최수정

　김말선(金末善)은 1930년 경오생(말띠)으로, 부산광역시 선두구동에서

태어났다. 올해 81세이며 마을에서는 어른
댁으로 불린다. 20세에 남편(82세)을 만나
결혼하여 지금까지 함께 작장마을에서 살고
있다. 슬하에 3형제를 두었다. 밭농사와 논
농사를 지었으며, 지금은 밭농사만 조금 짓
고 있다. 초등학교를 5학년까지 다니고 중
퇴하였다. 종교는 불교이다. 결혼을 하고 난
후 지금까지 60년 간 작장마을에서 살고 있
다. <모찌기 노래>를 구연해 주었는데, 젊었을 때 친구들과 함께 부르면
서 배운 것이라고 했다.

제공 자료 목록
04_21_FOS_20100121_PKS_KMS_0001 모찌기 노래

김묘도, 여, 1930년생

주 소 지 : 부산광역시 금정구 금성동 금성2통
제보일시 : 2010.1.28
조 사 자 : 박경수, 서정매, 황영태, 최수정

김묘도(金墓道)는 1930년 경오년생으로 경
상남도 김해시 대동면에서 태어났다. 올해
81세로 말띠이며, 김해댁으로 불린다. 18세
에 남편을 만나 결혼하였는데, 안타깝게도
남편은 10년 전에 작고하였다. 슬하에 2형
제를 두었다.

18세에 산성으로 시집을 온 후 지금까지
63년째 산성에서 살고 있다. 농사를 지으며

살았으며, 학교는 다닌 바가 없고 종교는 불교이다.

산성마을 제보자들 중에서 가장 많은 노래를 불러줄 만큼 적극적인 성격에 기억력도 좋은 편이다. 제보자 스스로 노래 부르는 것을 좋아한다고 했다.

제보자는 민요 7편을 불러 주었는데, 모두 젊었을 때 일하면서 배웠던 노래라고 했다.

제공 자료 목록
04_21_FOS_20100128_PKS_KMD_0001 모심기 노래
04_21_FOS_20100128_PKS_KMD_0002 다리 세기 노래
04_21_FOS_20100128_PKS_KMD_0003 아기 어르는 노래
04_21_FOS_20100128_PKS_KMD_0004 권주가
04_21_FOS_20100128_PKS_KMD_0005 도라지 타령
04_21_FOS_20100128_PKS_KMD_0006 사발가
04_21_FOS_20100128_PKS_KMD_0007 양산도

김복실, 여, 1932년생

주 소 지 : 부산광역시 금정구 서2동
제보일시 : 2010.7.7
조 사 자 : 박경수, 서정매, 정혜란, 황영태

김복실(金福實)은 1932년 경상남도 하동군 서천마을에서 태어났다. 올해 79세이며 원숭이띠로 경로당에서는 하동댁으로 불린다. 20세에 남편을 만나 결혼하여 서천마을에서 계속 살다가 남편의 직장 때문에 부산으로 이사를 오게 되었다. 남편은 13년 전에 작고하여 지금은 홀로 살고 있다. 슬하에 2남 1녀가 있으며 딸은 대구에서 거주하고

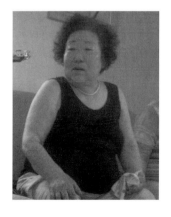

아들 둘은 모두 부산에서 살고 있다. 장사를 하고 살았는데, 어떤 장사를 했는지에 대해서는 밝히지 않았다. 일제 강점기 때에 학교를 다녔지만, 초등학교를 중퇴하였다. 현재 다리가 많이 불편하여 경로당 바닥에는 앉지 못하고 계속 소파에 앉아서 노래를 구연해 주었다.

조용하고 차분한 목소리로, 이야기를 구술하였다.

<도깨비에 홀린 사람> 1편을 구술했는데, 이는 어릴 때 실제로 마을에서 있었던 일로 어른들에게 들었던 것이라고 했다.

제공 자료 목록

04_21_FOT_20100707_PKS_KPS_0001 도깨비에게 홀린 사람

김소돌, 남, 1932년생

주 소 지 : 부산광역시 금정구 청룡노포동 작장마을
제보일시 : 2010.1.21
조 사 자 : 박경수, 서정매, 정혜란, 황영태

김소돌(金小突)은 1932년생으로, 올해 나이 79세이며 원숭이띠로, 본관은 김해이다.

서울특별시 영등포구 당산동에서 태어나 28세에 첫째 부인과 결혼하였지만, 부인이 61세에 작고하여 되어, 이후 4살 연하인 둘째부인을 만나 다시 결혼하였다. 슬하에 1남 3녀를 두었는데, 자녀들은 모두 부산에 살고 있으며, 아들은 운수사업을 하고 있다.

예전에는 한전에 근무하였는데 정년퇴직하였고, 현재는 금정농협의 이사를 맡고 있다. 제보자는 해양고등학교를 2년 다녔으며, 이후 군대에 입대하였다. 현재 6·25 유공자이며, 종교는 불교이다. 제보자는 안경을 쓰

고 넥타이를 한 깔끔한 차림새를 하고 있었다.

거의 사투리를 쓰지 않는 편이며, 고등교육을 받은 만큼 해박한 견문과 지식이 돋보였다. <금정산의 금샘>, <청룡마을의 당산나무>, <벼락으로 만들어진 벼락덤불>, <청룡동의 유래>, <고려장이 없어진 내력> 등을 구술해 주었다. 구술해 준 이야기는 모두 친구와 할아버지로부터 들었던 이야기라고 했다.

제공 자료 목록

04_21_FOT_20100121_PKS_KSD_0001 금정산의 금샘

04_21_FOT_20100121_PKS_KSD_0002 청룡마을의 당산나무

04_21_FOT_20100121_PKS_KSD_0003 벼락으로 만들어진 벼락덤불

04_21_FOT_20100121_PKS_KSD_0004 청룡동의 유래

04_21_FOT_20100121_PKS_KSD_0005 고려장이 없어진 내력

김소래, 여, 1918년생

주 소 지 : 부산광역시 금정구 청룡노포동 작장마을

제보일시 : 2010.1.21

조 사 자 : 박경수, 서정매, 황영태, 최수정

김소래는 1918년 경상남도 창녕군 장마면 산지리 산지마을에서 태어났다. 올해 93세로 말띠이며, 금성농장댁으로 불린다. 본관은 김해이다. 17세에 남편을 만나 그 이듬해인 18세에 결혼을 하였으나 5살 연상인 남편은 20년 전에 작고하였다. 슬하에 딸 한 명을 두었는데, 딸은 현재 금정구 금성동에서 살고 있다. 젊었을 때에는 농사일과 가구공장에서 일을 하였으며 초등학교는 다닌 바가 없다. 현재 마을 입구에

서 가장 큰 집에 살고 있다. 종교는 불교이다.

　<모심기 노래>를 여러 편 부른 후 <신세한탄가>, <권주가> 등의 노래도 구연해 주었다. 구연해 준 노래는 젊었을 때에 친구와 함께 부르거나 목화를 재배하면서 부르며 배운 노래라고 했다.

제공 자료 목록

04_21_FOS_20100121_PKS_KSR_0001 모심기 노래
04_21_FOS_20100121_PKS_KSR_0002 얼궁덜궁 노래
04_21_FOS_20100121_PKS_KSR_0003 신세한탄가
04_21_FOS_20100121_PKS_KSR_0004 권주가

김순남, 여, 1940년생

주 소 지 : 부산광역시 금정구 선두구동 신천마을
제보일시 : 2010.1.23
조 사 자 : 박경수, 서정매, 황영태, 최수정

　김순남(金順南)은 1940년생으로 올해 72세이고 용띠이다. 택호는 중리댁으로 불린다. 금정구 선두구동 중리마을에서 태어나 23세에 남편(74세)을 만나 지금까지 선동마을에서 47년째 살고 있다. 슬하에 2형제를 두었는데, 둘은 양산과 부산에서 거주하고 있다. 초등학교를 졸업했으며, 종교는 불교이다. 특별한 직업은 없었으며, 현재 농사를 지으며 살고 있다.

제공 자료 목록

04_21_FOT_20100123_PKS_KSN_0001 도깨비불
04_21_FOT_20100123_PKS_KSN_0002 도깨비와 싸운 사람

김영선, 여, 1935년생

주 소 지 : 부산광역시 금정구 선두구동 선동마을
제보일시 : 2010.1.23
조 사 자 : 박경수, 서정매, 황영태, 최수정

김영선(金營善)은 1935년 을해년 생으로 부산광역시 금정구 오륜동에서 태어났다. 올해 76세로 돼지띠이며 본관은 김해이다. 21세에 8세 연상인 남편을 만나 결혼하여 지금까지 55년째 선동마을에서 살고 있다. 슬하에 1남 4녀를 두었는데, 자녀들은 대구, 뉴질랜드, 부산 구서동에서 살고 있다. 예전부터 논농사와 밭농사를 하면서 생활을 해왔으며 종교는 불교이다.

제보자가 제공한 자료는 <모심기 노래> 여러 편과 <쌍가락지 노래>이다.

제공 자료 목록
04_21_FOS_20100123_PKS_KYS_0001 모심기 노래
04_21_FOS_20100123_PKS_KYS_0002 쌍가락지 노래

김영주, 여, 1936년생

주 소 지 : 부산광역시 금정구 선두구동 임석마을
제보일시 : 2010.1.23
조 사 자 : 박경수, 서정매, 황영태, 최수정

김영주는 1936년 밀양시 청도면 두곡리 듬실마을에서 태어났다. 올해 75세로 쥐띠

이며 놀이읍내댁이라 불린다. 20세에 결혼하여 지금까지 임석마을에서 살고 있다. 슬하에 4형제를 두었는데, 현재 수원과 용인 등지에서 살고 있다. 초등학교 중퇴했으며, 종교는 불교이다.

제공 자료 목록
04_21_FOS_20100123_PKS_KYJ_0001 모찌기 노래
04_21_FOS_20100123_PKS_KYJ_0002 모심기 노래
04_21_FOS_20100123_PKS_KYJ_0003 아기 어르는 노래 / 불매 불매
04_21_FOS_20100123_PKS_KYJ_0004 검둥개 노래

김옥분, 여, 1930년생

주 소 지 : 부산광역시 금정구 금성동 공해마을
제보일시 : 2010.1.28
조 사 자 : 박경수, 서정매, 황영태, 최수정

김옥분은 1930년생으로 올해 81세이며 말띠이다. 본관은 금녕이며, 골목집댁으로 불린다. 경북에서 태어나 17세에 남편을 만나 결혼했으나, 남편은 이미 오래전에 작고하여 오랫동안 홀로 지내왔다. 슬하에 자녀는 3남 2녀로 포항, 울산, 부산 등지에서 살고 있다. 학교는 다닌 바 없으며, 벼농사를 짓고 누룩을 팔며 생활을 해 왔다.

제보자는 <창부타령> 1편을 불러 주었는데, 귀동냥으로 들은 것이라고 했다.

제공 자료 목록
04_21_FOS_20100128_PKS_KOP_0001 창부타령

김이선, 여, 1941년생

주 소 지 : 부산광역시 금정구 선두구동 신천마을
제보일시 : 2010.1.23
조 사 자 : 박경수, 서정매, 황영태, 최수정

김이선(金二善)은 1941년생으로 올해 70세로 뱀띠이다. 정관댁이라 불린다. 고향은 기장군 정관읍 용수리 산막마을이며, 22세 때 남편 박줄근(73세)을 만나 결혼하여 지금까지 신천마을에서 함께 살고 있다. 자녀는 1남 2녀로, 아들은 서울에서 살고 있으며, 딸은 포항과 울산에서 거주하고 있다. 마을 회관 앞인 동네 첫집에서 살고 있으며, 배농사와 당근 농사를 지어 왔고, 지금은 당근과 복분자 농사를 하고 있다. 초등학교를 졸업했으며, 종교는 없다. 파마머리에 경상도 말씨를 쓰고 있으며, 시원시원한 성품을 지녀서 적극적으로 이야기를 시작하였다.

제공 자료 목록
04_21_FOT_20100123_PKS_KLS_0001 아기 업은 귀신을 본 사람

김일순, 여, 1934년생

주 소 지 : 부산광역시 금정구 금성동 동대마을
제보일시 : 2010.1.23
조 사 자 : 박경수, 서정매, 황영태, 최수정

김일순은 1934년 갑술생으로 부산광역시 동래구 명륜동에서 태어났다. 올해 77세로 개띠이다. 본관은 김해이며, 동래댁으로 불린다. 22세에 남편 김영하(83세)를 만나 결혼을 하여 슬하에 2남 2녀를 두고 있다.

학교는 다닌 바가 없으며, 종교는 불교이
다. 남편과 함께 벼농사를 지으며 살아왔는
데 현재는 밭농사를 지으며 살고 있다. 집은
회관 뒤쪽에 위치하고 있는데, 22살 때 시
집을 오게 되면서 54년간 이곳 동대마을에
살고 있다.

　제보자는 다른 제보자들의 노래를 들으며
호응을 잘 해주는 모습을 보였다. 어머니로
부터 들은 노래인 <다리 세기 노래>를 재미있게 구연해 주었다.

제공 자료 목록
04_21_FOS_20100123_PKS_KIS_0001 다리 세기 노래

김중순, 여, 1922년생

주 소 지 : 부산광역시 금정구 청룡노포동 작장마을
제보일시 : 2010.1.21
조 사 자 : 박경수, 서정매, 황영태, 최수정

　김중순은 1922년 경상남도 하동군 화개
면 삼신리 법하마을에서 태어났다. 올해 89
세 개띠로 박씨할매라고 불린다. 본관은 김
해이다. 19세에 2살 연상인 남편을 만나 결
혼하였으나, 남편은 48년 전에 작고하여 오
랫동안 홀로 살아왔다. 1남 2녀의 자녀는
부산과 김해 등지에서 살고 있다. 작장마을
에서 산 지는 11년째이다.

　학교는 다닌 바 없으며, 지리산에서 농사를 짓고 살았다. 종교는 기독

교이며 현재 장로교교회에 다니고 있다.

　<꼬꾸랑 이야기> 1편과 민요 <청춘가>를 구연해 주었는데, 민요는 젊었을 때 일하면서 친구와 함께 불렀던 것이라고 했다.

제공 자료 목록
04_21_FOT_20100121_PKS_KJS_0001 꼬꾸랑 이야기
04_21_FOS_20100121_PKS_KJS_0001 인생허무가

김진호, 남, 1928년생

주 소 지 : 부산광역시 금정구 선두구동 선동마을
제보일시 : 2010.1.23
조 사 자 : 박경수, 서정매, 황영태, 최수정

　김진호는 1928년 무진생으로 부산광역시 기장군 정관면에서 태어났다. 올해 83세이 며 용띠이다. 18세에 부인을 만나 결혼하였 으나, 부인은 2년 전에 작고하였다. 11살 때 금정구 선두구동 선동마을로 이사를 온 이 후로 72년째 계속 살고 있다. 슬하에 2남 2 녀를 두었다.

　제보자는 학교는 다닌 바 없으며, 머슴살 이로 농사일을 하며 살아왔다. 지금은 나이가 많아서 일은 쉬고 있다. 젊 었을 때 영장에 4번 떨어진 경험이 있다고 한다.

　성주풀이를 전문적으로 했던 동네여서, 제보자는 <성주풀이>를 자진 모리 장단에 맞추어 아주 신명나게 불러 주었다.

제공 자료 목록
04_21_FOS_20100123_PKS_KJH_0001 성주풀이

김해수, 남, 1929년생

주 소 지 : 부산광역시 금정구 선두구동 선동마을
제보일시 : 2010.1.23
조 사 자 : 박경수, 서정매, 황영태, 최수정

김해수(金海狩)는 1929년 기사생으로 부
산광역시 금정구 선두구동 선동마을에서 태
어났다. 올해 82세로 뱀띠이며 28세에 5살
연하인 부인과 결혼하였다. 그러나 부인은
7년 전 작고하였다. 선동마을이 고향인 제
보자는 82년째 선동마을에서 살고 있는 토
박이로, 슬하에 2남 2녀를 두었다. 현재 아
들과 함께 선동마을에 살고 있다. 학교는 다
닌 바가 없으며, 논농사를 지으며 살아왔고, 지금은 나이가 들어 쉬고 있
다. 제보자는 또한 6·25 참전 국가유공자이다. 민요 2편을 불러 주었는
데, 함께 일하는 동료로부터 배운 노래라고 했다.

제공 자료 목록
04_21_FOS_20100123_PKS_KHS_0001 모심기 노래
04_21_FOS_20100123_PKS_KHS_0003 성주풀이

문남순, 여, 1924년생

주 소 지 : 부산광역시 금정구 회동동 동대마을
제보일시 : 2010.1.23
조 사 자 : 박경수, 서정매, 황영태, 최수정

문남순은 1924년 갑자생으로 부산광역시
금정구 회동동 오륜마을에서 태어났다. 올

해 87세이며 오륜동댁으로 불린다. 18세에 결혼을 하였으나, 남편은 30년 전에 작고하였다. 슬하에 2남 3녀를 두었다. 학교는 다닌 바가 없으며 농사를 지으며 살아왔는데, 지금은 나이가 들어 쉬고 있다. 시집을 오면서부터 현재까지 68년간 이곳 동대마을에서 살고 있다.

어머니에게 들었던 이야기를 구술해 주었다.

제공 자료 목록
04_21_FOT_20100123_PKS_MNS_0001 바구니를 물어다 준 범

문의석, 여, 1928년생
주 소 지 : 부산광역시 금정구 금성동 산성2통
제보일시 : 2010.1.28
조 사 자 : 박경수, 서정매, 황영태, 최수정

문의석은 1928년 무진생으로 부산광역시 금정구 금성동 산성에서 태어났다. 올해 83세로 용띠이며, 본관은 남평이다. 산성댁으로 불린다. 17세에 결혼하였는데, 남편은 11년 전에 작고하였다. 슬하에 2남 3녀를 두었으며, 자녀들은 경기도와 부산 구서동과 산성에 살고 있다. 제보자는 산성에서 태어나서 지금까지 살고 있는 토박이이다.

학교는 다닌 바가 없으며 농사일과 장사를 하며 살아왔다. 일제 강점기 말기에 정신대에 끌려가지 않기 위해 일찍 결혼하였다고 했다. 종교는 불교이다.

제보자는 조사에 적극적으로 임했으며, 시원시원한 성격을 가진 것으로 보였다.

<모심기 노래>, <창부타령>, <권주가>, <노랫가락 / 그네 노래>, <너냥 나냥> 등을 불러 주었다. 이들 노래는 젊었을 때 친구와 함께 일하면서 듣고 배운 노래라고 했다.

제공 자료 목록
04_21_FOS_20100128_PKS_MYS_0001 모심기 노래
04_21_FOS_20100128_PKS_MYS_0002 창부타령
04_21_FOS_20100128_PKS_MYS_0003 권주가
04_21_FOS_20100128_PKS_MYS_0004 노랫가락 / 그네 노래
04_21_FOS_20100128_PKS_MYS_0005 너냥 나냥

박기성, 여, 1922년생

주 소 지 : 부산광역시 금정구 청룡노포동 작장마을
제보일시 : 2010.1.21
조 사 자 : 박경수, 서정매, 황영태, 최수정

박길성은 1922년 부산광역시 동래구 명륜동에서 태어났다. 올해 나이 89세로 개띠이며, 앞집할매로 불린다. 본관은 밀양이다. 18세에 8살 연상인 남편을 만나 결혼하였으나, 남편은 20년 전에 작고하였다. 슬하에 2남 3녀의 자녀를 두었다. 벼농사를 지었으며, 학교는 다닌 바가 없고, 종교는 불교이다. 거주하는 집의 위치는 마을회관 앞이며, 작장마을에서 43년째 살고 있다.

<모심기 노래>를 구연해 주었는데, 예전에 마을에서 여럿이 모여 모를 심으면서 불렀던 노래를 기억해서 부른 것이다.

제공 자료 목록

04_21_FOS_20100121_PKS_PKS_0001 모심기 노래

박소이, 여, 1931년생

주 소 지 : 부산광역시 금정구 선두구동 임석마을
제보일시 : 2010.1.23
조 사 자 : 박경수, 서정매, 황영태, 최수정

　박소이는 1931년생으로 올해 80세이며 염소띠이다. 본관은 밀양이며, 기장군 철마면 안평리 상달마을에서 태어나 17세에 남편을 만나 임석마을로 시집을 와서 지금까지 살고 있다. 자녀는 6형제를 두었는데, 임석마을과 부산 등지에서 살고 있다. 농사를 지었으며, 지금은 나이가 많아서 쉬고 있다. 학교는 다닌 바 없으며, 종교는 불교이다.
예전에 일할 때 귀동냥으로 들어서 배운 노래라고 하면서 여러 편의 민요를 제공해 주었다.

제공 자료 목록

04_21_FOS_20100123_PKS_PSI_0001 모심기 노래
04_21_FOS_20100123_PKS_PSI_0002 아기 어르는 노래 / 알강달강요
04_21_FOS_20100123_PKS_PSI_0003 창부타령
04_21_FOS_20100123_PKS_PSI_0004 권주가
04_21_FOS_20100123_PKS_PSI_0005 청춘가
04_21_FOS_20100123_PKS_PSI_0006 사발가

박영순, 여, 1930년생

주 소 지 : 부산광역시 금정구 선두구동 선동마을
제보일시 : 2010.1.23
조 사 자 : 박경수, 서정매, 황영태, 최수정

박영순(朴營順)은 1930년 경오생으로 대
구광역시에서 태어났다. 올해 81세로 말띠
이며, 손주 이름을 따서 유은진댁으로 불린
다. 본관은 밀양이다. 17세에 결혼하였으나
남편은 12년 전에 작고하였다. 7살 때 부산
시 금정구 선동마을에 이사를 왔고 73년 째
이곳에서 살고 있는 제보자는 슬하에 2남 3
녀를 두고 있다. 초등학교를 졸업하였고 논
농사를 지으며 살아왔으며 종교는 불교이다.

제보자는 <모심기 노래>를 구연해 주었는데, 마을에서 어른들이 하는
노래를 듣고 따라하다가 배우게 된 것이라고 했다.

제공 자료 목록
04_21_FOS_20100123_PKS_PYS_0001 모심기 노래

박용진, 남, 1934년생

주 소 지 : 부산광역시 금정구 청룡노포동 작장마을
제보일시 : 2010.1.21
조 사 자 : 박경수, 서정매, 황영태, 최수정

박용진(朴龍珍)은 1934년 부산광역시 청룡노포동 작장마을에서 태어나
서 지금까지 살고 있는 토박이다. 올해 77세로 갑술생(개띠)이며 본관은
밀양이다. 18세에 부인을 만나 결혼하여 2남 2녀를 두었으나, 부인은 2년

전에 작고하였다. 벼농사를 지었으며, 노포동 지하철이 건립되기 전에 천 평의 농토를 가지고 있었다고 했다. 중학교를 중퇴하였으며 종교는 유교이다. 걸걸한 목소리에 가끔씩 말을 더듬긴 하지만, 아는 바가 많았고 기억력도 좋았다. 무척 꼼꼼한 성품으로 보였다. 새마을회장을 15년간 역임했고, 동래향교장을 역임한 바 있다.

두구동과 작장마을의 여러 지명에 얽힌 이야기를 구술해 주었다.

제공 자료 목록

04_21_FOT_20100121_PKS_PYJ_0001 두구동과 작장의 한자 명칭
04_21_FOT_20100121_PKS_PYJ_0002 흉년을 미리 대비한 동래부사 민영훈
04_21_FOT_20100121_PKS_PYJ_0003 까치발 형상의 작장마을
04_21_FOT_20100121_PKS_PYJ_0004 도깨비가 놀았던 작장천
04_21_FOT_20100121_PKS_PYJ_0005 기왓장으로 왜놈들을 물리친 아낙네
04_21_FOT_20100121_PKS_PYJ_0006 상마, 하마마을의 유래

심순인, 여, 1924년생

주 소 지 : 부산광역시 금정구 금성동 공해마을
제보일시 : 2010.1.28
조 사 자 : 박경수, 서정매, 황영태, 최수정

심순인은 1924년생으로 올해 87세 쥐띠로 동래산성댁이라 불린다. 금정구 산성에서 태어나 지금까지 살고 있는 토박이이다. 나이 17세에 5살 많은 남편을 만나 결혼했으나, 1983년에 작고하였다. 자녀는 3형제

를 두었는데 현재 해운대와 울산에 살고 있으며, 둘째아들과 함께 살고 있다. 야간학교를 2년간 다닌 바 있으며, 종교는 불교이다. 젊었을 때 함께 놀면서 배운 노래라며 <다리 세기 노래>를 구연해 주었다.

제공 자료 목록
04_21_FOS_20100128_PKS_SSI_0001 다리 세기 노래

안종네, 여, 1934년생

주 소 지 : 부산광역시 금정구 회동동 동대마을
제보일시 : 2010.1.23
조 사 자 : 박경수, 서정매, 황영태, 최수정

안종네는 1934년 갑술생으로 충청북도 영동군 학산면 살목마을에서 태어났다. 올해 77세 개띠로, 범굴댁으로 불린다. 19세에 결혼하였으나, 남편은 40년 전에 작고하여 오랫동안 홀로 살아왔다. 젊은 시절 밀양에서 살다가 금정구 회동동 동대마을로 시집을 와서 지금까지 살고 있다. 슬하에 3남 1녀를 두었는데, 모두 부산에서 살고 있다.

예전부터 농사를 지었으며, 종교는 불교이다. 학교는 다닌 바가 없다. 목소리가 굵은 편이며, 기억력이 좋아서 많은 민요를 구연해 주었다. 모두 귀동냥으로 들은 것이라 했다.

제공 자료 목록
04_21_FOT_20100123_PKS_AJN_0001 동대, 석대, 운봉 사람들의 특징
04_21_FOT_20100123_PKS_AJN_0002 가난한 동대마을
04_21_FOT_20100123_PKS_AJN_0003 바구니를 물어다 준 범
04_21_FOT_20100123_PKS_AJN_0004 방귀 힘이 센 할머니

04_21_FOT_20100123_PKS_AJN_0005 일하기 싫어하는 며느리를 칭찬한 시아버지
04_21_FOS_20100123_PKS_AJN_0001 도라지 타령
04_21_FOS_20100123_PKS_AJN_0002 모심기 노래
04_21_FOS_20100123_PKS_AJN_0003 아기 어르는 노래(1) / 알강달강요
04_21_FOS_20100123_PKS_AJN_0004 아기 어르는 노래(2) / 불매소리
04_21_FOS_20100123_PKS_AJN_0005 나무 노래
04_21_FOS_20100123_PKS_AJN_0006 자장가
04_21_FOS_20100123_PKS_AJN_0007 파랑새 노래
04_21_FOS_20100123_PKS_AJN_0008 너냥 나냥
04_21_FOS_20100123_PKS_AJN_0009 보리타작 노래

엄소연, 여, 1928년생

주 소 지 : 부산광역시 금정구 회동동 동대마을
제보일시 : 2010.1.23
조 사 자 : 박경수, 서정매, 황영태, 최수정

　엄소연(嚴小連)은 1928년 무진생으로 부
산광역시 부산진구 전포동에서 태어났다.
올해 나이 83세로 용띠이며 전포동댁으로
불린다. 19세에 결혼을 하였는데, 52년 전
에 남편은 작고하여 오랫동안 홀로 살아
왔다.

　슬하에 두 자매를 두고 있으며, 현재 대
구와 구미에 살고 있다. 학교는 다닌 바 없
으나, 관리학교를 1년 다니다 중퇴하였다. 농사를 지으며 살아왔으며, 지
금도 밭농사를 하며 살고 있다. 종교는 불교이다. 동대마을로 시집을 온
이후 지금까지 63년째 살고 있다. 제보자는 적극적인 성격으로 많은 노래
를 구연해 주었다. 구연한 노래는 모두 일하면서 듣고 배운 것이라 했다.

제공 자료 목록

04_21_FOS_20100123_PKS_ESY_0001 모심기 노래

04_21_FOS_20100123_PKS_ESY_0002 아기 어르는 노래 / 알강달강요

04_21_FOS_20100123_PKS_ESY_0003 창부타령(1)

04_21_FOS_20100123_PKS_ESY_0004 사발가

04_21_FOS_20100123_PKS_ESY_0005 창부타령(2)

04_21_FOS_20100123_PKS_ESY_0006 권주가

04_21_FOS_20100123_PKS_ESY_0007 노랫가락

04_21_FOS_20100123_PKS_ESY_0008 너냥나냥

04_21_FOS_20100123_PKS_ESY_0009 화투 타령

윤덕출, 여, 1936년생

주 소 지 : 부산광역시 금정구 청룡노포동 작장마을

제보일시 : 2010.1.21

조 사 자 : 박경수, 서정매, 황영태, 최수정

윤덕출은 1936년 양산시 물금면 가촌마을에서 태어났다. 올해 나이 75세로 쥐띠이며 가촌댁으로 불린다. 19세에 결혼하여 55년간 작장마을에서 살고 있다. 남편은 3년 전에 작고하였다. 슬하에 3남 1녀를 두고 있으며 울산, 부산 등지에서 살고 있다. 벼농사와 밭농사를 지었으며, 이 외에도 남의 집에서 일을 도와주며 생계를 이었으며, 지금도 농사를 짓고 있다. 초등학교를 졸업하였으며, 종교는 불교이다. <파랑새요>를 구연해 주었는데 귀동냥으로 배운 것이라 했다.

제공 자료 목록

04_21_FOS_20100121_PKS_YDC_0001 파랑새요

이광수, 남, 1934년생

주 소 지 : 부산광역시 금정구 청룡노포동 청룡마을
제보일시 : 2010.1.21
조 사 자 : 박경수, 서정매, 황영태, 최수정

이광수(李光洙)는 1934년 경상북도 김천
시에서 태어났다. 올해 77세이며 개띠이다.
18세에 결혼하여, 슬하에 2남 2녀를 두고
있다. 현재 큰아들과 함께 살고 있으며, 막
내는 포항에 산다. 예전에는 염소목장과 조
경 일을 하였으며, 현재에도 조경일을 하고
있다. 제보자는 어릴 때 김천에서 살다가 산
위에서 염소목장을 경영하였다. 종교는 불
교이다. 다른 제보자들과 달리 조금은 소심한 모습을 보였다.

제공 자료 목록

04_21_FOT_20100121_PKS_LGS_0001 도깨비와 씨름한 사람

이금순, 여, 1936년생

주 소 지 : 부산광역시 금정구 선두구동 임석마을
제보일시 : 2010.1.23
조 사 자 : 박경수, 서정매, 황영태, 최수정

이금순은 1936년생으로 택호는 없다. 경
상남도 밀양시 무안면에서 태어났다. 올해
75세로 쥐띠이며, 고성이 본관이다. 택호는
없다. 나이 23세에 결혼하여 지금까지 임석
마을에서 살고 있다. 슬하게 2남 2녀를 두

었다. 예전에는 당근농사를 지었으며, 지금도 농사일을 하고 있다. 초등학교를 4년까지 하고 중퇴했으며, 종교는 불교이다.

처녀시절 때 모를 심으러 가면 항상 모심기 노래를 불렀다고 하며 <모심기 노래> 등의 민요를 자연스럽게 불러 주었다.

제공 자료 목록

04_21_FOS_20100123_PKS_LGS_0001 모심기 노래

04_21_FOS_20100123_PKS_LGS_0002 화투 타령

04_21_FOS_20100123_PKS_LGS_0003 양산도

이상우, 남, 1928년생

주 소 지 : 부산광역시 금정구 청룡노포동 청룡마을

제보일시 : 2010.1.21

조 사 자 : 박경수, 서정매, 황영태, 최수정

이상우(李尙雨)는 1928년 용띠 생으로 경상북도 칠곡군 복삼면 오평리에서 태어났다. 본관은 경주이며, 19세에 결혼하였지만 첫째 부인이 위암으로 사망하게 되자, 그후 24살 때 둘째부인을 만나 결혼하였다. 제보자는 슬하에 2남 3녀를 두었다. 6·25전쟁 참전 당시 경찰 신분이었으며, 그후 쌀장사를 하면서 동래구의 연합회장도 하였다. 초등학교를 3년 다니다 중퇴하였으며, 현재 경로당의 회장 일을 맡고 있다.

제보자가 제공한 이야기는 모두 어릴 때 아버지로부터 들었던 것이라고 했다.

제공 자료 목록

04_21_FOT_20100121_PKS_LSW_0001 팔송정의 유래
04_21_FOT_20100121_PKS_LSW_0002 바위 밑에 살았던 용
04_21_FOT_20100121_PKS_LSW_0003 도깨비와 싸운 사람
04_21_MPN_20100121_PKS_LSW_0001 산짐승 때문에 고생한 아주머니

이임출, 여, 1938년생

주 소 지 : 부산광역시 금정구 금성동 산성2통
제보일시 : 2010.1.28
조 사 자 : 박경수, 서정매, 황영태, 최수정

이임출(李林出)은 1938년 무인생으로 부
산광역시 금정구 금성동 산성에서 태어났다.
올해 73세로 범띠이며, 본관은 전주이다. 큰
딸의 이름을 따서 경해엄마라고 불린다. 21
세에 결혼하여 슬하에 1남 4녀를 두었다.
제보자는 산성에서 태어나서 지금까지 살고
있는 토박이이다. 초등학교를 중퇴하였으며,
종교는 불교이다. 특별한 일을 하지는 않았고 주부로 살아왔는데, 최근에
허리 수술을 받은 적이 있다. 얼굴이 갸름하고 치아가 가지런하며 파마머
리를 하고 있었다. 내성적인 성격으로 인해 다른 제보자들의 노래를 들은
뒤 조심스럽게 노랫가락으로 <그네 노래>를 구연해 주었다.

제공 자료 목록

04_21_FOS_20100128_PKS_LYC_0001 노랫가락 / 그네 노래

이점아, 여, 1938년생

주 소 지 : 부산광역시 금정구 금성동 공해마을

제보일시 : 2010.1.28
조 사 자 : 박경수, 서정매, 황영태, 최수정

이점아는 1938년생으로 올해 73세이며
호랑이띠이다. 본관은 영천이며, 충무집으로
불린다. 경상남도 통영시 광도면 향리에서
태어나 나이 22세에 결혼하여 큰아들이 2살
때가 되던 해에 금성동 공해마을로 이사와
서 지금까지 살고 있다. 그러나 남편은 이미
작고하였고 지금은 홀로 살고 있다. 슬하에
2남 1녀를 두었는데, 모두 부산에서 살고
있다. 벼농사를 지었으며, 장사도 하였는데 지금은 나이가 많아 쉬고 있
다. 웃음이 많은 편이었다. 구연해 준 민요와 설화는 일하면서, 또는 친구
들과 함께 놀면서 알게 된 것이라고 한다.

제공 자료 목록

04_21_FOT_20100128_PKS_LJA_01 도깨비에 홀려 죽은 사람
04_21_FOT_20100128_PKS_LJA_0002 고당지의 산신령 발자국
04_21_FOS_20100128_PKS_LJA_0001 보리타작 노래
04_21_FOS_20100128_PKS_LJA_0002 아기 어르는 노래 / 불매소리

이춘자, 여, 1935년생

주 소 지 : 부산광역시 금정구 회동동 동대마을
제보일시 : 2010.1.23
조 사 자 : 박경수, 서정매, 황영태, 최수정

이춘자(李春子)는 1935년 을해생으로 부산광역시 동래구 안락동에서 태
어났다. 올해 76세로 돼지띠이며, 안락댁으로 불린다. 23세에 결혼을 하
였는데, 남편은 올해 80세로 제보자보다 5살이 더 많다. 슬하에 2남 3녀

를 두었다. 일제 강점기에 초등학교를 졸업하고 중학교는 진학하지 못했다. 벼농사를 짓고 살아왔으며, 종교는 불교이다. 이곳 동대마을에 와서 시집을 온 이후 지금까지 52년째 살고 있다.

제보자는 조사에 소극적인 모습으로 임했으며, 일할 때 듣고 익힌 노래인 <너냥 나냥> 1편을 불러 주었다.

제공 자료 목록
04_21_FOS_20100123_PKS_LCJ_0001 너냥 나냥

임달연, 여, 1918년생

주 소 지 : 부산광역시 금정구 선두구동 신천마을
제보일시 : 2010.1.23
조 사 자 : 박경수, 서정매, 황영태, 최수정

임달연은 1918년생으로 올해 93세이며, 말띠이다. 본관은 나주이며, 택호는 금양댁이다. 부산광역시 금정구 부곡동 금양마을에서 태어나 18세에 결혼하여 이사를 한 번하고는 신천마을에서 지금까지 살고 있다. 자녀는 3남 3녀로 현재 부산과 제주도, 마산, 부산 등지에서 살고 있다.

학교에 다닌 바는 없다. 벼농사를 지었는데, 논의 전답이 30마지기였다. 종교는 불교이다.

설화 3편과 민요 5편을 제공해 주었는데, 민요는 일할 때 친구와 함께

부르며 배우게 된 것이라고 했다. 그리고 설화 3편은 모두 방귀쟁이 관련 소화(笑話)이다.

제공 자료 목록

04_21_FOT_20100123_PKS_LDY_0001 방귀쟁이 할머니
04_21_FOT_20100123_PKS_LDY_0002 노포와 신천 방귀쟁이의 방귀 시합
04_21_FOT_20100123_PKS_LDY_0003 방귀쟁이 아주머니
04_21_FOS_20100123_PKS_LDY_0001 모심기 노래
04_21_FOS_20100123_PKS_LDY_0002 이 노래
04_21_FOS_20100123_PKS_LDY_0003 쌍가락지 노래
04_21_FOS_20100123_PKS_LDY_0004 아기 어르는 노래 / 알강달강요
04_21_FOS_20100123_PKS_LDY_0005 다리 세기 노래

정덕순, 여, 1932년생

주 소 지 : 부산광역시 금정구 선두구동 신천마을
제보일시 : 2010.1.23
조 사 자 : 박경수, 서정매, 황영태, 최수정

　정덕순은 1932년생으로 올해 79세이며 원숭이띠이다. 택호는 양산댁이다. 경상남도 양산시 상북면 소토리에서 태어나 22세에 결혼하여 부산광역시 금정구 부곡동으로 이사 갔다가 현재 살고 있는 선두구동 신천마을로 와서 지금까지 살고 있다. 남편은 1984년도에 작고하여 홀로 살고 있으며, 슬하에 4형제를 두고 있다. 학교는 다닌 바 없으며, 종교는 없다. 벼농사로 생계를 꾸렸으나, 지금은 나이가 들어 쉬고 있다. 구연해 준 이야기는 예전에 당근밭을 맬 때 친구들과 함께 나누었던 이야기라고 했다.

제공 자료 목록
04_21_FOT_20100123_PKS_JDS_0001 방귀 시합

정무연, 여, 1928년생

주 소 지 : 부산광역시 금정구 청룡노포동 작장마을
제보일시 : 2010.1.21
조 사 자 : 박경수, 서정매, 황영태, 최수정

정무연(鄭武蓮)은 1928년에 부산광역시
기장군 철마면 임기리 임기마을에서 태어났
다. 올해 나이 83세 용띠로, 임기댁으로 불
린다. 철마에서 태어나 15세에 일본으로 건
너갔고, 17세 때에 해방되기 직전에 부산으
로 이주했다. 일본에 있을 당시 야간학교를
3년 다닌 바가 있다. 남편은 30세의 젊은
나이에 작고하여 52년째 홀로 살고 있다.
현재 2남 2녀를 두고 있다. 벼농사를 지었으며, 종교는 불교이다. 목소리
가 크고 시원시원한 성품을 지니고 있었다. 작장마을로 시집을 온 후 지
금까지 63년 간 거주하고 있다.

제공 자료 목록
04_21_FOS_20100121_PKS_JMY_0001 모심기 노래(1)
04_21_FOS_20100121_PKS_JMY_0002 모심기 노래(2)
04_21_FOS_20100121_PKS_JMY_0003 장가 노래
04_21_FOS_20100121_PKS_JMY_0004 봉남아 울지마라 노래
04_21_FOS_20100121_PKS_JMY_0005 너냥 나냥

정윤분, 여, 1936년생

주 소 지 : 부산광역시 금정구 선두구동 임석마을
제보일시 : 2010.1.23
조 사 자 : 박경수, 서정매, 황영태, 최수정

정윤분(鄭閏粉)은 1936년생으로, 올해 75
세이며 쥐띠이다. 본관은 동래이며, 동화엄
마로 불린다. 고향은 경상북도 청도군 하양
읍 송금동 한적골마을이며, 부산 초량에서
한 동안 살다가, 25세 때 남편을 만나 그
이후부터 임석마을에 지금까지 40년째 살고
있다. 남편은 10년 전에 작고하였으며, 슬하
에 1남 3녀의 자녀를 두었다. 예전부터 주
부로 있으면서 특별한 직업은 가지지 않았다. 초등학교를 졸업했으며, 종
교는 불교이다. 깔끔한 외모에 귀걸이, 반지를 한 멋쟁이 할머니이다.

제공 자료 목록
04_21_FOS_20100123_PKS_JYB_0001 도라지 타령

주재미, 여, 1924년생

주 소 지 : 부산광역시 금정구 금성동 공해마을
제보일시 : 2010.1.28
조 사 자 : 박경수, 서정매, 황영태, 최수정

주재미는 1924년생으로 올해 87세이며
쥐띠이다. 본관은 의령이며, 창녕댁으로 불
린다. 경상남도 의령군 봉수면 방골마을에
서 태어나 19세에 결혼하여 창녕에서 살다

가 부산으로 이주하여 지금까지 살고 있다. 그러나 남편은 10년 전에 작고하였다. 슬하에 4남 1녀를 두었다. 학교는 다닌 바 없으며, 종교는 불교이다. 장사를 하며 살아왔으며, 안 해 본 일이 없을 정도로 많은 고생을 했다. 조사에 적극적으로 임해주었는데, 어릴 적에 실제로 겪었던 이야기라고 하면서 도깨비 설화 1편을 이야기해 주었다.

제공 자료 목록
04_21_FOT_20100128_PKS_JJM_0001 도깨비에 홀려 혼이 빠진 사람

차경순, 여, 1932년생

주 소 지 : 부산광역시 금정구 서2동
제보일시 : 2010.7.7
조 사 자 : 박경수, 서정매, 정혜란, 황영태

차경순은 1932년생으로 경상남도 함안군 대산면 장암리에서 태어났다. 올해 79세 원숭이띠이며 본관은 연안이다. 19세에 결혼하였으나 남편은 20년 전에 작고하여 오랫동안 홀로 살아왔다. 6·25 전쟁이 일어나면서 김해로 피난을 가서 지냈다. 슬하에 자녀는 3남 2녀인데, 딸은 서울과 울산 등지에서 살고 있으며, 아들은 부산에서 거주하고 있다.

학교는 다닌 바가 없으며, 벼농사와 보리농사를 지었고 길쌈을 하기도 하며 살아왔다. 현재 삼한여명아파트에 살고 있으며, 부산에 거주한 지는 약 30년 정도 되었다.

차경순은 기억력이 좋은 편이어서 많은 노래를 구연해 주었다. 처음에

는 부르지 않으려고 했었지만, 몇 노래를 일단 부르고 나서는 용기가 생겼는지 적극적으로 구연해 주었다.

　구연한 노래는 대부분을 고향에서 친구와 함께 놀 때, 또는 농사를 지으면서 듣고 배웠던 것이라 했다.

제공 자료 목록

04_21_FOS_20100707_PKS_CKS_0001 모심기 노래

04_21_FOS_20100707_PKS_CKS_0002 쌍가락지 노래

04_21_FOS_20100707_PKS_CKS_0003 달 노래

04_21_FOS_20100707_PKS_CKS_0004 노랫가락 / 그네 노래

04_21_FOS_20100707_PKS_CKS_0005 남도령 노래

04_21_FOS_20100707_PKS_CKS_0006 도라지 타령

04_21_FOS_20100707_PKS_CKS_0007 사발가

04_21_FOS_20100707_PKS_CKS_0008 아기 어르는 노래

04_21_FOS_20100707_PKS_CKS_0009 보리타작 노래

04_21_FOS_20100707_PKS_CKS_0010 양산도

04_21_FOS_20100707_PKS_CKS_0011 권주가

04_21_FOS_20100707_PKS_CKS_0012 청춘가

차복연, 여, 1938년생

주 소 지 : 부산광역시 금정구 서2동

제보일시 : 2010.7.7

조 사 자 : 박경수, 서정매, 정혜란, 황영태

　차복연은 1938년생으로 경상남도 합천군 창덕면 삼학리에서 태어났다. 올해 73세로 범띠이며 학산댁이라 불린다. 20세에 6살 연상인 남편인 방동순을 만나 결혼하여 지금까지 함께 살고 있다. 6·25전쟁 때에 피난을 가게 되어 골짜기를 넘나들고 산 속의

굴 속에서도 들어가 있기도 하는 등 모진 고난을 겪었다. 전쟁이 끝나고 난 뒤에는 농사를 짓지 않으려고 35세에 부산으로 왔다.

카랑카랑한 목소리 쾌활한 분위기를 만들면서 다른 제보자들에 비해 자신감이 있게 민요를 불렀다. 다만 제보자가 노래를 부를 때, 다른 청중이 끼어들거나 부른 노래를 이어서 덧붙이거나 하면 불쾌한 태도를 보이는 면도 있었다. 구연해 준 노래는 대부분 고향에서 귀동냥으로 배운 것이라고 했다.

제공 자료 목록

04_21_FOS_20100707_PKS_CPY_0001 모심기 노래
04_21_FOS_20100707_PKS_CPY_0002 그네 노래
04_21_FOS_20100707_PKS_CPY_0003 너냥 나냥
04_21_FOS_20100707_PKS_CPY_0004 댕기 노래
04_21_FOS_20100707_PKS_CPY_0005 진주난봉가

차옥자, 여, 1936년생

주 소 지 : 부산광역시 금정구 금성동 중리마을
제보일시 : 2010.7.7
조 사 자 : 박경수, 서정매, 황영태, 최수정

차옥자는 1936년 병자생으로 경상남도 양산시 동면 법기리에서 태어났다. 올해 75세로 쥐띠이다. 24세에 7세 연상인 국가유공자 남편인 이춘지와 결혼을 하여 51년째 금정구 금성동 중리마을에서 살고 있다. 슬하에 2남 2녀를 두었다.

교편을 잡은 선생 집안의 막내딸로 태어나 양산에서 1살 때 남산동으로 옮겨 거주

한 뒤, 중학교를 졸업하고 이후 24세에 이곳 중리마을로 시집을 와서 지금까지 살고 있다. 큰아버지가 중리마을의 주지스님이었다고 한다.

제보자는 자신이 알고 있는 이야기를 적극적으로 구술하려고 했다. 구술한 이야기는 모두 남편 이춘지에게 들은 것이라고 했다.

대체로 마을의 지명에 관한 이야기가 많았다.

제공 자료 목록
04_21_FOT_20100128_PKS_COJ_0001 다시 지어진 북문 사당
04_21_FOT_20100128_PKS_COJ_0002 물이 마르지 않는 금샘
04_21_FOT_20100128_PKS_COJ_0003 호식당한 아기
04_21_FOT_20100128_PKS_COJ_0004 도깨비와 싸운 사람
04_21_FOT_20100128_PKS_COJ_0005 논이 많았던 범어사
04_21_FOT_20100128_PKS_COJ_0006 계명봉의 유래
04_21_FOT_20100128_PKS_COJ_0007 모래를 파서 던지는 호랑이
04_21_FOT_20100128_PKS_COJ_0008 버들 유씨와 차씨가 동성동본이 된 유래

최복례, 여, 1936년생

주 소 지 : 부산광역시 금정구 선두구동 임석마을
제보일시 : 2010.1.23
조 사 자 : 박경수, 서정매, 황영태, 최수정

최복례는 1936년생으로 올해 75세이며, 쥐띠이다. 본관은 경주이며, 자매내덕댁이라고 불린다. 고향은 기장군 장안읍 덕선리 내덕 마을이며, 21세 때 결혼하여 지금까지 53년 째 임석마을에서 살고 있다. 슬하에 자녀는 2남 2녀를 두었다. 남편은 9년 전에 작고하여 현재는 막내아들과 함께 살고 있다. 당근농사와 벼농사를 하였으나, 지금은

나이가 많아서 쉬고 있다. 학교를 다니지 못했으며, 종교는 불교이다.

제보자는 젊었을 때 들으면서 배웠던 노래라고 하며 민요 2편을 제공했다.

제공 자료 목록

04_21_FOS_20100123_PKS_CBR_0001 너냥 나냥
04_21_FOS_20100123_PKS_CBR_0002 도라지 타령

최호진, 남, 1926년생

주 소 지 : 부산광역시 금정구 청룡노포동 청룡마을
제보일시 : 2010.1.21
조 사 자 : 박경수, 서정매, 황영태, 최수정

최호진은 1926년 범띠이며 경상남도 밀
양시 청도면 고법리에서 태어났다. 25세에
8살 연하인 부인 정순하와 결혼을 하여 40
년째 금정구 청룡동에 살고 있다. 슬하에 2
남 3녀를 두었다. 종교는 불교이며, 젊은 시
절에 강제 모집으로 인하여 6・25전쟁에 참
전하였다. 학교는 다닌 바가 없으며, 논농사
와 밭농사를 지으며 살아왔다. 예전부터 일

노래를 주로 불러서인지, 일노래에 대해 매우 자세히 알고 있었으며, 또
한 명창이라 할 만큼 노래 실력이 좋은 편이었다. 모자를 쓰고 다니는데,
노래를 잘 부르는 것만큼 차림새 또한 멋쟁이의 모습을 하고 있었다.

젊은 시절에 농사일을 하면서 불렀던 노래를 여러 가지 제공해 주었다.

제공 자료 목록

04_21_FOS_20100121_PKS_CHJ_0001 상여소리

04_21_FOS_20100121_PKS_CHJ_0002 논매기 노래

04_21_FOS_20100121_PKS_CHJ_0003 청춘가

04_21_FOS_20100121_PKS_CHJ_0004 보리타작 노래

04_21_FOS_20100121_PKS_CHJ_0005 망깨소리

04_21_FOS_20100121_PKS_CHJ_0006 모심기 노래

신천마을의 유래

자료코드 : 04_21_FOT_20100123_PKS_KGG_0001
조사장소 : 부산광역시 금정구 선두구동 신천마을 신천경로당
조사일시 : 2010.1.23
조 사 자 : 박경수, 서정매, 황영태, 최수정
제 보 자 : 김귀근, 남, 73세
구연상황 : 조사자가 제보자에게 마을 명칭에 대한 유래를 묻자 옛날에 들었던 것을 바
　　　　　탕으로 구술해 주었다.
줄 거 리 : 마을의 하천이 쭉 뻗은 형세를 보고 '펼 신'자를 써서 신천이라는 이름을 붙
　　　　　였다.

　신천이라 하는 거는 지금 여 우리 '신' 자가 펼 신(伸)자거든. 펼 신. 인
변(人)에 나비 난자.

　그 지금 하천에 쭉 뻗었, 뻗었다. 이런 뜻이라 하더라고 옛날부터. 이
거, 이, 이거 이 '신'자가 아니고, 인변에 '납 신'자 있습니더. 이게 '펼 신'
잔데, 하천이 쭉 뻗었다. 그래서 신천이라는 이야기가 들었습니더.

　(조사자 : 하천이 쭉 뻗어가지고 신천이라는?) 예, 예. 그렇게 이야기를
듣고.

용두봉과 용발톱

자료코드 : 04_21_FOT_20100123_PKS_KGG_0002
조사장소 : 부산광역시 금정구 선두구동 신천마을 신천경로당
조사일시 : 2010.1.23
조 사 자 : 박경수, 서정매, 황영태, 최수정

제 보 자 : 김귀근, 남, 73세

구연상황 : 조사자가 제보자에게 신천에 유명한 전설이 없느냐고 묻자 제보자는 바위가
　　　　　 용과 같이 생겼다면서 다음 이야기를 구술해 주었다.

줄 거 리 : 마을 앞에 바위가 있는데 요즈음은 돌굴바위라 하지만, 옛날에는 용 발톱이
　　　　　 라 했다. 그것은 선동의 산이 용 머리에 해당하는 용두봉이고, 그 바위가 용
　　　　　 의 발톱에 해당해서 용 발톱이라 했다.

　　지금 여 우리 여여 바위 있지요? 요게.

　　(조사자 : 무슨 바위입니까? 그게.) 바위 이거를 그… 저 우리 여 이… 요
새는 이제 돌굴바위 카는데….

　　(조사자 : 돌굴바위?)

　　예. 앞에 그 바위가 그 용발톱이라 하거든, 옛날사람 이야기를 들으면.
저 선동 산 24번지가 그 용두봉 카는데, 이름을. 그 용머리를 그래 용두
봉 카고, 요게 용발톱이라는데 옛날 노인네들 그런 이야기를 하더라고.

호랑이산의 유래

자료코드 : 04_21_FOT_20100123_PKS_KGG_0003

조사장소 : 부산광역시 금정구 선두구동 신천마을 신천경로당

조사일시 : 2010.1.23

조 사 자 : 박경수, 서정매, 황영태, 최수정

제 보 자 : 김귀근, 남, 73세

구연상황 : 조사자가 옛날부터 들었던 이야기를 구연했는데, 근거가 없는 이야기라면서
　　　　　 멋쩍게 웃었다.

줄 거 리 : 신천마을 뒷산의 모양이 호랑이와 닮아서 호랑이산이라고 불리고 있다.

　　그라고 우리 뒤에 산 요 저, 저 뒤에 산 저거를 인자 그 소이 호랭이산
이라 하거든요.

　　(조사자 : 아! 호랑이산. 원래 산 이름은 뭡니까?)

원래 산은 우리는 뭐 그거 잘 모르죠.

(조사자 : 이름이 나 있는 건 아니지만 호랑이산이라고 불리고 있다.)

호랭이상이래요, 호랭이상. 이건 호랑이고 저쪽 저게는 용, 용이 이래가 지고. 용이 물 보러 내려오는데, 발톱을 거치는 호랭이 때문에 이랬다요, 옛날부터 [멋쩍게 웃으면서] 말이.

도깨비에게 홀린 사람

자료코드 : 04_21_FOT_20100707_PKS_KPS_0001
조사장소 : 부산광역시 금정구 서2동 삼한여명아파트경로당
조사일시 : 2010.1.23
조 사 자 : 박경수, 서정매, 정혜란, 황영태
제 보 자 : 김복실, 여, 80세
구연상황 : 제보자가 옛날에 겪은 이야기를 하던 중에 문득 생각나는 이야기가 있었는 지, 예전에 동네에서 있었던 도깨비에게 홀린 할아버지 이야기를 구술해 주었 다. 구연은 비교적 천천히 진행되었고, 머쓱한지 스스로 웃음기를 머금었다. 선풍기가 돌아가는 소리가 커서 녹음이 깨끗하지 못했다.
줄 거 리 : 할아버지가 새벽에 논에 물을 보러 간다고 나갔는데 그만 도깨비에 홀려버 려서 집으로 돌아오지 않아서 할머니는 할아버지를 찾으러 동네를 찾아다녔 다. 나중에야 할아버지를 발견했는데, 도깨비에 홀려서 진이 다 빠진 터라 몰 골이 말이 아니었다. 알고 보니 할아버지를 홀린 그 도깨비는 피가 묻은 빗자 루였다.

할아부지가 새복에 일, 일찍 논에 인자 물 보러 간다꼬, 가시가지고, 그 물 [웃음] 거 도깨비가 나왔던가 봐. 그래가지고 밤새도록 홀려가지고.

(조사자 : 새벽에 나갔다구요?) 새복에. 일찍 나가가 하루 점도록(종일) 그 사람이 안 돌아오고 새복에 나가가, 이러니까 걱정이 되가지고, 집에 서는 기다리고 '이상하다' 카고, 뭐 기다리고 일캤는데, 그 질로 도깨비한 테 홀려가지고 그래 다니다가, 다니다가 뭐, 사람이 똑 뭐, 뭐 알궂대, 힘

이 다 빠져가지고.

그래가, [웃음] 인자 찾아댕긴다꼬 이래 찾아다니는데, 보니까는 그거 도깨비 인자 뭐 구신(귀신)도 나오고, 도깨비도 불 키아가 그거 하고 이란 다꼬.

그래가이고 이래 가보니 빗자루를, 이래가 딱 빗자루 그런데 피 같은 거를 묻으며는 그런 일이 생기는가 봐. 그래가지고 그래 인자 나무에다 이래 매 놨더라카네. (조사자 : 빗자루를 매놨다구요?) 응, 빗자루로.

어떤 할아버지는 인자 이래 논에, 인자 물로 고여가지고, 물 퍼먹고 하는 인자 이런 연못 같은 데가 있었어. 그래 거게다 또 빠져났더라 카네.

(조사자 : 예?) 빠지가 있더라 카네. (조사자 : 연못에요?) 응. (조사자 : 할아버지가?) 할아버지가. 논에 저 저 뭐꼬, 들에 일하러 가가지고 밤 어두무리 할 땐가 봐. 그래가지고 찾아다니니 물에 빠져가 죽은 일도 있고 이래. 그런 일도 있었어.

금정산의 금샘

자료코드 : 04_21_FOT_20100121_PKS_KSD_0001
조사장소 : 부산광역시 금정구 청룡노포동 청룡경로당
조사일시 : 2010.1.21
조 사 자 : 박경수, 서정매, 황영태, 최수정
제 보 자 : 김소돌, 남, 78세
구연상황 : 조사자가 금샘에 대해 묻자, 제보자는 말을 약간 더듬었지만, 매우 자신감 있게 금샘에 대한 이야기를 구술해 주었다.
줄 거 리 : 금정산 밑에 조그만 굴이 있는데, 그 굴에 호박 크기의 샘물이 있다. 그 물을 보면 금빛이 뜨는데 손으로 퍼내면 금빛이 사라지고, 또 물이 고이면 금빛이 보인다.

금빛, 뭐, 물고기가 놀던 금샘이라 카는데. 내가 알기로는, 이 금빛 물고기가 노는 이 자리는, 지금 현재, 저 산에 보이는 묘덤, 칭덤, 그 밑에 들어가모, 굴이 쪼꼬만한 굴이 있었는데, 그 굴 안에 우리가 들어가 보몬, 거기 호박새미만치 물이 있는데, 그게 싸악 들바다 여 보면(들여다 보면), 그 금빛이 뜬다고, 물 우에.

물우에 뜨는데, 우리가 어릴 적에 **뻰또**로 가지고 쌀 떠보몬, 뜨몬 없고, 또 그 물로 다 퍼내뿌고, 또 한참 있으몬 또 물이 고이면, 또 금이 뜨고 그랬다고. 그기 금샘이지.

청룡마을의 당산나무

자료코드 : 04_21_FOT_20100121_PKS_KSD_0002
조사장소 : 부산광역시 금정구 청룡노포동 청룡경로당
조사일시 : 2010.1.21
조 사 자 : 박경수, 서정매, 황영태, 최수정
제 보 자 : 김소돌, 남, 78세
구연상황 : 다른 제보자의 이야기를 듣던 도중 제보자가 생각나는 이야기가 있다며, 당
　　　　　산나무에 대해 적극적으로 설명을 하며 구술해 주었다.
줄 거 리 : 청룡마을에 몇 백 년 된 당산나무가 있는데 동네 사람들은 어버이날마다 당
　　　　　산제를 지낸다.

이 당산나무는, 옛날에 요기에 저 5일장이 섰어요, 여기에. 5일장이 섰는데, 장턱걸(장이 서는 어귀)에, 장턱걸 한 모퉁이 서가 있는기, 현재 저 자리라. 저 자린데, 그 밑에 왜정 시대에 보면, 내가 국민학교 일학년이나 이학년 땐데, 그 밑에 껌둥물 들인다고, 저 나무 밑에 솥을 걸어놓고, 그 때는 그 촌사람들 전부 다 광목 치마 이런 거 입었거든.

광목치마 그 추주붐(더러움) 많이 타이까네, 그 인자 껌둥물 딜이러 왔는 기라. 내 어릴 적에, 우리 엄마 저 치마에 물 딜이러 오는 거 따라 와가, 요 나무 밑에서 물 딜이는 거 봤다고.

그 나무가 저리 됐으니깐 저거는, 뭐 몇 백 년 됐는데, 몇 백 년 됐는
데, 저 그전 때(그 전에는), 저 나무 밑에서 아무것도 안 하고 나무를 내
(내내) 그냥 있었는데, 지하철 바람에 저기 알로(아래로) 낼(내려) 앉았다
고. 낼 앉아가 그래 마, 우리 동네에서도 그냥 마 별로 그거로 안 했는데,
우리가 몇 년도부턴고 저거를 인자, 우리가 인자, 노인네들이 우리 노인
정에서, 5월 8일날, 어버이날.

우리 애들은 우리를 어버이라고 섬기는데, 우리 늙은 사람은,

"이 나무를 인자 우리 동네보다 먼저 생겼다 캐도 과이(과언이) 아닌
우리 나무를 섬기자."

이래가, 몇 년도부터 5월 8일날 언젠지(항상) 제를 지냅니다. 그래가 지
금 금년게 6년챈가, 7년챈가 제를 지내고 있다고.

벼락으로 만들어진 벼락덤불

자료코드 : 04_21_FOT_20100121_PKS_KSD_0003
조사장소 : 부산광역시 금정구 청룡동 청룡경로당
조사일시 : 2010.1.21
조 사 자 : 박경수, 서정매, 황영태, 최수정
제 보 자 : 김소돌, 남, 78세
구연상황 : 제보자는 기억력도 좋고 입담도 좋은 편이었다. 다른 이야기를 하고 난 뒤,
　　　　　 이어가며 이야기를 계속 구술해 주었다.
줄 거 리 : 금정산 아래에 벼락이 쳐서 큰 웅덩이가 생긴 곳이 있다. 어릴 때는 거기서
　　　　　 목욕을 하고 놀았는데, 그곳을 가리켜 벼락덤불이라고 하였다. 지금은 그곳을
　　　　　 침수고은이라 한다.

이, 요 요 침수고온 카는 데가 있어, 요 요 가몬. 침수고온 카는 데가
있는데, 그 침수공, 그 자리가 옛날에 베락덤불(벼락덤불)이라고 이랬거든,
베락덤불.

와 벼락덤불이라고 하노? 베락이 쳐가지고, 베락이 쳐가 큰 웅덩이가 생깄는 기라.

웅덩이가 생겨가 그, 그 수원지 바로 밑에 있는데, 웅덩이가 생겨, 그 밑에 우리가 어릴 적에 목욕도 하고 내 그랬는데, 어릴 적에 머라 카는고 하몬,

"베락덤불에 목욕하러 가자."

이래자 그 웅덩이에 목욕했는데, 베락을 쳐가지고 웅덩이가 생깄다 이래가 베락덤불이라꼬.

그기(그것이), 그기 지금 침수고온 그 자리라 침수. 응. 요 위에 침수고온이 있어.

(청중 : 옛날에 벼락이 돌맹이로 때리죠 돌맹이가 뿌아지뿠어. 뿌아지고, 그 웅덩이가 생기가지고, 그 우리 요, 우리 다 친구들인데, 쪼매끔 할 때 (어렸을 때) 빨가(벌거) 벗고 목욕하러 갈 적에, 그 웅덩이에서 목욕을 했는데, 기기 베락덤불이라.

고기 전설이 하나 있어.

청룡동의 유래

자료코드 : 04_21_FOT_20100121_PKS_KSD_0004
조사장소 : 부산광역시 금정구 청룡노포동 청룡경로당
조사일시 : 2010.1.21
조 사 자 : 박경수, 서정매, 황영태, 최수정
제 보 자 : 김소돌, 남, 78세
구연상황 : 조사자가 제보자에게 마을 유래에 대해 이야기를 해 달라고 요청하자, 굉장히 자세하게 설명을 해 주었다.
줄 거 리 : 예전에 팔송정에 도로가 생기면서 새로 생긴 동네라는 의미로 '신리'라고 불렀다. 그곳이 지금의 청룡동이다.

옛날에는 우리 동네가 청룡동 캐도(해도), 청룡 본동이 있었고 범어사 밑에 상마, 하마가 있었고, 고 밑에 내려오면 용성리라 카는 데가 있었고 그래.

그래, 지금 이 동네는, 이 동네는 옛날에 회장님이 얘기하듯이 팔송정이라 카는 동네도 올씨(본래) 없고, 술집만 몇 집 있었고, 거기 있었는데.

그래가 인자, 이 도로가 생기고부터 인자 사람들이 자꾸 도로가 옆에 집을 지으니깐, 새로 생긴 동네라고 해가(해서), 이 동네 이름이 '신리'라고 했어요. 신리라고 붙어가 있지. 신리라 카는 기 인자 청룡동이 됐고.

그 외에 인자 뭐 옛날에 장터가 있었다는 거, 5일 장터가 있었다는 거. 그건 뭐 오래 됐으니카 젊은 사람들 다 모를 끼야. 옛날 5일 장터가 있었다는 고(그것) 하나 하고.

고려장이 없어진 내력

자료코드 : 04_21_FOT_20100121_PKS_KSD_0005
조사장소 : 부산광역시 금정구 청룡노포동 청룡경로당
조사일시 : 2010.1.21
조 사 자 : 박경수, 서정매, 황영태, 최수정
제 보 자 : 김소돌, 남, 78세
구연상황 : 제보자는 다른 제보자가 구연하는 고려장 이야기를 듣고는 자신이 알고 있는 고려장 이야기가 있다면서 구술해 주었다.
줄 거 리 : 고려장으로 아버지를 산 속의 굴에 데려다놓고 나오려는데, 죽음을 앞 둔 아버지가 아들이 어둔 산중을 잘 내려가도록 오는 길에 나뭇가지를 부러뜨렸으니 그것을 찾으면서 내려가라고 아들에게 말하였다. 그 말을 들은 아들은 차마 아버지를 고려장으로 죽게 할 수 없어 다시 아버지를 데리고 집에 돌아오게 되었고, 그 이후부터 고려장은 사라지게 되었다.

칠십 고려장이라 캐가, 나이 칠십이 넘으몬, 지그 아부지도 저 산에 갔다가 굴로 뚤버가지고, 굴로 뚤버가 굴 밑에다가, 저그 아부지고 저그 엄마고 갖다 여나 놓고, 그 한달 쯤 묵을 만 양식을 여놓고(넣어 놓고) 그래가 마, 양식 떨어지뿌몬 그 안에서 마 나오도 모하고 그 안에서 죽어뿌거든. 기기(그것이) 고래장인데.

고래장이 와 없어졌는고 하몬, 한번 인자, 내가 예를 들어서 내를 말할 거 같으면, 우리 아부지가 한 칠십이 넘었는데, 우리 아부지를 지게에 짊어지고, 낮에는 몬가니까네 밤에 짊어지고 인자 저 산에 올라갔는 기라. 인자

낮에가 굴로 만들어 넣고 그 안에 여을라꼬(집어넣을려고) 양식하고 짊어지고 떡 올라가이께네, 저그 아부지가 저 지게 우에 따라가민서로 손에 자치는 대로(닿는 대로) 나뭇가지를 뿌사가 흘리놓거든.

자꾸 나뭇가지를 뿌사 흘리 흘리놓고. 그래 인자 저그 아부지로 인자, 그 안에 굴로 만들어 났는데 그 안에 모시놓고,

"아부지요, 잘 계시이소."

카고, 인사를 하고 나오이카네, 저그 아부지가 머라 캤는고 하몬,

"야야, 이 밤중에 길로 단디 찾아가야 되는데, 내가 오민시로(오는 길에) 니 가라고 표시를 단디(확실히) 해놨다."

카거든.

"어떤 표시를 해놨노?"

카이,

"내 나뭇가지로 뿌아가 좌아 흘려났시깐, 나뭇가지 뿌안, 고, 고 길만 찾아가면 집에 갈 수 있다."

이래 아리키 주놔노이카네, 아, 저 이놈 가만히 생각해 보이카네, '내 우리 아부지로 갖다가 고래장 시키러 내삐리고 갈라 카이, 우리 아부지가 저러캐 생각하는데 내가 어찌 아부지를 내삐리고 가겠노.' 싶어 도로 가서 저그 아버지를 짊어지고 왔는 기라. 그 질로부터 고래장이 없어졌단다.

도깨비불

자료코드 : 04_21_FOT_20100123_PKS_KSN_0001
조사장소 : 부산광역시 금정구 선두구동 신천마을 신천경로당
조사일시 : 2010.1.23
조 사 자 : 박경수, 서정매, 황영태, 최수정
제 보 자 : 김순남, 여, 72세
구연상황 : 도깨비불에 대한 주제가 나오자 제보자가 옛날 있었던 일에 대해 이야기를 꺼내었고, 조사자가 이야기를 해 달라고 요청을 하자 구술해 주었다.
줄 거 리 : 옛날 북한군이 내려와서 죽은 시체에서 인이 나와 감나무에 붙었다. 그것이 비가 오면, 멀리서 보면 도깨비불로 보였다.

　옛날에 우리 클 직에, 우리 여남살 묵을 직에, 빨, 빨갱이라 카면서 많았다 아인교?

　근데 와가지고 파출소 가 불 찌르고 달나고 그러몬 인자 또 우리 이쪽에 순경 총 쏘아가 죽고, 그 피가 막 가면서 흐른다 아인교? 근데 거기 인이라 하데. 거기 그래 감나무 현재 붙어가지고. 그래 거기 주르르르르 비가 오몬 인이 돼가, 멀리서 보몬 불이 주르르르 갔다가, 우리 보기에는. 또 이래 이래 보면 또 줄ー 내려오는 겉고, 줄로 지아(지어서) 댕기는 겉데요.

　(조사자 : 본 적 있습니까?) 그 비, 비 오고 꾸룸 하면 우리가 보지. 꾸룸하고 해가 지몬. 그러니께 옛날에 우리가 좀 애릴 때는 무섭어가(무서워서) 한 데도 못나왔지.

도깨비와 싸운 사람

자료코드 : 04_21_FOT_20100123_PKS_KSN_0002
조사장소 : 부산광역시 금정구 선두구동 신천마을 신천경로당
조사일시 : 2010.1.23

조 사 자 : 박경수, 서정매, 황영태, 최수정

제 보 자 : 김순남, 여, 72세

구연상황 : 조사자가 도깨비와 관련된 이야기를 묻자 제보자가 외할아버지에게서 들은
실제 있었던 이야기라고 하며 구술해 주었다.

줄 거 리 : 외할아버지가 술에 취해서 밤길을 가다가 잤다. 그러면 호랑이가 꼬리에 물
을 묻혀서 얼굴을 때렸다. 또한 도깨비와 싸우기도 했는데 아침에 가보면 빗
자루가 있었다.

우리 외할, 외할아버지가 우리 동네에서도 되게 골짜기 살았싰거든.

근데 밤에 가. 가몬 인자 술에 취해 가. 가다가 이래 인자 방굿돌 이래
있는데, 주무시몬 그 인자 범도 내려 오가지고 꼬랑대기, 꼬랑댕이 물로
묻히가 얼굴로 때리고.

그래 술이 취해가 가몬 밤에 이래 가몬, 참, 또깨비라고 밤에 마 싸움
을 했는 기라. 싸움을 하고 나몬 아침에 그 자리 가보몬 빗자리, 거신 빗
자리더라 카대.

아기 업은 귀신을 본 사람

자료코드 : 04_21_FOT_20100123_PKS_KLS_0001

조사장소 : 부산광역시 금정구 선두구동 신천마을 신천경로당

조사일시 : 2010.1.23

조 사 자 : 박경수, 서정매, 황영태, 최수정

제 보 자 : 김이선, 여, 70세

구연상황 : 다른 제보자가 도깨비 이야기를 하자, 자신도 어릴 때 아버지께 직접 들었던
이야기가 있다며 다음 이야기를 구술해 주었다.

줄 거 리 : 밤중에 집으로 내려오던 도중 어느 한 사람이 아기를 업는 것을 보고 같이
내려오다가 그 사람은 사라져 버렸다. 이튿 날 다시 그곳에 가보니 아무도 온
적이 없다고 하고 그 자리 주변에는 공동묘지가 있었다.

우리 아부지가 온차 골짜기거든 우리 외갓집이. 근데 인자 우리 집에는

아들만 놔두나 놓고 갔다가 아버지가 그때 인자 빨갱이 시대는 저기라 카이카네, 동네 지대장을 봤거든.

그래 동네 일이 있어 밤에 내려오는데, 저 고 못이 큰 기(것이) 있어요. 병산이라 카는 동네가 있고 내려오면 못이 큰 기 있는데, 고(거기에) 탁 오니까네, 마 허재빈지 구신인지 뭣이 알라를 업었는데, 아부지 귀에는 알라 소리 꿍꿍 않더라 카는 거라.

그래가 뭐 그 사람은 앞에 가고 아부지는 뒤에 내려오는데, 따라 내려오는데 어딘가는 오다 보이 없어졌뿌더라 카대. 없어졌뿌는데 그래도 아부지는,

"아이고 마. 온차 아가 급하이까네 내가 못 미쳤다."

내가 마 누 집에 들어갔는강, 거서 산길 쭉 내려와야 우리 동네거든.

그랬는데 이틀 날 아침에 병산에 가,

"누가 아팠나? 아가 아팠나? 우쨌노?"

카이 아무도 간 사람이 없더라 카는 기라.

그러니까 공동묘지가 하나 있었거든. 그러니 그랬는가 그런 현상 절실히 느꼈다 카모, 우리 아부지가 그런 이야기를 하시대요.

꼬꾸랑 이야기

자료코드 : 04_21_FOT_20100121_PKS_KJS_0001
조사장소 : 부산광역시 금정구 노포동 작장마을 작장여자경로당
조사일시 : 2010.1.21
조 사 자 : 박경수, 서정매, 황영태, 최수정
제 보 자 : 김중순, 여, 89세
구연상황 : 제보자가 꼬부랑 할머니 이야기를 해도 되는지 물어보아 조사자가 괜찮다고
　　　　　 하자 다음 이야기를 구술해 주었다.

꼬꾸랑 할머니가 꼬꾸랑 작대기를 짚고 꼬꾸랑 질을 가니게 꼬꾸랑 개가 와서 꼬꾸랑 똥을 눈게 꼬꾸랑 개가 와서 주워묵은게 할매가 꼬꾸랑 작대기로 새리준게 꼬꾸랑 깽 꼬꾸랑 깽 하고 가뿌리더라.

바구니를 물어다 준 범

자료코드 : 04_21_FOT_20100123_PKS_MNS_0001
조사장소 : 부산광역시 금정구 회동동 동대마을 동대노인정
조사일시 : 2010.1.23
조 사 자 : 박경수, 서정매, 황영태, 최수정
제 보 자 : 문남순, 여, 86세
구연상황 : 범에 대한 이야기를 하는 도중, 제보자가 생각나는 것이 있다며 다음 이야기를 구술해 주었다.
줄 거 리 : 어머니와 동서들과 나물을 캐러 산에 갔다. 범 새끼를 보고 귀여워서 집으로 가져 가려는데, 범이 나타나자 놀라서 도망을 쳤다. 아침에 일어나니 범이 바구니를 각각의 집 앞에다 갖다 놓았다.

아홉산 골짝에 나물 캐러 갔거든. 이전에 우리 엄마캉, 동시간에 그 이부지 늙으이캉 서이가(세 명이서) 갔거든.

서이가 가니깐, 그래 닭대비에 어데서 오글오글 무슨 소리가 나는 겉더란다, 방구 밑에서. 소리가 나는 겉애서, 요래 들받아 보이(들여다 보니) 범이 새끼로 두바리로 낳아가지고 요래 있는데, 어찌 좋은지,

"아이구, 이뿌다. 이뿌다. 너무 좋다. 너무 좋다."

이래 하매,

"이거로 가지고 마 우리 집에 가자. 니 한 마리 옇고, 내 한 마리 옇고 집에 가자."

이래 카니깐, 그 먼데 앉았다가,

"으험."

하더란다. 그래, 이래가 쳐봐다 보니 마, 놀래가지고 마마, 그대로 기갑
년하고 바구니고 뭣이고 다 내삐리고 마, 물 건니 왔는데,

"그래 와 꼬치마을로 가서 와 빈 걸로(빈 몸으로) 왔노?"

이러카이까네,

"아이고, 아홉산 골짜기 가가지고 그러하니까 범새끼로 낳은 거로, 우
리가 모르고 그래 좋다 캤디마는(좋다 그랬더니) 우리 자아물라 캐서 놀
래서 왔다."

이러 카고, 그래 카고 말았는데, 아칙에 자고 나니깐, 고 박임지, 고 임
재대로 딱딱 집집이 요집에 하나, 조 집에 하나 딱딱 갖다 났더란다.

두구동과 작장의 한자 명칭

자료코드 : 04_21_FOT_20100121_PKS_PYJ_0001
조사장소 : 부산광역시 금정구 청룡노포동 작장마을 박용진 씨 댁
조사일시 : 2010.1.21
조 사 자 : 박경수, 서정매, 황영태, 최수정
제 보 자 : 박용진, 남, 77세
구연상황 : 제보자는 마을의 유래에 관련된 책을 살펴보며 기억을 더듬다가 이야기를
시작했다. 한자를 직접 종이에 써가며 자세히 설명을 곁들이며 이야기를 구술
해 주었다.
줄 거 리 : 두구동의 한자어 뜻이 콩이나 갈아먹고 입을 가만히 있다는 의미였는데, 동
래부사가 이를 안타깝게 여겨 새로운 한자어로 더 좋은 이름으로 바꾸었다.

옛날에는 어째 썼노 하면은, 옛날에는 그제 [종이에 한자를 쓰며]팥 두
(豆), 이거 (조사자 : 예, 콩 두(豆)에다가.) 응. 팥 두(豆), 입 구(口). 콩이나
팥이나 갈아먹고 가만히 있, 있거라.

이, 이래 돼가지고 있을 때, 있을 때, 동래 부사로, 동래 부사로 있을
때 어느 부산고 영판 그거는 몰라도, 밑에 아전이, 박, 이름을 모르겠다.

박 무슨 아전이 있다가, 두구동을 갖다가,

"이거 콩이나 갈아묵고 입은 가만 마 가만 있고, 그냥 살아라 카는 이거 두구동을 안 되겠다. 이름을 좋은 이름을 바까야 되겠다."

이래가지고, 나무 목(木) 변에 말둑 두(斗)자로 씨고, 구자는 언덕 구(邱)자, 언덕 구자. 대구라 카는 구자 말이야 이거. 이, 이렇제. 언덕 구자로 쓰가, 그래가 두구를 갖다가 바꾸고.

그때가 뭣이고 카몬, 우리 부락에도 노포동이 아이고 작장동이라. 작장, 까치 작(鵲)자 무까시. 예 석(昔)자 밑에, 예 석자 아이가. 예 석 옆에 새 조(鳥). 새 조한 자. 이 작, 까치 작자거든. 까치 발바닥이다 이 말이야. 까치 발바닥.

흉년을 미리 대비한 동래부사 민영훈

자료코드 : 04_21_FOT_20100121_PKS_PYJ_0002
조사장소 : 부산광역시 금정구 청룡노포동 작장마을 박용진 씨 댁
조사일시 : 2010.1.21
조 사 자 : 박경수, 서정매, 황영태, 최수정
제 보 자 : 박용진, 남, 77세
구연상황 : 제보자는 이야기를 매우 구체적으로 구연하기 위해서 노력했다. 직접 인용과
          묘사를 써 가면서 그때 당시와 현재를 비교해 가면서 자세하게 이야기를 구
          술해 주었다.
줄 거 리 : 새로이 동래부사로 부임을 받은 민영훈은 천기를 본 어머니로부터 동래에
          흉년이 들 것이라고 예언을 듣는다. 어머니는 몇 가지 계책을 민영훈에게
          일러준다. 민영훈 부사는 어머니의 말대로 군량미와 다른 지역에서 곡식을
          지원받아 창고에 쌓아두고 흉년이 들었을 때 지역민들에게 곡식을 배급했
          다. 정치를 잘 한 민영훈 부사는 임기가 끝나 떠날 때 국민들의 환호를 받
          으며 떠났다.

그 민영훈 부사가, 충청도에서 동래부사로 아주 거 한다 카이카네, 부

사 중에도 대부사로 특별하게 공부도 잘하고 시험도 잘 쳤는 모양이지.

그래 인자 하이카네, 저거 엄마가, 아버지는 안 계시고 홀로 있는 엄마가 있다가, 내일이 같이 동래부사로 부임해가 갈긴데, 지녁에 천계를(천기를) 보이카네, 저거 엄마가 천계를 봤는 모양이라. 보이카네, 아이고 마, 동래 고을에는 마, 아주 말하자면, 큰 흉늉이(흉년이). 옛날에는 뭐 비료가 있나. 안 글나 그제? 풀 비가지고, 풀 비가지고 소 밑에 옇고, 소똥 거름 하고 이래가 농사 짓고 이, 이랬다. 이래서 살던 시댄데, 큰 흉늉이 지겠거든. 그래서 있다가 저거 아들로 밤에 불렀어. 요새 겉으몬 한 열한 시나 돼가 불러가,

"아무 것이야."

그래 인자 민영훈, 민영훈 부사로.

"어무이 불렀습니까?"

"그래. 니가 내리(내일) 동래로 행차로 못하겠다."

카거든. 옛날에는 뭐, 오새 같으면, 와 몬 하는교?, 뭐, 국가에서 하는데. 대반 이래 하지만, 옛날에는 부모인테 그래 안 했거든.

"어무이 그래요. 나는 마 못가는 이유를 모르겠습니다."

카이카네,

"응. 지금 내가 보이카네, 내년에 동래 고을에는 아주 흉늉이 들어가지고 국민이 배가 고파 죽을 지경인데, 니가 가몬 사람이 인덕이 없다 캐가지고 갈 수가 없다. 가지 마고 포기를 해뿌리라 이기라. 포기로 하고 마 그냥 관록을 마 못 하라 카몬 하지 마라 이기라. 백성들 원망을 어찌 듣고 있노?"

"예. 어무이 그래 하겠습니더."

그 정도로 옛날에는 부모인테 삼강오륜 카고, 응? 충효 카는 그런 그 공자님 그거를 받아가.

그래, 그래 카고 인자 이쪽 오이카네, 아들도 민영훈 부사도 잠이 안

오고, 자기 어머니도 잠이 안 오고 그래서 새복에 한 세 시나 돼가 또 나가 하늘에 천기로 보이카네, '전라도는 경상도, 경상도라도 동래고을은 마 캄캄한 숭년이 되고, 전라도는 뒤숭숭하이 농사가 되겠다.' 천기로 보이 이랬어.

그래서 새복에 또 불렀어. 아들로 불러가,

"동래부사로 그래, 부임을 꼭 가야 되고 국가에서 하이카네 가기는 가되 이기라. 내 시킨 대로 하라."

"예. 어무이 시킨 대로 하겠습니다."

"동래부사로 가거든, 그때는 수영은, 수영은 수상이거든. 해운이라 말이다. 수영 수상인데, 의논을 해라. 무슨 의논을 하노 하몬, 정부에 그양 흉늉이 진다 뭐 진다 카는 그거는 사전에 아무도 믿을 사람이 없다 이기라. 없이이까네 그래 하지 말고, 수영 수상인테 앞으로, 앞으로 전쟁도 우려가 있고 흉늉도 올 수가 있으이카네, 군량미를, 군량미를 약간 양성해야 되겠다 하고, 국가에 돈을 좀 미리 선금을 좀 말하자몬, 요새 같으면 대부로 좀 하라 하이카네, 그래 수영 수상하고 동래부사하고 맹년에 시국도 그렇고 암만 카만 흉늉도 올 것 같고 이래서 있다가 태세로 대비해야 된다."

케가, 그래 그 돈을 가지고 어데 했냐면, 전라도에 입도선배자금이다.

그때 말하자면 사전에 농사짓기 전에 돈이 없으이카네, 가져 가가지고 너거가 가가지고 일꾼도 치고 풀도 비고 탁 이리 해가 거름을 많이 해가지고 하라. 그 대신 이 돈은, 돈을 받는 기 아니고, 너거인테 농사지아가 곡석을 주가 곡석을 주는 거는 국가에 요새 겉으면야 입도선배자금. 요새 매상 안 있나, 매상. 삼만원이니 이만원이니 칠만원 카고 올리고 내루고 하는 거. 그거를 갖다가 사들이가지고 해야 된다. 고 가격대로 주가 캐가지고 받아가지고 쟀어. 동래부사가 수영수상하고 곡식을 쟀다.

그해 참말로 보이카네 마 농사지을 땐데, 날이 춥어가지고 날이 가무다가 뒤에 비가 와가지고 비가 와가지고 모를, 모가 크는데 날이 춥아가지고 모가 안 커.

그랬다가 인자 그래도 마, 모가 이거만큼 해야 되는데 근근히 쩌가지고 마 그양 꼽을 때 춥어서 여름에, 초여름인데, 홑바지를 여 홑바지를 입고 모를 숨갔다. 논도, 논도 맬 때 홑바지를 입고 논을 맸다. 이라이카네 이, 이 나락이 커가지고 곡식이 열 수가 없는 기라. 그래가 호빡 숭년이 돼뿼어. 그냥 꼿꼿하게 해가 마, 마, 풀매치로(풀처럼) 말랐뿼어. 그래 입도선배, 선배 곡식을 받아가 탁 그거를 국민들로 갖다가 배급을 태아줬어. 직접.

그래할 때 우리 노포동을 갖다가 양산 고을에서, 양산 고을에서 노포동은, 작장동은 민영훈 부사가 전부 다 인구 파악을 해가지고 배급을 준다. 우리는, 우리는 양산도 저 언양 쪽으로 우로는 괘않지만은 밑으로는 흉늉이 막 쪄가지고 아주 어렵운 그런기 있는데, 우리 동래 여 마, 작장이면 작장, 노포면 노포 들어, 들어 와가지고 밥 얻어 먹으로 오는 건 보통이고, 와가지고 죽을 쫇이 놓으몬, 두뱅이로 마, 솥두뱅이로 마 밀어뿌고 저거가 죽을 퍼가고. 심지어는 알라를 업고, 업은 아기부터 부모가 언제든지 죽을 식하가 믹이고 자기가 무울 낀데, 배가 얼마나 고프는지 자기부터 먼저 묵고 아를 주더란다. 그때 이야기라.

그 정도로 배가 고픈데, 그래가 인자 민영훈 부사가 배급을 갔다가 주고, 지금 작장동은 지금 마, 양산고을에서 전부 다 주민들이, 국민들이 와가지고 죽을 쫇이 놓으몬 그양 퍼가뿌고 마, 그거 하고 하이카네,

"도저히 살 수가 없습니더."

카이까네, 그래 동래부사가, 동래부사가 그거로 했어. 밑에 부하들 보고 인자 아전, 아전들 보고,

"곡석이 지금 얼마나 있는고 창고에 그거로 해라. 창고에 지금 파악을 해라."

그래 인자 요새겉으몬 마,

"백 석이 있습니다. 백 몇 십 석이 있습니다."

"그라면 지금 얼마, 얼매 몇 달만 있으면 그거 되노?"

"지금 마, 한 두 달 안 해도 보리고개가 옵니다. 그라면 보리가 익으면 마 안 묵겠습니까."

카는 그런 보고를 해노이까네, 그래 양산고을에 호수를 전부 세알려가지고 줄로 서가 배급을 줬단다.

그 정도로 민영훈 부사는 그래가 인자 임기가 이 년 돼가지고 인자 동래, 옛날에는 어데 있었노 하몬 어, 동래부사가 그거 할 때 저게 있었다. 저, 저 동래시장. 동래시장 안에 드가몬 안주 집이 이래 이런 기 두 개 있어.

그래 거게 있다가 인자 딴 데로 부임해 간다꼬 인자 가이카네, 국민들이 몬가라고, 민영훈 부사 몬가라고. 그래도 국가에서 뭐, 왕이 특명 내루는데 이 년을 딱 정해논 바람에 안 갈 수는 없고.

그러노이까네 국민들이 마 거서 동래시장에서 부곡동까지, 부곡동 고기 뭐시고 카몬, 옛날에는 오시개라. 양산서, 양산서 내려오몬 마중을 가는 기라. 마중을 가몬 선동, 선동에 저 하정리 부락에서 마중을 나가는 기라.

밤에 내려오몬, 조금 늦가 내려오몬 횃불로 들고 가가지고 횃불로 삐치고 이래 부사가 내려오는데 마중을 나가고, 또 올라 갈 때도, 올라 갈 때도 하정 부락에서 그래서 그걸 갖다가 옛날에는 역동이라 캤어. 역동.

이 역마주(마다) 나와가 지킨다고 역동이라 캤는데, 그래 그 오시개라 카는 그게 오면은 열두 시라. 그래서 오시개라.

그래 그까지 인제 오는데 그제, 너무나 민영훈 부사로 여 안 보내고, 우리가 업어다가 서울까지 보내준다 카는 뜻으로 국민들이 그제 요새같으몬, 요새겉으모 잠바지만은 그때는 적삼, 적삼을 벗어가지고 길가다 깔아줬어.

그래가 민영훈 부사가 행차를 했다 카는 그거, 그 전설이, 전설이 아니라 여 부곡동 문화에다 나와 있을끼거만은.

까치발 형상의 작장마을

자료코드 : 04_21_FOT_20100121_PKS_PYJ_0003
조사장소 : 부산광역시 금정구 청룡노포동 작장마을 박용진 씨 댁
조사일시 : 2010.1.21
조 사 자 : 박경수, 서정매, 황영태, 최수정
제 보 자 : 박용진, 남, 77세
구연상황 : 제보자는 매우 적극적인 성품으로 옛 역사적 이야기와 함께 작장마을의 명칭에 대한 유래를 구술해 주었다.
줄 거 리 : 현재의 노포동 작장마을은 풍수설에 의하면 까치가 걸어 들어오는 모습의 형상이어서 지어진 이름이다.

작장이라 카는 것은 와 그랬나, 와 작장이라 지었노 하면은, 풍수설에 입각해가지고 까치가, '까지 작(鵲)'자이카네, 까치가 작장부락을 보고 걸어 들어오는 형국이다. 말하자몬 걸어 들어오는 형국이다.

그라몬 까치발이 어덴기고 하몬, 지금 지하철, 지하철 우리야 포(표) 타고 달고 하제. 거가 옛날에 양씨네를 묏등이(묘가) 크기 들어와 있었어. 크기 들어와 있었고, 거가 까치가 걸어오는데 앞발이라. 앞발 바람에 크고, 뒷발은 여 우리집이라. 우리집, 발로 앞발 드리면 뒷발은 언제든지 이래…. (조사자 : 서 있잖아요.) 안 비나(보이나)? 비는 그 바람에 손바닥 형태라 카는 기라.

도깨비가 놀았던 작장천

자료코드 : 04_21_FOT_20100121_PKS_PYJ_0004
조사장소 : 부산광역시 금정구 청룡노포동 작장마을 박용진 씨 댁
조사일시 : 2010.1.21
조 사 자 : 박경수, 서정매, 황영태, 최수정
제 보 자 : 박용진, 남, 77세
구연상황 : 조사자가 작장마을에 관한 전설에 대해 묻자, 제보자는 다음 이야기를 자세
　　　　　 하게 구술해 주었다.
줄 거 리 : 옛날 작장마을의 하천에는 도깨비가 나와서 꽹과리를 들고 놀았다. 이곳은
　　　　　 원래 도깨비들이 집을 지어 산다는 풍수설이 전해지는 곳이다.

　이, 이기, 이기, 이기 말하자몬, 지금도 지금은 이기 그제 분모지가(불모
지가) 돼가지고, 분모지가 돼가 묘지가 됐다가 그래 지금은 인자 대지가
됐는데.

　이 분할 핸 땅이 그제, 요기 팔백 이십 삼(823)번지에서 일, 이, 삼을
쭉 쪼개 옇는데, 에, 여가 말, 말하자몬 까치발이라도 저, 저 그것으로 또
째비설이라 칸다.

　또째비설인데, 그거는 인자 우리 부락 사람들이 지금 여 복개로 뒤로
복개 해가 해놨지만, 저기 옛날에는 하천이거든. 지금도 하천인데 복개로
안 해놨나.

　근데, 저리 지내가면은 어, 지내가면은 또째비가 '캥작작, 캥작작' 카고
깽주로(꽹과리로) 치고 논단다. 그라몬 겁을 내가 사람들 안 지내가고 이,
이래, 이랬는데. 뒤에 풍수전설로 해보이카네 말하자면, 여가(여기가) 또
째비설 노다가 갔는데, 후천 터라. 마, 후천에는, 후천에는 집을 지아가
살끼다.

기왓장으로 왜놈들을 물리친 아낙네

자료코드 : 04_21_FOT_20100121_PKS_PYJ_0005
조사장소 : 부산광역시 금정구 청룡노포동 작장마을 박용진 씨 댁
조사일시 : 2010.1.21
조 사 자 : 박경수, 서정매, 황영태, 최수정
제 보 자 : 박용진, 남, 77세
구연상황 : 제보자가 예전에 충렬사 현관으로 지낼 때 직접 들었던 이야기라고 하면서 자세하게 구술해 주었다.
줄 거 리 : 세 아낙네가 기왓장으로 왜놈들을 맞추어 외적을 물리쳤고, 지금도 그 세 여인을 위해 제사를 지내고 있다.

그, 그 여자가 그때 핸데 그 서인데(세 명인데) 그제.

그 가몬 하내이는(한 명을), 한 사람은 성을 거 써놨어. 써놨는데, 둘이는 성을 몰라가지고 마, 젊은, 젊은 가정부인이다 이런데.

거 말하자몬 왯놈들이 오고 이라이까네 마, 도망갈 때도 없고 마, 기와집에 기왓장에 올라가서 올, 올라 갔는데, 왯놈들은 무슨 총인가 하몬 그때는 소총 카는 그제. 그걸 가 쏘고 이라는데, 글치만은도 저거는 나와(나와야) 쏘지, 지붕 위에 있으이카네.

그래 그 아줌마들이 기왓장을 뺏기가(벗겨서) 자꾸 갖다 주는 기라. 우에서 인자 힘이 좀 그거 하이카네 밖에만 나오몬 기왓장 가지고 마 주아(주워서) 떤지가 마, 일본놈 머리를 맞차가 직이고 달고 핸 그기, 안자 아주 그게 있어.

그래서 그 해마주(해마다) 그제, 해마주 제간 지낸다.

상마, 하마마을의 유래

자료코드 : 04_21_FOT_20100121_PKS_PYJ_0006
조사장소 : 부산광역시 금정구 청룡노포동 작장마을 박용진 씨 댁

조사일시 : 2010.1.21
조 사 자 : 박경수, 서정매, 황영태, 최수정
제 보 자 : 박용진, 남, 77세
구연상황 : 조사가 끝나갈 무렵에 제보자가 다시 어떤 이야기가 생각이 난다며 이야기
　　　　　를 구술해 주었다.
줄 거 리 : 범어사 주위의 상마와 하마마을은 삼을 심었기 때문이 아니라, 과거에는 범
　　　　　어사에서 도착하여 말을 타고 위에 내리면 상마마을이고 밑에 내리면 하마마
　　　　　을이라 칭한 데서 비롯된 것이다.

　범어사에, 범어사에 오는 사람이, 말하자몬 입찰도 보러 오고, 범어사 주지도 만내로(만나러) 오고, 범어사 상무도 만나러 오는데, 말을 타고 아 가지고 우쪽에 내리면, 제일 우에 내리면 상마마을이고, 밑에 내리면 하 마마을이다.

　그래가 그거 하지. 삼을 거 전 돌밭인데, '쌈을 숨가가지고 옷베 삼을 했다고 상마, 하마가 아니다' 이 말이라.

　그래 전부 다 내 말이 맞다. 그래 와 나는 그걸 아노 하몬, 우리 할아버 지가 이야기를 하더라고. 그래서 내가 아는 기지.

동대, 석대, 운봉 사람들의 특징

자료코드 : 04_21_FOT_20100123_PKS_AJN_0001
조사장소 : 부산광역시 금정구 회동동 동대마을
조사일시 : 2010.1.23
조 사 자 : 박경수, 서정매, 황영태, 최수정
제 보 자 : 안종네, 여, 76세
구연상황 : 조사자의 유도에 따라 마을의 특징에 대해 이야기를 구술해 주었다.
줄 거 리 : 동대마을 사람들은 술을 잘 먹고, 운봉마을 사람들은 잠을 잘 자고, 금사동
　　　　　사람들은 집을 잘 팔았다. 운봉마을은 골짜기라서 어두워 해가 빨리 지니까
　　　　　잠을 많이 잤다.

돌대, 석대, 반송, 운봉, 동대.

동대는 술을 잘 먹고, 운봉은 잠을 잘 자고, 금사동은 집을 잘 팔고, 옛날에 그래가지고 넘어왔대.

왜 운봉사람은 잠을 잘 자냐 하께네, 골짜기라서 일만 하고 어둡으몬(어두우면) 잠을 많이 자고, 해가 날래(빨리) 지이까 잠을 잘 자는갑대.

가난한 동대마을

자료코드 : 04_21_FOT_20100123_PKS_AJN_0002
조사장소 : 부산광역시 금정구 회동동 동대마을
조사일시 : 2010.1.23
조 사 자 : 박경수, 서정매, 황영태, 최수정
제 보 자 : 안종네, 여, 76세
구연상황 : 조사자가 제보자에게 마을의 유래에 대해 이야기를 요청하자, 마을에서 내려
　　　　　오던 이야기가 있다며 구술해 주었다.
줄 거 리 : 동대마을에는 들이 없고 돌과 물밖에 없었다. 동대마을에 시집을 보낸 딸이
　　　　　걱정이 되어서 울었다.

이기 동대사 여는(여기는) 오이께네 들이 없대요. 여 동대 거릉(개울) 물만 있고, 들이 없어서, 옛날에 어떤 사람이 여 와가지고 딸로 시집을 보내놓고 거금에(그곳에) 가며 울었답니다.

"뭐를 먹고 살꼬? 돌하고 물하고뿐이 없다."

그랬는데, 그래 석대 저 논이 고개 넘어 다 있더라꼬, 오이꺼네. 그래 석대, 석대. 여는 동대. 자갈도 많다.

바구니를 물어다 준 범

자료코드 : 04_21_FOT_20100123_PKS_AJN_0003
조사장소 : 부산광역시 금정구 회동동 동대마을
조사일시 : 2010.1.23
조 사 자 : 박경수, 서정매, 황영태, 최수정
제 보 자 : 안종네, 여, 76세
구연상황 : 조사자가 제보자에게 범에 대한 이야기를 해 달라고 요청하자, 예전에 들은
　　　　　 얘기가 있다면서 구술해 주었다.
줄 거 리 : 범 새끼를 보고 이쁘다고 쓰다듬어 주었다. 범이 나타나자 놀래서 바구니를
　　　　　 두고 집으로 도망왔다. 다음날 아침에 보니, 호랑이가 집집마다 바구니를 물
　　　　　 어다 갖다 놓았다.

　범새끼를 낳았는데, 그래, 범새끼로 이쁘다고, 이래 한 번 씨담아(쓰다
듬어) 주는데 마, 범이 나와서로 마, 겁을 내가 바굼지로(바구니를) 다 내
삐리뿌고 집에 왔더마는.
　자고나이까 말캉 물어다 집집마도 갖다 놨다라 카대, 호랑이가. 지 새
끼 좋다고 이래 해코지를 안 해서.

방귀 힘이 센 할머니

자료코드 : 04_21_FOT_20100123_PKS_AJN_0004
조사장소 : 부산광역시 금정구 회동동 동대마을
조사일시 : 2010.1.23
조 사 자 : 박경수, 서정매, 황영태, 최수정
제 보 자 : 안종네, 여, 76세
구연상황 : 조사자의 유도에 따라, 제보자가 재미있는 이야기가 있다며 다음 이야기를
　　　　　 구술하였다.
줄 거 리 : 방귀 잘 뀌는 할머니가 얼어붙은 요강에다 요줌을 샀더니 요강이 깨어져 버
　　　　　 렸다. 요강이 얼어서 그렇게 된 것이지만 이웃집 사람들은 방귀를 너무 세게
　　　　　 뀌니까 깨진 것이라며 놀렸다.

방구 잘 뀌는 할매가 있고, 퉁퉁하이 해가지고 그래 앉으몬,

"아이고, 새이야(형아), 니는 와 그리 방구를 잘 끼노? 또 방구 뀐다."

이래 카몬,

"이 사람들아, 그런 말 하지 마라. 방구를 아무나 뀌나." [웃음]

"그라모 니 나무 하러 갔을 때, 그때 니 노래 하나 해 봐라."

이래 카만,

"아이구, 그거를 어찌 하겠노 마."

이래 카대.

이래 방구를 꼈는데, 한 번은 인제 오줌을 누이꺼네, 청에다가, 청방아다가 요강을 봐 놓고 오줌을 내 놨대. 눈께네, 놀다가 와가지고 오줌을 누니, 요강이 탁 깨졌뿌더란다. 그래 놓으이까 인자 막 놀리는 거라.

"니가 방구를 새이 니가 얼마나 크게 꼈으몬 요강이 탁 깨져뿄노."

이래. 그래 난중에는 다 알고 보이까, 오줌을 노가 그 요강이 얼었던가 봐요. 그런데 인자, 그기 금이 갔는지는 몰라도, 옛날에 뭣이 있는교. 그래가 마 그래가 인자 오줌, 뜨신 오줌을 누이까 마 요게 턱 갈라졌는데, 방구 시게 끼가쥬(뀌어서) 요강 갈라졌다 카민서러 그래 놀리더랍니다.

일하기 싫어하는 며느리를 칭찬한 시아버지

자료코드 : 04_21_FOT_20100123_PKS_AJN_0005
조사장소 : 부산광역시 금정구 회동동 동대마을
조사일시 : 2010.1.23
조 사 자 : 박경수, 서정매, 황영태, 최수정
제 보 자 : 안종네, 여, 76세
구연상황 : 제보자가 다른 제보자들의 이야기를 듣던 중에 생각나는 이야기가 있다며
　　　　　시아버지와 며느리의 이야기를 재미있게 구술해 주었다.
줄 거 리 : 며느리가 밭을 매러 가기 싫어서 꾀를 썼는데도 오히려 시아버지가 농사를

잘 짓는다고 칭찬하였다.

옛날에 시접을 가니깐, 시아바이가 자꾸 마마마, 밭만 매러 가자 카거든. 부애가 어찌 나는지, 맨날 시아바이가 메느리 밭을 매러 가자 캐사서,

"아이고, 요번에는 가거들랑 조비밭을 매러 가자."

카더란다. '아, 이놈, 조비가 죽으면은 메느리로 안덱고 가겠지' 싶어서, 말캉 끄립어 놓으이까네,

"와, 우리 메느리, 좌우지간에 잘한다."

이라거든.

"그라면은 이제 두벌밭을 또 메러 가자."

카더란다.

'요놈의 영감아' 싶어서, 가서 인자 북기를 살살 도와주이께네,

"니는 농사의 전문박사가 되가라."

이라더래.

도깨비와 씨름한 사람

자료코드 : 04_21_FOT_20100121_PKS_LGS_0001
조사장소 : 부산광역시 금정구 청룡노포동 청룡경로당
조사일시 : 2010.1.21
조 사 자 : 박경수, 서정매, 황영태, 최수정
제 보 자 : 이광수, 남, 77세
구연상황 : 제보자는 다른 제보자의 도깨비 이야기를 듣고, 예전에 들었던 이야기가 있
　　　　　 다면서 구술해 주었다.
줄 거 리 : 술을 먹고 늦은 밤에 산을 넘어 집으로 오다가 어떤 사람을 만나 씨름을 하
　　　　　 게 되었다. 결국 씨름에 이겨 그 사람을 칼로 찔러 죽이게 되었다. 다음 날
　　　　　 너무도 기가 차서 다시 그곳으로 갔더니, 사람은 없고 방앗고가 칼에 찔려 있
　　　　　 었다.

디딜방아 고(공이), 고가. 인자 한 사람이 한날(어느 날) 어디 갔다, 시장 갔다 오면서 밤에 왔는데, 술을 묵고 왔는데, 사람을 하나 나타나가지고,

"씨름을 하자. 씨름을 하자."

캐샀는 기라. 그래 씨름을 하는데 대구(계속) 졌는 기라. 지는데, 가도 가자 캐도 갔다보이께,

"물이다. 물이다."

캐도,

"오줌 아랫도리를 벗어라."

이기라. 사람이 앞에 서가지고. 그래 아랫도리를 걷어가 물을 건니는데 그기, 물이 아이고 까시라요. 까시밭으로 가몬 물이라 카고, 물밭에 가몬 인제 까시라고 옷 입으라 카고.

이래가 산등을 넘었는데, 그 넘어가서는 객구(결국) 말이지 둘이 싸웠답니다. 싸워가지고 마, 참말로 회장님 말씀맞다나, 씨름을 해가지고 마, 우째 이깄는 기라.

이기가지고 칼로 찔렀는데, 이기가지고 고것 가 간구줄로(?) 집에 와가지고, 그 안날(다음 날) 자다 본께, 하도 기가 차가 그 안날 거기를 찾아가봤단다. 가인께(가니까), 방애찧는 고 안 있습니꺼 고. 고가 그 칼에 찔리가(찔려서) 있더란다.

고. 고에 인제 여자들 맨스, 그기 약간 묻었던 모양이지.

팔송정의 유래

자료코드 : 04_21_FOT_20100121_PKS_LSW_0001
조사장소 : 부산광역시 금정구 청룡노포동 청룡경로당
조사일시 : 2010.1.21

조 사 자 : 박경수, 서정매, 황영태, 최수정
제 보 자 : 이상우, 남, 83세
구연상황 : 마을에 알려진 팔송정에 관한 이야기를 들려달라고 요청하자, 짧게 구술해 주
었다.
줄 거 리 : 마을에 소나무가 여덟 그루가 있어서, 마을 사람들이 항상 쉬어가는 곳이었
다. 이를 팔송정으로 불렀으나, 지금은 사라지고 없다.

소나무가 여덟 피기(포기) 있었거든, 큰 기. 큰 기 있었는데, 여, 시외에
서 들온 사람이 이 길로 들어가야 되거든.

그러인께, 그 나무 밑에 정자 지도 좋고, 뭐 싸이께로, 거서 쉬가 가고
이래가 팔송정이라.

(조사자 : 지금은요?) 지금은 팔송정이라 카는 기 나무도 없어졌뿌고, 거
기 어디 사라짔뿌고 없어.

바위 밑에 살았던 용

자료코드 : 04_21_FOT_20100121_PKS_LSW_0002
조사장소 : 부산광역시 금정구 청룡노포동 청룡경로당
조사일시 : 2010.1.21
조 사 자 : 박경수, 서정매, 황영태, 최수정
제 보 자 : 이상우, 남, 83세
구연상황 : 다른 조사자들의 마을 유래에 관한 이야기를 듣고 난 뒤에 제보자가 기억나
는 이야기가 있다며 구술해 주었다.
줄 거 리 : 큰 바위 밑에 고인 물에 용이 살았는데, 바위에 물이 말라버리자 용이 사라
져버렸다.

배암 이야기는 요 우에 가면, 거 큰 바위가 하나 있는데, 마 용이라 카
까(할까) 이래 됐는 기라, 그기(그것이).

그랬는데, 그 지금, 농, 농사도 안 짓고, 그래 이래 노이 물이 말라뺐거
든, 그 바위 있는데. 물이 말라뿌고 이래놓이, 용이 안 보이는 기라, 지금

어데 갔는지. 그 바위 밑에 그 있었는데, 그 용이 마 물이 없으니께로 그 용이 어데로 가뿠는지 없어예.

도깨비와 싸운 사람

자료코드 : 04_21_FOT_20100121_PKS_LSW_0003
조사장소 : 부산광역시 금정구 청룡노포동 청룡경로당
조사일시 : 2010.1.21
조 사 자 : 박경수, 서정매, 황영태, 최수정
제 보 자 : 이상우, 남, 83세
구연상황 : 제보자는 도깨비에 대한 이야기를 하는 도중에 다른 도깨비 이야기가 있다
면서 구술해 주었다.
줄 거 리 : 비가 오는 날에 산을 넘어가면 도깨비가 나와서 길을 가로 막곤 하였다. 도
깨비는 담뱃불을 켜면 사라지고, 그게 없을 때는 칼로 찔러놓고 집으로 오
곤 했다. 그 다음 날 다시 찾아가 보면 도깨비는 없고 빗자루가 칼에 찔려
있었다.

도깨비에 대해서는 여자들이 맨슨 있제 맨슨. 맨슨 나오는 그걸 닦아가
지고, 닦든 이래 동 뭐 숨가가지고(숨겨서) 버리놔 놓이(버려두니까), 비가
오고, 뭐 하고 하몬, 거서 그기 나오는 기라.

그래 거기 인제, 거기 또 그래가지고, 저 산 고개 넘어가는데, 저런데
혼차 오고 이라몬, 나(나이) 많은 사람 짵에 앞에 와가 자꾸 질을 가로 막
고, 같이 가자 카고, 뭐 하고 이래가지고.

그래 옛날에 인자, 그 당시에 담배 풋는 사람 있으몬 담뱃불로 티가지
고(켜서) 하몬 없어지고, 그렇지 안해가 칼로 내가지고 칼로 가지고 콱 찔
러뿠는 기라.

콱 찔러놓코 난주(나중) 그래 그 이튿날 죽었다 싶어서 가보이께로, 빗
자리가 칼에 거 찔리가 그래 있더라 카는 기라. 그래 그거 여자들이 맨손

이가 뭐고 그랬는 걸 그걸 조심해야 돼.

그기, 참 그기 사람을 그 뭐라 카고, 기가 약하고 뭐한 사람같으몬 쓰러지던 동 머 하든 하몬 욕을 보는데, 이 사람이 간담이 크고 대담하이께로 그런 일이 뭣이 하고 있었어.

도깨비에 홀려 죽은 사람

자료코드 : 04_21_FOT_20100128_PKS_LJA_0001
조사장소 : 부산광역시 금정구 금성동 공해마을 공해경로당
조사일시 : 2010.1.28
조 사 자 : 박경수, 서정매, 황영태, 최수정
제 보 자 : 이점아, 여, 72세
구연상황 : 조사자가 제보자에게 도깨비이야기를 아는 지 물었더니, 예전에 실제로 있었던 이야기라며 구술해 주었다.
줄 거 리 : 어릴 적에 동네에 덕자라는 여자 아이가 늦은 밤에 공부하러 다녔다. 어느 날 산 언덕을 넘다가 갑자기 도깨비에서 홀려서 죽었다. 나중에 그 자리에 가보니 빗자루가 놓여 있었다.

우리 클 때는, 거가 인자 좀 들이 너리(넓으니) 산이 좀 가깝고. 그런데 밤에는 무섭아서 어데 못 가는 데가 있는 기라.

(청중 : 동네는 작고.) 예. 안쪽에 우리 사는 데는 내왕리라고 안쪽이고, 요 인자 저넘땀이라고 카는 데가 있는, 이런 산이 둥그리하이 하나 있는데. 갓으로 요리 동네고, 요쪽에는 좀 동네가 떨어지가(떨어져서) 외지고 이런데, 거게 우리 큰가집 커다가 이름이 내 잊어뿌도 안 한다. 덕잔데(덕자인데), 내카메(나보다) 한 살 작기 묵는데, 저녁에 그저 공부를 안해논께네, 저녁 야간이라 하나 뭐, 뭐, 그거 하러 가갖고, 거 허신(허깨비) 거한테 홀키가 죽었다 아인교.

허신이 도까비 난다고 거는 밤 되몬 잘 안 그래, 몬 댕기(못 다녀). 인

자 위험하다 카는데, 이거는 그 인자 해필 우리 동네에서 그 한참 언덕이라고 나와갖고, 그 산을 동네같은 산이 있는데 고걸 넘어서 가는 기라. 그 인자 공부하러 가는 데가. 그래 가갖고 내(항상) 댕기도(다녀도) 괜찮더마는 어느 날 그래 마 죽어뿠다 아이가(죽어버렸다).

그래 그래가 뒤에 강께나(가니)

(청중 : 뒤가 홀끼가 안 죽는다, 홀깨이한테는.)

그래 강께나 빗자리 몽댕이, 몽댕이 아이나(있잖아)? 그기 있더랍니다.

저거 부모들이 강께나, 오빠하고 강께나 아무것도 없고 뭐 홀치진 것도 없고 아무것도 때린 것도 아무것도 없는데, 빗자리 몽댕이 모지라진 거 그기 있더라 카대.

그 소리는 듣긴 들었다. 우린 보진 안 했어.

고당지의 산신령 발자국

자료코드 : 04_21_FOT_20100128_PKS_LJA_0002
조사장소 : 부산광역시 금정구 금성동 공해마을 공해경로당
조사일시 : 2010.1.28
조 사 자 : 박경수, 서정매, 황영태, 최수정
제 보 자 : 이점아, 여, 72세
구연상황 : 조사자가 제보자에게 산신령이라는 단어를 말하자 제보자가 다음 이야기가 생각이 났는지 구술해 주었다.
줄 거 리 : 동네 산골짜기에서 정월 대보름이 되면 당제를 지내는데, 눈을 감고 기도를 드리고 있으면 산신령이 지나가며 발자국을 남겼다.

고당지 저게도 진통 그전에 그거 하면은 진통 자국이 요래 있다 카대.

(조사자 : 어디요?) 저 우에 요 고당지라고 있어요. 고당지라고, 요요 골짜 올라가면은 있어요.

고 인자 고랑지 모시논 데 있는 집이 요래 쪼께난 기 요래 있고. 근데

거게선(거기에서) 뭐, 거 인자, 보, 보름 되면은 거 인자 요, 동네 인자, 정월 대보름날 되몬 인자 그 제를 그 모신다 아입니까? 그래 고거 인자 할때.

(조사자 : 당제?) 어, 당제를 지내는데, 고 가가지고 인자 거, 거보다 먼저 가야 안 되나. 거 그리 하고 이라면은 거 정신을 되게 이래가지고 거 하는 사람 있제, 아무나 못 하거든. 가서 안 하거든. 그래 하면은 어떤 때는 그 사람이 눈을 딱 감고 그래 열심히 기도를 드리고 이래가 있으몬, 옆을 쓱 지내간다 하데. 지내가는데, 그, 그라고 나서 그 뒤에 안자 날 새가지고(날이 밝아져서) 당제 지내고, 인자 낮에 가몬 발자죽이 있다 카데.

비가 안 오고 이라면 모르는데, 비 온 끝에는 이래 분명히 발자죽이 이래 있다 하데.

거 인자 정신 디리는 인자 당제 모시는 사람이. 지금 저 우에 가몬 지금 살고 있다 아이가. 절로 지뇌놓고. 그래 거서 그런 얘기는 들었지.

(조사자 : 그럼 그 발자국은 누구란 말입니까?)

거 인자 산신령이라 카데. 산신령이 발자국이 이래 있다 하더라고.

근데 그 옆에 공을 들이고, 눈을 딱 감고 자기가 대기 기도를 지극정성 드리고 있으몬, 옆에서 산신령이 쏵 지내가는 거기 있답니더.

방귀쟁이 할머니

자료코드 : 04_21_FOT_20100123_PKS_LDY_0001
조사장소 : 부산광역시 금정구 선두구동 신천마을 신천경로당
조사일시 : 2010.1.23
조 사 자 : 박경수, 서정매, 황영태, 최수정
제 보 자 : 임달연, 여, 93세
구연상황 : 청중이 제보자에게 평소에 자주 해주던 방귀쟁이 이야기를 해 달라고 하자 제보자는 기억을 더듬어 보더니 구연했다.

줄 거 리: 방귀를 많이 끼는 어머니 때문에 동네에서 방귀쟁이 딸로 통하는 딸과 할머니가 방구를 껴서 술상을 치워버린 할아버지 이야기다.

전라도 아지메는 만날 방구를 퉁퉁퉁퉁 끼사서러…. 우리 여 앉아 노이까네 올라가는 처녀가 한 명 올라가는데,

"저 올라가는 저 처녀는 누고?"

카이께네,

"방구쟁이 딸 아이가."

이래 카더란다. 그래 저거 집에가 가지고,

"엄마가 방구를 얼매나 꼈거네, 내가 올라오니까 할매들이 앉아 노니까, 방구쟁이 딸 아이가 이래 칸다꼬."

그래샀대. 그래싸서 저거 영감이가 어, 저, 인자 동이지 새알로 비비이카네 새알수는 비비이카네, 저거 영갬이 뒤에 뚝 눕어 있는데, 할마이가 앞에서 새알손 비비며 방구로 얼매나 꼈든동 끼이카네,

"방아 저 수지비(수제비) 안 물란다. 저 갖다 내삐리뿌라. 방구, 방구도 거 다 드가서 못 묵겠다."

칸다 카대. 그래 칸다 카대.

노포와 신천 방귀쟁이의 방귀 시합

자료코드 : 04_21_FOT_20100123_PKS_LDY_0002
조사장소 : 부산광역시 금정구 선두구동 신천마을 신천경로당
조사일시 : 2010.1.23
조 사 자 : 박경수, 서정매, 황영태, 최수정
제 보 자 : 임달연, 여, 93세
구연상황 : 제보자가 다 못한 방귀 이야기가 있다며 이어서 다음 이야기를 구술하였다.
줄 거 리 : 노포동 방귀쟁이와 신천 방귀쟁이가 방귀 시합을 했다. 한 명이 끼면 또 한 명이 끼고 해서 막상막하의 시합을 벌이다가 결국 신천 방귀쟁이가 승리했다.

미나리로 하러 갔거든. 가이카네 그 할매들이 한단 말이,

"방구쟁이는 와 안 오노?"

뭐 이래 샀데. 그래 내가,

"저, 할마이들이 저 우리 동네 방구쟁이인 줄을 우째 알고 저래, 저래 샀노?"

이캤거든. 그리이 노포동 방구쟁이가 하나 있었던 모양이라. 그래 인자 노포장 방구쟁이캉 우리 신천이 방구쟁이캉 인자 놀, 아한테 다 와서 하는데, 이래 인자 민원이 걸린다고 인자 궁디를 땅에 붙이놓고 하는데, 이 놈의 마 방구를 마 낄라 카이까네 마, 부끄럽아 못 끼고, 차만 지내가이 방구로 한 차례 퉁! 끼뿌데. 저 차마 지내가몬 방구로 한 차례 퉁! 끼고.

나중에 마 할마이 둘이가 인자 방구 시합을 하네. 방구 시합을 하는데 마. 하내 끼이 하내 끼고, 우째 그리 나오노 야.

하내 끼이 하내 나오고, 하내 끼니 하내.

난주 결국 난주 끝티 가서는 우리 신천이 방구쟁이가 이깄다 카데. [일동 웃음] 신천이 방구쟁이가 이기가지고 얼매나 그날 웃었는지 말도 못한다.

방귀쟁이 아주머니

자료코드 : 04_21_FOT_20100123_PKS_LDY_0003

조사장소 : 부산광역시 금정구 선두구동 신천마을 신천경로당

조사일시 : 2010.1.23

조 사 자 : 박경수, 서정매, 황영태, 최수정

제 보 자 : 임달연, 여, 93세

구연상황 : 다른 제보자가 방귀 이야기를 하자 그와 관련된 다른 이야기가 생각났는지 또 구연했다.

줄 거 리 : 태이 엄마가 밭을 맬 때 방귀쟁이와 짝을 지어 일을 안 하려고 했다. 방귀를

오십 차례 가량 끼는 걸 세어봤다고 하자 다른 이들이 그 소리를 듣고 웃었다.

한분어는(한 번은) 밑에 점방에 그 아저씨 저, 저, 저, 요 우에 그 인자 그, 저저… 논 안 있었니? 야 우에.

[다른 청중에게 물어보듯 이야기 하면서] 내나 너거 시아지방이 요 우에 여 논 안 있었나. 그 생전에 하보, 하보. 하보 거 논 서마지긴가 있었다.

그 인자 모 숨그러 갔, 아! 저저… 그거 당근 밭 매러 갔다. 당근 밭 매러 가가지고 맸는데, 그날 대기 춥었거든. 그래 떡 매니까네,

점슴 때 돼서 인자 칩어가지고 인자 밥도 거 몬 가 오고,

"집에 가서 묵어야 되겠다. 칩어서."

이카고 있으이카네 그래, 태이 저검매가 한단 말이,

"나는 저녁 때 저저."

방구쟁이캉 태이 저거 엄매캉 저거 한쪽에서 붙어가 밭을 맸거든.

"나는 지녁 때 저저, 전라도 아지매캉 짝을, 짝 안 할란다."

이러카대.

"와 만다고(무엇 때문에) 짝을 안 할라카이?"

"아이고 마 온 저녁, 아지께 내 방구로 어찌나 끼는지 마마, 몇 오십 몇 초 낀다."

"니 시아린다고(헤아린다고) 욕봤다."

내사 그치러(그토록) 많이 끼서 인자 저녁 때는 내 짝지 안 할라 카는 기라. 짝지 안 할라 캐서 어찌나 우리가 그날 웃어났든지. 그래가 저녁 때는 짝지 안 할라 카는 기 어찌 우습운지,

저녁 때는 짝지 했는가 안 했는가 모르겠다. 그 짝지 안 할라 카더라.

그래가 태오, 태이 저거 엄매가,

"니 거 세아린다고 내가 욕봤다."

카니까네, 아이고 얼매나 웂었는동(우스웠는지).

방귀 시합

자료코드 : 04_21_FOT_20100123_PKS_JDS_0001
조사장소 : 부산광역시 금정구 선두구동 신천마을 신천경로당
조사일시 : 2010.1.23
조 사 자 : 박경수, 서정매, 황영태, 최수정
제 보 자 : 정덕순, 여, 79세
구연상황 : 다른 제보자가 방구이야기를 하자 본인도 비슷한 이야기가 생각났는지 구술
        해 주었다. 실제 있었던 이야기라고 한다.
줄 거 리 : 두 사람이 방구시합을 했는데 결국에는 상지 엄마가 승리했다.

방구 시합을 하라 카는 거라. 방구 시합을 하라 카는데, 전라도 아지메
하는 말이,

"아이고 지랄로. 오늘 내가 보리밥을 안 묵어가 방구로 못 낀다."

그래 캐. 그래 카는데, 또 저쪽에는,

"아이고, 우리 큰 방구쟁이 안 왔다. 오늘 시합을 못 한다."

카는 기라. [일동 웃음]

그래가지고 인자 이래 시합을 하라고 막 모도 그래 싸노이까네 시합을
했는 거라. 했는데 마 저 우에 사람이 한 차례 끼니 여 할매가 끼고 이래
갖고. 결국 상지 엄매가 이깄다꼬 그날.

상지 엄매 방구 진짜 잘 끼요.

도깨비에 홀려 혼이 빠진 사람

자료코드 : 04_21_FOT_20100128_PKS_JJM_0001
조사장소 : 부산광역시 금정구 금성동 공해마을 공해경로당
조사일시 : 2010.1.28
조 사 자 : 박경수, 서정매, 황영태, 최수정
제 보 자 : 주재미, 여, 86세
구연상황 : 다른 제보자의 이야기에 생각이 났는지 바로 이어서 제보자가 다음 이야기
　　　　　를 구연했다.
줄 거 리 : 어릴 적 고향에 큰 언덕을 넘어 아버지와 묘사를 지내러 가는데, 아버지가
　　　　　기다려도 오지 않았다. 다음 날 찾으러 갔더니, 아버지가 옷이 물에 젖어 있
　　　　　고 두루마기가 다 찢어져 있었다. 알고 보니 허깨비에게 홀린 것이었다. 시간
　　　　　이 한참 지나고서야 아버지는 정신이 돌아와서 말을 하였다.

　우리는 클 때 저 밖을저울(뜻을 알 수 없다. 제보자의 고향은 경상남도
의령이다.) 고향이거든. 고향인데, 거(거기) 가는데 저 큰덕(큰 언덕)이 있
다. 큰덕이 있는데 억시기(매우) 높으거든. 높고 짚고 이렇거든.

　거, 거 있는데 우리 인자 부친하고 내하고 그래 카는데, 나는 앞에 가
고 저 모사(묘사) 지내고 계울인께(겨울이니까) 모사 지내 가지제. 모사 지
내러 간다 카는데 나는 머이(먼저) 가라 캐가 머이 가고, 다시 차림 하러
안 와서 올라가고 사촌들한테,

　"오빠야, 아, 아버지가 오도 안 온다."

　"어데서 안 오노? 큰덕에서 안 온다."

　칸께네, 그래 내려가는 기라. 내려가는데, ○○산에 들었다.

　이튿날 자고 나서 제사 절할 낀데. 그래 간까네, 세상에 올매나 날띠났
든지 두루마기가 다 떨어졌뿌어. 다 째지뿌고, 옷이. 다 째지뿌고 그래 죽
지는 안 했더라.

　그래가 사람 덕고(데리고) 오는데, 사람이 마 물에 빠진 거 한가지라(마
찬가지라). 얄궂도 안 하는 기라. 그래가 참 안 갔으몬, 우리 오빠가 안 갔

으몬 죽을 뻔 했어, 한참 홀기가지고.

그래가지고 덕고 오는데 사램이 닙피나끼네(눞혀놓으니까) 허새이보다
(허깨비보다) 더 무섭더라. 아무것도 모르고 마. 혼이 빠지가. 그래, 멫 시
간 있어 오고 마 그랬거든. 멫 시간 댄께네 그래 쪼매 말로 하데.

"내가 와 이렇노."

이러쿠대.

다시 지어진 북문 사당

자료코드 : 04_21_FOT_20100128_PKS_COJ_0001
조사장소 : 부산광역시 금정구 금성동 중리마을 돌집식당
조사일시 : 2010.1.28
조 사 자 : 박경수, 서정매, 황영태, 최수정
제 보 자 : 차옥자, 여, 75세
구연상황 : 조사자가 제보자에게 산성마을에 관계된 이야기를 들려 달라고 하자, 범어사
　　　　　북문의 사당 이야기를 구술해 주었다.
줄 거 리 : 범어사 북문에 사당이 하나 있었는데, 그 사당을 헐었더니 범어사가 망해버
　　　　　려서 다시 사당을 짓게 되었다.

저, 범어사 생기고 저게 북문에 사당이 하나 생기가 있거든.

고래 인자 뭐, 사당 거 헐어뿌이까네, 범어사가 망해서러(망해버렸다)
그래가 다부(다시) 다시 지았어(지었어).

헐어뿌이까네, 없애뿌이까네 범어사가 망하더라.

물이 마르지 않는 금샘

자료코드 : 04_21_FOT_20100128_PKS_COJ_0002
조사장소 : 부산광역시 금정구 금성동 중리마을 돌집식당

조사일시 : 2010.1.28

조 사 자 : 박경수, 서정매, 황영태, 최수정

제 보 자 : 차옥자, 여, 75세

구연상황 : 범어사 이야기를 하는 도중에, 금샘 이야기가 유명하다며 구술해 주었다.

줄 거 리 : 금샘이라는 바위가 있는데, 물이 마를 만하면 비가 와서 물이 찬다. 금샘은
　　　　　그래서 마를 날이 없다.

　옛날에 생깄는 거는, 바위가, 바위가 금샘이 되가 있거든. 그래 저 물이 마를만 하몬 또 비가 와서러 항거(가득) 차가 있고. 또 마를만 하몬, 또 물이 항거 차가 있고.

　맨날 물은 항거 되가, 마를 여게가(틈이) 없는 기라.

　그게 인자 전설 아이가.

호식당한 아기

자료코드 : 04_21_FOT_20100128_PKS_COJ_0003

조사장소 : 부산광역시 금정구 금성동 중리마을 돌집식당

조사일시 : 2010.1.28

조 사 자 : 박경수, 서정매, 황영태, 최수정

제 보 자 : 차옥자, 여, 75세

구연상황 : 조사자가 제보자에게 호랑이 이야기를 들려달라고 요청하자 실제 있었던 이
　　　　　야기라며 구술해 주었다.

줄 거 리 : 아기 엄마가 볼일 보러 간 사이에 자던 애기를 호랑이가 물고 가서 잡아먹어
　　　　　버렸다.

　저 한 이삼백 미터 가면 터가, 집터가 있는데.

　고래 애기를 재워놔 놓고 저그 엄마가 잠깐 볼일 보고 오니까네 마, 호랑이가 애기를 물고 가뿠어. 물고 가 뜯어무가지고, 그라고부터는 거는(거기는) 사람들이 잘 안 살거든. 그 호석했다(호식했다) 카대.

도깨비와 싸운 사람

자료코드 : 04_21_FOT_20100128_PKS_COJ_0004
조사장소 : 부산광역시 금정구 금성동 중리마을 돌집식당
조사일시 : 2010.1.28
조 사 자 : 박경수, 서정매, 황영태, 최수정
제 보 자 : 차옥자, 여, 75세
구연상황 : 조사자가 제보자에게 도깨비에 관한 이야기를 알고 있는 지 묻자 외삼촌이
　　　　　 도깨비와 싸운 실제 있었던 이야기가 있다며 구술해 주었다.
줄 거 리 : 외삼촌이 잔치에 가서 술을 마시고 집으로 돌아오는데, 산을 넘어 가는 중에
　　　　　 도깨비를 만났다. 사람들로 변신한 도깨비가 외삼촌을 발로 차서 언덕 아래로
　　　　　 굴러떨어지게 되었다. 아침에 일어나보니 외삼촌은 언덕아래에 누워있고 그
　　　　　 옆에 빗자루가 있었다.

그래 외삼촌이 술을 좌시고 인자 잔치에 갔다가 오는데, 무엇이 자꾸
가자 카더라 카네. 그래 가이까네, 그래 산을, 산을 넘어 가더라 카네.

그래 따라가가지고 마, 또깨비 거기 사람으로 변신해가지고 마 언덕 밑
에다 탁 찼뿌더라 카대.

차가 내리 꾸불러 내리가가지고 마, 그래가지고 그 이튿날 깨보이까네,
옆에 빗자리가 하나 있고 자기가 그래 있더라 카대.

그래가 그 사람들 보고 거(거기) 가보자 카이까네 참말로 그렇더란다.
그래 혼났다 카대.

논이 많았던 범어사

자료코드 : 04_21_FOT_20100128_PKS_COJ_0005
조사장소 : 부산광역시 금정구 금성동 중리마을 돌집식당
조사일시 : 2010.1.28
조 사 자 : 박경수, 서정매, 황영태, 최수정
제 보 자 : 차옥자, 여, 75세

구연상황 : 범어사 관련 이야기를 들려달라고 부탁하자 제보자는 적극적으로 구연해주었다.
줄 거 리 : 범어사가 가진 들이 워낙 많았다. 추수를 해서 쌀을 수레로 날랐는데, 소가 끄는 수레가 무척 많았다. 소가 수레를 끌다가 눈 똥이 너무 많아 소조차 다니기가 힘들 정도였다.

그때 뭐 뭐 범어사 뭐, 그래 마이, 중들 마이 있었고, 쌀도 여러 수 백 가마이, 수 천 가마이. 김해들 범어사 논이 김해들, 양산들, 여여여 동네들, 기장들, 다 거 범어사 논이 그래 많이 있었는갑데.

그라모, 그래가지고 인자 가을에 농사철 되가 농사지아가지고 싣고 올라가몬, 얼마나 저 저기 그때는 차가 없고 구루마(일본어 〈るま, 수레) 실었거든. 구루마 싣고 올라가면, 마 앞에 차가 앞에 구루마 소가 똥을 누가지고, 뒤에 구루마는 못 올라갈 정도로 그래. 세로(세금을) 많이 봤다카데.

(조사자 : 똥이 워낙 많이 싸여 있어가지고?) 그래, 그 자꾸 올라가면서 누가지고. 크다가 보이까네 인자 삼 고을 사 고울 저거 논이 다 있었거든. 범어사 논이 다 있었거든.

계명봉의 유래

자료코드 : 04_21_FOT_20100128_PKS_COJ_0006
조사장소 : 부산광역시 금정구 금성동 중리마을 돌집식당
조사일시 : 2010.1.28
조 사 자 : 박경수, 서정매, 황영태, 최수정
제 보 자 : 차옥자, 여, 75세
구연상황 : 제보자는 범어사에 관한 이야기를 연속으로 구술해 주었다. 적극적인 자세로 구연에 임해주었다.
줄 거 리 : 범어사 앞 산에 닭처럼 생긴 돌이 있는데, 거기서 닭이 울어서 계명봉이라고 이름지어졌다.

범어사 앞에 저쪽, 저쪽 산이 계명봉이거든.

옛날에, 우리 백부님이 주지스님 되기 전에, 그 절에서러 중이 됐다 카대.

왜 저 그 계명봉이냐 카모, 카노 카모, 우리 어릴 때 물으이까네, 거기서러 닭이 울더라 카대. 그 돌이 하나 닭같은 돌이 있는갑대. 거서 닭이 울어가 계명봉이라 카고, 그 절로 지었다 카대.

모래를 파서 던지는 호랑이

자료코드 : 04_21_FOT_20100128_PKS_COJ_0007
조사장소 : 부산광역시 금정구 금성동 중리마을 돌집식당
조사일시 : 2010.1.28
조 사 자 : 박경수, 서정매, 황영태, 최수정
제 보 자 : 차옥자, 여, 75세
구연상황 : 제보자는 범어사에 관한 이야기를 하고 난 뒤 이어서 호랑이 이야기를 구술
          해 주었다.
줄 거 리 : 모래고개에 호랑이가 자주 나타났다. 호랑이는 사람들이 지나갈 때면 모래를
          발로 차고 던지고 하였다.

고 호랑이가 모래, 모래고개, 거는 호랑이가 나왔는데, 우리 우에 사람들꺼징도 그래 아대, 알아.

거, 거마(거기만) 오면, 호랑이 나오더라 카대. (조사자 : 아 고 고개가?) 어, 고개가.

(조사자 : 거 다른 얘기는 없습니까?) 모래로 가지고 발로 가지고 차가지고, 모래를 막 던지고 그라더라 카대. (조사자 : 아, 호랑이가?) 그렇지. (조사자 : 사람 지나가면?) 그래, 사람 지나가면 (조사자 : 모래를 막 던져가지고.) 떤지고, 발로 파가지고 막 떤지더라 카대.

글때 옛날에 누룩장사 마이 했거든, 산성에. 누룩장사 하러 갔다 오몬

그러더라 카대, 밤에. 그래 밤에. 그 저쪽에 서문 쪽에도 그라고.

버들 유씨와 차씨가 동성동본인 이유

자료코드 : 04_21_FOT_20100128_PKS_COJ_0008
조사장소 : 부산광역시 금정구 금성동 중리마을 돌집식당
조사일시 : 2010.1.28
조 사 자 : 박경수, 서정매, 황영태, 최수정
제 보 자 : 차옥자, 여, 75세
구연상황 : 이야기를 이제 그만하려고 하는 중에 제보자가 또 생각나는 것이 있다며 구
술해 주었다.
줄 거 리 : 경찰이 범인을 잡으러 갔는데, 범인이 버드나무 위에 올라가서 숨어 있었다.
그때 경찰이 범인을 보고 "너의 성이 뭐냐?"고 묻자, 범인이 급히 생각나는
대로 '버들 유'씨라고 하였다. 이후부터 버들 유씨와 차씨는 동성동본이 되
었다.

중국 황하강에 유역에 살았는갑대. 강 유역에. 살았는데 무슨 죄로 지
았겠지.

그래가지고 인자 요새 치몬 경찰이라. 그 잡으로 왔어.

잡으로 오니까네, 마 겁을 내가 막 도망쳐도 잡으러 오이까네, 퍼뜩(빨
리) 버드나무 밑에, 버드나무에 올라가가 그래 앉아가 이래 보고 있으이
까네, 그 잡으러 오는 사람이,

"야, 이놈아, 니는 성이 뭐꼬?"

카더란다. 퍼뜩 생각난 기 마, 버들유씨라 캐뺐어.

그래가 버들 유가고 차가고. 버들유씨하고 차씨하고 동성동본이다.

산짐승 때문에 고생한 아주머니

자료코드 : 04_21_MPN_20100121_PKS_LSW_0001
조사장소 : 부산광역시 금정구 청룡노포동 청룡경로당
조사일시 : 2010.1.21
조 사 자 : 박경수, 서정매, 황영태, 최수정
제 보 자 : 이상우, 남, 83세
구연상황 : 다른 제보자들과 도깨비 이야기를 하는 도중, 실제로 있었던 일이라며 이야기를 구술해 주었다.
줄 거 리 : 손석근의 아주머니는 소 수레에 나무를 싣고 팔러 다닌다. 어느 날 동래에 나무를 팔러 가는데, 소가 갑자기 가다가 돌아서는 것이었다. 그러나 아주머니는 대담하게도 소를 타이르며 괜찮다고 하면서 계속 가기를 부추겼다. 알고 보니 소 앞에 범처럼 생긴 짐승이 기다리고 있어 고생을 하였다.

그런데 손석근이 하고, 손석근이 아주머니하고 사는데, 그 나 아저씨는 부산 철도 공장에 일하러 다니고, 아주머니는 못 먹고 살아가 소 구루마(くるま, 수레), 소 구루마에다가 나무를 해가 실고(싣고), 동래에 갖다 파는데, 동래 팔로 가는데,

그래, 이 아줌마가 일찍이 눕어 자고, 또 일나가지고 인자 가야되겠다 싶어가 소로 몰고 산 모퉁이라 일광에.

일광 산 모탱이 이래 돌아나오니께로, 소가 안 가고 '쉬익' 카민서, 소가 쉬익 돌아서는 기라. 밤은 깜깜한데.

그래가지고 이 아주머니가 대담시기(대담하게도),

"가자! 뭐고."

카며, 아주머니가,

"머 있노?"

카민서 큰소리로 치고, 그래 인제 소로,

"가자 가자. 가자 가자."

카민서 아주머니가 앞에 인자 끄고(끌고) 가이께로(가니까), 그래 그 납 닥발이라 카까, 범맨치로(범처럼) 생긴 저런거 있어요. 거기 모래를 덮어 씌고 머로 하고 이라는 기라.

그래가, 그 아주머이가 고생을 하고 그래 당했다 카는 얘기로 들었어. 전에 여 우리 경로당에 있다가 지금 일광 갔어. 일광경로당에 갔어.

방귀 타령

자료코드 : 04_21_FOS_20100707_PKS_KDH_0001
조사장소 : 부산광역시 금정구 서2동 삼한여명아파트경로당
조사일시 : 2010.7.7
조 사 자 : 박경수, 서정매, 정혜란, 황영태
제 보 자 : 강덕희, 여, 80세
구연상황 : 제보자가 재미있는 노래가 생각난다며 조용한 목소리로 살짝 부르자, 조사자
가 다시 큰 소리로 불러달라고 부탁을 해서 다시 크게 불러 주었다.

시애비 방구 호랑방구
시애미 방구 유둑3)방구
시누 방구 앙살방구
시동생 방구 연지방구

모심기 노래

자료코드 : 04_21_FOS_20100707_PKS_KDH_0002
조사장소 : 부산광역시 금정구 서2동 삼한여명아파트경로당
조사일시 : 2010.7.7
조 사 자 : 박경수, 서정매, 정혜란, 황영태
제 보 자 : 강덕희, 여, 80세
구연상황 : 제보자는 다른 제보자의 모심기 노래를 듣고 난 뒤, 다음 노래의 가사가 생
각이 났는지 긴 소리로 불러 주었다. 제보자가 노래를 부르기 시작하자 옆에
있던 청중들도 함께 불러 주었다.

---

3) 무서운.

물꼬는 철철~ 열어놓고~ 주인양~반 어디갔소~
문어전복 에와들고~ 첩의방~에 놀러갔소-

다풀다풀~ 다박머리~ 해다진~데 어데로 가노~
우리엄마 산소등에 젖먹으~로 나는가네~

모심기 노래

자료코드 : 04_21_FOS_20100707_PKS_KDH_0003
조사장소 : 부산광역시 금정구 서2동 삼한여명아파트경로당
조사일시 : 2010.7.7
조 사 자 : 박경수, 서정매, 정혜란, 황영태
제 보 자 : 강덕희, 여, 80세
구연상황 : 제보자는 모심기 노래로 다음 노래를 불렀지만 사설을 제대로 기억하지 못
하고 다른 노래의 사설을 섞어서 부른 것으로 보인다.

할멈할멈 어디가고 사우상에 다올라갔네-
노랑감투 제치씌고 볼복서리라 더우셨네-

화투타령

자료코드 : 04_21_FOS_20100707_PKS_KDH_0004
조사장소 : 부산광역시 금정구 서2동 삼한여명아파트경로당
조사일시 : 2010.7.7
조 사 자 : 박경수, 서정매, 정혜란, 황영태
제 보 자 : 강덕희, 여, 80세
구연상황 : 다른 제보자가 부른 <화투타령>이 중간에 끊어져 다 부르지 못하자, 제보
자가 다시 노래를 불러 주었다. 끝부분에서는 노래로 부르지 않고 가사로 읊
어주었다. 노래를 부르는 동안 옆에 있던 청중들도 잘한다며 추임새를 넣으며

분위기를 돋우었다.

정월솔가지 속삭한마음
이월매조에 걸어놓고
삼월사꾸라 산란한마음
사월흑사리 허사로다
오월난초 나는나비
유월목단에 춤을추네
칠월홍돼지 홀로앉아
팔월공산을 바라본다
구월국화 굳은 절개
시월단풍에 뚝 떨어졌네 (청중 : 잘한다.)

동지섣달 설한풍에
백설이 나려도 임의생각
앉아생각 누워생각
생각생각 생각에 날새웠네

못갈 장가 노래

자료코드 : 04_21_FOS_20100707_PKS_KDH_0005
조사장소 : 부산광역시 금정구 서2동 삼한여명아파트경로당
조사일시 : 2010.7.7
조 사 자 : 박경수, 서정매, 정혜란, 황영태
제 보 자 : 강덕희, 여, 80세
구연상황 : 제보자가 갑자기 노래가 생각이 났는지 이야기하던 중에 갑자기 노래를 구
연했다. 노래를 구연하는 도중 청중들은 노래에 대한 설명과 생각을 말하기도
했다.

열아홉에 첫장로 갈라카니

앞집에라 궁합봐도

궁합봐도 못갈장개

뒷집에라 책력봐도

책력봐도 못갈장개

내가세워 가는장개

한모랑이 돌아강께

까막깐치가 깍깍우네

두모랑이 돌아갈때

여우집새끼가 질로걷네

시모랑이 돌아가니

팽이씌고 들락날락─

한대문을 열고보니─

톱쟁이는 널을쓰고─

두대문을 열고보니

곡소리 절로나네

세대문을 열고가니

재인장모 썩나섬서

사위사위 내사위야

울고갈길을 왜왔더냐─

이갈이 노래

자료코드 : 04_21_FOS_20100707_PKS_KDH_0006

조사장소 : 부산광역시 금정구 서2동 삼한여명아파트경로당

조사일시 : 2010.7.7

조 사 자 : 박경수, 서정매, 정혜란, 황영태
제 보 자 : 강덕희, 여, 80세
구연상황 : 조사자가 제보자에게 노래 가사의 앞 부분을 불러주자, 제보자가 처음부터
　　　　　다시 불렀다. 빠진이를 지붕에 던지면서 부르는 노래이다.

깐치야 깐치야
헌이빨 니가지가고
새이빨 날도라

주추 캐는 처녀 노래

자료코드 : 04_21_FOS_20100121_PKS_KJP_0001
조사장소 : 부산광역시 금정구 청룡노포동 작장마을 작장여자경로당
조사일시 : 2010.1.21
조 사 자 : 박경수, 서정매, 황영태, 최수정
제 보 자 : 강정필, 여, 84세
구연상황 : 제보자가 눈을 지긋히 감고 고개를 흔들면서 노래의 가사를 생각하며 구연
　　　　　해 주었다.

경상도울산 구월산밑에
주추캐는 저큰아가
너집은 어더매두고
어덥운데 주추캐노
나의집을 아실라들랑
심심산 안개야속에
초가나삼칸이 내집이요
오실라걸랑 오십시고
가실라걸랑 가십시오

청춘가

자료코드 : 04_21_FOS_20100121_PKS_KJP_0002
조사장소 : 부산광역시 금정구 청룡노포동 작장마을 작장여자경로당
조사일시 : 2010.1.21
조 사 자 : 박경수, 서정매, 황영태, 최수정
제보자 1 : 강정필, 여, 84세
제보자 2 : 정무연, 여, 83세
구연상황 : 강정필과 정무연의 두 명의 제보자가 서로 주고 받으면서 <청춘가>를 불렀
다. 노래를 듣고 있던 청중들도 박수를 치며 경청하였다.

제보자 1 세월아 봄철아~ 가고오지 말어라~

　　　　　덧없는 세월에~ 백발이 되는구나~

　　　　　청춘 하늘에~ 잔별도 많고요~

　　　　　요내야 가슴속에~ 수심도 많구나

제보자 2 높은 산골때~ 외로이 소나무~

　　　　　날캉 같이도~ 외로이 섰구나~

인생허무가

자료코드 : 04_21_FOS_20100121_PKS_KJP_0003
조사장소 : 부산광역시 금정구 청룡노포동 작장마을 작장여자경로당
조사일시 : 2010.1.21
조 사 자 : 박경수, 서정매, 황영태, 최수정
제 보 자 : 강정필, 여, 84세
구연상황 : 조사자가 제보자에게 청춘가를 불러 달라고 요청하자 곧바로 불러 주었다.
창부타령 곡조로 부르는 것으로 내용이 청춘이 지난 후의 허무감을 노래하는
것이다. 노래를 시작하자, 듣고 있던 청중들도 낮은 목소리로 함께 불렀다.

　　　　남기라도 고목이되면 오던새도 아니오고

물이라도 낙하가되면 오던고기도 아니오고
우리청춘 늙어지면 오던임도 아니온다

노랫가락

자료코드 : 04_21_FOS_20100121_PKS_KJP_0004
조사장소 : 부산광역시 금정구 청룡노포동 작장마을 작장여자경로당
조사일시 : 2010.1.21
조 사 자 : 박경수, 서정매, 황영태, 최수정
제 보 자 : 강정필, 여, 84세
구연상황 : 다른 제보자가 엉뚱하게 가사를 했다면서 강정필 제보자가 다시 노래를 구
연해 주었다. 노래가 시작되자, 옆에 있던 청중들도 모두 아는 노래인지 함께
불러 주었다.

나묵먹고 물마시고 팔을비고서 누웠으니
대장부 살림살이 요만하면은 만족하지

모심기 노래

자료코드 : 04_21_FOS_20100123_PKS_KDS_0001
조사장소 : 부산광역시 금정구 회동동 동대마을 동대노인정
조사일시 : 2010.1.23
조 사 자 : 박경수, 서정매, 황영태, 최수정
제 보 자 : 김달순, 여, 85세
구연상황 : 앞의 제보자가 노래를 부르고 난 뒤 제보자에게도 노래를 불러달라고 요청
하자 그제서야 제보자가 노래를 시작하였다. 청중들도 함께 불러 주었다.

이물기저물기 힐어놓고이 주인네양~반은 어데갔노

이논에-이 모를숨가 감실감실~ 영화로다

저게가는~이 저구름은 어떤신선 타고가−노
배도기를 노던신선 천국에서 내리온−다

퐁당퐁당 찰수제비~이 사우야판에 다올랐네
할머님은 어데가고~이 딸의동자가 올랐던고

다리 세기 노래

자료코드 : 04_21_FOS_20100123_PKS_KDS_0002
조사장소 : 부산광역시 금정구 회동동 동대마을 동대노인정
조사일시 : 2010.1.23
조 사 자 : 박경수, 서정매, 황영태, 최수정
제 보 자 : 김달순, 여, 85세
구연상황 : 조사자가 제보자에게 다리 세기 노래에 대해 물어보자 바로 다음 노래를 불러 주었다.

이거리 저거리 갓거리
동사맹근 도맹근
주무리 바꾸 독바꾸
연두장개 열두양
가사머리
양두칼

요로지기 타령

자료코드 : 04_21_FOS_20100123_PKS_KDS_0003
조사장소 : 부산광역시 금정구 회동동 동대마을 동대노인정
조사일시 : 2010.1.23

조 사 자 : 박경수, 서정매, 황영태, 최수정
제 보 자 : 김달순, 여, 85세
구연상황 : 조사자가 제보자에게 어릴 때 불렀던 노래를 불러 달라고 요청하자 큰 소리
로 빠르게 다음 노래를 불러 주었다.

요로지기 요로지기
열시단말 닷대
오사칠오 팔아 짊어지고
오야이랴 통법절에
불공하러 가싰더니
이덕인가 저덕인가
하덕인가 중덕인가 목덕인가
부처님의 도덕인가
중 목덕인강

쌍가락지 노래

자료코드 : 04_21_FOS_20100123_PKS_KDS_0004
조사장소 : 부산광역시 금정구 회동동 동대마을 동대노인정
조사일시 : 2010.1.23
조 사 자 : 박경수, 서정매, 황영태, 최수정
제 보 자 : 김달순, 여, 85세
구연상황 : 조사자가 <쌍가락지 노래>의 앞 구절을 불러주니, 제보자가 기억이 난다면
서 빠른 소리로 읊어 주었다.

쌍금쌍금 쌍가락지
주석길로 녹가락지
먼데보이 달릴라
자태보이 처녀랠라

그처자 자는방에

숨소리가 둘일래라

오라버니

거짓말삼 말아시소

나암풍이(남풍이) 들이불어

풍지떠는 소릴래라

처자 희롱가

자료코드 : 04_21_FOS_20100123_PKS_KDS_0005
조사장소 : 부산광역시 금정구 회동동 동대마을 동대노인정
조사일시 : 2010.1.23
조 사 자 : 박경수, 서정매, 황영태, 최수정
제 보 자 : 김달순, 여, 85세
구연상황 : 제보자가 조사자들에게 이런 노래가 있다며 들어보라면서, 다음 노래를 빠르
　　　　　게 읊듯이 불러 주었다.

상추갈아 상추갈아

겹사뜰에 상추갈아

상추갈아 열이렛만에

가랑잎풀은 제쳐놓고

줄기한쌍 나를주소

이러카더란다.

얄궂어라 짓궂어라

질로가몬 곱게가지

지가 지로 욕을 해가매(하면서),

날같은년 하나잡고

회단말이 웬말이고

카더란다. 그러카이,

에라이 이년아 시끄럽다

니같은년 아니라도

온달같은 본댁있고

반달같은 첩도있고

글씨문양 아들있고

앵두같은 딸도있다

카더란다.

남녀 희롱가

자료코드 : 04_21_FOS_20100123_PKS_KDS_0006
조사장소 : 부산광역시 금정구 회동동 동대마을 동대노인정
조사일시 : 2010.1.23
조 사 자 : 박경수, 서정매, 황영태, 최수정
제 보 자 : 김달순, 여, 85세
구연상황 : 제보자는 계속 이어서 노래를 구연하였는데, 노래로 부르지 못하고 가사를
빠르게 읊조리듯이 했다.

녹양동 저엄광뜰에 서령하는(사랑하는) 저처자야

성냥하나 낙성을해도 돌아볼줄 모르더나

카이,

무정하요 무정하요 여아같이 무정하요

카이카네,

> 석상의 도련님요 내가왜 무정하리
> 콩팔잡고 칠팔잡고 제일봉에다 꽃을심았는데
> 희롱한다고 니꽃이 되나

사발가

자료코드 : 04_21_FOS_20100123_PKS_KDS_0007
조사장소 : 부산광역시 금정구 회동동 동대마을 동대노인정
조사일시 : 2010.1.23
조 사 자 : 박경수, 서정매, 황영태, 최수정
제 보 자 : 김달순, 여, 85세
구연상황 : 조사자가 제보자에게 노래의 앞 소절을 띄워주자 제보자가 바로 다음 노래
　　　　　 를 불러 주었다.

> 석탄백탄 타는데는~ 연기나퐁퐁 나는데
> 요네야가슴 타는데는~ 연기도짐도 안나−네

도라지 타령

자료코드 : 04_21_FOS_20100123_PKS_KDS_0008
조사장소 : 부산광역시 금정구 회동동 동대마을 동대노인정
조사일시 : 2010.1.23
조 사 자 : 박경수, 서정매, 황영태, 최수정
제 보 자 : 김달순, 여, 85세
구연상황 : 조사자가 제보자에게 도라지 타령의 앞 가사를 읊어주자 잘 안다며 곧바로
　　　　　 불러 주었다. 제보자가 노래를 부르다가 갑자기 가사가 생각이 나지 않자 청
　　　　　 중도 끼어들어 함께 불렀다.

도라지 도라지 심신산천에 백도라지

한두뿌리만 캐어도~ 바구니 반실만 되노라

　　에헤요 에헤요 에~헤요

　　에헤야 난다 지화자자 좋다

　　니가내간장 스리슬슬 다녹힌다

부모살이 노래

자료코드 : 04_21_FOS_20100123_PKS_KDS_0009
조사장소 : 부산광역시 금정구 회동동 동대마을 동대노인정
조사일시 : 2010.1.23
조 사 자 : 박경수, 서정매, 황영태, 최수정
제 보 자 : 김달순, 여, 85세
구연상황 : 조사자가 제보자에게 또 다른 노래를 불러 달라고 요청하자, 제보자가 다음
　　　　　노래를 불러 주었다. 구연을 하면서도 가사의 설명을 곁들이기도 하였다.

　　머리좋아 머리좋아

안카나. 머리 좋아 그래갖고,

　　서른석세 베로나여 부모팔로 가이카네
　　베는보고 탐을내도 부모팔이가 없단다

부모 살아가이 그렇더랍니다.

부모 보고 양산 보고

자료코드 : 04_21_FOS_20100123_PKS_KDS_0010
조사장소 : 부산광역시 금정구 회동동 동대마을 동대노인정

조사일시 : 2010.1.23

조 사 자 : 박경수, 서정매, 황영태, 최수정

제 보 자 : 김달순, 여, 85세

구연상황 : 조사자가 제보자에게 옛날에 불렀던 노래를 불러달라고 계속 요청을 하자, 제보자가 앞의 노래에 이어서 불러 주었다.

부모보고 양산보고 대야대야 수영대야

한서당에 글을읽어 남자여자 몰랐더노

창부타령

자료코드 : 04_21_FOS_20100123_PKS_KDS_0011

조사장소 : 부산광역시 금정구 회동동 동대마을 동대노인정

조사일시 : 2010.1.23

조 사 자 : 박경수, 서정매, 황영태, 최수정

제 보 자 : 김달순, 여, 85세

구연상황 : 제보자는 다른 제보자의 노래를 듣고, 다음 노래가 기억이 났는지 앞 제보자의 노래에 이어서 바로 불러 주었다.

포롬포롬 봄배추는 봄비오두록 기다리고

옥에갇힌 춘향이는 이대롱오기만 기다린다

멍멍개 노래

자료코드 : 04_21_FOS_20100121_PKS_KMN_0001

조사장소 : 부산광역시 금정구 청룡노포동 작장마을 작장여자경로당

조사일시 : 2010.1.21

조 사 자 : 박경수, 서정매, 황영태, 최수정

제 보 자 : 김말년, 여, 78세

구연상황 : 조사자가 노래의 앞구절의 운을 떠우자 제보자가 그제야 기억이 났는 듯, 곧

바로 불러 주었다.

[빠르게 가사를 읊으면서]

개야개야 멍멍개야
니좋다고 밥을주나
뒷집에 김대룡 오신다고
몬지라고[4] 밥을준다

모찌기 노래

자료코드 : 04_21_FOS_20100123_PKS_KDS_0001
조사장소 : 부산광역시 금정구 청룡노포동 작장마을 작장여자경로당
조사일시 : 2010.1.21
조 사 자 : 박경수, 서정매, 황영태, 최수정
제 보 자 : 김말선, 여, 81세
구연상황 : 다른 제보자의 노래가 끝난 뒤 노래 가사를 의논하다가 김말선 할머니가 주
축이 되어 모두 함께 모찌기 노래를 구연했다.

밀치라 닥치락 모두잡아 훌치소
영화연에 영천초목에 호미손들 놀리소

모심기 노래

자료코드 : 04_21_FOS_20100128_PKS_KMD_0001
조사장소 : 부산광역시 금정구 금성동 산성2통경로당
조사일시 : 2010.1.28
조 사 자 : 박경수, 서정매, 황영태, 최수정

---

4) 못 짖으라고

제 보 자 : 김묘도, 여, 81세

구연상황 : 옆에서는 화투판이 벌어진 상황이었지만, 제보자는 화투판에서 잠시 쉬면서
　　　　　다음 <모심기 노래>를 기억나는 대로 불러 주었다.

　　　찔레꽃은 장가가고~ 석노-꽃~은 상각간다
　　　만인간아 웃지말어 씨종재 바~래서 내가간다

　　　오늘해가 요만되면~ 산골마~다 연기나네
　　　울언님은 어데가고 연기낼~줄 모르던가

　　　다풀다풀~ 다박머리~ 해다진데 어데가노

　　　이논에다 모를숨거~이 금실금실 영화-로다
　　　우리부모 산소등에~이 솔을숨가 영화로다

　　　물길랑처정청 헐어놓고-이 주인네양~반은 어데갔소
　　　문에야대전복 손에들고~ 첩우야집~에 놀러갔소

　　　이물기저물기 헐어놓고~ 첩우야방~에 놀러갔소

　　　저녁먹고~ 썩나서니~울명당안에서 손을치네
　　　손치는델랑 밤에가고~ 주모야집에는 낮에간다

다리 세기 노래

자료코드 : 04_21_FOS_20100128_PKS_KMD_0002

조사장소 : 부산광역시 금정구 금성동 산성2통경로당

조사일시 : 2010.1.28

조 사 자 : 박경수, 서정매, 황영태, 최수정

제 보 자 : 김묘도, 여, 81세

구연상황 : 조사자가 다리를 세면서 불렀던 노래를 아느냐고 하자, 제보자가 나서서 다

음 노래를 불러 주었다.

이거리 저거리 갓거리
동사맹건 도맹건
까마구 까우 장둑간
사시 노리개 둘러방
깽

아기 어르는 노래 / 은자동아 금자동아

자료코드 : 04_21_FOS_20100128_PKS_KMD_0003
조사장소 : 부산광역시 금정구 금성동 산성2통경로당
조사일시 : 2010.1.28
조 사 자 : 박경수, 서정매, 황영태, 최수정
제 보 자 : 김묘도, 여, 81세
구연상황 : 조사자가 제보자에게 아기 달래는 노래를 불러달라고 요청하자 예전에 많이
  불렀던 노래라고 하면서 다음 노래를 불러 주었다.

은자동아 금자동아
칠기청단에 보배동아
나랏님께는 충신동아
부모님께는 효자동아
일가친척 화목동아
동네방네 인심동아

권주가

자료코드 : 04_21_FOS_20100128_PKS_KMD_0004

조사장소 : 부산광역시 금정구 금성동 산성2통경로당
조사일시 : 2010.1.28
조 사 자 : 박경수, 서정매, 황영태, 최수정
제 보 자 : 김묘도, 여, 81세
구연상황 : 조사자가 제보자에게 권주가를 부를 수 있느냐고 묻자, 제보자가 바로 다음
　　　　　 노래를 불러 주었다.

　　　잡으시오 잡으나시오~ 이술한잔을 잡으시오
　　　이술은 술아니라~ 묵고놀자는 동배주~요

도라지 타령

자료코드 : 04_21_FOS_20100128_PKS_KMD_0005
조사장소 : 부산광역시 금정구 금성동 산성2통경로당
조사일시 : 2010.1.28
조 사 자 : 박경수, 서정매, 황영태, 최수정
제 보 자 : 김묘도, 여, 81세
구연상황 : 제보자가 흥겹게 노래를 구연하자 청중들도 모두 즐거워하며 박수를 치고
　　　　　 추임새를 넣어 주었다. 화기애애한 분위기가 이루어졌다.

　　　도라지 도라지 도라~지 심신 산천에 백도라지
　　　한두 뿌리만 캐여~도 대바구니 반서리 되는구나
　　　　　에헤요 에헤요 에~헤요
　　　　　에헤라 난다 지화자 좋다
　　　　　니가 내간장 스리살살 다녹힌다

　　　도라지 캐러 간다고 요핑계 조핑계 다하놓고
　　　총각낭군이 무덤에 삼오지 지내러 간다네
　　　　　에헤요 에헤요 에~헤요
　　　　　에헤라 난다 지화자 좋다

니가 내간장 스리살살 다녹힌다

사발가

자료코드 : 04_21_FOS_20100128_PKS_KMD_0006

조사장소 : 부산광역시 금정구 금성동 산성2통경로당

조사일시 : 2010.1.28

조 사 자 : 박경수, 서정매, 황영태, 최수정

제 보 자 : 김묘도, 여, 81세

구연상황 : 제보자가 노래를 구연하자 다른 청중들도 가사를 읊어주며 적극적인 분위기
로 조사가 이루어졌다. 제보자가 "한품에 든님도"를 부를 때는 "연기도 짐도
안난다"고 청중이 수정해서 말하기도 했다.

석탄백탄 타는데 연기만 포봉퐁 나구요

요내가슴 타는데~ 한품에 든님도 모르던가

양산도

자료코드 : 04_21_FOS_20100128_PKS_KMD_0007

조사장소 : 부산광역시 금정구 금성동 산성2통경로당

조사일시 : 2010.1.28

조 사 자 : 박경수, 서정매, 황영태, 최수정

제 보 자 : 김묘도, 여, 81세

구연상황 : 옆에서는 화투판이 벌어졌지만, 제보자는 신경쓰지 않고 양산도를 멋지게 불
러 주었다.

에헤~히~~요~

물안동 허가녹고 그림자보~니

촌살림 살기가 다틀렀구~나

에헤라― 둥게 디어라 아니 못놓으리라~

능지를 하여도 나는 못놓겠네

에헤~히~요~

양산읍네 물레방아는 물을안고 돌~고~

우리집에 우리낭군님은 나를안고 돈다

　에람아 둥게 디어라 아니 못놓으리라

　능지를 하여도 나는 못놓~겠네

모심기 노래(1)

자료코드 : 04_21_FOS_20100121_PKS_KSR_0001
조사장소 : 부산광역시 금정구 청룡노포동 작장마을 작장여자경로당
조사일시 : 2010.1.21
조 사 자 : 박경수, 서정매, 황영태, 최수정
제 보 자 : 김소래, 여, 93세
구연상황 : 제보자가 가사를 미리 생각해 놓아야 한다며, 곰곰이 생각하고 난 뒤 노래를
　　　　　불러 주었다. 이후 <모심기 노래>는 조사자와 청중들의 도움을 받아 가사를
　　　　　기억해서 계속 부른 것이다.

해창해창 베루끝에― 무정하던 저오랍바

나도죽어 군자되어~ 처자한번 섬기볼래

퐁당 퐁당 수지비~

[빠르게 읊듯이]

강넘에 강대추 오랑조랑 열었네

충청도 중복선 주기야 가지야 열었네

[노래로 다시 부름]

충청도 중복선~ 주지나 가지나 열었구나
강넘에 강대추 오랑조랑 열었네

마 끝에는 모른다.

물길랑청청~ 헐어놓고 주인네한량 어데갔노
등넘에다 첩을두고~ 첩우집에 놀러갔네

다풀다풀다푸랑 머리~ 해다진데 어디갔노
우리야부모 산소등에~ 젖묵으러 나는가네

해창농창 비러끝에 무정하던 저오랍바
나는죽어 군자되어 처자한번 섬기볼래

이내머리 수절피가~ 어한일고
분통같은 이내얼굴 괴기밥이 우짠일고

곰보 놀리는 노래

자료코드 : 04_21_FOS_20100121_PKS_KSR_0002
조사장소 : 부산광역시 금정구 청룡노포동 작장마을 작장여자경로당
조사일시 : 2010.1.21
조 사 자 : 박경수, 서정매, 황영태, 최수정
제 보 자 : 김소래, 여, 93세
구연상황 : 제보자는 다음 노래를 숨이 차듯 빠르게 구연했고, 가사가 재미있어서인지
청중들은 웃으면서 즐거워하였다. 이 노래는 곰보의 얽은 얼굴을 보고 놀리면
서 부르는 동요이다.

얼겅덜겅 성님아 너덜궁게(너덜 구멍에) 빠질라

야야 동상아 니나살뿐(너나 살짝) 건니라

무정한 님 노래

자료코드 : 04_21_FOS_20100121_PKS_KSR_0003
조사장소 : 부산광역시 금정구 청룡노포동 작장마을 작장여자경로당
조사일시 : 2010.1.21
조 사 자 : 박경수, 서정매, 황영태, 최수정
제 보 자 : 김소래, 여, 93세
구연상황 : 제보자는 다음 노래를 창부타령 곡조로 불렀다. 가사가 도중에 잘 생각이 나
지 않는지 노래를 잘 모르겠다고 하면서 반복해서 부르기도 했다.

이산저산 저산중에 슬피우는 금붕새야

그집봉－선－ 어디두고 여산중에 슬피우노

술을 취토령(취하도록) 먹고 임날사랑을 찾아가면

임은점점 간데도 없고 모진강풍이 날속하나

술을 취토록 먹고~ 임날사랑을 찾아가니

임은점점 간데도없고 모진강풍이 날속하나

권주가

자료코드 : 04_21_FOS_20100121_PKS_KSR_0004
조사장소 : 부산광역시 금정구 청룡노포동 작장마을 작장여자경로당
조사일시 : 2010.1.21
조 사 자 : 박경수, 서정매, 황영태, 최수정
제 보 자 : 김소래, 여, 93세

구연상황 : 제보자에게 권주가를 아는지 묻자, 다음 노래를 짤막하게 불러 주었다.

둘이 먹자고 약속을 하였더니
권주가 바람에 낙주가 되노라

모심기 노래

자료코드 : 04_21_FOS_20100123_PKS_KYS_0001
조사장소 : 부산광역시 금정구 선두구동 선동마을 선동경로당
조사일시 : 2010.1.23
조 사 자 : 박경수, 서정매, 황영태, 최수정
제 보 자 : 김영선, 여, 76세
구연상황 : 제보자가 모심기 노래를 시작하자 청중들도 함께 불러 주었다. 기억력이 좋
은 편이어서 긴 가사로 불러 주었다.

해다지고 저문날에~이 우연행상 떠나가노
이태백이 본처죽고~이 이별행상 떠나간다

머리야좋고 실한처녀~이 울뽕남게 앉아우네
울뽕졸뽕 내따주마~이 백년하례를 내캉살자

수천당모랭이 썩돌아서니 아니먹어도 술내가나네
임의야버선에 볼을걸어 임줄정이 다시없네

오늘일기가 요만되니 산골마중 연개나네
우리야님아 어데가고 연개낼줄 모르는공

초롱야초롱아 영사초령~ 임의방에 불밝히라
우리야임은 어데가고 초롱불~을 못밝히노

카든가 마 모리겠다.

쌍가락지 노래

자료코드 : 04_21_FOS_20100123_PKS_KYS_0002
조사장소 : 부산광역시 금정구 선두구동 선동마을 선동경로당
조사일시 : 2010.1.23
조 사 자 : 박경수, 서정매, 황영태, 최수정
제 보 자 : 김영선, 여, 76세
구연상황 : 쌍금쌍금 쌍가락지에 대해 구연을 요청하자, 가사를 모두 기억할런지 모르겠
다고 하였지만, 기억력이 좋은 편이어서 모두 구연해 주었다.

쌍금쌍금 쌍가락지

주석질로 녹가락지

먼데보몬 달일래라

잩에보이 처잘래라

그처자야 자는방에

숨소리가 둘일래라

청도복상 오라버님

거짓말씀 말아시소

나암풍이 디리불어

풍지떠는 소릴래라

그말듣기 애달파서

그 아가씨가

딱게칼로 목에품고

자는듯이 죽어품고

내가 죽거들랑

앞산에도 묻지말고

뒷산에도 묻지말고

연단밑에 묻어줄라

카대. (청중 : 아이고 우짜노.)

모찌기 노래

자료코드 : 04_21_FOS_20100123_PKS_KYJ_0001
조사장소 : 부산광역시 금정구 선두구동 임석마을 임석마을회관
조사일시 : 2010.1.23
조 사 자 : 박경수, 서정매, 황영태, 최수정
제 보 자 : 김영주, 여, 75세
구연상황 : 조사자가 모 찔 때 하는 노래를 아느냐고 물어보자, 제보자가 바로 구연해
　　　　　주었다.

　　　한~강에다~모를부아~ 모찌기~도 난감하네
　　　우리야~부-모-님- 산소등에~ 솔을~ 숨가서 영화로다-

모심기 노래

자료코드 : 04_21_FOS_20100123_PKS_KYJ_0002
조사장소 : 부산광역시 금정구 선두구동 임석마을 임석마을회관
조사일시 : 2010.1.23
조 사 자 : 박경수, 서정매, 황영태, 최수정
제 보 자 : 김영주, 여, 75세
구연상황 : 앞의 <모찌기 노래>를 부른 후 바로 이어서 다음 노래를 불렀다.

　　　풍당~풍당~ 찰수지비~ 사우야판에 다올랐네-
　　　애미야~년은 어둘가고~ 딸년~동제를 맽깄든고-

아기 어르는 노래 / 불매소리

자료코드 : 04_21_FOS_20100123_PKS_KYJ_0003
조사장소 : 부산광역시 금정구 선두구동 임석마을 임석마을회관
조사일시 : 2010.1.23
조 사 자 : 박경수, 서정매, 황영태, 최수정
제 보 자 : 김영주, 여, 75세
구연상황 : 제보자는 혼자 노래하기가 쑥스러워 다른 제보자와 같이 부르자고 하면서
구연했다. 부르면서 쑥스러웠는지 노래 부르는 중간에 웃기도 했다.

불매불매 불매야~

이불매가 누불매고

전라도라 소불매

경상도라 [웃음] 대불매

불어라 딱딱 불매야

검둥개 노래

자료코드 : 04_21_FOS_20100123_PKS_KYJ_0004
조사장소 : 부산광역시 금정구 선두구동 임석마을 임석마을회관
조사일시 : 2010.1.23
조 사 자 : 박경수, 서정매, 황영태, 최수정
제 보 자 : 김영주, 여, 75세
구연상황 : 제보자는 다른 제보자와 같이 불렀는데, 같이 부른 제보자가 옆에서 가사를
도와줘서 구연했다.

개야개야깜둥개야

야밤중에 오시는 손님

짓지말고 밥먹어라

내가니를 밥을줄때

니가좋아서 밥을주나

야밤중에 오시는손님~

짓지마라꼬 너를주지

창부타령

자료코드 : 04_21_FOS_20100128_PKS_KOP_0001

조사장소 : 부산광역시 금정구 금성동 공해마을 공해경로당

조사일시 : 2010.1.28

조 사 자 : 박경수, 서정매, 황영태, 최수정

제 보 자 : 김옥분, 여, 81세

구연상황 : 조사자가 앞 운을 띄어주자 제보자가 기억을 더듬어 구연했다. 처음엔 유행
가 음에 맞추어 노래를 불렀는데 수정하여 창부타령의 선율로 불러 주었다.

포름포름 봄배추는 봄비오도록 기다리고

옥에갇힌 춘향이는 이대롱오들만

(청중 : 대롱이 아니고, 이도롱.)

이도롱 오들만 기다리네

다리 세기 노래

자료코드 : 04_21_FOS_20100123_PKS_KIS_0001

조사장소 : 부산광역시 금정구 회동동 동대마을 동대노인정

조사일시 : 2010.1.23

조 사 자 : 박경수, 서정매, 황영태, 최수정

제 보 자 : 김일순, 여, 76세

구연상황 : 조사자가 "이거리 저거리" 하면서 부르는 <다리 세기 노래>를 아느냐고 하

자, 제보자가 나서서 다음 노래를 했다.

이거리 저거리 갓거리
동서남북 도남북
도리 짐치 장독간
서울양반 두양반
진주댁이 열석냥
까마꾸 까우 안은뱅이
노리야 사시야
방 해야 통 태

인생허무가

자료코드 : 04_21_FOS_20100121_PKS_KJS_0001
조사장소 : 부산광역시 금정구 청룡노포동 작장마을 작장여자경로당
조사일시 : 2010.1.21
조 사 자 : 박경수, 서정매, 황영태, 최수정
제 보 자 : 김중순, 여, 89세
구연상황 : 조사자가 제보자에게 청춘가를 아는지 물어보자, 제보자가 곧바로 노래를 구
연해 주었다. 그러나 <청춘가>가 아니라 창부타령 곡조로 부르는 노래로 내
용이 청춘이 지나간 뒤의 허무함을 담은 노래이다. 옆의 청중들도 조용히 귀
를 기울이며 들어주었다.

남기라도 고목이되면~ 오던새도 아니오고
물이라도 낙하가지면~ 노던고기도 아니온다
꽃이라도 시들어지면~ 놀던나비도 아니오네
우리청춘 백발이되니~ 놀던 친구도 안찾아온다

성주풀이

자료코드 : 04_21_FOS_20100123_PKS_KJH_0001
조사장소 : 부산광역시 금정구 선두구동 선동마을 선동경로당
조사일시 : 2010.1.23
조 사 자 : 박경수, 서정매, 황영태, 최수정
제 보 자 : 김진호, 남, 83세
구연상황 : 성주풀이를 자진모리 장단으로 신명나게 불렀다. 청중들도 박수를 치면서 장
단을 맞추어 흥겹게 노래가 구연되었다.

하늘생겼다 갑자년

땅생겼다 월축년

갑자월축은 병환이오

천지절이 생긴

천지절이 생긴후에

인간의 근본이 어디메요

경상도 안동땅

제비조전이 본이라

짝짝짝.

제비조전에 솔씨를받아

던졌네 던졌구나

그집봉산을 던져

그솔씨 자라날때

삼정승 문월주

육판사 길러내어

소부동이가 되었구나

캥작 캥작.

소부동이 자라나서

황장목 중장목

낙락장송이 되었네

모심기 노래

자료코드 : 04_21_FOS_20100123_PKS_KHS_0001
조사장소 : 부산광역시 금정구 선두구동 선동마을 선동경로당
조사일시 : 2010.1.23
조 사 자 : 박경수, 서정매, 황영태, 최수정
제 보 자 : 김해수, 남, 82세
구연상황 : 조사자가 제보자에게 모심기 소리를 불러 달라고 부탁하자 노래가 잘 기억
이 안 날 것 같다고 자신이 없어 했지만, 노래를 구성지게 잘 불러 주었다.

서울갔던 선부님요~ 우리선부 안오던가

오기는 올지라도 칠성당에 실려온다

앞집에도 관등달고 뒷집에도 관등달고

울언님은 어디가고 관등달줄을 모르던가

성주풀이

자료코드 : 04_21_FOS_20100123_PKS_KHS_0002
조사장소 : 부산광역시 금정구 선두구동 선동마을 선동경로당
조사일시 : 2010.1.23
조 사 자 : 박경수, 서정매, 황영태, 최수정
제 보 자 : 김해수, 남, 82세
구연상황 : 김진호(남, 83세) 노인이 먼저 <성주풀이>를 부른 후에 조사자가 다른 분도
<성주풀이>를 부를 수 있는지 물었다. 제보자는 마을에서 매년 성주풀이를

불러왔기 때문에, 귀동냥으로 기억을 하는 터라고 말해 주었다. 일단 기억나는 데까지만 구연을 부탁하자 제보자가 흔쾌히 구연해 주었다.

하늘 생겼다 갑자년
땅생겼다 월축년
천지월이 생긴후에
인간의 근본이 어더매냐
경상도 안동땅
제비주천이 본인이요
제비주천에다가
솔씨를 받아
던졌네 던졌네
거지봉산을 던졌네
그솔씨 자라나서
황장목 중장목
낭락장송이 되었구나

모심기 노래

자료코드 : 04_21_FOS_20100128_PKS_MYS_0001
조사장소 : 부산광역시 금정구 금성동 산성2통경로당
조사일시 : 2010.1.28
조 사 자 : 박경수, 서정매, 황영태, 최수정
제 보 자 : 문의석, 여, 83세
구연상황 : 민요에 관한 이야기를 하던 도중 제보자가 갑자기 다음 노래가 생각이 났는지 모심기 노래를 구연해 주었다.

네모판같은 이못자리~ 장구판만침(장기판만큼) 남았구나

장구야판이사 좋다마는~ 장구뜰이가 누었으리

이물기저물기 헐어놓고~ 줜네양반은 어디갔소
문에야전복을 손에들고~ 첩우야방에 놀러갔소

퐁당퐁당 찰수지비~ 사우야판에 다올랐네
애미야년은 어디가고~ 딸을동자를 시켰던공

해다졌네 해다졌네~ 양산땅~에 해다졌네
우리야 울언님은 어디가고~ 연기낼~줄을 모르던공

모시야적삼 안섶안에 분통같은 저젖보소
많이야보면 병뙬끼고~ 쌀낱만~치만 보고가소

배꽃일세~ 배꽃일세~ 처녀야수~건이 배꽃일세
배꽃같은 수건밑에 거울같~은 눈매보소

창부타령

자료코드 : 04_21_FOS_20100128_PKS_MYS_0002
조사장소 : 부산광역시 금정구 금성동 산성2통경로당
조사일시 : 2010.1.28
조 사 자 : 박경수, 서정매, 황영태, 최수정
제 보 자 : 문의석, 여, 83세
구연상황 : 조사자가 옛날 첩에 관한 노래가 있지 않느냐고 하면서 유도하자, 제보자가
　　　　　 다음 <창부타령>을 했다.

해다지고 저무신날에 꽃갓을 씌고서 어디가요
첩우야집을 갈라거들랑 나죽는 꼴이나 보고가소
첩우야집은 꽃밭이요 나의집은 연못이라 (청중 : 좋~다.)

꽃과나비는 봄한철인데 연못의 금붕어는 사시장철

얼씨구나 좋네 지화자 좋네~

아니 노지를 못하리라 아니 서지를 못하리라

노랫가락

자료코드 : 04_21_FOS_20100128_PKS_MYS_0003
조사장소 : 부산광역시 금정구 금성동 산성2통경로당
조사일시 : 2010.1.28
조 사 자 : 박경수, 서정매, 황영태, 최수정
제 보 자 : 문의석, 여, 83세
구연상황 : 조사자가 제보자에게 권주가에 대해 아는지 물었더니, 제보자는 일명 '술 노래'인 다음 <노랫가락>을 조용히 불렀다.

창밖에 국화를심고 국화밑~에다 술빚어놓고

술익자 국화꽃피자~ 임이오시자 달도오신다

동자야 국화주걸러라 먹고노자는 동백주요-

노랫가락 / 그네 노래

자료코드 : 04_21_FOS_20100128_PKS_MYS_0004
조사장소 : 부산광역시 금정구 금성동 산성2통경로당
조사일시 : 2010.1.28
조 사 자 : 박경수, 서정매, 황영태, 최수정
제 보 자 : 문의석, 여, 83세
구연상황 : 제보자는 앞의 노래를 부르고 난 뒤 이어서 다음 노래를 불러 주었다.

사랑앞에 백일홍심고~ 백일~홍가지 추천을매~여

임이타면 내가나밀고 내가타면은 임이민~다

저님아 줄미지마라 줄떨어지면은 정떨어진다

너냥 나냥

자료코드 : 04_21_FOS_20100128_PKS_MYS_0005
조사장소 : 부산광역시 금정구 금성동 산성2통경로당
조사일시 : 2010.1.28
조 사 자 : 박경수, 서정매, 황영태, 최수정
제 보 자 : 문의석, 여, 83세
구연상황 : 조사자가 <너냥 나냥>의 앞 부분을 읊어주자, 제보자가 곧바로 다음 노래
를 불러 주었다. 청중들도 박수를 치며 노래를 경청하였다.

　　　너냥나냥 두리둥실 놀고요

　　　낮이낮이나 밤이밤이나 참사랑이로구나

　　　아침에 우는새는 배고파~ 울고요

　　　저녁에 우는새는 임이기러 운다

　　　　너냥나냥 두리둥실 놀~고요

　　　　낮이낮이나 밤이밤이나 참사랑이로구나

모심기 노래

자료코드 : 04_21_FOS_20100121_PKS_PKS_0001
조사장소 : 부산광역시 금정구 노포동 작장마을 작장여자경로당
조사일시 : 2010.1.21
조 사 자 : 박경수, 서정매, 황영태, 최수정
제 보 자 : 박길성, 여, 89세
구연상황 : 조사자가 제보자에게 모심기 노래를 불러 달라고 요청하자 제보자가 곧바로
다음 노래를 불러 주었다. 청중들은 제보자의 노래를 조용히 경청하였다.

이논에다 모를숨거~이 금실금~실 영화로다

우리야 부모님 산소등에~ 솔을숨가서 영화로다

퐁당퐁당 찰수지비~ 사우야판에 다올랐네

애미년은 어데가고

딸년은 맽겼다글타 그 안 카대. 저거 시아방 다 퍼줬다 안 카더나.

퐁당퐁당 찰수지비~ 사우야판에 다올랐네

어미년은 어디가고~ 딸년으로 맽깄던공

모심기 노래

자료코드 : 04_21_FOS_20100123_PKS_PSI_0001

조사장소 : 부산광역시 금정구 선두구동 임석마을 임석마을회관

조사일시 : 2010.1.23

조 사 자 : 박경수, 서정매, 황영태, 최수정

제 보 자 : 박소이, 여, 80세

구연상황 : 제보자는 다른 제보자가 노래를 구연하는 것을 듣고 있다가 문득 다음 노래가
생각이 났는지 불러 주었다. 먼저 가사를 읊어본 후에 노래로 다시 불렀다.

해다지고~ 저문날에~ 골골마주 연기나네 (청중 : 잘하네.)

울언~님은~ 어딜가고~이 연기낼~줄 내모르노

이물꺼저물꺼 청청 헐어놓고~ 주인네양반은 어디갔노

문에야대전복 손에들고~이 첩의방~에 놀러갔다

낭창낭창 베리끝에 무정하~다 울오랍아

잘태있는 동생두고~이 먼데있는 니처자나

나도죽어서 남자되어~이 처자곤석 땡기볼래

아기 어르는 노래 / 알강달강요

자료코드 : 04_21_FOS_20100123_PKS_PSI_0002
조사장소 : 부산광역시 금정구 선두구동 임석마을 임석마을회관
조사일시 : 2010.1.23
조 사 자 : 박경수, 서정매, 황영태, 최수정
제 보 자 : 박소이, 여, 80세
구연상황 : 조사자가 아기 어를 때 노래를 요청하자 청중들이 제보자보고 이 노래를 잘
          한다며 추켜세웠다. 제보자는 쑥스러워 하면서 구연했다. 먼저 가사를 읊어본
          후에 노래로 다시 불렀다.

  [가사를 읊으면서]
  왈캉달캉 서울 가서 빰을 한 되 조았더니 쌀독 안에 옇었더니 뭐 생쥐
가 다 까먹고 단지 하나 남은 것은 껍질은 애비 주고 또, 보늬는 엄마 주
고 알키는 니캉 내캉 갈라묵자

      왈캉달캉 서울가서
      빰을한되 주았더니

      쌀독안에 옇였더니
      오멘가메 다까먹고

      껍질은 애비주고
      보늬는 엄마주고
      알키는 니캉내캉 둘이갈라 [웃으며 중단]

창부타령(1)

자료코드 : 04_21_FOS_20100123_PKS_PSI_0003
조사장소 : 부산광역시 금정구 선두구동 임석마을 임석마을회관
조사일시 : 2010.1.23
조 사 자 : 박경수, 서정매, 황영태, 최수정
제 보 자 : 박소이, 여, 80세
구연상황 : 조사자가 제보자에게 노랫가락을 아는 지 물어보며 창부타령의 첫 구절을
불러주니, 노래가 생각났던지 자신 있게 구연해 주었다.

백설겉은 흰나우야(흰나비야) 부모님 목상을(몽상을) 입었더냐
소복단장 곱게하고 짱다리 밭으로 날아든다

포롬포롬 봄배추는 잔이슬오도록 기다리고~
옥에갇힌 춘향이는 이대롱 오기만 기다린다~

얼씨구 좋다 지화자 좋네~
아니 놀고서 못하리라

간다더니 왜또왔나~ 간다나더니 왜또왔나
내딸죽고 내사우야 울고갈길을 왜왔던공
이왕이사 완걸음에(왔던 걸음에) 발치잠이나 자고가소
자면자고 말면은말고 발치잠이 왠말이냐

권주가

자료코드 : 04_21_FOS_20100123_PKS_PSI_0004
조사장소 : 부산광역시 금정구 선두구동 임석마을 임석마을회관
조사일시 : 2010.1.23
조 사 자 : 박경수, 서정매, 황영태, 최수정

제 보 자 : 박소이, 여, 80세
구연상황 : 조사자가 제보자에게 이 노래의 사설을 조금 알려주면서 제보자에게 노래를 불러볼 것을 권하자 제보자가 다음 노래를 불러 주었다. 청중들은 박수를 치면서 장단을 맞추어 주었다.

받으시오 받으시오~ 이술한잔을 받으시오
이-술-이- 술이아니라~ 묵고노자는 동백주라

아~ 좋네~
아니나 놀고서 무엇하리 (청중 : 잘하네.)

창부타령(2)

자료코드 : 04_21_FOS_20100123_PKS_PSI_0005
조사장소 : 부산광역시 금정구 선두구동 임석마을 임석마을회관
조사일시 : 2010.1.23
조 사 자 : 박경수, 서정매, 황영태, 최수정
제 보 자 : 박소이, 여, 80세
구연상황 : 조사자가 알고 있는 노래를 더 불러 달라고 요청하자 제보자가 웃으면서 다음 노래를 구연해 주었다.

임은죽어 제비가되여 추양끝에다 집을지아
날면보고 들면봐도 임인-줄은- 내몰랐네~

얼씨구 좋다 지화자 좋네
아니 놀고서 무엇하리

사발가

자료코드 : 04_21_FOS_20100123_PKS_PSI_0006
조사장소 : 부산광역시 금정구 선두구동 임석마을 임석마을회관
조사일시 : 2010.1.23
조 사 자 : 박경수, 서정매, 황영태, 최수정
제 보 자 : 박소이, 여, 80세
구연상황 : 조사자가 <사발가>의 앞 부분 사설을 읊어주며 노래를 유도하자 제보자가
　　　　　 부른 것이다.

　　　석탄백탄 타는데~ 연기만퐁퐁 나고요
　　　요내가슴 타는데는 연기도짐도 안나네

모심기 노래

자료코드 : 04_21_FOS_20100123_PKS_PYS_0001
조사장소 : 부산광역시 금정구 선두구동 선동마을 선동경로당
조사일시 : 2010.1.23
조 사 자 : 박경수, 서정매, 황영태, 최수정
제 보 자 : 박영순, 여, 80세
구연상황 : 제보자는 예전에 많이 불렀다면서 <모심기 노래>를 불러 주었다. 청중들도
　　　　　 아는 노래를 함께 부르면서 제보자의 노래에 호응을 해주었다.

　　　이물기 저물기 다헐어놓고 주인네양반은 어데갔노
　　　문에야전복 손에들고이 첩우야집에 놀러갔다

　　　퐁당퐁당 찰수지비~ 사우야판에 다올랐네
　　　부모님은 어데가고~이 딸을동자로 맺깄던고

다리 세기 노래

자료코드 : 04_21_FOS_20100128_PKS_SSI_01
조사장소 : 부산광역시 금정구 금성동 공해마을 공해경로당
조사일시 : 2010.1.21
조 사 자 : 박경수, 서정매, 황영태, 최수정
제 보 자 : 심순인, 여, 86세
구연상황 : 제보자에게 조사자가 옛날에 다리를 세면서 불렀던 노래를 유도하자 제보자
가 부른 것이다.

　　　이거리 저거리 갓거리

　　　동사맹근 도맹근

　　　용무 가시

　　　칠대 장구

　　　꼬드레 마누레

　　　삥 양 홍–

도라지 타령

자료코드 : 04_21_FOS_20100123_PKS_AJN_0001
조사장소 : 부산광역시 금정구 회동동 동대마을 동대노인정
조사일시 : 2010.1.23
조 사 자 : 박경수, 서정매, 황영태, 최수정
제 보 자 : 안종네, 여, 76세
구연상황 : 제보자가 다른 제보자의 도라지 타령을 듣더니, 노래가 끝난 후 이어서 다음
노래를 불러 주었다.

　　　도라지캐로 간다고 요팽기(요 핑계)저팽기 가더니

　　　솔밭밑에 앉아서 시집갈 연구만 하노라

　　　　에헤용 에헤용 에헤용 어야라 난다 기화자~

얼씨구 절씨구 좋구나

산들산들 부는바람 산천초목을 휘날리고
방실방실 우는아긴 내장부간장을 다녹힌다
    에헤용 에헤용 에헤용 어야라 난다 기화자
    저절-씨구나 좋구나

나물캐러 간다고~ 요팽기조팽기 가더니
총각낭군 무덤에 사우지(삼우제)지내러 가노라
    에헤용 에헤용 에헤용 어야라 난다 기화자-
    저절-씨구나 좋구나

모심기 노래

자료코드 : 04_21_FOS_20100123_PKS_AJN_0002
조사장소 : 부산광역시 금정구 회동동 동대마을 동대노인정
조사일시 : 2010.1.23
조 사 자 : 박경수, 서정매, 황영태, 최수정
제 보 자 : 안종네, 여, 76세
구연상황 : 조사자가 제보자에게 모심기 노래를 불러달라고 요청하자, 적극적으로 노래
를 부르기 시작하였다. 청중들도 처음엔 듣다가 함께 불러 주었다.

오늘해가 요만되면 산골마다 연개나네
우리야부모님 어데가고~이 연개낼~줄을 모르던가

타박타박 타박머리~ 해다진~데 어데가노
우리야부모님 산소등에~헤이 젖먹으~로 내가간다

올뽕졸뽕 내따주마~하이 이내품에 잠들어라

초랑초랑 영사초랑 임의야방에 불밝혀라
임도눕고 나도눕고 저불끌이는 누있으리

아기 어르는 노래 / 알강달강요

자료코드 : 04_21_FOS_20100123_PKS_AJN_0003
조사장소 : 부산광역시 금정구 회동동 동대마을 동대노인정
조사일시 : 2010.1.23
조 사 자 : 박경수, 서정매, 황영태, 최수정
제 보 자 : 안종네, 여, 76세
구연상황 : 조사자가 아기 어를 때 부르는 노래를 유도하자 제보자가 나서서 다음 노래
를 불러 주었다.

알강달강 우리애기한테
밤한톨을 줄라꼬
살강밑에 묻었더니
머리감은 생쥐가
들랑날랑 다까먹고
한톨두톨 남아있네
보늬기는 아부지주고
본디기는 엄마주고
알캥이는 니캉내캉
알캉달캉 다먹자

아기 어르는 노래 / 불매소리

자료코드 : 04_21_FOS_20100123_PKS_AJN_0004

조사장소 : 부산광역시 금정구 회동동 동대마을 동대노인정
조사일시 : 2010.1.23
조 사 자 : 박경수, 서정매, 황영태, 최수정
제 보 자 : 안종네, 여, 76세
구연상황 : 조사자가 제보자에게 또 다른 아기 어르는 소리가 있지 않느냐고 하면서 유
도하자 제보자가 부른 것이다.

불매불매 불매야

불어라 딱딱 불매야

이불매를 이래불면

불어라 왕

불어라 불어라

울컹덜컹

불어라 불어라

나무 노래

자료코드 : 04_21_FOS_20100123_PKS_AJN_0005
조사장소 : 부산광역시 금정구 회동동 동대마을 동대노인정
조사일시 : 2010.1.23
조 사 자 : 박경수, 서정매, 황영태, 최수정
제 보 자 : 안종네, 여, 76세
구연상황 : 제보자는 다른 노래를 부르고 난 뒤, 또 연이어서 노래를 불러 주었다.

높은낭게는 할까지~

낮은낭게는 점까지

침치독에는 꼬까지(골마지의 방언)

아기 재우는 노래 / 자장가

자료코드 : 04_21_FOS_20100123_PKS_AJN_0006
조사장소 : 부산광역시 금정구 회동동 동대마을 동대노인정
조사일시 : 2010.1.23
조 사 자 : 박경수, 서정매, 황영태, 최수정
제 보 자 : 안종네, 여, 76세
구연상황 : 조사자가 아기를 재울 때 부르는 노래를 요청하자 제보자가 조용히 박수를
치면서 아이를 재우듯이 나지막하게 다음 노래를 불러 주었다.

　　자장자장 자장자장
　　우리애기 잘도잔다
　　뒷집개도 짖지마라
　　앞집개도 짖지마라
　　우리애기 잠깨운다

파랑새요

자료코드 : 04_21_FOS_20100123_PKS_AJN_0007
조사장소 : 부산광역시 금정구 회동동 동대마을 동대노인정
조사일시 : 2010.1.23
조 사 자 : 박경수, 서정매, 황영태, 최수정
제 보 자 : 안종네, 여, 76세
구연상황 : 제보자가 나무 노래를 부르고 나서 이어서 <파랑새요>를 불러 주었다. 청
중들도 아는 노래여서인지 함께 불렀다.

　　새야새야 파랑새야
　　녹디낭게 앉지마라
　　녹디꽃이 떨어지면
　　청포장사 울고간다

너냥 나냥

자료코드 : 04_21_FOS_20100123_PKS_AJN_0008
조사장소 : 부산광역시 금정구 회동동 동대마을 동대노인정
조사일시 : 2010.1.23
조 사 자 : 박경수, 서정매, 황영태, 최수정
제 보 자 : 안종네, 여, 76세
구연상황 : 조사자가 제보자에게 <너냥 나냥>의 첫 구절 운을 띄워주자 제보자가 다음
노래를 불러 주었다.

너거집의 서방님은 자전거를 타는데
우리집 못난이는 쳇바쿠도 못탄다

보리타작 노래

자료코드 : 04_21_FOS_20100123_PKS_AJN_0009
조사장소 : 부산광역시 금정구 회동동 동대마을 동대노인정
조사일시 : 2010.1.23
조 사 자 : 박경수, 서정매, 황영태, 최수정
제 보 자 : 안종네, 여, 76세
구연상황 : 조사자의 유도에 따라 제보자가 노래를 불러 주었는데, 혀 짧은 시늉을 하며
<보리타작 노래>를 불러 주었다.

어~ 이기도 이럭저럭 뜸들인다
갈미봉산에도 비묻었다
뒷집에 정쭈찌도(형수님도)
내좆만 바래고
앞집에 째쭈찌도(제수씨도)
내좆만 바라고
어쪼~ 넘어간다

잘도한다

모심기 노래

자료코드 : 04_21_FOS_20100123_PKS_ESY_0001
조사장소 : 부산광역시 금정구 회동동 동대마을 동대노인정
조사일시 : 2010.1.23
조 사 자 : 박경수, 서정매, 황영태, 최수정
제 보 자 : 엄소연, 여, 82세
구연상황 : 제보자가 <모심기 노래>의 앞소리를 하기 시작하자, 노래 가사를 아는 사람
들이 함께 노래를 불러 주었다.

이논에에~이 모를부아 잔나락이 절반이-네

서울가신~에이 선부님요 우리선부 안오던가
오기야만 온다만은 칠성판에 실려온다

이물기저물기 다헐어놓고~히 주인네-양~반은 어데갔소
문에야전복 에와들고~이- 첩우야집에 놀러갔소

숭금씨야 깎은배는 어이 맛도좋고도 연하도다

애기씨도련님 병이들어~이 숭금씨야 배깎아라
숭금씨야 깎은배는~이 맛도좋고도 연하도다

이라제. (청중 : 안 하다가 하이.)

(알캉달캉)5) 유자점채~이 팔사동동 끈을달아
언제나좋을까 전제나좋을까~이 달키(닭이)울어도 아니조네

---

5) 실수로 녹음이 되지 않은 부분이다.

오늘해가 요만되면 점심참이 늦어오네

서른세칸 정지안에~이 돌고돌다가 늦어왔네

시금치야 미나리는~ 맛본다~고 더디왔소

창부타령(1)

자료코드 : 04_21_FOS_20100123_PKS_ESY_0002

조사장소 : 부산광역시 금정구 회동동 동대마을 동대노인정

조사일시 : 2010.1.23

조 사 자 : 박경수, 서정매, 황영태, 최수정

제 보 자 : 엄소연, 여, 82세

구연상황 : 제보자는 다른 제보자의 노래를 듣고 자신있게 다음 노래를 부르기 시작하
였다. 노래 중간에 청중들도 끼어들어 노래를 부르기도 했다.

포롬포롬 봄배차는 밤이슬오도록만 기다리고

옥에갇힌 춘향~이는 이대룡오도록 기다린다

　얼씨구나 좋다 절씨구나 아니 놀고서 무엇하나

내딸죽고 내사우야 울고갈길을 니왜왔나

이왕잎에 완걸음에 밤길잠이나 자고가소

적어도 대장분대 발질잠이 왠말이오

저기가는 저구름은 눈들었나 비들었나~

눈도비도야 아니들고~ 소리명창이 들었심더

나물먹고 물마시고 팔을비고 누웠으니

대장부 살림살이 요만하면은 넉넉하지

　얼씨구좋다 절씨구좋다 젊을시절에 놀아보자

사발가

자료코드 : 04_21_FOS_20100123_PKS_ESY_0003
조사장소 : 부산광역시 금정구 회동동 동대마을 동대노인정
조사일시 : 2010.1.23
조 사 자 : 박경수, 서정매, 황영태, 최수정
제 보 자 : 엄소연, 여, 82세
구연상황 : 조사자가 제보자에게 첫 운은 띄워주자 제보자가 다음 <사발가>를 짧게 부르고 마쳤다.

　　　　석탄백탄 타는데~ 연개짐만 나던마는
　　　　요내가슴 타는데는~ 연개도짐도 아니난다

창부타령(2)

자료코드 : 04_21_FOS_20100123_PKS_ESY_0004
조사장소 : 부산광역시 금정구 회동동 동대마을 동대노인정
조사일시 : 2010.1.23
조 사 자 : 박경수, 서정매, 황영태, 최수정
제 보 자 : 엄소연, 여, 82세
구연상황 : <도라지 타령>을 불러 달라고 했더니, 제보자는 "도라지 병풍으로" 시작되는 <창부타령>을 불러 주었다.

　　　　도라지팽풍 미닫이방에 잠자는큰아가 문열어라
　　　　바람불고 눈오는데 당신올줄을 몰랐심더
　　　　　　얼씨구 좋아 저절씨구~ 아니 놀지를 못하리라

　　　　나물먹고 물마시고 팔을베고 누웠으니
　　　　대장부 살림살이가 요만하면 넉넉하지

권주가

자료코드 : 04_21_FOS_20100123_PKS_ESY_0005
조사장소 : 부산광역시 금정구 회동동 동대마을 동대노인정
조사일시 : 2010.1.23
조 사 자 : 박경수, 서정매, 황영태, 최수정
제 보 자 : 엄소연, 여, 82세
구연상황 : 조사자가 노래의 제목을 말해주자 제보자는 바로 권주가를 구연해 주었다.
　　　　　창부타령 곡조로 부른 것이다.

　　　　잡으시요 잡으나시요- 이술한잔을 잡으세요~

　　　　이술이 술이아니라 먹고노자는 동백주요-

　　　　노세노세 젊어서놀아~ 늙고병들면 못노리다-

창부타령(3)

자료코드 : 04_21_FOS_20100123_PKS_ESY_0006
조사장소 : 부산광역시 금정구 회동동 동대마을 동대노인정
조사일시 : 2010.1.23
조 사 자 : 박경수, 서정매, 황영태, 최수정
제 보 자 : 엄소연, 여, 82세
구연상황 : 제보자는 다음 노래가 생각났는지 서로 이야기를 나누는 중에 노래를 부르
　　　　　기 시작했다.

　　　　바람불어 시들은남기 눈비온다고 일어날까-

　　　　뱅(병)이들어 누으신낭군 약을써서야 일어날까

　　　　　얼씨구 절씨구 지화자 좋다~ 놀고놀고서 놀아보자

너냥 나냥

자료코드 : 04_21_FOS_20100123_PKS_ESY_0007
조사장소 : 부산광역시 금정구 회동동 동대마을 동대노인정
조사일시 : 2010.1.23
조 사 자 : 박경수, 서정매, 황영태, 최수정
제 보 자 : 엄소연, 여, 82세
구연상황 : 조사자의 유도로 제보자가 다음 노래를 불러 주었다. 청중들도 함께 아는 노래를 따라 불렀다.

　　　너냥내냥 두리둥실 놓구요
　　　밤이밤이나 낮이낮이나 참사랑이로다

　　아침에 우는새는 배가고파 울고요
　　저녁에 우는새는 임이그리와 운다
　　　너냥내~냥 두리둥실 놓구요
　　　밤이밤이나 낮이낮이나 참사랑이로다

　　세월아 봄한철아 오고가지를 말어라
　　아깝운 우리청춘 다늙어간다

　　뒷집에 서방님은 하이야로 타는데
　　우리집의 서방님은 똥구루마로만 몬다

화투타령

자료코드 : 04_21_FOS_20100123_PKS_ESY_0008
조사장소 : 부산광역시 금정구 회동동 동대마을 동대노인정
조사일시 : 2010.1.23
조 사 자 : 박경수, 서정매, 황영태, 최수정

제 보 자 : 엄소연, 여, 82세
구연상황 : 조사자가 제보자에게 <화투타령>을 아는지 물었더니, 바로 다음 노래를 불러 주었다. 제보자가 노래를 부르자 청중들도 함께 불러 주었다.

정월속가지 속속한마음
이월매조에 맺어놓고
삼월사꾸라 산란한마음
사월흑사리 씨러졌어

오월난초 날던나비가
유월목단에 올라앉아
칠월홍돼지 홀로누워
팔월공산아 달밝혀라

구월국화 굳은마음
시월단풍에 똑떨어졌다
오동-지야 오실런님이
섣달이 다가도 아니오네

파랑새요

자료코드 : 04_21_FOS_20100121_PKS_YDC_0001
조사장소 : 부산광역시 금정구 청룡노포동 작장마을 작장여자경로당
조사일시 : 2010.1.21
조 사 자 : 박경수, 서정매, 황영태, 최수정
제 보 자 : 윤덕출, 여, 74세
구연상황 : 조사자의 요청에 제보자는 다음 노래의 가사를 읊어 주었다.

새야 새야

녹디낭게(녹두나무에) 앉지마라

녹디꽃이 떨어지면

청포장사 울고간다

모심기 노래

자료코드 : 04_21_FOS_20100123_PKS_LGS_0001
조사장소 : 부산광역시 금정구 선두구동 임석마을 임석마을회관
조사일시 : 2010.1.23
조 사 자 : 박경수, 서정매, 황영태, 최수정
제 보 자 : 이금순, 여, 75세
구연상황 : 제보자는 노래를 구연하면서 다른 것은 잘 모른다고 하면서 구연했는데, 조
사자가 앞 운을 떼어주니 생각이 났는지 구연해 주었다. 한 번 노래가 나오기
시작하니, 가사가 술술 나오기 시작했다.

오늘낮에에 점슴반찬~ 무슨고기가 올랐는고

전라도라 볶안(볶은)제비 마리마리 올랐구나

바대야겉은(바다같은) 너른논에 장구판만치 남았구나

해다짔네 해다짔네-

아! [제보자가 문득 처음부터 부르는 가사가 생각나서 다시 노래를 부름]

다풀다풀 다박머리~ 해다진데 어데가노

우리야부모 선산등에~ 젖묵으로 내가가네

화투타령

자료코드 : 04_21_FOS_20100123_PKS_LGS_0002
조사장소 : 부산광역시 금정구 두구동 임석마을 임석마을회관
조사일시 : 2010.1.23
조 사 자 : 박경수, 서정매, 황영태, 최수정
제 보 자 : 이금순, 여, 75세
구연상황 : 제보자는 조사자의 요청에 <화투타령>의 노래 가사를 기억하기 위해 말로 읊어본 후에 다음 노래를 불렀다.

　　　정월솔가지 속속한마음

　　　이월매조 맺았구나

　　　삼월사꾸라 산란한마음

　　　오월난초 나비가되어

　　　유월목단에 춤을추네

　　　칠월홍돼지 홍덕한마음

　　　팔월공산에 달이뜨네

　　　구월국화 굳었던마음

　　　시월단풍에 뚝떨어졌네

　　　오동추야 달밝은데

　　　비삼십 다리고 도망가자

양산도

자료코드 : 04_21_FOS_20100123_PKS_LGS_0003
조사장소 : 부산광역시 금정구 두구동 임석마을 임석마을회관
조사일시 : 2010.1.23
조 사 자 : 박경수, 서정매, 황영태, 최수정
제 보 자 : 이금순, 여, 75세

구연상황 : 제보자는 조사자의 유도로 다음 노래를 부르면서 쑥스러운 듯 중간에 웃기
도 했다.

　　　양산읍네 물레방아~ 물을안고 돌~고~
　　　이십세게 청년들은 나를안고~ 돈~다-
　　　에아라 동게디어라 아니 [웃으며] 못노나니~
　　　능지를 하여~도 나는 못놀겠네

노랫가락 / 그네 노래

자료코드 : 04_21_FOS_20100128_PKS_LYC_0001
조사장소 : 부산광역시 금정구 금성동 산성2통경로당
조사일시 : 2010.1.28
조 사 자 : 박경수, 서정매, 황영태, 최수정
제 보 자 : 이임출, 여, 72세
구연상황 : 다른 제보자들의 노래를 한참 듣고 있다가 제보자가 한 번 불러 보겠다며
조심스럽게 노래를 구연해 주었다.

　　　수천당 세모신낭게 높다랗게도 추천줄매어-
　　　임이타면 내가나밀고~ 임이타면은 내가민다
　　　임아임아 줄미지마라 줄떨어지면은 정떨어-진다-

보리타작 노래

자료코드 : 04_21_FOS_20100128_PKS_LJA_0001
조사장소 : 부산광역시 금정구 금성동 공해마을 공해경로당
조사일시 : 2010.1.28
조 사 자 : 박경수, 서정매, 황영태, 최수정
제 보 자 : 이점아, 여, 72세

구연상황 : 조사자가 <보리타작 노래>를 불러 달라고 요청하자 제보자가 기억을 더듬어 구연해 주었다. 가사가 익살스러워 부끄러워하면서도 웃으면서 구연해 주었다.

여기 때리라 옹헤야

저기도 때리고 옹헤야

(청중 : 제수씨는 뭐 어데 가고?)

제수씨도 내좆만 바래고

형수씨도 내좆만 배래고

지 손만 바랜다 이기라.

아기 어르는 노래 / 불매소리

자료코드 : 04_21_FOS_20100128_PKS_LJA_0002
조사장소 : 부산광역시 금정구 금성동 공해마을 공해경로당
조사일시 : 2010.1.28
조 사 자 : 박경수, 서정매, 황영태, 최수정
제 보 자 : 이점아, 여, 72세
구연상황 : 제보자는 조사자의 요청에 다음 <아기 어르는 노래>를 시작했지만 기억나는 데까지만 짧막하게 부르고 그쳤다.

불매불매 이불매야

이불매가 누불매고

경상도 대불매요

너냥 나냥

자료코드 : 04_21_FOS_20100123_PKS_LCJ_0001
조사장소 : 부산광역시 금정구 회동동 동대마을 동대노인정
조사일시 : 2010.1.23
조 사 자 : 박경수, 서정매, 황영태, 최수정
제 보 자 : 이춘자, 여, 75세
구연상황 : 제보자는 조사자의 유도에 의해 다음 노래를 불러 주었다. 청중들도 아는 노
래여서 큰 소리로 함께 불러 주었다.

우리집 서방님은 명태잡으러 갔는데
바람아 강풍아 석달열흘 불어라
　　너냥나냥 두리둥실 놀구요
　　낮이나 낮이나 밤이밤이나 참사랑이로다

모심기 노래

자료코드 : 04_21_FOS_20100123_PKS_LDY_0001
조사장소 : 부산광역시 금정구 선두구동 신천마을 신천경로당
조사일시 : 2010.1.23
조 사 자 : 박경수, 서정매, 황영태, 최수정
제 보 자 : 임달연, 여, 93세
구연상황 : 청중들이 제보자가 모노래를 잘한다고 칭찬하자, 제보자는 처음에는 부끄러
운듯 거절했으나, 한 번 부르고 나자 기억이 났는지 이후에는 적극적으로 불
러 주었다.

이물꺼저물꺼 헐어놓고~ 주인네말개 어데갔노
문에전복 손에들고~이 첩의집에 놀러갔네

해다졌네 해다졌네~이 저산중에 해다졌네

어린 애기 놔두고 저 달 뜬 줄 모르더라.

　　새별겉은 저밭골에~이 반달같이 떠다오네
　　지가무슨 반달이고~이 초승달이 반달이지

이 노래

자료코드 : 04_21_FOS_20100123_PKS_LDY_0002
조사장소 : 부산광역시 금정구 선두구동 신천마을 신천경로당
조사일시 : 2010.1.23
조 사 자 : 박경수, 서정매, 황영태, 최수정
제 보 자 : 임달연, 여, 93세
구연상황 : 제보자는 이야기를 끝내고 문득 노래가 생각났는지 적극적으로 구연하겠다
　　　　　고 나섰다.

　　옷에있는 백삼춘아―
　　머리있는 깜둥춘아―
　　니발이 육발인들
　　이팔십리 걸음걷나

[가사를 이야기로 읊으면서]

　　니등더리 납딱해야
　　석매산 성쌓을적에
　　돌한딩이 저줬나
　　이이름이 작낌이다.
　　작끔아이 죽가라

이러 카더란다.

쌍가락지 노래

자료코드 : 04_21_FOS_20100123_PKS_LDY_0003
조사장소 : 부산광역시 금정구 선두구동 신천마을 신천경로당
조사일시 : 2010.1.23
조 사 자 : 박경수, 서정매, 황영태, 최수정
제 보 자 : 임달연, 여, 93세
구연상황 : "쌍금쌍금 쌍가락지"로 시작하는 노래를 아는지 물어보니, 제보자는 예전에
　　　　　 불렀다며 천천히 기억을 되살리며 구연해 주었다.

　　　　　[읊으면서]
　　　　　쌍금쌍금 쌍가락지
　　　　　주석질로 녹가락지
　　　　　먼데보이 달일래라
　　　　　쩔에보이 처잘래라
　　　　　저처자야 자는방에
　　　　　숨소리가 둘일래라
　　　　　청도복숭 올아배요
　　　　　거짓말쌈 말아시소
　　　　　남한풍이 디리보니
　　　　　풍지뜨는 소리로다

아기 어르는 노래 / 알캉달캉요

자료코드 : 04_21_FOS_20100123_PKS_LDY_0004
조사장소 : 부산광역시 금정구 선두구동 신천마을 신천경로당
조사일시 : 2010.1.23
조 사 자 : 박경수, 서정매, 황영태, 최수정
제 보 자 : 임달연, 여, 93세

구연상황 : 조사자가 아기 달래는 노래를 아냐고 물어보자 제보자가 노래를 구연했다.

[가사를 읊으면서]

　　　왈캉달캉 서울가서
　　　빰(밤)한되로 실어다가
　　　찰독안에 옇어놨디
　　　이부지 시앙쥐가 다까먹고
　　　다문하나 남았는거
　　　니캉내캉 갈라먹자
　　　왈강달강 왈강달강

[노래로 다시]

　　　알캉달캉 서울가서
　　　빰한되로 실어다가
　　　찰독안에 옇어놔니
　　　이붓-집 새앙주가 다까먹고
　　　다문하나 남았는거
　　　껍디기는 부모주고
　　　알키는 갈라먹자
　　　니캉내캉 갈라먹자
　　　알강달강

다리 세기 노래

자료코드 : 04_21_FOS_20100123_PKS_LDY_0005
조사장소 : 부산광역시 금정구 선두구동 신천마을 신천경로당

조사일시 : 2010.1.23

조 사 자 : 박경수, 서정매, 황영태, 최수정

제 보 자 : 임달연, 여, 93세

구연상황 : 조사자의 요청에 다음 노래를 빠르게 읊듯이 불러 주었다.

  이거리 저거리 갓거리

  동상맹근 도맹근

  서울양반 두양반

  진주떼기 열석냥

모심기 노래

자료코드 : 04_21_FOS_20100121_PKS_JMY_0001

조사장소 : 부산광역시 금정구 청룡노포동 작장마을 작장여자경로당

조사일시 : 2010.1.21

조 사 자 : 박경수, 서정매, 황영태, 최수정

제 보 자 : 정무연, 여, 83세

구연상황 : 제보자는 다른 청중들이 노래하기를 부추기자 쑥스러워 하면서 다음 <모심기 노래>를 했다. 옆의 청중들도 함께 노래를 불러 주었다.

  임이죽어서 연자되어~ 추연끝에 집을짓네

  나면보고 들면봐도~ 임인줄을 내몰랐네

  한강에다 모를부아~ 쩌내기도 난감하다

  하늘에다 목화갈아~ 따오기도 난감하다

  이물끼저물끼 헐어놓고~ 주인네양반 어데갔노

  문에야전복손에 들고~ 첩어야방에 놀러갔네

  찔레야꽃은 장개가고~ 쭐레야꽃은 시집가네

만인간아 웃지마소~ 씨종자바래서 내가가요

복남아 울지마라

자료코드 : 04_21_FOS_20100121_PKS_JMY_0002
조사장소 : 부산광역시 금정구 청룡노포동 작장마을 작장여자경로당
조사일시 : 2010.1.21
조 사 자 : 박경수, 서정매, 황영태, 최수정
제 보 자 : 정무연, 여, 83세
구연상황 : 제보자는 옛날 어릴 적에 불렀던 노래라고 하며 다음 노래를 읊어주었다. 그
러나 노래 가사를 다 기억하지 못해 중간에서 그치고 말았다.

봉남아 우지마라
우지를 말아라
너가울면 내눈에서 눈물이 난다
우리부모는 어데 가고

너냥 나냥

자료코드 : 04_21_FOS_20100121_PKS_JMY_0003
조사장소 : 부산광역시 금정구 청룡노포동 작장마을 작장여자경로당
조사일시 : 2010.1.21
조 사 자 : 박경수, 서정매, 황영태, 최수정
제 보 자 : 정무연, 여, 83세
구연상황 : 제보자가 노래를 시작하자 다른 청중들이 중간에 가사를 일러주며 함께 노
래를 구연하였다.

우리야 남편은 명태잡으러 갔는데
바람아 강풍아 석달열흘 불어라

너냥내냥 두리둥실 놀고요
낮이낮이나 밤이밤이나 참사랑이로다

우리야 서방님은 명태잡으러 갔는데
바람아 강풍아 석달열흘 불어라

오동나무 열매는 왈각달각 하고요
큰아기 젖통은 몽실몽실한다
　　너냥 나냥 두리둥실 놀고요
　　낮이낮이나 밤이밤이면 참사랑이로다

도라지 타령

자료코드 : 04_21_FOS_20100123_PKS_JYB_0001
조사장소 : 부산광역시 금정구 선두구동 임석마을 임석마을회관
조사일시 : 2010.1.21
조 사 자 : 박경수, 서정매, 황영태, 최수정
제 보 자 : 정윤분, 여, 74세
구연상황 : 다른 제보자가 노래를 부르다 말자, 제보자가 가사가 기억난다면서 다시 구
　　　　　연했다.

도라지 캐로 간다고~
요핑기 조핑기 가는디
하도 날때가 없어서
쌍바위 틈에서 났느~냐
　에헤이요 에헤이요 에헤이요~
　에여라 난다 지화~자~
니가 내간장 쓰리 사리살 다녹힌다

모심기 노래

자료코드 : 04_21_FOS_20100707_PKS_CKS_0001
조사장소 : 부산광역시 금정구 서2동 삼한여명아파트경로당
조사일시 : 2010.7.7
조 사 자 : 박경수, 서정매, 정혜란, 황영태
제 보 자 : 차경순, 여, 79세

구연상황 : 조사자가 <모심기 노래>를 좌중에 요청하자 청중들이 모심기 노래의 앞 소절을 이야기 하던 도중에 제보자가 갑자기 노래가 생각이 났는지 구연해 주었다. 이후 조사자의 요청에 따라 생각나는 대로 틈틈이 부른 것이다.

해다지고 저문날에~ 어인상부가 질떠나노
이태백이 본처죽어 이별상부가 질떠나네

낭창낭창 베리끝에 무정하다 울오랍아
나도죽어 군자되어 처자곤석 섬기볼래

모야모야 노랑모야 니언제커서 열매열래
이달가고 저달가고 칠팔월에 열매열래

우리야 점슴늦었네~ 우리야 점슴늦었네
뒤척(뒤축)없는 신을신고~ 끄이라고 늦었네
바가치 죽반에 꽁치낀다고 늦었네

바람불고 비온날에 첩의집에 어이갈꼬
우산우산 새우산에 갈모받치서 씌고가지

꼬막꼬막 꼬막집에 갈모우산 걸데없네
갈모을랑 베고자고~ 우산없걸랑 덮고자소

등넘에다 첩을두고 밤에가고 낮에가노
밤으로는 자러가고 낮으로는 놀러가네

모시적삼 안섶안에 함박꽃이 봉지됐네
그꽃한쌍 꺽자하니~ 호통소리가 벽날갔네-

물꼬야청청~ 헐어놓고 주인네한량 어디갔소-
등넘에라 첩을두고 첩의집에 놀러갔소

쌍가락지 노래

자료코드 : 04_21_FOS_20100707_PKS_CKS_0002
조사장소 : 부산광역시 금정구 서2동 삼한여명아파트경로당
조사일시 : 2010.7.7
조 사 자 : 박경수, 서정매, 정혜란, 황영태
제 보 자 : 차경순, 여, 79세
구연상황 : 조사자가 <쌍가락지 노래>를 부탁하자, 제보자가 먼저 부른 <모심기 노
래>의 늘어진 가락에 맞추어 불러 주었다.

쌍금쌍금 쌍가락지
호작질을 닦아내어
먼데보면 달이로세
곁에서보면은 처지로다
그처지라 자는방에
숨소리가 둘이로세
홍달박씨~ 오랍아시
거짓말씀 말아주소

달 노래

자료코드 : 04_21_FOS_20100707_PKS_CKS_0003
조사장소 : 부산광역시 금정구 서2동 삼한여명아파트경로당
조사일시 : 2010.7.7
조 사 자 : 박경수, 서정매, 정혜란, 황영태
제 보 자 : 차경순, 여, 79세
구연상황 : 제보자는 다음 노래를 계속 느린 템포로 나지막하게 불러 주었다. 청중이 계
　　　　　 속 청승맞게 부른다고 핀잔을 부었다. 그러자 다른 청중이 그래도 눈물이 난
　　　　　 다고 호응하기도 했다.

　　　달아달아 밝은달아

　　　이태백이 놀던 달아

　　　저기저기 저달속에

　　　계수나무가 밝혔으니

　　　옥도끼를 찍어내어

　　　금도끼를 따듬어서

　　　초가삼칸 집을지어

　　　양친부모 모셔놓고

　　　천년만년 살고지어

노랫가락 / 그네 노래

자료코드 : 04_21_FOS_20100707_PKS_CKS_0004
조사장소 : 부산광역시 금정구 서2동 삼한여명아파트경로당
조사일시 : 2010.7.7
조 사 자 : 박경수, 서정매, 정혜란, 황영태
제 보 자 : 차경순, 여, 79세
구연상황 : 조사자가 다음 노랫가락을 부탁하자 원래의 노래 선율대로 부르지 않고 계
　　　　　 속 느리게 불렀다. 조사자가 본래의 가락으로 바꾸어 잠시 불러주어도 계속

같은 가락으로 불렀다. 청중이 "그 노래도 청승스럽게 부르는 것이 아닌데."
라고 참견을 했다.

수천당~ 세모신낭게~ 오색당사실 끊어내어
임이뛰면~ 내가밀고~ 내가뛰면은 임이 민다-
임아임아 줄미지마소 줄떨어지면은 정떨어지요

남녀연정요

자료코드 : 04_21_FOS_20100707_PKS_CKS_0005
조사장소 : 부산광역시 금정구 서2동 삼한여명아파트경로당
조사일시 : 2010.7.7
조 사 자 : 박경수, 서정매, 정혜란, 황영태
제 보 자 : 차경순, 여, 79세
구연상황 : 제보자가 노래를 부르다가 멈추자 조사자가 아는데까지 끝까지 불러달라고
부탁하며 가사의 운을 띄워주자, 박수를 치며 흥겹게 노래를 불러 주었다.

남산밑에 남대롱아
서산밑에 서대롱아
나무비러 가자시아
오만나무 다비어도
오죽대 한쌍은 비지마소
올게(올해)키와- 내년을 키와
낙숫대 한쌍을 후을소냐
대-동-강- 별당안에-
옥당처녀를 낚을라요
잘낚으면은 백년부부
못낚으면은 상사로다

열녀상사 고를매어

고풀어지도록 살아보세

도라지 타령

자료코드 : 04_21_FOS_20100707_PKS_CKS_0006

조사장소 : 부산광역시 금정구 서2동 삼한여명아파트경로당

조사일시 : 2010.7.7

조 사 자 : 박경수, 서정매, 정혜란, 황영태

제 보 자 : 차경순, 여, 79세

구연상황 : 제보자는 처음에 <도라지 타령>을 1절만 불렀는데, 조사자가 계속 운을 띄
어주자 제보자가 신이 나서 노래를 이어서 불렀다.

도라지 도라지 도라~지

심심 산골에 백도라지~

한두 뿌리만 캐여도

우리낭군 반찬만 되는구나

도라지 도라지 도라지~

심심 산골에 백도라지

어디 날데가 없어서

쌍바위 틈실에서 났느냐

　에헤용 에헤용- 에헤용-

　에헤라 난다~ 지화자 좋다~

　니가 내간장 스리살살 다녹힌다~

도라지~ 도라지~ 도라~지

심심산골에 백도라지~

도라지 캐러 간다꼬~

이핑기 저핑기 다닷더니-

총각낭군의 무덤에~

삼오제 지내러 가는구나

사발가

자료코드 : 04_21_FOS_20100707_PKS_CKS_0007

조사장소 : 부산광역시 금정구 서2동 삼한여명아파트경로당

조사일시 : 2010.7.7

조 사 자 : 박경수, 서정매, 정혜란, 황영태

제 보 자 : 차경순, 여, 79세

구연상황 : 조사자가 제보자에게 노래 가사의 앞부분을 읊어주자 제보자는 다음 노래를
곧바로 구연해 주었다.

석탄백탄 타는데~ 연기만폴싹 나더니만

이내가슴 타는데는~ 연기도짐도 아니나네

아기 어르는 노래 / 불매소리

자료코드 : 04_21_FOS_20100707_PKS_CKS_0008

조사장소 : 부산광역시 금정구 서2동 삼한여명아파트경로당

조사일시 : 2010.7.7

조 사 자 : 박경수, 서정매, 정혜란, 황영태

제 보 자 : 차경순, 여, 79세

구연상황 : 제보자가 다음 노래의 앞 소절만 기억나서 못 부르겠다고 하자, 조사자가 기
억나는 부분까지라도 불러 달라고 하자, 그제야 노래를 불러 주었다.

불매 불매 불매

이불매가 누불매고

경상도 대불매

후루루 딱딱 불매야

보리타작 노래

자료코드 : 04_21_FOS_20100707_PKS_CKS_0009

조사장소 : 부산광역시 금정구 서2동 삼한여명아파트경로당

조사일시 : 2010.7.7

조 사 자 : 박경수, 서정매, 정혜란, 황영태

제 보 자 : 차경순, 여, 79세

구연상황 : 조사자의 요청에 제보자가 <보리타작 노래>를 불러 주었다. 노래의 가사중
에 민망한 부분이 나타나자, 청중들과 큰소리로 웃기도 하였다.

에화

　　에화

때리라

　　에화

낫보리 때리라

　　에화

형수씨도 내손만 바래고

제수씨도 내좆만 바래고-

　　에화

때리라-

낫보리 때리라-

양산도

자료코드 : 04_21_FOS_20100707_PKS_CKS_0010

조사장소 : 부산광역시 금정구 서2동 삼한여명아파트경로당

조사일시 : 2010.7.7

조 사 자 : 박경수, 서정매, 정혜란, 황영태

제 보 자 : 차경순, 여, 79세

구연상황 : 다른 청중이 양산도의 앞부분을 부르려고 하다가 멈추자, 제보자가 큰소리로
불러 주었다.

양산읍네 물레방아 물을안고 돌~고~

우리집에 울언님은 나를안고 돈다~

권주가

자료코드 : 04_21_FOS_20100707_PKS_CKS_0011

조사장소 : 부산광역시 금정구 서2동 삼한여명아파트경로당

조사일시 : 2010.7.7

조 사 자 : 박경수, 서정매, 정혜란, 황영태

제 보 자 : 차경순, 여, 79세

구연상황 : 조사자가 앞 소절을 읊어주자 그제야 생각이 났는지 한 번 불러보겠다며 불
러 주었다. 노래를 시작하자 청중들이 맞장구를 치는 등 분위기가 점점 무르
익어갔다. 제보자는 노래를 부르던 중 가사를 읊기도 하고 소리내어 웃기도
하였다.

잡으시오 잡으시오 이술한잔 잡으시오

이술한잔잡으시면

천년만년을 늙지도 안하고 산다더라

잡으시오 잡으시오 이술한잔잡으세요

칠년대한- 가물음에 이슬따다온 술이로다

잡으세요 잡으세요 이술한잔잡으시면

천년만년을 산단다 [웃음]

창부타령

자료코드 : 04_21_FOS_20100707_PKS_CKS_0012

조사장소 : 부산광역시 금정구 서2동 삼한여명아파트경로당

조사일시 : 2010.7.7

조 사 자 : 박경수, 서정매, 정혜란, 황영태

제 보 자 : 차경순, 여, 79세

구연상황 : 제보자는 다른 제보자가 부른 노래를 받아서 구연했다. 앞서 부른 제보자가
왜 노래를 빼앗아 가느냐며 농담을 하기도 하였다.

노세 좋다~ 저젊어서 노자 늙고뱅들면 못노나니~

화무는 십일홍이요 달도뜨면은- 기우나니

인생은 일장춘몽이요 아니 놀지는 무엇하나

모심기 노래

자료코드 : 04_21_FOS_20100707_PKS_CPY_0001

조사장소 : 부산광역시 금정구 서2동 삼한여명아파트경로당

조사일시 : 2010.7.7

조 사 자 : 박경수, 서정매, 정혜란, 황영태

제 보 자 : 차복연, 여, 73세

구연상황 : 조사자가 노래의 앞 소절을 먼저 부르자, 제보자는 그제야 생각이 났는지 구
연해 주었다. 카랑카랑한 목소리로 밝게 노래를 불렀다.

퐁당퐁당 수지비 사우판에 다올라갔네-

요노무할마이 어디가고 딸을동자 시킸노-

노랫가락 / 그네 노래

자료코드 : 04_21_FOS_20100707_PKS_CPY_0002
조사장소 : 부산광역시 금정구 서2동 삼한여명아파트경로당
조사일시 : 2010.7.7
조 사 자 : 박경수, 서정매, 정혜란, 황영태
제 보 자 : 차복연, 여, 73세
구연상황 : 다른 제보자의 노래가 끝나자 마음에 들지 않았는지 본인이 같은 노래를 부른다고 나섰다.

수천당 세모진낭게~ 오색가지로 군데를매어

(청중 : 노래 할라모 그래 하고.)

임이타면은 내가나밀고 내가타면은 임이민다
임아임아 줄미지말아 줄떨어지면은 정떨어진다

너냥 나냥

자료코드 : 04_21_FOS_20100707_PKS_CPY_0003
조사장소 : 부산광역시 금정구 서2동 삼한여명아파트경로당
조사일시 : 2010.7.7
조 사 자 : 박경수, 서정매, 정혜란, 황영태
제보자 1 : 차복연, 여, 73세
제보자 2 : 차경순, 여, 79세
구연상황 : 차복연 제보자가 먼저 조사자의 유도에 따라 노래를 구연했다. 노래가 끝나자 차경순 제보자가 이어서 노래를 불렀다. 스스로 박수를 치며 밝은 목소리로 노래를 불렀다.

제보자 1 너냥나냥~ 두리둥실~ 놀고요
낮이낮이나 밤이밤이나 참사랑이로구나
아침에 우는새는 배가고파 울고요

저녁에 우는새는 임을찾아 운단다

너냥나냥 두리둥실 놀고요
낮이낮이나 밤이밤이나 참사랑이로다

제보자 2 우리야 서방님은 명태잡으러 갔는데
바람아 강풍아 섣달열흘만 불어라

댕기 노래

자료코드 : 04_21_FOS_20100707_PKS_CPY_0004
조사장소 : 부산광역시 금정구 서2동 삼한여명아파트경로당
조사일시 : 2010.7.7
조 사 자 : 박경수, 서정매, 정혜란, 황영태
제보자 1 : 차복연, 여, 73세
제보자 2 : 차경순, 여, 79세
구연상황 : 조사자가 제보자에게 댕기노래를 아는지 묻자 잘 안다며 바로 구연해 주었
　　　　　다. 노래가 끝나자 차경순 제보자가 끝머리를 안다고 하면서 이어 불렀다.

제보자 1 한살묵어 애미잃고
　　　　　두살묵어 애비잃고
　　　　　서돈주고 떠왔던댕기
　　　　　담안에다가 널뛰다가
　　　　　담밖에다 빠졌구나
　　　　　저기가는 저총각아
　　　　　주은댕기 돌려주소
　　　　　주웠기사 주웠지만은
　　　　　이유없이는 못주겠소
　　　　　열두폭 치마밑에

　　　　암탉장닭 마주놓고

　　　　맞절할때에 댕기줄게

제보자 2 솥걸고 밥을할 때 너를주마

　　　　은세숫대 마주놓고

　　　　세수할때 너를주마

진주난봉가

자료코드 : 04_21_FOS_20100707_PKS_CPY_0005
조사장소 : 부산광역시 금정구 서2동 삼한여명아파트경로당
조사일시 : 2010.7.7
조 사 자 : 박경수, 서정매, 정혜란, 황영태
제 보 자 : 차복연, 여, 73세
구연상황 : 제보자가 노래 가사가 생각나지 않는다며, 가사를 읊으면서 설명하듯이 구연
　　　　　하였다.

　　[가사로 읊으면서]

　　　　시집삼년을 살고나니

　　　　아가아가 며늘아가

　　　　진주남강에 빨래를 가거라

　　　　진주남강에 빨래강게

　　　　하늘같은 서방님이

　　　　태산같은 갓을쓰고

　　　　못본듯이 지내가길래

　　　　인자 검은빨래 검게쓰고

　　　　흰빨래 흰게씻고

집이라고 돌아오니

사랑방을 반만열고

이래쳐다 본끼네

시아버지 하는말이

아가아가 며늘아가

기생첩은 삼년이고

본처는 백년이다

너냥 나냥

자료코드 : 04_21_FOS_20100123_PKS_CBR_0001

조사장소 : 부산광역시 금정구 선두구동 임석마을 임석마을회관

조사일시 : 2010.1.23

조 사 자 : 박경수, 서정매, 황영태, 최수정

제보자 1 : 최복례, 여, 75세

제보자 2 : 이금순, 여, 75세

구연상황 : 조사자의 요구에 웃으면서 최복례 제보자가 먼저 앞 소절을 부르고, 뒷 가사
를 아는 이금순 제보자가 이어 구연했다. 청중들도 박수를 치며 장단을 맞춰
주었다.

제보자 1 니냥내냥 두리둥실 놀고요

낮이낮이나 밤이밤이나 참사랑이로다

아침에 우는새는 배가고파 울고요

저녁에 우는새는 임이기럽아 운다

　　니냥내냥 두리둥실 놀고요

　　낮이낮이나 밤이밤이나 참사랑이로다

제보자 2 우리집엔 서방님은 명태잡으러 갔는데

바람아 강풍아 석달열흘만 불어라

　너냥나냥 두리둥실 놀고요

　낮이낮이나 밤이밤이나 참사랑이로다-

도라지 타령

자료코드 : 04_21_FOS_20100123_PKS_CBR_0002
조사장소 : 부산광역시 금정구 선두구동 임석마을 임석마을회관
조사일시 : 2010.1.23
조 사 자 : 박경수, 서정매, 황영태, 최수정
제 보 자 : 최복례, 여, 75세
구연상황 : 제보자에게 도라지 타령을 아는지 물었더니, 선뜻 박수를 치며 신명나게 노래
　　　　　를 불러 주었다.

　　도라지 도라지 도라지~

　　심심산천에 백도라지

　　도라지 캐러~ 간다고~

　　요아지비 저아지비 애졌나

　　에헤이용 에헤이용 에헤요-

　　에야러 난다 디여라~ 둥티

상여소리

자료코드 : 04_21_FOS_20100121_PKS_CHJ_0001
조사장소 : 부산광역시 금정구 청룡노포동 청룡마을 청룡경로당
조사일시 : 2010.1.21
조 사 자 : 박경수, 서정매, 황영태, 최수정
제 보 자 : 최호진, 남, 85세

인생만사중에 사람밖에 또있던가
　　에헤롱 에헤롱 에화넘차 에헤롱
이세상에 태어날때 석가여래 공덕으로
　　에헤롱 에헤롱 에화넘차 에헤롱
아버님전에 뼈를빌어 어머님전에 살을빌어
　　에헤롱 에헤롱 에화넘차 에헤롱

논매기 노래

자료코드 : 04_21_FOS_20100121_PKS_CHJ_0002
조사장소 : 부산광역시 금정구 청룡노포동 청룡마을 청룡경로당
조사일시 : 2010.1.21
조 사 자 : 박경수, 서정매, 황영태, 최수정
제 보 자 : 최호진, 남, 85세
구연상황 : 제보자는 <논매기 노래>를 구연해 주었는데, 청중과 노래를 주고 받으면서 불러 주었다.

이히허 에헤~헤~이~

도련님이 병환이들어 숭검씨야 배깎아라

어화 절리자
　　어화 절리자
어화 절리자
　　어화 절리자
이후후후후후~
　　이후후후후후

창부타령

자료코드 : 04_21_FOS_20100121_PKS_CHJ_0003
조사장소 : 부산광역시 금정구 청룡노포동 청룡마을 청룡경로당
조사일시 : 2010.1.21
조 사 자 : 박경수, 서정매, 황영태, 최수정
제 보 자 : 최호진, 남, 85세
구연상황 : 제보자는 논매기 소리의 구연이 끝나고 이어서 <창부타령>을 불러 주었다.

노세노세 젊어서놀아 늙고병들면 못노나니
일생일장 춘몽이라도 아니놀고서 무엇하리一

보리타작 노래

자료코드 : 04_21_FOS_20100121_PKS_CHJ_0004
조사장소 : 부산광역시 금정구 청룡노포동 청룡마을 청룡경로당
조사일시 : 2010.1.21
조 사 자 : 박경수, 서정매, 황영태, 최수정
제 보 자 : 최호진, 남, 85세
구연상황 : 제보자는 다른 제보자와 보리타작 노래를 부르던 도중, 조사자가 가사의 운
을 띄어주자 처음부터 다시 모두 함께 메기고 받으며 불러 주었다.

에화
　에화
한바지
　에화
겹바지
　에화
잘도한다
　에화

얼씨고

　에화

절시고

　에화

여게도

　에화

보리다

　에화

저게도

　에화

보리다

　에화

잘도한다

　에화

망깨 소리

자료코드 : 04_21_FOS_20100121_PKS_CHJ_0005

조사장소 : 부산광역시 금정구 청룡노포동 청룡마을 청룡경로당

조사일시 : 2010.1.21

조 사 자 : 박경수, 서정매, 황영태, 최수정

제 보 자 : 최호진, 남, 85세

구연상황 : 조사자가 제보자에게 <망깨 소리>에 대해 아는지 묻자, 제보자는 바로 다음 노래를 불러 주었다.

천근망깨는 공중에놀고

　어여라 망깨

열두자말목은 땅밑에놀고
　　어여라 망깨
다시보자 다시보자
　　어여라 망깨

모심기 노래

자료코드 : 04_21_FOS_20100121_PKS_CHJ_0006
조사장소 : 부산광역시 금정구 청룡노포동 청룡마을 청룡경로당
조사일시 : 2010.1.21
조 사 자 : 박경수, 서정매, 황영태, 최수정
제 보 자 : 최호진, 남, 85세
구연상황 : 조사자가 제보자에게 모심기 노래를 불러달라고 요청하자 스스럼없이 바로
불러 주었다.

낭창낭창 저비리끝에 무정하다 정오랍아
나도죽어 후승에가서~ 남편한분 심기볼래

울뽕좋고 실한처녀 울뽕낭게 앉아운다
울뽕줄뽕 내따주게~이 시간사리(세간살이) 같이하자

물길랑처정처정 헐어놓고~ 주인네양반 어데갔노
문어야대장부 손에들고 첩어야방~에 놀로갔네

점슴때가 되었는데~ 우리야임은 왜안오노
미나리야 시금추 맛본다고 늦었더네

해다지고 저문날에 우짠행상 떠나가노
이태백이 본처죽어 임의행상 떠나가네

2. 동구

증편 한국구비문학대계 ● 부산광역시 ③-중부산권

부산광역시 동구 범일4동

조사일시 : 2010.2.3

조 사 자 : 박경수, 서정매, 황영태, 최수정

범일 4동은 법정 동인 범일동(凡一洞)에 속한 행정 동명이다. 범일동은 과거 범내 즉, 범천(凡川)으로 불리는 지역 주변에 위치하고 있다. 범내는 계곡의 계곡 중간을 흐르는 내를 가리키며, 이곳 냇가에 때때로 범이 나타났기 때문에 범천이라 부르고 있다. 범천의 범(凡)은 호랑이를 뜻하는 '범'이라는 음을 빌려 한자로 표기한 것이다. 지금의 범내골 시장통에 세워져 있는 '호천석교비'는 범내가 '호랑이 내'라는 것을 입증해 주는 근거가 되고 있다. 범일동의 서쪽 산비탈은 '널박'이라 불렀다. '널박'이란 주변에 민가가 널리 밀집되어 있다는 뜻에서 붙여진 이름이기도 하다.

과거 범내 주위로 마을이 형성되면서 범천1리, 범천2리라고 했는데, 일제강점 이후 범천1리와 범천2리가 병합되면서 범천1리의 약칭인 범일동(凡一洞)을 동명으로 삼았다. 1959년 부산광역시조례에 의해 범일1·2·3·4·5동으로 나누었다가 1970년 범일4동을 4동과 6동으로 분동하였다. 1975년 구역 조정으로 범일3동 일부를 남구 문현동에 편입시키는 동시에 일부를 범일2동과 범일5동에 편입시키고 범일3동을 폐지하여 오늘에 이르고 있다.

범일4동에 위치한 호천경로당은 미리 연락을 하지 못하고 찾아간 곳이었으나, 많은 어른들이 경로당에 나온다는 제보를 미리 받은 터라 기대를 하고 갔다. 새로 1, 2층 건물로 지어졌는데, 2층은 할아버지경로당, 1층은 할머니경로당이었다. 할아버지는 18명, 할머니는 15명으로 제법 많은 분들이 있었는데, 알고 보니 이곳은 2007년 동구 최우수 경로당으로 지정된 곳이기도 했다.

먼저 할아버지경로당부터 들렀다. 과자와 음료수를 내어 드리며 둥글게 앉아 구연이 시작되었다. 화투를 치는 분들은 계속해서 화투를 쳤지만, 노인회장을 비롯한 몇몇 분들이 <모심기 노래>라면 잘할 수 있다고 구연에 적극 응해 주었다. 노인회장은 <모심기 노래>를 긴소리로 잘 불러 주었다. 도깨비에 관계되는 이야기가 두 편이 구술되었으나, 이야기는 그다지 나오지 않았다. 아래층의 할머니경로당으로 가니 모두 조사자들을 반겨 주었다. 이야기보다는 주로 민요가 구연되었는데, <모심기 노래> 등 기능요 외에 <창부타령>, <사발가>, <도라지 타령>, <너냥 나냥>, <양산도>, <밀양아리랑>, <노랫가락> 등 창민요 중심의 비기능요가 매우 다양하게 조사되었다.

범일4동 호천경로당(윗층은 할아버지경로당. 아래층은 할머니경로당)

부산광역시 동구 수정5동

조사일시 : 2010.2.3

조 사 자 : 박경수, 서정매, 황영태, 최수정

수정동(水晶洞)은 조선시대에서는 동래부 동평면 두모포리(豆毛浦里)라 불렀다. 『동국여지승람』의 「기장현 관방조」의 기록에 의하면, 수정동은 원래 기장에 있었지만, 중종 5년(1510)에 삼포왜란이 일어나자 부산포의 방위를 보다 강화해야 할 필요가 있게 되면서 울산의 개운포와 함께 부산진 부근에 이설하게 되었다. 이때 당시의 지명은 '두모포리'로 쓰게 되었다.

임진왜란 이후 광해군 6년(1614년)에 일본과의 국교가 회복되자, 두모포에 왜관이 개설되어 약 70년간 존속하다가 숙종 4년(1678년)에 용두산 일대로 옮겨갔다. 용두산 일대의 왜관을 '신왜관(新倭館)'이라 하고 두모포왜관은 '구왜관(舊倭館)'이라 하여 신관, 구관으로 불러왔다. 두모포왜관이 있었던 자리는 황토가 적고 지면에 모래가 많아서 비가 와도 신발에 물이 묻지 않았다. 또 이곳에 맑은 샘물이 솟아나는 곳이어서 수정동(水晶洞)이라 하였다는 설이 있다.

한편, 수정동에는 성이 있었는데, 정상에 큰 분지가 있어서 그 일대를 조금만 파도 크고 작은 수정이 나왔다고 해서 그 산을 수정산이라 부르고, 산 아래 마을 이름을 수정동이라 칭하게 되었다고 한다. 그러나 수정의 출토는 현재로서는 확인할 길이 없다. 또 지금의 수정동·초량동 뒷산을 통칭하여 '사병산(四屛山)'이라 하는데, 그곳에 마이성(馬餌城, 馬里城)이 있었고, 이 산에서 발원하여 흐르는 하천의 이름을 수정천이라고 한 데서 수정동이란 이름도 생긴 것으로 본다. 수정동은 1959년 부산광역시 조례에 의해 수정1, 2, 3, 4, 5동으로 분동되어 오늘에 이르고 있다.

수정5동에 있는 수동경로당은 긍정적이고 밝은 분위기의 경로당이었다.

이 경로당은 2006년도 부산광역시 선정 우수경로당으로 지정이 되기도 했다. 경로당의 노인들은 조사자들을 무척 반기면서 뻥튀기를 했다며 조사자들에게 맛을 보라고 내어주기도 하였다. 화기애애한 분위기에서 민요와 설화가 많이 조사되었다.

민요로는 <보리타작 노래>, <아기 어르는 노래(알강달강요)>, <자장가> 등 일노래와 <노랫가락>, <방귀 타령> 등 유흥적인 창민요, 그리고 <못 갈 장가 노래>, <시집살이 노래>, <쌍가락지 노래> 등의 서사 민요도 많이 구연되었다.

설화로는 <아버지를 살린 어린 아들>, <산신령의 도움으로 부자가 된 부부>, <도깨비에 홀린 사람>, <호랑이가 지켜 준 효부> 등 도깨비와 호랑이에 얽힌 민담이 다수 조사되었다.

산복도로에 위치한 수정5동 수동경로당

▌제보자

공창해, 남, 1920년생

주 소 지 : 부산광역시 동구 범일4동
제보일시 : 2010.2.3
조 사 자 : 박경수, 서정매, 황영태, 최수정

공창해(孔昌海)는 1936년 병자생으로 올
해 75세 쥐띠이다. 본관은 곡부이다. 경상남
도 합천군 쌍백면 장전읍 749번지에서 태어
나 17세에 부인 송찬순(75세)을 만나 지금
까지 살고 있다. 현 거주지에는 21년째 살
고 있다. 슬하에 4남 2녀를 두었으며, 부산,
대구, 인천 등지에서 회사를 다니고 있다.
벼농사를 하였으나, 지금은 쉬고 있다. 중학

교를 졸업했으며, 종교는 유교이다. 현재 호천경로당에서 회장직을 맡고
있다.

제보자는 깔끔한 외모에 적극적인 성품으로 보였다. 조사자가 운을 띄
우면 생각이 나는 대로 바로 민요를 불러 주었다. <모심기 노래>의 각편
을 6편이나 긴소리로 가창해 주었다. 합천에서 살 때 익힌 <모심기 노
래>임을 알 수 있었다.

제공 자료 목록
04_21_FOS_20100203_PKS_GCH_0001 모심기 노래

권남희, 여, 1926년생

주 소 지 : 부산광역시 동구 수정5동
제보일시 : 2010.2.3
조 사 자 : 박경수, 서정매, 황영태, 최수정

권남희(權南喜)는 1926년 병인생으로 경
상북도 안동시 교동면 소밥마을에서 태어났
다. 올해 나이 85세로 범띠이며, 안동댁이라
불린다. 17세에 결혼하여, 슬하에 3남 2녀
를 두었다. 자식들은 서울과 부산 등지에서
살고 있고, 남편은 10년 전에 작고하였다.
평생 농사를 지으며 살아왔으며, 학교는 다
닌 바가 없다. 종교는 불교이다. 남편과 울
산에서 살고 있다가, 21세 때 이곳 수정5동으로 와서 지금까지 64년째 살
고 있다. 성격이 내성적인지 처음에는 소극적인 태도로 구연에 참여하지
않았지만, 점차 이야기판에 참여하여 이야기를 여러 편 구술해 주었다.

제보자가 구술한 이야기는 모두 어렸을 때 어른들에게 들은 것이라고
했다.

제공 자료 목록
04_21_FOT_20100203_PKS_GNH_0001 아버지를 살린 어린 아들
04_21_FOT_20100203_PKS_GNH_0002 산신령의 도움으로 부자 된 여인
04_21_FOT_20100203_PKS_GNH_0003 도깨비에 홀린 사람
04_21_FOT_20100203_PKS_GNH_0004 도깨비와 싸운 사람
04_21_FOT_20100203_PKS_GNH_0005 효부에게 밤길을 안내해 준 호랑이

김명숙, 여, 1931년생

주 소 지 : 부산광역시 동구 범일4동

제보일시 : 2010.2.3

조 사 자 : 박경수, 서정매, 황영태, 최수정

김명숙은 1931년생으로 올해 80세이며
양띠이다. 본관은 김해이며, 택호는 없다.
원래 고향은 경상북도 경주시 건천이며, 경
주에서 청도로 이사하여 밀양 얼음골에서
살다가 지금은 부산에서 48년째 살고 있다.
16세에 남편을 만나 결혼하였으나, 안타깝
게도 남편이 젊은 나이에 중풍으로 고생하
다 병이 든 지 9년째인 31세에 작고하여,

현재까지 49년째 홀로 살고 있다. 슬하에 자녀는 2형제를 두었는데, 한
명은 60세 때 넘어지면서 척추가 부러졌고, 또 다른 아들은 50세 때에 며
느리를 때려서 며느리가 집을 나갔다 한다. 벼농사를 지었으며, 지금은
나이가 많아 쉬고 있다.

제보자는 노래 실력이 매우 뛰어난 편으로, 눈을 감고 감정을 넣어서
다양한 노래를 가창해 주었다. 이들 노래는 젊었을 때 일하러 다니면서
동료들과 함께 듣고 배운 것들이라고 했다.

제공 자료 목록

04_21_FOS_20100203_PKS_KMS_0001 모심기 노래
04_21_FOS_20100203_PKS_KMS_0002 창부타령
04_21_FOS_20100203_PKS_KMS_0003 노랫가락
04_21_FOS_20100203_PKS_KMS_0004 첫날밤 노래
04_21_FOS_20100203_PKS_KMS_0005 처남자형 노래
04_21_FOS_20100203_PKS_KMS_0006 도라지 타령
04_21_FOS_20100203_PKS_KMS_0007 너냥 나냥
04_21_FOS_20100203_PKS_KMS_0008 양산도
04_21_FOS_20100203_PKS_KMS_0009 검둥개 노래

04_21_FOS_20100203_PKS_KMS_0010 밀양아리랑

04_21_MFS_20100203_PKS_KMS_0001 성주풀이

김옥련, 여, 1931년생

주 소 지 : 부산광역시 동구 수정5동

제보일시 : 2010.2.3

조 사 자 : 박경수, 서정매, 황영태, 최수정

김옥련은 1931년 신미년 생으로 경상북도 경주시 안강읍에서 태어났다. 올해 80세로 양띠이며, 오단댁이라 불린다. 16세에 결혼하였지만, 남편은 32년 전에 작고하였다. 슬하에 3남 1녀를 두고 있는데, 부산에 2명, 대전에 한 명 살고 있다고 했다. 학교는 다닌 바가 없으며, 특별한 일을 하지 않고 가정주부로 살림만 살았다고 했다. 현재 종교는 기독교이다. 28세 때 이곳 수정5동으로 이사 온 뒤, 지금까지 52년째 거주하고 있다.

제보자는 다른 제보자들의 이야기를 듣고 난 뒤 생각나는 이야기를 들려주었다. 구술된 이야기는 모두 부모님으로부터 들은 이야기라고 했다.

제공 자료 목록

04_21_FOT_20100203_PKS_KOR_0001 도깨비로 변하는 빗자루

04_21_FOT_20100203_PKS_KOR_0002 도깨비에게 홀린 사람

04_21_MPN_20100203_PKS_KOR_0001 개를 물고 간 호랑이

김종순, 여, 1930년생

주 소 지 : 부산광역시 동구 수정5동
제보일시 : 2010.2.3
조 사 자 : 박경수, 서정매, 황영태, 최수정

김종순(金鍾順)은 1930년 경오년 생으로
경상남도 합천군 합천읍 쌍리마을에서 태
어났다. 올해 나이 81세로 말띠이며, 택호
는 없다. 17세에 남편을 만나 결혼하였으나
남편은 70세가 넘어서 작고하였다. 슬하에
4남 1녀를 두고 있다. 학교는 다닌 바가 없
으나, 복지관에서 한글을 1년간 배웠다. 큰
아들이 고등학교 1학년 때, 이곳 수정5동으
로 이주하여 지금까지 거주하고 있다. 종교는 불교이다.

제보자는 자신이 알고 있는 이야기와 노래를 혼자 웅얼거리다가 조사
자의 유도에 따라 제공해 주었다. 제공한 설화와 민요 각 1편은 고향에서
듣고 배운 노래라고 했다.

제공 자료 목록
04_21_FOT_20100203_PKS_KJS_0001 할아버지를 집까지 바래다 준 산짐승
04_21_FOS_20100203_PKS_KJS_0001 방귀 타령

김종태, 남, 1937년생

주 소 지 : 부산광역시 동구 범일4동
제보일시 : 2010.2.3
조 사 자 : 박경수, 서정매, 황영태, 최수정

김종태는 1937년 정축생으로 올해 74세이며 호랑이띠이다. 본관은 경

주이다. 경상남도 산청군 산청읍 척지리 척
지마을에서 태어나 부산으로 이주하여 19세
에 부인을 만나 결혼하여 지금까지 함께 살
고 있다. 슬하에 3남 3녀를 두었다. 벼농사를
지었으나, 지금은 쉬고 있다. 초등학교를 졸
업했으며, 종교는 불교이다.

　제보자는 이야기를 할 때 스스로 웃음을
참지 못하고 크게 웃으면서 손을 위 아래로
흔들며 구술하였다. 그리고 <모심기 노래>를 긴소리로 구연해 주었다.

제공 자료 목록
04_21_FOT_20100203_PKS_KJT_0001 이상하게 생긴 입을 보고 도망간 호랑이
04_21_FOS_20100203_PKS_KJT_0001 모심기 노래

박금화, 여, 1935년생

주 소 지 : 부산광역시 동구 수정5동
제보일시 : 2010.2.3
조 사 자 : 박경수, 서정매, 황영태, 최수정

　박금화(朴金花)는 1935년 을해년 생으로
경상북도 청도군 청도읍 신도리 신거마을에
서 태어났다. 올해 나이 76세이며 돼지띠로
청도댁으로 불린다. 19세에 남편을 만나 결
혼하였지만, 남편은 5년 전에 작고하였다.
슬하에 3남 2녀를 두었다. 29세 때 이곳 수
정5동으로 이사 온 뒤, 현재 47년째 거주하
고 있다. 종교는 불교이다. 농사를 지었으

며, 학교는 다닌 바가 없다.

　제보자는 다른 제보자들에게 이야기를 권유하다가 자신도 이야기를 3
편 제공해 주었다.

제공 자료 목록
04_21_FOT_20100203_PKS_PGH_0001 도깨비에게 홀린 사람
04_21_MPN_20100203_PKS_PGH_0001 솔방울을 줍다가 만난 호랑이
04_21_MPN_20100203_PKS_PGH_0002 돌을 던지는 갈가지

박노순, 여, 1932년생

주 소 지 : 부산광역시 동구 수정5동
제보일시 : 2010.2.3
조 사 자 : 박경수, 서정매, 황영태, 최수정

　박노순은 1932년 임진년 생으로 경상남
도 합천군 쌍백면 외초리 사인마을에서 태
어났다. 올해 나이 79세이며 원숭이띠로, 순
천댁으로 불린다. 16세에 남편을 만나 결혼
하였지만, 남편은 4년 전에(84세) 작고하였
다. 슬하에 3남 2녀를 두었다. 학교는 다닌
바가 없으며, 평생 농사를 지으며 살아왔다.
42세 때 이곳 수정5동에 이사 온 뒤, 지금
까지 37년째 살고 있다. 종교는 없다.

　제보자는 3편의 설화를 구술했는데, <귀신에게 홀려 겨우 살아난 학
생> 이야기는 큰아들이 중학교 때 직접 겪은 이야기라고 했다.

제공 자료 목록
04_21_FOT_20100203_PKS_PNS_0001 귀신에게 홀려 겨우 살아난 아들
04_21_FOT_20100203_PKS_PNS_0002 부인보다 친구가 낫다

박순기, 여, 1923년생

주 소 지 : 부산광역시 동구 범일4동
제보일시 : 2010.2.3
조 사 자 : 박경수, 서정매, 황영태, 최수정

박순기는 1923년생으로 올해 88세이며, 돼지띠이다. 본관은 밀양이며, 창원댁으로 불린다. 경상남도 창원시에서 태어나 19세에 결혼하여 살다가 부산으로 이사를 왔다. 남편은 20년 전에 작고했다. 슬하에 2남 3녀가 있다. 구연해 준 노래는 모두 젊었을 때 귀동냥으로 들었던 노래라고 했다.

제공 자료 목록
04_21_FOS_20100203_PKS_PSG_0001 권주가
04_21_FOS_20100203_PKS_PSG_0002 노랫가락(1)
04_21_FOS_20100203_PKS_PSG_0003 노랫가락(2) / 쌍쌍이 노래
04_21_FOS_20100203_PKS_PSG_0004 노랫가락(3) / 그네 노래
04_21_FOS_20100203_PKS_PSG_0005 노랫가락(4) / 나비 노래
04_21_FOS_20100203_PKS_PSG_0006 청춘가
04_21_FOS_20100203_PKS_PSG_0007 노랫가락(5)
04_21_FOS_20100203_PKS_PSG_0008 노랫가락(6)
04_21_FOS_20100203_PKS_PSG_0009 밀양아리랑

박필선, 여, 1921년생

주 소 지 : 부산광역시 동구 수정5동
제보일시 : 2010.2.3

조 사 자 : 박경수, 서정매, 황영태, 최수정

박필선은 1921년 신유년 생으로 경상남
도 밀양시 초동면 수산마을에서 태어났다.
올해 90세로 닭띠이며, 숙자엄마로 불린다.
본관은 밀양이다. 19세에 결혼하였지만, 남
편은 15년 전에 작고하였다. 슬하에 3남 3
녀를 두었다. 13살 때 태평양전쟁이 일어났
는데, 그때 부산 수정동으로 이사 온 뒤 77
년째 거주하고 있다. 학교는 다닌 바가 없으
며, 종교는 불교이다. 최근에 치과에서 이빨을 뺀 터라 손수건으로 입을
가리고 이야기를 구술해 주었다. 그렇다보니 발음이 조금 부정확하였다.
제보자가 구연해 준 민요는 모두 어렸을 때 듣고 배운 것이라고 했다.

제공 자료 목록

04_21_FOT_20100203_PKS_PPS_0001 도깨비에게 홀린 사람

04_21_MPN_20100203_PKS_PPS_0001 산으로 쫓아 보낸 여우

04_21_FOS_20100203_PKS_PPS_0001 보리타작 노래

04_21_FOS_20100203_PKS_PPS_0002 쌍가락지 노래

04_21_FOS_20100203_PKS_PPS_0003 아기 어르는 노래 / 알강달강요

04_21_FOS_20100203_PKS_PPS_0004 아기 재우는 노래

04_21_FOS_20100203_PKS_PPS_0005 노랫가락 / 그네 노래

04_21_FOS_20100203_PKS_PPS_0006 시집살이 노래

송계홍, 여, 1927년생

주 소 지 : 부산광역시 동구 범일4동
제보일시 : 2010.2.3
조 사 자 : 박경수, 서정매, 황영태, 최수정

송계홍은 1927년생으로 올해 나이 84세
이며 토끼띠이다. 본관은 은진이다. 안동시
풍천면에서 태어나 19세에 결혼한 뒤부터
부산에서 살고 있다. 남편은 48세의 젊은
나이에 작고하여, 오랫동안 홀로 살아 왔다.
슬하에 3남 3녀를 두었다. 벼농사와 길쌈을
하며 생활해 왔는데, 현재는 나이가 많아 쉬
고 있다고 했다. 종교는 불교이며, 학교는

다닌 바가 없다. 귀동냥으로 듣거나, 길쌈을 하면서 배운 노래를 구연해
주었는데, 모두 노랫가락 곡조로 부르는 노래로 내용이 다양했다.

제공 자료 목록

04_21_FOS_20100203_PKS_SGH_0001 만수무강 노래
04_21_FOS_20100203_PKS_SGH_0002 노랫가락(1)
04_21_FOS_20100203_PKS_SGH_0003 노랫가락(2)
04_21_FOS_20100203_PKS_SGH_0004 노랫가락(3) / 한자 노래
04_21_FOS_20100203_PKS_SGH_0005 노랫가락(4)

윤영호, 남, 1934년생

주 소 지 : 부산광역시 동구 범일4동
제보일시 : 2010.2.3
조 사 자 : 박경수, 서정매, 황영태, 최수정

윤영호는 1934년 갑술생으로 올해 77세
이며, 개띠이다. 본관은 파평이며, 경상남도
양산시 하북면 답곡리에서 태어났다. 26세
에 4살 연하의 부인을 만나 결혼하여 슬하
에 2남 1녀를 두었다. 종교는 불교였으나

현재 무교로 바뀌었다고 했다. 금성고등학교 1회 졸업생으로, 졸업한 뒤 섬유업에서 종사하였다.

제보자는 어렸을 때 실제로 있었던 이야기라며, 고향에서 비올 무렵 도깨비에게 홀렸던 이야기를 구술해 주었다.

제공 자료 목록

04_21_FOT_20100203_PKS_YYH_0001 도깨비와 싸운 사람

이수리, 여, 1919년생

주 소 지 : 부산광역시 동구 범일4동
제보일시 : 2010.2.3
조 사 자 : 박경수, 서정매, 황영태, 최수정

이수리는 1919년생으로 올해 나이 92세이며, 양띠로 가동댁이라 불린다. 경상남도 거창군 가조면 수월리 용전마을에서 태어났으며, 15세 때 결혼하여 거창에서 살다가, 다리가 아파서 1년 전에 부산으로 이사를 왔다. 남편은 3년 전에 작고했으며, 슬하에 4남 2녀를 두었는데, 현재 큰아들과 함께 살고 있다.

벼농사를 지었으며, 학교는 다닌 바가 없다. 종교는 불교이다. 적극적인 자세로 손뼉을 치며 노래를 구연했다. 젊었을 때 주위에서 들었던 노래라고 했다.

제공 자료 목록

04_21_FOS_20100203_PKS_LSR_0001 양산도
04_21_FOS_20100203_PKS_LSR_0002 노랫가락

04_21_FOS_20100203_PKS_LSR_0003 청춘가

04_21_FOS_20100203_PKS_LSR_0004 다리 세기 노래

이현옥, 여, 1928년생

주 소 지 : 부산광역시 동구 범일4동

제보일시 : 2010.2.3

조 사 자 : 박경수, 서정매, 황영태, 최수정

이현옥은 1928년생으로 올해 83세 용띠이며, 안동댁으로 불린다. 경상북도 안동시 임동면 지례마을에서 태어나 18세에 결혼하여 현 거주지에서 65년째 살고 있다. 남편은 동갑이지만, 42년 전에 작고하여 오랫동안 홀로 살아왔다. 자녀는 2남 2녀이다. 사립 초등학교를 3년을 다녔다. 벼농사를 지었으며, 지금은 나이가 많아 쉬고 있다. 구연해 준 노래는 젊었을 때 사람들이 부르는 것을 따라서 부르면서 배운 것이라고 했다.

제공 자료 목록

04_21_FOS_20100203_PKS_LHO_0001 창부타령

이환옥, 남, 1936년생

주 소 지 : 부산광역시 동구 범일4동

제보일시 : 2010.2.3

조 사 자 : 박경수, 서정매, 황영태, 최수정

이환옥은 1936년생으로 나이 75세이며,

쥐띠이다. 경상남도 산청이 고향이다. 제보자 카드에 신상을 기록하는 것을 완강히 거부하여, 개인 신상에 관한 정보를 얻지 못했다.

제공 자료 목록
04_21_FOT_20100203_PKS_LHO_0001 도깨비와 싸운 사람

임기연, 여, 1925년생

주 소 지 : 부산광역시 동구 수정5동
제보일시 : 2010.2.3
조 사 자 : 박경수, 서정매, 황영태, 최수정

임기연은 1925년 을축년 생으로 경상남도 창원시 웅남면 남지리 야천마을에서 태어났다. 올해 나이 86세로 소띠이다. 16세에 결혼하였지만, 남편은 50년 전에 작고하여 오랫동안 홀로 살아왔다. 슬하에 5남 2녀를 두고 있다. 학교는 다닌 바가 없으며, 농사를 지으며 살아왔다. 종교는 없다. 71세 때 이곳 수정5동으로 이사 온 뒤 15년째 거주하고 있다. 제보자는 처음에 소극적인 자세로 노래를 부르는 것을 꺼렸지만, 조사자들의 유도로 자신 있게 노래를 불러 주었다. 기억력이 좋아서 굉장히 긴 가사의 노래인데도 처음부터 끝까지 자신 있게 잘 불러 주었다.

제공 자료 목록
04_21_FOS_20100203_PKS_YKY_0001 못 갈 장가 노래
04_21_FOS_20100203_PKS_YKY_0002 신부 죽은 노래
04_21_FOS_20100203_PKS_YKY_0003 나물 노래
04_21_FOS_20100203_PKS_YKY_0004 시집살이 노래

정필순, 여, 1928년생

주 소 지 : 부산광역시 동구 범일4동
제보일시 : 2010.2.3
조 사 자 : 박경수, 서정매, 황영태, 최수정

정필순은 1928년 용띠 생으로 올해 나이
83세이다. 본관은 연일이며, 택호는 없다.
진주에서 태어나 20세에 결혼하여 부산에서
지금까지 살고 있다. 남편은 25년 전에 작
고했다. 자녀는 1남 1녀이며, 부산에서 살고
있다. 초등학교를 졸업하였으며, 직업은 특
별히 가지지 않고 살림만 살았다. 젊었을 때
주위에서 부르는 것을 듣고 배운 노래라며
민요 3편을 제공해 주었다.

제공 자료 목록

04_21_FOS_20100203_PKS_JPS_0001 도라지 타령
04_21_FOS_20100203_PKS_JPS_0002 창부타령
04_21_FOS_20100203_PKS_JPS_0003 사발가

아버지를 살린 어린 아들

자료코드 : 04_21_FOT_20100203_PKS_GNH_0001
조사장소 : 부산광역시 동구 수정5동 수동경로당
조사일시 : 2010.2.3
조 사 자 : 박경수, 서정매, 황영태, 최수정
제 보 자 : 권남희, 여, 85세
구연상황 : 제보자는 참 좋은 이야기가 있다면서 아들이 아버지를 살린 이야기를 구술
해 주었다.
줄 거 리 : 옛날에 한 사람이 나랏돈을 쓰고 못 갚아서 사형을 당하게 되었다. 어머니의
등에 업힌 일곱 살 난 아들이 안타까운 마음을 글로 지어서 읊자, 원님이 감
동하여 사형을 중지시켰다.

옛날 옛날에는, 나랏돈 쓰면 사형을 당했는갑대.

어떤 인제, 주민이 인자 나랏돈을 씨고, 그 뭐 구휼미라 카던가, 옛날에 그걸 몬 갚아가지고. 아부지가 사형을 당하게 생깄어. 돈을 몬 갚으니까네.

그래 인제 사형장에 끌리가는데, 마누래가 인자 애기를 업고 떡 가가지고 서가지고 눈물만 흘리고 있으이께네, 업힌 아가 나(나이)가 일곱 살이나 이래 되는데, 옛날은 그런 거 업고 댕깄는가 봐.

그래 인제, 애기를 인자 그래가 인제 마고 마지막에 아부지가 사형을 당하는데, 애기가 인자,

"할 말이 있나?"

이래 물으이까, 마누래 보고, 마누래 보고 인자,

"남편이 인자 저렇게 돈을 몬 갚아 죽게 되는데, 할 말이 없나?"

카이, 엄마는 말 안 하고, 아들이 척 나가가지고 업혀가 등더리에(등에

서) 넘어다 보고(넘겨다 보고),

"난지난지 대전나요 난지난지 살인나요. 돈때문에 죽고 살인 난다. 내 일곱 살에 애비 잃어서 억울하고, 우리 어매 청춘에 과부되는 거 억울하다."

그러더란다. 그라이까네,

"난지난지 살인나요 난지난지 대전나요. 유머청춘에 과부라니, 동자신세에 부소목리."

이라거든. 와, 원님이 딱 듣고는,

"사형시키지 말라."

카더란다. 그놈 크면 큰놈 되겠다고.

산신령의 도움으로 부자 된 여인

자료코드 : 04_21_FOT_20100203_PKS_GNH_0002
조사장소 : 부산광역시 동구 수정5동 수동경로당
조사일시 : 2010.2.3
조 사 자 : 박경수, 서정매, 황영태, 최수정
제 보 자 : 권남희, 여, 85세
구연상황 : 제보자는 기억력과 입담이 좋은 편이어서 이야기를 재미있게 구술해 주었다.
줄 거 리 : 옛날에 가난한 부부가 산속에서 살고 있었다. 부인이 아침마다 부엌에서 소변을 누는 바람에 냄새가 심하게 났다. 조왕신이 무척 화가 나서 산신령에게 그 부인을 잡아먹어 달라고 부탁을 했다. 산신령이 부인을 잡아먹으러 갔더니, 부인이 그날따라 부엌에서 오줌을 누지 않고 오히려 산신령을 걱정하는 말을 했다. 그런 마음에 감동을 받은 산신령은 오히려 부인을 부자로 만들어 주었다. 그 후 부인은 요강을 사게 되었고, 부엌에서 오줌 누는 일도 하지 않았다.

옛날에 옛날에는 산중에 가난한 부부가 살았어. 젊은 사람이 살았는데. 그래 옛날에는 마, 화장실에 변변찮고 마, 이 여자가 젊어논께네 마, 아침에 자르륵 나오몬 마, 부엌에 마, 거다 마 소변을 봐뿌는 기라.

그러이께네, 조왕신이 억수로 냄새가 나고 안 좋은 기라. 그래서 산신령님한테 가가 조왕신이,

"우리 안주인 저거 잡아 묵어뿌라. 아침마당 소변을 봐서 찌렁내 나서몬 살겠다."

이라거든. 그런께네 산신령님이 떡 잡아무울라고 와가 문앞에 있으이께네, 그날 따라 눈이 많이 왔어. 오디만은 나와서 쪼르르 나오디만은 오줌도 안 누고, 요래 보디,

"하이구, 눈도 눈도 많이 왔다. 눈이 마이 왔는데, 산신령님 어디가 계시는고? 황새 덧신은 어데가 죽었는고?"

이라거든. 산신령이 가만히 생각하이꺼네, 자기를 그마이(그렇게 많이) 생각하는데 그 사람 자아무가(잡아 먹어서) 안 되겠거든. '이 사람을 부자로 맹글어 줘야지. 자아무우면 안 되겠다' 싶어가지고 조왕신 보고,

"쫌 참아라, 쫌 참으면은 내 그 사람 부자로 맹글어 줘야 되겠다."

그래, 신랑 각시 일나가지고, 옛날에는 빨래방망이하고 지게 짚는 짝대기, 이래 봇짐 짝대기하고 해가지고 와서 장에 가이께네, 볼라카이 다 팔리거든. 금방 부자가 되는 기라.

그래 요강 사다가 오줌 누이께네 아무 뭐시기 없고, 그래 부자가 되더래.

도깨비와 씨름한 사람

자료코드 : 04_21_FOT_20100203_PKS_GNH_0003
조사장소 : 부산광역시 동구 수정5동 수동경로당
조사일시 : 2010.2.3
조 사 자 : 박경수, 서정매, 황영태, 최수정

제 보 자 : 권남희, 여, 85세
구연상황 : 제보자는 다른 제보자의 이야기를 듣던 중에 다음 이야기가 생각이 났는지
이야기가 끝나자 바로 이어서 다음 이야기를 구술해 주었다.
줄 거 리 : 울산장에 간 삼촌이 돌아오지 않자, 시동생이 삼촌을 찾으러 갔다. 삼촌이
성냥갑을 물에 떠어놓고 "놔라, 내가 탈게."라며, 도깨비에게 홀려 엉뚱한 말
을 하고 있었다.

　　시골 살 때, 시골 살 때 이웃에 살았는데, 장에 가가, 울산장에 거를 갔
는데, 장에 가가 올 때 되도 안 오는 기라.

　　그래, 아무리 있어도, 올 때 되도 장에 갔다 올 때도 안 오는데, 외삼촌
시동생 하나, 이름이 광복인데,

　　"광복아, 광복아, 연동삼촌이 안중(아직) 안 왔다. 저 새미골 못 있는데
함 가봐라."

　　이라이께네, 못 있는데 그리 올라가이께네,

　　"놔라. 놔라. 놔라."

　　카는데 그래, 그래 그래, 그런 소리거든.

　　그래, 곁에 가이께네, 성냥 옛날에 성냥갑이 큰 게 있었잖아. 그래 사가
지고, 물에다 이래 딱 떠아놓고, 못둑에 못 가세(가에) 거기 떠아놓고,

　　"놔라. 내가 탈게. 놔라."

　　그게 배라고.

　　"놔라, 내가 탈게. 내가 타게, 놔라. 내가 탈게."

　　그래 인제, 우리 시동상이 글적에(그럴 때에) 가는데, 나가 어리노이(어
려서) 겁이 나가지고 쫓아 내려왔어. 와가지고,

　　"연동, 저저 연동 작은아부지가 저게 있는데, 뭐를 놔라, 놔라 카고 그
래 카고 신간을(승강이를) 하더라."

　　카거든. 그래, 누가 쫓아 올라가니 광복이라고, 인제 형이 되는 사람이
쫓아 올라가이께네, 물 갓에서 백지(뜬금없이) 혼자서, 성냥통 밟으며,

"놔라, 놔라."

그라더라. 그래가지고 인제,

"삼촌요!"

카매 꽘을(고함을) 지르이께네,

"응? 광복이가?"

이라더라 카대. 땀을 뻘뻘 흘리고 있더라 카대. 그 그 또째비가 있었는가 봐.

도깨비와 싸운 사람

자료코드 : 04_21_FOT_20100203_PKS_GNH_0004
조사장소 : 부산광역시 동구 수정5동 수동경로당
조사일시 : 2010.2.3
조 사 자 : 박경수, 서정매, 황영태, 최수정
제 보 자 : 권남희, 여, 85세
구연상황 : 조사자가 제보자에게 앞의 도깨비 이야기에 이어 또 다른 도깨비 이야기가 있는지 물었더니, 예전에 들었던 이야기라면서 구술해 주었다.
줄 거 리 : 옛날에 별관벼슬을 하는 어른이 밤에 술을 마시고 다리를 건너려는데 도깨비를 만나서 싸움이 벌어졌다. 그 어른은 도깨비의 가슴에 칼을 찔렀다. 이튿날 가보니, 도깨비는 없고 방앗공이 복판에 칼이 꽂혀 있었다.

벼슬이 옛날에 뭐, 진사, 뭐 그거 아이고 마, 호평벼슬도 있고, 별관벼슬도 있었는갑대.

그런데 인제, 그 인제 별관벼슬 했는 어른이 어디 갔다 이래 밤에 오는데, 술로 한 잔 자시고 거나이(가득) 자시고, 옛날에는 노인네들도 이 장도칼 차고 댕깄는갑대. 칼을 차고 댕기는데, 그래 어데 거난하게 술을 자시고 오는데, 그래 저저, 이래 다리를 건널라 카이,

"별관어른, 어디갔다 오시는교?"

카맨 탁 인사를 하거든. 보이께네 키가 자기카마 훨씬 크고 (청중 : 치다 보면 더 커진다요.) 어. 이놈이 뭐구나 싶어가, 칼로 탁 내가,

"네 이놈!"

카면서 가슴을 콱 찌르이, 히떡 넘이 가더라 카네.

그래가 인제 집에 와가지고 말도 안 하고 자기만 알고 아침에 가이께네, 나가 보이께네, 옛날엔 촌에 방아 가래이(방앗공이) 오래 되면 다리 놓거든요. 방아 가래이 복판에 칼이 꽂혀 있더란다.

효부에게 밤길을 안내해 준 호랑이

자료코드 : 04_21_FOT_20100203_PKS_GNH_0005
조사장소 : 부산광역시 동구 수정5동 수동경로당
조사일시 : 2010.2.3
조 사 자 : 박경수, 서정매, 황영태, 최수정
제 보 자 : 권남희, 여, 85세
구연상황 : 제보자는 다른 제보자의 호랑이 이야기를 듣던 중 다음 이야기를 기억하여 구술해 주었다.
줄 거 리 : 옛날에 한 아가씨가 중매로 모자가 사는 집으로 시집을 갔다. 결혼 후 1년만에 남편이 일찍 죽자, 친정어머니는 딸을 재혼 시키려고 했다. 오랫동안 딸이 친정에 오지 않자 거짓으로 아프다고 해서 딸을 친정으로 오게 했다. 그러나 딸은 눈이 먼 시어머니를 두고 재혼할 수가 없다고 했다. 친정어머니께 거짓말을 하고 어두운 산길을 홀로 걸어오는데 호랑이를 만났다. 호랑이는 효성이 지극한 며느리가 기특하여 며느리가 놀라지 않게 개로 변신하여 시댁까지 밤길을 안내하며 지켜 주었다.

모자가 사는 기라. 모자가 사는데, 인자 누가 중신을 해가지고, 열 일곱살 묵은 아가씨가 시집을 갔어.

시집을 갔는데, 시집을 가가지고, 그래 뭐, 시어마이가 또 그 전에 눈이 어둡어서 앞을 못 보는 기라. 그래 한 일 년 살다 애도 하나 없는데, 양반

이 죽어뿄는 기라.

죽었는데, 친정 엄마는 그 딸을 데리다 재혼 시킬라고 그래 애를 써도 그 딸이,

"여자가 한 번 출가를 했으몬 그 집 귀신인데, 더구나 아무 형제도 없고 나(나이) 많은 시어머이를 놔두고 어디로 가겠노 못 간다."

이라거든. 그래 하도 아무리 아무리 해도 딸이 안 오이께네, 거짓말로 '자기가 아파 죽게 생겼다'고, 거짓말로 해가지고 그래 참 친정을 갔어.

가이께네. 자기 엄마는 멀쩡하고, 시어머니한테는 어디 이우지(이웃집) 구경하러 간다 카고 갔는데 멀쩡하고. 그래가 인제 아이고 시어마이 생각 나가지고, 친정 엄마가 어데 재혼하라 카이께네, 그 말 귀에 들도 안 하고 음석을 해 주는 거 쫌 싸가지고,

"내 숙모집에 오래 안 왔으니, 숙모집에 내 갔다 오겠다."

카고, '숙모집에 간다' 카고 마 나섰어. 집을 나서가 오이께네 산길로 오는데, 해가 졌는데, 짐승소리도 나고, 하도 거 해서, 겁이 나가지고 돌아설까 하다가, '아이고, 우리 어무이가 날 얼마나 기다리겠노?' 앞 못 보는 시어마시가 보고 싶어가지고, 산길을 들어섰는데 자기 집에 키우는 개가 떡 곁에 있더란다.

"아이고, 누렁아, 누렁아. 니가 여 날 찾아 어째 왔노? 아이고 고마워라."

카민서 등을 씨다듬으면서, 그 개가 설렁설렁 개 따라 갔는 기라. (청중 : 그기 개가 아니다.) 개 따라 가가지고, 집에 가이께네, 시어마시가,

"와 인제 왔노?"

카대.

"어무이, 마 쫌 놀다보이 그랬임더."

카고 들어갔는데, 그래 떡 문 앞에 호랑이가 날이 새도록 눕어가 있었는가 봐.

그 여자가 하도 부모한테 효성 하이께네, 호랑이가 개로 눈에 비이가지고(보여서).

도깨비로 변하는 빗자루

자료코드 : 04_21_FOT_20100203_PKS_KOR_0001
조사장소 : 부산광역시 동구 수정5동 수동경로당
조사일시 : 2010.2.3
조 사 자 : 박경수, 서정매, 황영태, 최수정
제 보 자 : 김옥련, 여, 80세
구연상황 : 다른 제보자가 도깨비 이야기를 하자 어머니께 들었던 이야기라며 다음 도깨비 이야기를 짧게 구연해 주었다.
줄 거 리 : 옛날에 여성의 생리 혈이 빗자루에 묻으면, 빗자루가 도깨비로 변해서 싸움을 하게 된다.

옛날에 우리 엄마가 그라더라고.

그 여자들 달달이 생리 있는 거, 그거로 갓게로 깔고 앉으면, 깔고 앉고 빗자리 깔고 앉으이까네, 그래가 마 내삐맀더마는, 밤 새도록 붙잡케 가지고 싸움한다고 뒹굴었더만은, 자고나이깐 빗자루더라 안 카나.

도깨비에게 홀린 사람

자료코드 : 04_21_FOT_20100203_PKS_KOR_0002
조사장소 : 부산광역시 동구 수정5동 수동경로당
조사일시 : 2010.2.3
조 사 자 : 박경수, 서정매, 황영태, 최수정
제 보 자 : 김옥련, 여, 80세
구연상황 : 제보자는 다른 제보자의 도깨비 이야기에 이어서 다음 이야기가 생각났다며 구술해 주었다.

줄 거 리 : 옛날에 한 사람이 장에 갔다가 돌아오는 길에 불빛을 보았다. 불빛을 따라
　　　　갔더니 도깨비에게 홀려서 몇 시간 동안 도깨비와 씨름을 하게 되었다. 정신
　　　　을 차려 보니 혼이 다 빠져서 물에 빠진 사람처럼 온 몸이 젖어 있었다.

　자에(장에) 갔다가 오다가, 저(저기) 불이 뻔뜩뻔뜩 하더란다. 거 친구
있는가 싶어서 갔더란다. 가이까네,

　"하 담배 피고 놀다 가라."

　카더란다. 그거 보이까네, 헛개, 홑개비인테 홀렸어. 밤새도록 그거를
아무것도 없는데,

　"놔라, 간다. 놔라, 간다."

　카고, 이래 씨름을 하고, 몇 시간을 하고 나가, 사람이 혼이 다 빠질라
카더란다.

　그래 정신이 쫌 돌아와가, 담배를 픘고. 그래 집에 오니까네, 사람이 물
에 빠진 거매로(것처럼) 불 건져 놓은 거 같더라 안 카나. 그래, 십 리로
걸어 왔는 기라, 그래가지고.

할아버지를 집까지 바래다 준 산짐승

자료코드 : 04_21_FOT_20100203_PKS_KJS_0001
조사장소 : 부산광역시 동구 수정5동 수동경로당
조사일시 : 2010.2.3
조 사 자 : 박경수, 서정매, 황영태, 최수정
제 보 자 : 김종순, 여, 81세
구연상황 : 제보자가 다른 제보자들이 하는 호랑이 이야기를 듣고는 아는 것이 있다며
　　　　다음 이야기를 구술해 주었다.
줄 거 리 : 옛날에 한 할아버지가 고개를 넘어서 장을 가는데, 밤중에 깊은 골짜기를 지
　　　　나가야 했다. 그런데 항상 큰 짐승이 나타나서 할아버지를 동네마을까지 데려
　　　　다 주었다. 고마운 마음에 할아버지가 큰 짐승에게 동네 개를 마음대로 잡아
　　　　먹으라고 했지만 한 마리도 잡아먹지 않고 산으로 그냥 갔다.

옛날에는 이 등짐에다 지고, 촌 장을 갈라몬 산골 가는 데도 재를 넘어 가는 데도 있거든.

이 그전에 장을 갈 줄 모르고, 그넘어(그놈에) 고기라 카는 고기, 마른 고기 그런 거를 짊어지고 파는데, 그 할배가 먼데 장을 갈라몬, 참 그 골 도 짚으고, 고개도 높은 골로 지내가야 되는데, 그 새복에 가고 밤중에 오 는데, 그래 갔다 오몬 항상 동네 못 내려와서 한참 고게 넘어오몬 큰짐승 이 나타나. 큰 짐승이 나타나면,

"어이, 짐승아. 또 마중 나왔나? 아이고 고맙구로."

앞으로 슬금슬금 자꾸 따라 와, 할아버지 따라만 오는 기라. 그래 따라 오몬, 이 여기 우리 동네마을에 이래 내리오몬, 거서도 한참 내리와야 동 네 집을 드갈 수 있고, 보면 마, 불을 쪼작쪼작 써 놓고 이래 됐으니, 개 짖는 소리가 마,

"아이고, 짐승, 이 짐승아! 니 날 데리다 주고 욕 봤는데, 저 삐내키(빠 르게) 댕겨 가서 니 맘대로 배를 채아 가라."

하는 기라, 짐승을 보고. 그래 뭐꼬 인자, 그래했어 비켜서는 거라, 그 짐승이. 동네마다 다와 가가는 그래 비켜서고, 이튿날 아침에 자고나몬 아무것도 개도 한 마리 가(가져) 간 것도 없어. 그래 그 할아버지가 항상 그래, 짐승이 바래주고 모시다주고 그랬다고 그런 말이 있더라고.

이상하게 생긴 입을 보고 도망간 호랑이

자료코드 : 04_21_FOT_20100203_PKS_KJT_0001
조사장소 : 부산광역시 동구 범일4동 호천경로당
조사일시 : 2010.2.3
조 사 자 : 박경수, 서정매, 황영태, 최수정
제 보 자 : 김종태, 남, 74세

구연상황 : 제보자는 조사자의 유도에 따라, 다른 제보자의 이야기를 듣고 구술을 시작
하였다.
줄 거 리 : 옛날에 산 골짜기에 고사리를 캐러 간 할머니가 호랑이를 만났다. 너무 놀란
탓에 고사리 바구니를 두고 도망을 갔는데, 호랑이가 고사리 바구니를 가져갔
다. 할머니가 고사리 바구니를 달라고 했더니 잡아먹으려고 해서, 할머니가
산 위쪽으로 거꾸로 도망을 쳤다. 호랑이가 도망을 가는 할머니의 밑을 보니
이상하게 생긴 입이 보였다. 그것을 처음 본 호랑이가 무서워서 가버리는 바
람에 할머니는 무사히 마을로 올 수 있었다.

우리 마을에 그 배안골이라 카는, 골이 참 질어요(길어요). 하도 질기
때문에 배안골이라고 지있는데, 그 골짜기가 인자 꼬사리가(고사리가) 마
이 나거든.

그래, 나만(나이 많은) 할마이가 이제 꼬사리 꺾으러 가가지고 꼬사리
를 마이 꺾어놓고, 있는 대로 올라고, 해가 어설풋한데, 까재가 거, 뭐 뭐
자고 나서 짜다라(매우 많이) 불불불 기어나와 쌌커든.

그래, 그런 거로 살살 주워 담고 내려온께, 해도 얼추 빠지고 하는데,
이놈의 호랭이로 만난 기라. 고래가 그것 보따리로, 고사리 보따리로 거
놔놓고 까자(과자) 주러 갔는데, 이 꼬사리 보따리 놔뚜놔는께네 할마이가
난리거든 마. 그 어쩌다가 호랑이가 물고 가더라 이거라. 그래,

"내 고사리 뽀따리 내놔라."

이랬는데, 지랄을, 할마이를 자아무울라고(잡아먹으려고) 뒤돌아서 사람
잡도록 오는 기라. 그래가지고 이 할매가 놀래가지고 산으로 마 꺼꾸로
기(기어) 올라간다.

산으로 있으니 기 올라가이께네, 옛날에 그 처녀들 좀 얄구진 거 속곳
안 있소? 그 단속곳이라 카나, 뭐라 카노? 그 우찌 쳐다 본께네 마, 참 얄
구진 뭣이 비이거든. 아이고 우스워라. [웃음] 딴 거는 입이 가로 째져 있
는데, 이거는 십 째져 있다고 이런 말이 있거든. 거 놀래가지고 호랭이가
못 남고 살아 내리 왔다 이런 말이 있어.

도깨비에게 홀린 사람

자료코드 : 04_21_FOT_20100203_PKS_PGH_0001
조사장소 : 부산광역시 동구 수정5동 수동경로당
조사일시 : 2010.2.3
조 사 자 : 박경수, 서정매, 황영태, 최수정
제 보 자 : 박금화, 여, 76세

구연상황 : 제보자는 다른 제보자의 이야기를 듣고, 자신이 이야기 해보겠다며 적극적으
로 이야기를 구술해 주었다.

줄 거 리 : 옛날에 시숙이 시장을 갔다가 새벽이 되어서 집으로 왔다. 아침에 일어나서
술을 담아 온 주전자를 달라고 했다. 어머니가 도깨비가 많이 나오는 곳에 가
보라고 해서 갔더니 주전자가 있었다. 주전자 안에는 술은 없고 눈이 가득 담
겨 있었다.

우리 시숙님이 어찌 술로 좋아하셨는지 시장 갔다가 하도 안 오시는데,
한 새복이나 되가 오셨더라구예.

그렇게 인자, 우리 아버님 드릴려고 탁주를 한 빙(병) 주전자 들고 오시
다가, 형님 카이 생각이 나네. 도깨비하고 얼마나 싸움을 했는데, 집에 와
야 주전자 내놓으라고 자꼬 아침에 날이 새이. 우리 어무이가,

"야야, 집에 주전자를 언제 가지고 왔노?"

카니깐,

"엊저녁에 내 분명히 아부지 드린다고 술 사가 오다가, 저저 주전자 여
어갖고(넣어서) 왔는데, 왜 없느냐고?"

그라니까네, 우리 어무이 하시는 말씀, 자는 설악산 밑 저저, 무신 산
이고 거기, (조사자 : 지리산?) 아이라. 뭐 거, 쪼매난(작은) 동네에 그 산이
이름이 있어.

"그 밑에 가야 도깨비한테 잘 홀키더라, 야야, 거 가봐라."

이래요. 그래, 거 가이께네, 주전자에 눈만 한거(가득) 댕기갖고(담겨서)
그래 있더랍니다.

부인보다 친구가 낫다

자료코드 : 04_21_FOT_20100203_PKS_PNS_0002
조사장소 : 부산광역시 동구 수정5동 수동경로당
조사일시 : 2010.2.3
조 사 자 : 박경수, 서정매, 황영태, 최수정
제 보 자 : 박노순, 여, 79세
구연상황 : 제보자는 다른 제보자가 하는 부부 이야기를 듣고, 생각나는 이야기가 있다
　　　　　며 구술해 주었다.
줄 거 리 : 옛날에 담장을 쌓다가 담장이 무너지는 바람에 아이가 담장에 깔려 죽고 말
　　　　　았다. 아이의 시신을 남들 모르게 묻었는데, 부부싸움 끝에 부인이 관청에 이
　　　　　사실을 말하며 남편을 고소했다. 남편이 위기를 모면하기 위해 친구에게 도움
　　　　　을 요청하자, 친구는 아이 뼈를 다른 곳으로 옮기고, 그 자리에 개 뼈를 묻으
　　　　　라고 했다. 친구가 시키는 대로 하였더니 위기를 모면할 수 있었다.

옛날에, 저 신랑각시 담이 무너진데, 담장을 이래 싸니깐, 아가 요래 하
나 지내가는데, 고마 고기 담이 탁 넘어서 아가 죽어삤거든. (청중 : 아이
구 어짜꼬?)

죽었삤는데, 고마 아무도 모르게 고마 어따 파가 묻어삤는 기라. 그 사
람이 아로. 묻었는데, 고마 부부끼리 싸움이 났는 기라.

싸움이 난께레, 각시가 가서 고발을 해삤어. 원한테 가서. 고발을 해삤
는데, 그래 그 남자가 지거 친구한테 가서,

"사실은 사실 이런 일이 있었는데, 고발을 하는데 어떻게 해야 되노?"

친구가 개로 한 바리 때려 쥑이갖고 아 묻어놔 데 거 가서 파고 묻고,
아 빼가지고 고마 없애삤거든.

그래 인자 고을 원이 인자 불러가서 그 땅을 판께네, 사람 뼈가 아이고
개 뼈가지더란다. 그래논게, 그 봉변을 피했는 기라.

그, 그래 그 인자 부부라고 친하다고 안 되고 친구가 낫다.

도깨비와 씨름한 사람

자료코드 : 04_21_FOT_20100203_PKS_PNS_0003
조사장소 : 부산광역시 동구 수정5동 수동경로당
조사일시 : 2010.2.3
조 사 자 : 박경수, 서정매, 황영태, 최수정
제 보 자 : 박노순, 여, 79세
구연상황 : 제보자는 도깨비 이야기가 계속 이어지는 중에 자신도 아는 이야기가 있다
며 구술해 주었다. 청중들은 귀를 귀울이며 이야기를 경청하였다.
줄 거 리 : 이모부가 처갓집에 갔다가 오는 길에 도깨비를 만났다. 추운 겨울에 웅덩이
에 들어가서 도깨비와 씨름을 했다. 바지저고리가 꽁꽁 얼어서 집으로 왔는
데, 이튿날 웅덩이에 가보니 빗자루 몽둥이가 묶여 있었다.

저저, 평구 그 삼베, 뭇골이라 커는데 거 우리 이모부가, 명지 바지저고
리 입고 이래가, 처갓집에 갔다 걸어온께, 얼매나 쓰다라시, 토깨비하고
물에 드가서 씨름을 했는고, 명지 바지 저고리가 껑껑거리고 왔더래요.
(청중 : 그래 왔으이 다행이다.)

그래, 씨름을 해서 그렇다 카더래요. 누가 희딱 잡바졌부리더래요.(잡아
서 넘어뜨리더래요.) 집에 와서 담이 억시로 쌔다 캐. 그래, (청중 : 넘어진
사람이 진 사람이다.)

그래서 그 웅둥(웅덩이) 가본께네, 참 빗자루 몽둥이가 그리 당그리(단
단하게) 매놓고 왔더라 카더란다. 그래서 간께 당그리 매났더란다.

도깨비에게 홀린 사람

자료코드 : 04_21_FOT_20100203_PKS_PPS_0001
조사장소 : 부산광역시 동구 수정5동 수동경로당
조사일시 : 2010.2.3
조 사 자 : 박경수, 서정매, 황영태, 최수정
제 보 자 : 박필선, 여, 90세

구연상황 : 제보자는 다른 제보자들의 도깨비 이야기를 듣고 아는 도깨비 이야기가 있
　　　　　 다며 구술해 주었다.
줄 거 리 : 아버지가 장터에서 소를 팔고 기분 좋게 술을 한 잔 마시고 밤중에 산을 넘
　　　　　 어오고 있었다. 도깨비가 자기 이름을 부르며 함께 가자고 했다. 집에 거의
　　　　　 도착하여 무서운 마음에 꼬챙이로 도깨비를 찔렀다. 다음 날에 보니 꼬챙이만
　　　　　 거름더미에 꽂혀 있고 아무 것도 없었다.

　소로 팔아가주고 인자, 장에 가가 소를 팔아가지고 술로 한 잔 잡숫고
저 산을 넘어오시는데, 도깨비를 도동갰어('마주쳤다'는 뜻).

　도깨비 이놈이, 울 아부지 자(字)가 '사숙'이거든.

　"박사숙이. 박사숙이."

　이래 부르거든.

　"누고?"

　이카이,

　"이 사람아. 낼세(나일세)."

　"와?"

　"같이 가세."

　이라거든. 그래가 붙들리가 도깨비하고 산에서 얼매나 신강했는지 모르
는 기라.

　놀러가자고 자꾸 잡고, 지는 인자 소 팔고 돈은 꽉 있제. 정신은 멀쩡
하제. 그런데 도둑놈인 줄 알고, 돈을 단디 단속을 했는데, 그래, '아 이놈
을 낫을 가지고 기리뿌야 되겠구나' 싶어. 낫을 손에 딱 해가, 소나무 가
재이를 뿔라가 딱 쥐고 보이깐 아무것도 없더래.

　아무 것도 없는데, 또 그놈아가,

　"사숙이."

　또 부르더란다. 그래서 우리 아버지가 참 간담이 세고, 진언도 잘 치고
이라거든. 마, 진언을 치고 있으이,

"하, 사숙이."

말끼하고는 뒤에 또 따라오거든. 그래서러 도깨빈 줄 알고, 집, 얼쭈 동네 얼쭈 다 와가지고, 자죽 소리가 나가지고 인자, 큰소리로 치고,

"뭣이야"

고 이래 괌을 지르이까네, 자꾸 뒤에 마, 머리 끄티 잡는 것처럼 무섭더라요.

그래 집에, 촌에 삽짝도 없고 그냥 확 드갔는데, 거름모지기(거름더미) 거 우에다가 자기 가지고 온 나무 꼬쟁이를 탁 꼽아났디만은, 아무것도 없고 꼬쟁개이 그놈만 딱 꽂히가 있더란다.

도깨비와 싸운 사람

자료코드 : 04_21_FOT_20100203_PKS_YYH_0001
조사장소 : 부산광역시 동구 범일4동 호천경로당
조사일시 : 2010.2.3
조 사 자 : 박경수, 서정매, 황영태, 최수정
제 보 자 : 윤영호, 남, 77세
구연상황 : 제보자는 다른 제보자의 도깨비 이야기를 듣고, 도깨비 이야기를 하겠다며 구술하였다.
줄 거 리 : 어떤 노인이 장에 갔다 술에 취해 공동묘지를 지나서 집으로 오고 있었다. 공동묘지 쪽에서 도깨비불이 왔다 갔다 하면서 어디로 가자고 노인을 계속 꾀었다. 그 일로 도깨비와 싸웠는데, 다음날 아침에 가보니 빗자루만 있었다.

그 이쭉 동네 살고, 여는(여기는) 강이고, 강 건너 공동묘지가 있어요. 공동묘지가 있는데, 거게(그곳에) 구름만 끼고 비만 올라 카먼, 불이 마 왔다갔다 왔다갔다 하는 기라.

'거기 저게 무슨 불이고?' 이렇게 말이여, 우리가 그 생각을 하고 있었는데, 그래 인자 그 어떤 노인이 장에 갔다 오다가, 그래서는 그 공동묘지

앞으로 나오이 불 뻔득 댕기다고 보이까네, 자꾸 말이여, 어 그 무슨 술이 취핸 사람을 보고 말이여 자꾸,

"어디로 가자. 어디로 가자."

고 자꾸 꼬아거든. 꼬아가지고, 그 꼬아니깐,

"나는 안 간다."

간다 이래 싸움하고 하다가, 마 우에다가 말이여 날이 새뿌가지고 말이여, 아침에 술이 깨가 가보이카네, 그 뭐 빗자루로, 빗자루 안고 말이여 그래 내(계속) 밤새도록 싸웠다.

도깨비와 싸운 사람

자료코드 : 04_21_FOT_20100203_PKS_PPS_0001
조사장소 : 부산광역시 동구 범일4동 호천경로당
조사일시 : 2010.2.3
조 사 자 : 박경수, 서정매, 황영태, 최수정
제 보 자 : 이환옥, 남, 75세
구연상황 : 조사자가 도깨비 이야기를 유도하자, 제보자가 웃으면서 도깨비에 대한 추억을 되새기며 이야기를 시작하였다.
줄 거 리 : 도깨비에게 홀려서 나락 논에서 도깨비하고 싸웠다. 나락 논에서 얼마나 싸웠는지 나락 논이 어지럽혀져 있었다.

도깨비한테 홀키가, 우리 집안 행님이 술 잘 묵고 참 왠만한 사람은 붙어가 마 안 되는데.

그, 그, 뭐 나락논에 가서 얼매나 토깨비하고 싸웠던고 마, 나락태기로 지고 박치고 마 얼매나 했는지 마, 그런 일이 있어.

그래가 그 어른이 오래 있다가 저 저 뱅(병)이 나서 세상 베렸지.

개를 물고 간 호랑이

자료코드 : 04_21_MPN_20100203_PKS_KOR_0001
조사장소 : 부산광역시 동구 수정5동 수동경로당
조사일시 : 2010.2.3
조 사 자 : 박경수, 서정매, 황영태, 최수정
제 보 자 : 김옥련, 여, 80세
구연상황 : 제보자는 다른 제보자의 호랑이 이야기를 듣던 중 생각이 났는지 이어서 다음 이야기를 구술해 주었다.
줄 거 리 : 동네에서 제일 큰 부잣집의 개가 갑자기 벌벌 떨고 있었다. 주인집 아저씨는 개가 병에 걸린 것 같다며 밖으로 내쫓았다. 그때 마침 기다렸다는 듯이 호랑이가 개를 낚아채어 물고 가버렸다.

기왓집에 거 옛날에, 나지막한 기왓집이 거 이 동네에서 제일로 큰 기왓집, 부자였거든. 그 어데 누가 살았노 하만, 지금 대동댁이 조칸갑다(조칸가 보다). 경남여고 음악선생 했거든.

경남여고에 음악선생이 요 살았다고. 살았는데, 그전에는 개 우리 모두 똥개 믹이지, 세파트 없었거든. 그 집에는 부자라 놓은니께네 세파트가 크단한 기 있는데, 한번은 지녁을(저녁을) 먹고 나이께네, 세파트 거기 벌벌벌 떨더라 카대. 떨어서, 그 밥 해묵는 아가 넓적한 기 하나 있었거든.

"근데, 그래 개가 와 저카는고? 지녁을 먹고 나이 저 벌벌 떤다."

이라거든. 그런께네, 그 아줌마가 나오민서 개를 이래 현관문을 열고,

"현관 문을 들놔라."

카이께네 개가 마 오줌을 벌벌벌 싸면서 떨거든. 그래이께네 아저씨가,

"무슨 병 걸렸는갑다. 내 놓으라."

카거든.

"개가 갑자기 무슨 병 걸맀는갑다. 오줌을 주렁주렁 싸모, 내 놔라."

카이께네, 말하자면 이래 문을 열고 개를 밀어 내뿌고 나이께네, 무슨 그렁지매로(거지처럼) 싹 갔부더란다, 개가.

솔방울을 줍다가 만난 호랑이

자료코드 : 04_21_MPN_20100203_PKS_PGH_0001
조사장소 : 부산광역시 동구 수정5동 수동경로당
조사일시 : 2010.2.3
조 사 자 : 박경수, 서정매, 황영태, 최수정
제 보 자 : 박금화, 여, 76세
구연상황 : 제보자는 다른 제보자들과 호랑이 이야기를 나누던 도중, 실제 있었던 일이라면서 호랑이를 만난 이야기를 구술해 주었다.
줄 거 리 : 29살 때 부산 수정동에서 전세를 사는데, 주인집 할머니가 산에 솔방울을 주으러 가자고 했다. 아이들을 데리고 솔방울을 줍고 있는데, 할머니가 갑자기 솔방울을 두고 내려가자고 했다. 호랑이가 나타나서 솔방울 주운 것을 모두 버리고 아이들 손을 잡고 산을 내려왔다.

스물 아홉에 내려왔거든. 그, 그 집세, 전세를 얻어가 왔는데, 큰방 할무니가 솔방울 주우러 가자 카더라구예.

"그 솔방울을 뭐하는교?"

카이,

"부엌에 불을 땐다."

카이,

"할매, 부산에도 불 때는 데가 있는교?"

카고 보이, 큰방에 불 때는 데가 있데. 그래 우리 지금, 오십 네 살 묵은 고기, 저저, 여덟 살인가 아홉 살인가 하이튼 요랬어. 요래서 고거를

딕꼬(데리고) 또 고 밑에 그 연년상인데 둘로 데꼬(데리고), 그 집 할매 손
자도 둘로 데꼬, 너이가 아(아이) 너이하고(네 명하고) 어른 둘하고 갔는
데, 솔방울만 자루에 추무이(처음에) 줐는데(주웠는데), 우리는 촌에 살아
도 그런 거는 안 봤거든예.

뭣이 구름이 콱 찌었는기, 우덕수리(어두워지려) 할라 카는데, 나는 그
거를 몬 봤는데, 우리 주인 할매는 봤다 캐.

"상운네야, 집에 가자. 솔방울 내삐리고 집에 가자, 집에 가자."

자꾸 이래. 우리 큰아 이름이 상운인데.

"할무이, 와 그라는데요?"

카이,

"아이 마, 암 말도 하지 말고, 내삐리고 가자, 가자."

캐. 나는 안 봐놔 놔는께네, 이때까지 조운(주운) 기 저기 아깝아서 그
냥 오도 못하겠대. 그래서 질질 끌고 내려오이께네, 손을 탁 때리매,

"그거 잡지 말고 아들 잡으라."

이래. 딱 둘로 잡고 내리오이, 중간쯤 다와 갔다가 요 수정산 만댕이(꼭
대기) 저서(저 곳에서) 그랬어. 수정3동 만댕이에서. 이래 딱 잡고 중간쯤
내리오이께네, (청중 : 맞다. 그때 갈가지가 있었어.) (조사자 : 갈가지?)

"아이구, 이 사람아, 거 호랑이가 있어서 내가 안 그랬네."

"예? 여도 부산에도 호랑이가 있습니꺼?"

"호랑이가 있다."

내 눈에는, 나는 보지는 못했어요.

"내 눈에는 안 비이던데예?"

카이,

"쉭, 그래 지나가더라."

카데예. '쉭' 지나가는데, 고 할매 말씀이 그래. 그래가 아 잡으라 캐.
이래가 아 둘로 잡고 내리 왔어요.

그래가 중간쯤 내리오디만은,

"아 때문에 내가 겁이 나 그렇지, 늙은 내는 안 잡아가는데, 아 때문에 가자 캤다."

이카더라고요. 그래 내 한 분 당해봔 일 있어예. 난 보지는 않애.

돌을 던지는 갈가지

자료코드 : 04_21_MPN_20100203_PKS_PGH_0002
조사장소 : 부산광역시 동구 수정5동 수동경로당
조사일시 : 2010.2.3
조 사 자 : 박경수, 서정매, 황영태, 최수정
제 보 자 : 박금화, 여, 76세
구연상황 : 제보자는 다른 제보자의 이야기를 듣고, 다음 이야기를 구술해 주었다.
줄 거 리 : 언니들과 함께 산길을 가고 있는데 갈가지가 나타나서 돌을 마구 던졌다. 담뱃불을 켜니 갈가지가 사라져 버렸다.

촌에서 요 부산에 이사를 떡 올라고, 우리 영감은 직장이 요 놓고, 나는 촌에 있었는데, 부산 온다고 보이께네, 그때 범일동 수덴 그릇, 니무 양쟁이 그거 만드는 공장이 어디 있다 카더라고예. 예 우리 오빠가. 그래, 그 떡 띠러 가이께네, 공장 오지 말고 범일동 시장을 가라 카대.

그 범일동 시장에 가서 항거(가득) 띠가 이고, 우리 언니가, 우리 언니가 중간 중간에 유천도 있고, 동뱅이도 있고, 또 청도도 있고 이렇거든. 올라가매, 처음에 인자 언니집에 떡 가이(가니깐),

"야야, 니 이 무겁아."

그때 내가 우리 사십 멫 살 묵은 딸 조기 알라(아기) 때라. 업고 떡 가이, 서이가 인자 올라가서 가분데 언니는, 큰언니는 제일 앞서고, 나는 중간에 서라 캐. 또 제일 뒤에는 두채 언니가 서고 이런데.

올라가이, 거기 갈가지라 카는 긴가(것인가) 봐. 그 뒤너덩이라 카는 재가 하나 있어예. 친정에 가는 재가. 이놈의 모래를 떠가 떤지는데 마, 눈을 못 뜨겠는 거예요. 다시 눈을 못 떠. 거기, 나는 당해 봤어예.

그래가 이래 떤지는데, 저쪽의 끝티 도랑이 한참 밑에 있는데, 이 도라(도랑) 돌 떨어지는 소리가 쫘락쫘락 나더라구요. 그래가 그 놈을 이고, 그릇을 이고 가는데 도저히 자죽이(발자국이) 안 떨어져.

우리 백숙이가 앞에서 가미,

"야야, 이거는 잡아묵는 짐승은 아이다. 가자. 가자."

카미서, 자꾸 땡기고, 우리 언니, 중간에 언니는 또,

"다부(다시) 가까? 다부 가까?"

이카니께네(이렇게 말하니까), 우리 큰언니가,

"다부 가몬 안 된다. 진다. 그냥 가야 된다."

이래. 그래, 중간에 드가다 그때도 담배를 풒어요 내가. 담배를 푸이께네, 우리 백숙이가 하는 말이,

"야, 참 인자 생각난다. 니 성냥 있거든 내 봐라."

이카대. 성냥을 내가 불로 캐이께네, 흔적도 없어졌부대. 성냥을 내가 불을 캐는데, 그렇게 돌을 떤지던 기 흔적도 없더라구예. (청중 : 돌 구루몬 겁나거든.)

그래가 가가지고 얼매나 모래를 덮어썼는지 가도 못하겠는 기라. 집에 가이 털어보이 한 개도 없대, 모래가. 머리에 그렇게 덮어썼는데, 우리 친정에 가 털어보이께, 한 개도 없더랍니다. (청중 : 어째서 그렇노?)

귀신에게 홀려 겨우 살아난 아들

자료코드 : 04_21_MPN_20100203_PKS_PNS_0001

조사장소 : 부산광역시 동구 수정5동 수동경로당
조사일시 : 2010.2.3
조 사 자 : 박경수, 서정매, 황영태, 최수정
제 보 자 : 박노순, 여, 79세
구연상황 : 제보자는 다른 제보자들이 귀신에게 홀린 이야기를 하는 것을 듣고 예전에
　　　　　실제로 있었던 일이라며 다음 이야기를 구술해 주었다.
줄 거 리 : 학교를 간 중학생 아들이 집으로 돌아오지 않았다. 학교 다녀오는 길에 귀신
　　　　　에게 홀려 산골 위로 올라갔다. 다행히 동네 어른이 실성한 아이의 뺨을 쳐서
　　　　　정신을 차리게 하자, 집으로 돌아올 수 있었다.

　중학교 댕길 때거든. 중학교 한 십오 리는 된다. 학교 갔다 오다가 아
가 안 와. 온 동네 아가 다 왔는데.
　"아이고! 아가 안 올시고."
　인제 찾아대이께, 왔는데, 학교 갔다 오니깐, 책보는 저 꿍치 보은대라
카는 거때(그곳에) 놔뚜고, 저 산골꺼지,
　"그래, 와 산골에 거(거기) 갔노?"
카니깐,
　"엄마, 소풍간다고 막 선생님하고 마 가자."
카더란다.
　그래가 큰 산골에 잎사리를, 그 잎사리라 카는데 올라간께, 첩첩산골짝
인데 그 기왓집에서,
　"이리 오이라, 이리 오이라."
　쌌더라네(하더라네). 그래서 어찌 생각한께, '어데고?' 싶어 눈이 번뜩
뜨디, 훤하게 하늘이 그래 비고, 그때는 아무것도 안 빗던(보이던) 모냥
이지.
　위에 이래도 아이구 거 올라사도 거 가가, 안 된다고 쫓아 내리온께,
잎사리라 카는 동네, 그 동네 어른들이 뺨을 쌔리 주더라네. 아가 좀 이상
하건데 쌔리 줬지.

그래가 인자, 참 지 책보 놔둔 데 그리로 내리와갖고 마 패지(펴서) 누 웠은께, 우리 동네 이장이 인자 밤늦게 온께네, 아가 그 패져 누웠더란다. 그래서 참 그때는 사이다를 한 병 사 믹이가지고 밤중에 아를 덱고(데리고) 왔어. 그래 시방도,

"엄마, 내가 혼이 빼서 내가 머리가 좀 이상한가?"

이러쿤다.

산으로 쫓아 보낸 여우

자료코드 : 04_21_MPN_20100203_PKS_PPS_0001
조사장소 : 부산광역시 동구 수정5동 수동경로당
조사일시 : 2010.2.3
조 사 자 : 박경수, 서정매, 황영태, 최수정
제 보 자 : 박필선, 여, 90세
구연상황 : 호랑이와 도깨비 이야기가 계속 이어지는 가운데 실제 있었던 일이라며 다 음 이야기를 구술해 주었다.
줄 거 리 : 산에서 여우가 밥을 먹으러 내려왔다. 처음엔 개인 줄 알았는데, 남편이 산 짐승이라며 쫓아 보냈다. 여우는 세 번 캥캥거리고 산으로 올라갔다.

그래, 이사를 왔는데, 각시가 서이가 왔는데, 아 하나썩 또 왔거든. 왔는데, 세 집이 좔 목욕탕, 고게 질가에 좔 서이 셋 집 사는데, 범은 안 오고 야시가 밥 먹으러 오더라고, 야시가.

야시가 우찌 생겼는지 그때 봤거든. 개매치로 요래 노란 기가 조디로 요래 끄고 졸쭘하고(길쭉하고), 꽁디로 좔좔좔좔 끄여요, '캥캥' 싸민서러, 날 새도 안 가고 있더라고. 방문앞에(방문 앞에) 있는데, 우린 갠 줄 알고, 갠 줄 알고 내가,

"아이고, 저이야! 이사 오매 따라 왔는가베. 저기 초량갠데."

이캤거든. 야시라 기기(그것이). 그리 우리 신랑이 한단 말이,

"기기 짐승인데, 저 쫓가 보내야 된다."

이러카매, 우리 신랑이 나가대. 우리 신랑이 나가면서러 기침을 하고,

"요 오면 안 된다. 가거라, 가거라, 가거라."

이라이께네, 안 가고 해딱 돌아이 올라가매 '캥', 올라가몬 '캥', (청중 : 그 소리 캐이께네 여운 줄 안다.) 올라가몬 '캥', 세 번 그러고 가더라고.

그래, 우리 신랑이 쫓아 보냈어, 그거로.

그라고 나서 무숩으몬 또 몬 살아서 또 앵길라 시작을 보니, 이 이상 더 앵기몬 더 무섭어 몬 살겠어. 그래 마 그 자리 살았어.

모심기 노래

자료코드 : 04_21_FOS_20100203_PKS_GCH_0001
조사장소 : 부산광역시 동구 범일4동 호천경로당
조사일시 : 2010.2.3
조 사 자 : 박경수, 서정매, 황영태, 최수정
제 보 자 : 공창해, 남, 75세
구연상황 : 조사자의 유도에 따라 제보자는 생각나는 대로 <모심기 노래>를 하나씩 부르게 되었다. 긴소리로 구성지게 가창하였다.

모야~모야~ 노랑~모야~ 언제커~서~ 열매여~리
이달~크~고 저~달커~서~ 저훗~달에~ 열매~열~지

물꼬~청청 헐어~놓~고~ 주인한량~ 어데갔~노
옆~집에~다 첩을두~고~ 첩의방~에~ 놀러갔~네

오~늘~해~가 다~졌는가~ 골골마~다 연기나~네
울언님은~ 어~데~가고~ 연기낼줄~ 모르는~고

다풀다~풀 타~박머~리 해다~전데 어데~가노
우리~엄마 산~소등~에~ 젖먹으로~ 나는가~요

찔레~꽃을 살끔띠쳐~ 임보선에~ 볼걸었네
임을보~고 꽃순보니~ 임줄생각이~ 전혀없~네

서울~이라 왕대밭에~ 금비둘기 알을놓아
그알한개 날췄으면~ 금년과거는 내가할걸

모심기 노래

자료코드 : 04_21_FOS_20100203_PKS_KMS_0001
조사장소 : 부산광역시 동구 범일4동 호천경로당
조사일시 : 2010.2.3
조 사 자 : 박경수, 서정매, 황영태, 최수정
제 보 자 : 김명숙, 여, 80세
구연상황 : 제보자는 <모심기 노래>를 빠른 소리로 생각나는 대로 이어서 불렀다.

점섬을먹고서 썩나서니~ 물명당안~에서 손을치네
손치는데는 밤에가고~ 첩어야술~집에 낮에간다

본역한부새러 타닥같이면~ 담배나~한~대 푸어보자(피어보자)
담배야맛이 이만하면 살림에맛~은 어떠리라

낭창-낭창~ 베러끝에(벼랑 끝에) 무정하다 울오랍아
나도죽어서 후승가여~ 낭군님하나 섬길라네

이물끼-저물끼- 다헐어놓고~ 주인네양반은 어더로 갔노
문에야대전북 손에들고~ 첩의야방~에 놀러갔네

첩의집으는 꽃밭이요~ 본댁에집으는 연못이라
꽃과나비는 봄한철이요~ 연못에금붕어는 사시장철

창부타령

자료코드 : 04_21_FOS_20100203_PKS_KMS_0002
조사장소 : 부산광역시 동구 범일4동 호천경로당
조사일시 : 2010.2.3
조 사 자 : 박경수, 서정매, 황영태, 최수정
제 보 자 : 김명숙, 여, 80세

구연상황 : 제보자는 <모심기 노래>에 이어 계속 노래를 구연해 주었다. 청중들도 박
수를 치며 추임새를 넣는 등 즐겁게 경청했다.

초동방 첫날이밤에- 부끄럼도 가이없어

비나팔고~ 처마를팔어 산신산에 약을지어

청노야 활에다가 묻어놓고

몹실년에(몹쓸년이) 잠이들어 서방님 술안주로 왜몰랐노

　　얼씨구 절씨구 지화자 좋아~ 아니 놀고서 무엇하리

노랫가락

자료코드 : 04_21_FOS_20100203_PKS_KMS_0003
조사장소 : 부산광역시 동구 범일4동 호천경로당
조사일시 : 2010.2.3
조 사 자 : 박경수, 서정매, 황영태, 최수정
제 보 자 : 김명숙, 여, 80세
구연상황 : 제보자는 <노랫가락>으로 다음 노래를 불러 주었다.

배고파 지어난밥이~ 돌도많고요- 이도~많네

이많고 돌많은것이~ 임이안계신 탓이로다

언제나 우정님(유정한 님)만나~이 미돌없는밥 먹어나볼~까-

첫날밤 노래

자료코드 : 04_21_FOS_20100203_PKS_KMS_0004
조사장소 : 부산광역시 동구 범일4동 호천경로당
조사일시 : 2010.2.3
조 사 자 : 박경수, 서정매, 황영태, 최수정
제 보 자 : 김명숙, 여, 80세

구연상황 : 제보자는 앞의 <노랫가락>에 이어 계속 불러야 하느냐고 하면서 <창부타령> 곡으로 전환하여 다음 노래를 불러 주었다.

초동방 첫날에 부끄럼~도 가이가없어-

버선발을 두뛰어나와 낭군님 손목을 덥석쥐어

들어가세 들어가세 내자는 별당을 들어가세

한이불 일어나 진비게를 마주비고

쳐다보니까 금반자요 내라다보니까 갑도장판

새별같은 저요강은 발치발치를 고아놓고

두리둥실 생각을하니 조선에낙지가 여길런가

처남자형 노래

자료코드 : 04_21_FOS_20100203_PKS_KMS_0005
조사장소 : 부산광역시 동구 범일4동 호천경로당
조사일시 : 2010.2.3
조 사 자 : 박경수, 서정매, 황영태, 최수정
제 보 자 : 김명숙, 여, 80세
구연상황 : 제보자가 앞의 노래에 이어 계속 부른 것이다.

처남처남 내처남아 너거야누부가 뭐하더노

입던적삼 등받더나 신던버선 볼받더나

대문짝같은 경대를놓고 연지찍고 분바리고

자~형오기를 기다리오

도라지 타령

자료코드 : 04_21_FOS_20100203_PKS_KMS_0006
조사장소 : 부산광역시 동구 범일4동 호천경로당
조사일시 : 2010.2.3
조 사 자 : 박경수, 서정매, 황영태, 최수정
제 보 자 : 김명숙, 여, 80세
구연상황 : 조사자가 노래 제목을 말하자 제보자가 다른 청중에게 같이 부르자고 하면
서 흔쾌히 가창했다. 모두 박수를 치며 신나게 불렀다.

도라지 도라지 도라~지~

심심 산천에 백도라지−

한두− 뿌리만~ 캐어도~

대바구니 반석만 되노라

　　에헤이요 에헤이요 에혀라~

　　이혜랴 난다 지화자자 좋다

　　니가내간장 쓰리쓰리 다녹힌다

너냥 나냥

자료코드 : 04_21_FOS_20100203_PKS_KMS_0007
조사장소 : 부산광역시 동구 범일4동 호천경로당
조사일시 : 2010.2.3
조 사 자 : 박경수, 서정매, 황영태, 최수정
제보자 1 : 김명숙, 여, 76세
제보자 2 : 정필순, 여, 83세
구연상황 : 제보자는 조사자의 유도에 의해 자연스럽게 노래가 구연되었다. 김명숙 제보
자가 먼저 부른 후 다른 제보자가 이어서 가사를 연결하여 불러 주었다.

제보자 1 너냥나냥 두리둥실 놀~고요~

낮이낮이나 밤이밤이나 참사랑이로다~

호박은 늙으면 단맛이나~ 나-지요~

사람은 늙으면 쉴곳이 없~네-

　너냥나냥 두리둥실 놀~고요~

　낮이낮이나 밤이밤이나 참사랑이로다~

제보자 2 아침에 우는새는 배가고파 울고요~

저녀에 우는새는 임이기려와 운다

　너냥나냥 두리둥실 놀고요~

　낮이낮이나 밤이밤이나 참사랑이로구나

우리야 서방님은 명태잡이를 갔는데

바람아 강풍아 석달열흘만 불어라

양산도

자료코드 : 04_21_FOS_20100203_PKS_KMS_0008

조사장소 : 부산광역시 동구 범일4동 호천경로당

조사일시 : 2010.2.3

조 사 자 : 박경수, 서정매, 황영태, 최수정

제 보 자 : 김명숙, 여, 80세

구연상황 : 제보자는 조사자가 <양산도>도 부를 수 있으면 불러 달라고 하자 신명나게
　　　　　다음 노래를 불러 주었다.

에헤이~요~

니정아 내정아 모지랑 빗자리

싹싹 실어다 한강철뚝에 뚝떤지뿌~고~

없는정 있는듯이~ 잘살아- 보~자~

검둥개 노래

자료코드 : 04_21_FOS_20100203_PKS_KMS_0009
조사장소 : 부산광역시 동구 범일4동 호천경로당
조사일시 : 2010.2.3
조 사 자 : 박경수, 서정매, 황영태, 최수정
제 보 자 : 김명숙, 여, 80세
구연상황 : 조사자가 제보자에게 노래 제목과 앞 소절의 운을 띄어주자 제보자가 노래
를 부른 것이다. 구연하던 중에 다른 청중도 가사가 기억이 났는지, 웃으면서
따라 불러 주었다.

　　　　개야개야 껌둥개야—

　　　　이리와서 밥묵으라

　　　　밥이남아서 너를주나

　　　　배가고파서 너를주나~

　　　　오밤중에 오시는손님

　　　　짓지마라고 너를준다

밀양아리랑

자료코드 : 04_21_FOS_20100203_PKS_KMS_0010
조사장소 : 부산광역시 동구 범일4동 호천경로당
조사일시 : 2010.2.3
조 사 자 : 박경수, 서정매, 황영태, 최수정
제 보 자 : 김명숙, 여, 80세
구연상황 : 제보자는 다른 제보자가 부른 노래를 듣던 중에 다음 노래가 기억이 났는지
불러 주었다.

　　　　정든님이 오시는데~ 인사를 못해~

　　　　행주처마 입에물고~ 입만빵긋~

　　　　　아리아리랑 쓰리쓰리랑 아리리가 났네

아이랑 고개로 넘어간다

방귀 타령

자료코드 : 04_21_FOS_20100203_PKS_KJS_0001
조사장소 : 부산광역시 동구 수정5동 수동경로당
조사일시 : 2010.2.3
조 사 자 : 박경수, 서정매, 황영태, 최수정
제 보 자 : 김종순, 여, 81세
구연상황 : 제보자는 쑥스러운 듯이 다음 노래의 가사를 웅얼거리면서 말했다. 조사자가
노래로 불러달라고 요청하자 읊조리듯이 불러 주었다.

며느리방구는 도둑방구

딸의방구는 연지방구

시아버지방구는 유둑방구(유덕[有德]방귀)

시어머니방구는 앙살방구

모심기 노래

자료코드 : 04_21_FOS_20100203_PKS_KJT_0001
조사장소 : 부산광역시 동구 범일4동 호천경로당
조사일시 : 2010.2.3
조 사 자 : 박경수, 서정매, 황영태, 최수정
제 보 자 : 김종태, 남, 74세
구연상황 : 제보자는 흔쾌히 <모심기 노래> 한 번 하겠다고 하며 불러준 것이다.

이논에라 모를심어~ 속잎이나서 영화로세~

제가무슨 영화인고~

우리~동생 곱기나길러~ 갓을씌와 영화~로세

권주가

자료코드 : 04_21_FOS_20100203_PKS_PSG_0001

조사장소 : 부산광역시 동구 범일4동 호천경로당

조사일시 : 2010.2.3

조 사 자 : 박경수, 서정매, 황영태, 최수정

제 보 자 : 박순기, 여, 88세

구연상황 : 조사자가 제보자에게 노래 제목을 말하자 예전에 많이 불렀던 것이었는지
바로 가창해 주었다. 청중들도 박수를 치며 장단을 맞춰 주었다.

잡으시오 잡으나시오 이술한~잔을 잡으시오

이술은 술이아니라 먹고놀~자는 동백주요

이술을 잡으나시면 늙도젊도나 아니~하~요

노랫가락(1)

자료코드 : 04_21_FOS_20100203_PKS_PSG_0002

조사장소 : 부산광역시 동구 범일4동 호천-경로당

조사일시 : 2010.2.3

조 사 자 : 박경수, 서정매, 황영태, 최수정

제 보 자 : 박순기, 여, 88세

구연상황 : 제보자는 다른 제보자가 노래가 끝나자 바로 이어서 뒤 곧 바로 구연해 주
었다. 분위기가 계속 무르익어 즐거운 분위기에서 노래가 구연되었다.

노세 젊어서놀아~ 늙고병들면 못노나~니

화무는 십일홍이요~ 달도차면은 기우나니-

노랫가락(2) / 쌍쌍이 노래

자료코드 : 04_21_FOS_20100203_PKS_PSG_0003

조사장소 : 부산광역시 동구 범일4동 호천경로당

조사일시 : 2010.2.3

조 사 자 : 박경수, 서정매, 황영태, 최수정

제 보 자 : 박순기, 여, 88세

구연상황 : 제보자는 다른 제보자의 노래가 끝나자마자 이어서 구연해 주었다. 청중들은 박수를 치며 즐거워하였다.

호접같은 범나비쌍쌍~ 양류청산에 꾀꼬리쌍쌍

날짐승 길뻗어지도~ 쌍을지어서 쌍쌍인데

울언님은 어디를가고~ 다시올줄을 모르는~고

노랫가락(3) / 그네 노래

자료코드 : 04_21_FOS_20100203_PKS_PSG_0004

조사장소 : 부산광역시 동구 범일4동 호천경로당

조사일시 : 2010.2.3

조 사 자 : 박경수, 서정매, 황영태, 최수정

제 보 자 : 박순기, 여, 88세

구연상황 : 제보자는 갑자기 노래를 시작하였는데, 청중들도 모두 아는 노래여서인지 함께 손뼉을 치며 불러 주었다.

추천당 세모시낭게~ 그네를 매어

임이타면 내가나밀고- 내가타면은 임이밀어-

그님아 줄미지마라 줄떨어-지면은 정떨어진~다

노랫가락(4) / 나비 노래

자료코드 : 04_21_FOS_20100203_PKS_PSG_0005

조사장소 : 부산광역시 동구 범일4동 호천경로당

조사일시 : 2010.2.3

조 사 자 : 박경수, 서정매, 황영태, 최수정

제 보 자 : 박순기, 여, 88세

구연상황 : 제보자는 다른 제보자의 노래가 끝나자 바로 구연했다. 분위기가 무르익은 터라 박수를 치며 노래를 따라 부르는 가운데 노래가 구연되었다.

나비야 청산을가자 호랑나비야 너도가자

가다가 해저물거든 꽃밭수렁에 잠자고가자

그꽃이 반대를하면 잎에서라도 자고가~자

청춘가

자료코드 : 04_21_FOS_20100203_PKS_PSG_0006

조사장소 : 부산광역시 동구 범일4동 호천경로당

조사일시 : 2010.2.3

조 사 자 : 박경수, 서정매, 황영태, 최수정

제 보 자 : 박순기, 여, 88세

구연상황 : 제보자는 앞의 노래가 끝나자 곧바로 이어서 다음 노래를 불러 주었다. 청중들도 모두 즐겁게 박수를 치며 장단을 맞추었다.

만경 창파에~ 두둥실 뜬배야~

한많은 이몸실고 오~호 어데론지 가려무나~

청천 하늘에~ 잔별도 많고요~

요내야 가슴속에~ 좋~다 근심도 많구나~

술과 담배는~ 내심정 알아도~

한품에 든님은~ 좋~다 내심정 모르더라~

노랫가락(5)

자료코드 : 04_21_FOS_20100203_PKS_PSG_0007

조사장소 : 부산광역시 동구 범일4동 호천경로당

조사일시 : 2010.2.3

조 사 자 : 박경수, 서정매, 황영태, 최수정

제 보 자 : 박순기, 여, 88세

구연상황 : 제보자는 다른 제보자의 노래가 끝나자마자 다음 노래를 구연했다. 청중들은
모두 박수를 치며 노래를 경청하였다.

말은가자고 구부를싣고 임은날잡고 남으로가네

임아임아 날잡지말고 지는저해를 잡아나 주~소~

노랫가락(6)

자료코드 : 04_21_FOS_20100203_PKS_PSG_0008

조사장소 : 부산광역시 동구 범일4동 호천경로당

조사일시 : 2010.2.3

조 사 자 : 박경수, 서정매, 황영태, 최수정

제 보 자 : 박순기, 여, 88세

구연상황 : 청중들의 만류에도 불구하고 제보자는 아는 가사가 문득문득 떠오르는지 계
속 이어서 구연했다.

돌아서면 날잊을줄을 나도번연히 알았건만은

어리숙은 여자의마음 알고속고도 모르고 속네

녹두청산 흐르는물에~ 배차씻는 저큰아가

겉에겉잎 다제치놓고 속에속대를 빼고가소~

황해도봉산 구월산밑에 주초캐는 저큰아가

너의집은 어데다두고 해저문데~ 주초캐노

나의—집을 오실라거든

삼신산 안개~속에 초가삼칸을 찾아오소

밀양아리랑

자료코드 : 04_21_FOS_20100203_PKS_PSG_0010
조사장소 : 부산광역시 동구 범일4동 호천경로당
조사일시 : 2010.2.3
조 사 자 : 박경수, 서정매, 황영태, 최수정
제 보 자 : 박순기, 여, 88세
구연상황 : 제보자에게 아리랑을 불러 달라고 했더니, 처음엔 진도아리랑 곡조로 시작했
지만 중간에 밀양아리랑 곡조로 불렀다가, 끝에 가서 본조아리랑으로도 부르
는 등 여러 가지의 아리랑의 노래를 섞어서 불렀다. 사설과 여음의 구성이 밀
양아리랑의 일반적 구성과 같아서 제목을 '밀양아리랑'으로 붙였다.

아리아리랑 쓰리쓰리랑 아라리가 났네~

아리랑 고개로 넘어간다

나를 버리고 가시는님은~

십리도 못가서 발병난다 [말로] 좋다.

　아리아리랑 쓰리쓰리랑 아라리가 났네~

　아리랑 고개로 넘어간다

보리타작 노래

자료코드 : 04_21_FOS_20100203_PKS_PPS_0001
조사장소 : 부산광역시 동구 수정5동 수동경로당
조사일시 : 2010.2.3
조 사 자 : 박경수, 서정매, 황영태, 최수정

제 보 자 : 박필선, 여, 90세

구연상황 : 조사자가 제보자에게 <보리타작 노래>를 아는지 물었더니, 대답 대신 바로 노래로 불러 주었다. 혀 짧은 소리로 부르는 우스갯소리이다.

뒷집의 제수씨도

애좆만 바라고 옹헤야

　옹헤야~ 옹헤야~

앞집의 형수씨도

애좆만 바라고 옹헤야

　옹~헤야 옹~헤야

쌍가락지 노래

자료코드 : 04_21_FOS_20100203_PKS_PPS_0002

조사장소 : 부산광역시 동구 수정5동 수동경로당

조사일시 : 2010.2.3

조 사 자 : 박경수, 서정매, 황영태, 최수정

제 보 자 : 박필선, 여, 90세

구연상황 : 조사자가 제보자에게 노래 제목을 말해주자, 바로 구연을 해 주었다. 기억력이 좋아서 서사민요로 부르는 긴 가사를 막힘없이 잘 불러 주었다.

쌍금쌍금 쌍가락지

호작질로 닦아내어

먼데보니 달일레라

잩에보니 처잘레라

그처자 자는방에

숨소리가 둘일레라

홍달바시 오라바시

거짓말씀 말으시소

동남풍이 니리불면

풍지떠는 소릴레라

조꼬만한 재피방에

물레놓고 베틀놓고

열두가지 약을먹고

비상불로 피아놓고

자는듯이 죽거들랑

이제나는 죽거들랑

앞산에도 묻지마고

뒷산에도 묻지마고

연꽃속에 묻어주소

그연꽃이 피거들랑

오는사람 가는사람

구경이나 시기주소

아기 어르는 노래 / 알강달강요

자료코드 : 04_21_FOS_20100203_PKS_PPS_0003
조사장소 : 부산광역시 동구 수정5동 수동경로당
조사일시 : 2010.2.3
조 사 자 : 박경수, 서정매, 황영태, 최수정
제 보 자 : 박필선, 여, 90세
구연상황 : 제보자에게 "알강달강" 하면서 부르는 노래를 아는지 묻자 곧바로 다음 노
래를 불러 주었다.

알강달강 서울가서

빰을한되 구해다가

찰독안에 옇여노니

머리깎은 새앙쥐가

날먼들먼 다까먹고

단하나는 남은거는

껍질은 애비주고

보네는(보늬는) 어미주고

알키는 너랑나랑 갈라묵자

아기 재우는 노래

자료코드 : 04_21_FOS_20100203_PKS_PPS_0004
조사장소 : 부산광역시 동구 수정5동 수동경로당
조사일시 : 2010.2.3
조 사 자 : 박경수, 서정매, 황영태, 최수정
제 보 자 : 박필선, 여, 90세
구연상황 : 제보자에게 앞의 노래에 이어 아기 재우는 노래를 불러달라고 요청하니, 바
로 다음 노래를 구연해 주었다.

새야새야 파랑새야

녹두낭게 앉지마라

녹두꽃이 떨어지몬

청포장시가 울고간다

쥐는쥐는 궁게자고

새는새는 낭게자고

우리겉은 애기들은

엄마품에 잠을자고

고분고분 색~시는

신랑품에 잠을자고

노랫가락 / 그네 노래

자료코드 : 04_21_FOS_20100203_PKS_PPS_0005
조사장소 : 부산광역시 동구 수정5동 수동경로당
조사일시 : 2010.2.3
조 사 자 : 박경수, 서정매, 황영태, 최수정
제 보 자 : 박필선, 여, 90세
구연상황 : 제보자가 다른 제보자와 노래 가사를 맞추어 본 후에 다음 노래를 불러 주
었다. 청중들이 노래를 잘한다고 하면서 모두 감탄했다.

추천당 세모디낭게 그낭게에다가 그네를매어-

임이타면 내가나밀고 내가타면은 임이밀~고

그임아 줄미지말어라 줄떨어지면은 정떨어진~다

시집살이 노래

자료코드 : 04_21_FOS_20100203_PKS_PPS_0006
조사장소 : 부산광역시 동구 수정5동 수동경로당
조사일시 : 2010.2.3
조 사 자 : 박경수, 서정매, 황영태, 최수정
제 보 자 : 박필선, 여, 90세
구연상황 : 제보자는 다른 제보자와 시집살이 노래에 대해 이야기를 하던 도중, 갑자기
다음 노래가 생각났는지 노래를 읊조리듯이 부르기 시작하였다. 그러나 뒤의
가사를 다 기억하지 못하고 앞부분만 읊어 주었다.

한살묵어 엄마죽고

두살먹어 아바죽고

호부다섯 절에올라

열다섯에 시집가서

시금시금 시아부지

키작다고 슝(흉)을보네

동굴동굴 동서님아

일마다 처음충동하네

만수무강 노래

자료코드 : 04_21_FOS_20100203_PKS_SGH_0001

조사장소 : 부산광역시 동구 범일4동 호천경로당

조사일시 : 2010.2.3

조 사 자 : 박경수, 서정매, 황영태, 최수정

제 보 자 : 송계홍, 여, 84세

구연상황 : 제보자는 다른 제보자의 노래가 끝나자 기다렸다는 듯이 다음 노래를 불러주었다. 노랫가락의 곡조에 가사를 현재의 상황에 맞는 내용으로 바꾸어 불러서 모두의 호응을 받았다.

좌중은 초연(초면)이로되~ 인사없이도 안녕하~오—

이좌중에 모인분들~

회장님을 비롯하여 재수소망을 이룹시다

일년이면 열두달에~ 만수무강을 빌어줄게

노랫가락(1)

자료코드 : 04_21_FOS_20100203_PKS_SGH_0002

조사장소 : 부산광역시 동구 범일4동 호천경로당

조사일시 : 2010.2.3

조 사 자 : 박경수, 서정매, 황영태, 최수정

제 보 자 : 송계홍, 여, 84세

구연상황 : 제보자는 다른 제보자의 노래가 끝나자 이어서 곧바로 구연했다. 청중들도
모두 박수를 치며 추임새를 넣으면서 함께 불러 주었다.

노세 젊어서놀아― 늙고병들면 못노~나니―

화무는 십일홍이오 달도차면은 기우나~니―

인생은 일장춘몽에― 아니놀지는 못하리~라―

노랫가락(2)

자료코드 : 04_21_FOS_20100203_PKS_SGH_0003

조사장소 : 부산광역시 동구 범일4동 호천경로당

조사일시 : 2010.2.3

조 사 자 : 박경수, 서정매, 황영태, 최수정

제 보 자 : 송계홍, 여, 84세

구연상황 : 다른 제보자의 노래가 끝나자 제보자가 바로 다음 노래를 구연했다. 청중들
도 알고 있는 부분이 있으면 중간 중간에 함께 불러 주었다.

하늘이 높다해도~ 삼사오경에 이실오고

한강수가 깊다해도~ 논에두면은 흘러가네

북망산천은~ 얼마나 크길래~ 한분가신님 좋구나 안오시는가

기차떠난 서울역에는 저같이 한쌍이 울고있고

부산연락 배떠난배는 물결만 파도만 남아있네

우리님이 가신 빈방안에는 담배꽁초만 남았구나

노랫가락(3) / 한자 노래

자료코드 : 04_21_FOS_20100203_PKS_SGH_0004
조사장소 : 부산광역시 동구 범일4동 호천경로당
조사일시 : 2010.2.3
조 사 자 : 박경수, 서정매, 황영태, 최수정
제 보 자 : 송계홍, 여, 84세
구연상황 : 제보자들 사이에서 여러 노래가 오고 갔다. 조사자가 먼저 제보자의 노래를
들는다고 하자 제보자가 처음부터 다음 노래를 불러 주었다. 청중들도 추임새
를 넣으며 장단을 맞춰 주었다.

맹자님이 심으신낭게~ 한일정자로 물을주어—
동쪽으로 뻗은가지~ 맹자꽃이 피었도다
아마도 그꽃이름은~ 천추만대에 무궁화요

노랫가락(4)

자료코드 : 04_21_FOS_20100203_PKS_SGH_0005
조사장소 : 부산광역시 동구 범일4동 호천경로당
조사일시 : 2010.2.3
조 사 자 : 박경수, 서정매, 황영태, 최수정
제 보 자 : 송계홍, 여, 84세
구연상황 : 제보자는 좌중의 떠들썩한 분위기와 상관없이 태연하게 계속 노랫가락 곡조
로 아는 노래를 잘 불러 주었다.

창밖에 국화를심어~ 국화밑에다 술부어놓고~
술붓자 달이뜨니 달이뜨~자 임오신~다—
동자야 술가득부어라 날이새도록 놀아보자

봄들었네 봄들었네 삼천리 이강산에 봄들었네
푸른것은 벼슬이요~ 누른것은 황금이라—

황금같은 꾀꼬리는~ 푸른숲으로 날아들고

백설같은 흰나비는 장다리밭으로 날아-든다

백설같은 흰나비야~ 부모님몽상을 입었던가

소복단장 곱게하고~ 장다리밭으로 날아든다

양산도

자료코드 : 04_21_FOS_20100203_PKS_LSR_0001

조사장소 : 부산광역시 동구 범일4동 호천경로당

조사일시 : 2010.2.3

조 사 자 : 박경수, 서정매, 황영태, 최수정

제 보 자 : 이수리, 여, 92세

구연상황 : 제보자가 선뜻 노래를 부르겠다고 나서자 청중들이 박수를 쳤다. 모두가 박
수를 치며 장단을 맞추는 등 분위기가 흥겨웠다.

저달~ 밝은것 구름없는 바~람에

요내맘 달뜬것은 님없는 탓~이네

에야라 난다 에헤라 퉁기 디어여라

그래도 못노리~라~

열넘이 똑부러져도~ 나는 못놀래~라~

술과담배는 내심정 아~네~

저달이 밝은것은 구름없는 탓~세

날다리 가거라 날다리 가~소~

복많은 그대임아 날다리고 가~소~

임아 정답다 드들새 놀~아~

사천장 같은정에 뚝떨어진~다~

니가잘나 내가잘나~ 둘이신간을 말~고~

두홀몸 마주잡고서 사장간으로 가~자~

노랫가락

자료코드 : 04_21_FOS_20100203_PKS_LSR_0002

조사장소 : 부산광역시 동구 범일4동 호천경로당

조사일시 : 2010.2.3

조 사 자 : 박경수, 서정매, 황영태, 최수정

제 보 자 : 이수리, 여, 92세

구연상황 : 서로 노래를 불러서 약간 시끄러운 상황이었지만, 제보자는 개의치 않고 다음 노랫가락을 여러 편 연속해서 불러 주었다.

달아달아~ 뚜렷한달아~ 이내가슴에 비친달아

좋다고 그말씀말고 이내품안에 잠들거~라—

임아임아 정겨운임아 나의사랑을 주고가~소—

사랑은 죽이사싶~지만 너를잊어서 할수있나—

임아임아~ 정든임아~ 이내가슴에 비춘달아~

달은맑아 구름은없고~ 요내-가슴에든속을 니가~알아~

달아달아 뚜렷한달아~ 이내가슴에 비춘달아~

아들딸 놓을라고~ 삼지불공 말고~요~

대밤중에 오신손님 아이고나 괄시를말어~라

꿈아꿈아 무정한꿈아 오신그임을 왜보냈노~

오신님을 보내지말고~ 잠든이몸을 깨워나주지—

청춘가

자료코드 : 04_21_FOS_20100203_PKS_LSR_0003
조사장소 : 부산광역시 동구 범일4동 호천경로당
조사일시 : 2010.2.3
조 사 자 : 박경수, 서정매, 황영태, 최수정
제보자 1 : 이수리, 여, 92세
제보자 2 : 박순기, 여, 88세
구연상황 : <청춘가>는 예전에 많이 부른 노래이기 때문인지 이수리 제보자가 먼저 부
　　　　　르면 박순기 제보자가 이를 받아서 부르는 등, 두 제보자가 서로 번갈아가며
　　　　　불렀다.

제보자 1 ~6) 가고서~ 말미는 말았지~

　　　　　내심중에 듣는말을~ 어~어 알수있더~나~

제보자 2 꽃이 고와도~ 춘추 반절인데~

　　　　　아무리 고와~도~ 좋~다 이십에 안쪽이라~

제보자 1 니얼굴이 잘나고~ 내십제가 들었으나~

　　　　　만주야 벌판에~ 에~에 술장사 갈기~라~

다리 세기 노래

자료코드 : 04_21_FOS_20100203_PKS_LSR_0004
조사장소 : 부산광역시 동구 범일4동 호천경로당
조사일시 : 2010.2.3
조 사 자 : 박경수, 서정매, 황영태, 최수정
제 보 자 : 이수리, 여, 92세
구연상황 : 조사자가 제보자에게 노래 제목과 앞 소절을 띄어주니 제보자가 그제서야
　　　　　기억이 났는지 불러 주었다.

---

6) 녹음이 되지 않은 부분이다.

이거리 저거리 갓거리

진주만주 도만주

짝바리 회양근

도리줌치 장도칼

조무천지 총대동

창부타령

자료코드 : 04_21_FOS_20100203_PKS_LHO_0001

조사장소 : 부산광역시 동구 범일4동 호천경로당

조사일시 : 2010.2.3

조 사 자 : 박경수, 서정매, 황영태, 최수정

제보자 1 : 이현옥, 여, 83세

제보자 2 : 김명숙, 여, 80세

제보자 3 : 박순기, 여, 88세

구연상황 : 제보자가 노래를 구연하자 다른 제보자들도 같이 불렀다. 청중들도 박수를
치며 장단을 맞추었다.

제보자 1 포름포름 봄배추는 봄이슬 오기만 기다리고

옥에갖힌 춘향이는 이도룡오기만 기다린다

(청중 : 할매 기운이 없어서 인자 노래 안 나온다.)

우리에 영감님은 나를오기만 기다린다

얼씨구나 절씨구 지화자 좋네

아-니 놀고서 무엇하리

남기에라도 고목이되면 오던새도 아니오고

꽃이라도 낙화가되면 오던나비도 아니오네

제보자 2 우리청춘도 늙어병들면 오던낭군도 돌아선다

제보자 3 백설같은 흰나비는 부모님몽상을 입었던가
　　　　소복단장 곱게하고 장다리밭을 날라드네
　　　　황금같은 꾀꼬리는 버를가지를 왕래하네

못갈 장가 노래

자료코드 : 04_21_FOS_20100203_PKS_YKY_0001
조사장소 : 부산광역시 동구 수정5동 수동경로당
조사일시 : 2010.2.3
조 사 자 : 박경수, 서정매, 황영태, 최수정
제 보 자 : 임기연, 여, 86세
구연상황 : 조사자가 제보자에게 밭을 맬 때 부르는 소리를 기억하느냐고 물으면서 앞
　　　　　부분의 운을 띄우자, 그제서야 기억이 났는지 다음 노래를 가창하지 않고 읊
　　　　　어 주었다.

　　　　앞집에라 궁합보니 궁합에도 못갈장개
　　　　뒷집에라 책력보니 책력에도 못갈장개
　　　　지가세와 가는장개 어느누가 말길소냐
　　　　닥쳤구나 닥쳤구나 장개날이 닥쳤구나
　　　　한고개로 넘어가니
　　　　집위에 우는까치 집밑으로 내리서네
　　　　한고개로 넘어가니
　　　　집위에서 우던여우 지랄하고 내려서네
　　　　부고오네 부고오네
　　　　오던질로 돌아시소 오던질로 돌아시소
　　　　부고오네 부고오네 신부죽은 부고오네 (청중 : 에헤, 쯧쯧.)

나는갈래 나는갈래 신부동네 나는갈래

신부동네 들어서니 곡소리가 진동하네

나는갈래 나는갈래 오던질로 돌아갈래

형부형부 울형부요 인제가면 언제오요

동솥에라 앉은밥이 싹나거든 오실라요

평풍에 그린닭이 회치거든 오실라요

뒷동산 고목남기 잎피거든 오실라요

인제가면 언제올래

카더란다.

신부 죽은 노래

자료코드 : 04_21_FOS_20100203_PKS_YKY_0002

조사장소 : 부산광역시 동구 수정5동 수동경로당

조사일시 : 2010.2.3

조 사 자 : 박경수, 서정매, 황영태, 최수정

제 보 자 : 임기연, 여, 86세

구연상황 : 제보자는 기억력이 좋은 편이어서인지 밭 맬 때 불렀던 긴 서사민요를 구연
해 주었다. 무척 긴 내용인데도 모두 기억하여 구연해 주었다. 노래로 부르지
않고 읊어준 것이다. 듣고 있던 청중들도 모두 고개를 끄덕이며 경청하는 분
위기였다.

민공사제 고개너매 청출내기 몬딸애기(맏딸애기)

하잘났다 말을듣고 한문(한 번)가도 몬볼레라

두번가도 몬볼레라

삼시번을 거듭가니 서른시칸 대청끝에

칭기칭기 서였구나

머리지청 볼라하니 석찬머리 얹었다고

풍추댕기 끝에몰리 칭기칭기 서였구나

처매지청 볼라하니 공단처매 범나올상 주름잡고

백비단을 마전달고 우에살큼 잘라입고

저고리지청 볼라하니 반달같은 깃을달고

제비같은 섶을달고 위에살푼 기어입고

집이라고 들어가니 아부님요 아부님요

그처녀를보고 병이나요 어라야야 그말마라

그집에서 결혼하자카면 할테이고 마자카면 말터인데

금전이 그만못해 못하겠나 살림이 그만못해 못하겠나

낳였더네(넣었다네) 낳였더네 그날부터 중신어미 낳였더네

사진가고 날이가고 장젯날이 닥쳤구나

스물너이 가는장개 말우에다 열둘이요 말밑에도 열둘이요

장방안에 들어가니 먹기싫은 술이구나

술을한잔 먹고나니 골머리가 뜨뜻하네

대기청에 들어서니 천지가 아득하네

쌍방안에 들어가니 앞도뒤도 안보이네

앞에앉은 처남손아 뒤에앉은 처남손아

너그별당 뛰어가서 너그누부 오라해라

누원님요 누원님요 새매보고 오라해요

해만지면 볼터닌데 우예그리 바쁘더냐

보선발로 뛰어아서 상천방 상방안에 들어가니

하늘같은 서방요 오는눈에 당하면 간다고 다시보네

내중손에 당할년 간다고도 뛰어쌌네

정지안에 젊은영아 정지밖에 늙은영아

물밥이나 얼른해라 물리나 볼턴이다

알쏭달쏭 유자이불 둘이덮자 지었더니 혼차덮기 우엔말고

자두치라 지은베개 둘이벨라 기었더니 혼차베기 우엔말고

새별같은 저요강은 밖에마중 땋아놓고

아부님요 아부님요 시갓집에 내갈라오

어라야 그 무슨 말고 칸다.

죽어도 그집구신 살아도 그집구신 나는가요

젊은종은 앞세우고 늙은영감 뒷세우고

민공사지 고개넘어 나는가요

청포집에 들어

아부님요 아부님요 이술한잔 잡수시오

어라디아 물렀거라 낭글깎아 시우나마(세웠으나) 내자식만 세아내라

어머님요 어머님요 이술한잔 들어보소

어라이거 비를깎아 시우나마 내자식만 세아내라

돌걸(돌을)깎아 시우나마 내자식만 세아내라

아버님요 아버님요 말하기사 어렵아도

남산밑에 초대선부 공부별당 어뎁니꺼

남산밑에 초대선부 공부별당 들어가니

명지바지 접바지도 입을듯이 걸어놓고

옥양목 중우적삼 입을듯이 걸어놓고

니는죽어 낭게되고 나는죽어 칡이되어

희영칭칭 감아보자

나물 노래

자료코드 : 04_21_FOS_20100203_PKS_YKY_0003
조사장소 : 부산광역시 동구 수정5동 수동경로당
조사일시 : 2010.2.3
조 사 자 : 박경수, 서정매, 황영태, 최수정
제 보 자 : 임기연, 여, 86세
구연상황 : 제보자는 시원시원한 음성으로 다음 노래를 빠르게 읊으며 구연해 주었다.

　　　앞도랑에 씻어가지

　　　뒷도랑에 행가가지

　　　아금지금 무쳐갖고

　　　열두접시 담아놓고

　　　한젓가치 남는걸랑

　　　시누년이 묵어뿄다

　　카더란다.

시집살이 노래

자료코드 : 04_21_FOS_20100203_PKS_YKY_0004
조사장소 : 부산광역시 동구 수정5동 수동경로당
조사일시 : 2010.2.3
조 사 자 : 박경수, 서정매, 황영태, 최수정
제 보 자 : 임기연, 여, 86세
구연상황 : 긴 가사의 노래를 모두 기억할 정도로 기억력이 무척 좋은 제보자였다. 그러
　　　　나 가창하지 않고 계속 노래 가사를 읊어 주었다.

　　　한살묵어 에미죽고 두살묵어 애비죽고

　　　올데갈데 없어서로 삼촌집을 들어가니

삼촌은 디리차고 숙모는 내차더라

한두살에 글을배워 다섯여섯 일을배워

열다섯에 시집가니 서방님이 병이들어

반지팔고 비녀팔고 약을지어 약탕간을 걸어놓고

모리지난에 잠이들어 임가는줄 내몰랐네

임이죽어 연자되어 추세(추녀)끝에 집을지어

날면보고 들면봐도 임인줄은 내몰랐네

도라지 타령

자료코드 : 04_21_FOS_20100203_PKS_JPS_0001
조사장소 : 부산광역시 동구 범일4동 호천경로당
조사일시 : 2010.2.3
조 사 자 : 박경수, 서정매, 황영태, 최수정
제 보 자 : 정필순, 여, 83세
구연상황 : 조사자가 제보자에게 <도라지 타령>의 가사 2절의 앞부분을 알려주니, 제
　　　　　보자는 그제야 생각이 난 듯이 불러 주었다. 모두 박수를 치며 함께 불렀다.

나물캐러 간다고~ 요평계조평계 다대고

총각낭군 무덤에 삼오제지내러 간다네

　　아리랑 아리랑 아라리요

창부타령

자료코드 : 04_21_FOS_20100203_PKS_JPS_0002
조사장소 : 부산광역시 동구 범일4동 호천경로당
조사일시 : 2010.2.3
조 사 자 : 박경수, 서정매, 황영태, 최수정

제 보 자 : 정필순, 여, 83세

구연상황 : 제보자는 앞의 제보자의 노래가 끝나자마자 바로 다음 노래를 구연했다. 흥 겹게 박수를 치면서 큰 소리로 불러 주어서 분위기가 무르익었다.

뒷동산에 고목남근(고목나무는) 날과같이도 속이썩네

속이썩어야 남이아나 겉이썩어야 남이알지

북망산천 가시는님은 꽃이피면 오실랑가~

잎이피며는 오실랑가

　　얼씨구좋다 절씨구나 좋네~

　　지화자자 좋을시구

사발가

자료코드 : 04_21_FOS_20100203_PKS_JPS_0003

조사장소 : 부산광역시 동구 범일4동 호천경로당

조사일시 : 2010.2.3

조 사 자 : 박경수, 서정매, 황영태, 최수정

제 보 자 : 정필순, 여, 83세

구연상황 : 조사자의 유도에 따라 노래를 구연했다. 다른 제보자들과 함께 박수를 치며 노래를 불렀다.

석탄백탄 타는데~ 연기만폴폴 나고요~

요내가슴 타는데~ 연기도짐도 안나네

성주풀이

자료코드 : 04_21_MFS_20100203_PKS_KMS_0001
조사장소 : 부산광역시 동구 범일4동 호천경로당
조사일시 : 2010.2.3
조 사 자 : 박경수, 서정매, 황영태, 최수정
제보자 1 : 김명숙, 여, 80세
제보자 2 : 이수리, 여, 92세
구연상황 : 유행가로 부른 신민요로서의 <성주풀이>이다. 한 제보자가 노래를 부르자 다른 제보자가 중간에 노래를 받아서 구연했다. 서로 주고받는 식으로 구연을 하다 보니, 서로 더 잘 부르려고 노력하는 모습도 보였다.

제보자 1 저건네~ 잔솔밭에 슬슬기는 저포수야
　　　　　그비둘기 잡지마소
　　　　　나와같이 임을잃고 임을찾아 살살긴다

제보자 2 낙양산 십리하에 높고낮은 저무덤아
　　　　　영웅호걸이 몇몇이냐 절대가인이 그누구냐
　　　　　우리인생 한분가면 저산저무덤이 되노라
　　　　　　에라 만수~ 에라 대신이야

제보자 1 낙영성 십리하에 높고낮은 저무덤은
　　　　　영웅호걸이 몇몇이냐 절대가인이 그누군가
　　　　　우리네인생 한번가면 저기저모양이 되는구려
　　　　　　에라 만수~ 에라~대신이야~

　　　　　저건너 잔솔밭에 솔솔기는 저포수야

그산둘기를 잡지마라 그비둘기도 나와같이
임을잃고 밤새도록 임을찾~아 헤매노라
　에라 만수~ 에라 대신이여~

한농정 솔을비어 조그맣게 배를모아
술과안주를 가득실고 만경창파 두둥실떠서
임과함께 달구경가세
　에라 만수~

3. 동래구

▌조사마을

부산광역시 동래구 명륜1동

조사일시 : 2010.1.26

조 사 자 : 박경수, 서정매, 정다혜, 최수정

명륜동 동래 향교의 정문

　명륜동(明倫洞)은 『동래부지』(1740)의 방리조에 보면, 신향교동(新鄉校
洞)이라 하였다. 조선시대는 고을마다 향교가 있어 그 향교가 있는 마을
을 교동(校洞) 또는 교리(校里)라 하는 경우가 많았다. 그런데 향교가 여러
차례 자리를 옮겨 앉게 되자 '구교동', '신교동'이란 이름이 생겨나게 되
었다. 한편, 이 일대는 옛부터 '대낫들'이라 불렸는데, 오늘날 이곳은 명
륜동에서 온천장으로 가는 길이다. 옛날에 동래부사가 부임해 올 때나 전

임되어 갈 때 행렬이 자못 장엄하여 '큰 나들이'라 한 것에서 '큰'이 '대'로 바뀌어 '대낫들'로 불린 명칭으로, 일명 '개복장이'라고도 했다. 지금의 명륜동은 신향교동이라 하다가 1906년에 교동이 되었다. 그 교동이 구교동과 엇갈려, 1942년에 향교의 중심인 명륜당을 따서 명륜동이라 이름을 고쳤다. 1978년 8월에는 명륜1동과 2동으로 분동하여 오늘에 이르고 있다.

조사자들은 명륜1동에 있는 향교에 미리 연락하고 약속을 잡은 후 11시경에 찾아갔다. 3명의 어른들이 모였고, 사무실에 앉아서 조사가 시작되었다. 박희찬 제보자에 의해 <정과정곡의 유래>, <동래 정씨 시조의 무덤> 등의 구술이 이루어졌다.

부산광역시 동래구 온천1동

조사일시 : 2010.2.7
조 사 자 : 박경수, 서정매, 황영태, 최수정

온천동(溫泉洞)의 유래가 된 동래온천장의 온천이 자연 용출한 시기를 신라시대부터로 본다. 그러나 산저리(속칭 차밭골)와 장전리 일부를 합하여 행정구역상의 온천동(溫泉洞)으로 독립시킨 것은 1910년 일제강점 이후이고, 그 이전은 금산마을(또는 금정마을)과 온정리 등 자연마을의 이름으로 불렸다.

과거의 온천동은 온정원(溫井院)이라 하여 공용으로 여행하는 관원을 위한 공영의 여관이 있었을 뿐 집단적인 취락은 형성되지 않았다. 지금은 온천이 발견되면 위락시설을 갖추어 손님을 받아 돈을 벌어들일 궁리를 하겠지만, 그 당시에는 고관대작과 병자들이 오가서 오히려 민폐만 생길 뿐이었다.

그래서 조선 말기에는 지금의 온천동 일부가 서면의 산저리에 속하고 일부는 북면의 장전리에 속했다. 조선시대 동래부에서 온천시설을 갖춘 바도 있었지만 대중성이나 영리성을 띄지 못했다. 동래온천이 본격적으로 개발된 것은 일제강점 이후 일본인들이 밀려들어 영리를 목적으로 한 위락시설을 갖추고부터다. 1942년 부산부 동래출장소를 설치하여 온정리라 했고, 1947년 일제식 동명 개정 때에는 미남·산저정의 두 마을을 합하여 온천2동으로 개정하였다. 1979년에는 온천2동을 온천2, 3동으로 분동하여 오늘에 이르고 있다.

<동래지신밟기>를 녹음하기 위해 2주 전부터 미리 전화를 했던 김준호 제보자는 당시 부산민속예술보존협회(온천1동 소재)에서 무형문화재 동래지신밟기 준인간문화재(현재는 인간문화재)로 활동을 하고 있었다. 방송인으로도 바쁘게 활동하는 터라 시간을 빼기가 힘들었지만, 구비문학에 대한 이해를 충분히 알고 오히려 도와주려는 마음이었고, 순조롭게 부산민속예술보존협회에서 약속을 정하여 녹음을 할 수 있었다. 부인인 무용가 손심심과 그 지인, 이렇게 2명의 청자가 있는 상황에서 동래지신밟기에 대한 내력과 이야기하고 더불어 지신밟기 노래를 구연해주었다. 구연 시간은 1시간이 넘었지만 힘들어하지 않고 오히려 빠진 데가 있을까 걱정하며 몇 번이나 정확히 해야 한다면서 열정적으로 제보에 임해 주었다. <동래지신밟기>는 <주산풀이>에서 시작하여 <당산풀이>, <대문 들어가는 풀이>, <성주풀이>로 이어지는데 <성주풀이>는 다시 <나무 작벌하는 풀이>, <나무 재단하는 풀이>, <나무 운반하는 풀이>, <집터 보는 풀이>, <집터 닦는 풀이>, <집터 짓는 과정 풀이>, <집고사 풀이>, <집 구경 풀이>, <큰방 치장 풀이>, <작은방 치장 풀이>, <대청방 치장 풀이>, <사랑

온천1동 금강공원 내에 있는
사단법인 부산민속예술보존협회 전경

방 치장풀이>, <큰방성주풀이>, <조왕풀이>, <우물풀이>, <장독간풀이>, <마굿간 풀이>, <곡간풀이>, <정랑풀이>, <대문풀이>, <주신풀이> 등으로 이루어져 있는데, 김준호 제보자는 이 모두를 기억하여 구연해 주었다.

부산광역시 동래구 명장2동

조사일시 : 2010.1.27
조 사 자 : 박경수, 서정매, 황영태, 최수정

명장2동 경로당 2층 할아버지경로당(1층은 할머니 경로당)

명장동(鳴藏洞)이라는 명칭은 『동래부지』(1740)에 동래부 동면 명장리(鳴壯里)로 표기되었으나, 조선 후기에는 동상면 명장리(鳴藏里)로 되었다. 1957년 이전까지만 해도 미나리꽝과 야산으로 이루어진 시골의 한적한

마을에 불과하였던 변두리였으나, 1975년 안락북지구 구획정리사업 이후 도시형태를 갖추게 되었다.

명장동의 유래에 대해 살펴볼 수 있는 자료는 거의 없으나, 다만 인근의 염창리(廉倉里)와 같이 명편(鳴鞭)을 간수했던 곳에서 붙여진 이름이라는 설이 있다. 명편은 옛날 의장(儀仗) 때 쓰는 기구의 하나로 이를 흔들어 소리를 내어서 사람들로 하여금 정숙하게 하는 물건으로 일명 정편(靜鞭)이라고도 한다. 동래부사는 동래 독진을 지휘하여 동래뿐만 아니라 인근의 양산·기장의 군사까지 지휘하였는데, 이때 사용하던 명편을 이곳에 간수케 하였다 하여 명장(鳴藏)이라 전한다. 명장동은 1910년 동래부 동래읍에 속했다가, 1959년 부산시 동래구 명장동이라 부르게 되었다. 1980년대에 들어서기 시작한 아파트와 학교로 인구가 증가함에 따라, 1990년 1월에 명장 1, 2동으로 분동되어 오늘에 이르고 있다.

명장2동경로당은 2층으로 지어져서 1층은 할머니경로당, 2층은 할아버지경로당으로 사용되고 있다. 조사자 일행은 먼저 할아버지경로당인 2층부터 올라갔다. 전화를 하고 간 터였지만, 삼삼오오 모여 화투를 치며 놀고 있었다. 조사의 취지를 설명하고, 화투를 꼭 치고 싶어하는 몇몇 분들은 방에 따로 있게 하고, 넓은 거실에 모이게 하여 둥글게 앉아서 조사가 시작되었다. 민요보다는 이야기가 많이 구술되었는데, 실제 경험담 위주였다. 2층에서 조사를 마치고 1층의 할머니경로당을 찾았다. 다른 경로당에 비해 인원이 많은 편이었다. 대부분 화투를 치고 있었지만, 사정을 이야기하자 모두 화투를 물리고 자료 조사에 응해 주었다. 설화도 제법 나왔지만, 민요도 많이 조사되었다. 박수를 치고 웃음이 끊이지 않는 즐거운 분위기에서 조사가 이루어졌다. 구술된 설화로는 <결혼식 날 바뀐 신부>, <떼를 지어 넘었던 만덕고개>, <도깨비 불>, <저승사자를 본 사람>, <까마귀 때문에 나무를 못한 사람>, <호랑이에게 개를 주고 호식을 면한 사람>, <저승 갔다 온 사람> 등이며, 민요로는 <창부타령>,

<양산도>, <밀양아리랑>, <모찌기 노래>, <명 잣는 노래>, <남녀 연정요>, <보리타작 노래>, <모찌기 노래>, <아기 어르는 노래(불매소리)>, <사발가>, <권주가>, <쌍가락지 노래> 등이다.

부산광역시 동래구 칠산동

조사일시 : 2010.1.26
조 사 자 : 박경수, 서정매, 황영태, 최수정

칠산동(漆山洞)은 행정동인 복산동(福山洞)에 속한 법정 동명이다. 과거 삼국시대에 동래 지역에는 거칠산국(居漆山國)이 존재하고 있었는데, 이를 신라가 병합하여 거칠산군(居漆山郡)이라 하였다가 통일신라의 경덕왕 때 행정구역 개편에 따라 동래군(東萊郡)으로 바뀌었다. 삼한시대 소국의 치소(治所)가 동래지역으로 옮겨질 때 주산(主山)의 이름을 칠산(漆山)이라 불렀을 것인데, 지금의 동래읍성의 뒷산을 칠산이라 부른 데서 칠산동의 이름이 유래된 것으로 본다.

칠산동은 복천동고분군을 통해 삼한시대에 가야문화가 발생하였던 곳임을 알 수 있다. 칠산동은 1957년 조례에 의해 법정동인 복천동과 합쳐져서 행정동인 복산동(福山洞)으로 개칭되었다.

신선노인정은 미리 연락을 하고 간 곳은 아니었으나, 이곳을 방문한 날에 마침 노인정에서 모임이 있어서 많은 노인들이 술과 다과를 들며 회의를 하고 있었다. 조사자들을 반갑게 여기는 분도 있었지만, 모임의 분위기를 해친다고 싫어하는 분들도 있었다. 그런 와중에 조사가 시작되었지만, 조사하는 중간에 조사에 반발하는 할머니가 있어서 부득이 조사를 중단할 수밖에 없었다. 그래도 상당수의 설화와 민요 조사가 이루어진 편이다.

구연된 민요로는 <장타령>, <모심기 노래>, <모심기 노래(짧은 등지)>, <창부타령>, <아기 어르는 노래>, <보리타작 노래>, <권주가>,

<쌍가락지 노래>, <베틀 노래>, <방귀 타령>, <구멍 타령>, <뱃노래>, <노랫가락>, <사발가>, <진주난봉가>, <바늘 노래>, <각설이 타령>, <다리 세기 노래>, <청춘가>, <너냥 너냥> 등이 있으며, 설화로는 <동래 송공단의 유래>, <경주공방에서 온 동래 기생>, <학이 놀았던 학소대>, <우애를 지켜 부자 된 형제>, <짚신 삼는 법은 자식에게도 알려주지 않는다>, <빗자루로 변한 도깨비> 등이 있었다.

동래시장 골목 안에 위치한 신선노인정

부산광역시 동래구 온천3동

조사일시 : 2010.1.27

조 사 자 : 박경수, 서정매, 황영태, 최수정

온천동(溫泉洞)의 유래가 된 동래온천장에서 온천이 자연용출한 시기는 신라시대부터로 본다. 그러나 산저리(속칭 차밭골)와 장전리 일부를 합하여 행정구역상의 온천동(溫泉洞)으로 독립시킨 것은 1910년 일제강점 이후가 된다. 그 이전은 금산마을(또는 금정마을)과 온정리 등 자연마을의 이름으로 있었다.

새마을 경로당 입구 골목길

조선 말기에는 지금의 온천동 일부가 서면의 산저리에 속하고 일부는 북면의 장전리에 속했다. 조선시대 동래부에서 온천시설을 갖춘 바도 있었지만 대중성이나 영리성을 띄지 못했다. 동래온천이 본격적으로 개발된 것은 일제강점기에 일본인들이 영리를 목적으로 한 위락시설을 갖춘 후부터다. 1942년에 부산부 동래출장소가 설치되면서 온정리라 했고, 1947년 일제식 동명 개정 때 미남·산저정의 두 마을을 합하여 온천2동으로 개정되었다. 1979년에 온천2동은 온천2, 3동으로 분동되어 오늘에 이르고 있다.

온천3동에 위치한 새마을경로당은 조사자 일행이 미리 연락을 하지 않고 찾아간 곳이다. 경로당은 1층과 2층으로 나누어져 있었는데, 나이가 많은 80세 이상의 노인들은 2층에서 모이고, 60~70세의 할머니는 주로 1층에 모인다고 했다. 1층에 들어가자 민요나 설화는 나이가 많은 분들이 더 잘 안다면서 2층으로 안내하였다. 2층에는 노인 6명이 있었는데, 모두 조사자들을 반기며 기꺼이 녹음에 응해 주었다.

<바보 아들의 첫날밤을 도와준 어머니>, <빗자루로 둔갑한 도깨비>, <화장실에서 책 보는 복 없는 며느리> 등을 구술해 주었다. 옛날이야기를 하는 분위기가 계속되는 바람에 노래는 제공받지 못했다.

■ 제보자

강차희, 여, 1928년생

주 소 지 : 부산광역시 동래구 칠산동
제보일시 : 2010.1.26
조 사 자 : 박경수, 서정매, 황영태, 최수정

강차희는 1928년 무진년 용띠 생으로, 경
상남도 합천군 초계에서 태어났다. 현재 나
이는 83세로 반송댁으로 불린다. 17세에 결
혼을 하여 현재 4남 2녀의 자녀를 두고 있
으며, 남편은 29년 전에 작고하였다. 자녀들
은 서울, 반송, 칠산 등 회사 때문에 모두
객지로 나가 있고, 제보자는 현재 혼자 거주
하고 있다.

학교는 다닌 바 없으며, 종교는 불교이다. 예전에는 농사를 지었으나
지금은 나이가 많아서 아무것도 하지 않고 쉬고 있다고 했다. 반송에서
살다가 4년 전에 칠산동으로 이사를 온 이후 현재까지 칠산동에서 거주
하고 있다.

83세의 나이에도 많은 민요와 설화를 기억하고 있었다. <방귀타령>,
<구멍타령>, <다리 세기 노래>, <뱃놀이 노래>, <아기 어르는 노래>,
<보리타작 노래>, <권주가>, <노랫가락> 등을 구연해 주었다. 이들 노
래는 모두 시골에서 친구들과 놀면서 배운 것이라고 했다.

제공 자료 목록
04_21_FOT_20100126_PKS_KCH_0001 내 방귀 고소하지요?
04_21_FOS_20100126_PKS_KCH_0001 방귀타령

04_21_FOS_20100126_PKS_KCH_0002 구멍타령

04_21_FOS_20100126_PKS_KCH_0003 다리 세기 노래

04_21_FOS_20100126_PKS_KCH_0004 보리타작 노래

04_21_FOS_20100126_PKS_KCH_0005 뱃노래

04_21_FOS_20100126_PKS_KCH_0006 아기 어르는 노래 / 불매소리

04_21_FOS_20100126_PKS_KCH_0007 권주가

04_21_FOS_20100126_PKS_KCH_0008 노랫가락 / 그네 노래

04_21_FOS_20100126_PKS_KCH_0009 창부타령 / 낚시 노래

김금이, 여, 1935년생

주 소 지 : 부산광역시 동래구 명장2동
제보일시 : 2010.1.27
조 사 자 : 박경수, 서정매, 황영태, 최수정

김금이(金今伊)는 1935년생으로 올해 76
세 돼지띠이다. 본관은 월성이며, 택호는 안
동댁이다. 경상북도 포항시 여실리에서 태
어나, 17세에 결혼하여 영덕에서 살다가, 부
산광역시 명장2동으로 이사 와서 지금까지
살고 있다. 남편은 10년 전에 작고하여, 지
금은 홀로 지내고 있다. 슬하에 3남 2녀를
두었다. 일본학교에서 초등학교 4년을 다녔
는데, 한국전쟁으로 인해 학교를 그만두었다. 종교는 기독교이다. 벼농사
를 지었으나, 지금은 쉬고 있다.

다른 제보자와 함께 적극적으로 조사에 임해 자신이 알고 있는 노래를
불러 주었다. 구연해 준 노래는 젊었을 때 친구들과 함께 불렀던 노래라
고 했다.

제공 자료 목록

04_21_FOS_20100127_PKS_KKI_0001 창부타령

04_21_FOS_20100127_PKS_KKI_0002 양산도

04_21_FOS_20100127_PKS_KKI_0003 밀양아리랑

김요조, 여, 1929년생

주 소 지 : 부산광역시 동래구 칠산동

제보일시 : 2010.1.26

조 사 자 : 박경수, 서정매, 황영태, 최수정

김요조는 1929년 기사년 생으로 경상남도 거제군에서 태어났다. 올해 82세로 뱀띠이며, 거제댁이라 불린다. 18세에 6살 연상인 남편(천삼봉)을 만나 결혼하여 슬하에 2남 2녀를 두고 있는데, 현재 서울, 울산, 부산 온천장, 강서구 등지에서 살고 있다. 학교는 다닌 바 없으며 농사를 지으며 살아왔고 종교는 불교이다. 현재 40년간 동래구 칠산동에서 살고 있다.

목소리가 크고 좋았는데, 많은 노래를 구연해 주었다.

제공 자료 목록

04_21_FOS_20100126_PKS_KYJ_0001 모찌기 노래

04_21_FOS_20100126_PKS_KYJ_0002 쌍가락지 노래

04_21_FOS_20100126_PKS_KYJ_0003 창부타령

04_21_FOS_20100126_PKS_KYJ_0004 베틀 노래

04_21_FOS_20100126_PKS_KYJ_0005 토끼화상 노래

04_21_FOS_20100126_PKS_KYJ_0006 도라지 타령

04_21_FOS_20100126_PKS_KYJ_0007 사발가

김일연, 남, 1932년생

주 소 지 : 부산광역시 동래구 명장2동
제보일시 : 2010.1.27
조 사 자 : 박경수, 서정매, 황영태, 최수정

김일연(金一淵)은 1932년생으로 현재 79
세이며, 원숭이띠이다. 일본 오오사카에서
태어나 지내다가 해방이 되자 명장2동으로
이주하여 지금까지 살고 있다. 28세에 결혼
하여 지금까지 명장2동에서 살고 있다. 슬
하에 자녀는 2남 2녀를 두었다. 과거 직업
은 군인으로 중간 간부직까지 맡았다. 중학
교를 졸업했으며, 종교는 유교이다. 6·25
전에는 청도공무원으로 근무했으며, 현재 국가유공자로 있다.

부산의 만덕에서 결혼식날 이웃사촌과 신부가 바뀌었지만 어쩔 수 없
이 바뀐 채로 살았다는 실제 경험담을 구술해 주었다.

제공 자료 목록
04_21_MPN_20100127_PKS_KIY_0001 결혼식 날 바뀐 신부

김점순, 여, 1933년생

주 소 지 : 부산광역시 동래구 명장2동
제보일시 : 2010.1.27
조 사 자 : 박경수, 서정매, 황영태, 최수정

김점순(金正順)은 1933년생으로, 올해 78세이며 닭띠이다. 본관은 김해
이며, 충청도댁이라 불린다. 충청남도 청양군 정산면 해남리에서 태어나,
19세에 결혼하여 금산군 진산면 부암리에서 하명을 거쳐 지금의 명장2동

에서 살게 되었다. 남편은 15년 전에 작고
하여 홀로 살고 있다. 자녀는 2남 3녀이다.
밭농사와 논농사를 지었는데, 지금은 쉬고
있다. 초등학교 3년까지 다니고 중퇴하였고,
종교는 천주교이다. 현 거주지에서 산 지는
올해 30년째이다.

　젊었을 때 친구들과 함께 불렀던 <창부
타령>을 박수를 치며 신명나게 불러 주었
다.

제공 자료 목록
04_21_FOS_20100127_PKS_KJS_0001 창부타령

김준호, 남, 1963년생

주 소 지 : 부산광역시 동래구 온천동 산 30번지 부산민속예술보존협회
제보일시 : 2010.2.7
조 사 자 : 박경수, 서정매

　김준호는 1963년 경상남도 사천시에서
태어났다. 올해 나이 48세로 토끼띠이며 본
관은 금녕이다. 33세 때 부인 손심심 씨를
만났다. 슬하에 자녀는 없다. 부산대학교 국
어국문학과를 4학년 1학기까지 공부하였으
나 남은 한 학기를 못채우고 중퇴를 하였다.
현재 부산민속예술보존협회에서 무형문화재
동래지신밟기 준인간문화재(이후 인간문화
재)로 활동하고 있으며, 이 외에도 국악인인 부인과 함께 방송생활을 하면서 살고 있다. 종교는 불교이다.

제보자는 <동래지신밟기>를 과장별로 꼼꼼하게 구연해 주었고, 노래가 끝나고 한자어나 설명이 필요한 부분에 설명을 덧붙여 주기도 하고, 중간에 기억이 안 나는 부분이 있으면 다시 기억을 해서 불러 주었다. 지신밟기 노래를 구연하는 데 1시간이나 걸렸지만, 그래도 힘들어 하지 않고 당연히 그렇게 해야 되는 일이라고 하면서 정확하게 구연하려고 노력했다.

제공 자료 목록

04_21_FOS_20100207_PKS_KJH_0001 동래지신밟기

문장원, 남, 1917년생

주 소 지 : 부산광역시 동래구 온천1동
제보일시 : 2010.1.28
조 사 자 : 박경수, 서정매, 황영태, 최수정

문장원(文章垣)은 1917년생으로 올해 94세이며 뱀띠이다. 본관은 남평이다. 부산 동래에서 태어나 지금까지 살고 있는 토박이로 27세에 부인 김계단(87세)을 만나 지금까지 함께 살고 있다. 슬하에 3남 1녀를 두었는데, 현재 정신지체 장애3급인 딸을 돌보며 함께 살고 있다. 동래보통학교를 졸업하였다. 이후 동래고등학교에 시험을 쳤으

나 떨어졌다고 했다. 종교는 불교이다. 현재 사단법인 부산민속예술보존협회의 상임고문이며, 인간문화재지만 나이가 고령이어서 귀가 잘 들리지 않고, 뇌경색증이 있어서 약을 먹고 있다고 했다. 설화 3편과 <담바구 타

령>을 짤막하게 구연해 주었다. 예전에 민요를 많이 불렀다고 했으나, 노
령으로 인해 기억력이 많이 떨어져서 가사를 잘 기억하지 못했다.

제공 자료 목록
04_21_FOT_20100128_PKS_MJW_0001 온천수에 치료가 된 학
04_21_FOT_20100128_PKS_MJW_0002 명륜동 관운묘의 유래
04_21_FOT_20100128_PKS_MJW_0003 상여소리의 풍속
04_21_FOS_20100128_PKS_MJW_0001 담바구 타령

박말순, 여, 1938년생

주 소 지 : 부산광역시 동래구 온천3동
제보일시 : 2010.1.27
조 사 자 : 박경수, 서정매, 황영태, 최수정

　박말순은 1938년생으로 울산광역시 울주
군 두동면 천전리 천전마을에서 태어났다.
올해 73세이며 소띠이다. 20세에 남편을 만
나 결혼을 했으나 남편은 작고하여 지금은
홀로 살고 있다. 슬하에 1남 2녀를 두었는
데, 모두 부산에서 살고 있다. 학교는 다닌
바 없으며, 종교는 불교이다. 26세 때부터
부산에서 살기 시작했다. 벼농사를 짓고 장
사도 했는데 지금은 나이가 많아서 쉬고 있다.

제공 자료 목록
04_21_FOT_20100127_PKS_PMS_0001 바보 아들의 첫날밤을 도와준 어머니

박명철, 남, 1935년생

주 소 지 : 부산광역시 동래구 명장2동
제보일시 : 2010.1.27
조 사 자 : 박경수, 서정매, 황영태, 최수정

　박명철은 1935년생으로, 올해 76세 돼지 띠이다. 본관은 밀양이다. 부산광역시 중구 부영동에서 태어나 23세 때 부인 홍숙연(76세)을 만나 결혼하여 지금까지 함께 살고 있다. 슬하에 자녀는 2남 1녀이며, 모두 부산에서 거주하고 있다.

　개인택시를 하였으나, 지금은 쉬고 있다. 개인택시 법윤회를 창설하여 현재 회장으로 있으며, 개인택시 부산시연합회 회장도 맡고 있다. 대학교를 1학년까지 다녔으며, 종교는 불교이다. 설화를 구술할 때 손짓, 발짓을 사용하면서 열정적으로 구연을 해주었다. 현재 혈액을 투석하고 있는 희귀성난치성 질환자로 2급 장애자이다. 개인택시를 하다가 교통사고가 나면서 장애자가 되었다고 한다.

제공 자료 목록

04_21_FOT_20100127_PKS_PMC_0001 떼를 지어 넘었던 만덕고개
04_21_FOT_20100127_PKS_PMC_0002 도깨비불
04_21_MPN_20100127_PKS_PMC_0001 저승사자를 본 사람

박희찬, 남, 1945년생

주 소 지 : 부산광역시 동래구 명륜동 동래향교
제보일시 : 2010.1.26
조 사 자 : 박경수, 서정매, 정다혜, 최수정

박희찬(朴喜瓚)은 1945년 을유년 닭띠생
으로 부산광역시 동래구에서 태어났다. 본
관은 밀양이며, 현재 나이는 66세이다. 30
세에 결혼하여 슬하에 1남 1녀의 자녀를 두
고 있다. 현재 아들과 함께 거주하고 있고
딸은 객지에서 생활을 하고 있다. 대학교에
서 정치학을 전공하였고, 법학과 역사공부
도 함께 하였다고 했다. 예전에는 신문사에

서 역사 칼럼을 썼으며, 현재는 범국민 예의실천운동 부산본부회장을 맡
고 있다.

　　설화 3편을 구술해 주었는데, 1편의 '정묘사' 이야기는 단편적이고 서사
성이 부족하여 채록 대상에서 제외했다. 이들 설화는 모두 어른들에게 들
은 것이라고 했다.

제공 자료 목록
04_21_FOS_20100126_PKS_PHC_0001 정과정곡(鄭瓜亭曲)의 유래
04_21_FOS_20100126_PKS_PHC_0002 동래 정씨 시조의 무덤

병태주, 남, 1929년생

주 소 지 : 부산광역시 동래구 칠산동
제보일시 : 2010.1.26
조 사 자 : 박경수, 서정매, 황영태, 최수정

　　병태주는 1929년 기사년 뱀띠 생으로 경상북도 영일군 기계면에서 태
어났다. 현재 나이는 82세이며 내동댁으로 불린다. 17세에 결혼하여 슬하
에 3남 1녀의 자녀를 두었다. 남편은 11년 전에 작고하였다. 자녀들은 모
두 객지에 나가서 살고 있고, 이곳에 거주한 지 현재 53년째가 된다고 하

였다. 초등학교를 졸업하였고 예전에는 채소장사도 하였다. 현재 마을에서 총무를 맡고 있으며 종교는 불교이다.

제보자가 구연해 준 노래는 어릴 때 논에서 일을 하거나 친구들과 놀면서 알게 된 것이고, 설화는 어른들에게 들은 것이라고 했다.

제공 자료 목록

04_21_FOT_20100126_PKS_BTJ_0001 동래 송공단의 유래
04_21_FOT_20100126_PKS_BTJ_0002 경주공방에서 온 동래기생
04_21_FOT_20100126_PKS_BTJ_0003 학이 놀았던 학소대
04_21_FOT_20100126_PKS_BTJ_0004 시어머니의 노래를 따라 한 며느리
04_21_FOT_20100126_PKS_BTJ_0005 우애를 지켜 부자 된 형제
04_21_FOS_20100126_PKS_BTJ_0001 모심기 노래
04_21_FOS_20100126_PKS_BTJ_0002 임 그리는 노래
04_21_FOS_20100126_PKS_BTJ_0003 아기 어르는 노래
04_21_FOS_20100126_PKS_BTJ_0004 진주난봉가
04_21_FOS_20100126_PKS_BTJ_0005 창부타령(1)
04_21_FOS_20100126_PKS_BTJ_0006 권주가
04_21_FOS_20100126_PKS_BTJ_0007 창부타령(2)

손복순, 여, 1928년생

주 소 지 : 부산광역시 동래구 칠산동
제보일시 : 2010.1.26
조 사 자 : 박경수, 서정매, 황영태, 최수정

손복순은 1928년 무진생으로 부산광역시 동래구 명장동에서 태어났다. 올해 83세로 용띠이며, 명장댁으로 불린다. 18세에 7살 연상인 남편을 만나 결혼을 하였으나, 10년 전에 작고하였다. 슬하에 3남 2녀를 두고 있으

며, 현재 제보자는 홀로 살고 있다. 학교는
다닌 바가 없으며, 종교는 불교이다. 오랫동
안 농사를 지어왔는데, 지금은 나이가 많아
쉬고 있다. 칠산동에는 현재 40년 가까이
살고 있다고 했다.

　제보자는 말이 빠른 편이지만 발음이 비
교적 정확했다. 기억력이 좋아 다양한 노래
를 불러 주었다. 구연한 노래는 어릴 때 어
른들이 부르는 노래들을 들어서 익힌 것이라 했다.

제공 자료 목록

04_21_FOS_20100126_PKS_SBS_0001 모심기 노래
04_21_FOS_20100126_PKS_SBS_0002 각설이 타령
04_21_FOS_20100126_PKS_SBS_0003 다리 세기 노래
04_21_FOS_20100126_PKS_SBS_0004 보리타작 노래
04_21_FOS_20100126_PKS_SBS_0005 창부타령(1)
04_21_FOS_20100126_PKS_SBS_0006 너냥 나냥
04_21_FOS_20100126_PKS_SBS_0007 창부타령(2)

양재철, 남, 1941년생

주 소 지 : 부산광역시 동래구 명장2동
제보일시 : 2010.1.27
조 사 자 : 박경수, 서정매, 황영태, 최수정

　양재철(梁在哲)은 1941년생으로 올해 70
세이다. 고향은 전라도인데, 남의집살이를
하며 살았다. 30세에 부인 정맹례(62세)를
만나 결혼하여 42년째 함께 살고 있다. 슬
하에 자녀는 1남 3녀를 두었다. 과거 광산

에서 일을 하기도 했다. 12세 때에 한국전쟁을 겪었다. 초등학교를 중퇴했으며, 종교는 따로 없다. 군수로부터 표창장과 모범상을 받기도 했다고 자랑스럽게 말했다. 이야기를 재미있게 잘 구연해 주었는데, 4편 중 3편이 실제 체험한 경험담이었다.

제공 자료 목록

04_21_FOT_20100127_PKS_YJC_0001 초상 후 삼 일만에 묘를 찾는 이유
04_21_MPN_20100127_PKS_YJC_0001 까마귀 때문에 나무를 못한 사람
04_21_MPN_20100127_PKS_YJC_0002 호랑이에게 개를 던져주고 호식을 면한 사람
04_21_MPN_20100127_PKS_YJC_0003 저승 갔다 온 사람

엄태호, 남, 1935년생

주 소 지 : 부산광역시 동래구 명장2동
제보일시 : 2010.1.27
조 사 자 : 박경수, 서정매, 황영태, 최수정

엄태호(嚴太鎬)는 1935년생으로 현재 76세이며 돼지띠이다. 본관은 영월이다. 경상남도 하동군 금남면 갈사리에서 태어나 하동군 횡천면으로 이사를 해서 지내다가 지금은 부산광역시 명장동으로 와서 살고 있다. 27세 때 결혼하여 지금까지 함께 살고 있다. 슬하에 아들 한 명이 있는데 안성에서 살고 있다. 예전부터 벼농사를 했으며, 지금도 벼농사를 한다. 초등학교를 졸업했으며, 종교는 없다. 주로 설화를 구술해 주었는데 모두 15세 때 들었던 이야기라고 했다.

제공 자료 목록

04_21_FOT_20100127_PKS_UTH_0001 귀신에게 홀려 죽은 함지기

유남순, 여, 1938년생

주 소 지 : 부산광역시 동래구 온천3동
제보일시 : 2010.1.27
조 사 자 : 박경수, 서정매, 황영태, 최수정

유남순(柳南順)은 1938년생으로 올해 나
이 73세이며, 소띠이다. 안동이 고향이며,
18세 때 남편(75세)을 만나 결혼하여 지금
까지 45년째 온천3동에서 살고 있다. 슬하
에 1남 3녀를 두었으며, 현재는 아들과 함
께 살고 있다. 벼농사를 지었으며, 지금은
나이가 많아 쉬고 있다. 아들교육 때문에 부
산으로 이사를 왔다. 초등학교를 졸업했으
며, 종교는 기독교이다.

경로당의 회장할머니에게서 들었던 이야기를 구술해 주었다.

제공 자료 목록
04_21_FOT_20100127_PKS_YNS_0001 화장실에서 책 보는 복 없는 며느리

이분남, 여, 1924년생

주 소 지 : 부산광역시 동래구 명장2동
제보일시 : 2010.1.27
조 사 자 : 박경수, 서정매, 황영태, 최수정

이분남은 1924년생으로 올해 87세로 쥐띠이다. 본관은 경주이며, 유실
댁이라 불린다. 경상북도 청송군 파천면 황목리 모질마을에서 태어나 21

세에 결혼하였으나, 남편이 40년 전에 작고하여 오랫동안 홀로 살아왔다. 슬하에 1남 4녀를 두고 있으며, 자녀들은 모두 부산에 살고 있다. 결혼하여 청송군 진보면에서 살다가 영덕군 강구면으로 이사를 했다가 30세 때에 부산으로 들어와 지금까지 살고 있다.

남편을 일찍 여읜 터라 생활고를 벗어나고자 여러 가지 품팔이를 하며 살아왔고, 현재도 그렇게 살고 있다.

제보자는 목소리가 굵고, 적극적으로 조사에 임했다. 민요를 부를 때는 눈을 감고 손뼉을 치며 장단을 맞추어 불러 주었다.

제공 자료 목록

04_21_FOT_20100127_PKS_LBN_0001 개로 환생한 어머니
04_21_FOS_20100127_PKS_LBN_0001 명 잣는 노래
04_21_FOS_20100127_PKS_LBN_0002 남녀 연정요(1)
04_21_FOS_20100127_PKS_LBN_0003 남녀 연정요(2)
04_21_FOS_20100127_PKS_LBN_0004 밀양아리랑

장순분, 여, 1930년생

주 소 지 : 부산광역시 동래구 명장2동
제보일시 : 2010.1.27
조 사 자 : 박경수, 서정매, 황영태, 최수정

장순분(張順分) 1930년생으로 올해 81세이며 말띠로 앞젬댁으로 불린다. 경상남도 진주시 지수면에서 태어났다. 16세에 결혼하였으나, 남편은 30년 전에 작고하여 오랫

동안 홀로 살아왔다. 슬하에 1남 2녀를 두고 있다. 초등학교를 졸업했으며, 종교는 불교이다. 농사를 지었는데, 지금은 나이가 많아서 쉬고 있다. 명장동에서 20년째 살고 있다.

제보자는 다른 제보자들의 참여를 적극 유도했으나, 자신은 정작 민요 1편만 제공했다.

제공 자료 목록
04_21_FOS_20100127_PKS_JSB_0001 보리타작 노래

정도출, 여, 1921년생

주 소 지 : 부산광역시 동래구 칠산동
제보일시 : 2010.1.26
조 사 자 : 박경수, 서정매, 황영태, 최수정

정도출은 1921년 신유년 닭띠생으로, 남해군 창선면 광천리에서 태어났다. 현재 나이는 90세로 많지만 정정한 편이다. 17세에 결혼하여 슬하에 2남 2녀의 자녀를 두고 있다. 그러나 남편은 제보자가 35세 때 젊은 나이에 작고하여 지금까지 홀로 살아왔다. 현재 자녀들은 모두 객지에서 살고 있어서 혼자 거주하고 있다.

약 40년 전부터 칠산동에 살기 시작했으며, 어렸을 때 학교는 다니지 못했고 벼농사를 지었다. 현재 경로당 옆의 집에서 살고 있으며 손주 이름을 따서 김호야 할머니로 불린다.

다양한 민요를 구연해 주었는데, 이는 어렸을 때 어른들에게 듣고 배우거나 친구들과 함께 부르면서 알게 된 것이라고 했다.

정재복, 여, 1936년생

주 소 지 : 부산광역시 동래구 온천3동

제보일시 : 2010.1.27

조 사 자 : 박경수, 서정매, 황영태, 최수정

정재복(鄭在福)은 1936년생으로 올해 75
세이며 쥐띠이다. 황해도댁으로 불린다. 황
해도 옹진군 강영부락에서 태어나 22세에
남편을 만나 결혼했다. 31세 때 부산으로 피
난을 오게 되면서 온천3동에서 지금까지 44
년 째 살고 있다. 남편은 3년 전에 작고하여
지금은 홀로 살고 있다. 슬하에 자녀는 3형
제를 두었다. 초등학교를 3년까지 다녔으며,
종교는 불교이다. 과거 특별한 직업은 가지지 않았으며, 지금도 일은 하지
않고 연금을 받아서 생활하고 있다. 남편이 국가유공자였기 때문에 부인인
제보자가 남편에 이어서 연금을 받기 때문이다. 다른 제보자들의 이야기를
듣던 중에 문득 생각이 났는지 도깨비 이야기를 구술해 주었다.

제공 자료 목록

04_21_FOT_20100127_PKS_JJB_0001 빗자루로 변한 도깨비

주옥생, 여, 1931년생

주 소 지 : 부산광역시 동래구 명장2동

제보일시 : 2010.1.27

조 사 자 : 박경수, 서정매, 황영태, 최수정

　주옥생(周玉生)은 1931년 양띠 생으로 경상남도 창녕군 부곡면 노리마을에서 태어났고, 택호는 논실댁이다. 남편은 5~6년 전에 작고하였다. 슬하에 3남 2녀를 두었는데, 현재 큰아들 내외와 함께 거주하고 있다.

　제보자는 과거에 벼농사를 지으며 살아왔는데 회사에 취직하기도 했다. 현재 명장2동 할머니경로당에서 회장직을 맡고 있다. 초등학교를 졸업하였으며, 창녕에서 살아오다가 결혼 후 부산으로 이사를 와서 43년간 이곳 명장2동에서 살고 있다. 종교는 불교이다.

　제보자는 조사에 협조적인 태도로 임했으며, 카랑카랑한 목소리로 많은 노래와 이야기를 들려 주었다.

　노래는 경로당에서 배운 것이고, 이야기는 옛날 어렸을 때 들은 것이라고 했다.

제공 자료 목록

04_21_FOT_20100127_PKS_JOS_0001 엉뚱하게 알려준 염불소리

04_21_FOT_20100127_PKS_JOS_0002 독사지옥에 갈 사람

04_21_FOT_20100127_PKS_JOS_0003 며느리의 방귀 힘

04_21_FOT_20100127_PKS_JOS_0004 빗자루로 변한 도깨비

04_21_FOT_20100127_PKS_JOS_0005 신부의 얼굴 크기를 잰 신랑

04_21_FOS_20100127_PKS_JOS_0001 모찌기 노래

04_21_FOS_20100127_PKS_JOS_0002 베틀 노래

04_21_FOS_20100127_PKS_JOS_0003 아기 어르는 소리 / 불매소리

04_21_FOS_20100127_PKS_JOS_0004 다리 세기 노래

04_21_FOS_20100127_PKS_JOS_0005 보리타작 노래

04_21_FOS_20100127_PKS_JOS_0006 사발가

04_21_FOS_20100127_PKS_JOS_0007 삼 삼기 노래

04_21_FOS_20100127_PKS_JOS_0008 권주가

최분이, 여, 1937년생

주 소 지 : 부산광역시 동래구 온천3동
제보일시 : 2010.1.27
조 사 자 : 박경수, 서정매, 황영태, 최수정

최분이는 1937년생으로 올해 74세이며, 호랑이띠이다. 경상남도 밀양이 고향이다. 결혼한 후 남편을 따라 부산으로 와서 지금까지 함께 살고 있다. 도깨비 설화 1편을 제공했다.

제공 자료 목록
04_21_FOT_20100127_PKS_CBI_0001 도깨비가 무서워 도망간 아이들

최임출, 여, 1932년생

주 소 지 : 부산광역시 동래구 명장2동
제보일시 : 2010.1.27
조 사 자 : 박경수, 서정매, 황영태, 최수정

최임출(崔任出)은 1932년생으로 올해 79세 원숭이띠이다. 본관은 경주이며 두동댁으로 불린다. 일본 후쿠오카에서 태어났으나 18세에 울산광역시 울주군에서 결혼하여 살

다가 부산으로 이주하였다. 남편은 18년 전에 작고하여 오랫동안 홀로 살아왔다. 자녀는 2남 3녀를 두었는데 그 중 한 명은 사망하였다. 벼농사를 지었으나, 지금은 나이가 들어 쉬고 있다. 명장2동 경로당에서 현재 총무직을 맡고 있다. 일본에서 초등학교를 졸업했으며, 종교는 천주교이다.

제보자는 조심스러운 성품으로 자신이 알고 있는 민요 1편을 불러 주었다.

제공 자료 목록
04_21_FOS_20100127_PKS_CIC_0001 쌍가락지 노래

최진욱, 남, 1932년생

주 소 지 : 부산광역시 동래구 명장2동
제보일시 : 2010.1.27
조 사 자 : 박경수, 서정매, 황영태, 최수정

최진욱(崔鎭旭)은 1932년생으로 본관은 경주이며, 올해 79세 원숭이띠이다. 경상북도 청도가 고향이며, 23세 때 결혼하여 슬하에 1남 3녀를 두었다. 명장2동에서 현재 20년째 살고 있다. 대우자동차에서 회사원으로 일을 했다. 명장2동 경로당 회장직을 역임한 바 있다. 중학교를 졸업했으며, 종교는 없다. 젊었을 때 몸이 좋지 않아서 6·25는 참전하지 않았다. 실제 동래 녹천탕의 유래에 관한 이야기 1편을 들려주었다.

제공 자료 목록
04_21_FOT_20100127_PKS_CJW_0001 동래 녹천탕의 유래

한정자, 여, 1929년생

주 소 지 : 부산광역시 동래구 칠산동
제보일시 : 2010.1.26
조 사 자 : 박경수, 서정매, 황영태, 최수정

　한정자는 1929년 기사년 생으로 부산광역시 기장군 정관면 월평리에서 태어났다. 올해 나이는 81세로 뱀띠이며 똘이할매로 불린다. 19세에 남편을 만나 결혼하였으나, 29년 전에 작고하여 오랫동안 홀로 살아왔다. 슬하에 3남 1녀를 두었으며, 현재 큰아들과 함께 살고 있다. 학교는 다닌 바 없으며, 종교는 불교이다. 농사를 지으며 살았다. 어릴 때부터 이사를 많이 다녔다 한다.

　제보자는 야무지게 쪽진 머리에 안경을 쓰고 있다. 경상도 사투리를 쓰며 노래를 구연할 때마다 춤을 추기도 하는 등 적극적으로 구연에 임해주었다.

제공 자료 목록

04_21_FOS_20100126_PKS_HJJ_0001 장타령
04_21_FOS_20100126_PKS_HJJ_0002 모심기 노래(1)
04_21_FOS_20100126_PKS_HJJ_0003 남녀 연정요
04_21_FOS_20100126_PKS_HJJ_0004 모찌기 노래 / 짧은 등지
04_21_FOS_20100126_PKS_HJJ_0005 창부타령
04_21_FOS_20100126_PKS_HJJ_0006 모심기 노래(2)
04_21_FOS_20100126_PKS_HJJ_0006 아기 어르는 노래 / 불매소리
04_21_FOS_20100126_PKS_HJJ_0007 보리타작 노래
04_21_FOS_20100126_PKS_HJJ_0008 창부타령
04_21_FOS_20100126_PKS_HJJ_0009 권주가

황노미, 여, 1923년생

주 소 지 : 부산광역시 동래구 칠산동
제보일시 : 2010.1.26
조 사 자 : 박경수, 서정매, 황영태, 최수정

황노미는 1923년 계해년 돼지띠로 경상
북도 봉화군 봉화읍 적덕리에서 태어났다.
현재 나이는 88세이며, 가스집으로 불린다.
18세에 봉화에서 남편을 만나 결혼하여 4남
1녀의 자녀를 두었다. 남편이 1978년 5월에
작고하여 부산으로 와서 현재 32년째 둘째
아들과 살고 있다. 4명의 아들이 모두 부산
에 살고 있으며, 딸은 일본에서 거주하고 있
다고 했다. 학교는 다닌 바 없으며, 종교는 불교이다.

설화 1편을 구술해 주었는데, 친정 조부님께 들어서 알게 된 것이라고
했다.

제공 자료 목록
04_21_FOT_20100126_PKS_HNM_0001 묏자리 잘 써서 결혼하고 부자 된 효자 노총각

내 방귀 고소하지요?

자료코드 : 04_21_FOT_20100126_PKS_KCH_0001
조사장소 : 부산광역시 동래구 칠산동 칠산할머니노인정
조사일시 : 2010.1.26
조 사 자 : 박경수, 서정매, 황영태, 최수정
제 보 자 : 강차희, 여, 83세
구연상황 : 제보자는 노래를 부른 뒤 이야기가 생각났다며 이러한 이야기도 있다고 하면서 방귀 이야기를 구술해 주었다.
줄 거 리 : 어떤 아저씨가 길을 가다가 방귀를 뀌었다. 뒤를 돌아보니 한 아주머니가 뒤따라 오고 있었다. 방귀를 뀌고 무안해서 "내 방귀 고소하지요?"라고 말했다. 이 말을 들은 아주머니는 "아저씨 방귀 봤어요?"라고 반문했다.

　방구를 퉁 끼놓고 뒤를 톡 돌아보니까, 어떤 아줌마가 따라오거든. '아따 참 잘 따라온다' 싶어 하는 말이,

　"꼬시지요?"

　컨께는,

　"아저씨 방구는 봤어요?"

　컨께,

　"안 봤거든." [웃음]

온천수에 치료가 된 학

자료코드 : 04_21_FOT_20100128_PKS_MJW_0001
조사장소 : 부산광역시 동래구 온천1동 부산민속예술보존협회 사무실
조사일시 : 2010.1.28

조 사 자 : 박경수, 서정매, 황영태, 최수정

제 보 자 : 문장원, 남, 94세

구연상황 : 제보자는 본인의 체험담과 역사 이야기를 중심으로 이야기를 하다가, 다음의 학 이야기를 구술해 주었다.

줄 거 리 : 학이 다리를 다쳐서 동래 온천수에 다리를 담그자 자연적으로 치료가 되어 날라갔다.

우리 지금 뭐 온천장 카가저든. 그게 학이 에 모이고 그, 그 나머지 다리를 다치가(다쳐서) 여서(여기서) 온 동래 온천수를 가지고, 그 학이 아, 치료가 되가 자연지로 날라 갔다.

이런 설도 지금까지 요 동래 그 온천에 있는 이전 사람들이 아니고, 집안 토속이 아이고, 이전에 있던 그 전설 어데서 들었는지 모르지만은, 인자 목욕탕 하는 사람들도 대부분이, 대부분 이 동네 고장에 와가지고 영업을 해가(하면서) 비로소 알았지.

명륜동 관운묘의 유래

자료코드 : 04_21_FOT_20100128_PKS_MJW_0002

조사장소 : 부산광역시 동래구 온천1동 부산민속예술보존협회 사무실

조사일시 : 2010.1.28

조 사 자 : 박경수, 서정매, 황영태, 최수정

제 보 자 : 문장원, 남, 94세

구연상황 : 조사자가 이 지역의 전설에 관한 이야기를 묻자 제보자는 옛 기억을 더듬어 구술했다.

줄 거 리 : 중국의 관운장을 모시는 묘가 명륜동에 있다. 어느 집안 사람의 꿈에 관운장이 나타나 나쁜 징조가 있다고 했다. 이후 아이들이 병이 나면 잘 낫지 않는다고 했다. 관운장이 현몽한 이후로 지금까지 제사를 지내고 있다.

이 관운, 중국 관운장이라고, 그 소위 중국 장사 아입니까.

이 중국 그 소위 장사가 있는 관우, 장비 카는 기 그때 그 소위 한 전

설에 있는 긴데, 그, 지금은 이 제사를 모시는가 모르겠는데, 이전에는 그 관운장의 그 위세가 대단해가 그 신위를 모시는 것이, 관운묘라 카는 기 여(여기) 우리 명륜동에 있어. 비석도 있고 하는데, 그거를 우리가 왜 모 싰는지 에, 모르지만은.

누 어는 집안사람이 밤에 꿈을 꾸이까네 관운장이라 카고 나타나가 이 러킴 해서 그 딴 그 어딘지 관운장에 대한 이력을 인자 조금 설명을 햄 모양인데, 그까지는 우리가 모르고.

인자 그분이 나타나고 난 뒤에,

"아, 이기 병세가 나쁜 징조가 들어온다."

고 하는 이야기가 되가(되어서), 아들이 병이 나면 인자 잘 낫지도 안 하고 이래가, 그래가 어 신을 인자 모시가지고 화상을 가지고 제사를 지 내고.

이런 사람들이 우리가 애릴(어릴) 때는 그런 기 있어가. 관운장 그 비석 에 있는 거기, 어데가 있는지 지금 모르지만은, 이제 그런 그때가 여 명륜 동에서 그 저 제사를 지내고, 그 이러킴 해서 그 동에서 모아가 관운묘 카는 그 비석에 대한 인자 그 제사를 지내고 있어. 그런 영험이 있더라 이기야.

중국 장사, 나는 그분에 대한 그런 현몽을 하는 바람에 그러킴 해서 제 사를 지금까지도 아마 지내고 있지 싶습니다.

상여소리의 풍속

자료코드 : 04_21_FOT_20100128_PKS_MJW_0003
조사장소 : 부산광역시 동래구 온천1동 부산민속예술보존협회 사무실
조사일시 : 2010.1.28
조 사 자 : 박경수, 서정매, 황영태, 최수정

제 보 자 : 문장원, 남, 94세

구연상황 : 조사자가 제보자에게 <상여소리>를 아는지 묻자, 노래 가사는 잘 기억나지 않아서 부르지 못하고 대신 상여소리에 관한 이야기를 구술해 주었다.

줄 거 리 : 상여를 매고 산으로 가는 중에 다리를 건널 때쯤 영혼이 가고 싶지 않아서 버틴다. 그럴 때 상주는 상여의 새끼줄에다 돈을 꼽고 행상을 매는 사람들에게 대접을 한다.

본대 여 저 행상이 나가면 행상소리에 그 하는 것도 인자 지방적으로 다 틀리오.

그런 걸 하는 것도 인자 그 슬픈 대목을 옇어가지고 그 눈물을 흘리고, 어데 돌다리 같은 거를 지내갈 때, 그 못 지내가고 영혼이 그 안 갈라고 그래서 항상 버투고 있는 기라. 그래가 상재들이(상주들이) 돈을 인자 새끼에다가 꼽아주몬 그거가지고 그날 단가가 있어.

술과 안주를 장만해가, 또 행상이 매던 사람, 그런 사람 대접을 하고. 그래 그런긴데, 지금 그런 거는 우리 대사면에 있어요.

바보 아들의 첫날밤을 도와준 어머니

자료코드 : 04_21_FOT_20100127_PKS_PMS_0001

조사장소 : 부산광역시 동래구 온천3동 새마을경로당

조사일시 : 2010.1.28

조 사 자 : 박경수, 서정매, 황영태, 최수정

제 보 자 : 박말순, 여, 73세

구연상황 : 다른 제보자의 말을 듣는 중 생각나는 이야기가 있다며 앞 제보자의 구술이 끝나고 다음 이야기를 구술했다. 이야기를 구술하면서 제보자도 우스워서 몇 번이나 웃었다.

줄 거 리 : 옛날에 바보 아들이 있었는데, 장가를 가게 되었다. 바보 아들은 첫날밤을 치르지 못하고 기분이 나빠 돌아왔다. 어머니는 바보 아들에게 첫날밤을 잘 치를 수 있도록 설명을 해주었다. 그런 후 아들은 첫날밤을 잘 치렀다.

옛날에 그 할매가 아들 하나 가지고 살았는데, 아들이 좀 바보여라.

바보라노이까네, 장개 가면 어떻게 어떻게 해가 그래 장개를 가야 된다 이라이까네, 저 딱 듣고 가디만은 장개 갔다 오디만 대개 마 갓을 삐딱하게 씨고 억수로 기분 나빠가 오는 기라.

"엄마, 엄마. 내가."

"니가 우옜더노?"

커이,

"엄마 암만 찾아도 그 고무가(구멍이) 없어 내가 못하고 왔다."

이라거든. [일동 웃음]

그래가지고 이 가만 생각커이 기가 차는 기라. 자식도 손주도 못 보겠다 싶어가, 그걸 못했다 캐이까네.

재인캉(장인과) 간다 카는 걸 삼 일을 간다 카는데, 처갓집을 갔는데, 엄마가 인자 하는 말로,

"야야, 배꼽에서 한 뼘 반만 내리가봐라, 거 고무가 있다."

이라거든. 그래가지고 인자 재인캉 갔거든. 가가지고 한 삼일만 오는데, 갓을 옛날 갓을 씌고 안 댕깄나, 갓을 씌고 두루마기 삐딱하이 헐레벌레 기분이 참 좋아가 오더란다. 오디만은,

"야야, 우예 됐노?"

커이,

"엄마, 엄마. 엄마, 니 십하는데 참 도사더라."

이라더란다. 그, 그런 얘기다. [웃음]

떼를 지어 넘었던 만덕고개

자료코드 : 04_21_FOT_20100127_PKS_PMC_0001

조사장소 : 부산광역시 동래구 명장2동 명장2동경로당

조사일시 : 2010.1.27

조 사 자 : 박경수, 서정매, 황영태, 최수정

제 보 자 : 박명철, 남, 76세

구연상황 : 부산에 대한 이야기를 조사자가 제보자에게 해달라고 하자 다 아는 이야기
라면서 멋쩍은 듯이 다음 이야기를 했다.

줄 거 리 : 옛날에 동래 사람들이 구포에 가거나 구포 사람들이 동래에 가려면 만덕고
개를 넘어서 가야 했다. 그런데 만덕고개에는 산적들이 나타나서 한 둘은 가
지 못하고 떼를 지어 가야 했다. 해가 지면 그곳으로는 절대 다니지 않았다.

그렇게 만덕고개 넘어가는, 옛날에 이 지금 터널이 있는 데가 아니고,
산 우에 글로(그곳으로) 넘어가는 데가 있었거든. 그리 질이 험했다고.

그때는 구포장에 가몬, 동래 사람들 구포장에 가든지, 구포 사람들이
동래로 오든지 하몬 그 고갤 넘어 가는데, 사람들이 한 사람 두 사람 가
몬 강도가 나와 사서, 산적들이 나온다 말이야, 산적들이.

그래 나오기 때문에 음, 그런 인자 똑 사람들이 있, 있다가 한 여남이
모이갖고 한 떼를 지아가 간다고 넘어간다고. 장 보러 갈 때는. 그라고 해
가 넘어가몬 또 많이 해도 잘, 잘 사람들이 안 댕기 그 시간에는. 그런 거
는 있었지.

그런 거는 애릴 때 그런 이야기를 늘 해샀거든.

도깨비불

자료코드 : 04_21_FOT_20100127_PKS_PMC_0002

조사장소 : 부산광역시 동래구 명장2동 명장2동 경로당

조사일시 : 2010.1.27

조 사 자 : 박경수, 서정매, 황영태, 최수정

제 보 자 : 박명철, 남, 76세

구연상황 : 제보자가 이사를 가면서 실제로 겪었던 이야기라고 하면서 도깨비불을 본

체험을 구술해 주었다.

줄 거 리 : 옛날 영천군 고경면이라는 마을에 이사를 가는데, 구루마에 짐을 싣고 40리
가 되는 길을 걷게 되었다. 날이 어두워지고 날씨도 흐렸는데, 갑자기 번쩍번
쩍 도깨비불이 가까이 지나갔다. 가까이 다가서면 그 불이 사라져버리고, 다
시 멀리 떨어지면 보였다.

밤에 영천 거기서 40리를 안강이라 카는 거 못 가는데, 고경면이라는
그 마을이 있어.

거까지 그 속가를 갔는데, 그래 인자 가이께네 그 가이께네 저녁에 가
는데, 거서 기차 내리갖고, 아부지하고 인자 엄마하고 인자, 막 이래 요새
는 이사를 가면 트럭에 가지만, 옛날에는 말구르마 타몬 그게 큰 이삿짐
이야.

말구르마 인자, 우리 이삿짐을 전부 싣고 인자 나는 그때 인자 국민학
교 일제시대이께네, 국민학교 3학년인데, 인자 이래 나는 걸어갔고, 우리
누나는 내보다도 두 살이 많은데, 인자 못 걸어, 40리 머이(머니) 대이께
네 여자들은 아무래도 약하잖아. 그래 걸어갔거든. 그래 걸어가고, 나는
걸어가고 누나는 업히 갔는데.

그래 머 밤에 가이께네 날이 좀 꾸룸하고 밤이 어둡운데, 불이 마 번쩍
번쩍 하는 기 토깨비불이. 허깨비불이 여기 있다가 거랑을, 거랑 이래 큰
거랑 거 있는데, 우리 애릴 때 해수욕도 마이 하고 했는데, 거기 글로 가
이께네 불이 이래 불이 사르르르 왔다가 허깨비불 바로 잩에, 그래서 내
가 겁을 내가 아버지 보고,

"아이고, 토깨비임더. 허째비입니더."

카이께네, 그래 그 아버지가, 그래 한 분 그 카면서,

"겁을 내지 마라."

카매 내 간을 키울라고. 그래갖고 내 간을 키울라고.

"저 가보자."

스스로 가면서 그라고 가이께네, 참말로 거랑에 이 잩에 가이께네 없어
졌부리. 그게 우습더라고.

먼데서 보몬 불이, 허깨비 불이 확 하고 또 뭐 장난치는 것맥구로(것처
럼) 하나 둘이 아니고, 좌르르르륵- 갔다가 좌르르르 왔다고 이런다고.

그라고 오는데, 잩에 가이께네 또 불이 없어지고, 또 우리 오면 이쪽
오가, 먼데서 보몬 불이 오는 기라.

인자 지금 생각해보면 그기 인자, 인자 내가 시비를, 참말로 허깨비다
그런 허깨비를 본 걸로 생각했지 애릴 때는. 그래 본 걸로 생각했는데,
그때 그거는 인자 이치적으로 과학적으로 생각해 보면, 그기 인자 비가
오고 습기가 있으이께네, 지름기가 사람 지름기라 카는데, 옛날에 참 공
기가 좋으놓이께 기름기가 뭐 이리 흘러가몬 거기 비만 오몬 날이 오몬,
그랑 있는데 그 흘러가이께네. 먼데서 보몬 빛이가 불이 번쩍번쩍 하는
기라.

요새 맹크로 똑 저 여 뭐 환해 마. 낮맨쿠로(낮처럼) 환해짔다가 어둑지
이란다 마. 도깨비를.

쏴- 가고 이런다고. 도깨비불은 그걸 나는 직접 바로 잩에(근처에서)
가서 봤다고.

그래, 그래서 허깨비 그거를, 도깨비 그때 나는 애릴 때는 늘 도깨비가
있다.

정과정곡(鄭瓜亭曲)의 유래

자료코드 : 04_21_FOT_20100126_PKS_PHC_0001
조사장소 : 부산광역시 동래구 명륜동 동래향교
조사일시 : 2010.1.26
조 사 자 : 박경수, 서정매, 정다혜, 최수정

제 보 자 : 박희찬, 남, 66세

구연상황 : 옛날 이야기를 들려 달라는 조사자의 질문에 의해 제보자의 이야기가 시작
되었다.

줄 거 리 : 고려 의종 때 정서가 정쟁에 휘말려 유배를 갔다. 의종이 얼마 후에 자신을
불러주기로 했으나, 무신난이 일어나는 바람에 제주도로 유배를 가게 되었다.
정서는 도저히 풀려날 방법이 없자 정과정곡을 지었다.

정종 때, 고려 의종 때 인제 그, 고려 의종 때 정쟁에 휘말려가지고, 고
려 의종하고는 처남남매간이던가? 하여튼 인척간이, 고려 의종, 의종하고
는. (청중 : 동서간이지.) 동서간인가?

하여튼 근데 그 정쟁에 휩쓸려가지고 고향으로 유배를 오게 된다고요.
그러이 고려 의종이,

"내가 얼마 안 있으몬 곧 불러 드리게."

불러 드리게 하고 약속을 했는데, 쿠테타가 일어나가지고, 무신난이 일
어나가지고 의종이 거제도로 유배를 가버린다고.

그러니까 정서가 인자 풀려날 길이 없는 거지. 그때 나온 음악이 정과
정곡이거든요. 정과정곡인데, 그 정과정곡이 충신연군의 곡으로 아주 오
랫동안, 조선시대도 이제 궁중에서도 연주될 정도로 오랫동안 그게 전해
져 오고 있고. (조사자 : 그러니까 정과정곡을 지은 사람 이름이?) 정서.

동래 정씨 시조의 무덤

자료코드 : 04_21_FOT_20100126_PKS_PHC_0002

조사장소 : 부산광역시 동래구 명륜동 동래향교

조사일시 : 2010.1.26

조 사 자 : 박경수, 서정매, 정다혜, 최수정

제 보 자 : 박희찬, 남, 66세

구연상황 : 제보자에게 동래 정씨의 무덤에 관한 질문을 하니, 잘 아는 것이라며 바로
다음 이야기를 시작하였다.

줄 거 리 : 옛날에 호장 벼슬을 했던 정씨가 죽어서, 자식들이 시신을 묻을 곳을 찾고
        있었다. 도깨비들의 하는 이야기를 듣고, 귀한 장소라고 한 곳에 아버지의 관
        을 묻었다. 그런데 다음 날 아침이 되면 관이 밖으로 올라와 있었다. 연거푸
        이런 일이 계속되자 지켜봤더니, 도깨비들이 밤마다 이곳은 귀한 사람이 묻혀
        야 되는 곳이기 때문에 주인이 될 수 없다며 밖으로 내민 것이었다. 그래서
        관에다 금빛이 나는 보리짚으로 관을 덮어서 묻으니 관이 다시 올라오지 않
        았다. 동래 정씨의 묘는 우리나라 최고의 길지라고 한다.

동래 정씨 시조 전설이 있는데, 그거는 동래 정씨 그 시조 전설은 그거
는 일반적으로 널리 알려져 있는 거니까. (조사자 : 아니 모릅니다.)

동래 정씨가 원래는 호장이었는데, 호장이었는데 어느 날 거 무덤, 아
버지 묻을 곳이 없어서, 호장이라고 그러면 요즘 같으몬 지방 서리 정도,
지방에 하급관리, 하급관리 정도였어.

근데 그 도깨비들이 하는 얘기를 들었다구. 묻을 곳이 없어서 그 도깨
비들 하는 얘기를 들으니까, '이곳이 아주 귀한 장소다. 여기에 맘대로 함
부로 묻혀서 안 되는 곳이다'고 하는 얘기를 듣고 거기다 묻었어요.

묻었는데, 다음날 가서 인제 그 저 제사를 올릴려고 가니까, 관이 올라
와 있는 거라. 관이 올라와 있어. 관이 올라와 있어 또 묻었는데 또 올라
오는 기라.

그래, '도대체 밤 누가 그래 놓노?' 싶어서 보니까, 역시 도깨비들이 이
곳은 말이지 아주 귀한 신분의 사람이 묻힐 장손데 이런 사람이 묻혀선
안 된다. 그래서 그땐 금은 없고 해서, 보리짚, 그 보릿대 그걸 가지고 관
을 이렇게 금칠하듯이 해서 다시 묻었더니만, 도깨비들이 다시 그 관을
들어 내지 않았다.

그 뒤로 인제 그 영향 때문인지, 하이튼 그 동래 정씨 묘, 그 지금 우리
가 부를 때 정묘라 그러는데, 정씨의 묘가 우리나라 최대의 길지로 알려
져 있어요.

그런데 그 동래 정씨가 숫자가 얼마 안 되거든요. 우리 동래를 본관으

로 하는 성씬데, 근데 전국에 어떤 성씨보다도 제일 정승을 많이 배출한
성씨입니다.

동래 송공단의 유래

자료코드 : 04_21_FOT_20100126_PKS_BTJ_0001
조사장소 : 부산광역시 동래구 칠산동 칠산할머니노인정
조사일시 : 2010.1.26
조 사 자 : 박경수, 서정매, 황영태, 최수정
제 보 자 : 병태주, 여, 82세
구연상황 : 조사자가 이곳 동래에서 전하는 특별한 이야기가 있느냐고 묻자, 제보자는
　　　　　송공단이 동래기생들이 전쟁을 도와주었기 때문에 세워진 것이라고 이야기했
　　　　　다. 실제 송공단(宋公壇)은 임진왜란 당시 순절했던 동래부사 송상현을 비롯
　　　　　한 군·관·민의 선열을 추모하기 위한 제단이다.
줄 거 리 : 옛날에 동래성에서 전쟁이 났을 때 동래기생들이 처마에 돌을 싸서 갖다 주
　　　　　면서 협력을 했다. 그 결과 전쟁에 이길 수 있었다. 송공단은 동래기생들의
　　　　　공을 기리기 위해 세워진 것이다.

　동래성이, 여기 칠산동에는 성이, 남북 사개를 성이 있다 아이가 여게
지금. 있는데, 여 대포산에 저거 지금 성을 싸놓은 여서러 옛날에 전쟁 할
직에, 여 저 동래시장에 송공당이 있어.

　그거는 왜 있나. 옛날에 동래성에 저 동래전쟁 할 직에, 그 저거 성에
서러 참 옛날 기생들, 참 그 요새 뭐 여 가정부인카마도 더 기생이라 캐
도 참 멋지게 참 살았는 기생들인데, 그거는 공부한 기생들, 배운 사람들
이라.

　그 사람들이 처매에다가 돌로 싸가지고 전쟁 치는데 거 같이 싸움을
해줬고. (조사자 : 기생들이요?) 기생들이 전부 물로 끼래다가 퍼붓고 이래
줘가지고, 그 동래전쟁할 적에 이래 우리가 이겼다 아이가.

그랬기 때문에 이 송공당이 저 서가 있는 이유가 글때 기생들 전부 나서가 전쟁을 쳤다고, 저 송공당이 그래 저 송공당이 서 있어.

동래전쟁 때 참 기생들이 다 같이 협조를 해가지고, 그래 참 전쟁을 같이 쳐줬기 때문에 이 글때는 전쟁을, 동래전쟁을 쳤다고 해서.

학이 놀았던 학소대

자료코드 : 04_21_FOT_20100126_PKS_BTJ_0002
조사장소 : 부산광역시 동래구 칠산동 칠산할머니노인정
조사일시 : 2010.1.26
조 사 자 : 박경수, 서정매, 황영태, 최수정
제 보 자 : 병태주, 여, 82세
구연상황 : 조사자가 제보자에게 학소대에 대해서 아는지 물었더니, 예전부터 전해오는 이야기라고 하면서 구술해 주었다.
줄 거 리 : 지금은 법륜사라는 절이 서 있지만, 그 자리는 예전에는 산봉우리여서 엄청나게 학이 많이 놀고 갔던 자리여서, 그곳을 학소대라고 불렀다.

학소대. (조사자 : 학소대?) 지금은 절, 절이 있지.

동래 포구당 절이라고, 법륜사라고 이름이 바뀌어가, 법륜사가 되가 있는데, 그게 옛날에 그 자리가 뭐고 카몬 동래 학이 노던 자리라 거가(그곳이).

(조사자 : 학이 나왔던 자리?) 학이 노던 자리. (조사자 : 그 자리가.)

그 마 학은 없고 마, 법륜사 절이 지금 서가 있어서 그렇지, 거가 지금 봉우리가 되가, 이 산봉우리 곁이 고래가 이리 있었는데, 그건 마 학이 얼마나 참, 남쪽 하늘 아래 학이라 카는 거는 거가 다 날라 와가 놀다가 가는 곳이라. 그게 학소대라.

시어머니의 노래를 따라 한 며느리

자료코드 : 04_21_FOT_20100126_PKS_BTJ_0003
조사장소 : 부산광역시 동래구 칠산동 칠산할머니노인정
조사일시 : 2010.1.26
조 사 자 : 박경수, 서정매, 황영태, 최수정
제 보 자 : 병태주, 여, 82세
구연상황 : 제보자가 노래를 구연하던 중에, 재미난 이야기가 있다며 다음 이야기를 구
　　　　　술해 주었다.
줄 거 리 : 시어머니가 손주를 어르면서 하는 노래를 듣고, 며느리가 똑같이 따라 하였
　　　　　다. 이를 보고 놀란 시어머니는 며느리에게 이런 노래는 할머니가 되어서나
　　　　　하는 소리라고 했다.

　저 시어마니시가 아들로, 얼라(아기) 손지를 보고 어루며, 그래 할매가
안고 그래 어라싸니카네, 그것도 메느리가 듣고 아무나 해도 되는가 싶어
가지고 마, 저거 아를 안고,

　　똥도똥도 유간타
　　보지똥도 유간타
　　열매도열매도 유간타
　　[웃으며] 자지열매도 유간타

　하고, 그래 저 어라싸이카네, 시어마시 하도 기가 차가지고,
　"야들아, 야들아. 그거는 너그가 하는 소리가 아이고, 난죽에 저거 그
자석들 키아가 손지 보고도 안고 그래 그래 저 어라라"
　[웃으며] 카더란다.

우애를 지켜 부자 된 형제

자료코드 : 04_21_FOT_20100126_PKS_BTJ_0004

조사장소 : 부산광역시 동래구 칠산동 칠산할머니노인정
조사일시 : 2010.1.26
조 사 자 : 박경수, 서정매, 황영태, 최수정
제 보 자 : 병태주, 여, 82세
구연상황 : 제보자는 노래를 부른 뒤에 이어서 다음 이야기를 시작하였다. 이야기를 재
　　　　　미있게 잘하는 편이어서 모두가 귀를 귀울이며 경청하였다.
줄 거 리 : 가난한 두 형제가 머슴 일을 하여 가족을 먹여 살리다가 너무 힘들어서 도망
　　　　　을 나왔다. 발이 닿는 대로 가다가 어떤 부잣집에 다시 머슴으로 들어갔다.
　　　　　힘든 일을 맡아서 함께 하다가 금덩이를 발견하게 되자, 이를 짊어지고 그 집
　　　　　에서 도망을 나오게 되었다. 산을 넘어가던 중에 서로 욕심이 생기자 형제간
　　　　　의 우애가 깨어질 것 같아 금덩어리를 산 속에 버려두었다. 그러자 벼락이 치
　　　　　면서 금덩어리가 두 쪽이 나게 되었다. 서로 한 개씩 가지고 가서 부자로 행
　　　　　복하게 살게 되었다.

　　시골에 아주 아주 몬 살아서, 형제가 천날만날 머슴으로 살아가 일 년
넘게 세경을 둘이 꺼도(것으로), 그때는 일 년 살고 나면, 나락으로 세 가
마니썩 이래 주면, 그래 그거로 가 집에 식구들 묵고 사라고 주고.

　　또 저거는 인자 머슴살이를 하이 도저히 암만 해도 몇 년을 살아봐도
안 되가, 둘이 형제가 마 보따리를 싸가 둘이 마 집에 식구들은 어예 죽
든가 사든가 내삐리 놔두고, 마 걸음은 참 걸음 가는대로끔 걸어가도 해
가 빠져가지고 가만 보이까네, 불이 환하이 서 있는 참 큰 부잣집 앞에
가가 닿앴어.

　　그래가 부잣집에는 옛날에는 아무나 오몬 다 재(재워) 줬거든. 그 사랑
방 드가가 한 적 꾸지게(한 쪽 구석에) 눕어 잘 때가 없어가지고, 묏새가
(어찌 무엇해서) 근근히 인제 찡개가지고 하릿밤을 자고. 그래 그 머슴들
인테 이야기를 해가,

　　"우리가 도저히 갈 데도 올 데고 없어가지고 이 머슴살이로 하다가 안
되가 이래 나왔이, 우리 둘이로 머슴을 사도록 해돌라고. 여기 촌카마는
좀 나으이카네."

그래 그 인자 그 집에 머슴살이를 여러 수백 석을 하이, 머슴이 마 한 이십 명썩 되거든.

그래가 거서러 하는데, 근데 무슨 일을 시킸노 카모 그 둘이를 아주 험한 일을 시겼어. 저 고방 저거 아주 몇 십년 가도록 구지게 난 청, 손 안대는 고방으로., 그 안에 드가가 청소를 하라고 시키노이까네, 둘이 형제가 그 안에 그거 고방 안에 저 짚은(깊은) 똑 굴 안에 마, 몇 백 섬이 드가는 저 고방이라 노이까네, 둘이 형제가 거 가가 청소를 하다가이, 뭐가 구직에(구석에) 마, 머릿방석이만한 이런 게 누런 게 하나 구지게서 있거든.

(청중 : 금덩저리다.) 그래가 그거로 보고 깜짝 놀래가, 두 형제가 가가 그거로 만쳐보이까네, 뭐가 누러이 번들번들하이 금떵어리거던 그게.

그래서 그거로 두 형제가 인자 마캐(모두) 고방청소를 다 해놓고, 그거를 저거 보따리 봇짐에다 그거로 인자 싸가지고 짊어지고 마 그 이튿날에 마 새복에 마 질로 나섰어.

'이게 이것도 우리 복이인까네, 우리 눈에 떴지(띄었지).' 그래 두 형제가 인자 형이 짊어지고 앞에 서가, 옛날에는 길도 없고 산중으로 산으로 산으로 인자 넘어오는데, 한참 중턱에 올라가다가 형이 그거 금떵어리로 지고 가는 거기 동생이 따라가다가 보이 욕심이 나는 기라. '저 형이 저거를 지고 혼자 마 하몬 우짜꼬?' 싶어가지고. 그래가 형이 있는데,

"형님, 형님. 그 짐으로 날로 좀 지케 달라고. 내가 좀 지고 가겠다고."

그래 동생이 받아 짊어지고 앞에 서고 형은 뒤따라 가보이, 또 형님 욕심에 저거 안 되겠다 싶으거든.

저거 저래가 지 짊어지고 가고 지 발견했다고, 지 다 하는가 싶어가지고., 가만 형이,

"앉아가 쉬가 가자."

이카매 인자 참 산둑 하도 중간에 이래 가서 둘이 앉아가 가만 형님이

생각허이까네, 이래가지고 참 없이 사던 형제 우애만 있어가도 살았는데, 이 우애조차랑 없겠다 싶어가주, 그거로 마 보따리로 풀어가지고 형이 마,

"이거 우리가 가질 그게 우리 기 아이이까네 버리고 가자."

그걸 꼴짝에다가 갖다가 집어 띤지이까네, 하늘에서 마마 막 각중에(갑자기) 막 노성을(뇌성을) 치디 벼락이 가가 거 가가 딱 쳐가지고, (청중 : 갈라지던가베.) 그 벼락이 맞은 데 두 형제가 살살 내려가 봤어, 그거 골에. 내려가 보이까네, 고게 똑 같이 두 낱이 딱 갈라 져가 있더란다. 금덩어리가 이만한 것이.

그래가지고 그 참 금떵거리를 두 형제가 하나썩 갈라 짊어지고 와보이 마 아무 마음도 안 드거든. 형도 이거 뿌듯하고, 동생도 이것만 하면 되겠다 싶으고. 그래 둘아가지고 그래 마마 논사고 밭 사고 집 사고 해가지고 식구들 다 멕여 살리고 부자가 되가 사더란다.

초상 후 삼 일만에 묘를 찾는 이유

자료코드 : 04_21_FOS_20100127_PKS_YJC_0001
조사장소 : 부산광역시 동래구 명장2동 명장2동경로당
조사일시 : 2010.1.27
조 사 자 : 박경수, 서정매, 황영태, 최수정
제 보 자 : 양재철, 남, 72세
구연상황 : 제보자는 앞의 이야기를 한 후에 연이어서 새로운 이야기를 구술해 주었다.
줄 거 리 : 사람이 죽고 나서 삼 일만에 묘를 찾아간다. 묘에 묻힌 사람이 혹시 죽지 않았으면 묘가 벌어진다. 초상이 나면 삼 일만에 일부러 묘를 찾는 까닭이 여기에 있다.

삼 일만에 한 분씩 묘에를, 묘에를 간다는 것이, 옛날 어르신들 말 들어보면 그 무엇니까? 뭐 묘가 이리 벌어진답니다. 묘가 벌어져 살몬. 땅속에 들어있는 묘가 삼 일만에 꼭 저 가서 인사를 드리면은. 사는 사람

같으몬 묘가 벌어져 부린 거라 이기(이것이). 묘가 짝 벌어져부린 거라.

그러면 뜯어서 보몬 살아있어. 사람이. 그 저 뭐야, 그럼 그래서 지금 다른 사람겉고 지금 저 지금까지 흘러내려오는 옛날 이야기가. 삼 일만에는 꼭 한 번씩 초상 치고 묘예를 가고 한 것이 다 그게 나온다.

귀신에게 홀려 죽은 함지기

자료코드 : 04_21_FOT_20100127_PKS_UTH_0001
조사장소 : 부산광역시 동래구 명장2동 명장2동경로당
조사일시 : 2010.1.27
조 사 자 : 박경수, 서정매, 황영태, 최수정
제 보 자 : 엄태호, 남, 75세
구연상황 : 제보자는 양재철 제보자의 이야기를 듣고 있다가 문득 아는 이야기가 있다
며 구술해 주었다.
줄 거 리 : 결혼식 할 때마다 함을 짊어지고 가는 사람이 있었다. 어느 날 그 함지기가
행방불명이 되었다. 나중에 바위 밑에서 찾았는데, 함에서 나온 헛것인지 여
자 귀신인지에 홀렸는지 멍하게 있었다. 그 사람은 바보처럼 몇 년쯤 살다가
결국 죽고 말았다.

우리 동네에서 결혼식을 하는데, 그에 안자 그 사람이 함만 져 먹고 사는 사람이라. 함이라고 인자, 그 인자 장개 가면은 함을 짊어지고 따라가고 안 그래샀는가베. 인자 함을 신랑 따라서 인자 신부집으로 인자 함을 짊어지고 갔는데, 갖다 주고 또 도로 돌아온다 아이가. 함을 짊어지고 또 온다 말이야.

함에서 헛것이 나가지고. (조사자 : 네?) 함에서 귀신이 나와가지고, 아이, 이 사람이 동네 안 들오고 마 행방불명 되뻤는 기라.

이기 진실인 기라 요기. 해물며(하물며) 온 동네 사람들이 다 찾아 나섰네. 아니 찾을 길이 없어.

그래 인자 누가 저 바우돌 밑에 가니까, 아니 이 사람이 바우돌 밑에서 말이지 마, 발그레 마, 마 마당을 닦아놓고 말이야, 가시나 하고 놀아 났는 기라, 거서 인자 바우돌에서.

그 귀신이 가시나라. 그래가지고 이기 사람이 말이지 마 반푸이(바보처럼) 하고 그래. 그래가지고서러 반푸이 하다가 몇 년 살다가 이 사람이 죽어뿄는 기라. (조사자 : 아. 그렇습니까?) 어.

저승 갔다 온 사람

자료코드 : 04_21_FOT_20100127_PKS_UTH_0002
조사장소 : 부산광역시 동래구 명장2동 명장2동경로당
조사일시 : 2010.1.27
조 사 자 : 박경수, 서정매, 황영태, 최수정
제 보 자 : 엄태호, 남, 75세
구연상황 : 제보자는 함에서 나온 귀신에게 홀린 이야기를 구술한 뒤, 이어서 저승에 다녀온 사람의 이야기를 구술해 주었다.
줄 거 리 : 옛날에 한 사람이 죽어서 저승에 갔는데, 아직 올 때가 아니라면서 다시 이승으로 보냈다. 그 사람은 노란 강아지를 따라 강을 건너다가 다리가 부러지는 바람에 깜짝 놀라 깨니 이승이었다. 주위 사람들이 이미 염까지 마친 사람이 살아서 돌아오니까 모두 그 사람을 꺼리게 되었다. 그 사람은 결국 삼 년 뒤에 죽고 말았다.

옛날에 A라는 사람이 죽었는데, 죽었는데 저승에 가니까, 그 저승왕이,

"너는 여 올 시간이 안 됐다. 도로 가거라."

그랬는 기라. 그래 인자 간다고 갔는데, 노란 강아지를 한 마리 주면서,

"이 강아지를 따라 가거라."

하는 기라.

그래 강아지는, 재래 땅으로 강이 요 새가 강이 있는데, 강을 건너야 자기 인자 깨어나는 기라 인자. 아이 노란 강아지 그거는 저래 땅으로 걸치 노니까, 노른 강아지 그거는 건네갔는데, 자기가 건너가니까 탁 뿌러졌부는 기라. 탁 뿌러지니까 이승인 기라. [웃음]

그래가지고 몸을 움직여 보니까 전부 다 막 묶어났는 기라. 그래가지고서는 수물이 마 상주들이 몸을 막 끄리고 이래가지고서는 살다가 한 삼 년 뒤니까 죽었다는 전설이 있어.

화장실에서 책을 보는 복 없는 며느리

자료코드 : 04_21_FOT_20100127_PKS_YNS_0001
조사장소 : 부산광역시 동래구 온천3동 새마을경로당
조사일시 : 2010.1.27
조 사 자 : 박경수, 서정매, 황영태, 최수정
제 보 자 : 유남순, 여, 73세
구연상황 : 제보자는 처음에는 이야기를 모른다고 하였으나, 별 이야기는 아니라면서 재미나게 구술해 주었다.
줄 거 리 : 화장실에서 책을 가지고 볼일을 보면 복이 나간다는 말이 있다. 옛날에 한 부잣집에서 며느리를 보았는데, 얼굴이 복이 많게 생겼다. 그런데 부잣집 살림이 자꾸 없어졌다. 그 이유를 알아보니, 며느리가 화장실에 갈 때마다 책을 들고 가서 앉아서 볼일을 보았다.

아주 옛날에 그 부잣집인데, 메느리를 봤는데, 한 동네에서 봤다 카는 그것은 모르고. 거 메느리를 봤는데, 살림이 자꾸 없어지더란다. 살림, 메느리를 봐노니께로 부잣집에서 메느리를 봐노이.

그래가지고 '이 메느리가 복시럽게 생겼는데 어찌 메느리보고 이리 살림이 없어지는고?' 싶어가지고 메느리 뒤를 살펴보이께로, 화장실에 가서, 화장실에 가서 볼일 볼 때 택을(책을?) 이래 가가지고 보더라 카네.

(청중 : 그게 안 좋는갑다 그자?) 그래 택을 이래. 옛날에는 재래식 아이가?

그래가지고 아무리 살펴도 복 없는 데가 없어.

복 없는 데가 없는데, 왜 그런고 싶어가지고 뒤를 따라가 살펴보이게로 화장실에 가서 택을 곱고 그래 볼일 보더라 카네.

그러노이까네 살림이 자꾸 간다 카더란다. 그래 알아냈다 카대.

개로 환생한 어머니

자료코드 : 04_21_FOT_20100127_PKS_LBN_0001
조사장소 : 부산광역시 동래구 명장2동 명장2동경로당
조사일시 : 2010.1.27
조 사 자 : 박경수, 서정매, 황영태, 최수정
제 보 자 : 이분남, 여, 87세
구연상황 : 제보자에게 옛날에 들었던 얘기를 이야기해 달라고 하니, 다음 이야기를 구연하였다.
줄 거 리 : 옛날에 시집간 가난한 딸을 위해, 어머니가 아들 모르게 자신의 집 식량으로 딸을 도와주었다. 어머니는 업으로 아들집 개로 태어났다. 그리고 아들의 꿈에 나타나서 절에 데리고 가 달라고 부탁을 했다. 절에 가서 업을 소멸시킨 뒤에 49재를 해 달라고 해서 그렇게 했더니 어머니가 극락왕생하였다.

옛날에 그거 아주 부자로 살았어요. 큰 부자로 살았는데, 거 살았는데, 딸을 치워 놓으니, 딸이 못살았어. 시집보내니 못 살고

엄마가 되어가지고, 집에는 곡식이 천진데(많은데), 부자라 노이 큰 집이라. 집이 콱 이리 자지리 나오는데.

큰 부잔데 엄마가 되가 딸이 못 사이, 나는 살림 많고 이러이 딸 생각이 나. 자꾸 생각이 날 거 아이오, 그래. 안 그러요? 부모는 다 그런 거라. 글치요?

이래가지고 아들, 메늘(며느리) 모르게 가마이(몰래) 딸로 자꾸 식량을 대좄는 기라. 대주이께네, 그걸 먹고 나이 업이 돼가지고, 업이 돼가지고, 자식의 자석 가마이 준 것 업이라요.

말로 하고, 아사리 하고 좀 주자 이래 줘야 하는데, 가마이(몰래) 모르게, 가마이 한 그거는 도둑질이라, 말하자몬.

그래가지고, 인자, 거 인자 나이 많은 할매가 죽는데, 이 애주가 원을 했어.

이 집의 아들 있는데 도둑질을 해가 줘으이, '딸로 좄으니, 내가 어예던 동(어쨌든) 이 업을 소멸해야 될긴데' 이래 생각했거든요.

생각하거나, 그래, 생각 업을 내 업을 소멸해야 될긴데, 업을 소멸해야 될긴데 걱정하고선 죽어가 개가(개로) 태어났어요.

개가 태어나 어이(어떻게) 됐노 카몬, 그 집 집을 지켜 줄라꼬 집을 지키조야 그 인자, 도둑을 지키조야, 도둑을 지키조야 업이 소멸이 되거든요. 소멸되이께네, 그래 지켜주고 올라 해요.

그래, 춥어가 하룻밤 잠을 자는데, 춥어가 도저히 못 자겠어. 그래 아들 꿈에,

"아이 야야, 내가 춥어 못 잤다. 나 집 가지고 집 하나 지이도가(지어달라)."

이랬어요. 그래가지고, 집을 하나, 이상하다 싶어가지고,

"내가 니 아들이다."

이상하다 싶어 이상하다 싶어가 그 이튿날 또 그래는 기라. 삼일만에.

"인제 도저히 춥어가 안 되겠다. 집좀 하나 지어도가(지어줘)."

이랬다. 그래 참 집을 지어주고, 집을 집까지, 촌에 집 짓거든 개로. 집을 지어가 그래놓고 하놔이께네, 그래, 그 이튿날 꿈에는,

"아이구 야야, 내가 밤에 뜨시게 참 잘 잤다."

이래이께네, 그래 또 뭐라 카나, 그다 몇 일 있다가는 또 인제,

"아이고 야야, 내가 여 밥을 해주는데, 겨울게는 찹어(차가워) 못 먹고, 여름에는 쉬가(쉬어서) 못 무울다. 너 먹는 대로 좀 주라 캐라. 정지 부엌에 가여."

이리이께네, 이상하다 싶어. 또 그날 말 안 들어 조가 그 이튿날 또 그랬는 기라. 또 그래가, 마누래보고 그랬어

"내가 부엌에 춤어가 드가이께네(들어가니까), 부지깨이로 때리제. 부엌에 춤어 드가지도 몬 하고, 밥도 뜨신 거 몬 먹고 춤어 도저히 못 베길다."

이래이께네, 마누래보고 그래이께네,

"별기 있나 보지. 별것을 다 한다. 안에 부엌에 가서 다 한다."

또 소리 지르거든, 마누래보고. 이게, 신랑보고 마누래 소리지르이께네, 또 말을 모했다(못했다). 그 이튿날 또 엄마가,

"아이고, 야야. 니 마누래보고, 메늘보고 살살 타일러가, 달개가지고, 날 좀 뜨시게 하라 캐라."

이래이께네, 그래 사실대로 얘기를 했어, 마누래보고. 사실 이렇다 이렇다 카이게, 그래 참 개로, 식구매로 시어마이매치로(시어머니처럼) 봉양했는 기라. 순했는 기라. 그래 하고 나이,

"그래, 아이구 야, 인자 내가 뜨시게 잘 자고 밥도 잘 먹고 뜨시게 잘 자고 좋다."

이러거든. 얼매나 있다가 어예 되노 카만, 얼매 있다,

"내가 야 소원이 하나 있다."

이러거든.

"뭔데요?"

그때는 개로 엄마이께로, 엄마로 대접하는 기라.

"뭔데요?"

카이,

"합천 해인사 거 가가지고 절 한 칸매도 나를 구경시키주모 좋을다."

이러더라네. 그래 이상하다, 개를 절에 들어가몬, 옛날에는 개를 절에 안 데리고 갔거든요.

"개를 절에 데리고 가몬 안 되는데, 안 될낀데."

하몬,

"안 되나?"

카매, 또 이튿날 또 그러거든.

"함 날 태워가 가자."

이러더라. 그래 할 수 없어가 차에 태워가 갔어요. 가이께네, 시님이(스님이) 보기에 얘기하이 막 뭐라 하거든.

"절에 무슨 개를 들어오노."

꼬 하고 막 뭐라 하거든. 그래, 아들 가만 생각커이 '엄마가 원했는데, 자꾸 그래, 가만히 생각해 줄라고'. 그래, 시님보고 사실대로 얘길 했어.

"요 스님, 고거는 이래가지고, 우리 엄마가 개로 태어나가지고, 인제 여게 구경하고 싶어가지고, 원인데, 그래 지보고(저보고) 올라가이, 원을 좀 들어도(들어달라) 해가지고 데리고 왔다."

이카이께네, 모시고 왔다 카이,

"그럼 할 수 없지."

카고 인자, 놔 놓는 기라. 구경 다 하고 나와 차를 태가 와가지고는,

"인제는 아이구, 내가 인제는 소원 다 들었다. 소원 다 들었이이, 니도 내 소원 다 했이이, 내 원, 원대로 다 해도고(해 다오) 인자."

이카자,

"뭔데요?"

카이께네,

"인제 내 업도 소멸되고."

이래께,

"뭔데?"

카이,

"내 한복을, 깨끗하게 한복을 한 벌 해도가. 그래가 사십구제를 해도가."

이러거든. 사십구제, 한복을 한 벌 해가지고, 깨끗하게 잘해주고, 사십구제를. 그래 사십구제를 하고, 한복을 한 벌 해가지고 내놓이 깨끗하이 입고, 이것을 아들잔테 춤을 너불너불 추더래요.

"내가 인제 소원 다 듣고, 인제 내 극락으로 간다. 극락으로 가는데, 어디로 가노 카몬 난 부처님 앞에 간다. 부처님 앞에 가몬 말씀 다 드린다."

부처님 안 개고. (청중 : 맞습니다.)

그래그래, 이래이래 그래이께네, 그래그래 가지고 끝났지 뭐.

짚신 삼는 법은 자식에게도 알려주지 않는다

자료코드 : 04_21_FOT_20100126_PKS_JDC_0001
조사장소 : 부산광역시 동래구 칠산동 칠산할머니노인정
조사일시 : 2010.1.26
조 사 자 : 박경수, 서정매, 황영태, 최수정
제 보 자 : 정도출, 여, 90세
구연상황 : 제보자는 조사자에게 이야기를 하나 해주겠다며 다음 이야기를 시작하였다.
줄 거 리 : 옛날에 부자지간에 신발을 만들어 파는데, 아버지 신발은 잘 팔리지만, 아들 신발은 잘 팔리지 않았다. 아들이 아버지에게 어떻게 삼아야 잘 팔리느냐고 물어보았다. 그러나 아버지는 죽을 때가 되면 그때 방법을 알려준다고 하였다.

저가베도(자기 아버지도) 신을 삼고, 아들도 신을 삼아 팔았는데, 파는데 아들이 하는 말이,

"아버지, 아버지. 아버지는 신은 우찌 삼아서 그래 잘 나가는데, 내는

신을 잘 몬 삼는가 안 나가는데, 갤차 주소(가르쳐 주소)."

컨께네,

"내 죽을 때 갤차 줄거라."

그래가지고, (청중: 그래 그 자식도 그렇다 말이다.) 부무도. 세상에 그 개차 주몬 저 자석도 잘 풀고 할긴데, 그래 양심을 씨이 되겠나? 틀구로 매(꼼꼼하게) 뜯어라 카더란다. 그러면 곱아진다고.

빗자루로 변한 도깨비

자료코드 : 04_21_FOT_20100127_PKS_JJB_0001
조사장소 : 부산광역시 동래구 온천3동 새마을경로당
조사일시 : 2010.1.27
조 사 자 : 박경수, 서정매, 황영태, 최수정
제 보 자 : 정재복, 여, 75세
구연상황 : 조사자가 제보자에게 옛날에 도깨비를 봤던 이야기가 없느냐고 하자, 제보자
          가 예전에 실제 있었던 이야기라고 하면서 다음 이야기를 구술해 주었다.
줄 거 리 : 옛날에 아버지가 어디 갔다가 밤에 산으로 오는데 도깨비가 나타나 심하게
          싸웠다. 도깨비를 나무에다 묶어놓았는데, 다음 날 가보니 빗자루가 묶여져
          있었다.

그래 우리 동네 저게 시골짜기 살았는데, 저 둘이라고 내하고 동갑인데, 친구가 있어.

근데 저거 아부지가 인자 두루막을 입고 어데 갔다 왔어. 초상인가 어데 갔다 왔어.

갔다 오는데, 밤에 오는데, 그 산으로 이렇게 둘러 오는데, 뭣이 마 커다한 게 나타나가 자꾸 커지더란다 이렇게. 커지는데 그거 하고 싸웠어.

막 격투를 하고 싸우다가 인자 결국은 인자 영감쟁이가 이겼어. 이겨가지고 그걸 갖다가 나무에다 이래 묶어뺐대. 나무에다가, 딱 세워놓고 인

자 묶어뿌고.

그 이튿날 아침에 깨갖고 가니까 빗자리더란다 그게.

엉뚱하게 알려준 염불 소리

자료코드 : 04_21_FOT_20100127_PKS_JOS_0001
조사장소 : 부산광역시 동래구 명장2동 명장2동할머니경로당
조사일시 : 2010.1.27
조 사 자 : 박경수, 서정매, 황영태, 최수정
제 보 자 : 주옥생, 여, 80세
구연상황 : 제보자는 이야기를 한 번 하겠다고 하며 다음 이야기를 구술해 주었다.
줄 거 리 : 어느 시골에 아들이 죽고 고부간에 일만 하면서 살고 있었다. 절에 갔다 온
　　　　　시어머니가 관세음보살만 계속 부르고 있었다. 그런데 염불을 잊어버린 시어
　　　　　머니가 며느리에게 자신이 어떻게 염불을 했는지 묻자, 며느리는 시어머니가
　　　　　알미워서 "뒷집의 김서방."이라고 엉뚱하게 가르쳐 주었다. 시어머니는 그것
　　　　　도 모르고 계속 그렇게 염불을 했다.

어느 시골에, 노 할머니가 아들을 앞세았뿟는 기라(먼저 죽어버렸다).
아들로 앞세아뿌고 나이, 이 두 고부질에만 마, 죽어라 사나 일로 하야 생
활이 돼.

죽어라 서나 고부질로 일로 하는데, 이 노 할머니가,

"다른 사람도 절에 가는데, 야야 나도 뒷 절에 한 분 가보고 올란다."

카이,

"갔다 오이소."

카거든. "그래 스님한테, 뭐라하몬 내가 사다가 사다가 인자, 염라대왕
좋은 곳으로 가겠습니꺼?"

스님한테 이러카이,

"관세음보살 관세음보살을 거 부르라."

카는 기라. 꼭 관세보살 찾으라 카는 기라. 일로 하면서도,

"관세음보살 관세음보살 관세음보살 관세음보살".

카는데, 이 할머니가 잊아뿄어 고마. 관세보살을 잊아뿄어. 그래, 미느리한테 물으니까네,

"야야, 내가 머라 카더노?"

며느리는 인자 신경질이 나는 기라. 일로 하다가 관세보살 한다고 일로 자꾸 못하는 기라 고마. 그래 노이,

"야야, 내가 머라 카더노?"

카이,

"뒷집의 김서방, 뒷집의 김서방, 이래 캅디더."

카거든. 그래서 이 할매가 들었다 봤다고,

"뒷집의 김서방. 뒷집의 김서방, 김서방."

그 한 가지만 사람이 마음에서 우러나서 하만, 절로 가나 교회로 가나, 좋은 혜택을 받아요.

독사지옥에 갈 사람

자료코드 : 04_21_FOT_20100127_PKS_JOS_0002
조사장소 : 부산광역시 동래구 명장2동 명장2동할머니경로당
조사일시 : 2010.1.27
조 사 자 : 박경수, 서정매, 황영태, 최수정
제 보 자 : 주옥생, 여, 80세
구연상황 : 제보자는 앞의 이야기를 하고 난 뒤, 이어서 다음 이야기를 구술해 주었다.
줄 거 리 : 죄를 지은 사람이 절에 가서 스님께 훗날 어디서 다시 만날지를 물었다. 그 스님이 독사지옥에 가면 다시 만날 수 있다고 하였다. 알고 보니, 그 사람이 워낙 나쁜 짓을 많이 해서 독사지옥에 간다는 말이었다.

죄 많은 사람이, 저 절에 큰스님한테 가서, 그래, 스님 마, 성철스님이

라 카자.

"성철스님. 어쩨가 또 스님을 다시 만나겠습니꺼?"

이러카거든.

"아, 독새지옥(독사지옥) 가몬 니를 만내지, 거 안 가몬 못 만난다"

이래 카이, '저 큰스님이 독새지옥을 가?' 아무리 생각해도 이상하거든.

근데 지 말이라 하도 나쁜 짓을 해싸이카네, 독새지옥 갈 사람이라 거는. 그래 이 사람이 인자,

"스님, 어데 가서 스님 만나겠습니꺼?"

하이께는, 지 말 한 거로,

"독새지옥 가몬 니를 만내리라."

며느리의 방귀 힘

자료코드 : 04_21_FOT_20100127_PKS_JOS_0003

조사장소 : 부산광역시 동래구 명장2동 명장2동할머니경로당

조사일시 : 2010.1.27

조 사 자 : 박경수, 서정매, 황영태, 최수정

제 보 자 : 주옥생, 여, 80세

구연상황 : 다른 제보자들과 이야기 하는 도중, 제보자가 다음 이야기가 문득 생각났는
지 방귀 이야기를 구술해 주었다.

줄 거 리 : 며느리가 방귀를 참아서 얼굴이 노랗게 되었다. 며느리 얼굴을 보고, 시아버
지가 방구를 껴도 된다고 했다. 며느리가 시아버지에게 기둥을 잡으라고 하고
방귀를 끼니 집이 비스듬히 넘어갔다.

방귀를 참아놓으이께네, 철새에 노랑병이 드는 기라. 노랑병이 노란이
드는 기라.

시아바이가 어떻기 보이

"야야 야야, 니 얼굴이 와 그래 노랐노?"

카이,

"방구를 몬 끼서 그렇다."

카는 기라. 방구를 못껴서.

"야야, 그래모 안 된다. 방구 끼라. 니 얼굴이 안 되겠다."

카이,

"아버님, 지동만(기둥만) 잡으시오."

카는 기라. 지동 안 잡으면, 며느리 방구에 집이 넘어가는 기라 고마.
그래,

"아부님, 지동만 잡으이소."

카이 참 집이 삐뚯하도록 방구를 끼뿌더란다.

빗자루로 변한 도깨비

자료코드 : 04_21_FOT_20100127_PKS_JOS_0004
조사장소 : 부산광역시 동래구 명장2동 명장2동할머니경로당
조사일시 : 2010.1.27
조 사 자 : 박경수, 서정매, 황영태, 최수정
제 보 자 : 주옥생, 여, 80세
구연상황 : 조사자가 제보자에게 도깨비 이야기가 없느냐고 하자, 제보자는 실제 있었던
일이라며 다음 이야기를 구연하였다.
줄 거 리 : 옛날에 동네에서 무섭기로 소문난 할머니가 더운 여름밤에 녹두를 따서 집으
로 가고 있었다. 도중에 구운 콩을 주워 먹는 사람이 있었다. 도깨비라고 생
각하며 칼로 찔렀다. 다음 날 가보니 빗자루였다.

할무니가, 옛날에 덥거든. 이것은 실린데(실제인데), 우리는 벌어 살았
어. 저 밤 많은데.

이 할매가 워터키 벌어가(별명이) 순사라, 이순사라. 어띠키 무서웠는
지, 그래노이 동네 사람들이 모두 이순사라고 하는 기라. 아이들이.

이순사 이순사. 이순사 밭에 다래를 한 분 따먹을라 카몬 '이순사 밭이다' 카매 다래로 못 따먹는 기라.

우리 할무이가 워띠이 무서웠는지. 녹디를 따몬 덥거든. 덥어놓으이끼네 인자, 달빛에 가 까마히 따는 기라. 달만 뜨몬 인자 나가서 녹두를 따.

그래, 혼자가 실컨 따고 오이, 쪼깨 쉴라 카이 여시가 한 마리 오는 기라. 오가지고 그 몬 올로와서 얄궂더라 카네.

"에 요놈!"

카면서 엉캉 무섭아놓이(무서워서) 가마로 후쳤뿟는 거라. 그러구로 또 녹두를 처매에 따가지고 집을 가시는 기라.

가시이께네, 개떡가 여 겉으몬 저, 온천장 저, 저런 데를 집을 이래 드가는데(들어가는데), 거서 인자 동네사람들이 콩을 꾸우놓고 먹는 기라, 거서(거기서).

콩을 꾸우놓고 막 주워 먹어. 뭣이 오디만은 마, 마, 너무 잘 주우 먹는 기라. 그거로.

그래서 우리 할매도 저걸 한 번 줘이(주워) 무야 되겠다 싶어서 가서 줘이 먹는 기라. 줘 무이께네 마 이상하게 어리리리 하이 얄궂거든.

'아, 이기 토깨비다'

카미, 자기 호주머니의 칼로 내가지고 포옥 쑤시뺐는 기라. 폭 쑤시났뿟는 기라. 거기로 집을 가뿟는 기라. 우리 할매가.

그래 오가지고 그 이틀날 머슴을 보고,

"아무것이야, 그 아무데 거 가몬, 내가 칼로가 뭐 하나 찔러났는 기 도깨빈가 뭣인고, 칼로가 찔러났는데 한 분 가 봐라."

이러카이께네, 모지랑 빗자루 포옥 찔러났더란다.

모지랑 빗자루도 가져 왔거든. 그래 할머니 이거 찔러났습니다.

"아이고 야, 그게 와 내 눈에 사람이더노 사람이 하도 못돼서 찔러 났다."

캐니 모지랑 빗자루 찔러났단다.

신부의 얼굴 크기를 잰 신랑

자료코드 : 04_21_FOT_20100127_PKS_JOS_0005

조사장소 : 부산광역시 동래구 명장2동 명장2동할머니경로당

조사일시 : 2010.1.27

조 사 자 : 박경수, 서정매, 황영태, 최수정

제 보 자 : 주옥생, 여, 80세

구연상황 : 제보자는 입담과 기억력이 무척 좋은 편이어서 다른 이야기를 하고 난 뒤,
　　　　　이어서 이야기를 구연하였다.

줄 거 리 : 시집오는 며느리가 낯이 빗자루 한 자 만하다는 소리를 들은 시어머니가, 아
　　　　　들에게 말했더니, 아들이 밤에 얼굴크기를 진짜로 재었다.

　그전에는 우리 나이 때는 열 여덟, 열 아홉 되먼 머리로 올렸다고. 결혼했다. 그라모 한 해를 묵하가지고(묵혀서) 시집을 보내는 기라, 한 해를 묵하가지고.

　이래 시집가면, 신랑만 오면 밉는 기라. 마 밉는 기라. 자꾸 신랑이기마, 집에 오면 거치는(귀찮은) 기라.

　그래가 이래가 떡 있는데, 하룻밤에는 인자, 그 방에 드가 자야 되는 기라. 신랑 젙에 자야 되는데, 몬 드가는 기라. 다시 마 그 신랑 방아 못 드가는 기라. (조사자 : 왜요?) 부꾸럽아서. 그래 우리 모친이,

　"야야, 야야. 지금 밤중이 넘었다."

　여 자꾸 우리 엄마가 그러싸. 그래도 몬 드가는 기라. 밀어넣듯이 인자 그 방 신랑방에 밀어넣는 기라. 요새 사람들 같으면 우스울 기다. 밀어옇는데 밀리 드갔네.

　그래, 밀리 드갔는데, 뭐 뭐 갖다 났더라꼬. 신랑인가 뭐, 거 주무(주워먹어) 샀더라고. 주우 무우싸매,

　"술도 한 잔 치도라."

　캐. 아이고, 술이고 뭣이 낯도 못 드는데, 술주정 할 게 어딨노. 그냥 꿀시고(꿇고) 앉아가 있다, 이래가지고. 앉아 있으이께네,

"인자 자자."

카는 기라. 잔다. 근거이(겨우) 갖다 또 밀어 붙이는 기라, 눕우라고. 잔다꼬 꼬구라 자이께네, 신혼 전 이야기라, 이거는.

내 신혼 전 이야기라. 이거는 자는데 그 신랑도 내마치 축구(바보)던가 봐. 밤에 그래 누우서, 손을, 낯을 요래요래 요래 뻐어싸는 기라. 내 낯(얼굴) 이거를. 면적이 넓어놓으니께네. 이거는 내가 지냈는데, 내가 하도 우스운 이야기 하라 카이 하는 기라. 요래 빗는 기라. '아이고 얄궂이라, 남의 낯을 빗는공?' 그러고는 그러고 날이 샜다. 그래 일 년 있다가 인자 시집을 갔네.

낮에는 신랑 얼굴도 못 보는 기라. 부끄럽어서. 신랑인가 뭐신가.

그래, 일년 여 묵혀 떡 시집을 갔다. 시집을 가이께네, 내캉 한 날(같은 날) 그 시집가는 사람이 한, 한 집이 있었어.

이 할마이가 무당인데, 그 집 시오마이는, 자꾸 그래쌌더라 카네. 자꾸 그래쌌더라 카네.

"아이고, 한해댁이 메느리는 낯이 빗자루 한 자 된다."

카더라 카네. 저그 메느리는 오독하이 있는데, 한해띠기(한해댁의) 메느리는, '내 낯이 빗자 그거로 한 자 된다.' 카더라네. 그래 놓이 그전에 우리는 선보러 가는데, 그 시어머니는 편찮아서 선보러 못 오더라꼬. 우리 집에는 갔는데. 그래가지고 가이 그래, 이야기를 하시는 거라. 자꾸 아들 듣는데,

"야야, 낯이 얼매나 즐거워야, 덕춘댁이가,

"'우리 며느리는 낯이 빗자루 한 자 된다'고 동네 댕기며 그래 샀는다."

그래 카는 기라.

한 자 된다는 게 듣기 싫은 기라. 우리 시어무이는. 그래놓이 이 멍티 같은 신랑이 날 낯을 재봤는 기라.

도깨비가 무서워 도망간 아이들

자료코드 : 04_21_FOT_20100127_PKS_CBI_0001
조사장소 : 부산광역시 동래구 온천3동 새마을경로당
조사일시 : 2010.1.27
조 사 자 : 박경수, 서정매, 황영태, 최수정
제 보 자 : 최분이, 여, 74세
구연상황 : 제보자는 다른 사람들의 이야기를 듣던 중에 생각나는 이야기가 있다며 조심스레 구술해 주었다. 실제로 있었던 이야기라고 했다.
줄 거 리 : 옛날에 기장 송정에서 밤에 친구들과 과자를 사러 동네에 내려갔는데, 연곡에서 허깨비가 나타났다. 불이 퍼뜩퍼뜩 하더니, 불이 두 개, 세 개로 번지더니, 급기야 사람으로 변해 버렸다. 너무 놀라서 모두 고무신을 벗어들고 뛰었다.

옛날에 저게, 우리가 열 네 살 이래 무울 찍에(적에), 저 우리가 클 때 기장, 기장 저서러(저곳에서) 컸는데, 인자 송정에 인자 놀러 왔는 기라. 딸아들하고 머슴아들하고, 송정에 그게 인자 머슴아들하고, 또 저게 기장에 또 머슴아들하고 딸아들하고.

어느 집에 인자 이래 까자를(과자를) 파는 기라 밤에. 인자 이거 혼차 있는 사람, 아지매 혼차 사는 사람, 집에, 방에다 이래 까자를 놔 놓고. 옛날에는 점방도 없고 팔았다꼬. 방에다 까자로 파는데 그 집에 오몬, 그 아지마가 좀 팔아묵을라고 마 이 동네 딸아들, 머심아들 마 그기다가 붙있는 택이라.

붙있는 택인데, 인자 우리가 인자 그 동네 인자 놀러가자고 떡 갔는 기라. 저녁에. 갔는데, 서이서러(셋이서) 갔는데, 인자 기장 그 연곡이다 카는 연곡이 있다고. 기장에 여 송정에서러 기장 사이에. 연곡이다 카는 연곡이 있는데, 거게는 음, 밤에 나무 팔러가다가도 불로 보고 허재비를 보고 그렇다 카는 곳이거든.

근데 옛날에는 거 기차 사고가 많이 나가지고 사람도 마이 죽고 이렇는데, 그렇다 카는 걸 우리가 알고 있는데, 그래가 인자 놀러 갔다가, 그때 요새 시간을 치면 인자 한 11시쭘 돼서 아침에, 아니 저저, 저녁에 밤 11시쭘 됐는 기라.

그래 인자 서이가 떡 왔는, 그때는 고무신 신고 댕깄다. 운동화도 우리 같은 거는 못 신고. 신고 갔다가 이래 오는데, 아이 내 눈에 저 허재비가 철둑에서러 허재비가 떡 불이 퍼덕퍼덕 하는기라. 불이 퍼덕퍼덕 하는 기라. 불이 퍼덕퍼덕 하더만은,

"아이가, 저 아무것이야 저, 저, 허재비 섰다. 허재비 나온다."

이러카이카네, 불이 마 두 개가 됐다가 세 개가 됐다가 네 개가 됐다가 막 그래 되는 기라.

그래, 그래서러 그래가,

"아이고 그렇다. 니도 비이나?"

카이,

"비인다."

카는 기라. 아이고, 그라이까네 좀 있으이까네, 사람으로 변했뺐는 기라, 허재비가. 사람으로 옷을 하야이(하얗게) 입고. 하나 또 되더만은, 둘이 되더만은 서이꺼지(세 명까지) 되는 기라.

그래가지고 그 질로 그 허재비 봤는 곳에서러 돌아서 가몬 죽는다 카대. 죽는다 커는 소리 듣고 안 가야 되는데, 가던 질로 다부 가야 되는데 무섭아가지고 가던 질로 우리 집을 갈라 카몬 산을 넘어 가야 되는데, 몬 가고, 다부 왔던 질로 다부 돌아섰는 기라. 죽는 거는 뒷전이고 온신에(우선에) 무섭어이.

그래 가다 내가 달리기를 제일 몬해가지고 제일 뒤에 섰는 기라. 신은 벗어가 고무신은 벗어 들고. 그때는 도로도 요 기장서 송정 넘어가는 도로도 포장도로 이기 저 포장이 안 되가 있고, 자갈밭이다. 자갈밭인데, 자갈밭에 거다 맨발로 벗고 마, 우리 친구들 둘이는 저 뛰가는데 나는 제일

뒤에 뛰가가. 그 집에 가가 마리(마루에) 가가지고, 바리(바로) 서가 들어가지도 못 하고, 전부 거서 마루서러 마 다 뻗어졌는 기라.

(청중 : 무섭아가지고?)

무섭아가지고. 아이, 그래 마 이야기 하매 오더라고 허재비가. 처음에, 처음에 불이 퍼덕퍼덕퍼덕 하더만은, 아이 좀 있으이까네,

"니 비나? 니도 비나?"

카이,

"빈다."

카는 기라.

"니도 비나?"

카이,

"빈다."

카는 기라.

"아이고, 저 하얀 옷 입고 나온다. 또 하얀 옷 입고 나온다. 서이다."

마 이래 되는 기라. 이러이까네 마 신을 들고 뛰기를 시작하는 기라. 뛰기를 시작하는데, 그래 가 가다가 돌아보이까네 아직 따라오는 기라. 난 가다가 뛰지도 못하고 마 없는가 싶어, 없어졌는가 싶어 무섭아도 함 돌아봤는 기라.

돌아보니까네 따라오는 기라, 철둑으로. 그래가지고 그 집에 기 드갔다, 기 드갔어. 마, 기 드가가 마 뻗어졌다 거서 전부 서이다.

(청중 : 거 헛기 보이나? 기기?) 몰라 그렇다. 헛기 보이몬, 첨에 내가 머이(먼저) 봤거든. 내가 머이 봤는데 (청중 : 헛기 아이고 사람이 죽어가지고.) 죽께이더라. 죽께이면서 오더라.

뭐라고 뭐라고 하도 하도 하도 커고 마 말이 안 똑똑고. 그래가지고 오는데, 저게 내 혼차 본 게 아이고,

"니도 비나?"

카이께,

"저 불 비제?"

"빈다."

"사람 비나?"

카이,

"사람 빈다. 두나 됐다. 세나 됐다."

다른 사람, 다른 아들도 다 그랬는 기라. 그라고 만날 그 이야기 하고 나는 젤 이쪽으로 서고, 걸어올 때 내가 앞에 왔는 모양이라.

그런데 저거는 뒤에 서고 있는데, 마 여 신을 벗어가지고 달려가자 소리도 안 하고 마 앞에 내뺐는데, 그런 역사가 있었대이.

동래 녹천탕의 유래

자료코드 : 04_21_FOT_20100127_PKS_CJW_0001
조사장소 : 부산광역시 동래구 명장2동 명장2동경로당
조사일시 : 2010.1.27
조 사 자 : 박경수, 서정매, 황영태, 최수정
제 보 자 : 최진욱, 남, 78세
구연상황 : 동래온천에 대한 이야기를 들려달라고 하니, 실제 있었던 이야기라며 녹천탕에 대해 이야기해 주었다.
줄 거 리 : 옛날 집에서 담 구석에서 김이 모락모락 올라와서 호미로 파보았더니, 거기서 물이 나왔다. 바로 온천물이었다. 그래서 그곳에 목욕탕을 지었는데, 유명한 녹천탕이 바로 그곳이다.

옛날에 우리가, 한 거기 한 삼십년 더 넘었나 모르겠네.

그때 정도 돼서 우리가 온천장에 살았는데, 온천장에 그때 목욕탕 마이 없고, 옛날 저 목욕탕 저 구목욕탕 그뿐이고, 고 옆에 보만 녹천탕이라고 지금 있는데.

그 녹천탕이 말이야, 옛날에 집 주인이 아침 자고 일나니까 담 있는, 담 구석에서 말이야 짐이 풀풀 나더라 이기야.

그리 이기 뭔고 싶어가 호미로 살살살 팠는게 물이 나오더라 이기라. 그기 바로 온천물이라. 나오는데, 그 후로 그 집에서 계획적으로 인자 목욕탕을 짓는 기라. 그래 큰 부자가 되었다는 그런 전설이 있어.

그것도 아마 세월이 꽤 흘렀어요. 그것도 세월이 가서는 한 오십년 이상 흘렀을 기거만은. 우린 거니까 그 집에 목욕하러 자주 갔어요.

(조사자 : 그 목욕탕 이름이?) 녹천탕이라고 야. 녹천탕이라고 있는데, 지금도 있어요. 거 안에 보몬 여관도 있고, 그 집에 돈을 벌어가지고.

묫자리 잘 써서 결혼하고 부자 된 효자 노총각

자료코드 : 04_21_FOT_20100126_PKS_HNM_0001
조사장소 : 부산광역시 동래구 칠산동 칠산할머니노인정
조사일시 : 2010.1.26
조 사 자 : 박경수, 서정매, 황영태, 최수정
제 보 자 : 황노미, 여, 88세
구연상황 : 제보자는 앞선 제보자의 이야기가 끝나자마자 자기도 이야기를 하겠다며 이야기를 시작하였다. 이야기를 찬찬히 재미있게 구술해 주었다.
줄 거 리 : 옛날에 가난하지만 효자인 노총각이 홀로 열심히 살아가고 있었다. 하루는 어머니가 돌아가셨는데 묫자리를 잡지 못하고 논에서 일을 하고 있었다. 어떤 대사가 와서 자신이 먹을 죽을 한 그릇 달라고 해서 주었다. 대사는 고마움의 표시로 부모님 묫자리와 집터 자리를 봐 주게 되었다. 노총각은 그 터에서 여인을 만나 결혼까지 하고 잘 살게 되었다.

옛날에 비가 안 오고 흉년이 자주 질 때 농사가 안 돼가지고 흉년이 더 는데,

그래 총각이 일꾼을 뽑는데 총각이 하마 나이 이삼십 살 근주(가까이)

돼. 예전에 그러면 노총각이라 했거든.

그래가지고 어머이 아부이 다 죽고 그 총각 몸은 혼자라. 다 죽고 친척은 멀리 있고 머머 오도가도 못 사니께 안 온다. 이 사람이 잘 살아보래, 친척도 자주 오거든, 못 살몬 안 와.

그래가지고 남의 집 머슴을 사는데, 어머이 아버지는 돌아가셨는, 벌써 돌아가서 그거는 정상적으로 묻었고. 어머이는 안주 못 묻었어.

머리에다가 예전에 흰 댕개, 상투 쪼던 흰 댕개 여기다가 디리고서 머리끝에 디래고 뭐, 이래가지고 논을 갈았어.

논을 가이께네, 그해 슝년이 지노이께네, 참을 가주 나왔는데, 흰죽 한 그륵을 쒀가지고 죽에다가 요걸 요개하고 이래라 카고.

(청중 : 엄마가?)

아니 그 일꾼 그 집에서, 그래서 가져 오더라네.

갖다 논물에다 이리 갖다 놓고 덮어놓으면, 이거 뭐 요기가 될라 이러면 덮어놓고, 논 가라 카고 드갔거든.

그래 대사가 오다가 거 쉈어, 그 죽그릇 젙에. 쉬면서는,

"총각, 머리 보이(보니까) 흰 댕기 디래가(둘러서) 있는 걸 보이, 아즉 부모 장사는 안 지냈는가베."

그래 뭐 스는 그 대사가,

"그래, 내가 이 죽을 날 주믄(주면) 내가 먹었으면 좋겠다."

이래더래(이렇게 말을 하더래). 거(거기서) 논 가다가 그 죽 한 그릇 갖다 놓은 걸 그것도 또 대사가 달라 카네.

그래 마, 얼마나 절을 하몬,

"잡수세요"

카모 절을 했대. 그리 대사가 글쎄 죽을 싹 닦아 먹어미삐고 빈 그릇만 있네.

그래 인자 죽을 맛있게 먹고, 자네가 마음을 이래 젂어보이(겪어보니),

이래 떠보이까네, 자네 마음을 이래 환하게 디다 보고 있는데, 사람이 마음이 어지고 어진 사람은 내가 오늘은 좀 도와줘야지 이러면서는, 짝지(작대기)로 콱 짚으면서는, '요개는 어머이 산소들이라'고 밋자리 잡아주고, 머리 허옇게 댕기 드린 거 보이 아직 장사를 안 지낸걷다고, 그래 밋자리 잡아주고, 요개는 집터

거 인자 그 총각이 일을 하면서도 집터를 하나 요래 잡아줘. 요기 집을 지라 카더래.

"아이고, 도사님요. 내가 이 형편에 거게 집 지을 행펜이(형편이) 됩니까? 움막시리도 짓자몬 힘들걷은대요."

"암말도(아무 말도) 말고 내 시키는대로 꼭 그래 해라".

이래더래. 그래, 엄마이 산소부텀 미리 들였대. 집도 안주(아직) 못 짓고 마실에 구걸해가지고 쪼끔 쪼끔썩 해가지고서 얻어가지고, 그래 그 엄마이를 산소를 디렸어(들였어).

딜여놓고 지(자기) 집은 요게 거 도사 집 터 잡아준 데 거러구로 움막을 쳤대. 움막을 치고, 밑에는 짚을 깔고, 움막을 삥 돌려 치고서는, 그래 낮에는 저가(저기 가서) 일을 하고, 남의 집에 있으이께네 일해야 될 거 아인가.

"일하고 저녁에 새끼를 꼬아도 여 움막 속에 와서 새끼 꼬아라."

이러더래, 도사가. 그래 솔가지를 해가지고 불을 해 놓고, 한 짝에 불 해놓은 걸, 해 놓고 거서 하마 그래이께네, 제법 됐대, 그래 하는 지가.

거 와 새끼 꼬고, 신도 삼고, 거게 마 여러 가지 거를 거기서 지 소원대로 거기서 다닥거리고 있는 기라, 지 집이라고. 그랬더이 한날 저녁을 먹고 와서, 그래 마 잘 자리를 보고, 그 짚을 다독거려놓고 잘 자리를 보고 있다이, 처녀가 다 큰 처녀가 뭐를 한 당새기를 이고,

"여기 좀 쉬어 갑시다. 불빛이 삐떡거려서 집인가 뵈요."

카며, 움막 거 가마니 쳐 놨는 거를 이래 들시가 디다 보더래.

"그래 여게는(여기는) 잘 수가 없고요, 요 마실에 내려가몬, 참 마실이 큽니다. 거 가면 대가, 대 뭐시기로 사는 집도 많고, 그리 거 가서 쉬라고."

보내께네, 기어이 안 가고 삐직삐직 들어오더라네.

거 들와가지고 거게 앉아서, 그래 그 새끼 꼬고 앉았는데, 총각은 새끼 꼬고 인자 어마이 죽었은께 정상으로 머리 빗고. 인자 초상을 쳤거든. 그래 앉아 있으니, 그래 그래 이래 보디마는,

"나는 먼 데서 서울서 내려왔다."

카더래.

"부모가 이 당새기에 뭐가 들언동 나는 피(펴) 보도 안했습니다. 이걸 주면서 이고, 니 발끝 가는대로 가라 카더래요."

그래 부모가 내보내삐더래. 그래가지고,

"이 당새기만 하나 이고 내려왔습니다."

이래모 피 보이께네, 아이 금은보화라. 큰 부잣집인데, 약혼해 놓고 죽으몬, 사우가 죽으몬 그집 귀신이라고 딸 그집 시집 안 보낸다네. 어델 보냈삔다네 고마.

옛날에는 그래 보내삐리노이끼네 귀신은 그 집 귀신인데, 그 젊은 청춘에가 살 수가 없잖아. 그래노이 어마이가,

"이 보물을 가주 가서, 니 마음대로 좋은 인연 만내가지고 이걸로 가지고 살아라."

고 부모가 줬거든. 그래 그 패물을, 그걸 가지고서는 그날 저녁에 인연을 맺었어.

맺고 그 패물, 그 이튿날 팔아가지고 논도 사고, 밭도 사고, 아주 포이(포부가) 져가 농사짓는 포이 져가 그거부텀 샀대. 사고 집은 마, 우에던지 몇 칸짜리를 그 터에다 지어가지고, 그래 아들 놓고 딸 놓고 그래 잘 살더랍니다.

부모한테 효성해서 안 되는 법이 없느니라.

결혼식 날 바뀐 신부

자료코드 : 04_21_MPN_20100127_PKS_KIY_0001
조사장소 : 부산광역시 동래구 명장2동 명장2동경로당
조사일시 : 2010.1.27
조 사 자 : 박경수, 서정매, 황영태, 최수정
제 보 자 : 김일연, 남, 79세
구연상황 : 제보자에게 옛날이야기를 들려달라고 요청하자, 마침 재미난 얘기가 있다며,
         자신이 경험한 실제 이야기라며 다음 이야기를 구술해 주었다.
줄 거 리 : 김해비행기장 앞에서 결혼식이 있어서 갔는데, 색시가 바뀌었다. 바뀐 색시는
         앞뒷집에 살던 사촌 간으로 얼굴이 서로 닮았다. 결혼식이 끝나고 시댁에 가
         서야 신부가 바뀐 줄을 알게 되었다. 신랑이 바뀐 색시와 살 수 없다고 야단
         을 부렸다. 결국 두 사람은 같이 살지 못했다.

김해비행기장 앞에, 어, 이거 내 만덕 이야기라.

만덕 그 안에 그 집이 한 채 있었는데, 내가 철도에 있을 적에 친구가
김해비행기장 앞에 결혼식에 갔는데, 앞뒷집에 결혼식에 색시가 바뀌었어
요, 색시가. 앞 색시하고 뒤 색시하고 사촌간이라. 그러는데 앞 색시는 선
을 보기는 봤는데, 사촌간이니까 얼굴이 닮았을 것 아니야.

그러니까 결혼식이 끝나고 실제 시가가 이제 만덕 그 안에 산골에 있
었는데, (청중 : 골짝이지 거는.)어. 오기는 왔는데, 아, 그때 이제 색시가
바뀐 줄 알았어요. 아 이래가지고 첫날부터 마 색시가 마, 신랑이 색시하
고 안 산다고 흔들어 가지고 야단났어, 야단나.

정말 색시가 본, 선 본 색시가 아이고 뒷집, 앞뒷집에 살았으니까 말이
지, 사촌간이니까 나이도 똑 같은 거라. 아, 이래가 바뀌가(바뀌어서) 생
야단 났는데, 평생을 그 사람들 같이 못 살았어요.

저승사자를 본 사람

자료코드 : 04_21_MPN_20100127_PKS_PMC_0001
조사장소 : 부산광역시 동래구 명장2동 명장2동 경로당
조사일시 : 2010.1.27
조 사 자 : 박경수, 서정매, 황영태, 최수정
제 보 자 : 박명철, 남, 76세
구연상황 : 다른 제보자의 말을 듣고 자신이 겪은 일이 생각났는지 다음 이야기를 했다.
줄 거 리 : 택시운전을 하다가 사고가 났는데, 60일 만에 깨어났다. 그런데 깨어나던 날, 갓을 쓰고 검은 두루마기를 입은 저승사자가 소를 패듯이 자기를 때리며 가자고 끌어당겼다. 의식을 찾으니 의사 가운을 입은 의사들이 있었다.

내가 아프기 전에, 내가 몇 일만에 깨어났나모 내가 육십 일만에 깨어났어. 죽었어. 완전히 죽어갖고, 죽은 기 아이고, 숨은 붙어 있었는데, 죽, 죽었는데, 나는 인자 기절한 그거는 그 장면만 알고 있고 그랬는데.

내가 인제 개인택시를 하거든. 그때는 개인택시를 했다고. 그때는 개인택시를 하는데, 그 운전 중에 내가 인제 쓰러지갖고 병원에, 여 저 머꼬 동아대학병원을, 지금도 동아대학병원을 댕기. 동아대학병원 아직까지도 내가 팔 년째 댕긴다고.

그래 동아대학병원 실리 갔어. 앰블란스에 실리가 갔는데. 그래가 실리 간 거 모르지. 나는 실리갔는지 뭐 우째 기억 그 쓰러질 때 그 순간만 우째 택시 타갖고 갔다 그것만 아는데, 육십일 만에 깨어났는데, 우리 마 친척들 다 오고 우리 아들 딸, 이거 마 죽는다, 죽었다꼬. 안 깨어나이께네, 도저히 안 깨어나이께.

이렇는데, 내가 인자 귀신을 본 기 어찌 봤나모, 이 저 머꼬 똑 저, 저, 우리 애릴 때 만화책에 보듯이 이래 머 갓을 떡 쓰고, 시커먼 옷을 입고 이러 두루막걑은 것도 입고, 이래 갖고 내인테 와갖고 가자 카면서, 따라가 안자 이런 식이라.

따라가자고 나를 막 때리는 기라. 그래갖고 막 때리는데, 이놈 가만히

생각해보이 우리 할마이가, 할마이가 그때는 할마이가 내 지금 몇 년 안 됐으이께네. 할마인데, 그리고 우리 할멈, 할마이가 옆에 가마 내 꿈에, 꿈이 아이라 그때는, 그때 느끼기를, 할마이가 나를 갖다가 이 사람들이 막 어디 다리갈라 카는데, 때리민서 소 패듯이 패는 기라. 메차리(회초리) 가지고 어깨를. 욜로(요리로) 치고 일로 치고 하는 기라. 그래가 이거로 내가 이기 똑 할마이로 보고 괘심하다 싶어더라고 죽으민서러. '우째 안 말기 주고 저 보고 뻔하이 보고마 있노?' 이래 생각했는데….

그래가 인자 그기 인자 육십 일만에 깨어나는 순간이라 거기. 꿈에서 깨나는 순간이라. 그래 내가 인자 깨고보이께네 그래 가마 전에 그 뭐 수술 여 여 수술했거든. 여 수술하고 째고 이랬는데. 그때 의사 자국 해노이 께네 여게 아프이끼네, 꿈에 때리는 기라, 내를 때리. 귀신이 때리갖고 가자 카는 기라.

하내이 둘이 아이고, 멫키(몇이서) 똑 무슨 수술하는 사람들매키로, 그 래갖고 거기 인자 눈에도 뭣이 의식으로 왔는 기라, 머리에서는.

그 의사들, 깨보이까네 참말로 의사복 안 입었나? 똑 의사복 입은 그런 거매로 비슷하이 그거 그런 사람들이 나를 다리 가자 카는 기라. 그래 딴 사람, 옛날사람들겉으모 저승 갔다 왔다 카지.

경주공방에서 온 동래기생

자료코드 : 04_21_MPN_20100126_PKS_BTJ_0001
조사장소 : 부산광역시 동래구 칠산동 칠산할머니노인정
조사일시 : 2010.1.26
조 사 자 : 박경수, 서정매, 황영태, 최수정
제 보 자 : 병태주, 여, 82세
구연상황 : 제보자는 앞의 이야기에서 동래기생 이야기를 한 후에 연이어서 다음 이야
　　　　　기를 구술해 주었다. 서사적인 이야기는 아니지만 동래기생을 이해하는 데 참

고가 될 이야기라 생각해서 채록했다.

줄 거 리 : 옛날에 동래기생이라고 하면, 동래에서 제일식당을 한 할머니가 진짜 기생이
　　　　었다. 그 사람은 경주공방 출신의 기생이었다.

　동래기생들이 옛날에 여 저저 제일식당 파적 할매, 그런 사람이 동래옥
지 참 마담 할매캉 그런 사람들이 옛날에 경주공방 기생들이라.

　경주공방에서 배아가 그 팔자가 시가지고(세어서) 자기들이 거서러 기
생으로 불려가 나와가, 그 제일식당 할매가 참 진짜 그 사람은 공방기생
이라. 지금 돌아가시고 없어.

　그 옛날에 동래파적이라 카몬 다 알았다 아이가. 잡지에도 나오고 텔레
비도 나오고 했는 거 할머니가 참 옛날에 기생이다. 기생이었고, 참 양반
의 집 저 요새 경주 이가들, 저 대통령캉(이명박 대통령을 말함) 그 한 집
안사람들이라 그 할매가.

까마귀 때문에 나무를 못한 사람

자료코드 : 04_21_MPN_20100127_PKS_YJC_0001
조사장소 : 부산광역시 동래구 명장2동 명장2동경로당
조사일시 : 2010.1.27
조 사 자 : 박경수, 서정매, 황영태, 최수정
제 보 자 : 양재철, 남, 72세
구연상황 : 제보자는 본인의 체험을 바탕으로 다음 이야기를 구술했다.
줄 거 리 : 하루는 나무를 하러 산에 갔는데, 갑자기 까마귀가 달라 드는 바람에 나무를
　　　　계속 하지 못하게 되었다. 근처에 있는 묘에 가서 절을 했더니, 까마귀가 어
　　　　디론지 가버리고 없어졌다.

　근데 하루는 나무를 허러 가니까, 까마귀가 두 마리가, 그 고개를 넘어
가야 나무를 해 오거든. 해올 수 있어. 그 고개를 넘어가니 지게를 짊어
지고 넘어가니, 이, 이 까마귀가 확 달라들어서 나를, 머리를 확 쳤부지,

또 이쪽에서 확 첬부지, 이 고개를 못 넘어 가는 거라.

도저히 아무리 넘어 갈라고 해도. 어떻기 까마구가 달라드는지. '야, 이거를 넘어가면 틀림없이 뭐가 있어갖고 날 죽일꺼나.' 죽기나 뭔 수가 있구나 싶어갖고, 그래도 밥을 얻어 물라니까 나무를 한 짐 해다 줘야 저녁밥을 먹거든. 그라 안 하면 몬 묵우니까.

나도 양갑니다만은, 양해식이 집에서 넘의집 살았습니다. 항렬로 말하자면 내 조카집에서. 근데 그 가마귀가 그렇게 내를 잡아 그래 치더라. 쾅쾅 짝대기로 하나 잡아갖고 때릴라 해도 때리도 못하겠어.

(청중 : 까마귀? 까마귀가 어떻게 사람한테 달려들지?) 그러니까 말이지. 그래서 내가 거, 인자 거 넘어갈라니까 묘가 있거든 묘. 묘가 있는데, 넘어가몬 묘가 하나 있다고. 중터막에. 묘에다가 내가 절을 했습니다. 지게를 벗어놓고, 가마귀는 달라 들어도 묘에다 내가 절을 하니까 가마귀가 어디 간지 모르고 가버리고 없더라고.

호랑이에게 개를 던져주고 호식을 면한 사람

자료코드 : 04_21_MPN_20100127_PKS_YJC_0002
조사장소 : 부산광역시 동래구 명장2동 명장2동 경로당
조사일시 : 2010.1.27
조 사 자 : 박경수, 서정매, 황영태, 최수정
제 보 자 : 양재철, 남, 72세
구연상황 : 제보자는 입담도 좋고 기억력도 좋은 편이어서, 까마귀 이야기에 이어 계속 다음 이야기를 구술해 주었다.
줄 거 리 : 한 여관 주인이 술을 많이 먹고 석곡에서 영천으로 가는 도중에 호랑이를 만났다. 호랑이가 계속 불을 켜고 집 앞까지 따라 왔다. 여관 주인이 기르던 개를 밖으로 던지자, 호랑이는 개를 물고 사라졌다.

또 하루는 영천이라는 그 마을이 있는데, 영천마을을 가몬 거기서 나무

를 해다가 일주일이면 일주일, 삼일이면 삼일 딱 해서 이렇게 해서 딱 모아 놓으면, 구르마가 와서 실어 갑니다.

그래 거 주인집에다가, 그 주인집에다가 양식, 내가 먹을 양식 갖다놓고 거다 밥 해주고 거서 밥 얻어 묵고, 밥 해주몬 묵고, 나무 해다가 쟁기놓고(쌓아 놓고) 이러는데, 그 주인하고 나하고 석곡여관이라는 데, 석곡여관에 석곡여관 집에서 내가 넘의집 사는데, 그 집이 여관에 가갖고 그주인이, 이름을 잃어버렸네요.

그 뭐야, 술을 입빠이 됐어, 그 주인이. 입빠이 자시 놓이 저녁에 안 올라갑니까 영천이라는 마을을. 십 리여 딱 십 리. 거기서 석곡에서 거기까지 갈라몬. 십리인데, 느닷없이 저 건네서 불이 황금불이 켜진 거라, 불이. 그래가,

"재칠아 가만 있어."

이를 막 투들겨 내 뒤를 따르라 이거야. 어 뒤를 따르니까 저거는 호랑이다 이기야 호랑이. 호랑이가 불을, 불을 빤하니 쐬니 무조건 그따 대고절을 한 거야.

여어 길은 이리 되어 있고, 이쪽으로는 산이 쫙 이리 있습니다. 그리이리 길이 딱 되고. 둘이서 걸어가는데 계속 불을 쓰고, 거기까지 자기 집있는 데까지 오더라고.

거 개가 한 마리 억수로 영리하고 싸나운 개가 한 마리 있었다. 자기집 거 개를 길렀어. 주인이 가서 개를 그대로 묶고 그대로 던져 버리더라고 밖으로. 밖으로 던져뿌니까 거 호랑이가 개를 인자 물고 넘어갔는가어쨌는가, 개가 없어져뿌지 인자.

저승 갔다 온 사람

자료코드 : 04_21_MPN_20100127_PKS_YJC_0003
조사장소 : 부산광역시 동래구 명장2동 명장2동경로당
조사일시 : 2010.1.27
조 사 자 : 박경수, 서정매, 황영태, 최수정
제 보 자 : 양재철, 남, 72세

구연상황 : 조사자가 제보자에게 다른 이야기를 부탁하자 흔쾌히 또 다른 이야기를 구
술해 주었다. 실제로 있었던 이야기라고 했다.

줄 거 리 : 어느 날 고모가 갑자기 돌아가셨다. 죽은 고모의 살이 이상하게도 뻣뻣해지지
않고 산 사람처럼 부들부들했다. 그러다 삼 일만에 갑자기 깨어났다. 꿈에서
저승을 다녀왔다고 했다. 꿈에 하얀 노인이 나타나서 아직 올 때가 안 되었다
고 하면서 배를 태워 바다에 빠뜨리는 바람에 깨어났다고 했다.

몰랐는데, 우리 고모님이 살으시다가 갑자기 돌아가셨어. 갑자기 돌아
가셨는데, 이 사람이 죽게 되면 이 온 전체가 다 뻣뻣해지거든예. 신경이
죽어뿌기 때문에 뻣뻣해지는데. 우리 고모님은 이 살이 부들부들 해갖고
아, 부들부들 해가 색깔이 얼굴 색깔도 그대로 있고 숨만 못 쉬지, 전체가
그대로 있는 거라.

거 우리 고숙이랑 말하자면 우리 그 저, 고모 자녀들이랑 유지 사람들
이 전체가 다,

"이 고모는 이분은 살아날 수가 있다. 두고 보자."

그래가고자 있는데, 아이, 삼일만에 우리 고모가 살아났습니다. 삼일,
삼일만에 났는데, 우리 고모 얘기를 들어보몬 저승이 있답니다. 저승이.
꼭 저승이 있답니다.

저승에를 가니까 하얗, 하얗게 생긴 노인이 떡 보더니,

"너는 아직 죽을 때가 못됐는데 어찌 들어왔냐?"

이름이 예를 들어서 이름이 재철이라면 재철이를 잡아오라 이라면, 이
름이 그래서 말하자면 똑같이 이름을 안 짓는다 이런 말도 있습니다. 재

철이를 잡아오라 하면 이 사람 잡아와야 되는데 나를 잡아왔거든 말하자면. 내가 재철입니다만은.

그런 수가 있다 이기라. 그래서 우리 고모님이 가니깐,

"너는 아직 들어올 때가 못 됐는데 왜 들어왔나? 내보내라."

해갖고, 근데 배를 태아서, 배를 타고 오는데 그 배에다가 배에서 빠찼부더라(빠뜨려버리더라) 이거라. 바다로.

빠짯부러가고 퍼득 깨보니까 꿈 같이 태어나서 우리 고모가 살으셔갖고 아흔 다섯 살에 돌아가셨습니다. 하루도 안 아프고, 하루도 안 아프고 그 손지, 손자 밥 채려주고

"나 몸 아프다."

하고 누워있디 돌아가셨어요. 굉장히 오래 살으셨습니다.

(조사자 : 너무 좋은 얘깁니다. 이 얘기.) 그래서 우리 고모가 그 저승에 갔다 오셨다. (조사자 : 저승에 다녀온 거 맞네요.) 저승에, 저승을 갔다 오셨다.

방귀 타령

자료코드 : 04_21_FOS_20100126_PKS_KCH_0001
조사장소 : 부산광역시 동래구 칠산동 칠산할머니노인정
조사일시 : 2010.1.26
조 사 자 : 박경수, 서정매, 황영태, 최수정
제 보 자 : 강차희, 여, 83세
구연상황 : 조사자가 제보자에게 <방귀 타령>을 아는지 묻자, 다음 노래를 바로 불러
　　　　　주었다. 창부타령 곡조로 부른 것이다.

　　　　할아버지 방구는 호랑이방구

　　　　시아버지 방구는 조심방구

　　　　시오마니 방구는 잔소리방구

　　　　딸의 방구는 인지방구(연지방귀)

　　　　며느리 방구는 조심방구

　　　　딸래미 방구는 인지방구

　　　　손지야 방구는 사당방구

구멍 타령

자료코드 : 04_21_FOS_20100126_PKS_KCH_0002
조사장소 : 부산광역시 동래구 칠산동 칠산할머니노인정
조사일시 : 2010.1.26
조 사 자 : 박경수, 서정매, 황영태, 최수정
제 보 자 : 강차희, 여, 83세
구연상황 : 제보자는 재미있는 노래가 있다며 선뜻 다음 노래를 불러 주었다. 무릎장단

을 치면서 창부타령 곡조로 흥겹게 노래를 불러 주었다. 주위 청중들도 즐거
워하면서 노래를 경청하였다.

궁기 궁기 궁기로구나
큰솔밭밑에 뚫으난 궁기는
모든걸 보자고 뚫은궁기
그옆에라 뚫어난 궁기는
뭣할라고 뚫었던고
말소리 듣자고 뚫은궁기
그밑에라 떨버는 궁기는
뭣할 라고 뚫었던고
냄새를 맡자고 뚫은궁기
그밑에라 뚫은 궁기는
뭣할라고 뚫었던고
말을 하자고 뚫은궁기
그밑에라 뚫으난 궁기는
뭣할라고 뚫었던고
아들딸을 키우자고 뚫은궁기
그밑에는 뚫은 궁기는
뭣할라고 뚫었던고
밍복을(명복을) 타자고 뚫은궁기
그밑에라이 뚫은궁기는
뭣할라고 뚫었던고
울언님이 사랑하자고 뚫은궁기
궁기 궁기 궁기로구나
늦기 붙어도 뜻이높아

우리나라 대통령도

두무릎팍을 꾸리는구나

궁기 궁기 궁기로다

다리 세기 노래

자료코드 : 04_21_FOS_20100126_PKS_KCH_0003
조사장소 : 부산광역시 동래구 칠산동 칠산할머니노인정
조사일시 : 2010.1.26
조 사 자 : 박경수, 서정매, 황영태, 최수정
제 보 자 : 강차희, 여, 83세
구연상황 : 조사자가 제보자에게 다리 세기 노래를 아는지 묻자, 어릴 때 많이 불렀다며
자신있게 불러 주었다. 그러나 중간에 가사가 생각나지 않자 청중의 도움을
받아서 처음부터 다시 불렀다. 청중들도 함께 가사를 읊으며 불러 주었다.

이거리 저거리 갓거리

진도맹근 도맹근

짝바리 해양근

도래줌치 장두칼

보리타작 노래

자료코드 : 04_21_FOS_20100126_PKS_KCH_0004
조사장소 : 부산광역시 동래구 칠산동 칠산할머니노인정
조사일시 : 2010.1.26
조 사 자 : 박경수, 서정매, 황영태, 최수정
제 보 자 : 강차희, 여, 83세
구연상황 : 조사자가 제보자에게 보리타작 노래를 불러달라고 요청하자, 제보자가 웃으
면서 보리타작을 하는 시늉을 하며 노래를 구연해 주었다. 그 모습이 재미있

는지 청중들도 소리내어 웃었다.

　에화 때리라
에화 에에
거 여기도 있다 때리라
저기도 있다 때리라
　에화 때리라

뱃노래

자료코드 : 04_21_FOS_20100126_PKS_KCH_0005
조사장소 : 부산광역시 동래구 칠산동 칠산할머니노인정
조사일시 : 2010.1.26
조 사 자 : 박경수, 서정매, 황영태, 최수정
제 보 자 : 강차희, 여, 83세
구연상황 : 제보자는 스스로 박수를 치며 흥겹게 뱃노래를 구연해 주었다.

　술은 술술술 잘넘어 가고요
　찬물아 냉수는 입안에 도는구나
　　에야노 야노야~
　　에야노 야노 어기여차 뱃놀이 가잔다

아기 어르는 노래 / 불매 소리

자료코드 : 04_21_FOS_20100126_PKS_KCH_0006
조사장소 : 부산광역시 동래구 칠산동 칠산할머니노인정
조사일시 : 2010.1.26
조 사 자 : 박경수, 서정매, 황영태, 최수정

제 보 자 : 강차희, 여, 83세

구연상황 : 조사자의 요청에 다른 제보자가 <아기 어르는 노래>를 부르다가 가사가 기억나지 않아서 노래를 멈추자, 제보자가 자신이 해보겠다며 다음 노래를 구연하였다.

불매불매 불매야

이불매가 누불매냐

정산도(경상도) 대불매

부르라 부르라 불매야

권주가

자료코드 : 04_21_FOS_20100126_PKS_KCH_0007

조사장소 : 부산광역시 동래구 칠산동 칠산할머니노인정

조사일시 : 2010.1.26

조 사 자 : 박경수, 서정매, 황영태, 최수정

제 보 자 : 강차희, 여, 83세

구연상황 : 제보자는 다른 제보자가 부르는 노래를 듣고 자신도 안다며 다음 노래를 시작하였다.

이술이 술이 아니라~

칠년대황 가물음에 이슬~받은~ 술이로다

이술-한잔을 잡으~시면 늙도젊도 아니하요

노랫가락 / 그네 노래

자료코드 : 04_21_FOS_20100126_PKS_KCH_0008

조사장소 : 부산광역시 동래구 칠산동 칠산할머니노인정

조사일시 : 2010.1.26

조 사 자 : 박경수, 서정매, 황영태, 최수정

제 보 자 : 강차희, 여, 83세

구연상황 : 예전에 노래를 많이 불렀던 것으로 보이는 제보자는 다른 제보자의 노래가
끝나자 마자 기다렸다는 듯이 이어서 노래를 시작하였다.

추천당 새모진낭게~ 오색가지를 주천을매~어-

임이타면은 내가밀고~ 내가타면은 임이미요 (청중 : 좋다.)

임아임아 줄미지마오 줄떨어-지면은 정떨어지오

창부타령 / 낚시 노래

자료코드 : 04_21_FOS_20100126_PKS_KCH_0009

조사장소 : 부산광역시 동래구 칠산동 칠산할머니노인정

조사일시 : 2010.1.26

조 사 자 : 박경수, 서정매, 황영태, 최수정

제 보 자 : 강차희, 여, 83세

구연상황 : 다른 제보자가 이야기를 하고 있는데 제보자가 갑자기 다음 노래를 시작하
였다. 청중들이 예전에 많이 불렀던 노래인데 이제는 잊었다고 아쉬워했다.
제보자가 부르는 노래를 손뼉을 치며 경청하였다. 노래는 창부타령 곡조로 부
른 것이다.

남산밑에 남도롱아 서산밑에 서도롱아 (청중 : 그것도 알았는데
모르겠다.)

오만나무 다비어도 오죽대하날랑 비지마오

그오죽대~ 기와같고 후알라네 후알라네

낚숫대 한장을 북받았네

던졌다네 던졌다네 한강수에다 던졌구나

잘낚아면은 상사로다 못낚아며는 등사로다

상사등사 고를매어 풀립도록만 살아주소

창부타령

자료코드 : 04_21_FOS_20100127_PKS_KKI_0001
조사장소 : 부산광역시 동래구 명장2동 명장2동할머니경로당
조사일시 : 2010.1.27
조 사 자 : 박경수, 서정매, 황영태, 최수정
제 보 자 : 김금이, 여, 75세
구연상황 : 제보자가 다음 노래를 부르자 청중들이 함께 부르며 흥겨운 분위기가 조성
되었다.

하늘과같이 높은~사랑 하해와같이도 깊은~사랑

칠년대왕 가문~날에~ 빗발같이나 반긴사랑

당황자에 양귀비도 이도령에 춘향이라

일년삼백 육십오일 하루만못봐도 못살겠네

봄들었네 봄들었네 이강산삼천리에 봄들었네

부러한가슴 버들~이요~ 누런것은 꾀꼬리다

황금같은 꾀꼬리는 숲속으로 날아들고

백설같은 흰나부는 장다리밭으로 날아든다

　얼씨구좋다 절씨구좋네 아-니놀지를 못하리라

양산도

자료코드 : 04_21_FOS_20100127_PKS_KKI_0002
조사장소 : 부산광역시 동래구 명장2동 명장2동할머니경로당
조사일시 : 2010.1.27
조 사 자 : 박경수, 서정매, 황영태, 최수정
제 보 자 : 김금이, 여, 75세
구연상황 : 조사자가 제보자에게 <양산도>를 부를 수 있느냐고 물어보자, 제보자는 박
수를 치며 흥겹게 노래를 불러 주었다. 옆에 있던 청중들도 함께 박수를 치며
불렀다.

에헤~이요

니잘났나 내잘났나 하지를 말고~

연지찍고 분바르면은 다잘-났~네-

　　에루화 놓아라~ 나는 못놓으리라

　　능-능지를 하여도 나는못놓-리~라-

밀양아리랑

자료코드 : 04_21_FOS_20100127_PKS_KKI_0003
조사장소 : 부산광역시 동래구 명장2동 명장2동할머니경로당
조사일시 : 2010.1.27
조 사 자 : 박경수, 서정매, 황영태, 최수정
제 보 자 : 김금이, 여, 75세
구연상황 : 다른 제보자의 아리랑 노래를 듣던 중 제보자가 다음 <밀양아리랑>을 불러
　　　　　주었다.

　　정든님이 오셨는데 인사를 못해~

　　행주치마 입에물고~ 입만방긋

　　　　아리아리랑 스리스리랑 아라리~가 났~네~

　　　　아리랑 고개로 날넘겨주소

모찌기 노래

자료코드 : 04_21_FOS_20100127_PKS_KYJ_0001
조사장소 : 부산광역시 동래구 칠산동 신선노인정
조사일시 : 2010.1.26
조 사 자 : 박경수, 서정매, 황영태, 최수정
제 보 자 : 김요조, 여, 81세

구연상황 : 경상남도 고성의 <모심기 소리>라고 하면서 구연해 주었다.

　　상사~디~여-

　　졸리자 졸리자 이논배미로 졸리자

　　여게도 꼽고 저기도 꼽고

　　상사~디~어-

쌍가락지 노래

자료코드 : 04_21_FOS_20100127_PKS_KYJ_0002
조사장소 : 부산광역시 동래구 칠산동 신선노인정
조사일시 : 2010.1.26
조 사 자 : 박경수, 서정매, 황영태, 최수정
제 보 자 : 김요조, 여, 81세
구연상황 : 조사자가 제보자에게 쌍가락지 노래를 아는지 묻자, 제보자는 곧바로 손뼉을 치면서 창부타령 곡조로 불러 주었다. 스스로 추임새를 넣으면서 즐겁게 다음 노래를 불러 주었다.

　　쌍금쌍금 쌍가락지

　　호적질로 닦아내어

　　먼데보니 달이로다

　　옆에보니 처자로다

　　처자애기 자는방에

　　숨소리가 둘이나네

　　천대복숭 울오랍씨

　　거짓말씀을 말아주소

　　꾀꼬리라 기린방에

　　참새같이 내누웠소

　　좋~다

창부타령

자료코드 : 04_21_FOS_20100127_PKS_KYJ_0003
조사장소 : 부산광역시 동래구 칠산동 신선노인정
조사일시 : 2010.1.26
조 사 자 : 박경수, 서정매, 황영태, 최수정
제 보 자 : 김요조, 여, 81세
구연상황 : 제보자는 스스로 추임새를 넣으면서 다음 노래를 흥겹게 불러 주었다.

　　　　진주야남강 새남강에 동동뜨는 저처자야

　　　　내자죽어 어떡헌데 물가운데다 결사짓노

　　　　내재주야 없지만은 짓고보니 결사로다

　　　　　얼씨구나 좋다 정말로 좋아 아니야 놀지는 못하리라

　　　　　좋~다

베틀 노래

자료코드 : 04_21_FOS_20100127_PKS_KYJ_0004
조사장소 : 부산광역시 동래구 칠산동 신선노인정
조사일시 : 2010.1.26
조 사 자 : 박경수, 서정매, 황영태, 최수정
제 보 자 : 김요조, 여, 81세
구연상황 : 조사자가 제보자에게 옛날에 베틀에 베를 짜면서 부르는 <베틀노래>를 아
　　　　느냐고 하자 생각나는 대로 부르겠다고 하며 불렀다. 가사를 잘 기억하지 못
　　　　할 때 청중이 큰 소리로 함께 불러 주었다.

　　　　세상살이 막심하여 옥난강에다 베틀채려

　　　　베틀다리 네다리는 동서남북을 갈라놓고

　　　　도투마리 맽치매는 소박하다 다신애미

　　　　목을매던 형용이요

요리조리 꼽던챗발 남의남쪽 무지개발

요리조리 가던북은 왕금북을 시기시고

오던길을 되돌아선다

나후손은 까닥까닥

잉앳대는 삼형지요 눌림대는 호불애비

토끼화상 노래

자료코드 : 04_21_FOS_20100127_PKS_KYJ_0005

조사장소 : 부산광역시 동래구 칠산동 신선노인정

조사일시 : 2010.1.26

조 사 자 : 박경수, 서정매, 황영태, 최수정

제 보 자 : 김요조, 여, 81세

구연상황 : 제보자는 토끼화상의 노래가 있다고 하면서 다음 노래를 리듬감 있게 불러
주었다. 긴 가사를 잘 기억하여 부르자 청중들도 놀라며 즐겁게 경청하였다.

기린다 기린다 토끼화상을 기린다

기적서 부황대 봉기리던 한장이

연수황에 황금대 맹기리든 한장이

동갱률이 청왕력 금사주박

거북아 영영 오중에 부려먹거라

양두한필 듬벙풀었다 백년선아 간전세

이리저리 기린다

처날행지 성지간에 행지보던 홍기리고

앵모공장 찢어불때 소리듣던 귀기리고

만화방청 마름질에 팔팔뛰던 발기리고

저태는 청산이오 후태는 녹수로구나

녹수청산 깊은골에 계수나무 그늘속에

황금주치가 팔팔뛰었다

두귀는 쫑긋 두눈은 두리두리

앞발은 잘랐다 뒷발은 질었다

꽁지는 몽땅 다리는 잘숙 깡충깡충 뛰어간다

할미산을 팔년들아

이래~도 기릴소냐 이래~도 기릴소냐

아나네다 별주부야 내가 가지고 나감세

아~아 에~에어~야―

도라지 타령

자료코드 : 04_21_FOS_20100127_PKS_KYJ_0006
조사장소 : 부산광역시 동래구 칠산동 신선노인정
조사일시 : 2010.1.26
조 사 자 : 박경수, 서정매, 황영태, 최수정
제 보 자 : 김요조, 여, 81세
구연상황 : 조사자가 제보자에게 <도라지 타령>을 불러달라고 했더니 제보자가 곧바로 다음 노래를 시작하였다. 청중들도 큰 소리로 함께 불러 주었다.

도라지 도라지 도라지~

심신 산천에 백도라지

한두 뿌리만 캐어도

대바구니만 철철철 넘는구나

　에헤요 에헤요 에헤요~ 에헤야 난다 지화자 좋다

　니가 내간장 스리살살 다녹힌다

사발가

자료코드 : 04_21_FOS_20100127_PKS_KYJ_0007

조사장소 : 부산광역시 동래구 칠산동 신선노인정

조사일시 : 2010.1.26

조 사 자 : 박경수, 서정매, 황영태, 최수정

제 보 자 : 김요조, 여, 81세

구연상황 : 조사자가 다음 노래의 앞 부분 가사를 띄워주자 제보자가 곧바로 불러 주었
다. 청중들도 함께 박수를 치며 흥겹게 불렀다.

석탄백탄 타는데~ 연기만 폴폴~ 나고요

요내−가슴− 타는데~ 연기도 아니나고 잘만탄다

창부타령

자료코드 : 04_21_FOS_20100127_PKS_KJS_0001

조사장소 : 부산광역시 동래구 명장2동 명장2동할머니경로당

조사일시 : 2010.1.27

조 사 자 : 박경수, 서정매, 황영태, 최수정

제 보 자 : 김정순, 여, 77세

구연상황 : 조사자가 다음 노래의 첫 구절을 읊어주니, 제보자는 노래 가사가 기억이 났
는지 박수를 치면서 노래를 불러 주었다.

포름포름 봄배~추는 찬이슬 오기만 기다리고

옥에갇힌 춘향이는 이도령 오기만 기다린다

얼씨구 좋다 절씨구 좋아 아니 놀지를 못하리라

이창저창 마루창끝에~ 빙빙도는 장모님이여

인심좋소 인심도좋아 우리야병원님 인심좋으네

첫날밤에는 처녀를주더니 이튿날밤에−는 색시준다

처남−처남− 내처~남아 자네누님은 뭐라던가

모시야적삼 봉달든가 신던버선에다 볼받던가

동래지신밟기

자료코드 : 04_21_FOS_20100207_PKS_KJH_0001
조사장소 : 부산광역시 동래구 온천동 산 30번지 부산민속예술보존협회
조사일시 : 2010.2.7
조 사 자 : 박경수, 서정매
제 보 자 : 김준호, 남, 48세
구연상황 : 조사자가 제보자에게 <동래지신밟기>를 불러달라고 요청하자 장구를 들고
　　　　　와서 직접 장단을 치며 큰 소리로 정확하게 불러 주었다. 긴 가사임에도 잘
　　　　　기억을 하며 구연을 해주었다. 구연 뒤에는 가사에 대한 설명까지 곁들어 주
　　　　　었다. 청중들도 큰 소리로 추임새를 넣으며 분위기를 돋우었다.

지신지신 지신아 주산(主山)지신을 울리자

[자진모리 두 장단 연주]

천지현황 생긴후에 일월성진이 밝았다

[자진모리 두 장단 연주]

산천이 개탁(開坼)하고 만물이 번성할제

[자진모리 두 장단 연주]

함경도 백두산은 두만강이 둘러있고

[자진모리 두 장단 연주]

강원도 금강산은 임진강이 둘렀다

[자진모리 두 장단 연주]

평안도 묘향산은 대동강이 둘러있고

[자진모리 두 장단 연주]

황해도 구월산은 세룡강이 둘렀구나

[자진모리 두 장단 연주]

경기도 삼각산은 한강수가 둘러있고

[자진모리 두 장단 연주]

충청도 계룡산은 백마강이 둘렀구나

[자진모리 두 장단 연주]

전라도 지리산은 영산강이 둘러있고

[자진모리 두 장단 연주]

경상도 태백산은 낙동강이 둘렀구나

[자진모리 두 장단 연주]

낙동강줄기가 떨어져 동래금정산 생겼다

[자진모리 두 장단 연주]

금정산줄기가 떨어져서 이동네주산이 생겼구나

[자진모리 두 장단 연주]

금년해분 경인년에 이동네 가가호호

[자진모리 두 장단 연주]

나갈때는 반짐들고 들어올때는 온짐지소

[자진모리 두 장단 연주]

울리자 울리자 천년만년을 울리자

[자진모리 두 장단 연주]

잡귀잡신은 물알로 만복은 요리로

[자진모리 두 장단 연주]

〈당산풀이〉

여루여루 지신아 당산지신을 울리자

[자진모리 두 장단 연주]

동방에는 청제당산 남방에는 적제당산

[자진모리 두 장단 연주]

서방에는 백제당산 북방에는 흑제당산

[자진모리 두 장단 연주]

중앙에는 황제당산 오방당산을 울리자

[자진모리 두 장단 연주]

박복자는 부귀공명 병고자는 즉득쾌차

[자진모리 두 장단 연주]

상업자는 운수대통 과거자는 적서환경

[자진모리 두 장단 연주]

잡귀잡신은 물알로 만복은 요리로

[자진모리 두 장단 연주]

〈대문 들어가는 풀이〉

주인주인 문여소 나그네손님 드가요

[자진모리 두 장단 연주]

주인주인 문여소 나그네손님 드가요

[자진모리 두 장단 연주]

주인양반 문열어라 인사없이 드가세

[자진모리 두 장단 연주]

주인양반 문열어라 인사없이 드가세

[자진모리 두 장단 연주]

〈성주풀이〉

1) 나무 작벌하는 풀이

지신지신이 내려온다

지신지신이 내려와

하늘이생겨 갑자년지신

땅이생겨 을축년

갑자을축이 생긴후에

인간세상이 생겼다

인간세상이 생겼으니

성주본이 어드메냐

경상도 안동땅에

제비원이 본이다

제비원에다 솔씨를 받아

그지봉산에 던졌네

그솔이점점 자라날제

삼정승이 물을주고

육판서가 길러내니

낮이되면은 태양받고

밤이되면은 이슬맞아

타복솔이가 되었구나

타복솔이가 자라나

소부등이가 되었고

소부등이가 자라나

대부등이가 되었고

대부등이가 자라나

청장목이 되었고

청장목이가 자라나

황장목이가 되었고

황장목이가 자라나니

성주님 가제가 분명쿠나

앞집에 김대목

뒷집에 박대목

서른세가지 연장망태

아주능청에 짊어지고

지치올라 지치올라

그지봉산에 지치올라

나무한주를 잡아보니

어허 그나무 못쓰겠다

까막까지가 지을지서

성주집에 부정타

또한나무를 잡아보니

어허 그나무도 못쓰겠다

산새 들새야

산새들새가 알을나서

성주집이 부정타

또한나무를 잡아보니

올치구나 좋을씨구

이나무 내력을 들어봐라

이나무 이치를 들어봐라

동쪽으로 뻗은가지

청제장군이 모시고

남방으로 뻗은가지

적제장군이 모시고

서방으로 뻗은가지

백제장군이 모시고

북방으로 뻗은가지

흑제장군이 모시고

북망에 솟은가지는
황제장군을 모셨으니
여봐라 목수야 거동봐라
옷은 벗어서 망태걸고
갓은 벗어서 등에지고
고운대님을 바짝매고
홍도끼로 둘러메고
십리만치를 물러서라
오리마치를 기어들어
한찰찍어 두찰찍어
나무넘는 소리봐라
천지가 진동하고
사방이 소란하다

2) 나무 재단하는 풀이
나무작벌을 하였으니
나무재단을 하여보자
한토막을 덤벅끊어
이집기둥을 마련하고
또한토막을 덤벅끊어
이집의 납장을 마련하고
또한토막을 덤벅끊어
이집의 중보 마련하고
또한토막을 덤벅끊어
이집의 소래기 마련하고
한토막을 덤벅끊어

이집의 상보 마련하고
큰가지는 골라서
사방추련 마련하고
작은가지 골라서
육십사귀 연목빼자

3) 나무 운반하는 풀이
나무작벌을 다했으니
나무운반을 하여보자
동네안에 초군들아
군내안에 역군들아
보리밫 초막밥
올목졸막 싸가지고
큰가지는 팔목도
작은가지는 사목도
나무운반 다했네

4) 집터 보는 풀이
집터하나를 보러가자
집터하나를 보러가자
이집터를 볼라며는
어느풍수가 제일이냐
경상도라 김풍수
전라도라 이풍수
너의쇠는 무슨쇠냐
나의쇠는 금쇠다

너의쇠는 무슨쇠냐
나의쇠는 은쇠다
금쇠은쇠 합세하야
백두산정상에 올랐다
백두산 정기가 떨어져
두만강이 생겼고
두만강이 떨어져
강원도 금강산 생겼고
금강산 정기가 떨어져
임진강이 생겼고
임진강 정기가 떨어져
평안도 묘향산 생겼고
묘향산 정기가 떨어져
대동강이 생겼고
대동강 정기가 떨어져
황해도 구월산 생겼고
구월산 정기가 떨어져
제련강이 생겼고
제련강 정기가 떨어져
경기도 삼각산 생겼고
삼각산 정기가 떨어져
한강수가 생겼고
한강수 정기가 떨어져
충청도 계룡산 생겼고
계룡산 정기가 떨어져
백마강이 생겼고

백마강 정기가 떨어져
전라도 지리산 생겼고
지리산 정기가 떨어져
영산강이 생겼고
영산강 정기가 떨어져
경상도 태백산 생겼고
태백산 정기가 떨어져
낙동강이 생겼고
낙동강 정기가 떨어져
동래금정산 생겼고
앞산에 내령받고
뒷산에 주령받아
이집터를 잡았으니
백자천손 다할터라

5) 집터 닦는 풀이

집터하나를 잘보았으니
집터하나를 닦아보자
동네안에 초군들아
군네안에 역군들아
보리밥 조막밥
올망졸망 싸가기고
놋가래는 놋줄매고
나무가래는 짚줄매고
낮은데는 돋우고
돋은데는 낮추고

집터하나를 닦았다네

6) 집을 짓는 과정 풀이

오행으로 물반놓고[7)

금개구리[8) 주추심어

주추 위에는 기둥세우고

기둥 위에는 납장걸고

납장 위에는 중보

중보 위에는 소래기

소래기 위에는 상보

사방으로 추녀매고

육십사귀 연목빼고

오색토로 알매치고

태극으로 기와얹어

사모에다가 풍경달아

동남풍이 건듯부니

풍경소리가 요란하다

7) 집 고사 풀이

대명당에다 집을 짓고

수명당에다 우물 파고

아들 낳으면 효자낳고

딸을 낳으면 열녀낳고

선팔십 육팔십

일백육십 점지하고

---

7) 수평을 맞추는 것.
8) 재복을 상징.

석승에 복을빌어

물밥은 흘러가고

귀복을 흘러든다

8) 집 구경 풀이

집을 진지 석달만에

이집 좋다는 말을듣고

온갖사람이 구경온다

이집치장을 둘러보자

앞치장을 둘러보니

구리기둥에 놋중방

광채가 찬란하고

후원을 둘러보니

청룡황룡이 놀고있네

9) 큰방 치장풀이

큰방치장을 둘러보자

각지장판9)에 소란반자10)

능아도벽11)이 좋을시고

팔간병풍을 둘러쳐

꿩새끼는 기는방

매새끼는 나는방

샛별같은 요강은

발치끝에 밀쳐놓고

---

9) 두꺼운 장판.
10) 나뭇잎파리 모양으로 붙인 것.
11) 마름모꼴로 해서 벽지를 붙여 놓은 것.

공단이불에 비단요
아게자게 놓여있고
짚단같은 베개는 머리맡에 놓여있네

10) 작은방[12] 치장풀이

큰방치장은 그만두고
말방치장을 둘러봐라
싱긋향내 나는방
봉두각시 기른방
아들애기를 낳거들랑
효자충신을 마련하고
딸애기를 낳거들랑
열녀호부 마련하고
길르소 길르소
만대유전을 길르소

11) 대청방 치장풀이

말방치장 그만두고
청방치장 둘러보자
집채같은 그릇장은
보기좋게 놓여있고
바위같은 쌀뒤주
위치좋게 놓여있고
선반위를 둘러보니
목이 짜리다[13] 자라병

---

12) 며느리가 주로 기거하는 방. 몰방, 말방이라고도 함.
13) 짧다.

목이길다 황새병

허리가잘록 장구병

교자상 자개판

만반진수를 차려놓고

둥글둥글 수박병

인삼주를 부어라

불로주를 부어라

일배에 부일배

세상만사가 여길세

12) 사랑방 치장풀이

청방치장을 그만두고

사랑방치장을 둘러보자

동쪽을 건듯보니

도원도리 편시춘에

봄풍경이 완연하고

남쪽을 둘러보니

녹음방초 성화시에

여름풍경이 완연하고

서쪽을 둘러보니

환로상풍이 요란하여

가을풍경이 완연하고

북쪽을 둘러보니

백설이 분분하니

겨울풍경이 완연하고

손님이 오시거든

골패잡기로 희롱하소

사돈이 오시거든

바둑장기로 희롱하소

13) 큰방 성주풀이(굿거리로)

모시오자 모시오자 우리성주님 모시오자

[자진모리 두 장단 연주]

한송정 솔을베어 조그마하게 배를모아

[자진모리 두 장단 연주]

앞강에다가 띄워놓고 앞이물에 관음보살

[자진모리 두 장단 연주]

술렁술렁 노를저어서 뒷이물에 지장보살

[자진모리 두 장단 연주]

순풍에다 돛을달아 황토섬으로 들어가서

[자진모리 두 장단 연주]

성주님을 모시다가 이집가정에 좌정할제

[자진모리 두 장단 연주]

나무일월 산신님은 명당으로 좌정하소

[자진모리 두 장단 연주]

오부토주 성주님은 명당으로다 좌정하소

[자진모리 두 장단 연주]

팔만사천 조왕님은 정지명당에 좌정하소

[자진모리 두 장단 연주]

기목위속 성주님은 상량으로 좌정하소

[자진모리 두 장단 연주]

성망후망 조상님은 옥당으로 좌정하소

[자진모리 두 장단 연주]

금년해분 경인년에 이집대주 양반님네

[자진모리 두 장단 연주]

남의눈에는 꽃이되고 잎이되기가 발원이요

[자진모리 두 장단 연주]

자죽자죽 옹기주고 말끝마다 향기주소

[자진모리 두 장단 연주]

잡귀잡신은 물알로 가고 만복은 요리로

[자진모리 두 장단 연주]

14) 조왕풀이

어여루와 지신아 조왕지신을 울리자

[자진모리 두 장단 연주]

울리자 울리자 조왕지신을 울리자

[자진모리 두 장단 연주]

큰솥에는 닷말치 작은솥은 세말치

[자진모리 두 장단 연주]

통영판14) 게다리판15) 자게자게 놓여있고

[자진모리 두 장단 연주]

간지간지16) 하간지 아기자게가 놓여있네

[자진모리 두 장단 연주]

잡귀잡신을 물알로 만복은 요리로

[자진모리 두 장단 연주]

---

14) 양반들이 쓰는 고급판.
15) 작은 상.
16) 수저.

15) 우물풀이[17]

어여루 지신아 우물지신을 울리자

[자진모리 두 장단 연주]

동방에는 청제용왕 남방에는 적제용왕

[자진모리 두 장단 연주]

서방에는 백제용왕 북방에는 흑제용왕

[자진모리 두 장단 연주]

칠년대한 가뭄에는 물이나 철렁 실어주소

[자진모리 두 장단 연주]

구년 장마 홍수에도 물이나 철렁 맑아주소

[자진모리 두 장단 연주]

잡귀잡신은 물알로 만복은 요리로

[자진모리 두 장단 연주]

16) 장독간 풀이

어여루 지신아 장독간지신을 울리자

[자진모리 두 장단 연주]

꿀치자 꿀치자 이집장독을 꿀치자

[자진모리 두 장단 연주]

강원도벌이 날아와 이집의 장독에 꿀치네

[자진모리 두 장단 연주]

된장은 물어사 고추장은 붉으사

[자진모리 두 장단 연주]

까막간장은 까마사 지름장을 짧아사

[자진모리 두 장단 연주]

---

17) 우물풀이에서는 물이 흐려지면 안 되기 때문에 중앙황제는 부르지 않는다.

꿀치자 꿀치자 이집에 장독에 꿀치자

[자진모리 두 장단 연주]

잡귀잡신은 물알로 만복은 요리로

[자진모리 두 장단 연주]

17) 마굿간 풀이

어여루와 지신아 마굿간 지신을 울리자

[자진모리 두 장단 연주]

소배도 불리고 말배도 불리자

[자진모리 두 장단 연주]

작은 머슴아 나와서 이집에 마소 밥줘라

[자진모리 두 장단 연주]

송아지를 낳거들랑 황태소를 낳고요

[자진모리 두 장단 연주]

망아지를 낳거들랑 용마를 낳으소

[자진모리 두 장단 연주]

기리자 기리자 마소대신을 기리자

[자진모리 두 장단 연주]

잡귀잡신은 물알로 만복은 요리로

[자진모리 두 장단 연주]

18) 곡간 풀이

어여루와 지신아 도장지신을 울리자

[자진모리 두 장단 연주]

천석꾼 살림도 울리고 만석꾼 살림도 울리자

[자진모리 두 장단 연주]

막구자 막구자 온갖짐생을 막구자

[자진모리 두 장단 연주]

지점생도 막구고 촛불네로 막구자

[자진모리 두 장단 연주]

울리자 울리자 남에유전을 울리자

[자진모리 두 장단 연주]

잡귀잡신은 물알로 만복은 요리로

[자진모리 두 장단 연주]

19) 정랑풀이

어여루와 지신아 정랑지신을 울리자

[자진모리 두 장단 연주]

막구자 막구자 온갖질병을 막구자

[자진모리 두 장단 연주]

설사질병도 막구고 이질설사도 막구자

[자진모리 두 장단 연주]

토사광란도 막구고 온갖질병을 막구자

[자진모리 두 장단 연주]

막구자 막구자 온갖질병을 막구자

[자진모리 두 장단 연주]

잡귀잡신을 물알로 만복은 요리로

[자진모리 두 장단 연주]

20) 대문풀이

어여루와 지신아 대문지신도 울리자

[자진모리 두 장단 연주]

막구자 막구자 온갖도둑놈 막구자

　　　　　　　　　　　　　[자진모리 두 장단 연주]

간큰도둑도 막구고 발큰도적도 막구자

　　　　　　　　　　　　　[자진모리 두 장단 연주]

총든도적도 막구고 칼든도적도 막구자

　　　　　　　　　　　　　[자진모리 두 장단 연주]

울리자 울리자 천년만년을 울리자

　　　　　　　　　　　　　[자진모리 두 장단 연주]

잡귀잡신은 물알로 만복은 요리로

　　　　　　　　　　　　　[자진모리 두 장단 연주]

21) 주신풀이

어여루와 지신아 술귀신도 울리자

　　　　　　　　　　　　　[자진모리 두 장단 연주]

이술한잔 먹거들랑 금년해분 경인년에

　　　　　　　　　　　　　[자진모리 두 장단 연주]

남의눈에는 꽃이되고 잎이되기가 발원이요

　　　　　　　　　　　　　[자진모리 두 장단 연주]

탱자탱자 갱서방아 엎어지고는 술먹자

　　　　　　　　　　　　　[자진모리 두 장단 연주]

미역국에는 맛내고 조피국에는 짐난다

　　　　　　　　　　　　　[자진모리 두 장단 연주]

잡귀잡신을 물알로 만복을 만복은 요리로
잡귀잡신을 물알로 만복을 만복은 요리로

　　　　　　　　　　　　　[자진모리 두 장단 연주]

잡귀잡신을 물알로 만복을 만복은 요리로

잡귀잡신을 물알로 만복을 만복은 요리로

[자진모리 두 장단 연주]

담바구 타령

자료코드 : 04_21_FOS_20100128_PKS_MJW_0001
조사장소 : 부산광역시 동래구 온천1동 부산민속예술보존협회 사무실
조사일시 : 2010.1.28
조 사 자 : 박경수, 서정매, 황영태, 최수정
제 보 자 : 문장원, 남, 94세
구연상황 : 조사자가 제보자에게 담뱃대 노래에 대해 아는지를 묻자, 첫 부분만 생각이
난다며 앞부분만 짤막히 불러 주었다.

　우리 동래 담뱃대라 카는 기, 담밧기 타령도 하나 들어갔어요. 그 구야
구야 담밧구야, 울, 울산에~나 동래나 담밧기야 카는.

　　　구야－구야~　담밧기－야~
　　　동래－울~산에 담밧기야
　　　너도~

모심기 노래

자료코드 : 04_21_FOS_20100126_PKS_BTJ_0001
조사장소 : 부산광역시 동래구 칠산동 칠산할머니노인정
조사일시 : 2010.1.26
조 사 자 : 박경수, 서정매, 황영태, 최수정
제 보 자 : 병태주, 여, 82세
구연상황 : 제보자에게 조사자가 <모심기 노래>의 첫 소절을 제시하니 바로 다음 노래

를 불러 주었다. 스스로 박수를 치며 장단을 맞추었다. 그런데 가사를 정확하게 기억을 못해 여러 각편의 사설을 뒤섞어 불렀다.

이물끼저물끼 헐어놓고~ 부르냐임~은 어딜갔나-
반달겉은~ 저젓보소 모시야적~삼 반적삼에
울언님 보라고 반내놨지 누구를 보라고 내놨던가

집집마다 굴뚝마다 연기지면 올러오는데-
우리야임은 어딜가고~ 짐도연~기도 안내는가

이물기저물기 막아놓고~ 우러야임~우는 어디갔나
갈곳마다 청드려놓고 임을 기다려 내멀었네

이물기저물기 헐어놓고 주인네야 양반은 어딜갔나
모시야적삼 반적삼에 분통같으나 저젓보소
우리야임은 어델가고 해가져도 올줄을 모르나

산천초목 푸른잎은 봄이오면은 다시오고
우리청춘 한번가면 다시올줄을 모르더라

임아임아 울어님아
첩의야집이 아무리좋아도 내집만은 못하더라

임 그리는 노래

자료코드 : 04_21_FOS_20100126_PKS_BTJ_0002
조사장소 : 부산광역시 동래구 칠산동 칠산할머니노인정
조사일시 : 2010.1.26
조 사 자 : 박경수, 서정매, 황영태, 최수정
제 보 자 : 병태주, 여, 82세

구연상황 : 조사자가 제보자에게 아는 노래를 더 불러 달라고 유도하자 제보자는 잠시 생각한 후에 다음 노래를 부르기 시작하였다. <모심기 노래>와 같은 선율로 불러 주었다.

해는서산을 넘어가고
내님은 어데로 가셨는가
아무리 기다려도 오지를않네
동지야섣달 긴긴밤에~
문풍지만 떨거려도 임의생각

아기 어르는 노래

자료코드 : 04_21_FOS_20100126_PKS_BTJ_0003
조사장소 : 부산광역시 동래구 칠산동 칠산할머니노인정
조사일시 : 2010.1.26
조 사 자 : 박경수, 서정매, 황영태, 최수정
제 보 자 : 병태주, 여, 82세
구연상황 : 조사자가 제보자에게 <아기 어르는 노래>를 불러달라고 요청하자 다음 노래를 가사를 읊듯이 구연해 주었다.

똥도 똥도 육월달
보지 똥도 육월달
열매도 열매도 육월달
자지 열매도 육월달

진주난봉가

자료코드 : 04_21_FOS_20100126_PKS_BTJ_0004

조사장소 : 부산광역시 동래구 칠산동 칠산할머니노인정
조사일시 : 2010.1.26
조 사 자 : 박경수, 서정매, 황영태, 최수정
제 보 자 : 병태주, 여, 82세
구연상황 : 조사자의 유도와 주변 청중들의 권유에 따라 제보자는 다음 노래를 시작하였
다. 가사의 내용이 절절해서 주위 청중들도 귀를 기울여 노래를 경청하였다.

울도담도 없느나집에 시집석삼년 살고나니
시어머니 하시는말씀 아가아가야 우러아가
너의낭군을 볼라거든 진주남강에 빨래러가라
그말을들은 며늘아기가 껌은빨래를 검게치네
흰빨래를 희게다치대 진주남강에 빨래로가니
하늘같은 서방님이 대상같으나 말을타고
백로와 같이 지나가네
그것을보던 며늘아기가 처의집으로 돌아오니
시어머님이 하시는말씀 아가아가 진주아가
너의낭군을 볼라거들랑 사랑방으로 내려가라
그말을들은 며늘아이가 사랑방문을 덜컥여니
방한편에 술상을놓고 목뒤다 황세병에다
목자로다 차로병에 오색화주를 갖춰놓고
오른편에 기생을끼고 왼편엘라 첩을끼고
부어라마셔라 술마셔라 그것을보던 며늘아기가
저의방으로 올라와서 오동장농을 훨쩍열고
명주석자을 덜컥끊어 목을메어 죽었나
아이고답답 이웬일고 아이고답답 이웬일고
본처야집은 연못이오 첩의야집으는 꽃밭이라
꽃밭에화초는 봄한철인데 연못의금붕어 사시장철

어화세상 벗님네들아 요내한말씀 들어보소

여자의한평생 살다가보니~ 목숨조~차 아깝지않니

창부타령(1)

자료코드 : 04_21_FOS_20100126_PKS_BTJ_0005

조사장소 : 부산광역시 동래구 칠산동 칠산할머니노인정

조사일시 : 2010.1.26

조 사 자 : 박경수, 서정매, 황영태, 최수정

제 보 자 : 병태주, 여, 82세

구연상황 : 다른 제보자의 권유에 따라 제보자가 다음 노래를 구연하기 시작했다. 청중
들도 아는 노래인지 모두 함께 박수를 치며 노래를 불러 주었다.

포름포름 봄배추는 봄이오기만 기다리고

울의님은 어데를가고 나로들어 몬기다리나

사랑사랑 내사랑이야 점점사랑이 늘었구나

권주가

자료코드 : 04_21_FOS_20100126_PKS_BTJ_0006

조사장소 : 부산광역시 동래구 칠산동 칠산할머니노인정

조사일시 : 2010.1.26

조 사 자 : 박경수, 서정매, 황영태, 최수정

제 보 자 : 병태주, 여, 82세

구연상황 : 제보자는 앞의 <창부타령>을 부른 후 같은 곡조로 부르는 다음 노래가 생
각이 났는지 시원한 목소리로 불러 주었다.

잡으시오 잡으나시오~ 이술한잔을 잡으시오

이술이 술이아니라 백년살자는 동백~주요ー

창부타령(2)

자료코드 : 04_21_FOS_20100126_PKS_BTJ_0007
조사장소 : 부산광역시 동래구 칠산동 칠산할머니노인정
조사일시 : 2010.1.26
조 사 자 : 박경수, 서정매, 황영태, 최수정
제 보 자 : 병태주, 여, 82세
구연상황 : 제보자는 권주가에 이어서 계속 다음 노래를 불러 주었다. 주위 청중들은 박
수를 치며 경청하였다.

　　에헤이아니 놀지는 못하리로다

　　한살먹고 울엄마죽고 두─살먹어 아기죽어

　　삼오야십오 열다섯살에 시집이라 내가가니

　　이구야십팔 열여덟살에 청춘과부가 니왠말이고

　　　얼씨구 좋구나 지화자 좋네 아니 놀지는 못하리라

모심기 노래

자료코드 : 04_21_FOS_20100127_PKS_SBS_0001
조사장소 : 부산광역시 동래구 칠산동 신선노인정
조사일시 : 2010.1.26
조 사 자 : 박경수, 서정매, 황영태, 최수정
제 보 자 : 손복순, 여, 83세
구연상황 : 제보자는 약간 빠른 속도로 다음 <모심기 노래>를 구연하였다. 청중들은
박수를 치며 노래를 경청하였다.

　　낭창낭창 벼리끝에 무정하다 울오랍아

　　나도야죽어 남자되어~이 처자곤석 섬겨볼래

　　오늘야낮에 점심반찬 무슨반찬 올랐더노

　　전라─도라 독간제비 마리야반이 올랐더라

이논에다 모를숭가 금실금실 영화로다

우리야부모 산소터에~이 솔을숨가 영화로다

퐁당-퐁당- 찰수지비 사우야판에 다올랐네

에미야년은 어데가고~ 애기동자를 시켰던고

해다지고 저문날에~ 우연행상이 떠나가네

이태백이 본처죽어 이별행~상이 떠나간다

오늘해가 요만한데~히 골목골~목이 연개난다

우리야임은 어디가고~이 이골연개를 못내더냐

각설이 타령

자료코드 : 04_21_FOS_20100127_PKS_SBS_0002

조사장소 : 부산광역시 동래구 칠산동 신선노인정

조사일시 : 2010.1.26

조 사 자 : 박경수, 서정매, 황영태, 최수정

제 보 자 : 손복순, 여, 83세

구연상황 : 다른 제보자가 다음 노래의 제목을 말하자, 제보자는 잘 아는 노래라며 완창
해 주었다. 청중들은 박수를 치며 흥겨운 분위기를 즐기며 경청하였다.

얼씨구씨구씨구 들어간다 절씨구나 들어간다

이때저때 어느때요 춘삼월 호시때요

꽃은피어서 만발하고 잎은피어서 늘어졌네

  품빠 품빠라 각설아

요놈의 각설이가 요래도

하리짝만 못돌면 기집자식을 골린다

품빠라 품빠라 각설아

그자저자를 던지고 일자나한자나 들고보니
일월이송송 야밤에 밤중에 새벽이 완연했다
　품ㅡ 품빠라 각설아

그자저자로 던지고 이자나 한자나 들고보니
님이라하는 기생이 우리야 조선 구할라고
애자천자 모란고 진주야 남강에 떨어졌다
　품ㅡ 품빠라 각설아

그자저자로 던지고 삼자나 한자나 들고보니
삼하나 신령 토신령 신령중에도 어른이요
　품ㅡ 품빠라 각설아

그자저자로 던지고 사자나 한자나 들고보니
사깨나행사 늙은중 아홉쌍년을 거느리고
점심아참이 늦어온다 한푼에도 시주요 두푼에도 시주라
장태로이나 들어가자
　품ㅡ 품빠라 각설아

그자저자로 던지고 오자나 한자나 들고보니
오후나동동 하늘천~ 만모나 장산에 따-지
　품ㅡ품 잘한다

그자저자로 던지고 육자나 한자나 들고보니
육기나태사 성진이 팔승을 잡고서 희롱한다
　품ㅡ 품빠라 각설아

그자저자로 던지고 칠자나 한자나 던져보니

칠금칠금 따머리 옥비나 한쌍이 질기요

총각머리 늘어졌네 반포수군이 지적이라

   품- 품빠라 잘한다

그자저자로 던지고 팔자나 한자나 들고보니

우리야형제 팔형제 진주야 가게 첩가게

가게하기만 늘어졌다

   품-품빠라 각설아

그자저자로 던지고~ 구자나 한자나 들고나보니

국기나행사 늙은중 아홉상좌를 거느리고

백발염주를 목에걸고 시나당주를 팔에걸고

열두작지 짚어짚고 우줄후줄 날아든다

   품빠라 품빠라 각설아

그자저자로 던지고 장자나 한자나 들고보니

장하나 숲의 범들이 일자포수 담모아

그범한마리 못잡고 총질하기만 늘어졌다

   품빠라 품빠라 각설아

다리 세기 노래

자료코드 : 04_21_FOS_20100127_PKS_SBS_0003

조사장소 : 부산광역시 동래구 칠산동 신선노인정

조사일시 : 2010.1.26

조 사 자 : 박경수, 서정매, 황영태, 최수정

제 보 자 : 손복순, 여, 83세

구연상황 : 조사자가 제보자에게 다리 세는 노래의 앞 부분을 말하니, 제보자는 곧바로
빠른 속도로 다음 노래를 불러 주었다. 가사가 재미있었는지 청중들도 웃으며
즐거워하였다.

이거리 저거리 갓거리

동사맹근 도맹근

도리줌치 장독간

서울양반 두양반

진주댁이 열석냥

까마구 까우 암체 범이

사시 노랭이 조지가

빵— 대야 동 태

보리타작 노래

자료코드 : 04_21_FOS_20100127_PKS_SBS_0004
조사장소 : 부산광역시 동래구 칠산동 신선노인정
조사일시 : 2010.1.26
조 사 자 : 박경수, 서정매, 황영태, 최수정
제 보 자 : 손복순, 여, 83세
구연상황 : 제보자는 다른 제보자가 부르는 보리타작 노래를 듣고 예전에 우스개 노래
로 불렀던 것을 기억하여 불러 주었다.

오헤야

재수씨 보소

　오헤야

이보리 저보리

낮보리 보면서

다리를 들면서

지딱 뚜디려 보소

　오혜야

창부타령(1)

자료코드 : 04_21_FOS_20100127_PKS_SBS_0005
조사장소 : 부산광역시 동래구 칠산동 신선노인정
조사일시 : 2010.1.26
조 사 자 : 박경수, 서정매, 황영태, 최수정
제 보 자 : 손복순, 여, 83세
구연상황 : 조사자가 제보자에게 창부타령을 한 번 불러달라고 요청하니, 곧바로 다음
　　　　　노래를 불러 주었다. 청중들도 박수를 치며 함께 불러 주었다.

이팔청춘 소년들라 백발보−고~ 웃지마라

나도어제 청춘이더니~ 오늘백발이 왠말이냐

　얼씨구나 좋다 지화자 좋네 아니놀지를 못하리라

너냥 나냥

자료코드 : 04_21_FOS_20100127_PKS_SBS_0006
조사장소 : 부산광역시 동래구 칠산동 신선노인정
조사일시 : 2010.1.26
조 사 자 : 박경수, 서정매, 황영태, 최수정
제 보 자 : 손복순, 여, 83세
구연상황 : 조사자가 제보자에게 <너냥 나냥> 노래를 아느냐고 묻자, 제보자는 청중들
　　　　　에게 함께 부르자고 한 후에 다음 노래를 부르기 시작했다. 이에 청중들은 박
　　　　　수를 치며 함께 불러 주었다.

너냥나냥 두리둥실 놀고요

낮이낮이나 밤이밤이나 참사랑이로구나

저녁에 우는새는 임이고파 울고요

아침에 우는새는 임이기러워 운다

　나냥너냥 두리둥실 놀고요

　낮이낮이나 밤이밤이나 참사랑이로구나

우리집 서방님은 맹태잡으러 갔는데

바람아 강풍아 석달열흘 불어라

　나냥너냥 두리둥실 놀고요

　낮이낮이나 밤이밤이나 참사랑이로구나

창부타령(2)

자료코드 : 04_21_FOS_20100127_PKS_SBS_0007

조사장소 : 부산광역시 동래구 칠산동 신선노인정

조사일시 : 2010.1.26

조 사 자 : 박경수, 서정매, 황영태, 최수정

제 보 자 : 손복순, 여, 83세

구연상황 : 조사자가 제보자에게 도라지 타령을 아느냐고 물어보니, 자신이 불러보겠다
면서 다음 노래를 부르기 시작하였다. 창부타령의 곡조로 불렀다.

도라지팽풍 미닫이방에 잠든큰아가 문열어라

바람불고 비올줄알았지 낭군님 오실줄 내몰랐네

명 잣는 노래

자료코드 : 04_21_FOS_20100127_PKS_LBN_0001
조사장소 : 부산광역시 동래구 명장2동 명장2동할머니경로당
조사일시 : 2010.1.27
조 사 자 : 박경수, 서정매, 황영태, 최수정
제 보 자 : 이분남, 여, 87세
구연상황 : 조사자가 제보자에게 <베틀 노래>를 아는지 물었더니, 비슷한 노래가 있다
           면서 다음 노래를 불러 주었다.

삐그덕삐그덕 앉는명~ 언제나 다갖고 친정가나

푸드덕푸드덕 타는명 언제나 다타고 친정가나

칠쭉쩰쭉 마는고추 언제나 다말고 친정가나

포로롱포로롱 잣는명~ 언제나 다잡고 친정가나

남녀 연정요(1)

자료코드 : 04_21_FOS_20100127_PKS_LBN_0002
조사장소 : 부산광역시 동래구 명장2동 명장2동할머니경로당
조사일시 : 2010.1.27
조 사 자 : 박경수, 서정매, 황영태, 최수정
제 보 자 : 이분남, 여, 87세
구연상황 : 다른 제보자가 노래하는 도중, 제보자가 갑자기 끼어들며 노래를 부르기 시
           작하였다. 청중들도 박수를 치며 장단을 맞추었다.

~18)미나리캐는 저큰아가

미나리보고 던진돌이 큰아기손목이 다맞았네

맞은-손목을 맞이나잡고 구찌렁구찌렁 우는구나

구찌렁구찌렁 우는소리 대장부 간장이 다녹는다

---

18) 제보자가 갑자기 노래를 부르는 바람에 미처 녹음을 하지 못한 부분이다.

남녀 연정요(2)

자료코드 : 04_21_FOS_20100127_PKS_LBN_0003
조사장소 : 부산광역시 동래구 명장2동 명장2동할머니경로당
조사일시 : 2010.1.27
조 사 자 : 박경수, 서정매, 황영태, 최수정
제 보 자 : 이분남, 여, 87세
구연상황 : 조사자가 앞의 노래에 이어 제보자에게 또 다른 노래를 유도하자 제보자는
　　　　　다음 노래를 큰 소리로 불러 주었다. 청중들도 박수를 치며 즐거워하였다.

　　　황해도라 구월산밑에 주취캐는 저큰아가

　　　너에집에 어디매길랑 해가다져도 아니가노

　　　나의집을 아실라거든 심신산 안개~속에 초가~삼칸이 내집이오

　　　연분이걸랑 찾아오고 연분이 아니면은 돌아서소

밀양아리랑

자료코드 : 04_21_FOS_20100127_PKS_LBN_0004
조사장소 : 부산광역시 동래구 명장2동 명장2동할머니경로당
조사일시 : 2010.1.27
조 사 자 : 박경수, 서정매, 황영태, 최수정
제 보 자 : 이분남, 여, 87세
구연상황 : 조사자가 제보자에게 아리랑을 아는지 물었더니, 선뜻 밀양아리랑을 불러 주
　　　　　었다. 박수를 치며 흥겹게 노래를 불렀다.

　　　오동나무 열매는 알각달각하고

　　　큰애기 젖통은 몽실몽실하~다

　　　　아리아리랑 스리스리랑 아라리가 났네

　　　　아리랑 고개를 나를넘겨주소-

　　　울너매 담너매 잎을숨겨놓고

호박잎이 난들난들~ 날속~이네

아리아리랑 스리스리랑 아라리가 났네

아리랑 고개를 나를 넘겨주소-

보리타작 노래

자료코드 : 04_21_FOS_20100127_PKS_JSB_0001

조사장소 : 부산광역시 동래구 명장2동 명장2동할머니경로당

조사일시 : 2010.1.27

조 사 자 : 박경수, 서정매, 황영태, 최수정

제 보 자 : 장순분, 여, 80세

구연상황 : 제보자는 다른 제보자의 옹혜야 노래를 듣고 곧바로 노래를 시작하였다. 기억이 나는 데까지만 불러 주었다.

옹혜야

올라간다

　옹혜야

내려온다

　옹혜야

요게조게 때리라

　옹혜야

바늘 노래

자료코드 : 04_21_FOS_20100126_PKS_JDC_0001

조사장소 : 부산광역시 동래구 칠산동 칠산할머니노인정

조사일시 : 2010.1.26

조 사 자 : 박경수, 서정매, 황영태, 최수정

제 보 자 : 정도출, 여, 90세
구연상황 : 제보자는 다음 노래를 가사를 읊듯이 불러 주었다.

질로질로 가다가
바늘로 한개 주었네
주운바늘 넘주까
후았네 후았네
낚시를하나 후았네
떤짔네 떤짔네~
숭에가 한 마리
물었네 물었네

너냥 나냥

자료코드 : 04_21_FOS_20100126_PKS_JDC_0002
조사장소 : 부산광역시 동래구 칠산동 칠산할머니노인정
조사일시 : 2010.1.26
조 사 자 : 박경수, 서정매, 황영태, 최수정
제 보 자 : 정도출, 여, 90세
구연상황 : 조사자가 제보자에게 <너냥 나냥>을 아는지 묻자, 예전에 많이 부른 것이
         었는지 바로 노래를 불러 주었다.

우리야 서방님은 명태잽이러 갔~는데
바람아 강풍아 석달열흘만 불어라
   나냥 이리 둥실 높이떠
   낮에낮이나 뱀이뱀이나(밤이 밤이나) 참사랑이로구나

아침에 우는새는 배가고파 울고요
저녁에 우는새는 님이기립아 운다

너냥 나냥 이리둥실 높이떠

밤에밤이나 낮에낮이나 참사랑이로구나

사발가

자료코드 : 04_21_FOS_20100126_PKS_JDC_0003
조사장소 : 부산광역시 동래구 칠산동 칠산할머니노인정
조사일시 : 2010.1.26
조 사 자 : 박경수, 서정매, 황영태, 최수정
제 보 자 : 정도출, 여, 90세
구연상황 : 조사자는 제보자에게 노래의 첫 소절을 읊어주자, 제보자는 노래가 생각이
났는지 바로 구연해 주었다.

석탄백탄 타는데 연기만 퐁퐁나구나

요내가슴 타는데 연기도 안나고 잘간다

도라지 타령

자료코드 : 04_21_FOS_20100126_PKS_JDC_0004
조사장소 : 부산광역시 동래구 칠산동 칠산할머니노인정
조사일시 : 2010.1.26
조 사 자 : 박경수, 서정매, 황영태, 최수정
제 보 자 : 정도출, 여, 90세
구연상황 : 제보자는 흥을 내어 앞의 노래에 이어서 다음 <도라지 타령>을 불러 주었다.

도라지 도라지 도라~지~ 심심산천에 백도라지

한두뿌리만 캐어도~ 바구니 반석만 되노라

　　에헤용 에헤용 에헤용

　　어야라 난다 지화자자 좋네

니가 내간장 스리살살 다녹인다

도라지 캐로 간다-고 요핑기 조핑기 하더니
총각낭군 무덤에~ 삼오지(삼오제) 지내러 간다지

사위 노래

자료코드 : 04_21_FOS_20100126_PKS_JDC_0005
조사장소 : 부산광역시 동래구 칠산동 칠산할머니노인정
조사일시 : 2010.1.26
조 사 자 : 박경수, 서정매, 황영태, 최수정
제 보 자 : 정도출, 여, 90세
구연상황 : 제보자는 계속 생각나는 노래를 이어서 불러 주었다. 청중들도 박수를 치며
노래를 경청하였다.

내딸죽-고 내사위야~ 울고갈길로 뭐하러왔노
이왕지라 온걸음에 발지에라도 자고가소
자몬자고 말몬말지 발길잠은 안잘라요

장가 노래

자료코드 : 04_21_FOS_20100126_PKS_JDC_0006
조사장소 : 부산광역시 동래구 칠산동 칠산할머니노인정
조사일시 : 2010.1.26
조 사 자 : 박경수, 서정매, 황영태, 최수정
제 보 자 : 정도출, 여, 90세
구연상황 : 제보자는 이런 저런 노래를 부르던 중에, 또 생각이 났는지 다음 노래를 불
러 주었다.

하동 땅 하선부는 밀양땅을 장개감서

맹지수건 석재수건~ 눈물백기 다녹았네

모찌기 노래

자료코드 : 04_21_FOS_20100127_PKS_JOS_0001
조사장소 : 부산광역시 동래구 명장2동 명장2동할머니경로당
조사일시 : 2010.1.27
조 사 자 : 박경수, 서정매, 황영태, 최수정
제 보 자 : 주옥생, 여, 80세
구연상황 : 제보자는 다른 제보자들의 유도로 다음 <모찌기 노래>를 부르기 시작하였
　　　　　다. 그러나 가사를 더 많이 기억하지 못하고 한 소절만 부르고 중단했다.

쪼우자 쪼우자 요모판을 쪼우자

쪼우자 쪼우자 큰애기 가슴을 쪼우자

베틀 노래

자료코드 : 04_21_FOS_20100127_PKS_JOS_0002
조사장소 : 부산광역시 동래구 명장2동 명장2동할머니경로당
조사일시 : 2010.1.27
조 사 자 : 박경수, 서정매, 황영태, 최수정
제 보 자 : 주옥생, 여, 80세
구연상황 : 제보자는 다른 제보자의 유도로 인해, 자신이 없어 했지만, 막상 노래를 부
　　　　　르기 시작하자 흥겹게 불러 주었다.

물레야뱅뱅~ 너돌아라~ 밤중새별이 완연하다

큰애기다리 두다린데 베틀다리 네다리요

잉앳대는 삼형제요 눌림대는 이동이라

낮에짜면 일광단되고 밤에짜면 월광단되고

꽉꽉짜서 낭군님 도복을 해입힌다

아기 어르는 노래 / 불매소리

자료코드 : 04_21_FOS_20100127_PKS_JOS_0003

조사장소 : 부산광역시 동래구 명장2동 명장2동할머니경로당

조사일시 : 2010.1.27

조 사 자 : 박경수, 서정매, 황영태, 최수정

제 보 자 : 주옥생, 여, 80세

구연상황 : 조사자가 제보자에게 아기 어를 때 부르는 노래를 아는지 물어보자 다음 노래를 부르기 시작하였다.

불매불매 불매야

이불매가 누불매고

은자동아 춘자동아

은을주면 너를사나

금을주면 너를사나

다리 세기 노래

자료코드 : 04_21_FOS_20100127_PKS_JOS_0004

조사장소 : 부산광역시 동래구 명장2동 명장2동할머니경로당

조사일시 : 2010.1.27

조 사 자 : 박경수, 서정매, 황영태, 최수정

제 보 자 : 주옥생, 여, 80세

구연상황 : 제보자는 자신있는 노래라며 청중들에게 다리를 겹치며, 놀이하는 것을 직접 보여주며 구연해주었다.

이거리 저거리 갓거리

동사맹근 도맹근

수구리박고 독박고

연지통에 열두잔

보리타작 노래

자료코드 : 04_21_FOS_20100127_PKS_JOS_0005

조사장소 : 부산광역시 동래구 명장2동 명장2동할머니경로당

조사일시 : 2010.1.27

조 사 자 : 박경수, 서정매, 황영태, 최수정

제 보 자 : 주옥생, 여, 80세

구연상황 : 제보자는 다른 제보자의 옹헤야를 듣고 기억이 조금 난다며 몇 구절을 불러
주었다.

옹헤야 음흠

그래가 때려라 음흠흠

일어라 음흠

이래쌌더라고. 못한다. (조사자 : 진짜로 "음흠" 이럽니까?) 응. 그때 그
래쌌더라고. (조사자 : 아, 힘들어서.)

사발가

자료코드 : 04_21_FOS_20100127_PKS_JOS_0006

조사장소 : 부산광역시 동래구 명장2동 명장2동할머니경로당

조사일시 : 2010.1.27

조 사 자 : 박경수, 서정매, 황영태, 최수정

제 보 자 : 주옥생, 여, 80세
구연상황 : 제보자는 처음에는 소극적인 모습을 보이다가, 다른 제보자들의 참여로 인해
　　　　　 자신있게 부르기 시작하였다.

　　　석탄백탄 타는데~ 연기만퐁퐁 나고~요

　　　요내가슴 타는~데~ 연기도김도 안나네

　　　에헤야 에헤야 어야라 난다 지화자~

　　　요내 간장이 다탄다.

삼 삼기 노래

자료코드 : 04_21_FOS_20100127_PKS_JOS_0007
조사장소 : 부산광역시 동래구 명장2동 명장2동할머니경로당
조사일시 : 2010.1.27
조 사 자 : 박경수, 서정매, 황영태, 최수정
제 보 자 : 주옥생, 여, 80세
구연상황 : 조사자의 도라지 타령이나 아는 노래를 불러 달라고 하자, 제보자가 바로 다
　　　　　 음 노래를 부르기 시작하였다.

　　　웃방문고리 삼줄걸고~ 삼삶은 처녀야 얼굴보자

　　　누구간장 녹힐라꼬~ 요롷기 곱기 생깄더나

　　　바람불고 눈비ㅡ온데~ 날올줄 모르고 문닫았나

권주가

자료코드 : 04_21_FOS_20100127_PKS_JOS_0008
조사장소 : 부산광역시 동래구 명장2동 명장2동할머니경로당
조사일시 : 2010.1.27
조 사 자 : 박경수, 서정매, 황영태, 최수정

제 보 자 : 주옥생, 여, 80세
구연상황 : 조사자가 노래의 제목을 띄어주자, 제보자가 기억이 났는지 바로 노래를 부르기 시작하였다.

잡수시오 잡수~시오 이술한잔을 잡수시오
이술이 술아니라
칠년대한 가물음에 이슬받은 술이로다

쌍가락지 노래

자료코드 : 04_21_FOS_20100127_PKS_CIC_0001
조사장소 : 부산광역시 동래구 명장2동 명장2동할머니경로당
조사일시 : 2010.1.27
조 사 자 : 박경수, 서정매, 황영태, 최수정
제 보 자 : 최임출, 여, 78세
구연상황 : 조사자의 요청에 제보자는 처음에 가사로 읊어주었으나, 다시 노래로 불러달라고 요청하자 부른 것이다.

쌍금쌍금 쌍가락지
호닥찔로 닦아내라
먼디보니 달일레라
자태보니 처잘레라
그처자야 자는방에
숨소리도 두꺼재라
말소리도 두꺼재라

장타령

자료코드 : 04_21_FOS_20100127_PKS_HJJ_0001
조사장소 : 부산광역시 동래구 칠산동 신선노인정
조사일시 : 2010.1.26
조 사 자 : 박경수, 서정매, 황영태, 최수정
제 보 자 : 한정자, 여, 81세
구연상황 : 제보자는 익살스러운 가사 내용이라며 다음 <장 타령>을 불러 주었다. 청
중들도 가사가 재미있다며 즐거워 했다.

자빠졌다 자춘장(좌천장)
엎어졌다 읍내장
돌래돌래 부산장
아가리크다 대구장
꽁지넓다 가해장
정제짰다 칼치장
질기도지다 칼치장
주디나왔다 꽁치장
펄떡뛴다 팔원장
날라봤다 날장
돌아보니 동래장

모심기 노래(1)

자료코드 : 04_21_FOS_20100127_PKS_HJJ_0002
조사장소 : 부산광역시 동래구 칠산동 신선노인정
조사일시 : 2010.1.26
조 사 자 : 박경수, 서정매, 황영태, 최수정
제 보 자 : 한정자, 여, 81세

구연상황 : 다른 제보자의 모심기 소리를 듣고, 자신도 불러보겠다며 적극적으로 불러
주었다.

담상담상 닷마지기 일천석만 쏟아지소
지아무리 나기언덕 일천석이 쏟아질까 이후후후후후~

여보세요 선부님요~ 우리선부 안오더냐
오기야 오지만은—어히 칠성판에 실려온다 이후후후후후~

새야새야 원앙새야 니어데서 자고왔노
명사십리 나무끝에~이
이리헌들 저리헌들 이리헌들 허헌들 자고~왔네

서울이라 왕대밭에~에이 금빛들때 알을낳여
그알한배만 조았으면 금년과~게로 내할긴데

에야도련님 벗님들들아 숭금씨야 배깎아라
숭금씨야 깎은배는~어히 맛도좋고 연할래라

한강에다~이 모를부아 그모찌기도 난감하네
하늘에~이 목화갈고 목화따기도 난감하네

올뽕졸봉 내따주게 에이~ 내나품에 잠들라나
야이처녀야 그말마라~이 호랭이겉은 우리오빠

잡으러 온다 이거라.

남녀 연정요

자료코드 : 04_21_FOS_20100127_PKS_HJJ_0003

조사장소 : 부산광역시 동래구 칠산동 신선노인정

조사일시 : 2010.1.26

조 사 자 : 박경수, 서정매, 황영태, 최수정

제 보 자 : 한정자, 여, 81세

구연상황 : 제보자는 <모심기 노래>를 끝내고 이어서 불러 주었다. 목청이 좋고 기억력이 좋아서 흥겨운 분위기를 잘 유도해주었다.

구월산 밑에 주취캐는 저처녀야

그 주취는 내중에캐고 요내품에 잠들거라

야이ㅡ총각아 그말을마라 니품에는 안갈란다

모찌기 노래 / 짧은 등지

자료코드 : 04_21_FOS_20100127_PKS_HJJ_0004

조사장소 : 부산광역시 동래구 칠산동 신선노인정

조사일시 : 2010.1.26

조 사 자 : 박경수, 서정매, 황영태, 최수정

제 보 자 : 한정자, 여, 81세

구연상황 : 조사자와 청중들의 유도에 따라, 제보자가 노래를 부르기 시작하였다. 모를 찔 때 부르는 <짧은 등지>이다.

쪼루자 쪼루자 주인네소꼽밑을 쪼루자

쪼루자 쪼루자 영감삼지로 쪼루자

창부타령

자료코드 : 04_21_FOS_20100127_PKS_HJJ_0005

조사장소 : 부산광역시 동래구 칠산동 신선노인정

조사일시 : 2010.1.26

조 사 자 : 박경수, 서정매, 황영태, 최수정

제 보 자 : 한정자, 여, 81세
구연상황 : 제보자는 창부타령의 곡조로 다음 노래를 불러 주었다.

상추야상칸 흐른물에~이 상추씻~는 저처녀야
겉에야떡잎은 제치놓고~이 속에속~대를 나를줄래
이총각아 그말마라 니언제봤다고 속대주나

모심기 노래(2)

자료코드 : 04_21_FOS_20100127_PKS_HJJ_0006
조사장소 : 부산광역시 동래구 칠산동 신선노인정
조사일시 : 2010.1.26
조 사 자 : 박경수, 서정매, 황영태, 최수정
제 보 자 : 한정자, 여, 81세
구연상황 : 제보자는 앞의 노래에 이어 다음 노래를 불러 주었다.

모시야적삼 안섶반에 얇은삼삼 저젖봐라
이어총각아 보지마라~이 많이보면 병이나고

작게 보면 병이 나고 많이 보면 정든단다.

아기 어르는 노래 / 불매소리

자료코드 : 04_21_FOS_20100127_PKS_HJJ_0007
조사장소 : 부산광역시 동래구 칠산동 신선노인정
조사일시 : 2010.1.26
조 사 자 : 박경수, 서정매, 황영태, 최수정
제 보 자 : 한정자, 여, 81세
구연상황 : 조사자가 제보자에게 아기를 어를 때 부르는 노래로 앞 소절을 읊어주니, 제
　　　　　보자가 바로 기억이 났는지 불러 주었다.

불매불매 불매야

이불매가 누불매고

경상도 대불매

후루룩딱딱 불매야

보리타작 노래

자료코드 : 04_21_FOS_20100127_PKS_HJJ_0008
조사장소 : 부산광역시 동래구 칠산동 신선노인정
조사일시 : 2010.1.26
조 사 자 : 박경수, 서정매, 황영태, 최수정
제 보 자 : 한정자, 여, 81세
구연상황 : 제보자는 웃으면서 <보리타작 노래>를 불러 주었다. 청중들도 가사가 재미
있어서인지 웃으면서 노래를 들었다.

옹헤야

여기봐라 좆대가리 나간다

조기때리라 요기때리라

앞집의 재수씨도 내좆만바래고

뒷집의 형수씨도 내좆만바래고

재미산에는 비묻어온다

여기저기 때리라

넘어간다 때리라

좆대가리 보이거든 딱때리라 넣구로

창부타령

자료코드 : 04_21_FOS_20100127_PKS_HJJ_0009
조사장소 : 부산광역시 동래구 칠산동 신선노인정
조사일시 : 2010.1.26
조 사 자 : 박경수, 서정매, 황영태, 최수정
제 보 자 : 한정자, 여, 81세
구연상황 : 제보자는 크고 시원한 목소리로 창부타령을 불러 주었다. 목청이 좋아서 청
중들도 즐거워하며 소리를 경청하였다.

　　　술이라고 묵거들랑 취정을말고~ 살아가고

　　　임이라고 만내거든 유별없이 살아보자

　　　　얼씨구나 좋네 지화자 좋고 아니놀고 못살겠네

　　　내딸죽고 내사우야 울고갈길을 왜왔더냐

　　　이왕잎에 왔거들랑 발치잠이나 자고가소

　　　자면자고 말면은말지 발치잠은 못자겠소

　　　　얼씨구나 좋네 지화자 좋고 아니놀지를 못하리라

　　　가요가요 나는가요 너를두고 나는가요

　　　내가－가면은 아주가나 아주야간들 잊을소냐

　　　　얼씨구나 좋네 지화자 좋고 아니나놀지를 못하리라

권주가

자료코드 : 04_21_FOS_20100127_PKS_HJJ_0010
조사장소 : 부산광역시 동래구 칠산동 신선노인정
조사일시 : 2010.1.26
조 사 자 : 박경수, 서정매, 황영태, 최수정
제 보 자 : 한정자, 여, 81세

구연상황 : 제보자는 연이어서 다음 노래를 불러 주었다. 청중들은 박수를 치면서 장단을 맞추어 주었다.

잡으시오 잡으나시오~ 이술한잔을 잡으세~요
이술이 술이아니라~ 묵고노자는 동백주요
　얼씨구 좋네 지화자 좋고 아니놀지를 못하리라

4. 부산진구

부산광역시 부산진구 개금2동

조사일시 : 2010.2.4

조 사 자 : 박경수, 서정매, 황영태, 최수정

개금동(開琴洞)은 부산진구의 서남쪽에 위치한 법정동이며, 행정동으로 개금1~3동이 있다. 남쪽으로 엄광산이 있고, 동쪽으로 가야동, 서쪽으로 사상구 주례동, 남쪽으로 서구 대신동과 접하고 있다. 조선시대에 와요리(瓦要里)로 불렸으나 1914년에 동래구 서면 개금리로 개칭되었다. 가야리와 상대하여 경부철도 건너 북쪽에 있는 마을을 개금동이라 하였는데, 이 마을의 모양이 꼭 거문고와 같이 길게 늘어져 있는 형상이라 하여 개금이라 했다고 한다. 또 임진왜란 당시 백성들이 토착지를 등지고 하염없이 피난길을 헤매던 어느 날, 은은하게 들려오는 가야금 소리를 듣고, 이곳에 정착하여 살게 되었으므로 개금이란 지명이 붙었다고도 한다. 이 마을에 최씨, 배씨, 송씨 등이 오랫동안 거주했던 것으로 알려졌는데, 가장 오래된 경주 최씨가 18~19대인 것으로 보아 임진왜란을 전후한 때부터 사람들이 살았던 것으로 보인다.

개금동의 명칭은 1900년 이전의 『동래읍지』에는 나타나지 않는다. 『동래군지』(1937)에 개금리가 나타나는데 1914년 와요리에서 개금리로 개칭된 명칭이 계속 사용된 것으로 보인다. 개금동은 1959년에 가야동에 흡수되었다가, 1963년에는 가야동에서 분동되었다. 1975년 인구의 증가로 개금동은 개금1, 2동으로 분동되었다가, 1976년에는 개금1동에서 개금3동이 분동되어 오늘에 이르고 있다. 개금동은 교통의 요충지이기도 한데, 경부철도와 도시철도 2호선, 동서고가도로가 가로지르고 있다. 관내에 인제대학교 의과대학이 있다. 자연마을로는 개금리, 냉정마을, 삼거리마을,

안동네마을이 있었다.

　개금2동의 엄광경로당에는 할머니들이 삼삼오오 모여 화투를 치기도 하고 이야기를 나누고 있었다. 조사자들이 연락도 없이 찾아갔지만 반갑게 맞아 주었다. 과자와 음료를 내어 드리자 자연스럽게 둥글게 앉아서 조사에 응했다. 조사는 21명의 할머니들이 있는 상황에서 시작되었다. 조사 도중에 간간히 큰 소리로 이야기하는 분들이 있어서 약간 시끄럽기도 했지만, 비교적 무난하게 조사가 진행되었다.

　조사된 민요로는 <모심기 노래>를 비롯한 노동요도 있었지만 <창부타령>, <노랫가락>, <치마 타령>, <각설이타령>, <숫자풀이 노래> 등 유흥적인 창민요가 주류를 이루었다. 설화로는 도깨비와 호랑이 관련 민담이 주로 조사되었고, <은혜 갚은 까치> 등 보은담과 효행담도 일부 조사되었다.

개금2동 엄광경로당 입구

부산광역시 부산진구 당감1동

조사일시 : 2010.2.4
조 사 자 : 박경수, 서정매, 황영태, 최수정

　부산진구의 법정동인 당감동(當甘洞)은 당감1~4동의 행정동으로 나뉘어져 있다. 이 당감동은 조선시대에 동래군 동평면(東平面)에 속하였는데, 1914년에 동평면의 당리(堂里)와 감물리(甘物里)의 두 마을을 합쳐서 당감리(堂甘里)라고 한 데서 생긴 마을 이름이다. 당감동은 1951년에 당감1, 2동으로 분동되었고, 1970년에 당감1동에서 동평동이 분동되어 나갔다. 1979년에 당감1동에서 당감3동이 분동되고, 동평동은 다시 당감4동으로 개칭되어 당감동에 속하게 되었다.

　자연마을로는 감물리, 당리, 마철리, 새미마을, 성안마을 등이 있다. 감물리는 현재의 당감천을 옛날에는 감물내, 감물천이라고 부른 데서 유래된 것이며, 당리는 마을에 오래된 당집과 당산나무가 있어서 붙여진 이름이다. 마철리는 말발굽을 만들고 박던 곳이며, 새미마을은 당감4동의 장군새미(샘)라는 우물에서 유래한다. 장군새미는 매몰되어 지금은 흔적만 남아 있는데, 당감동 사람들의 식수원이었으며 아무리 가뭄이 들어도 마르지 않았다 한다. 당감4동사무소 위쪽에는 참새미가 있는데, 지금도 잘 보존되어 있다. 당감동은 현재 동쪽으로 부암동, 서쪽으로 개금동, 남쪽으로 가야동, 북쪽으로 사하구와 접하고 있다.

　당감동의 문화유적으로는 당감동고분군과 동평현성(東平縣城)이 있다. 당감동고분군은 당평초등학교 부근 지역에 분포된 대규모 고분군인데, 삼국시대의 수혈식 석곽묘 33기와 조선시대의 목곽묘 4기, 연대 불명의 석곽묘 1기 등 38기가 조사되었다. 이를 통해 이 지역에 일찍부터 사람들이 거주했음을 알 수 있다. 동평현성(東平縣城)은 왜구의 노략질을 막고자 쌓은 성으로서 축성 연대는 정확하게 알 수 없으나 19세기 이전에 축성된 것으로 보인다.

　당감1동경로당은 위치를 찾기 위해 전화를 몇 번이나 한 후에 방문하게 된 곳이다. 경로당이 골목 안에 위치하여 쉽게 찾기가 어려웠기 때문이다. 조사자 일행이 경로당에 들어가자 많은 분들이 앉아서 담소를 나누고 있었다. 할머니들은 조사자들을 반기면서 즐겁게 조사에 임해 주었다. 이야기의 구술은 이루어지지 않았고, 민요의 구연이 계속되었다. <자장가>, <창부타령>, <너냥 나냥>, <청춘가>, <노랫가락>, <도라지 타령>, <아기 어르는 노래>, <보리타작 노래>, <화투타령>, <모심기 노래>, <진주난봉가>, <권주가>, <다리세기 노래>, <사발가> 등 유흥적인 창민요 위주로 다양하게 조사되었다.

골목 안에 위치한 당감1동경로당

부산광역시 부산진구 당감3동

조사일시 : 2010.4.9

조 사 자 : 박경수, 황경숙, 서정매, 황영태

당감3동은 부산진구의 법정동인 당감동에 속한 행정동의 하나이다. 1951년에 기존 당감동이 당감1·2동으로 분동되었다가, 1979년에 당감3동이 당감1동에서 분동되었다. 그리고 당감1동에서 분동되었던 동평동이 당감4동이 되어 당감동은 당감1~4동으로 개편되어 오늘에 이르고 있다.

당감3동에 사는 박용래 씨(남, 86세)가 당감동의 토박이이고, 마을의 역사에 대해 잘 알고 있다는 제보를 받아서 당감3동을 찾아가게 되었다. 당감3동사무소 근처에 살고 있는 박용래 씨의 집을 찾아서 갔으나, 기대와 달리 많은 제보는 받지 못하였다. <당감동의 유래>, <조개껍질이 붙은 바위>, <새마이 골짜기와 애기성> 등을 구술해 주었다.

부산진구의 전경

부산광역시 부산진구 초읍동

조사일시 : 2010.4.9
조 사 자 : 박경수, 황경숙, 서정매, 황영태

초읍동(草邑洞)은 부산진구에 속
한 법정동이자 행정동으로 연지동
의 북쪽에 위치하고 있다. 이 초읍
동은 금정산의 남북으로 통하는 요
충지에 자리잡고 있으며, 북쪽으로
는 금용산을 등지고, 남으로는 연지
동, 동으로는 화지산을 경계로 동래

초읍동의 전경

구 사직동과 접하고 있다. 그리고 서쪽으로는 쇠미산이 뻗어있어 분지를
이루고 있다.

초읍이란 동명에 대하여 다음과 같은 전설이 있다. 조선시대에 동평현
이 생긴 후 읍의 치소(治所)를 물색하기 위해 초읍동에 들러 보았는데, 산
의 지세가 좋고 지리가 음양에 맞아 이곳을 우선 읍의 치소(治所)로 선정
해 놓았다. 그 후 현 동래성에 들렀더니 서울 장안의 산세와 같아서 이곳
을 읍지로 정하였다. 이리하여 먼저 읍지로 초한 곳이란 뜻에서 초읍이라
명명하게 되면서 초읍동이 생긴 것으로 전한다. 그러나 이는 전설일 뿐이
고 실제는 새터가 원래의 고을 이름이었다. 초읍은 초량을 '새뛰'라 부르
는 것과 같이 새로운 터전, 새로운 자리라는 뜻으로 새터라 했다. 이는 동
평현의 치소(治所)가 피폐해지자 천연의 요새인 이곳으로 이주하였으므로
새로운 마을이란 뜻에서 새터 즉 초읍으로 불렸던 것으로 풀이된다. 초읍
동은 조선 후기에는 동래부 서면 초읍리에 속하였고, 그 후 동래군으로
편제되었다. 1936년에는 부산부에 편입되었고, 1942년 연지동과 함께 성
지동으로 통합되었다가, 1963년 초읍동과 연지동으로 분동되어 오늘에

이르고 있다.

초읍동 제1경로당은 할아버지와 할머니 노인정이 각각 1층과 2층으로 나뉘어져 있었다. 먼저 할아버지 경로당부터 찾아 들어갔다. 많은 분들이 바둑과 장기를 두고 있었는데, 조사를 왔다고 해도 대부분 하던 일을 계속하고 있었다. 다행히 이야기를 잘하는 분들이 있어서 한 쪽 구석에서 조사가 진행되었다. 손성학(남, 79세), 정홍섭(남, 64세) 제보자로부터 <총각의 목숨을 살려준 은인>, <용두산 공원의 거인>, <정묘사를 지킨 도깨비> 등의 이야기가 구술되었다. 특히 김병호(남, 92세) 제보자로부터 많은 이야기를 들을 수 있었다. <풍수인 아버지 덕분에 부자 된 아들>, <하마정과 정묘사>, <초읍의 우보골과 모노은골>, <햇불을 들고 회의를 한 해받이고개> 등 지명담을 비롯하여 여러 편의 설화가 조사되었다.

이어서 할머니 경로당에 들어가자 조사자들을 반갑게 맞아 주었다. 설화는 제공받지 못하였고 민요만 구연되었다. 구연된 민요로는 <모심기 노래>, <사발가>, <이갈이 노래>, <아기 어르는 노래>, <다리 세기 노래>, <쌍가락지 노래>, <창부타령>, <양산도>, <청춘가>, <노랫가락>, <베 짜는 노래> <도라지 타령> 등 다양했다.

▌제보자

김병호, 남, 1919년생

주 소 지 : 부산광역시 부산진구 초읍동
제보일시 : 2010.4.9
조 사 자 : 박경수, 황경숙, 서정매, 황영태

김병호는 1919년 기미생(양띠)이며 92세로, 본관은 김해이다. 자녀는 3남 3녀이고, 과거에는 학교에서 구원대장을 했다. 동래에서 태어났다가 56년 전 초읍으로 이사해서 지금까지 살고 있다. 종교는 유교라고 했다. 기억력과 입담이 좋은 편으로, 지명 유래담 등 다양한 설화를 구술해 주었다.

제공 자료 목록

04_21_FOT_20100409_PKS_KBH_0001 풍수 아버지 덕분에 부자 된 아들
04_21_FOT_20100409_PKS_KBH_0002 하마정과 정묘사
04_21_FOT_20100409_PKS_KBH_0003 초읍의 우보골과 모노은골
04_21_FOT_20100409_PKS_KBH_0004 햇불을 들고 회의를 한 해받이고개
04_21_FOT_20100409_PKS_KBH_0005 두루마기를 도깨비로 본 사람
04_21_FOT_20100409_PKS_KBH_0006 비를 맞지 않는 스님

김학임, 여, 1937년생

주 소 지 : 부산광역시 부산진구 당감1동
제보일시 : 2010.2.4
조 사 자 : 박경수, 서정매, 황영태, 최수정

김학임(金學壬)은 1937년 정축년 생으로 경상남도 의령군 봉서면 서암

리 오산마을에서 태어났다. 올해 74세로 소
띠이며 본동댁으로 불린다. 19세에 결혼하
였으나, 남편은 8년 전에 작고하였다. 슬하
에 3남 2녀를 두었다. 제보자는 부암동에서
당감동으로 이사 온 뒤 현재까지 30년 동안
당감동에서 살고 있다. 문종이를 만들며 살
아왔으며 종교는 따로 없다. 봉서국민학교
를 다녔으나, 6·25전쟁으로 인해 1년 반

정도를 다니다 중퇴하였다. 6·25전쟁 때 골짜기에서 북한군이랑 산 경험
이 있어서 '말 부대'를 가장 무서워한다고 했다.

조사자가 운을 띄우면 바로 노래를 시작할 정도로 민요를 많이 알고
불러 주었다. 주로 귀동냥으로 들어서 알게 된 노래라고 말했다.

제공 자료 목록

04_21_FOS_20100204_PKS_KHI_0001 아기 재우는 노래 / 새는 새는 낭게 자고
04_21_FOS_20100204_PKS_KHI_0002 창부타령
04_21_FOS_20100204_PKS_KHI_0003 너냥 나냥
04_21_FOS_20100204_PKS_KHI_0004 창부타령
04_21_FOS_20100204_PKS_KHI_0005 청춘가
04_21_FOS_20100204_PKS_KHI_0006 도라지 타령
04_21_FOS_20100204_PKS_KHI_0007 다리 세기 노래
04_21_FOS_20100204_PKS_KHI_0008 아기 어르는 노래 / 불매소리
04_21_FOS_20100204_PKS_KHI_0009 보리타작 노래
04_21_FOS_20100204_PKS_KHI_0010 화투타령
04_21_FOS_20100204_PKS_KHI_0011 모심기 노래
04_21_FOS_20100204_PKS_KHI_0012 진주난봉가

노정순, 여, 1935년생

주 소 지 : 부산광역시 부산진구 개금2동
제보일시 : 2010.2.4
조 사 자 : 박경수, 서정매, 황영태, 최수정

노정순은 1935년생으로 경상남도 함양군
에서 태어났다. 올해 76세로 개띠이며, 해제
댁이라 불린다. 18세에 결혼하여 살다가 부
산에는 25년 전에 이사를 와서 지금까지 개
금2동에서 살고 있다. 슬하에 자녀는 4남 2
녀이다.

학교는 다닌 바가 없으며, 종교는 불교이
다. <모심기 노래>를 구연해 주었는데, 예

전에 모심기 할 때 사람들과 함께 부르면서 배운 노래라고 했다.

제공 자료 목록

04_21_FOS_20100204_PKS_NJS_0001 모심기 노래

박계연, 여, 1927년생

주 소 지 : 부산광역시 부산진구 개금2동
제보일시 : 2010.2.4
조 사 자 : 박경수, 서정매, 황영태, 최수정

박계연은 1927년생으로 경상남도 의령군 지정면 봉곡리에서 태어났다.
올해 84세로 토끼띠이며 중촌댁이라 불린다. 본관은 밀양이다. 7살 때에
어머니가 돌아가시고 서모 밑에서 자랐다. 16세에 남편을 만나 결혼하였
으나 남편은 30년 전에 작고하여 오랫동안 홀로 살아왔다. 남편이 작고한
뒤에 부산으로 이사를 와서 지금까지 개금2동에서 살고 있다. 슬하에 1남

2녀의 자녀를 두고 있는데, 모두 부산에서 살고 있다. 옷장사와 멸치장사를 하며 생계를 유지해 왔으며, 종교는 불교이다. 쪽진 머리를 하고 있었으며, 활달한 성격인지 적극적으로 조사에 임해 주었다. 노래를 부를 때는 손뼉을 치고 때로는 춤까지 추는 등 분위기를 화기애애하게 만들어 주었다.

제공 자료 목록

04_21_FOS_20100204_PKS_PGY_0001 모심기 노래(1)

04_21_FOS_20100204_PKS_PGY_0002 치마 노래

04_21_FOS_20100204_PKS_PGY_0003 각설이 타령

04_21_FOS_20100204_PKS_PGY_0004 꽃 좋다 꽃 꺾지 마소

04_21_FOS_20100204_PKS_PGY_0005 밭 매기 노래

04_21_FOS_20100204_PKS_PGY_0006 모심기 노래(2)

04_21_FOS_20100204_PKS_PGY_0007 가족 자랑 노래

04_21_FOS_20100204_PKS_PGY_0008 이방 저방 다 댕기도

04_21_FOS_20100204_PKS_PGY_0009 신세타령요

박달막, 여, 1932년생

주 소 지 : 부산광역시 부산진구 당감1동

제보일시 : 2010.2.4

조 사 자 : 박경수, 서정매, 황영태, 최수정

박달막은 1932년 임신년 생으로 전라남도 보성군 조성면에서 태어났다. 올해 79세로 원숭이띠이며 영광댁으로 불린다. 16세에 결혼을 하였으나, 안타깝게도 남편은 50년 전에 작고하여 오랫동안 홀로 살아왔다.

자녀는 1남 2녀이다. 현재 혼자 살고 있으며, 50년 째 당감1동에서 살고 있다. 학교는 다닌 바가 없으며, 농사를 지었다. 종교는 불교이다. 제보자는 전라도 말씨를 쓰며, 다른 제보자가 노래할 수 있도록 유도를 잘 해주었다.

제공 자료 목록
04_21_FOS_20100204_PKS_PDM_0001 너냥 나냥
04_21_FOS_20100204_PKS_PDM_0002 창부타령(1)
04_21_FOS_20100204_PKS_PDM_0003 창부타령(2)
04_21_FOS_20100204_PKS_PDM_0004 사발가

박동순, 여, 1934년생

주 소 지 : 부산광역시 부산진구 초읍동
제보일시 : 2010.4.9
조 사 자 : 박경수, 황경숙, 서정매, 황영태

박동순은 1934년생으로, 올해 77세이며 개띠이다. 초읍에서 태어나 초읍에서 결혼하여 지금까지 살고 있다. 23세 때 결혼하였고, 1남 3녀의 자녀를 두고 있다. 과거에 고무공장에서 일을 했으며, 종교는 천주교이다. 이빨이 빠졌을 때 지붕에 이빨을 던지면서 부르는 <이갈이 노래>를 불러 주었다.

제공 자료 목록
04_21_FOS_20100409_PKS_PDS_0001 이갈이 노래

박묘희, 여, 1921년생

주 소 지 : 부산광역시 부산진구 초읍동
제보일시 : 2010.4.9
조 사 자 : 박경수, 황경숙, 서정매, 황영태

박묘희는 1921년 닭띠 생으로, 올해 90세
이다. 일본에서 태어났는데, 해방 전에 귀국
하여 부산 사직동에서 살다가 18세 때 초읍
으로 시집을 오면서 지금까지 초읍에서 살
고 있다. 과거에는 일본에서 공장 일을 했다
고 한다.

제공 자료 목록
04_21_FOS_20100409_PKS_PMH_0001 도라지 타령

박용래, 남, 1925년생

주 소 지 : 부산광역시 부산진구 당감3동
제보일시 : 2010.4.9
조 사 자 : 박경수, 황경숙, 서정매, 황영태

박용래는 1925년 소띠 생으로 올해 86세
이다. 부산광역시 당감동 토박이로 당감동
자문위원장을 지냈다. 당감동의 역사에 대
해 제보자가 잘 알고 있다는 제보를 받고
전화로 연락하여 제보자의 집을 직접 찾아
가서 조사를 했다. 그런데 기대와는 달리 지
명담 관련 설화 3편만을 조사할 수 있었다.
이야기를 구술할 때는 "~말이지"라는 말투

를 자주 사용하였다. 주로 지명의 유래담을 구술해 주었다.

제공 자료 목록

04_21_FOT_20100409_PKS_PYR_0001 당감동의 유래

04_21_FOT_20100409_PKS_PYR_0002 조개껍질이 붙은 바위

04_21_FOT_20100409_PKS_PYR_0003 새마이 골짜기와 애기성

박재화, 여, 1931년생

주 소 지 : 부산광역시 부산진구 초읍동

제보일시 : 2010.4.9

조 사 자 : 박경수, 황경숙, 서정매, 황영태

박재화(朴在華)는 1931년 양띠 생으로, 부산광역시 기장군에서 태어났다. 올해 나이는 80세이다. 19세에 결혼을 했고, 슬하에 3남 3녀가 있다.

조사자가 운을 띄어주면 거의 다 알아서 노래를 불러줄 정도로 노래 실력도 좋고 기억력 또한 좋은 편이었다. 구연해 준 노래는 모두 젊었을 때 귀동냥으로 듣고 배운 노래라고 했다.

제공 자료 목록

04_21_FOS_20100409_PKS_PJH_0001 모심기 노래

04_21_FOS_20100409_PKS_PJH_0002 다리 세기 노래

04_21_FOS_20100409_PKS_PJH_0003 쌍가락지 노래

04_21_FOS_20100409_PKS_PJH_0004 창부타령

04_21_FOS_20100409_PKS_PJH_0005 양산도(1)

04_21_FOS_20100409_PKS_PJH_0006 청춘가

04_21_FOS_20100409_PKS_PJH_0007 창부타령(2)

04_21_FOS_20100409_PKS_PJH_0008 양산도(2)
04_21_FOS_20100409_PKS_PJH_0009 베 짜는 노래

서정순, 여, 1929년생

주 소 지 : 부산광역시 부산진구 개금2동
제보일시 : 2010.2.4
조 사 자 : 박경수, 서정매, 황영태, 최수정

서정순은 1929년생으로 경상북도 상주시 공성면 평천리에서 태어났다. 올해 82세 뱀띠이며, 택호는 평천댁으로 불린다. 17세에 결혼하였으나, 쥐띠인 남편은 61세 때에 작고하였다. 자녀는 4형제를 두었는데, 부산과 대구 등지에서 살고 있다.

벼농사를 지었으며, 학교는 다닌 바가 없다. 종교도 없다. 현 거주지인 개금2동에는 큰아들이 13세가 되었을 때 이사를 왔다고 했다.

민요 2편과 설화 3편을 구연해 주었는데, 모두 어른들에게 귀동냥으로 들었던 것이라고 했다.

제공 자료 목록
04_21_FOT_20100204_PKS_SJS_0001 호식팔자
04_21_FOT_20100204_PKS_SJS_0002 바다의 제물로 바치는 고기 먹은 사람
04_21_FOT_20100204_PKS_SJS_0003 사람을 홀리는 도깨비
04_21_FOS_20100204_PKS_SJS_0001 모심기 노래
04_21_FOS_20100204_PKS_SJS_0002 숫자풀이 노래

손성학, 남, 1932년생

주 소 지 : 부산광역시 부산진구 초읍동
제보일시 : 2010.4.9
조 사 자 : 박경수, 황경숙, 서정매, 황영태

손성학은 1932년생으로, 경상북도 달성군
에서 태어났다. 올해 79세이며 원숭이띠이
다. 26세 때 결혼하여 슬하에 2남 1녀의 자
녀를 두었다. 부산에서 살기 시작한 때는
24살 때에 군대에서 제대하고 난 이후부터
이다. 벼농사도 지었지만, 조그만 가게를 하
여 생계를 유지하였다.

제보자는 설화를 구술해 주었는데 모두
귀동냥으로 들었던 이야기라고 했다.

제공 자료 목록
04_21_FOT_20100409_PKS_SSH_0001 용두산공원의 거인
04_21_FOT_20100409_PKS_SSH_0002 정묘사를 지킨 도깨비

심경옥, 여, 1930년생

주 소 지 : 부산광역시 부산진구 개금2동
제보일시 : 2010.2.4
조 사 자 : 박경수, 서정매, 황영태, 최수정

심경옥은 1930년생으로 경상남도 합천군 대양면 무곡리 무곡마을에서
태어났다. 올해 81세로 말띠이며, 덕촌댁으로 불린다. 본관은 청송이다.
17세에 남편을 만나 합천에서 결혼하였으나, 남편은 35년 전에 작고하였
다. 남편이 작고한 뒤에 부산으로 이사왔다. 개금2동에서 지금까지 30년

간 살고 있다. 슬하에 2남 2녀의 자녀를
두었다. 제보자는 현재 개금2동 자택에서
혼자 거주하고 있다. 예전에 벼농사를 지
었으며, 학교는 다닌 바가 없다. 종교는 불
교이다.

　제보자는 웃음이 많고 애살도 많은 편으
로 적극적으로 구연에 임해 주었다. 설화 1
편과 <모심기 노래>를 구연해 주었다. 이
들 설화와 민요는 고향에서 어른들로부터 듣고 익힌 것이라고 했다.

제공 자료 목록

04_21_FOT_20100204_PKS_SKO_0001 은혜 갚은 까치
04_21_FOS_20100204_PKS_SKO_0001 모심기 노래

오옥남, 여, 1927년생

주 소 지 : 부산광역시 부산진구 개금2동
제보일시 : 2010.2.4
조 사 자 : 박경수, 서정매, 황영태, 최수정

　오옥남은 1927년생으로 경상남도 거창군
신암마을에서 태어났다. 올해 나이 84세이
며 토끼띠로 신암댁이라 불린다. 17세 때에
남편을 만나 결혼하여, 3남 2녀의 자녀를
두고 있다. 남편은 작고하였으나, 언제 작고
하였는지는 알려주지 않았다.

　예전부터 농사를 짓기도 했고 장사를 하
기도 하면서 생계를 이어갔다. 학교는 다닌

바가 없으며, 종교는 불교이다. 현 거주지에서는 50세 때부터 살기 시작
하여 지금까지 34년 간 개금마을에서 살고 있다.

<모심기 노래>를 구연해 주었는데, 가사가 잘 생각이 나지 않자, 노래
로 부르다가 가사로만 읊어주기도 하였다.

제공 자료 목록
04_21_FOS_20100204_PKS_OON_0001 모심기 노래
04_21_FOS_20100204_PKS_OON_0002 모찌기 노래

이소복, 여, 1929년생

주 소 지 : 부산광역시 부산진구 당감1동
제보일시 : 2010.2.4
조 사 자 : 박경수, 서정매, 황영태, 최수정

이소복(李김福)은 1929년 기사년 생으로
전라남도 강진군 작천면 토마리에서 태어났
다. 올해 82세로 뱀띠이며, 토골댁이라 불
린다. 17세에 남편을 만나 결혼을 하였으
나, 남편은 20년 전에 작고하였다. 슬하에
2남 3녀를 두었다. 제보자는 현재 32년 동
안 당감1동에서 살고 있다. 초등학교를 중
퇴하였고, 농사를 지으며 살아왔다. 종교는
불교이다.

전라도 사투리를 쓰고 있으며, 내성적인 성격으로 다른 제보자들의 유
도에 의해서 민요 한 곡을 불러 주었다.

제공 자료 목록
04_21_FOS_20100204_PKS_LSB_0001 동지섣달 긴긴 밤에

이옥금, 여, 1929년생

주 소 지 : 부산광역시 부산진구 초읍동
제보일시 : 2010.4.9
조 사 자 : 박경수, 황경숙, 서정매, 황영태

이옥금은 1929년생이며 올해 82세로 뱀
띠이다. 양정댁이라 불린다. 본관은 영천이
다. 부산광역시 화명동에서 태어났으며, 초
읍동에는 16년째 살고 있다. 16세에 결혼하
였고, 자녀는 2남 3녀를 두었다. 과거에는
채소장사를 했다. 종교는 불교이며 제1경로
당에서 회장직을 10년째 맡고 있다.

제공 자료 목록

04_21_FOS_20100409_PKS_LOK_0001 모심기 노래
04_21_FOS_20100409_PKS_LOK_0002 아기 어르는 노래(1) / 알강달강요
04_21_FOS_20100409_PKS_LOK_0003 아기 어르는 노래(2) / 불매소리
04_21_FOS_20100409_PKS_LOK_0004 사발가

이정자, 여, 1931년생

주 소 지 : 부산광역시 부산진구 당감1동
제보일시 : 2010.2.4
조 사 자 : 박경수, 서정매, 황영태, 최수정

이정자는 1931년 신미년 생으로 경상남
도 거창군 상동면 상동리에서 태어났다. 올
해 80세로 양띠이며, 거창댁으로 불린다. 본
관은 경주이다. 19세에 결혼하였으나, 남편
은 1년 전에 작고하였다. 슬하에 2남 4녀를

두었다. 제보자는 현재 혼자 살고 있다. 거창에서 이사 온 뒤 지금까지 40년 동안 당감1동에서 살고 있다. 학교는 다닌 바가 없으며, 벼농사를 짓고 살아왔다. 종교는 불교이다.

다른 제보자들의 노래를 듣고 분위기를 흥겹게 유도했다. 제보자도 적극적으로 구연에 응해 주었다. 어릴 때 어른들이 부르는 노래를 듣고 배운 것이라 했다.

제공 자료 목록
04_21_FOS_20100204_PKS_LJJ_0001 권주가
04_21_FOS_20100204_PKS_LJJ_0002 노랫가락 / 그네 노래
04_21_FOS_20100204_PKS_LJJ_0003 도라지 타령
04_21_FOS_20100204_PKS_LJJ_0004 다리 세기 노래

장덕이, 여, 1933년생

주 소 지 : 부산광역시 부산진구 개금2동
제보일시 : 2010.2.4
조 사 자 : 박경수, 서정매, 황영태, 최수정

장덕이는 1933년생으로 경상남도 밀양군 무안면 웅동마을에서 태어났다. 올해 78세로 닭띠이며, 밀양댁이라 불린다. 17세에 결혼하여 4남 3녀의 자녀를 두었다. 그러나 큰아들이 죽는 바람에 현재는 막내아들과 함께 살고 있다. 남편은 10년 전에 작고하였다. 벼농사를 지었으며 학교는 다닌 바가 없다. 종교는 불교이다. <도깨비와 씨름한 사람> 1편을 구술해 주었다. 이는 어릴 적에 동네에서 실제로 일어난 이야기라고 하며 할머니의 친구로부터 들었던 것이라고 했다.

제공 자료 목록

04_21_FOT_20100204_PKS_JDI_0001 도깨비와 씨름한 사람

전복남, 여, 1926년생

주 소 지 : 부산광역시 부산진구 개금2동
제보일시 : 2010.2.4
조 사 자 : 박경수, 서정매, 황영태, 최수정

　전복남은 1926년생으로 경상북도 청도군
에서 태어났다. 올해 나이 85세이며 범띠로
지숙댁이라 불린다. 18세에 결혼하여 현재
2남 4녀의 자녀를 두고 있다. 현재 큰아들
과 함께 살고 있다. 3살 연상인 남편은 53
세 때에 이미 작고하였다. 벼농사를 지었으
며 학교는 다닌 바가 없다. 종교는 불교이
다. 평소 책을 좋아해서 집에서 책을 많이
보고 살았다고 했다.

제공 자료 목록

04_21_FOS_20100204_PKS_JBN_0001 탈 것 노래
04_21_FOS_20100204_PKS_JBN_0002 모심기 노래

정흥섭, 남, 1947년생

주 소 지 : 부산광역시 부산진구 초읍동
제보일시 : 2010.4.9
조 사 자 : 박경수, 황경숙, 서정매, 황영태

　정흥섭은 1947년생으로, 경상남도 합천군에서 태어났다. 올해 64세이

며, 돼지띠이다. 26세에 결혼하여, 슬하에 2
남 1녀의 자녀를 두었다. 제보자는 32세 때
에 부산으로 이사 와서 지금까지 살고 있다.
과거에 미화원 일을 하였으며, 초등학교는
5학년까지 다니다 중퇴하였다. 종교는 불교
이다.

　<호식할 총각을 살려준 은인>을 길게 구
술해 주었는데, 이 이야기는 어머니로부터
들은 것이라고 했다.

제공 자료 목록
04_21_FOT_20100409_PKS_JHS_0001 호식할 총각을 살려준 은인

조성교, 여, 1923년생

주 소 지 : 부산광역시 부산진구 개금2동
제보일시 : 2010.2.4
조 사 자 : 박경수, 서정매, 황영태, 최수정

　조성교는 1923년생으로 경상북도 상주시
에서 태어났다. 올해 88세로 돼지띠이며 상
주댁이라 불린다. 나이 17세에 결혼하였으
나 남편은 58년 전에 작고하여 오랫동안 홀
로 살아왔다. 슬하에 1남 2녀를 두었는데,
현재 아들과 함께 살고 있다. 아들은 구의원
과 마을금고 이사장을 역임했다. 학교는 다
닌 바가 없고 벼농사를 지으며 생활해 왔다.

상주시에서 태어나 문경시 점촌에서 살다가 부산광역시 개금2동으로 이

사를 와서 현재까지 36년째 살고 있다. 종교는 천주교이다.

제보자는 설화 3편과 할머니로부터 들어서 알게 된 <물방아 노래>를 불러 주었다.

제공 자료 목록
04_21_FOT_20100204_PKS_JSK_0001 정승 가족을 살려낸 노비 칠성이
04_21_FOT_20100204_PKS_JSK_0002 선비와 장기를 두다 도망간 호랑이
04_21_FOT_20100204_PKS_JSK_0003 꾀로 재물을 얻은 가난한 선비
04_21_FOS_20100204_PKS_JSK_0001 물방아 노래

풍수 아버지 덕분에 부자 된 아들

자료코드 : 04_21_FOT_20100409_PKS_KBH_0001
조사장소 : 부산광역시 부산진구 초읍동 제1경로당
조사일시 : 2010.4.9
조 사 자 : 박경수, 황경숙, 서정매, 황영태
제 보 자 : 김병호, 남, 91세
구연상황 : 제보자에게 설화를 들려달라고 부탁을 하자, 평소에 이야기를 많이 해 보았는
지 자연스럽게 이야기를 구술해 주었다.
줄 거 리 : 옛날에 풍수 일을 하는 아버지와 머슴살이 아들이 살고 있었다. 아들은 아버
지가 남들은 부자로 만들어 주면서, 자식은 가난하게 두는 것이 불만이었다.
어느 날 아버지가 죽게 되었는데, 아들에게 유언으로 수수께끼를 내었다. 아
들은 무슨 말인지 모르고 아버지의 묏자리를 찾아 삼 년을 돌아다니다가, 우
연히 어떤 여자의 소를 구해 주었다. 아들은 그 자리가 아버지가 말한 자리임
을 알고 묘를 썼다. 그 후 아들은 자식을 낳고 부자가 되어 잘 살았다.

옛날에 다 몬 살았거든. 그런데, 한 영감이 풍수라. 넘의 집에 대사 있
으면 날 받아 주고, 또 좋은 묏자리 잡아주고.

이래 하는데, 딴 사람 다 좋게 해주는데 자기 아들이 하나 딱 하나 남
아 있는데, 가만히 야 처머이(처음엔) 작을 때는 괜찮은데, 열 대여섯 살
여, 수무 남(넘는) 살 되니까네, 만날 넘의 집에 가서 마 머슴살이만 이래
하고 있으이, 저거 아부지는 딴 사람 다 잘 사도록 맹글아 주는데, 와 나
는 이리 못하노 하고, 한날 비가 오는데, 저거 아부지잔테 가서 물었어.
그러이 저거 아부지가 하는 말이,

"니가 때가 있을 끼다. 내가 죽을 때 니가 둘온나라(들어 오너라)."

그래 기다리다 있으이 아버지가 나 보자 캐서 가이,

"그래 내가 죽거든 삼두, 머리가 세낱이고 육목, 눈이 여섯낱이고, 다리

가 여덟낱인 그 설을 찾아가 써라."

이랬거든. 삼두육목팔족설에.

그리 애가, 옛날에는 사람이 죽으몬 채봉을 하는 기라. 볕에다가 삶자리 해놓고 물로 빠자가지고 자리 좋은 데 있으몬 잡아가 그래 씨는 기라.

그래 삼 년 동안을 돌아가 댕기면서 해도 그런 데가 없는 기라. 그래서 신체를 매고, 저게 하루는 해넘산 매로 저 몬대이(꼭대기) 올라가가지고, 거 내라 놓고 마 통곡해 운다.

우연히 인자 어떤 사람이 뒤에 와가 등더리를 탁탁 투드리거든.

"그래 당신 와 이리 우느냐꼬?"

그래 사실을 얘기하이까네,

"당신보다 내가 급한 기(것이) 있으까 날로 좀 도와주라."

이라거든. 그래 인자 보이 여자라, 여자. 부인이 와가지고 그래 하는데, 지금이나 옛날이나 여자 말은 남자가 잘 듣거든.

그래 인자 어째 됐노 하이카네, 여자가 촌 여자가 들에 나오다가 옛날에는 도랑가에 외나무 다리가 많는 기라, 외나무 다리. 지는 건닐 수가 있지만, 소를 끌고 저, 저 외나무 다리 오다가 배를 탁 걸치가 마 못 나오는 거든. 그래서 인자,

"이거 좀 도와줄래."

해서, 그래 근근히 그 여자하고 같이 인자 소를 구해가지고 아까 오둠자리 산 몬대이 거 떡 왔단 말이야. 와이까네,

"나는 당신 은혜를 입었다. 당신 뭐 때문에 우느냐?"

카이께네, 사실 얘기해서 그이까네,

"아부지가 돌아가시서 삼 년 동안은 찾아댕기는데 설이 없다."

까이께, 여자가 가마히 생각하거던.

"그 자리 씨라. 요 자리."

그러카네 삼두를 마, 머리가 세낱이고, 눈이 여섯, 소도 눈이 두낱이고

사람도 둘이카네 여섯낱이거던. 사람은 발이 두낱이고, 소는 발이 네낱이거든.

삼두육목팔족설에, 거서 써가지고 그래 자석(자식) 잘 놓고 부자가 되여 사더라 이래.

하마정과 정묘사

자료코드 : 04_21_FOT_20100409_PKS_KBH_0002
조사장소 : 부산광역시 부산진구 초읍동 제1경로당
조사일시 : 2010.4.9
조 사 자 : 박경수, 황경숙, 서정매, 황영태
제 보 자 : 김병호, 남, 91세
구연상황 : 제보자가 앞의 제보에 이어서 또 다른 이야기를 구술해 주었다. 기억력이 좋아서 이야기를 재미있게 잘 구술해 주었다.
줄 거 리 : 옛날에 동래부사가 오면 하마정에서 말을 갈아 타고 정묘사에 도착하면 말에서 내려서 들어갔다.

정묘절 이거는 옛날에 부사, 동래부사가 이건희 부사다. 이건희 부사가 와가지고, 하마정이라 카는 저게는 뭣인고 하이카네, 지금 옛날에 동래부사가 그리 오가 하단참사가나 부산참사가 내리오면 말을 내리가 거서 교환해 타고, 그라고 그것도 하고, 정묘절이 있어서 정묘절꺼지 그리 돌아갔는데.

옛날에는 모노은고개 놔놓고 바로 저 삐딱하게 범정대를 돌아갔는데, 거 거 내리가 언제든지 정묘절 앞에 말을 타고 내리가 갔는 기라.

저 지내가서 인자 그라는데, 그래 인자 그 정묘절은 거기고.

초읍의 우보골과 모노은골

자료코드 : 04_21_FOT_20100409_PKS_KBH_0003
조사장소 : 부산광역시 부산진구 초읍동 제1경로당
조사일시 : 2010.4.9
조 사 자 : 박경수, 황경숙, 서정매, 황영태
제 보 자 : 김병호, 남, 91세
구연상황 : 조사자가 제보자에게 동네에 전해오는 지명의 유래에 대해서 구술해 달라고
         부탁을 하자, 제보자가 흔쾌히 다음 이야기를 구술해 주었다.
줄 거 리 : 초읍의 우보골은 소가 많이 먹어 배가 불러서 앉아 있는 모습의 골짜기이고,
         모노은골은 일본 사람들이 넘어오지 못하게 했다고 해서 붙여진 이름이다.

요게 인자, 초읍에 여게는 제일 서당골이라 카는 거는 요 요게 삼광사
절, 저게 서당골이고, 또 저게, '우보골'은 이, 이 안이 전부 우보골이라.
배가, 소가 마이 묵고 배를 떡 내가 이래, 배 부르게 앉아가 있는데 그게
우보골이고.

그래 초읍 여는 부자가 마이 살고. 원당골은 저 저게 초읍에 저 그게
인자 옛날에 생인골이고 생이인데 골이고.

그래 이 모노은골 저거는 못 넘어 고개라 하는 거는, 임진왜란 때 사명
대사가 일본 가가지고 항복 받다가 임피 삼백 장 벳겨 올라 카이, 구형
없이 벳길려니 벳길 수가 없거든. 일 년에 삼백 명썩 한국에 여어 가가
벳겨가 사람을 내보내. 그 사람 삼백 명, 요즘 부산 초량에다가 가 있다,
초량.

고관 거 거게 거 일 년에 삼백 명이 자꾸 십 년 되모 삼천 명이 되고,
마이 해카네 사람이 마이 되카네, 자꾸 이제 동네 고을로 올러 왔어. 그래
인자, 그 선을 끌어가 애들 잡아논 거 몬 넘어 오라고. 그래 모노은고개,
거 도둑놈이 아이고.

횃불을 들고 회의를 한 해받이고개

자료코드 : 04_21_FOT_20100409_PKS_KBH_0004
조사장소 : 부산광역시 부산진구 초읍동 제1경로당
조사일시 : 2010.4.9
조 사 자 : 박경수, 황경숙, 서정매, 황영태
제 보 자 : 김병호, 남, 91세
구연상황 : 제보자에게 마을의 유래나 전설에 대한 이야기를 부탁하자 다음 이야기를 구술해 주었다.
줄 거 리 : 옛날에 해받이고개는 부사들이 횃불을 들고 회의를 한 자리라고 해서 붙여진 이름이다.

거게는 횃불, 부사들이나 참사들이나 저 밤에 회의하러 들오면, 거서 횃불로 이래 들고 거서 횃불 드는 데 자리라. 횃불.

오새 겉으몬 전등 캐가 밝히가, 동네 안에는 고을이다, 고을로 드가는 길이다.

두루마기를 도깨비로 본 사람

자료코드 : 04_21_FOT_20100409_PKS_KBH_0005
조사장소 : 부산광역시 부산진구 초읍동 제1경로당
조사일시 : 2010.4.9
조 사 자 : 박경수, 황경숙, 서정매, 황영태
제 보 자 : 김병호, 남, 91세
구연상황 : 조사자가 제보자에게 도깨비에 관한 이야기를 해 달라고 하자, 제보자가 흔쾌히 구술해 주었다.
줄 거 리 : 옛날에 술에 취한 영감이 밤늦게 까지 오지 않자 할멈이 찾아 갔다. 영감이 도깨비가 자신을 잡아당긴다고 생각해서 "이놈아 놔라"고 하며 소리치고 있었다. 알고 보니 두루마기가 막대기에 걸려 있었다.

옛날에 거제리 그 안동네, 영감이 술을 어찌 좋아하는지 밤에 동네에서

술을 탁 묵고, 그래 인자 만날 늦게 오이 자기 할마이가 내보다 저 보이,
들에서 자꾸,

　"이놈아 놔라. 이놈아 놔라."

　카이, 저거 할마이는 허치이가 그러는 줄 알고.

　"놔라."

　짙에(곁에) 가보이 마, 말대기 오다가 두루막 고랑이 이놈이 풀어가 안
늘러지이카네, 그놈을 잡고,

　"이놈아 놔라 놔라."

　한 몇 시간 그래가 할매가 덕고(데리고) 갔다.

　그런 유래가 거제리에 있대.

비를 맞지 않는 스님

자료코드 : 04_21_FOT_20100409_PKS_KBH_0006
조사장소 : 부산광역시 부산진구 초읍동 제1경로당
조사일시 : 2010.4.9
조 사 자 : 박경수, 황경숙, 서정매, 황영태
제 보 자 : 김병호, 남, 91세
구연상황 : 제보자는 마을의 유래에 대해서 이야기를 하다가, 문득 생각이 났는지 다음
　　　　　이야기를 구술해 주었다.
줄 거 리 : 옛날에 비가 내리지 않아서 동래부사가 산에 올라가 무제를 지냈다. 그러자
　　　　　어느 날 귀한 비가 내렸다. 사또는 비를 맞는데 중은 비를 맞지 않았다. 화가
　　　　　난 사또가 중을 벌하려고 하자, 중은 모든 생물이 귀한 비를 기다리는데, 천
　　　　　한 신분인 자신은 비를 맞을 이유가 없다고 해서 위기를 모면하였다.

　칠년 대한에 말이야 말이야, 비가 안 오이, 동래부사가 저 상삼산에 가
서 저 무제를 지내요, 무제를.

　"비야, 비야."

그 뭐 이래 지내고 오니까, 내려오이, 속내기가(소나기가) 확 오거든.

오는데, 그 도복을 전부 다 맞고 걸어온다. 걸어오는데, 땡땡이 중이 버랑을 탁 잡했고(잡아서) 탁 다말아(달려서) 가거든. 그래 '사또도 비를 맞는데 저는 와 비를 안 맞고 조래 하겄노?' 잡아가 엎처가,

"이놈. 너 와 이런 귀한 비가 나오는데 안 맞고 니는 우째 들어왔노?"

"아이고 원님요. 이런 귀한 비를 만물 우중에 생물이 기다리는데 내가 맞아가 되겠냐고. 천인에 몸은 안 맞아서 조리 내가 피해간다고."

옛날에도 말이라도 한 마디 잘 하몬, 고개 숙이고 이라몬, 죄를 지아도 다 사는 기라.

당감동의 유래

자료코드 : 04_21_FOT_20100409_PKS_PYR_0001
조사장소 : 부산광역시 부산진구 당감3동 박용래 씨 댁
조사일시 : 2010.4.9
조 사 자 : 박경수, 황경숙, 서정매, 황영태
제 보 자 : 박용래, 남, 86세
구연상황 : 조사자가 제보자에게 당감동의 유래에 대해 묻자 제보자는 다음 이야기를
　　　　　구술해 주었다.
줄 거 리 : 당감이라는 지명은 옛날 왜구가 와서 '당리'와 '감촌'이라고 나뉜 동네를 앞
　　　　　글자만 따서 '당감'이라고 고쳤다. 그래서 현재 '당감동'으로 불리고 있다.

이 당감동이 어째서 당감동이 됐노 카는 이야기를 말이지. 그 저 옛날에 어, 당리 우에 저 지금 당감4동인 기라. 그거를 당리라 카고, 요 밑 동네를 감촌이라 카고 말이지.

당리에는 그 당산이 하나 있었거든. 그거 뭐 엄애장군 무슨 당산인가거 하나 있었는데, 그래가 당리라 카고 이랬는데, 그 외놈이 여 오고 나서당리하고 감촌하고 마 이래가, 웃 구자를 따가지고 당감동이다고 그래 했

다 카는 그 말만 들었는데.

(조사자 : 요 '감'자는 감리에 '감'자는 무슨 뜻인가예? 당리야 당산이 있어서 당리고.) 당산이 있어가지고 당리라 캤고. (조사자 : 감리는?) 밑에는 감촌은 어째서 감촌이라 캤노? '달 감'자 내나(결국) 지금 당감동하는 그 '감'자거든.

그거 감, 감촌이라 캤는데, 그거 두나 보태가지고 그래 당감동이다. 그래, 일본 사람들이 와가지고 그래 곤쳤다.

조개껍질이 붙은 바위

자료코드 : 04_21_FOT_20100409_PKS_PYR_0002
조사장소 : 부산광역시 부산진구 당감3동 박용래 씨 댁
조사일시 : 2010.4.9
조 사 자 : 박경수, 황경숙, 서정매, 황영태
제 보 자 : 박용래, 남, 86세
구연상황 : 제보자는 전설같은 역사라면서, 약간 부끄러운 듯 멋쩍게 웃기도 하고 또는 자신이 없는 듯 말끝을 흐리면서 구술해 주었다.
줄 거 리 : 옛날 천지개벽을 해서 바다가 산으로 바뀌었다. 선암사 뒤 바위에 지금도 조개껍질이 붙어 있다.

선암사 그 절 뒤에 가몬 바위가 있는데, 바위에 음, 바다에서 잡는 조개 그 껍질이 말이지 그 붙어가 있는 바위가 있다 말이지.

그러몬, 거기 뭐 그때 이야기로는 천지개벽을 해가 뭐, 그게 옛날에 바다랐는데 저기 말이지, 뒤집어지는 바람에 저기 뭐 산이 돼가지고 뭐, 그런 거 아이가.

바위에 보몬 조개껍질이 붙어가 있거든, 이런 게.

새마이 골짜기와 애기성

자료코드 : 04_21_FOT_20100409_PKS_PYR_0003
조사장소 : 부산광역시 부산진구 당감3동 박용래 씨 댁
조사일시 : 2010.4.9
조 사 자 : 박경수, 황경숙, 서정매, 황영태
제 보 자 : 박용래, 남, 86세
구연상황 : 조사자가 마을 주변의 지명에 대한 유래를 묻자 제보자는 두 개의 골짜기
이름에 대해 전해오는 이야기가 있다며, 짤막하게 유래에 관한 이야기를 구연
해주었다.
줄 거 리 : 옛날에 새마이 골짜기는 쇠가 많이 나와서 붙여진 지명이고, 애기성은 애장
터가 있던 자리에서 어떤 장군이 처형을 당한 후에 붙여진 이름이다.

인자 요 우에 가몬, (조사자 : 무슨 골이라고?) 새마이 골짜기라 카거든.
새마이라 카는 거는 인자 옛날에 새가(쇠가) 거서 많이 나옸논(나왔는)
모양이야. 그 뭐 들은 이야기로는. 새마이 골짜기 있고.

또 이쪽에 가몬 뭐 그릉에(개울에) 애기성 카는 기 있는데, (조사자 : 아,
고게 아장터같은.) 그릉이 있는데, 거 그릉에 뭐 그 뭐 장군이 뭐, 거서
뭐, 뭐. 근데 그 뭐. 뭐, 뭐, 뭐 처형을 당한 그런 이야기 같은 기 있더라
고. (조사자 : 그거 이름이 뭐라고요 어르신?) 근데 무슨 장군인가 모르겠
고. (조사자 : 아기장군예?) 예? (조사자 : 아기장군인가봐예.) 거 잘 모르겠
네. 무슨 장군인고.

그때에 그래 핸 자리가 거기 애기성이다, 애기성 카는. 거 저 그릉에
이래 그거 우물 이래 고 말, 아이 모 아들 목도(먹도) 깜고(감고) 말이지
이라는, 요래요래 있는 기 있었는데.

고 애기성 카는 기 거 있고, 그거 이외에는 뭐 잘 모르겠네 인자.

호식팔자

자료코드 : 04_21_FOT_20100204_PKS_SJS_0001
조사장소 : 부산광역시 부산진구 개금2동 엄광경로당
조사일시 : 2010.2.4
조 사 자 : 박경수, 서정매, 황영태, 최수정
제 보 자 : 서정순, 여, 82세
구연상황 : 제보자가 호실팔자 이야기가 있다며 구연을 시작했다. 아직 녹음기를 켜지
　　　　　않은 상태여서 처음부터 다시 구연을 부탁하여 이야기를 채록하게 되었다.
줄 거 리 : 옛날에 호식팔자인 사람은 산 속을 지날 때면 산신령이 길을 막고 선다. 그때
　　　　　사람들은 옷을 벗어 던지게 되는데, 호실팔자인 사람의 옷은 호랑이가 깔고
　　　　　앉는다. 그때 호식팔자인 사람을 호랑이굴에 넣어주어야 길을 갈 수가 있다.

　옛날에는 문디 촌이 없어논께, 문디가 보통 아를 잡아무. 잡아무야 지
병을 곤치거든.
　그래가이고 호성에 갈 팔자는 산에 어데 먼 길을 가마, 산신령이 와서
딱 질을 막아.
　막으마, 딴 사람들이 옷을 벗어가 다 떤지도 호성 안 가는 사람은 옷을
뒤로 물어 떤지고, 호성에 갈 팔자는 호랭이가 딱 깔고 앉아.
　그러면 그 사람을 주어 넣어야 딴 사람이 가는 거야, 옛날에는.

바다의 제물로 바치는 고기 먹은 사람

자료코드 : 04_21_FOT_20100204_PKS_SJS_0002
조사장소 : 부산광역시 부산진구 개금2동 엄광경로당
조사일시 : 2010.2.4
조 사 자 : 박경수, 서정매, 황영태, 최수정
제 보 자 : 서정순, 여, 82세
구연상황 : 제보자가 앞의 이야기를 끝낸 후 바로 이어서 구술해 주었다.
줄 거 리 : 옛날에 일본을 가려면 먼 바다를 항해해야 하는데, 어느 날 큰 고래가 나타

나서 배를 못 가게 길을 막았다. 그때 선장이 제비고기와 고래고기를 먹은 사람이 있는지 묻자 모두 발뺌을 하고 조용히 있었다. 그러자 선장이 옷을 모두 벗어 바다에 던지라고 했다. 모두 다 옷을 던졌는데 고기를 먹은 사람의 옷만 고래가 물고 놓지 않았다. 그 고기 먹은 사람을 바다에 제물로 바쳐야 무사히 갈 수 있었다.

옛날에는 제비고기겉은 거, 고앵이(고양이) 고기겉은 거 마 무모 연락선을 못 타.

일본 가는 연락선을 탈라 카몬 바다 거서 큰 마, 고래가 나와가이고, 구리가(구렁이가) 나와가이고 산신령에, 배를 탁 가로 막아.

그라마 마 그 배 안에 있는 사람이, 선장이,

"그래 여 누가 우리 저 저 제비고기, 고앵이 고기 먹은 사람 나온나."

캐도 아무도 안 나오거든.

그도 인제 옷을 벗어가 바다에 다 떤지는 기라. 떤지면 옷이 다 뜨는데, 그거 문(먹은) 사람 옷을 딱 자기가 입에 물고 안 놓는 기라. 그 사람을 집어 떤지야 일본가는 연락선이 가는 거야. 안 그러면 못 가.

사람을 홀리는 도깨비

자료코드 : 04_21_FOT_20100204_PKS_SJS_0003
조사장소 : 부산광역시 부산진구 개금2동 엄광경로당
조사일시 : 2010.2.4
조 사 자 : 박경수, 서정매, 황영태, 최수정
제 보 자 : 서정순, 여, 82세
구연상황 : 조사자가 도깨비에 대한 이야기를 묻자 한 제보자가 잘 아는 이야기가 있다며 구술해 주었다.
줄 거 리 : 옛날에 아낙네들이 빗자루를 깔고 앉으면 빗자루가 그 기를 흡수해서 밤에 도깨비가 되어 나타났다. 그 도깨비는 기가 약한 사람들을 붙잡아 물에 가면 옷을 내리라 하고, 밭에 가면 옷을 올리라면서 사람들을 희롱했다.

도깨비 그기, 술이 첸 사람을 깔장밭에 가만 물이라 카며 옷을 걷어라 카고, 또 인제 물에 가만 까시라 카민서 옷을 또 니루라 카고.

그래 밤새도록 술이 취해가이고, 그카고 댕기서 인제 첫바퀴 턱턱 울만 도깨비는 가고 없고. 그래 자기는 집으로 히맨서(헤매면서) 오마, 술이 취해가이고 두루매기 이런 기 마 젖었다가 깔치(긁혀서) 뜯기가 맹지(명주) 두루매기가 마 쪼가리가 다 나가고, 까시밭에 얽히가이고.

우리 사촌 시아주바이가 술이 하나 마이 취해가이고 삼십 리 장을 갔다가 게 혼차 오마, 만날 그런데 날 그까이고.

그기 인자 왜 그러냐 하모, 여자들이 뒤에 날에 디딜방을 찧거든. 디딜방을 찌마 빗자루 그거를 깔고 앉는 기라.

빗자루 그거를 깔고 앉아있으신카 여자들이 몸에 끼 있다 아이가. 그기 인제 빗자루에 묻어가이고 빗자루가 빨아물래 내 떤지거던. 거기 인제 도깨비라 캐, 옛날 어른들이.

거기 인제 어데 장마장이 겨가지에 깔장밭에 떠내리 가가이고 술이 취해가몬 담기가(담력이) 심한 사람은 괜찮은데, 담기가 약한 사람은 토째비 잔테 헐키가이고 막 시퍼런 불이 개똥벌개이걸이 얼룩얼룩하고 댕기다마 끌고 댕기매, 물에는 가마 까시라 카매 옷을 내루라 카고, 깔장밭에 가만 물이라 카매 거도(걷어) 올리라 카고, 밤새도록 그래 긁히 댕기 첫 닭이 울면 도깨비는 어두로 가고 없고, 자기마 그래 집에 오맨 마 밍기 두루매기고 뭐고 마 개꾸녕에(개구멍에) 빠지가 엉망진척이라. 우리 시아주바이 한날도 안나와가주고.

그런데 공동묘지겉은 데 옛날에는 이래 산에 재를 넘으만 서당이 있어, 서당이. 돌무디기 해낳 데. 우리가 시집을 가도 그런데 뭐 소금하고 팥하고 떤지고 이러거던. 그런 데서 그런 기 나와. 나온대요. 우리야 얘기만 들었지만은. 그러카더라고.

옛날에 우리 가매 타고 시집가몬 소금하고 팥하고 뭐 세 봉다리 싸가

어데 가서 가면은,

"한 봉다리 떤지라. 어데 민사람이 돌라 카마, 또 어데 가몬 한 봉다리 떤지라."

그라고 싸주거던.

그래 인제 옛날에 고개곁은 데 넘으만 서당이 있어. 돌무더기 해난 데. 그런 데곁은 데, 어데 공동묘지같은 데, 그런 데도 도깨비가 나온대. 술 췬 사람을 막 시퍼런 불을 헤가이고 밤새도록 끌고 댕기는 기라.

용두산공원의 거인

자료코드 : 04_21_FOT_20100409_PKS_SSH_0001
조사장소 : 부산광역시 부산진구 초읍동 제1경로당
조사일시 : 2010.4.9
조 사 자 : 박경수, 황경숙, 서정매, 황영태
제 보 자 : 손성학, 남, 79세
구연상황 : 경로당 안이 시끄러운 분위기였지만, 제보자는 개의치 않고 다음 이야기를 구술해 주었다. 녹음기를 부담스러워했지만 아는 이야기를 가능한 제공하려 고 했다.
줄 거 리 : 용두산공원에 큰 거인이 있었다. 부산 앞바다에서 고기를 잡아 오면 한 상자 씩 크게 묶었다. 그런데 바다에서 요물이 나와서 거인과 싸우게 되었는데, 그 싸움으로 인해 거인이 죽고 말았다.

용두산공원에 거인이, 큰- 거인이 있었단 말이야.

그래, 거 거인이 얼매 우에 됐나 겉으만 그 부산 앞바다에 고기를 잡아 가 오만, 한 상자썩 묶는 기라, 한 상자썩. 그러이 큰 거인 아이가.

그래, 그래가지고 거 요물이 나오가지고(나와서) 말이야, 그 거인하고 말이지, 겔국 안 좋아가 말이지 싸워가지고, 그래가지고 뭐 그때는 들었 는데 고마 잊아뿠다.

용두산공원에 그 만댕이 그래, 거 거게(거기에) 살았단다. 거 이부지에 (이웃에) 우리 이래 자갈치시장에서 그 참 고기 한 상자썩 뭐 주고, 먹고 있었는데, 그 참 어떤 무슨 일이 있었어.

그 무슨 그 앞바다에 무슨 일이 있었는데, 그래 이 사람이 가가지고 그, 그 사람 그하고 싸워가지고, 갤국 그 사람이, 거인이 죽었어. 죽었단다.

정묘사를 지킨 도깨비

자료코드 : 04_21_FOT_20100409_PKS_SSH_0002
조사장소 : 부산광역시 부산진구 초읍동 제1경로당
조사일시 : 2010.4.9
조 사 자 : 박경수, 황경숙, 서정매, 황영태
제 보 자 : 손성학, 남, 79세
구연상황 : 제보자는 동래 정씨의 시조에 대해 이야기를 구술해 주었다. 이야기를 사실로 확인할 수 있는 증거물을 직접 봤다는 말까지 곁들여서, 자세히 구술해 주었다.
줄 거 리 : 옛날에 어떤 정승이 묘터를 정해두고 계란을 세 개 묻어보라고 했다. 정승의 종이 그 묘터를 탐내어 계란 세 개를 삶아서 묻었다. 그러자 갑자기 도깨비가 나타나서 그 터는 주인이 따로 있다고 하며 화를 내면서 벼락으로 바위를 깨서 묘터를 지켰다. 그 묘터가 지금의 동래 정씨 시조의 무덤인 정묘사이다.

그이 동래 정씨 저저 시조가 여와 여여 고 뭐꼬? (조사자 : 정묘사.) 정묘사. 정묘사 거 거 묘가 안 있던교?

근데, 그때 당시에, 옛날에, 그 참 그 정승이 그 저 부산에 여 내려왔다 이기라. 내려오니끼네 그 사람, 그 사람이 정, 종이라. 묻히가 있는 사람이. 그 저 시조가 종인데 그 말로 몰고 가다가 이래, 근데 그 정승이 저 계란을 세 개를 주먼서,

"거 갖다 함 묻어보라 이거 갖다."

이리 하는 거야. 거, 지가 정묘를 한 묘에 안 있나. 묻어 보이끼네, 그래 마 요기 마 삶아가 갖다 묻어뺐다 말이야. 이 정승이, 정승이 하도 터가 좋다 싶어서 고걸 마 자기가 할라꼬 마 삶아가지고 딱 갖다 여 묻어뺐는 기라.

그라이 뭐 아무 소리가 없거던. 그래가 그래가지고 인자 그, 그래가 인자 결국 그 사람이 자기 부모가 안 있겠나. 목을 갖다가 그 갖다가 묻어 났는 기라.

묻어나이, 그래 인자 그 자리가 아주 좋은 자린 따문에, 토째비들이 와가지고 말이야,

"여게 이 사람, 이 사람 자리가 아니다."

이기라. 막 화낼라 카거든. 화낼라 카이, 여 마 그래 가만히 막 지키고 있으이끼네 그래가 인자 이제 화낼라 카이 그래 거 저 저 그때 당시에 그래가 인자, '첫 바우만 없으만 거 안 파내도 된다' 이기라. 근데 그라이끼네 마 각중에(갑자기) 고, 마, 마 마, 베락을 때리가 마, 바우를 탁 깨뺐어.

거 지금 그때 내, 내가 거 봤어. 직접, 직접 거 가보이 정묘사 가보이. 바위가, 바위가 거 바우가 깨져가 말이야 내리가 와 있는 기라. 그래갖고 나무라 카는 거는 전부 다 그 묘를 보고 다 이래 서가 있더만은. 굉장히 그 좋은 데라.

그런 따문에 천신만신 금터 토째비들이 다 나오가지고 그런 기라.

은혜 갚은 까치

자료코드 : 04_21_FOT_20100204_PKS_SKO_0001
조사장소 : 부산광역시 부산진구 개금2동 엄광경로당
조사일시 : 2010.2.4
조 사 자 : 박경수, 서정매, 황영태, 최수정

제 보 자 : 심경옥, 여, 81세

구연상황 : 조사자가 더 이야기를 해줄 것을 요청하자 제보자는 생각해 둔 이야기가 있었던 듯 다음 이야기를 구술해 주었다.

줄 거 리 : 옛날에 길 가던 사람이 구렁이가 까치 새끼를 잡아먹으려는 것을 보고 돌을 던져 구렁이를 쫓고 까치 새끼를 살려 주었다. 구렁이는 원수를 갚고자 도술로 인간으로 변신하여 그 사람을 집에 재운 뒤 새벽종이 세 번 치면 잡아먹으려고 했다. 그러나 까치가 은혜에 보답하고자 미리 종에 부딪쳐 죽으면서 위험을 알려 그 사람이 살도록 했다.

정자 우에 까치가 집을 지 놓고 있는데, 큰 구리가(구렁이가) 막 가치, 까치 새끼 내 물라꼬 올라가더래.

올라 강게네, 그 사람들 아무리 생각해 봐도 까치가 불쌍해서 안 되겠는 기라. 큰 돌을 갖다 쌔리 떤지서 마 그 구리에 중간 몸티를 마 쌔리 논께네 널찌뿌대.

그래 널찌뿌고 그래, 질을 건너, 그래 놓고 질을 갔다. 좀 가는데, 가니까 마 각중에 밤이 되가 컴컴, 생각에는 해가 안 졌다 싶은데 해가 지고 컴컴한 기라. 그 컴컴해가 질을 간다꼬 가는데, 산길을 가지는 기라.

그래 인자 그 인자 배암한테 인자, 배암이 인자 그 사람을 그거 저 뭐꼬 인도를 하는 기라. 배암이 안 죽고 가가지고, 안 죽고 가가지고. 그냥마 상처만 내갖고 떨어졌거던.

그래 인자 산에 산질로 강끼네, 오데 저 중간에 쪼만(조그만) 오두막이 집이 불이 빤하이(밝게) 써 있는 기라. '아이고 아무도 갈 때 없고, 불 씨인 집 드가 봐야 되겠다.' 싶어 강께,

"주인 계시오. 계시오."

싼게네 각시가 하나 새댁이 나오민서,

"들오라."

카더라네. 그래 드가는데, 그 배암, 죽은 상처 낸 배암 암놈이라. 그래 숫놈이 인자 그래 올라갔다가 상처 나가지고 밤에 인자 그거 해 오만 인

자 거 한다꼬 저거 고리(그 쪽으로) 댕기는 기라 밤에.

웅칸(워낙) 오래 되나노이 구리가 오래 돼가이고 탁 그걸 하는 기라. 그래가 방에 인자 작은 방에 드가라 캐가이고 밥이라고 얄궂은 갖다주는 걸 먹고 이라고 있는데, 가만히 잠이 안 와서 내다 보니께, 뭐도 칼로 갈고 막 이래샀고 막 이렇는 기라.

사람들 둘이서, 칼로 갈고 이렇는데, '거 이상하다. 이 산중 집에 사람이 둘이 있는 것도 이상하고.' 그래 잠이 안 오가 잠을 안 자고 있응께, 그리 저거 둘이가 이야기하는 기 이라는 기라.

"우리 한 자시가 넘어 가가이고, 종이 세 번 울리고 나거들랑 자(잡아)묵자."

카는 키라.

"울리기 전엔 안 된다. 종이 세 번 울리기 전엔 안 된다고."

"그래 세 번 울리고 나이."

자는데, 그래 한밤중이 되께네 종이 어데서 쿵 하며 소리가 나더래요. 긍께 한 문(한 번) 울리고 또 쫌 있다가 한 문 울리고, 인자 세 번 울리뿌고 난게, 울리고 난데(났는데) 좀 있디만도 그 바위틈이라. 다 없어져뿌리고 바위틈에 눕어가 있더래. 그래 누웠는데 그 까치가 새끼를 갖다가 못내 먹구로 인자 해줬으니 은혜를 해가지고 그 사람 살리 주는 거야요.

그래 까치가 종을 갖다가 까치가 쳤는 기라. 두 마리가 암놈 수놈이. 들어가서 인제 뭘 칵 주디이(주둥이) 그걸 가이고 모디 치고 치고. 까치 두 마리는 죽었어. 새끼만 살았지.

그런데 종 치고 사람 살리놓고 지는 인자 죽을 요랑하고 종을 가 쳤는 거라. 그래 치고 그 사람은 살리고, 까치가 사람을.

'해를 주만 앙물을 하고, 짐승을 도우면 은혜를 한다' 카는 거 거서 났는 기라. 그 까치를 살리 주노이 까치가 사람을 은혜를 하는 기라.

도깨비와 씨름한 사람

자료코드 : 04_21_FOT_20100204_PKS_JDI_0001
조사장소 : 부산광역시 부산진구 개금2동 엄광경로당
조사일시 : 2010.2.4
조 사 자 : 박경수, 서정매, 황영태, 최수정
제 보 자 : 장덕이, 여, 78세
구연상황 : 제보자는 도깨비 이야기가 나올 때부터 아는 이야기를 하려고 하다가, 다른
　　　　　 제보자가 먼저 얘기를 하게 되자 다른 제보자의 이야기가 끝나기를 기다린
　　　　　 뒤 구술해 주었다.
줄 거 리 : 늦은 밤에 술을 한 잔 하고 짐을 지고 오는데 갑자기 키가 큰 도깨비가 씨름
　　　　　 을 하자고 제안했다. 씨름을 하다가 칼로 도깨비를 죽이고 지게에 싣고 집으
　　　　　 로 왔는데, 불을 켜서 보니 도깨비가 아니고 도리깨였다.

　　우리 동네사람이 저 저 토째비한테 홀킸는데, 저 저 어데 인자 옛날에
는 양석을, 지대로 돈이 있어도 못 팔아묻다 아이가, 왜정 때.
　　그래 밤에 술로 한 잔 먹고 그놈을 팔아갖고 짐을 지고 오이께, 그래
안자 저 통영 벌판이라고 있거만은. 거 오이꺼네, 키가 팔대장사 같은 기,
　　"저 지캉 씨름 한 문 하고 가라."
　　카더라다. 그래 이 사람 간담이 억시기(매우) 크고 좋거든. 그래노이까
네,
　　"그래 씨름 한 문, 그라면 한 문 하자."
　　이카미서러 깨주머이(호주머니) 있는 찌께칼로 딱 내가지고 멕안지를
(목을) 마 팍 찔러가지고 지게다가 탁 걸치가지고 지고 옸는 기라, 저거
집에.
　　내나 거 길곡 사람. 그래가지고 그래 지고 오가지고,
　　"그래 뭣이야. 요 불 키갖고 온나."
　　카더래. 그래 불로 키갖고 나온끼네, 옷으로 본꺼네 도루깨(도리깨)더란
다.

도루깨로 깔고 앉아가지고 몸에 뭐 묻은 걸 깔고 앉아가 그기 또째비가 돼. 키가 팔대장성같애서 보인꺼네 거기 도루깨더란다, 타작하는 거.

호식할 총각을 살려준 은인

자료코드 : 04_21_FOT_20100409_PKS_JHS_0001
조사장소 : 부산광역시 부산진구 초읍동 제1경로당
조사일시 : 2010.4.9
조 사 자 : 박경수, 황경숙, 서정매, 황영태
제 보 자 : 정홍섭, 남, 64세
구연상황 : 조사자가 호랑이 이야기를 부탁하자, 제보자가 이야기 하나 하겠다고 하면서 긴 내용의 이야기를 구술해 주었다.
줄 거 리 : 옛날 어떤 남자 아이가 있었는데, 인물은 좋지만 열 살 때 호식할 팔자라며 스님이 예언을 했다. 그래서 총각은 그 스님을 따라 가서 살길을 구하자, 스님은 세 정승의 딸과 만나면 살 것이라고 했다. 스님의 손에서 자란 총각은 우연히 팥죽장사 딸을 만나고, 그 딸을 따라 세 정승의 딸들을 만나게 되었다. 결국 호랑이의 위협으로부터 벗어난 총각은 팥죽장사의 두 딸을 아내로 맞이해 행복하게 잘 살았다.

옛날에 이래 인자 외톨이집에 살았는데, 어떤 할마이가 저 할무이하고 안자, 할머이하고 안자 아들 이래 저, 빨리 말하자면 안자, 엄마하고 아들 사는데 아주 가난한 거라.

그래가지고 하루 어는 스님이 이래, 지금 옛날에는 중이라, 중. 스님이라 오면서 그래 인자 애가 마당에 뛰 댕기매 놀고 있는데, 놀고 있는데 하는 말이, 그. 동료 죽인 애 아, 멋도 모르고 쌀을 한거(많이) 퍼줬어요, 마이 없으면서. 그러 보더니 인자 스님 하는 말이,

"아도 좋고, 인심도 좋건만은."

새를(혀를) 꺽꺽 차면서 가거든.

"그래 어머이 어머이. 스님이 오던만은 낼로 보더만 아는 좋고 인물도

좋더만은, 그래 새를 툭툭 차면서 가더라.”

캐. 그래 안자 가는 데다가 저거 아 보고 그 중을 데꼬 오이라 이래 됐거든요. 그래 아가 인자 뭐 시근이 없다 아입니까. 그래 인자,

“저가는 땡땡 중놈아~.”

이래 불렀는 기라 애기가. 애기가. 땡땡 중 부르니까 다부 온는 기라.

오가지고 저거 엄마가,

“무슨 그, 금방 우리 애가 동냥을 줬는데 왜 아도 좋고 인물도 좋건만은 새로 차고 갔냐?”

한끼네, 그래,

“갈차 줄 수 없다.”

카는 기라. 그러니끼네 그래,

“내가 아 이것만 보고 사는데 갈차 돌라.”

한끼네, 그래 인자 하는 말이,

“열 살 묵는 해 호성에 간다.”

카는 기라. 열 살 묵는 해, 인자 호성에 간다 카면 죽는다 이 말입니다.

“그래 살라는 방법이 없나?”

칸거네,

“한 가지 있다.”

카는 거라.

“그래 이 애를 갖다가 내 따라 보내라.”

카는 기라, 내 때로. 지 따라 보내라 카는 거래요. 그래 인자 참 물(먹을) 거 좀 싸갖고, 돈도 많이 싸가, 외동자식이다 보이 따라 보냈는 기라.

그래 보내고 인자 이럭저럭 댕기고 이래가 오 년이 지나고 십 년, 다 돼, 열 살 다 돼 가는 거라. 그래가 인자 애가 온 천지 데리고 다니면서 인자 스님이 갈차(가르쳐) 주는 기라.

“그래 열 살 묵는 해 저녁에, 니 생일 날 열 달 되면 분명히 호랑이 물

고 간다."

이래 됐거든요. 그래 인자 인자 어릴 적 생일이 다 됐는 기라. 됐는데, 이 애가 인자 애가 중이 하는 말이, 중이 하는 말이,

"니는 살라 카모 니는 이때까지 다 컸으니께 살라 카면 세 정승 딸로 만내야 산다."

이런 기라. 세 정승 딸로. 정승 딸로 서이 만나야 산다 이래 되거든.

"예를 들면 우떻게 만내야 되노?"

"니가 알아 만나라. 나는 안주까지('지금까지'의 뜻으로 말함) 다 키워 줬으니 니가 그 사람은 못 만내는 것 같으몬 니는 죽는다."

이랬거든요. 그래 인자 어느 날 생일이 떡 닥쳐 왔는 기라. 안자 안자 한 열흘 남았어. 그래 이 사람이 안자 이냥 죽는 기고, 돈 가이 있는 걸로 있다가 마 배는 고프고 인자 돈은 한 주먹 쥐고 댕깄어.

스님도 따라 댕기가 벌이가 쥐고 댕기는데, 어느 시장에 떡 가니께, 어떤 할무니가 폽죽을 팔고 있는 기라, 팥죽을. 팥죽. 팥죽. 옛날에 폽죽이라 캤거든.

그래 그걸 팔고 있으면성, 폽죽을 한 그릇 사 묵었어. 사 묵고 그래 할머니가 하는 말이, 지가 아들이 하는 말이,

"할머니."

돈을, 지(자기가) 쥐고 있는 돈을 전부 다 주는 기라. 돈을 전부 다 주면서,

"나는 돈이 없으니 할머니 다 가져 가세요. 나는 내리(내일) 모레 죽을 끼기 때문에 필요가 없다."

인자 이래 됐거든. 돈을 다주고 한게네, 이넘우 할무니가 고맙아가지고 저거 집에 하루 저녁 덱고 왔는 기라.

델고 와가지고 인자 떡 있으이끼네, 안자 저거 딸이, 팥죽 장사 할매 딸이지, 한 열 시 되가 오거든. 온끼네 그래, 그래 인자 그때 마 열 살 무

면 옛날에 총각이라 캤거든요. 옛날에는. 그래 인자 처녀가 떡 오디만은 총각이 있다고 팍 나가는 기라.

그래 저거 엄마 하는 말이,

"야야. 너거 오빠다."

이래 됐비거든. 저거 엄마 하는 말이. 그래 너거 오빠가,

"그래 엄마는 오빠가 없다 카더만은 왜 오빠가 있노?"

이런끼네,

"하도 쪼맨할 때 나가지고 집에 안 들어와서 그래 죽었다 안 캤나. 그래 이 돈을 너무 마이 벌어와가지고 니 안자 거 오데 안 가도 된다."

이래 되거든요. 그러니께 인자 그 딸이 어디 있었는고 같으몬, 세 정승 딸 몸집 종, 종 노릇을 하고 있는 기라, 그 딸이. 그래 인자 김 정승, 이 정승, 판 정승 이래 인자 정승이 서이 있는데, 그 서이 집에 딸로 이래 딸로 심바람을(심부름을) 찾거든 갖다 주고 인자 그거 하는 인자 심바람꾼이라, 딸이.

그래 인자 그날 저녁 인자 저거 할매가 하는 말이,

"저 야야. 너거 오빠가 돈을 마이 벌어 오도 낼 모레 이런 걱정이 있다. 그래 니가 그 정승 딸 서이 만나야 된다 카는데, 니가 좀 만나게 해줘라."

해께네,

"아. 어머이 마 그거는 내가 만나게 해줄 수 있습니다."

이래 되거던. 그래 안자 한 삼 일이나 놔뚜고, 치매로 진 거 입고 정승을 요 방에 저 방에 세 방을 거쳐 나가야 저 내딴에(자기 생각에) 가서 저거 딸로 만날 끼라. 정승 딸로 만날 끼라.

그래 안자 갔는데, 안자 이 치마 밑에 여가(넣어서) 싹 걸음을 걷기 시작하는 기라, 저거 딸이. 저거 오빠를 갖다가. 안 그런 거 겉으몬 그 건너 가지를 못하는 기라.

그래가 연습을 해가지고 참 이래 인자 했어.하고, 저거 엄마한테,

"주먹밥을 그 한 무데기 마이 싸돌라."

카는 기라. 그래 왜 싸돌라 카는 겔으몬, 정승 방 세 개 건너 가도 그 별당이 있어요. 거 가몬, 거 거 이름 뭐야? 오리 같은 기 이런 기 낯선 사람 오몬, 사람을 쫓아가 못 건너게 하는 거라.

그래 거 밥을 떤지주가 그 물(먹을) 딴에(동안에) 건너가야 되는 기라, 빨리 말하자면. 그래, 그래가지고 안자 참 연습을 해가 갔어. 안자 오늘 저녁 생일이몬 안자 갔는 기라.

간게네, 한 열 한 시 쯤 돼야 안자 열 한 시 쯤 넘어서 참 안 돼서 갔는 기라. 간게네, 정승을 떡 방이 안자 배 정승이 떡 있거든. 있으이께네 이 치마를 입고 가가지고 일부로 불로 이래 앉이면서 싹 끄는 척 했뺐는 기라. 아들 그 안 비(안 보여) 줄라고. 그래가 인자 엎어 놔놓고,

"아이고 정승님. 내가 불로 꺼 죄송합니다. 한 번만 살리……."

용서를 빌었어. 그래가 한 방을 거치는데, 또 두 방을 거쳐야 될 거 아입니까. 그래 이 정승 방에 가가는 또 이제 애들 책 보는 거 책을 들고 가민서 또 불로, 촛불을 껐빘는 기라. 그래 끄이네 그래 또 막 멀(뭐라) 카거든.

"아가씨 책 고를라 카다가 그 책이 맞는가 싶어서 그거 보다가 불로 껐다."

또 변명을 했는 거라. 그래가 또 세 번째 가서는 안자, 안자 그도 또 불로 꺼야 되거든요. 그래가 안자 세 번째 가니끼네 불로 끌라 카이꺼네 정승님이 자고, 주무시고 있는 거라. 아 그 정승은 밤이 좀 되다 본끼네. 그래가 마 썩 지나가이끼네,

"누고?"

묻대.

"뭿이다."

칸끼네,

"가라."

카데요. 그래 인자 지나갔어. 지나가 강을 인자 줄배를 타고 건너가야 되는데, 오리들이 진짜 마 확 떼지어 날라 오고 몬 건너오도록 막 쫓을라 카는 거라. 그때 안자 주먹밥 주는 그걸 떤졌어. 무라꼬.

그래 무라꼬 주고 방에는 갔어요. 안자 처녀 방에까지 델라 주고. 그래 안자 거 가면성 가니께 저거 언니하고 이래 막 서이가 있는 기라. 그래 있으면서, 그래 물었어.

"그래 언니야, 언니야. 사실 내가 우리 오빠 이래 이래 오가지고 왔는데, 왔는데, 그래 서이 만내야 산다 카는데, 그래 어떻게 할래?"

카이꺼네 그 제일 큰 언니 혼자뿌이(혼자밖에) 없는 거라. 혼자뿌이. 둘이 다 말로 해야 되는데, 그래 혼자 또 얘기 했네.

"그럼 내가 동생들한테 물어가지고 이래 해주께."

이래 됐거든. 그래 쪼매 있으끼네 저거 동생들이 왔어요. 그 인자 정승 딸 서이, 둘이가. 그래 오가지고, 그래 아로 그냥 한 쪽 마 이불 밑에 숨 카(숨겨) 놓고 하는 말이,

"그래 내가 요서 좋은 총각이 이쁜 총각이 나오몬 살려줄래, 직일래?"

이러인끼네,

"아이고 그거는 마 너그 언니 농담이라도 살리주께."

이래 되거든. 그래가 참 그래 이야기를 해가지고, 일박이 있다, 이래가 사실 있다 카민서 인자 이야기를 했어.

"그래 얘가, 이 애 저거 오빤데, 그 종 우리 일하는 오빤데 이래가지고 이걸 살라주자."

이래가 그래 인자 얘기가 됐는 기라. 됐는지 오늘 열 두 시에 인자… 호성에 간다 케노이꺼네,

"그래 우떻게 살라꼬?"

물으이 인자 상자를 갖다가 이래 안자, 상자 이런 상자 크게 인자 만들

어갖고 그따다가 있는 속에다가 책은 내삐고 그 다음 여놨는 기라. 여 놓고 책은 우에 얹어 놓고, 그래 열 두 시 되도록 기다리는 기라.

기다리끼네 진짜 별땅에 이래 마마 쿵 쿵 거면서 마 소리가 나고 이랬는데, 이 사람이 그때부텅 책을 서이다 내가지고 궤짝에 깔고 앉아 서이다 아들, 딸이 깔고 앉아가이고 그 정을 이르는 기라. 호랭이 정을(주문을) 이르는 기라.

막 이르고 이라고 한끼네 호랭이가 막 물음을 확 이래 오더만은 마 쎄리 궤짝을 땡길라 카는 기라. 그래도 마 그 아가씨들 서이서 그냥 궤짝을 안고 마 정을 치고 한끼네, 그래 막 하고 있은끼네 난중에는 닭이 꼬꼬꼬 울고 호랭이 가삐대. 가삐리면성,

"에- 지독한 년."

카며 가삐더래요. 가삐고 안자 그래가지고 살기는 살았는데, 서로서로 인자 저거 신랑 맨들라 카는 기라. 서로. 저거 남편을 맨들라 카는 기라.

그래 안자 서이다 가마이 생각하니 원인(은인)이거든. 원인이고 또 저거 동생도 원인이라. 동생 저거 첨에. 그래 이거를 서이다 해야 되는데, 인자 처음보다 저거 다 할라 카는 기라. 너무 인물도 좋고 이러논께네.

그래가 안자 젤 처음에 이 사람이 하는 말이,

"나는 이 사람뿐이다. 내 사는 원인은 할매 딸뿐이다. 인자 할매 딸한테 가겠다."

이런께네 저거 언니가,

"나는 두채로(두 번째로) 가겠다."

그래가 둘이 덕고(데리고) 잘 살더래요.

고기 끝이라. [웃음]

정승 가족을 살려낸 노비 칠성이

자료코드 : 04_21_FOT_20100204_PKS_JSK_0001
조사장소 : 부산광역시 부산진구 개금2동 엄광경로당
조사일시 : 2010.2.4
조 사 자 : 박경수, 서정매, 황영태, 최수정
제 보 자 : 조성교, 여, 88세
구연상황 : 제보자는 예전에 들었던 의미 있는 이야기가 있다며 차분하게 다음 이야기
를 구술해 주었다.
줄 거 리 : 옛날 정승의 첫 부인이 아들 하나 놓고 죽자 후처를 들였다. 후처는 친자와
서자를 차등 없이 키웠다. 그런데 본부인의 아들이 장가를 가자 첫날밤 노비
칠성이를 시켜 친자를 죽여서 그 목을 가죽단지에 넣게 했다. 그러자 신부가
신랑을 죽인 것처럼 되고 말았다. 억울한 새 신부는 남장을 하고 옆집에 머물
면서 옆집 노인에게 모든 것을 듣고 억울함을 밝혀냈다. 결국 진상이 다 밝혀
지자 시아버지는 며느리를 정식으로 받아들이지만, 세상이 싫어서 집을 나갔
다. 그때 이상하게도 며느리는 임신이 되어 아들을 낳았는데, 그 아들이 아버
지를 찾아 나선다고 해서 어머니는 먼저 할아버지를 만나도록 했다. 전국 방
방곡곡을 돌아다니다가 강원도 어느 절에서 할아버지를 만나게 되었다. 그리
고 할아버지와 함께 서울에서 원님이 된 친척을 만나 아버지를 죽인 노비 칠
성이를 만나게 되었다. 아버지를 죽인 노비를 벌하려고 하자 노비 칠성이가
자초지종을 설명했다. 알고 보니 노비 칠성이가 아버지를 죽인 게 아니라 서
울로 데리고 와서 아버지를 잘 보살펴주고 있었다. 오히려 노비 칠성이 덕에
죽었다고 생각한 아버지와 상봉을 하게 되어 가족이 모두 한 자리에 모이게
되었다. 이후 노비 칠성이는 종의 신분을 벗어나게 되었고 집까지 한 채를 받
아 형제처럼 잘 살게 되었다.

옛날에 사람이 정승인데, 아들 하나 나놓고 할마이가 죽어가지고 안제
또 후처가 들어왔거든요. 들왔는데, 그 아들 차등 없이 키우더래. 자기도
하나 나아가지골랑.

옛날에 모두 장개 갈 때 줄라고 홑청 떠 놓거든요. 근데 떠놔도 자기
아들 낸쥬(나중) 딸하고 큰놈아이 아들 먼지 떠놓고 이러더라네.

그래띠(그랬더니) 그래가이고 열 여섯에 장개를 가는데, 가마를 엄마가

문을 닫아 주는데, 엄마가 나와 가마문을 아들 탔는데 닫아 주민성, 돌아
서면서 씨익 웃더래요. 종 할마이가 보니께. 종, 종으로 있는 할매가 보니
께 웃으면서 문을 닫아주더라네. 아만 해도 이상한 기라. 차등 없이 그래
키왔는데.

그래가지고 인자 그 집이 상전의 집은 여게 있고, 여 종 할마이 집은
여 담, 담 여기 어데 요래 담 새에다가 집을 지났는데, 담으로 인제, 담에
서 요래 내다 보맨, 그 집에 마당이 다 보이는 기라요. 마당이 보이는데,
그래 인자 그래 되고 앉았어요, 할마이가. 거 웃는 걸 보걸랑 수상쩍어가
지고.

귀를 대고 앉아서 보이께 한밤중 된께, 그 사랑방에 그 청지기가 할마
이 아들이라. 종이, 그런데 이름이 칠성인데.

"칠성아. 칠성아."

부르더라네, 한밤중 된께. 부르디만은 뭘 떨어가 올라서라 카디 마리(마
루) 서가지고 뭘 속닥속닥 시킨께, 자기 아들이 손을 흔들며 나가더라네
요. 나가디 곧 쪼금 있다 또 부르더래요. 또 불러이 또 손짓을 하고 나가
디, 세 번째 부르니께 들어가지고 응답을 하고 고만 나가더라네요.

그래가지고 요 할매가 고만 속이 타는 기라. 상전 아들 장개 갔는데 그
래 인자 그래, 뭐라 카는가 하만,

"내가 돈 천 냥을 줄끼인께 오늘 새서방님 목을 쳐 오너라."

이랬는 기라요. 그러니께, 그래 그놈의 속이 타가지고 거들대고 있는데,
한참 있다이께 목을 쳐가지고 왔는데, 도장에다가, 큰 도장이 있는데 거
가죽단지, 부잣집이라노이 단지가 세 개라.

"단지 안에다가 목을 갖다 주 여라."

카더라네. 그래 거따(거기다가) 갖다 주 옇는데, 이 집에서 인자 신부가
그런 중 알지 누가 뭐, 뭐 여서 그런 줄 알아요?

신부집에서는 그래가지고 인제 그만 그 이튿날 거 안자 요객하고, 요객

은 그만 아들 시체만 실고 집에 왔지 뭐. 왔는데, 신부는 고만 우사, 동네 우사잖아, 신부가 그랬다고.

그렁께 자기는 안 그랬는데 그랬다 캐가지골랑 하도 억울해가지고, 편지를 써가지곤 구멍에다 여 가지고 시집에다 찾아갔어.

시집엘 찾아가가지골랑 인제 가만히 그석을 어데 돌아다니면 잘라고 보니께, 그 옆에 할매집이 있어가지고 그 할매집에 드가서,

"좀 자고 가자."

카니께, 할매가,

"이런 누추한 늙은이 집에 저런 도련님이 우째 자겠습니까?"

남자 인제 치온 옷 해입고 상토 쪼지고 이래가지골랑 하재. 남자 행색을 하고 갔거든.

"저런 도련님이 우째 여 여 누추한데 자겠습니꺼?"

이런께,

"괜찮다."

카미 자고 가자 캤는 기라. 그 자고 가인께 그 허락을 받골랑 이제 나가가지고 나무 사고 쌀 사고 해가지고는, 반찬 사고 해가지고 집에 왔어.

할마이집에 와서 인제 머슴아는 불을 때고 총각은. 할마이는 밥을 하고 이래가지고, 할매가 거 아무것도 못 얻어먹고 있다가 상전이 그래 거 들앉았으이, 있다갈랑 아주 거시기가 고기하고 밥하고, 그래 뭐 뭐 뜨신 방에 자고 한께 좋아가지고, 가란 소릴 안 하는 기라.

그래가지고 항상 그 인제 그 집에 있어요. 있는데, 그래 한 날은 있다걸랑 그 할매한테 물었는 기라. 물으인께 이야길 했어요.

"내가 일하고 오는 조선 방방곳곳에 돌아다니다 보니까 별 일 때가 다 있대요."

그래 인제 이 집 이야기를 했는 기라.

"작은 어마이가 큰 할마이 아들 장가를 보내놓고 밤에 목 쳐논 데도 있

대요."

이래 한께, 뭐라 카는 기 아이라. '아이고' 껌쩍 놀래며,

"그런 데가 있냐고?"

"우리 여 안댁이도 그렇습니다."

목을 쳐 왔다 카더라네.

"쳐다가 그래 우쨌는가?"

물으인께,

"도장에 가죽단지에 지금 들었다."

카더래이. 그래가지고 편지 끄트머리에다가 그걸 썼는 기라. 거 가죽단지에 목이 들었다고.

그래가지고 인제 그 집을 찾아 드가인께 시아바님이 아들 하날 그래놓고 기가 차가지고, 그 집 문도 띠 내삐리고 그 꺼적대기를 문에 달고 그래가지고 고만 조석도 자시도 안 하고, 그래 죽을라고 누웠는 기라.

그래가 드가가지고 두 분 소릴 해도 암말도 안 하고, 세 분째 소리를 하이께, 모구가(모기가) 모구 소리만첨 소리가 났더라네.

그래가지고 꺼적대기를 들고 인제 드간께 일나 앉더래요. 일나 앉는데 그 편지를 들고 자기가 읽었는 기라. 고만키 우는 체 해가 퍼뜩 일라가지고 종들을 부르디,

"도장 가서 가죽단지 갖다 마당에 쳐라."

이러니께 가죽단지 내다가 마당에 두르며 칭께 머리가 두굴두굴 구불어 내려오네요. 그래노이 기가 차잖아. 그래가 작은 어마이 고만, 옛날에는 성틀을(형틀을) 내가지고 사람을 죄 있는 사람 쥑이기 때문에, 그래 인자 성틀에다 다 올리나서 죽이뻐리고. 그래 인자 이 영감님은,

"인제는 니가 내 며느리다. 내 며느린께 니가 내 집 지키고 있어라. 난 조선팔도 구경이나 하다 죽을란다."

이러며 나간께, 그래 인제 옷을 천지 드렸는 기라. 옷이나 가져가라고

인자 챙기주골랑 그래 이 사람은 그 집에 있고, 그 종들한테,

"색시 잘 모시라, 너거가."

이래 하면서 부탁을 해 놓고, 저 강원도 어느 골짜기로 절을, 절로 드 갔대요.

근데 이 어마이가 우째 임신이 됐더라네. 그래가지고 열 달 거슬러 나 인께 아들을 낳는 기라요. 아들을 나서 옛날에는 학방에 모두 보내거든. 그래논께 한 여덟 살이나 아홉 살인데 학방 가는데,

"엄마 엄마. 난 아부지가 왜 없어요?"

학방에 가인께 아버지 없는 호로자식이라고 말큼 골른다 카민 아부지 없다고 그러더라네. 그래,

"너거 아버지 돌아가셨다. 돌아가셨다."

자꾸 그래 또 말을 안 듣디, 한 열두 살이나 된께,

"난 아버지 찾아간다."

카매 나가더라네요. 그런께 요 어마이가 옷을 챙기주고,

"니가 할아버질 보만 알겠나? 할아버지가 널 보만 알겠나? 그리니께 인 자 할아버지 화상을 가져가라."

캤다. 지금은 사진이지만 그땐 화상이라. 화상을 하나 해서 옷 보따리 에 딱 꼽아은께, 아들을 내 보냈는 기라.

온 조선팔도 다 돌아다니도 없디, 강원도 어느 골짜기 드간께 물이 먹 고 싶어서, 도랑에 물을 먹을라 카다이께, 그 우에 할아버지가 하나 앉아 서 발을 씻더라네. 발 씻는 밑에서 물을 먹을 수가 없어서 인제 글로 올 라 갔는 기라. 할아버지 있는 데 올라가보인께, 할아버지가 똑 자길 닮았 더래요. 그래가지고 자꾸 이래 생각을 하다가 하다가, 도로 내려와가지골 랑 물을 한 모금 마시고 내려와가지고 화상을 빼가지고, 그 할아버지도 자꾸 가를 치 다보더래요.

손자 있을 기 만문데 그 아가 자길 하도 닮았인께, 그래도 그걸 가져

와가지골랑 화상을 가져 와가지고 보인께 자기 화상이거든. 와이구 그만 끌어안고, 손자를 끌어안고 실컷 울고는 절에 드가가지고,

"난 인제 내 손자가 왔으인께 집으로 갈랍니다."

이래 하이, 그래 절을 파일 하고 인제 집으로 왔는 기라. 집으로 오는데, 한 십리 밖에 오디,

"할아버진 집으로 가시소. 저는 아버지 찾아가지고 갈랍니다."

"야 이놈아. 애비가 죽은 애비를 니가 어디가 찾노? 그러니 집으로 가자, 집으로 가자."

해도 말 안 듣고 간다 카더래요. 가니께, 죽은 것인게,

"애비 죽은 칠성이는 니가 만낼랑가 몰라도 애비는 못 만낸다. 그러니 우쩌겠노? 니가 칠성이를 보면 알겠나? 칠성이 너를 보면 알겠나? 내가 가야지."

이러매 조선이 서울로 올라갔으이. 서울로 올라갔는데, 서울에 생질이 하나, 그 할아버지 생질이 하나 고을 원으로 있어. 서울에.

그래가지고 그 집을 찾아 드간께, 와이고 외삼촌 온다 카이 막 버선발로 쫓아 나오더라네. 몇 해만에 가인께. 그래가지고 노인이 드간께 아가 따라 들온께,

"자는 누구냐?"

"내 손자다."

카더래.

"외삼촌. 니 우째 손자가 있냐?"

카인께,

"내가 손자가 있다."

커니, 그래 드가가지고 이러고 저러고 이야기를 하걸랑,

"그래 이 고을에 칠성이라 카는 사람이 있나?"

이런께,

"있다."

카더라네.

"있는데, 신, 신방을 신전을 한다."

카대. 신장사. 그래가진 고을 원이라노이 금시 잡아 올 수 있잖아요.

"그 사람을 좀 잡아 온나."

카인께, 그래 인제 칠성이를 잡아왔는데, 칠성이, 진짜 칠성이라. 종 거기라. 그래가지골랑 성틀을 꾸미 놓고 죽일라고 거 인제 하는데, 샌님이,

"인제 죽어도 전 이야기 한 마디 하고 죽을랍니다."

이러인께,

"그 얼렁(얼른) 이야기 해라."

죽일라고 얼렁 이야기 해라 카이께, 그래 이야기를 하는데, 그날 샌님 새서방님하고 나간 뒤에 안액시가(안색시가), 작은 어마이는 안액시라 캐요 옛날에는. 그냥 액시라 소리 안 하고.

"안액시가 새서방은 돈 천 냥을 준께 새서방님 목을 쳐 오너라 이래 한께, 그래 지금 두 분이나 뿌리고 나와도 자꾸 그래서러, 두 번만에 나와가 생각을 하인께, 우리 새서방님은 언제라도 인제 안액시한테 죽겠다. 그래이 내가 가야지 싶어가지고 인제 거겔 장개 가는데 그겔 간께 중이 하나 여자를 하나 데리고, 밤인데 대나무 밭으로 드가더라네. '저놈은 죽어도 괜찮다. 중이라 카는 기 어찌 여자를 저래 들고 드가는고?' 그래 중을 목을 쳐다가 안액시를 갖다 주고 돈 천 냥 받아가지고, 그래가지골랑 새 서방님 장개 가는데 가인께, 새서방님이 화장실에 나왔더라네. 그래가지고 고만 불러가 담 넘으로 불러내가지고 새서방님 옷은 그 중을 입히고, 대가리가 없으인께 중인 줄 알아요? 옷을 입히고, 그 새서방님 딴 옷을 입히가지고 열 다섯 살 먹었으이 업고 오잖아 실컷. 업골랑 고만 차를 타고 서울로 와서 신전 채리가지고, 지금 새서방님은 공부시킨 죄뺙에 없습니다."

이랬더라네. 와이고 그러니 기가 차잖아.

"그게 뭔 소린가? 그럼 새서방님 덜고(데리고) 온나."

이렇게 불러가 들고 오는데, 아이 아들을 들고 왔는 기라요. 그래 기가 차잖아. 죽은 줄 알았는데.

그래가지고 그 아들 들고, 종하고 거 인제 손자하고 자기하고 서이가 와가지곤, 집을 거 부잣집에서 똑같이 지가지고 한 챈 칠성이 주고 한 채는 자기 손자 주고, 그래가지고 종 문서 없애주고 그래 형제간겉이 그래 고만 살더래요. 앞뒤집에서. 그런 사람도 있더라네, 옛날에.

선비와 장기를 두다 도망간 호랑이

자료코드 : 04_21_FOT_20100204_PKS_JSK_0002
조사장소 : 부산광역시 부산진구 개금2동 엄광경로당
조사일시 : 2010.2.4
조 사 자 : 박경수, 서정매, 황영태, 최수정
제 보 자 : 조성교, 여, 88세
구연상황 : 조사자가 이야기를 더 부탁하자 제보자는 짧은 이야기와 긴 이야기가 있는
          데 어느 것부터 할까 물었다. 조사자가 짧은 이야기부터 먼저 해달라고 부탁
          을 하니 제보자가 다음 이야기를 하기 시작했다.
줄 거 리 : 옛날에 한 선비가 일을 하지 않고 장기만 두자 부인이 화가 나서 선비를 쫓
          아내어 버렸다. 집에서 쫓겨난 선비는 장기판을 짊어지고 방랑하는 신세가 되
          었다. 어느 날 나무 아래서 혼자 장기를 두고 있는데, 어떤 노인이 내기장기
          를 두자며 다가왔다. 이긴 사람이 진 사람을 잡아먹는 내기를 했다. 그런데
          그 노인은 호랑이가 둔갑한 노인이었다. 선비를 잡아먹으려고 수작을 건 것이
          었고, 결국 선비는 노인에게 장기를 질 판이었다. 장기에 질 것 같아서 선비
          는 옷을 벗고 일어섰다. 노인이 선비의 남근을 보며 무엇인지 물으니 총이라
          고 말했다. 노인은 너무 무서워서 호랑이로 변해서 산으로 도망쳐버렸다.

옛날에 사람이요 선비라노이, 일은 못하고 만날 장기만 두는 기라요,

장기만. 장기엔 선수라. 그래노이 먹을 기가 있어야지. 남자가 장기만 두고 보이질 안 하이, 그래가지고 마누라가 쫓아 내뻐렸어요.

신랑을 쫓아 냈디만은 이거 장기판을 짊어지고 어디 가다 보니께, 아무데도 갈 데는 없고, 동서나무 밑에 가서 이래 앉아서 혼자 인자 장기판을 놓고 장기를 뚱땅뚱땅 두싼께(두고 있으니까), 허연 노인이 내려오디,

"노형, 노형. 나하고 같이 장기 둡시다."

그런께,

"그래 여 오라."

카이께, 둘이 인제 장기를 두는데, 이 노인이 뭐라 카는 기 아이라,

"내기를 하고 둡시다. 그냥 두지 말고. 장기를."

"그래 뭔 내기를 할까요?"

이런께,

"당신이 이기마 당신이 날 잡아 먹고, 내가 이기만 내가 당신을 잡아먹고 그래 하자."

카더라네.

"그럽시다."

이 양반이 장기엔 그만 수단이 없거던. 그러자 캤는 기라 노인한테다. 그러자 카고 보인께, 아이 장기를 두고 보인께 암만 해도 지겠더래요. 그래가지고 고만 자기가 잡아먹힐 판이거던.

일라 서서 옛날에는 팬티도 안 입고 중의만 입으께, 훌렁 벗골랑 종을 치고 이래가지고 앉아서 장기를 탕탕 좀,

"장기다."

그런께 영감님이 보인께 그 사람을 보인께 밑에 뭐가 달리 있거던.

"노형. 그기 뭐요?"

"총이오." [청중 웃음]

그래 겁이 나는데,

"거 총 뒤엔 뭐요?"

"총알이오."

이랬는 기라. [청중 웃음] 아이고 고만 총 있제, 총알 있제 자기가 죽겠는 기라. 고만 백호가, 호랑이가 돼가지고 산으로 올라가쁘리더라네. 총에 맞아 죽을까봐.

그기 호랑이가 둔갑을 해가지고 사람 잡아먹을라고 내리왔다가, [웃음] 그래가지고 올라가더래요.

꾀로 재물을 얻은 가난한 선비

자료코드 : 04_21_FOT_20100204_PKS_JSK_0003
조사장소 : 부산광역시 부산진구 개금2동 엄광경로당
조사일시 : 2010.2.4
조 사 자 : 박경수, 서정매, 황영태, 최수정
제 보 자 : 조성교, 여, 88세
구연상황 : 제보자는 기억력도 좋고 이야기를 재미있게 잘했다. 짧은 이야기를 끝내고
          긴 이야기를 한다며 시작하였다.
줄 거 리 : 옛날에 한 선비가 너무 가난하자 집에서 일하던 종이 그만 도망치고 말았다.
          소문에 종이 집을 나와서 큰 부자가 되었다고 하자 선비는 그 종을 찾아가기
          로 하고 산을 넘게 되었다. 그런데 어떤 다리미 장사꾼이 같이 와서 쉬게 되
          었는데, 선비는 나무에 끼어있는 호랑이를 잡아놓았다고 했다. 그러자 실제
          나무에 끼어 있는 호랑이를 보고 영감이 힘이 세어 자신을 해칠까 겁을 내어
          그 장사꾼이 도망쳐버렸다. 이후 선비는 종의 집을 찾아 갔는데, 이번에는 종
          의 아들 삼형제가 선비를 죽이려고 다리미 장사꾼을 불렀다. 다리미 장사꾼은
          선비를 보더니, 그저께 호랑이를 잡은 사람이라며 못 죽이겠다고 했다. 세 자
          식들이 잘못했다고 빌고 선비에게 대접을 잘 해주어서 선비는 그것으로 넉넉
          하게 잘 먹고 살았다.

옛날 사람이요, 옛날엔 모도 선비잖아. 선빈데, 너무너무 가난한 기라요. 너무 가난해서 이 종이 고만 도망을 가쁘렸어요.

도망을 가골랑, 이 노인이 그래, 그래 억지로 연명을 하고 살다 보인께, 그래 종이 산 너매 어데 가가지곤 큰 부자가 되어 산다 카드래이.

'내가 찾아가몬 괄시는 안 하겠지.' 싶어가지고 인자 거기 찾아 갔는 기라요. 산 넘에 넘어 가 다인께, 산에 돌맹이 앉아 담배를 피우다닌께, 산을 넘어가지고 종 집은 저 앞에 있는데, 그걸 보걸랑 담배 피우고 앉았당께, 담뱃대로 가지고. 허연 노인이 오더니만은,

"노형, 노형."

아이 다리비(다리미) 장사가, 다리비 장사가 옛날에는 다리비 장사는 힘이 시야(세야) 다리비를 한대요. 찍고 쉬다 논께, 한 짐 짊어지고 오민서 그 노인한테다,

"노형. 노형. 여 나 좀 쉬 갑시다."

"여 앉아 쉬이소."

이러고 앉아 쉬는데, 둘이 앉아 쉬는데, 이 거시기가 보더만은 다리비 장사 뒤에 돌아보니 돌아보인께 호랑이가 하나, 소나무가 요래, 요래 산에 가면 요래 있는 소나무가 있잖아. 여 붙었고, 여 벌어진 거. 거게 호랑이가 하나 굽히가 있더라네. 끔쩍 놀래가지고,

"저게 뭐여?"

호랑이가 거 할아버지가 앉았응께 지 밥 위에 있으니끼네 좋아가지고 펄떡펄떡 뛰다가 그 나무 새에 꼭 끼이 있는데, 이 할아버지가 뭐라 캔기 아이라,

"그게 날 보고 하도 잡아 먹을라고 좋아하고 그래서 내가 그 집어 끼왔소."

들깨 서말도 못 드는 영감인데, 그런 기운이 없는 영감인데, 그러니께 고만 그 다리비 장사가 겁이 나가지고 '여 앉았다 저 영감한테 내 죽겠다' 싶어가지고 실실 고만 다리비 짊어지고 집으로 내리왔는데 그 동네라. 그 동네에서 쪼금 떨어져요.

그래가지고 이 노인은 거 앉아 담배 실컷 피우고 호랑이는 거 놔 두고. 고래가지고 인자 종 집에 찾아 드갔더이, 종 집에 찾아 드갔더이, 하이고 옛날에 참 상전으로 부르디이 고 온께 종이 반가워가지고 방에 들앉히 놓고 절을 하고 밖에서 절을 하고 이런께, 그 아들네가 말캉 건장같이 있는데, 자기 아버지도 노인인데 그 노인한테다 절을 하고, 하순하고 그 노인은 해랄하고 이런께, 그만 뿔따구 났는 기라요. 아들네 삼형제가.

그래가지고 영감을 이제 죽일라고 작정을 하골랑, 서이 짜고 아바이는 안 갈치주고. 아바이 갈치주면 못 그라라고 하거던.

갈치주도 안 하고 그래 앉아가지골 저거꺼정 짜고 그래 뭐 쑥떡거리는 소리를 들은께, 노인이 가만히 들은께,

"저 밑에 다리비 장사를 불러야지. 다리비 장사가 힘이 신께 영감을 죽어야 되는데."

그래가지고 좀 있다 보이께 여 다리비, 문틈으로 내다 보인께, 낫을 갈고, 칼을 갈고 뭐 뭐 그렇게 갈더래요.

그랬디이만은 그 다리비 장사를 불른께 와서 이래 문을 열고 들다보디, 어제 방구에 앉았던 노인이거던. 와이고 고만 문을 탁 닫고 나가면서 거 인제 그 아들이한테다가,

"와이고, 저 저 노인이 힘이 신 노인이라서 난 못 죽인다."

카더라네.

"왜 그렇는가?"

물으이,

"어지 저 앉아 쉾는데, 호랑이를 잡아서 낭태다 끼워 났더라." [청중 웃음]

그래 거짓말이라 칸께 가보자 캤는 기라. 가봉께 참, 글 때까지 문 앞에 넓은 데 호랑이 요를 딜이가지고 번들번들 이래가 왔더라네. 그래가지고 니러 왔어. 니러 와가지고는, 아이고 문을 열어놓고,

"샌님. 지가 죽을 때가 되서 그랬다고." [웃음]

샌님한테다가 절을 하고, 그래가지고 거서 옷을 좋은 걸 해 입히고 비단을 또 마이 사고 해가지고 말을 하나 해가지고, 실리가지고 돈도 싣고 부자라논께.

그래가지고 집이나 줘서 영감이 그걸 먹고 살았대요.

아기 재우는 노래 / 새는새는 낭게자고

자료코드 : 04_21_FOS_20100204_PKS_KHI_0001
조사장소 : 부산광역시 부산진구 당감1동 당감1동경로당
조사일시 : 2010.2.4
조 사 자 : 박경수, 서정매, 황영태, 최수정
제 보 자 : 김학임, 여, 74세
구연상황 : 제보자에게 아기 어르는 노래를 불러달라고 하니, 다음 노래를 불러 주었다.
가사가 재미있었는지 청중들도 웃으면서 경청하였다.

새는새는 낭게자고
쥐는쥐는 궁기자고
엉클방클 할머니는
영감품에 잠을자고
어지옸던(어제 왔던) 새각시는
신랑품에 잠을자고
우리같은 아이들은
엄마품에 잠을자요

창부타령

자료코드 : 04_21_FOS_20100204_PKS_KHI_0002
조사장소 : 부산광역시 부산진구 당감1동 당감1동경로당
조사일시 : 2010.2.4
조 사 자 : 박경수, 서정매, 황영태, 최수정
제 보 자 : 김학임, 여, 74세

하늘같이 높은사랑 하해와 같이도 깊은사랑

칠년대왕 가문날에~ 빗발같이도 반긴사랑

구년진수 신장바에 햇빛같이도 반긴사랑

당면하에 양귀비요 이도롱에 춘향이다

일년삼백 육십일에 하루만못봐도 못살겠네

　　얼씨구나 좋다 지화자 좋다 아니 노지는 못하리라

너냥 나냥

자료코드 : 04_21_FOS_20100204_PKS_KHI_0003

조사장소 : 부산광역시 부산진구 당감1동 당감1동경로당

조사일시 : 2010.2.4

조 사 자 : 박경수, 서정매, 황영태, 최수정

제 보 자 : 김학임, 여, 74세

구연상황 : 제보자가 <너냥 나냥>을 부르자 청중들도 흥겹게 함께 따라 불러 주었다.

서산에 지는해가 지고싶어 지느냐-

날두고 가신님은 가고싶어 가느냐-

　　니냥내냥 두리둥실 놀고요

　　낮이낮이냥 밤이밤이냥 참사랑이로~구나

옥당루 주적사 첫물에 좋고요

새처녀 새총각 첫날밤이 좋다네

　　니냥내냥 두리둥실 놀고요

　　낮이낮이냥 밤이밤이냥 참사랑이로구나

놀다가 가세 노다가 가세

저달이 떴다지도록 노다가 가세

　니냥내냥 두리둥실 놀고요

　낮이낮이냥 밤이밤이냥 참사랑이로구나

신장로 넓어서 집가기 좋구요

전깃불 밝아서 임보기 좋구나

　니냥내냥 두리둥실~ 놀고요

　낮이낮이나 밤이밤이나 참사랑이로구나

신장로 내리다리 뽀뿌라 나무는

쉴때를 따라서 단발하구나

[웃음] 거기 인자 사꾸라나무.

창부타령

자료코드 : 04_21_FOS_20100204_PKS_KHI_0004
조사장소 : 부산광역시 부산진구 당감1동 당감1동경로당
조사일시 : 2010.2.4
조 사 자 : 박경수, 서정매, 황영태, 최수정
제 보 자 : 김학임, 여, 74세
구연상황 : 제보자는 노래 부르는 것을 좋아하는 편이어서 한 곡을 부른 후 이어서 다음 <창부타령>을 불러 주었다. .

　노세좋다 젊어서 놀아~ 늙고병들면 못노나니

　화무는 십일홍이요 달도차면은 기우나니

　일생은 일장춘몽에 아니노~지를 못하리라

청춘가

자료코드 : 04_21_FOS_20100204_PKS_KHI_0005
조사장소 : 부산광역시 부산진구 당감1동 당감1동경로당
조사일시 : 2010.2.4
조 사 자 : 박경수, 서정매, 황영태, 최수정
제 보 자 : 김학임, 여, 74세
구연상황 : 조사자가 예전에 불렀던 노래로 어떤 것이 있는지 좌중에 묻자 제보자가 나
서서 <청춘가>의 곡조로 여러 편 연속해서 불러 주었다.

천금을 주어도~ 세월은 못사네~
못사는 세월을 좋~다 허송을 맙시다~

술이라꼬 먹거든~ 취정을 말고서~
임이라꼬 만나거든 좋~다 이별을 맙시다~

당신은 반다시 본처가 있다면~
외롭다 요몸은 좋~다 갈곳이 없구나~

술과 담배는~ 나심중 알아도~
한품에 든님도 좋~다 나심중 모르더라~

바람불어 쓰러진 남기~눈비온다고 일어나니
만년에 병들어 누여난 사람 약을 씬다고 일어날소냐

백양산 꼭대기~ 외로이선 나무~
날캉 같이도 좋~다 외로이 섰구나

산이 높아야~ 골도나 깊으지~
조그만한 여자속에 좋~다 깊을속 없더라

산중에 큰것도~ 원통타 하는데~

도래도래 돌산중에 좋~다 내어짠 말이냐~

서산에 지는해가~ 지고싶어 지느냐~
날두고 가신님은 좋~다 가고싶어 가느냐~

도라지 타령

자료코드 : 04_21_FOS_20100204_PKS_KHI_0006
조사장소 : 부산광역시 부산진구 당감1동 당감1동경로당
조사일시 : 2010.2.4
조 사 자 : 박경수, 서정매, 황영태, 최수정
제 보 자 : 김학임, 여, 74세
구연상황 : 제보자에게 <도라지 타령>을 불러 달라고 요청하자 곧바로 다음 노래를 시
　　　　　작하였다. 청중들도 박수를 치며 함께 불러 주었다.

　　도라지 도라지 도라~지
　　심심 산천에 백도라지
　　한두 뿌리만 캐여~도
　　대바구니 반상만 되노라
　　　에헤용 에헤용 에헤~용
　　　에야라난~다 지화자자 좋다
　　　니가내간장 사리살살 다녹는다

다리 세기 노래

자료코드 : 04_21_FOS_20100204_PKS_KHI_0007
조사장소 : 부산광역시 부산진구 당감1동 당감1동경로당
조사일시 : 2010.2.4

조 사 자 : 박경수, 서정매, 황영태, 최수정
제 보 자 : 김학임, 여, 74세
구연상황 : 제보자에게 어렸을 때 많이 부른 <다리 세기 노래>를 불러 달라고 요청하자
　　　　　손으로 다리를 치며 장단을 맞추어 천천히 불러 주었다.

　　이거리 저거리 갓거리
　　온도맹도 도맹도
　　짝두리 히가네
　　도래줌치 장두칼
　　머구밭에 덕사리

아기 어르는 노래 / 불매소리

자료코드 : 04_21_FOS_20100204_PKS_KHI_0008
조사장소 : 부산광역시 부산진구 당감1동 당감1동경로당
조사일시 : 2010.2.4
조 사 자 : 박경수, 서정매, 황영태, 최수정
제 보 자 : 김학임, 여, 74세
구연상황 : 조사자의 요청에 청중들이 불매소리를 해보라고 권하자, 제보자는 직접 아기
　　　　　를 어르는 것처럼 다리를 펴서 양팔을 흔들며 구연해 주었다.

　　[양 팔로 안아서, 앞뒤로 움직이며]

　　불매불매 불매야
　　이불매가 누불맨고
　　경상도 대불맨가
　　후두락 딱딱 대불맨가

보리타작 노래

자료코드 : 04_21_FOS_20100204_PKS_KHI_0009
조사장소 : 부산광역시 부산진구 당감1동 당감1동경로당
조사일시 : 2010.2.4
조 사 자 : 박경수, 서정매, 황영태, 최수정
제 보 자 : 김학임, 여, 74세
구연상황 : 조사자가 보리타작 노래를 부탁하자 제보자는 일어나서 보리타작을 하는 흉
　　　　　내를 내며 노래를 구연해 주었다. 혼자서 메기고 받는 소리를 구분하지 않고
　　　　　연속해서 부른 것이다.

　　어하
　　밟아라 밟아라
　　밭보리 이삭을 밟아라
　　요리받고 저리받고
　　때리고 때려고 밟아라
　　　어화 우아

　[일어나서, 보리타작 하는 흉내를 내며]

　　　에화
　　때리고 때려라
　　요리 조리
　　때리고 때려라

화투타령

자료코드 : 04_21_FOS_20100204_PKS_KHI_0010
조사장소 : 부산광역시 부산진구 당감1동 당감1동경로당
조사일시 : 2010.2.4

조 사 자 : 박경수, 서정매, 황영태, 최수정
제 보 자 : 김학임, 여, 74세
구연상황 : 제보자는 <각설이 타령>을 잠시 부르다가 <화투타령>이 생각이 났는지,
　　　　　다음 노래를 부르기 시작했다.

정월솔가지 속속한마음~

이월매조리 내상하네

삼월사꾸라 산란한마음

사월흑싸리 허사로다

오월난초 나리난 나비

육월목단에 꿈돌아들고

칠월홍돼지 홀로누워

팔월공산에 달떠온다

구월국화 굳어난마음~

시월단풍에 뚝떨어지고

오동장농 값많다한들~

비삼심오륙을 당할소냐

모심기 노래

자료코드 : 04_21_FOS_20100204_PKS_KHI_0011
조사장소 : 부산광역시 부산진구 당감1동 당감1동경로당
조사일시 : 2010.2.4
조 사 자 : 박경수, 서정매, 황영태, 최수정
제 보 자 : 김학임, 여, 74세
구연상황 : 모심기 노래를 짧은 소리로 가사를 읊듯이 노래를 불러 주었다. 그리고 다시
　　　　　긴 소리로 모심기 노래를 불러 주었다.

땀빡땀빡 수제비는 사우상에 다올랐네

우리할맘 어디가고 딸의동자 시킸던고

오늘해도 다졌는가 골골마중 연기나네
우리할맘 어디가고 연기낼줄 모르는고

다풀다풀 다박머리 해다진데 어데가노
우리엄마 산소등에 젖묵으로 내가가요

진주난봉가

자료코드 : 04_21_FOS_20100204_PKS_KHI_0012
조사장소 : 부산광역시 부산진구 당감1동 당감1동경로당
조사일시 : 2010.2.4
조 사 자 : 박경수, 서정매, 황영태, 최수정
제 보 자 : 김학임, 여, 74세
구연상황 : 조사자가 가사의 운을 띄어주자 제보자는 그제서야 가사가 기억났는지 다음
노래를 불러 주었다.

울도담도 없는집에 시접삼년을 살고나니
시오마시 하시는말씀 야아아가 우리아가
너거낭군을 볼라면 진주남강에 빨래가라
진주야남강에 빨래를가니 물도좋고 돌도좋네
하늘같은 서방님이 구름같은 갓을씌고
태산같은 말을타고 못본듯이도 지나가네
검은빨래 검기하고 흰빨래 희기하고
집으로 돌아오니
시오마시 하시는말씀 야야아가 며늘아가
너거낭군을 볼라면 아릿방으로 니려가라

아랫방을 니려가니 백옥같은 술잔을들고

기생아잡년이 누워있네

웃방에다 올라와서 열두가지 약을먹고

아랫방에 내려가니 간곳이 없어요

모심기 노래

자료코드 : 04_21_FOS_20100204_PKS_NJS_0001
조사장소 : 부산광역시 부산진구 개금2동 엄광경로당
조사일시 : 2010.2.4
조 사 자 : 박경수, 서정매, 황영태, 최수정
제 보 자 : 노정순, 여, 76세
구연상황 : 제보자는 모심기 노래의 가사를 생각하고 있다가 문득 생각이 났는지, 박수를 치면서 장단을 맞추어 큰 소리로 불러 주었다.

오늘해가 다졌는가~우리할멈 어디를가고~

골골마다 연기낼리-연기낼중 모르는고~

모심기 노래(1)

자료코드 : 04_21_FOS_20100204_PKS_PGY_0001
조사장소 : 부산광역시 부산진구 개금2동 엄광경로당
조사일시 : 2010.2.4
조 사 자 : 박경수, 서정매, 황영태, 최수정
제 보 자 : 박계연, 여, 84세
구연상황 : 다른 제보자의 모심기 노래가 끝나자, 이어서 바로 불러 주었다. 박수를 치며 장단을 맞추어 노래를 구연하였다. 실제 모심기 노래로 부르는 것도 있고, "사래질고~ 내사싫다" 부분은 서사민요가 끼어 든 것이다. 청중들은 노래를 경청하면서 웃기도 하고 추임새도 넣으면서 분위기를 맞춰주었다.

물꼬청청 헐어놓고~ 첩의방에 놀러갔네
첩아첩아 사랑첩아~ 내가녀와 좋건만은
우리본댁 간장은 다썩는다

사래질고 너른뜰에~ 갱피훑는 저부인아~
훑던갱피~ 다시훑네
여보낭군 들어보소
내손가락 명은질고 이런고상(고생) 내아니요
당신따라 나도가서 말죽이나 끓이주고
소죽이나 끓이주고 당신따라 내가가네
말죽도 내사싫고 소죽도 내사싫다
고기도 내사싫다
카더란다.

달막달막~ 수지비는~ 사우판에 다올랐네-
노랑감티~ 삐따기씨고~ 국물씨가 더웃었네~

서울갔던 사부님아~ 우리선부 안오는가
오기사 오지만은 칠성판에 실리오네

아이고답답 내팔자야 우리낭군 청사감사 바랬더니~
칠성판이 우짠일고 아이고 아이고
커더라.

치마타령

자료코드 : 04_21_FOS_20100204_PKS_PGY_0002

조사장소 : 부산광역시 부산진구 개금2동 엄광경로당
조사일시 : 2010.2.4
조 사 자 : 박경수, 서정매, 황영태, 최수정
제 보 자 : 박계연, 여, 84세
구연상황 : 제보자는 노래를 구연하다가 흥이 겨운지 노래를 부르고 난 다음에는 자진
모리장단으로 속도를 한층 더 빠르게 해서 몸동작까지 넣어가며 재미있게 구
연해 주었다.

듣고치매 날재기는(날 적에는)~
비눈볼줄 몰랐더나

오빠리치매 날재기~
오발할줄 몰랐더나

올길치매 날재기~
고랑될줄 몰랐더나

나이롱치매 날재기는~
난리날줄 몰랐더나

삼비치매(삼베 치마) 날재기는~
상주될줄 몰랐더나

다홍치매 날재기는~
시집갈줄 몰랐더나

오빠리치매 날재기~
오발할줄 몰랐더나

[율동과 함께 자진모리장단으로 속도를 빠르게 부르면서]

오빠리치매 날재기

오발할줄 몰랐나~

삼베치매 날재기~
상주될줄 몰랐나

다홍치매 날재기~
시집갈줄 몰랐나~

빤짝이치매 날재기~
번개칠줄 몰랐나

올때치매 날재기~
고랑날줄 몰랐나

나이롱치매 날재기~
난리날줄 몰랐나

각설이 타령

자료코드 : 04_21_FOS_20100204_PKS_PGY_0003
조사장소 : 부산광역시 부산진구 개금2동 엄광경로당
조사일시 : 2010.2.4
조 사 자 : 박경수, 서정매, 황영태, 최수정
제 보 자 : 박계연, 여, 84세
구연상황 : 제보자는 노래를 하면서, 자리에서 일어나 율동과 함께 적극적으로 노래를
          구연했다.

들어왔네- 들어왔네~
각설이가 들어왔네
작년에 갔던 각설이가~

죽지도 안하고 살아왔네-
  어-허 품바라 각설아

우리행지(형제) 삼행지~
한서제 글을읽어
각설이 재롱보러 다나갔네
  어-허 품바라 각설아 [웃음]

일자로 한장 들고보니~
일리 동동

이자라 한장 들고보니~
이승만이가 대통령이라는데
  어-허 품바라 각설아 [청중 웃음]

삼자라 한장 들고보니~
삼천리밖에 난리가 났어
대포소리가 진동한다
  어-허 품바라 각설아

사자로 한장 들고보니~
사월이라 초파일날~
부처님 탄생하네
  어-허 품바라 각설아

오자로 한장 들고보니~
오쭐오쭐 큰아기~
밥돌라고 우짖이네

어-허 품바라 각설아

육자로 한장 들고보니~
유월사변에 난리가 나서
오만천지가 다디비지네
　어-허 품바라 각설아

칠자로 한장 들고보니~
칠월이라 칠석날
견우와 직녀가 만난다네
　어-허 품바라 각설아

팔자로 한장 들고보니~
올긋볼긋 보께이꽃
처가가고 친정가고　난리가 났네

구자로 한장 들고보니~
우묵에 가는 구십에 난 노인이
우묵에서 똥싸놓고 뛰바뛰바 띤다 [웃음]

꽃 좋다 꽃 꺾지 마소

자료코드 : 04_21_FOS_20100204_PKS_PGY_0004
조사장소 : 부산광역시 부산진구 개금2동 엄광경로당
조사일시 : 2010.2.4
조 사 자 : 박경수, 서정매, 황영태, 최수정
제 보 자 : 박계연, 여, 84세
구연상황 : 제보자는 옛날에만 불렀던 귀한 노래라면서 불러 주었다. 청중들은 진지하게
　　　　　노래를 들었다.

꽃좋다꽃 탐내지말고

모진손을 꺾지마소

모진손을 꺾고보면~

척실부인이(적실부인이) 어데있고-

충신열녀는 오데있노

꽃좋다꽃탐내지말고

모진손을 꺾지마라

모진손을 꺾고보면~

열녀충신이 어데있고-

척실부인이 어데있노

밭 매기 노래

자료코드 : 04_21_FOS_20100204_PKS_PGY_0005

조사장소 : 부산광역시 부산진구 개금2동 엄광경로당

조사일시 : 2010.2.4

조 사 자 : 박경수, 서정매, 황영태, 최수정

제 보 자 : 박계연, 여, 84세

구연상황 : 제보자는 엄마를 그리워하며 부르는 노래라고 하면서 불러 주었다. 노래가
너무도 구슬펐는데, 제보자는 몇 번이나 반복을 하며 불러 주었다.

살기싫은~시집살이로 살고나니

엄마죽은 부고왔네-

아이고 아이고 울엄마야~

엄마한테 찾아간다

한모리를(한 모퉁이를) 돌아가니~

까치소리가 진동하고

두모리를 돌아가니~

까막소리가 진동하네

푸전에 떠서 엄마엄마 울엄마야~

부적을 띠놓고

넘의가문에 나가서러 살았더니

엄마엄마 죄송하요

무슨죄가 많아서

여자몸이 되어서러

엄마공은 못갚고~

엄마엄마 이제 어짠일고

아이고 답답한 내신세야

나는죽어 그릉가서

남자몸이 되어서

부모한테 효도할래

불같은 더운날에~

한골메고 두골메고

삼시시번 메고나니~

엄마죽은 부고왔네~

아이구답답 내신세야~

첫통만통 돌아가서

한모리를 돌아가니

까치소리 진동하고

두모리를 돌아가니

까막소리가 진동하고

부모접역(부모집에) 들어서서

엄마엄마 불러보니

울엄마는 간곳없네

엄마엄마 불러봐도~

엄마소리 간곳없네~이

엄마중을 띠다가

넘의가문에 붙이놓고~

엄마를 못보고

엄마가 올게 못하고

아이구답답 내신세야~

엄마엄마~

나는죽어 서웅가서~이

남자몸이 되어서~

부모공을 갚아볼래

카더란다.

모심기 노래(2)

자료코드 : 04_21_FOS_20100204_PKS_PGY_0006
조사장소 : 부산광역시 부산진구 개금2동 엄광경로당
조사일시 : 2010.2.4
조 사 자 : 박경수, 서정매, 황영태, 최수정
제 보 자 : 박계연, 여, 84세
구연상황 : 제보자는 예전부터 불러오던 노래라고 하면서 불러 주었다. 다른 노래를 부르고 나서 이어서 불러서인지 긴 소리로 부르지 않고 짧은 선율로 불러 주었다.

농창농창~ 베루 끝에~ 시누올키 빨래씻다가

떨어졌네~ 떨어졌네~ 밀양삼당에 떨어졌네

삼단겉은 요내머리~ 무정한 저오랍아~

나도죽어 후승가서 낭군한번 섬기볼래

섬길수는 또있어도~

처장에선 또있어도 챙길사람 또없는데

꽃일랑 건지주고~ 행지는(형제는) 그치뿌네

아이고 아이고~ 울오빠야- 무정한 울오빠야

카더란다.

가족 자랑 노래

자료코드 : 04_21_FOS_20100204_PKS_PGY_0007
조사장소 : 부산광역시 부산진구 개금2동 엄광경로당
조사일시 : 2010.2.4
조 사 자 : 박경수, 서정매, 황영태, 최수정
제 보 자 : 박계연, 여, 84세
구연상황 : 다른 제보자가 가사를 잘 몰라 제보자가 옆에서 읊조리고 있자, 조사자는 제
보자에게 큰 소리로 불러 달라고 부탁하였다. 제보자는 용기가 났는지 큰 소
리로 노래를 구연해 주었다.

일월동동 내아들아~

만고풍경 내자부야

기화요춘 내손자야

일등미생 내딸이야

만고허을 내사우야-

은양반 금양반에 구실담아

살그랍단 내사우야

내딸저건 자네하고
자네정은 내딸주고
백년해로 지내보라
변치말고 살아주면
이장부 가슴이 다풀린다

이방 저방 다 댕기도

자료코드 : 04_21_FOS_20100204_PKS_PGY_0008
조사장소 : 부산광역시 부산진구 개금2동 엄광경로당
조사일시 : 2010.2.4
조 사 자 : 박경수, 서정매, 황영태, 최수정
제 보 자 : 박계연, 여, 84세
구연상황 : 제보자는 가사가 잘 생각이 안 난다며, 노래를 거듭 불렀다. 그런 후 다시
가사를 생각해서 구연했다.

이방저방 다댕기도~
서방뱎이 좋은기 없고
이집저집 다댕기도~
지집뱎이 좋은기 없더라

이방저방 다댕기도
서방뱎이 좋은기 없고
이집저집 다댕기도
지집뱎이 좋은기 없더라

알금삼삼 곱은처지

돌무고개로 넘나드네

오고가고 빛만비고

자고간자리 다녹겠네

신세타령요

자료코드 : 04_21_FOS_20100204_PKS_PGY_0009

조사장소 : 부산광역시 부산진구 개금2동 엄광경로당

조사일시 : 2010.2.4

조 사 자 : 박경수, 서정매, 황영태, 최수정

제 보 자 : 박계연, 여, 84세

구연상황 : 조사자가 제보자에게 쌍가락지 노래를 부탁하였는데, 첫 소절은 쌍가락지로
시작하였으나, 다른 가사의 내용을 붙여 불러 주었다.

쌍금쌍금 쌍가락지~

해작질로 닦아내네

신일사 담넘다가

무주일간 죽지마게

한바재를(한 바지를) 째였다네

사랑사랑 내사랑아~

치침바늘 당사실로~

부칠거든 요내손을

보세보세 떼아줄거요

너냥 나냥

자료코드 : 04_21_FOS_20100204_PKS_PDM_0001
조사장소 : 부산광역시 부산진구 당감1동 당감1동경로당
조사일시 : 2010.2.4
조 사 자 : 박경수, 서정매, 황영태, 최수정
제 보 자 : 박달막, 여, 79세
구연상황 : 제보자는 다른 제보자의 노래를 듣던 중 조사자의 유도에 따라 다음 노래를
불러 주었다. 청중들도 아는 노래인지 함께 불러 주었다.

아첨에 우는새는 배가고파서 울고요

저녁에 우는새는 임을기려 운다

　　너냥나냥 두리둥실 놀고요

　　낮이낮이나 밤이밤이나 참사랑이로구나

우리네 논에는 솔방울 여는데

바람아 불어도 뚝떨어진다

　　너냥나냥 두리둥실 놀고요

　　낮이낮이나 밤이밤이나 참사랑이로구나

호박은 늙어서 맛이나 있고요

사람은 늙으면 쓸데가 없네

　　너냥나냥 두리둥실 놀고요

　　낮이낮이나 밤이밤이나 참사랑이로구나

창부타령(1)

자료코드 : 04_21_FOS_20100204_PKS_PDM_0002
조사장소 : 부산광역시 부산진구 당감1동 당감1동경로당

조사일시 : 2010.2.4

조 사 자 : 박경수, 서정매, 황영태, 최수정

제 보 자 : 박달막, 여, 79세

구연상황 : 제보자는 다른 제보자의 노래를 듣고 나서 갑자기 다음 노래를 구연하였다. 화기애애한 분위기에서 박수를 치며 노래를 불렀다.

노세놀아 젊어서놀아 늙고뱅(병)들면 못노나니
　　얼씨구나 좋다 정말로 좋아 아니 노지는 못하리라

창부타령(2)

자료코드 : 04_21_FOS_20100204_PKS_PDM_0003

조사장소 : 부산광역시 부산진구 당감1동 당감1동경로당

조사일시 : 2010.2.4

조 사 자 : 박경수, 서정매, 황영태, 최수정

제 보 자 : 박달막, 여, 79세

구연상황 : 제보자는 조사자가 가사의 운을 떼어주자 그제서야 노래가 생각났는지 자신 있게 구연해 주었다.

새들새들 봄배추는 봄비오기만 기다린다
옥에갇힌 춘향이는 이도령오기만 기다린다
　　얼씨구나 좋다 정말로 좋아 아니 노지를 못하리라

사발가

자료코드 : 04_21_FOS_20100204_PKS_PDM_0004

조사장소 : 부산광역시 부산진구 당감1동 당감1동경로당

조사일시 : 2010.2.4

조 사 자 : 박경수, 서정매, 황영태, 최수정

제 보 자 : 박달막, 여, 79세

구연상황 : 조사자가 제보자에게 운을 띄어주자 다음 노래를 바로 시작하였다. 청중들도
　　　　　모두 아는 노래인지 박수를 치며 함께 불러 주었다.

　　　석탄백탄 타는데는 연기도짐도 아니나고
　　　요내가슴 타는데는 연기만포볼썩 나네요

이갈이 노래

자료코드 : 04_21_FOS_20100409_PKS_PDS_0001
조사장소 : 부산광역시 부산진구 초읍동 제1경로당
조사일시 : 2010.4.9
조 사 자 : 박경수, 황경숙, 서정매, 황영태
제 보 자 : 박동순, 여, 77세
구연상황 : 제보자에게 어렸을 때 이빨을 지붕에 던지면서 불렀던 동요가 있는지 묻자,
　　　　　다음 노래를 짧게 구연해 주었다.

　　　까치야 까치야
　　　내 헌니 가지가고
　　　좋은 새이 내 주라

도라지 타령

자료코드 : 04_21_FOS_20100409_PKS_PMH_0001
조사장소 : 부산광역시 부산진구 초읍동 제1경로당
조사일시 : 2010.4.9
조 사 자 : 박경수, 황경숙, 서정매, 황영태
제 보 자 : 박묘희, 여, 90세
구연상황 : 제보자는 부끄러움이 많아서인지 작은 목소리로 노래를 불러 주었다.

　　　도라지 도라지 도라~지

심심 산천에 백도라지

어더메 날데가 없어서~

요방구 요모습에 나느냐

　에혜~라 에혜~라 어야라난다 디여라~

　영사연기로~다

모심기 노래

자료코드 : 04_21_FOS_20100409_PKS_PJH_0001
조사장소 : 부산광역시 부산진구 초읍동 제1경로당
조사일시 : 2010.4.9
조 사 자 : 박경수, 황경숙, 서정매, 황영태
제 보 자 : 박재화, 여, 80세
구연상황 : 조사자가 제보자에게 <모심기 노래>를 불러달라고 부탁을 하자, 마치 기다
　　　　렸다는 듯이 구성지고 애절한 목소리로 불러 주었다.

　명주여~ 잔줄받이 못다입고~ 황천가네

　팔십당시~ 부모두고 황천가는~ 날만하리

　해다지고~ 저문날에~산골마주 연기나네

　울언님은 어디가고~이 연기낼줄 모르던공

다리 세기 노래

자료코드 : 04_21_FOS_20100409_PKS_PJH_0002
조사장소 : 부산광역시 부산진구 초읍동 제1경로당
조사일시 : 2010.4.9
조 사 자 : 박경수, 황경숙, 서정매, 황영태

제 보 자 : 박재화, 여, 80세
구연상황 : 조사자가 다음 노래의 앞 운을 띄어주자 제보자가 짧게 불러 주었다.

이거리 저거리 갓거리
동상맹근 도맹근
도리짐치 장두칼

쌍가락지 노래

자료코드 : 04_21_FOS_20100409_PKS_PJH_0003
조사장소 : 부산광역시 부산진구 초읍동 제1경로당
조사일시 : 2010.4.9
조 사 자 : 박경수, 황경숙, 서정매, 황영태
제 보 자 : 박재화, 여, 80세
구연상황 : 조사자가 첫 구절을 불러주며 노래를 아는지 묻자, 제보자는 아는 노래라고
하며 가사를 읊듯이 구연해 주었다.

쌍금쌍금 쌍가락지
주석질로 녹가락지
먼데보이 처일래라
같에보이 달일래라
그처자 자는방에
숨소리가 둘일래라
청두박숭(천도복숭) 오랍에요
거짓말씀 말아시소
나한풍이(남풍이) 들이부니
풍지떠는 소릴래라

창부타령(1)

자료코드 : 04_21_FOS_20100409_PKS_PJH_0004
조사장소 : 부산광역시 부산진구 초읍동 제1경로당
조사일시 : 2010.4.9
조 사 자 : 박경수, 황경숙, 서정매, 황영태
제 보 자 : 박재화, 여, 80세
구연상황 : 조사자가 노래의 첫 구절을 띄워주자 잘 아는 듯이 바로 다음 노래를 불러
주었다. 청중들도 아는 노래여서인지 함께 따라 불러 주었다. <창부타령>의
곡조로 연이어 2편을 불렀다.

포름포름 봄배추는 봄비오도록 기다리고
옥에갇힌 춘향이는 이대롱오도록 기다린다
　얼씨구나 좋다 지화자 좋네 아니 노지는 못하리라

도라지병풍 미닫이방에 잠든처녀야 문열어라
바람불고 비온다고 날올줄모르고 문걸었나
　얼씨구 좋다 지화자 좋네 아니 노지는 못하리라

양산도

자료코드 : 04_21_FOS_20100409_PKS_PJH_0006
조사장소 : 부산광역시 부산진구 초읍동 제1경로당
조사일시 : 2010.4.9
조 사 자 : 박경수, 황경숙, 서정매, 황영태
제 보 자 : 박재화, 여, 80세
구연상황 : 제보자가 <창부타령>을 부르고 난 뒤 이어서 <양산도>를 불러 주었다. 노
래가 흥겨워 즐거운 분위기에서 박수를 치며 장단을 맞추어 노래를 구연해
주었다.

에헤~이~요~

양산읍네 물레방아 물을안고 돌~고~

우리집에 정든임 나를안고 돈~다

　에하라 누워라 아니 못노리~라

　너능~기를 하여도 나는 못노리로~다

에헤이요~

세월세월아 봄한철아 오고가지를 마라

아까운 내청춘 다늙어진~다~

강원도금강산 봄팔만구암자 아들딸놓기 좋~은지~

야밤중에 오신손님 괄세를 마~라~

　에하라~ 누워라 아니 못노리라

　너능~기를 하여도 나는 못노리~로다

청춘가

자료코드 : 04_21_FOS_20100409_PKS_PJH_0007

조사장소 : 부산광역시 부산진구 초읍동 제1경로당

조사일시 : 2010.4.9

조 사 자 : 박경수, 황경숙, 서정매, 황영태

제 보 자 : 박재화, 여, 80세

구연상황 : 조사자의 요청에 제보자는 연이어서 <청춘가>를 불러 주었다. 청중들은 제
보자의 노래에 감탄하여 박수를 치며 장단을 맞추어 주었다.

노세- 놀아라~ 젊어 놀아라~

늙고 병이들면 좋~다 못노리로다~

세월이 가거든~ 지혼차 가지요~

아까운 내청춘~ 다데꼬 가네요~

울넘에 담넘에~ 인심은 높고요~

호박줄 껑거서 좋~다 전화를 거는구나

우연히 싫더냐~ 누말을 들었노~

날만 보면은~ 생짜증 내노야~

오르막 내르막 잔기침 소리는~

자다가 들어도~ 우리영감 소리네~

창부타령(2)

자료코드 : 04_21_FOS_20100409_PKS_PJH_0008

조사장소 : 부산광역시 부산진구 초읍동 제1경로당

조사일시 : 2010.4.9

조 사 자 : 박경수, 황경숙, 서정매, 황영태

제 보 자 : 박재화, 여, 80세

구연상황 : 조사자가 앞 운을 띄우자 제보자가 다음 노래를 불렀다. 마지막 소절은 말하
듯이 읊었다.

저 건너~ 남산밑에 나무비는 남대룡아

이나무저나무 다비더라도 초성대하나 비지마소

올키와 내년키와 도리지둥(두리기둥) 할라

카더란다.

양산도(2)

자료코드 : 04_21_FOS_20100409_PKS_PJH_0009

조사장소 : 부산광역시 부산진구 초읍동 제1경로당

조사일시 : 2010.4.9

조 사 자 : 박경수, 황경숙, 서정매, 황영태

제 보 자 : 박재화, 여, 80세

구연상황 : 제보자가 다음 노래를 시작하자, 청중들도 모두 즐거워하며 흥겹게 박수를
치면서 장단을 맞추었다.

오동동~ 춘향에~ 달이동골 밝아~

이내동골 생각이 새로동골 동골난~다~

　에하라 누어라~ 아니 못노리라

　너능기를 하여도 나는 못노리~다

베 짜는 노래

자료코드 : 04_21_FOS_20100409_PKS_PJH_0010

조사장소 : 부산광역시 부산진구 초읍동 제1경로당

조사일시 : 2010.4.9

조 사 자 : 박경수, 황경숙, 서정매, 황영태

제 보 자 : 박재화, 여, 80세

구연상황 : 조사자가 제보자에게 "울도담도 없는집에"라고 앞 소절을 꺼내자, 제보자는
창부타령의 곡조로 다음 노래를 불러 주었다.

울도담도 없는집에~ 명주베짜는 저큰애기

그맹주가 참맹주냐 조작조작 잘도짜네

모심기 노래

자료코드 : 04_21_FOS_20100204_PKS_SJS_0001

조사장소 : 부산광역시 부산진구 개금2동 엄광경로당

조사일시 : 2010.2.4

조 사 자 : 박경수, 서정매, 황영태, 최수정
제 보 자 : 서정순, 여, 82세
구연상황 : 다른 제보자가 모심기 노래를 부르고 나자 바로 이어서 다음 모심기 노래를
불러 주었다. 노래를 부른 후에 가사의 내용을 설명해 주었다.

우리집에 주인양반-거동을보소~
서마지기 논배미를 반달겉이 이어놓고

살필께를 옆에미고
등넘어라 첩의집에 놀러가네
첩에집은 금붕아요 나의집은 미나리라

　그 첩은 암만 좋아도 꽃이기 땜에 지는데, 미나리는 사시사철 미나리인
기라.

숫자풀이 노래

자료코드 : 04_21_FOS_20100204_PKS_SJS_0002
조사장소 : 부산광역시 부산진구 개금2동 엄광경로당
조사일시 : 2010.2.4
조 사 자 : 박경수, 서정매, 황영태, 최수정
제 보 자 : 서정순, 여, 82세
구연상황 : 제보자는 예전에 부른 노래가 있다며 부른 것이다. 숫자에 맞추어 노래를 진
지하게 끝까지 불러 주었다.

일자로 한장 아리리다(아뢰리다)
일평석은 우리군자
일가삼촉 보군제도 일부종사 구진마
일신능에 가서러
임난변을 죽사고

일본나변 나리가

이자로 한장 아리리다
이구불사 충신인데
이구불여 열녀란다
이혼혀도 맺인가약
선경명하는 이천리
유찬하는 중심을 두오릿가

삼자로 한장 아리리다
삼생가야 중한몸은
삼월학교 알지마고

사자로 한장 아리리다
사서삼경 성원님대
사육사단 어떤일고
사경안도 바랐더니
사육채질이 왠일이요

오자로 한장 아리리다
오고구행 제일이여
오십삼중 우리동네
오경불경 제일이요

육자로 한장 아리리다
육은비상 춘양절~
묵고놀자 간데~
육신을 찢어주어

칠자로 한장 아리리다
칠석간 견우직녀
연년상봉 하건만은
울인님은 어데가고
칠년도 못오더나

팔자로 한장 아리리다
팔십서이 대구만단
팔백대우 기수한단
팔자상명 춘양추복
팔분님아 굽히리까

구자로 한장 아리리다
구곡에 학이되어
구만장천 높이날아
구곡이 맺힌한을 풀어볼까

십자로 한장 아리리다
십이서로 한숨인데
십에친들 해전하리
십오세야 밝은달이
구름속에 들었구나
하늘님에 맺힌인연
내친다고 허락하리

모심기 노래

자료코드 : 04_21_FOS_20100204_PKS_SKO_0001

조사장소 : 부산광역시 부산진구 개금2동 엄광경로당

조사일시 : 2010.2.4

조 사 자 : 박경수, 서정매, 황영태, 최수정

제 보 자 : 심경옥, 여, 81세

구연상황 : 조사자가 모심기 노래를 기억하느냐고 청중들에게 묻자, 제보자가 긴 소리로
구연해 주었다. 구연을 시작하자 청중은 재미있다는 듯이 큰 소리로 웃기도
하고 맞장구를 치기도 해서 화기애애한 분위기가 되었다.

　　　모야모야 노랑모야~ 니운제커~서 열매열래

　　　이달크고 훗달크고~ 칠팔월에 열매여네

모심기 노래

자료코드 : 04_21_FOS_20100204_PKS_OON_0001

조사장소 : 부산광역시 부산진구 개금2동 엄광경로당

조사일시 : 2010.2.4

조 사 자 : 박경수, 서정매, 황영태, 최수정

제 보 자 : 오옥남, 여, 84세

구연상황 : 제보자가 스스로 박수를 치며 모심기 노래를 구연해 주었다. 처음에는 긴 소
리로 노래를 시작했으나, 속도를 점점 빨리 하더니 아리랑의 선율로 바꾸어
불러 주었다.

　　　물꼬철철~ 물실어놓고~ 우리낭군님은 오델갔노

　　　문에전복을 손에다쥐고~ 첩의방에 놀러를갔네

모찌기 노래

자료코드 : 04_21_FOS_20100204_PKS_OON_0002
조사장소 : 부산광역시 부산진구 개금2동 엄광경로당
조사일시 : 2010.2.4
조 사 자 : 박경수, 서정매, 황영태, 최수정
제 보 자 : 오옥남, 여, 84세
구연상황 : 제보자가 앞의 <모심기 노래>를 부르고는 이어서 다른 가사로 부르려는데, 막
상 가사가 잘 생각이 나지 않는지, 노래로 부르지 않고 가사로만 읊어 주었다.

들어내세 들어내세 이모자리 들어내세
서마지기 논배미가 반달만치 남았네

동지섣달 긴긴 밤에

자료코드 : 04_21_FOS_20100204_PKS_LSB_0001
조사장소 : 부산광역시 부산진구 당감1동 당감1동경로당
조사일시 : 2010.2.4
조 사 자 : 박경수, 서정매, 황영태, 최수정
제 보 자 : 이소복, 여, 82세
구연상황 : 제보자는 혼자 중얼거리듯 다음 노래로 했다. 조사자가 노래를 불러 달라고
했지만 약간 큰 목소리로 읊어 주었다.

동지섣달 진진밤에 임없이는 잠을자도
이삼사월 진진해에 점심굶고 못살래라

모심기 노래

자료코드 : 04_21_FOS_20100409_PKS_LOK_0001
조사장소 : 부산광역시 부산진구 초읍동 제1경로당

조사일시 : 2010.4.9
조 사 자 : 박경수, 황경숙, 서정매, 황영태
제 보 자 : 이옥금, 여, 82세
구연상황 : 조사자가 앞운을 띄어주자 제보자가 그제야 생각이 난 듯 <모심기 노래>를
　　　　　 구연해 주었다. 작은 목소리로 구연을 하자 청중이 큰 소리로 해라며 소리치
　　　　　 기도 하였다.

이물기저물기 다헐어놓고~ 주인네양반은 어디로갔노
문에야대전복 손에들고~ 첩의야방으로 놀러갔네

퐁당퐁당 찰수지비~ 사우야판에 다올랐네
할마이는 어디가고~ 딸에동~자를 맽깄는공

아기 어르는 노래(1) / 알강달강요

자료코드 : 04_21_FOS_20100409_PKS_LOK_0002
조사장소 : 부산광역시 부산진구 초읍동 제1경로당
조사일시 : 2010.4.9
조 사 자 : 박경수, 황경숙, 서정매, 황영태
제 보 자 : 이옥금, 여, 82세
구연상황 : 조사자의 요청에 다른 제보자가 짧게 구연을 한 것을 제보자가 다시 불러보
　　　　　 겠다며 부른 것이다.

알캉달캉 서울가서
뺌을한되 사가지고
살강안에 묻어났디
새앙주가 다까묵고
하나 남안거를
껍데기는 애비주고
보늬는 에미주고

알키는 니캉내캉 갈라묵자

알캉달캉 알캉달캉

아기 어르는 노래(2) / 불매소리

자료코드 : 04_21_FOS_20100409_PKS_LOK_0003
조사장소 : 부산광역시 부산진구 초읍동 제1경로당
조사일시 : 2010.4.9
조 사 자 : 박경수, 황경숙, 서정매, 황영태
제 보 자 : 이옥금, 여, 82세
구연상황 : 조사자가 아기 어를 때에 부르던 노래를 더 구연해 달라고 제보자에게 부탁
을 하자, 다음 '불매소리'를 구연해 주었다.

불매 불매

이불매가 누불매고

정상도 대불매가

왈캉달캉 왈캉달캉

사발가

자료코드 : 04_21_FOS_20100409_PKS_LOK_0004
조사장소 : 부산광역시 부산진구 초읍동 제1경로당
조사일시 : 2010.4.9
조 사 자 : 박경수, 황경숙, 서정매, 황영태
제 보 자 : 이옥금, 여, 82세
구연상황 : 조사자가 제보자에게 첫 구절을 제시하자, 제보자가 다음 노래를 불러 주었
다. 제보자가 노래를 시작하니, 청중들도 박수를 치면서 모두 함께 따라서 불
러 주었다.

석탄백탄 타는데~ 연개도김도 안나고

요내가슴 타는데~ 연개도 김도 안난다

어히야~ 어히야 에야라 난다 지화자 좋다

니가 내간장 다녹힌다

권주가

자료코드 : 04_21_FOS_20100204_PKS_LJJ_0001
조사장소 : 부산광역시 부산진구 당감1동 당감1동경로당
조사일시 : 2010.2.4
조 사 자 : 박경수, 서정매, 황영태, 최수정
제 보 자 : 이정자, 여, 80세
구연상황 : 제보자는 다른 제보자의 권주가를 듣고 있던 중에 자신이 있었는지 큰 소리로 구연해 주었다. 창부타령 곡조 로 부른 것이다.

잡으세요 잡으세요 이술한잔을 잡으세요

이술이 술아니라 먹고노자는 동백주~요

노랫가락 / 그네 노래

자료코드 : 04_21_FOS_20100204_PKS_LJJ_0002
조사장소 : 부산광역시 부산진구 당감1동 당감1동경로당
조사일시 : 2010.2.4
조 사 자 : 박경수, 서정매, 황영태, 최수정
제 보 자 : 이정자, 여, 80세
구연상황 : 제보자는 노랫가락으로 그네 노래를 불러 주었다. 청중들은 박수를 치며 장단을 맞춰 주었다.

수천당 세모시낭게~ 늘어진가지다 군데를매여

임이뛰면 내가나밀고 내가뛰면은 임이밀고

임아임아 줄살살밀어라 줄떨어지면은 정떨어진다

도라지 타령

자료코드 : 04_21_FOS_20100204_PKS_LJJ_0003

조사장소 : 부산광역시 부산진구 당감1동 당감1동경로당

조사일시 : 2010.2.4

조 사 자 : 박경수, 서정매, 황영태, 최수정

제 보 자 : 이정자, 여, 80세

구연상황 : 다른 제보자가 도라지 타령 1절을 하자, 조사자의 유도에 따라 2절을 시작하
였다. 청중들은 모두 박수를 치며 장단을 맞추었다.

도라지 도라지 도라~지~

심-심 산천에 백도라지

어데 날때가 없~어서~

한바디 등석에 났느냐

　에헤용 에헤용 에헤용 어여라난다 지화자 좋네

　니가 내간장 서리살살 다 녹힌다.

다리 세기 노래

자료코드 : 04_21_FOS_20100204_PKS_LJJ_0004

조사장소 : 부산광역시 부산진구 당감1동 당감1동경로당

조사일시 : 2010.2.4

조 사 자 : 박경수, 서정매, 황영태, 최수정

제 보 자 : 이정자, 여, 80세

구연상황 : 조사자가 제보자에게 첫 구절을 읊어주자, 제보자는 다음 다리 세기 노래를

구연해 주었다.

이거리 저거리 갓거리
진도맹건 또맹건
짝발로 희양근
도리줌치 사리육

탈 것 노래

자료코드 : 04_21_FOS_20100204_PKS_JBN_0001
조사장소 : 부산광역시 부산진구 개금2동 엄광경로당
조사일시 : 2010.2.4
조 사 자 : 박경수, 서정매, 황영태, 최수정
제 보 자 : 전복남, 여, 84세
구연상황 : 제보자는 노래 부르는 것을 부끄러워하여 소극적으로 있었지만, 다른 청중들
이 권유하자 용기를 내어 다음 노래를 구연했다. 막상 노래를 부르자 손으로
바닥을 치면서 장단을 맞추어 불러 주었다.

영척은 소를타고
청송자는 학을타고
이태백이는 고래타고
일대장군 나귀선타고
우리고을 원님으는
탈것이 없어
조그만한 인력거타고
지근지근 나갈적에
이도룡은 탈것이 없어
춘향이로 탄다요~

모심기 노래

자료코드 : 04_21_FOS_20100204_PKS_JBN_0002
조사장소 : 부산광역시 부산진구 개금2동 엄광경로당
조사일시 : 2010.2.4
조 사 자 : 박경수, 서정매, 황영태, 최수정
제 보 자 : 전복남, 여, 84세
구연상황 : 조사자가 "낭창낭창"이라고 가사를 제시하자 제보자는 다음 노래가 생각이
났는지 불러 주었다. 청중들이 잘 부른다며 추임새를 넣어주기도 했다.

　　낭창낭창~ 베루끝에~ 무정하다 우리오빠
　　나도죽어 후승가여~이 처자한번 지킬라네

물방아 노래

자료코드 : 04_21_FOS_20100204_PKS_JSK_0001
조사장소 : 부산광역시 부산진구 개금2동 엄광경로당
조사일시 : 2010.2.4
조 사 자 : 박경수, 서정매, 황영태, 최수정
제 보 자 : 조성교, 여, 88세
구연상황 : 제보자는 느린 속도로 천천히 노래를 구연해 주었다. 그러나 무슨 노래인지
알 수 없게 가락을 만들어 불렀지만, 노래의 가사는 또렷하게 불러 주었다.

　　방아방아 물방아야
　　쿵쿵찧는 물방아야
　　떨어지는 콩에소리
　　빌새없이 울리면서
　　한섬두섬 찧어내니
　　배꽃같은 흰쌀일세
　　흰쌀갖다 밥을지어
　　양친부모 보양하세

5. 서구

증편 한국구비문학대계 ● 부산광역시 ③-중부산권

부산광역시 서구 남부민3동

조사일시 : 2010.2.4

조 사 자 : 박경수, 정규식, 박지희, 오소현

남부민3동 남성경로당

　남부민3동은 부산광역시 서구 남부민동의 세 동 가운데 하나이다. 남부
민동은 천마산 동남쪽 기슭에서 남항(南港)까지 이르는 지역으로, 이곳은
조선시대 동래부 사하면 부민리에 속해 있다가 일제시대인 1914년에 이
곳을 매립하여 새로운 터가 만들어져, 동명 제정과 함께 부민동 남쪽에
위치한다 하여 남부민정(南富民町)이라 하였다. 부민동과 함께 부민포(富
民浦)로 불리던 곳이다. 1947년에 왜색(倭色) 동명 변경에 따라 남부민동

으로 하였다가 1959년 동계(洞界) 개편 때 남부민동 일부와 충무로 5가 일부를 갈라서 남부민 1·2동으로 분동하였으며, 1970년에는 남부민2동에서 남부민3동이 분동하여 오늘에 이르고 있다.

이곳의 옛 이름은 '샛디'이다. '샛디'는 남부민동과 초장동 일대의 옛 이름이며, '샛디재'는 송도윗길의 암남동으로 넘어가는 현재의 대동맨션 앞 고갯길을 이른다. 이 길은 남항이 매립되어 송도아랫길이 생기기 전까지는 충무동쪽에서 송도로 가는 유일한 길이었다.

남부민동 일대는 국마목양장이 있었다. 국마장 또는 목마장(牧馬場)이라고도 하는 국마목양장은 나라에서 필요한 말을 기르는 곳으로, 부민포 주변의 지리적 여건을 감안할 때 목마장(목마장)으로 좋은 여건을 갖추고 있었다. 이곳에서 목마를 했을 것으로 추정되나 그 시기가 언제부터인지 알 수가 없다.

이 목마장은 1890년경까지 이어져 오다가 절영도(絶影島, 현재의 영도구)로 이전되었다. 목마장으로 인하여 이곳에 용마의 하강전설이 얽힌 천마산(남부민동과 초장동 뒷산)의 명산이 생겼으니 이곳이 목마장이었음을 뒷받침하고 있다.

한·일합방 무렵까지만 해도 남부민동은 어촌이 산재한 마을형태였다고 한다. 매립되기 전 영도와의 사이 앞바다는 좋은 어장이었으나 원시적인 어로활동은 영세한 생활을 면치 못했다고 한다. 1928년에 시공된 남항을 매축하는 이른바 '남빈지선매립공사(南濱地先 埋立工事)'인 이 공사는 마을발전의 계기가 되었다. 남항을 더욱 완전한 항구로 만들기 위하여 충무동에서 남부민동에 이르는 그 당시의 남빈정(南濱町, 충무동), 초장정(草場町), 녹정(綠町, 완월동)과 부민동의 일부를 매립하여 간선도로에 상가와 시가지를 배치하여 연안무역과 어업을 위한 항구 건설을 계획하였다.

인구가 증가되고 시가지가 형성되자 1932년에는 남부민공립보통학교가 개교되었다. 또한, 남부민동에는 지난날 두 번의 큰 재앙이 있었다. 1959

년 9월 17일 추석날 아침에 덮친 태풍 '사라'호와 1960년 10월 21일 대화재사건이 바로 그것이다. 해일을 동반한 엄청난 태풍의 피해로 이 곳의 판자촌이 거의 황폐화되었고, 그 이듬해에 발생한 큰 화재는 충무동에서 남부민동 일대를 밤새도록 태우고 많은 이재민을 내었다. 이후 남부민동 주변에는 판잣집이 더욱 늘어났는데 이는 도시발전의 저해 요인이 되었다.

이 문제가 국무회의에 상정되어 1966년 8월 26일 '부산항 정비계획'이 의결되었고, 부산시가 이 일대의 해안도로 조성과 해안매립공사에 즈음하여 사하구 신평동에 새로운 집단 이주지역을 마련하고, 충무동에서 남부민동에 이르는 해안에 밀집되어 있던 판잣집을 철거하여 모두 이곳으로 이주시켰다.

바로 이 자리에 수산부두가 시설되고 수산센터와 제빙회사 그리고 국내 최대 규모의 부산공동어시장이 건립되었다. 이를 계기로 남부민동은 송도로 연결하는 관광도로의 역할과 함께 연안에 즐비한 어선들의 모습과 더불어 어업전진기지로서 부산의 자랑거리로 등장하였다. 더불어 송도가 일본인들에 의해 개발이 시작되자 남부민동은 송도에 이르는 통로로서 조용하고 전망이 좋은 주택지로 자리 잡았다. 현재, 남부민동은 전국적으로 이름이 난 최대 규모의 부산공동어시장이 있으며 송도에 이르는 해안도로변에 대규모의 냉동회사들이 들어서 '수산 부산'의 면모를 보여주고 있다.

조사자 일행이 남부민동을 방문한 날은 2010년 2월 4일(목)이었다. 중구의 보수동 경로당에서 조사를 마친 후, 남부민동 남성경로당으로 이동하여 오후 3시 45분경에 도착하였다. 미리 서구청의 담당자로부터 경로당의 대략적인 위치를 파악한 상태여서 쉽게 찾을 수 있었다. 하지만 경로당에 사람이 많지 않아 조사가 수월하지 않았다. 박곡준 할머니(여, 84세) 외 2명의 다른 할머니와 1명의 할아버지가 있었지만 조사자들을 반기지 않았다. 모두 화투판에 집중하고 있었기 때문이다. 화투판을 멈춘 후 조사를 하려 했지만 불가능했다. 부득이 화투를 치는 상태에서 박곡준 할머니로부터 <아리랑>, <노들강변>, <도라지 타령> 등 총 4편의 민요만 조사할 수 있었다. 모두 근대 이후 신민요로 불린 것들이다.

이 경로당의 노인들은 조사자들의 방문을 귀찮아하는 눈치였다. 조사자가 조사의 취지와 목적을 열심히 설명했지만, 무관심한 듯한 태도를 보였으며 화투판에만 열중했다. 심지어 조사자에게 화투판의 판돈을 주면 노래를 해주겠다고 했다. 그러다 막걸리를 좋아하니 가게에 가서 마실 것과 먹을 것을 사오면 노래를 부르겠다고 해서 막걸리와 과자 등을 사와서 제공했지만 노래 구연은 제대로 이루어지지 못했다. 박곡준(여, 84세) 제보자가 민요 몇 편을 구연한 후 이제 힘드니까 다른 곳으로 조사하러 갔다가 오라고 해서 잠시 경로당을 나왔다가 다시 들어갔으나 소용이 없었다. 더 이상 구연할 것이 없다는 박곡준 제보자의 말을 듣고 경로당을 나올 수밖에 없었다. 조사에 소요된 시간은 1시간 정도였지만 조사한 자료는 짧은 민요 4편에 불과했다. 조사를 마치니 오후 5시가 가까웠다.

▌제보자

박곡준, 여, 1927년생

주 소 지 : 부산광역시 서구 남부민3동
제보일시 : 2010.2.4
조 사 자 : 박경수, 정규식, 박지희, 오소현

박곡준은 1927년 정묘생으로 토끼띠이다.
경남 합천에서 태어나 시집왔으므로 택호는
합천댁으로 불린다. 본관은 밀양으로 17세
에 시집와 1남 2녀를 두었다. 남편은 20년
전에 작고하였으며 자녀 가운데 병을 앓고
있는 자녀가 있다고 했다. 결혼 후 부산에
살았으며 오랫동안 장사를 하면서 생계를
유지했다고 한다. 현재는 특별한 직업 없이
소일하고 있으며 혼자 생활하고 있다고 했다. 제보자는 당시 소학교 야간
을 다녔으며 공부를 많이 하지 않아 아쉽다고 했다.

특별히 노래를 잘하거나 이야기를 잘하지는 않고 예전에는 심시하면
가끔씩 넋두리로 했다고 한다. 제보자는 남성경로당에서 주로 화투를 치
면서 시간을 보내거나 사람들과 막걸리 마시는 것을 좋아한다고 했다. 이
날도 조사자에게 막걸리를 사다주면 노래를 더 불러주겠다고 하면서 화
투에만 열중했다.

조사자 일행의 방문을 반가워하지 않는 모습이 뚜렷했으며 막걸리에
대한 보답으로 노래 몇 편을 구연하는 듯한 인상이었다. 조사자들이 아무
리 적극적인 구연을 유도하여도 여전히 화투판에만 몰두하여 더 이상의
구연을 이끌어내기 힘들었다.

박곡준 할머니는 <아리랑>, <노들강변>, <도라지 타령> 등 민요 네 편을 불렀다. 이들 중 <노들강변>은 1930년대 신불출 작사, 문호월 작곡에 의한 신민요로, 경기민요풍의 세마치장단으로 부르는 것이다. <강물 흘러 흘러>도 근현대 구전민요에 속하는 것으로 보인다. 이들 노래는 주로 어릴 적 어른들로부터 배우거나 놀면서 불렀던 것이라 했다. 제보자에게 설화 구연을 유도하였으나 아쉽게도 이루어지지 않았다.

제공 자료 목록
04_21_FOS_20100204_PKS_PKJ_0001 아리랑
04_21_FOS_20100204_PKS_PKJ_0002 도라지 타령
04_21_MFS_20100204_PKS_PKJ_0001 강물 흘러 흘러
04_21_MFS_20100204_PKS_PKJ_0002 노들강변

아리랑

자료코드 : 04_21_FOS_20100204_PKS_PKJ_0001
조사장소 : 부산광역시 서구 남부민3동 남성경로당
조사일시 : 2010.2.4
조 사 자 : 박경수, 정규식, 박지희, 오소현
제 보 자 : 박곡준, 여, 84세
청   중 : 3명
구연상황 : 조사자가 모심기 소리나 베짜는 소리 등의 구연을 요구했으나 그런 노래는
         잘 못한다고 했다, 그러던 중 아리랑이나 도라지 타령도 괜찮다고 하자 이 노
         래를 구연했다. 조사자가 경로당을 방문했을 때부터 화투판이 벌어지고 있었
         으므로 제보자는 화투판을 응시하면서 이 노래를 구연하였다.

     아리랑 아리랑 아라리요
     아리랑 고개로 넘어간다
     나~를 버리고 가시는님은
     십리도 못가서 발병난다

도라지 타령

자료코드 : 04_21_FOS_20100204_PKS_PKJ_0002
조사장소 : 부산광역시 서구 남부민3동 남성경로당
조사일시 : 2010.2.4
제 보 자 : 박곡준, 여, 84세
조 사 자 : 박경수, 정규식, 박지희, 오소현
청   중 : 3명
구연상황 : <노들강변>을 구연한 후 연속해서 부른 것이다. 조사자가 또 다른 노래가

없느냐고 하면서 구연을 계속 유도하자 이 노래를 불렀다. 제보자는 여전히 화투판에 몰두하고 있어서 노래를 제대로 구연하지 못했다. 민요를 더 불러 달라고 요구하기가 부담스러워 이 노래를 마지막으로 남성경로당의 조사를 마칠 수밖에 없었다.

도라지 도라지 도~라지
심심~ 삼천에 백도라지
한두~ 뿌리만 캐여도
바구니 반상만 되-노라
　에헤요 에헤요 에헤요오
　어여라 난다 지화자자 좋다
　니가 내간장 스리슬슬 다녹인다

강물 흘러 흘러

자료코드 : 04_21_MFS_20100204_PKS_PKJ_0001
조사장소 : 부산광역시 서구 남부민3동 남성경로당
조사일시 : 2010.2.4
조 사 자 : 박경수, 정규식, 박지희, 오소현
제 보 자 : 박곡준, 여, 84세
청   중 : 3명
구연상황 : 아리랑과 마찬가지로 제보자는 화투를 치는 도중 화투 패를 보면서 노래를
        불렀다. 아리랑이 끝난 후 조사자가 다른 노래는 없느냐고 구연을 유도하자
        이 노래를 불렀다. 손에 화투 패를 쥐고 있어서 시선은 화투판을 응시하고 있
        었다.

     강~물 흘러흘러 넘치는 물을
     떠나는 당신을 막을수 없거등
     이내눈 흐르는 두줄기 눈물을
     어떻게 당신이 막을소냐~

노들강변

자료코드 : 04_21_MFS_20100204_PKS_PKJ_0002
조사장소 : 부산광역시 서구 남부민3동 남성경로당
조사일시 : 2010.2.4
조 사 자 : 박경수, 정규식, 박지희, 오소현
제 보 자 : 박곡준, 여, 84세
청   중 : 3명
구연상황 : 앞의 노래가 끝난 후 계속해서 구연을 유도하였으나 다른 노래가 나오지 않

왔다. 조사자가 창부타령이나 노랫가락 등도 좋다고 하자 이 노래를 불렀다. 여전히 화투를 치면서 구연을 하였다. 이 <노들강변>은 1930년대 문효월 작곡, 신불출 작사의 신민요로 경기민요풍의 세마치장단으로 부른다.

노들~강변 봄버~들 휘휘~ 늘어진 가지에다
무정~세월 한허리를 칭칭~ 동여서 매여나볼까

6. 연제구

▌조사마을

부산광역시 연제구 거제1동

조사일시 : 2010.2.2

조 사 자 : 박경수, 서정매, 황영태, 최수정

도로변에 가건물로 지어진 남문경로당 입구

　오늘날의 거제동(巨堤洞)은 조선시대에 서면에 속했고 '거벌리'라 하였다. 『동래부지』(1740)에는 "거벌리가 동래부에서 5리 떨어져 있다"라고 하였으며, 『동래부읍지』(1832)에는 동래부에서 6리에 있다고 기록되어 있다. '거벌(居伐)'은 '거벌(巨伐)'로도 표기되어 '큰 벌'을 뜻하는 원야(原野)를 의미한다. 이 원야는 오늘날 거제동과 연산동 일대에 펼쳐 있던 넓은 들을 말하는 것으로, 이 지역이 바로 거벌리였다.

일제 강점기에 범어천·온천천·서천 등의 이름을 가지면서 동래로 흘러내려 오는 온천천에 큰 제방을 쌓아 온천천이 수영천과 합류되도록 했다. 거제리란 명칭은 온천천에 큰 제방을 쌓고 난 뒤부터 생겨났다. 자연 마을로는 대조리, 거벌리, 대조리, 남문구 마을이 있었으며, 광무 3년 (1899)에 거벌리는 거평리로, 대조리는 대제리로 개칭되었다가 1914년 행정구역 개편에 따라 거평리의 '거'와 대제리의 '제'가 합쳐져 거제리(巨堤里)로 개칭되어 오늘에 이르고 있다.

거제동은 1957년 구제 실시로 동래구에 편입되었다가 1970년 7월 거제1, 2, 3동으로 분동되었다. 1979년 인구가 급증함에 따라 거제 3동이 다시 거제3, 4동으로 분동되었다.

거제1동에 있는 남문경로당은 미리 연락을 하고 찾아간 곳인데, 도로 가에 지어진 가건물이었다. 건물은 작았지만, 남자 경로당과 여자경로당이 한 건물 안에 각각 있었다. 여자경로당에는 8명이 앉아 있었는데, 조사자들이 함께 앉자 방안이 빼곡할 정도로 가득 찼다. 그런데 막상 자신 있게 노래를 부르거나 이야기를 하려는 분이 없어서 남자경로당으로 이동하여 조사를 시작하였다.

민요로는 <상여소리>, <농부가>, <양산도>, <창부타령>, <덜구소리> 등이 구연되었고, 설화로 <혼령의 원한을 풀어주고 부자 된 과객> 등 여러 편이 구술되었다.

부산광역시 연제구 거제2동

조사일시 : 2010.2.2
조 사 자 : 박경수, 서정매, 황영태, 최수정

거제동(巨堤2洞)은 1970년 7월에 거제동이 분동되면서 생긴 행정 동명이다. 위쪽으로는 부산지방법원과 고등법원, 그리고 부산지방검찰청과 고등검찰청이 있는 거제1동이 있고, 아래쪽으로는 거제로 양편에 아파트들이 줄지어 있는 거제4동과 경계를 이루고 있다. 거제2동에는 거성로와 월드컵길 사이에 구주택지구가 자리잡고 있고, 동래구 사직동과 연결되어 있는 부산아시아드주경기장 등 운동시설들이 들어서 있다. 부산아시아드 주경기장 뒤편은 금정산이 둘러져 있는데, 거제2동을 넘어가면 부산진구 초읍동의 어린이대공원으로 가게 된다. 거제2동에는 2010년 현재 6,000여 가구에 17,400여 명이 거주하고 있다.

거제2동에 위치한 거송경로당은 경로당의 정확한 위치를 알 수 없어서 몇 번씩 전화를 통하고서야 겨우 찾을 수 있었다. 경로당은 2층 건물이었는데, 공간이 매우 넓고 어른들도 많이 있었다. 대부분 화투를 치고 있어서 몇 분만이 둘러앉아 조사가 진행되었다. 유일하게 이종기(남, 75세)로부터 <모심기 노래>와 2편의 설화를 들을 수 있었다.

거제2동 거송경로당 앞의 마을 전경

부산광역시 연제구 연산6동

조사일시 : 2010.2.2

조 사 자 : 박경수, 서정매, 황영태, 최수정

부산의 중심에 위치한 연제구는 삼한시대를 거쳐 거칠산국(居漆山國)의 치소(治所)였다. 『삼국사기』에 따르면 신라 제4대 탈해왕(AD57~58년) 때 거도(居道)라는 장수를 파견하여 거칠산국을 정벌, 신라에 병합하고, 신라 지증왕 6년(505년)에 거칠산군(居漆山郡)을 두었다는 기록이 있다. 통일신라시대 경덕왕 16년(757년)에 부산지역을 거칠산군에서 동래군(東萊郡)으로 개명했다. 부산지역이 동래군에 소속된 이래, 현재의 연제구는 고려 현종 9년에 동래현(東萊縣), 조선 태조 6년에 동래진(東萊鎭), 명종 2년에 동래도호부(東萊都護府), 조선 후기에는 동래도호부 서면(西面)에 소속되어 있었다.

연제구 지역은 1957년 1월 1일 부산광역시의 구(區)제 실시로 동래구에 편입되어 있다가 1995년 3월 동래구에서 분구되어 새로운 구로 탄생되었다. 연제구의 관할 구역은 거제1, 2, 3, 4동과 연산1, 2, 3, 4, 5, 6, 7, 8, 9동인데, 연산동의 연(蓮)과 거제동의 제(堤)를 따서 연제구라는 명칭이 제정되어 현재에 이르고 있다.

연산6동은 종전의 연산3동에서 1979년 8월 8일 분동된 행정구역이며, 1995년 3월 1일 동래구에서 분구된 이후 연제구 연산6동으로 남아 오늘에 이르고 있다. 1970년 시행된 연산 망미지역 토지구획사업에 따라 주택지로 개발된 지역으로, 배산을 북으로 등지고 앞쪽은 남쪽을 향한 양지바른 신흥주거지로 부상된 지역이다. 교통 역시 양정교차로에서 수영교차로로 달리는 연산로에 인접하고 있어 매우 편리하다. 연산6동사무소는 연산로에 가까운 연산6파출소와 인접해 있다.

연산6동에 있는 양지경로당은 미리 연락을 하지 않고 불쑥 찾아들어간

곳이다. 새로 지은 건물이어서 그런지 안이 무척 넓고 쾌적하였다. 노인들은 친절하게 조사자들을 맞이해 주었고, 현장조사에 협조적이었다. 제보자 중에서 특히 고계순 노인(여, 80세)이 많은 노래와 설화를 구연해 주었다. <고려장이 없어진 내력> 등 10여 편의 설화와 10여 편의 민요를 제공했다. 설화의 구술력과 민요의 가창력이 모두 뛰어난 제보자였다. 고계순 외 다른 제보자들로부터도 <논매기 노래>, <파랑새요>, <다리 세기 노래>, <베짜기 노래>, <진도아리랑> 등이 구연되었다.

연산6동 양지경로당 입구

▎제보자

강대창, 남, 1932년생

주 소 지 : 부산광역시 연제구 거제1동
제보일시 : 2010.2.2
조 사 자 : 박경수, 서정매, 황영태, 최수정

강대창은 1932년 임신년 생으로 충청북
도 단양군 적성면 하원곡리 서리동에서 태
어났다. 올해 나이는 79세이며 원숭이띠로
본관은 진주이다. 17세에 1살 연상인 부인
과 결혼하여 30년째 부산광역시 북구 화명
동에서 살고 있다. 슬하에 6남 1녀를 두었
다. 초등학교를 졸업하였으며 이후 양해공
장에서 직원으로 근무하였다. 종교는 불교
이다. 남문경로당이 있는 거제1동에는 살고 있지는 않지만, 경로당에 자
주 놀러오며, 남문경로당에는 25년째 다니고 있다고 했다.

제보자는 비교적 묘사를 정확하게 하는 점으로 보아 꼼꼼한 성격으로
보였다. 다른 제보자들의 이야기를 듣고 생각나는 이야기와 노래를 제공
해 주었다. 제보자가 제공해 준 자료는 설화 2편과 민요 4편이다.

제공 자료 목록
04_21_FOT_20100202_PKS_KDC_0001 혼령의 원한을 풀어주고 부자 된 과객
04_21_FOT_20100202_PKS_KDC_0002 화가 나서 하는 소리
04_21_FOS_20100202_PKS_KDC_0001 상여소리
04_21_FOS_20100202_PKS_KDC_0002 농부가
04_21_FOS_20100202_PKS_KDC_0003 양산도
04_21_FOS_20100202_PKS_KDC_0004 창부타령

고계순, 여, 1931년생

주 소 지 : 부산광역시 연제구 연산6동
제보일시 : 2010.2.2
조 사 자 : 박경수, 서정매, 황영태, 최수정

　고계순(高季順)은 1931년생으로 경상남도 밀양시 금동 우곡마을에서 태어났다. 올해 나이 80세이며 양띠로 밀양우곡댁이라 불린다. 20세에 남편을 만나 21세 때에 결혼을 하여 부산 연산동에서 현재까지 59년째 살고 있다. 그러나 남편은 34년 전에 작고하여 오랫동안 홀로 살았다. 자녀는 없다. 학교는 다닌 바가 없으며, 불교를 믿었으나, 현재에는 기독교를 믿는다고 했다. 1931년생이지만, 주민등록상에는 1934년생으로 기록되어 있다고 한다.

　제보자는 기억력이 좋고 적극적인 성품으로 많은 노래와 이야기를 구연해주었다. 제공해준 자료는 설화 8편과 민요 10편이다. 이들 설화와 민요는 모두 어렸을 때 듣고 배운 것이라고 했다.

제공 자료 목록
04_21_FOT_20100202_PKS_KGS_0001 고려장이 없어진 내력
04_21_FOT_20100202_PKS_KGS_0002 토끼에게 속아 아기를 삶아 먹은 노부부
04_21_FOT_20100202_PKS_KGS_0003 좆총이 무서워 도망간 호랑이
04_21_FOT_20100202_PKS_KGS_0004 봉사와 벙어리 부부의 대화법
04_21_FOT_20100202_PKS_KGS_0005 똥을 싸고 날아간 제비
04_21_FOT_20100202_PKS_KGS_0006 앉은뱅이, 귀머거리, 봉사의 어긋난 대화
04_21_FOT_20100202_PKS_KGS_0007 동래온천의 유래
04_21_FOT_20100202_PKS_KGS_0008 혀 짧은 일본 순사의 말
04_21_FOS_20100202_PKS_KGS_0001 굴뚝새 노래
04_21_FOS_20100202_PKS_KGS_0002 아기 어르는 노래 / 알강달강요

04_21_FOS_20100202_PKS_KGS_0003 아기 재우는 노래

04_21_FOS_20100202_PKS_KGS_0004 모심기 노래

04_21_FOS_20100202_PKS_KGS_0005 화투타령

04_21_FOS_20100202_PKS_KGS_0006 노랫가락 / 그네 노래

04_21_FOS_20100202_PKS_KGS_0007 청춘가

04_21_FOS_20100202_PKS_KGS_0008 권주가

04_21_FOS_20100202_PKS_KGS_0009 창부타령

04_21_FOS_20100202_PKS_KGS_0010 너냥 나냥

김남진, 남, 1939년생

주 소 지 : 부산광역시 연제구 거제1동

제보일시 : 2010.2.2

조 사 자 : 박경수, 서정매, 황영태, 최수정

김남진은 1939년 기묘년 생으로 경상북도 의성군 비안면 현산리에서 태어났다. 올해 72세이며, 토끼띠로 본관은 경주이다. 25세 때 부인을 만나 결혼을 하였지만, 부인은 10년 전에 암으로 사망하였다. 의성에서 부산으로 와서 현재 50년째 살고 있으며, 슬하에 2형제들을 두었는데 모두 부산에서 살고 있다. 초등학교를 졸업하고, 이후 건설업에 종사하였다. 종교는 불교이다.

제보자는 다른 제보자들이 이야기를 끝내면 조심스럽게 이야기판에 참여하여 설화 3편과 민요 1편을 제공했다. 이야기를 구술할 때에는 자신이 없는지 말끝을 흐리는 특징이 있었다.

제공 자료 목록

04_21_FOT_20100202_PKS_KNJ_0001 도깨비에게 홀린 사람

04_21_FOT_20100202_PKS_KNJ_0002 도깨비와 씨름한 사람
04_21_FOT_20100202_PKS_KNJ_0003 멧돼지를 피해 나무에 올라간 약초꾼
04_21_FOS_20100202_PKS_KNJ_0001 덜구소리

박옥순, 여, 1927년생

주 소 지 : 부산광역시 연제구 연산6동
제보일시 : 2010.2.2
조 사 자 : 박경수, 서정매, 황영태, 최수정

박옥순은 1927년생으로 경상남도 통영에
서 태어났다. 올해 나이 84세로 토끼띠이며
택호는 일본댁이라 불린다. 본관은 밀양이
다. 17세에 남편을 만나 결혼하였으나, 남편
은 65세 때에 작고하여 홀로 살고 있다. 슬
하에 4남 1녀를 두었으며, 결혼 후 지금까
지 연산6동에서 살고 있다. 주부로서 살아
왔으며, 초등학교를 졸업하였다. 종교는 기
독교이다.

제보자는 시원시원한 성격으로 다른 제보자가 노래를 시작하면 따라서
부르는 등 적극적으로 조사에 참여했다. 그러나 제공한 자료는 설화 1편
과 민요 1편이다.

제공 자료 목록
04_21_FOT_20100202_PKS_POS_0001 고무신을 신지도 못하고 잃어버린 문칠네
04_21_FOS_20100202_PKS_POS_0001 진도아리랑

손기조, 여, 1919년생

주 소 지 : 부산광역시 연제구 연산6동
제보일시 : 2010.2.2
조 사 자 : 박경수, 서정매, 황영태, 최수정

　손기조는 1919년생으로 경상남도 밀양시 단장면에서 태어났다. 올해 92세로 양띠이며 밀양댁으로 불린다. 18세에 동갑인 남편을 만나 결혼하였으나, 남편은 48세가 되던 해에 작고하여 48년간 홀로 살아왔다. 슬하에 7남매를 두었으나 자녀 3명은 이미 저 세상으로 먼저 가고, 2남 2녀의 자녀들만 남아 있다. 제보자는 현재 맏딸의 집에서 거주하고 있다. 벼농사를 지었으며, 학교는 다닌 바가 없다. 그러나 학교를 다니고 싶은 마음에 야학을 잠시 다니기도 했으나 아버지의 반대로 중간에 그만둘 수밖에 없었다. 종교는 불교였으나, 지금은 아무 것도 믿지 않는다고 했다.

　제보자는 민요 2편을 불러 주었다. 제공해 준 노래는 어렸을 때 친구들과 함께 부르거나 일하면서 듣고 배운 것이라고 했다.

제공 자료 목록
04_21_FOS_20100202_PKS_SGJ_0001 다리 세기 노래
04_21_FOS_20100202_PKS_SGJ_0002 모심기 노래

이계연, 여, 1933년생

주 소 지 : 부산광역시 연제구 연산6동
제보일시 : 2010.2.2
조 사 자 : 박경수, 서정매, 황영태, 최수정

이계연은 1933년생으로 경상북도 김천에
서 태어났다. 올해 78세이며 닭띠로 택호는
따로 불리는 것이 없다. 나이 20세에 남편
을 만나 결혼하였으나 남편은 16년 전에 작
고하여 오랫동안 홀로 살고 있다. 슬하에 2
남 3녀를 두었으며 막내아들은 미국 LA에
서 살고 있다고 했다. 제보자는 살림만 하는
주부로 살았으며, 마을에서 부녀회장을 맡
은 바 있다. 초등학교를 졸업했으며 종교는 불교이다. 연산6동에서 거주
한 때는 막내아기를 낳고 돌이 지나고 난 뒤부터 지금까지 40년이 넘는
다고 했다. 17살 때 6·25전쟁 기간 중에 여성동맹위원장을 맡기도 했다
한다. 제보자는 열성적이고 활동적인 성품을 지닌 것으로 보였다.

제보자가 제공한 자료는 민요 3편으로, 어렸을 때 주위에서 부르는 노
래를 듣고 자연스럽게 알게 된 노래라고 했다.

제공 자료 목록
04_21_FOS_20100202_PKS_LGY_0001 아기 재우는 노래 / 자장가
04_21_FOS_20100202_PKS_LGY_0002 화투타령
04_21_FOS_20100202_PKS_LGY_0003 베짜기 노래

이수금, 여, 1934년생

주 소 지 : 부산광역시 연제구 연산6동
제보일시 : 2010.2.2
조 사 자 : 박경수, 서정매, 황영태, 최수정

이수금(李手今)은 1934년생으로 부산광역시 사직동에서 태어났다. 올해
나이 77세로 개띠이며 감나무집댁이라는 택호로 불린다. 본관은 전주이
다. 나이 21세에 남편을 만나 결혼하여 양정에서 살다가 연산동으로 이사

를 온 후 현재까지 55년째 살고 있다. 남편
은 1년 전에 작고하였다. 슬하에 2남 1녀를
두었으며 모두 부산에 거주하고 있다. 주부
로서 살아왔으며, 초등학교를 졸업하였다.
부산토박이 말씨를 느낄 수 있다. 종교는 따
로 없다.

　이야기를 하지 않고 있다가 갑자기 생각
나는 이야기가 있다며, <고무신을 신지도
못하고 잃어버린 문칠네> 이야기를 재미있게 구술해 주었다. 옛날에 전
해들은 이야기라고 했다.

제공 자료 목록
04_21_FOT_20100202_PKS_LSG_0001 고무신을 신지도 못하고 잃어버린 문칠네

이종기, 남, 1936년생

주 소 지 : 부산광역시 연제구 거제2동
제보일시 : 2010.2.2
조 사 자 : 박경수, 서정매, 황영태, 최수정

　이종기는 1936년 병자년 생으로 경상남
도 밀양시 부북면 감천리에서 태어났다. 올
해 75세이며 쥐띠로 본관은 경주이다. 26세
때 1살 연하의 부인과 결혼을 하여 59년째
연제구 거제2동에서 함께 살고 있다. 슬하
에 3남 1녀를 두었는데, 두 명의 자녀는 부
산에서 살고, 한 명은 울산, 나머지 한 명은
서울에서 살고 있다. 종교는 따로 없으며 청

주대학교 2학년을 다니다 중퇴를 했으며, 전화국 선로과에서 근무를 하였다고 했다.

제보자는 이야기를 할 때 상황 묘사를 정확하게 하려고 했다. 설화 2편 외에 <모심기 노래>도 구연해 주었는데, 농사를 지을 때 일하면서 듣고 배운 것이라고 했다.

제공 자료 목록
04_21_FOT_20100202_PKS_LJK_0001 도깨비와 싸운 사람
04_21_FOT_20100202_PKS_LJK_0002 개보다 못한 부모 신세
04_21_FOS_20100202_PKS_LJK_0001 모심기 노래

이채옥, 여, 1929년생

주 소 지 : 부산광역시 연제구 연산6동
제보일시 : 2010.2.2
조 사 자 : 박경수, 서정매, 황영태, 최수정

이채옥(李採玉)은 1929년생으로 평안남도 평양에서 태어났다. 올해 82세로 뱀띠이며, 이북댁으로 불린다. 본관은 전주이다. 평양에서 살다가 6·25전쟁이 일어난 후 부산으로 이주해서 지금까지 살고 있다. 26세에 남편을 만나 결혼하여 부산광역시 연산6동에서 45년째 살고 있다. 남편은 8년 전에 작고하였으며, 슬하에 2형제를 두었다. 현재 작은 아들과 함께 살고 있고, 큰 아들은 큰집에 양자로 보냈다고 했다. 평양에서 중학교를 다녔으나 중퇴하였으며, 종교는 현재 기독교라고 했다. 주부로 살아왔으며 교회를 다니게 되면서 다시 공부를 하게 되었다고 한다. 이북 사투리를 쓰고 있으며, 현재 교회 성가대에서 찬양을 하고 있다.

조심스러운 성품으로 다른 청중들에게 이런 노래를 해도 괜찮은지 물어
보고는 구연을 해주었다.

제공 자료 목록
04_21_FOS_20100202_PKS_LCO_0001 파랑새요
04_21_FOS_20100202_PKS_LCO_0002 다리 세기 노래

이해선, 여, 1934년생

주 소 지 : 부산광역시 연제구 연산6동
제보일시 : 2010.2.2
조 사 자 : 박경수, 서정매, 황영태, 최수정

이해선은 1934년생으로 경상남도 통영시
욕지도에서 태어났다. 올해 나이 77세로 개
띠이며 시돈댁으로 불린다. 본관은 전주이
다. 결혼과 남편에 대해서 말하는 것을 꺼렸
으며, 슬하에 딸 한 명이 있다고 했다. 주부
로 살림을 살았으며, 학교는 다닌 바가 없다
고 했다. 주소나 연락처에 대해서도 잘 모른
다고 하였다. 제보자는 <다리 세기 노래>

를 구연해 주었는데, 귀동냥으로 들은 것이라고 했다.

제공 자료 목록
04_21_FOS_20100202_PKS_LHS_0001 다리 세기 노래

최금이, 여, 1924년생

주 소 지 : 부산광역시 연제구 연산6동
제보일시 : 2010.2.2

조 사 자 : 박경수, 서정매, 황영태, 최수정

최금이는 1924년 쥐띠 생으로 올해 87세
이다. 최근에 할머니 미인대회에 참가해서
대상을 탄 경력이 있다고 했다. 그런 만큼
나이에 비해서 얼굴이 곱고 젊게 보였다. 그
런데 택호는 물론 본관, 남편에 대한 정보까
지 말하기를 원하지 않아서 나이 외에 다른
사항을 알 수가 없었다. 제보자는 민요 2편
을 제공했다.

제공 자료 목록
04_21_FOS_20100202_PKS_CGI_0001 아기 재우는 노래 / 자장가
04_21_FOS_20100202_PKS_CGI_0002 논매기 노래

혼령의 원한을 풀어주고 부자 된 과객

자료코드 : 04_21_FOT_20100202_PKS_KDC_0001
조사장소 : 부산광역시 연제구 거제1동 남문경로당
조사일시 : 2010.2.2
조 사 자 : 박경수, 서정매, 황영태, 최수정
제 보 자 : 강대창, 남, 79세
구연상황 : 제보자는 다른 제보자의 이야기를 듣고, 자신도 도깨비 이야기를 할 수 있다
며 자발적으로 이야기를 구술하였다. 귀신 얘기를 해도 되느냐며 재차 확인한
뒤 구술해 주었다.
줄 거 리 : 옛날에 한 사람이 포목 장사를 잘하는 사람과 같이 강원도로 포목을 팔러 갔
다. 어느 산골 쉼터에서 쉬는 도중에 장사를 잘하는 사람을 죽이고 그 사람의
물건을 빼앗아 판 다음 집으로 왔다. 어느 날 한 과객이 그 사람이 죽은 곳을
지나가는데 슬픈 소리가 나서 가보니 해골이 풀숲에 놓여 있었다. 그 해골을
묻어준 후, 혼령이 자신을 따라와 범인을 잡아줄 것을 부탁했다. 그 혼령의
제삿날에 범인이 와서 거짓으로 울자 혼령이 시키는 대로 그 범인을 잡았다.
자식들이 자초지종을 알고 그 사람을 후하게 대접하고 집과 농토를 주는 바
람에 그 사람은 잘 살게 되었다.

옛날에는 인제 이 장사꾼이, 그 저 등짐을 짊어지고 장사를 했단 말이
요. 그 경상도 사람이 강원도로 가 팔고, 강원도 사람이 경상도 가서 팔
고. 그래 한 포목장사가 있었는데, 포목은 뭐냐 하믄 광목, 비단 이런 걸.

경상도에서 한 짐 해가 짊어지고 저 강원도 준령 태산을 넘어서 거 가
서 인제, 팔아가지고 오고 하니깐, 그 이웃사람이 하나 가만히 보니깐 참
돈을 잘 버는 것 같거든, 이 사람이. 그래,

"이 사람아, 자네 요번에 뭐 얼매나 냄깄는고?"

하니깐,

"아 그 뭐, 뭐 얼마 얼마가 남았다."

"그럼 나도 좀 할 수 없는가?"

이래도,

"왜 할 수 없어."

"그럼 밑천이 얼매나 하몬 되는가? 우리 집에 저 송아지 한 마리 팔면은 밑천 되는가?"

이랬다. 하니깐,

"암 되지."

그래가지고 이제 경상도에서 명주, 광목, 뭐 이런 뭐시기 한 짐을 사 짊어졌어요. 짊어지고, 강원도 어느 산을 넘어가는데 보통 인제 그 옛날에 걸어가니깐 굉장히 되거든(힘들거든). 그 저 말랭이(꼭대기) 가면은 쉼터가 있단 말이야. 요새 같으면 쉼터지. 그 뭐 서낭당도 있고, 그 밑에 쉼터에 쉬는데, 이 먼저 하던 사람이 속에 컴컴한 마음이 생긴 거야.

그래가지고 내준 그 송아지 팔아 준 물건 해온 사람을 고만 고서 죽여 뺐어. 죽여가지고 그 어디 끌어다가 산태 난 데다가 파고 슬쩍 묻어놓고, 자기가 그 사람꺼정 다 가져 가서 강원도 가서 팔아가지고 내려왔단 말이요. 내려오니까 그, 그, 같이 간 아주머이가 물을 거 아니요.

"아이고 우리 집에도 같이 갔는데 왜 안 옵니까?"

하고 물으니까,

"아니, 나는 어디로 가고 그 사람은 어디로 갔는데 아마 곧 올 겁니다."

이래 대답했단 말이야. 오긴 뭘 와. 죽이긴 지가 죽여놓고. 그래, (청중 : 요새 같으면 찾을 긴데.) 응.

그래 인자, 참, 이 사람은 죽고 말았는데, 이 사람은 그 장사도 하고 안 하기도 하고 그랬는데, 이 사람의 죽은 사람이 나간 날에 안 들어오니깐, 그 집이 제사를 지낸기라. 나간 날로 제사를 지낸다.

옛날 같으면 소상, 대상 지내잖아요, 그제? 제사를 지내, 나간 날로 소상이 다 왔다, 소상.

그래 소상 날인데 그때 마침 어느 가객이(과객이) 개나리봇짐을(괴나리 봇짐을) 짊어지고, 어디 참 경기도에서 이 경상도로 오다가 그 재에서 쉬자니깐, 그 재에서 쉬자니까 아이, 자꾸 슬픈 소리가 슬픈 소리가, 그 뭐 참 우는 소리 겉기도 하고 슬픈 소리가 나서, 한참 머리 그 방향을 찾아 가보니깐, 사람 해골이 있는데, 해골이 있는데, 그 해골 보통 썩으면 [얼굴의 눈을 가리키면서] 여기 눈 있는 데 뻐끔뻐끔 다 이렇거든, 빽다구만 남고.

그 글로 풀이 이래 시방 풀. 풀이 올라와서 바람이 불어 흔들리기만 하몬 소리가 나고, 소리가 나고 이래하거든. '야, 이거 이것도 참 사람의 두골인데, 이래 그냥 두고 보고 보고 갈 수가 없다.' 해가지고, 그래 뭐 도구는 없지만은, 그래도 파고, 그래 저 묻어주고.

그러곤 인자 그 과객이 어데마침(어디까지) 오다니깐 어 왠 사람이 뒤를 따라온다고요, 뒤를 따라와. 과객이니깐 뭐 가는 데마다 저 집이고 가는 데마다 고만 자야 되거든. 그런데 따라오니깐 같이 좀 얘기도 하고 같이 갈라고, 앉아서 쉬려고 앉아 있으몬 또 안 오네.

또 그런가 고 또 앉아 있으니깐 또 안 온다 이기요. (청중 : 그 혼령인 갑다.)예. 그래 그게, 그기 인제 알고 보몬 죽은 사람의 귀신이라, 뒤에 따라온 사람이. 귀신인데, 그래 인제 이 사람이 안 되겠어서 그 앉아서 쉬다가,

"여보, 여보."

오라고 불렀어요, 그 뒤에 오던 사람을. 안 오던 사람을 불렀어요. 부르니깐 왔더라는 기라. 거 와가지고 얘기 서로 하는데,

"그 어떻게 언, 당신 어디꺼정 가느냐?"

"뭐, 뭐, 난 어디꺼지 간다."

인제 이런 얘기 서로 얘기하며, 과객, 개나리봇짐 진 가객하고, 그 인제

해골 묻어준 귀신하고 얘기를 하는 거지, 지금 말하자면.

"음, 난 경상도 어디 아무 데 아무 데 있는데, 사실 오늘이 우리 집에 가면은 내가 나간 날로 내가 죽었다고 제사를 지내는 날이다. 날이니까 가객이니깐 어디 가도 자도 맨 가객, 누구 사랑방을 빌려 잘 거 아닙니까? 이러니깐 나하고 같이 갑시다."

귀신이, 불러온 귀신이 그런 말 하거든.

"그래, 하이구 좋다."

고 과객이. 너무 좋다고. 근데 그 사람 경상도 가만히 어디 가서 생각하는데 몇 백 리 되는데 길이, 도저히 올 수가 없는 형편이라, 그 가객 생각에는. 그런데, 뒤에 따라오는 귀신은, 귀신은 하는 말이,

"이 손님이 인젠 내가 앞에 설 테니깐, 내 걸은, 디딘 자국만 디디고 따라 와라. 따라 오면 내랑 같이 갈 수 있다."

이거요. '아 그래 뭐' 이 사람은 귀신이 앞에 서고, 개나리봇짐 진 그 가객은 뒤에 서고 해가지고, 거 거 가는 발자국만 가니깐 저 어느 마을이 탁 나오는 기라. 나오는데, 들다보니깐 그 안에 거 차일, 왜 저 이런 일광을 가르는 그 차일이라는 거 있잖아요? 그 그걸 쥐고 사람이 막 욱신욱신하고.

"아 그래 저게 뭐냐?"

하니깐,

"저게 바로 우리 집이다. 우리 집인데, 우리 아들이 내 죽은 날이라고 지금 소상, 제살 지낸다고 문상, 상주 모르는 문상객도 있고, 그렇다."

"우째야 되느냐? 당신은 귀신이니깐 들어가지만, 나는 우째야 되느냐?"

"날만 따라 들어오몬 딴 사람은 안 보일 테니깐 따라 들어오라."

이거야.

"들와가지고 내 앉아 있는 옆에서 자기 자시고 싶은 대로 자시라."

이거여. 실컷 차려 놨을테니깐, 제사 제삿상에 가객이니깐 출출하고 뭐

얼매나 좋언노.

그래 아 그래 이 사람 드가맨 보니깐, 손님들 다 보이는데 딴 사람들이 모두 말도 안 하고, 자기는 보는데 딴 사람은 안 보이는 기라 인제.

그래 그 귀신 앉은 옆에 같이 쭈구려 앉았어. 앉아가지고 이 사람 하는 말이,

"내가 같이 가서 거 어떤 사람한테 내가 죽어서 이렇게 됐는데, 내한테 와서 문상한다고 하면서 구부리고 절하고 하는 놈이 있을 테니깐, 그때 내가 저 놈 끌어 엎어라 하거든 바로 그놈이니깐 해 다오."

이기야. 그 가객보고. 그래, 실컷 먹으니깐, 자꾸 보통 제사에는 이 사람들이 자꾸 준다 이거야. 보통 제사에는 음식이 안 줄거든. 안 주는데, 제삿상에 음식이 자꾸 주네 이거, 술 부어 놓으몬 술도 없어져, 고기도 없어져.

그래, 자손이 가만히 생각하니깐, '우리 아버지 혼이 와서 자싰는가 보다.'고. 없어지몬 또 갖다놓고, 없어지몬 또 갖다놓고, 실컷 먹었다. 먹고 있는 순간에 어떤 놈이 하나 썩 꺼무둑한 놈이 도둑놈 같이 생긴 놈이 하나 오디만은,

"아이고, 이 친구 내가 참 아무적게(어느 때) 내하고 같이 갔다가 못 돌아온 사람인데, 이거 참 안 됐다."

하면서 잔을 한 잔 부우가지고 올리는 순간에,

"저 놈이다, 끌어 엎어라."

그러며 이 과객이 그만 허벅지를 들고 탁 끌어 엎었다.

"이놈우 자석, 니가 이놈우 자석, 이 사람 죽였지?"

하고 끌어 엎은 기라. 아이고, 그러니깐 제삿집이 그만 난리가 난 거지 뭐 뭐. 안 보이던 사람이 툭 튀어나와가지고, 그 사람을 끌어 엎고,

"이놈 니가 죽였지?"

하니깐 난리 나는 거지 뭐. 아 그럼 뭐 이거 여럿이 상주들하고 막 모

여가지고,

"참 여기 우쩐 내력이냐?"

가객한테 개나리봇짐 가객한테 물을 거 아니야.

"우쩐 내력이냐?"

그래 사실은 내가 얘기를 똑바로 했어.

"강원도서 경상도로 넘어오는 아무 재 거 와서 쉬자니깐, 그 참 슬픈 소리가 나서 거 가보니깐, 해골에 살은 다 썩고, 해골에 저 풀 해귀가 이래 나와가지고, 바람이 불어 이래 이래 건드리니깐, 자꾸 슬픈 소리가 나더라."

그 내가 끌어 묻어 줬는데, 거 어디만큼 오다 보니깐 사람이 따라와서 인제 고 얘길 쪼옥 했어. 쪼옥 하니깐 과연 맞거든. 그래 고만, 요새 겉으몬 경찰서겠지, 옛날에 관가에, 관가에다가 고발을 했어요. 해가지고, 그래 고만 관가에서 잡다가, 그 놈은 잡아갔버리고. 그래, 그 뒤에 상주들이,

"우리 아버지 백골을 좀 찾아주시오."

하고 그 가객한테 매달렸어. 그러니까,

"한 분 그래마."

고. 그래 인제 상주들하고, 뭐 그땐 뭐 뭘로 갔는지 모르지, 말로 탔는가 걸어갔는가 며칠을 걸어갔겠지, 뭐 뭐. 경상도 강원도 어디 저 잿만리(산꼭대기) 가자면 한참 걸어갔을 기구만. 암. 그래 가서 거 해골을 찾아줬어요. 자기가 손을 들어 산태 밑에다 끌어 묻어 줬으니깐, 찾을 수 있거든.

그래 이 자손들이 그 참 개나리봇짐 진 가객을 할멍까지 하나 얻어주고, 집 하나, 농토를 사줘가지고, 그래 고서 우리 아버지 은공을 가려준 은인이라고. 그래 해서 참 잘 살은 이야기랄까.

화가 나서 하는 소리

자료코드 : 04_21_FOT_20100202_PKS_KDC_0002
조사장소 : 부산광역시 연제구 거제1동 남문경로당
조사일시 : 2010.2.2
조 사 자 : 박경수, 서정매, 황영태, 최수정
제 보 자 : 강대창, 남, 79세
구연상황 : 제보자는 이야기를 나누던 중에 상스러운 소리가 섞인 얘기도 해도 되는지
　　　　　 를 물어보고는 이야기를 구술해 주었다.
줄 거 리 : 옛날에 시아버지는 가랫장구를 치고 아들 내외는 가랫줄을 당기는데, 아들은
　　　　　 힘이 세고 며느리는 힘이 약하니까 가래가 자꾸 돌아갔다. 그 모습을 본 시아
　　　　　 버지가 답답한 마음에 무심코 며느리에게 욕을 해 버렸다. 그 말을 들은 아들
　　　　　 이 "말도 아니고 좆도 아니다."라고 핀잔을 주었다.

　옛날에 어떤 사람이, 좀 두메산골에 살았는데, 살았는데, 아이, 보통 가
는 산골 논다랭이, 논두렁은 높고, 그 논바닥은 얼마 안 되고 이렇게 되거
든. 형편이 그렇단 말이야.

　그래 인제, 모심기를 할라고 가래질을 하는데, 가래질. 시아버지는 가랫
장구를 치고 대고, 인제 아들이 줄을 하나 땡기고, 며느리가 하나 줄을 땡
기고. 보통 줄, 둘이 줄을 땡기고, 하나는 가래 빼거든.

　아 그래 하는데, 이놈의 아들놈은 힘이 좋으니까 뿔뚝뿔뚝 땡기는데,
며느리는 약하다. 약한 사람한테, 약한 사람이 그 쎈 사람이 있으면, 가래
가 뺑뺑 돌아 가는게 손바닥이 아파 죽을 지경이라.

　부화가 날 대로 났단 말이야, 시아버지가. 그렇다고 약한 사람이 보통
쭉쭉 딸라 들어요. 그러니까 시아버지가 한다는 소리가, 그러니까 무심쩍
으로 한 소리지 그게. 욕 하고 싶어 한 게 아니고,

　"들어오긴 뭐 좆 빨러 들어와."

　며느리보고. 힘이 약해 쭉 따라 들어오니깐. (청중 : 쎄게 땡기니까네.)
그러니깐 아들놈이 가만히 얘기 듣다 보니깐, 며느리한테 그런 소리 하니

깐 그 참 안되는 거 아이래. 그래서,

"거기사 말도 아니고 좆도 아니다."

이랬단 말이야.

고려장이 없어진 내력

자료코드 : 04_21_FOT_20100202_PKS_KGS_0001
조사장소 : 부산광역시 연제구 연산6동 양지경로당
조사일시 : 2010.2.2
조 사 자 : 박경수, 서정매, 황영태, 최수정
제 보 자 : 고계순, 여, 80세
구연상황 : 옛날 전설에 대해 아는 것이 있으면 이야기해 달라는 조사자의 부탁에 제보
　　　　　자는 다음 고려장 이야기를 해 주겠다며 자신 있게 이야기를 구술해 주었다.
줄 거 리 : 옛날 고려장이 있던 시절에 아버지가 할머니를 지게에 지고 가서 산에 버리
　　　　　고 내려오려고 했다. 아버지를 뒤따라 간 아들이 지게를 주워서 가저 오려고
　　　　　했다. 아버지가 지게를 그냥 두고 가자고 하니, 아들이 아버지도 나이가 들면
　　　　　지게에 지고 갖다 버리려면 지게를 가져가야 한다고 했다. 그 말에 깜짝 놀란
　　　　　아버지가 다시 어머니를 산에서 모시고 내려왔다.

옛날에 저 엄마를 모시고 사는데, 할매가 칠십 고려장, 옛날에는 칠십
고려장이라 했거든.

오래 사니까 인자 칠십 고려장 한다꼬. 그래가 지게에다 담아지고 할매
로 산에 저 가서 인자, 산에 인자 가서로 묻을라꼬 이래 토굴 해가지고
묻어놓으모, 거 쌀 쪼깨 하고, 쌀 쪼깨하고 거 무덤에다 딜라 주몬, 거 쌀
떨어지몬 인자 돌아가시거던.

그래가 지고 가이끼네 손자가 뒤로 살살 따라가서 봤는 기라.

'할매로 어데 가서 아버지가 지고 가는가?' 싶어가 따라가이끼네, 참 저
거 아버지가 산골산골 가가지고 저거 할매로 갖다 거(거기) 니라놓고 오

거던. 오니까 그래,

"아버지요 아버지요. 지게 저거."

지게를 마 내삐리고 오더란다. 내삐리고 오는데 그래 인자 그 아 손자
가, 지게로 조이가(주워서) 오는 기라.

조아 오니끼네 저거 아버지가 하는 말이,

"지게 거 니 말라 가지가노 버리라."

이러카이께네,

"아부지요, 아부지요. 나도 훗날에 저 후제 커가지고 아버지 연세 많으
마 나도 아버지 담아다 갖다 버릴라꼬 내 가져가야 된다."

이라더란다. 그라이께네 저거 할매로, 저거 엄마로 가서 다부(다시) 지
고 오더란다. 다부 지고 오더란다.

토끼에게 속아 아기를 삶아 먹은 노부부

자료코드 : 04_21_FOT_20100202_PKS_KGS_0002
조사장소 : 부산광역시 연제구 연산6동 양지경로당
조사일시 : 2010.2.2
조 사 자 : 박경수, 서정매, 황영태, 최수정
제 보 자 : 고계순, 여, 80세
구연상황 : 제보자는 옛날에 들었던 이야기가 또 생각이 났는지 앞에서 구술한 이야기
에 이어서 다음 이야기를 해주었다.
줄 거 리 : 농사를 망치는 토끼를 잡기 위해 할아버지는 죽은 척 하고 있다가 토끼를 잡
았다. 토끼를 잡아먹으려고 솥에 넣어 두었는데, 토끼가 몰래 빠져나와 방 안
에 있던 아기를 솥에 넣고 숨었다. 노부부는 아기가 토끼인 줄 알고 솥에 삶
아먹게 되었다. 토끼는 그 모습을 보고 놀리며 산으로 도망쳤다.

영감하고 할마이하고 둘이 사는데, 저 산 밑에서러 밭에, 밭을 쪼사가
지고 팥도 숨구고 콩도 숨구고 녹두도 숨구고 이래가지고, 그래 인자 그

거 뚜드리가 그래 먹고 사는데.

그래가지고 이놈 토끼가 니러 와가지고 말쭘다(모두 다) 저 저 뭐꼬 짐승이 내리와가지고 다 저저 뭐꼬 녹두도 따먹고 콩도 따먹고, 이래가 농사가 안 되거든.

이라이께네 주인이, 할배 영감이 콩밭에 딱 눕어가 죽인 치로(죽은 체로) 딱 눕어가 있거든.

눕어가 있으이 토끼가 한 마리 톡딱톡딱 띠(뛰어) 내려오더만은 할배가, 주인 할배가 떡 죽어가 있거든. 이라니끼네,

[토끼가 노래를 부르듯이]

"양달음달 토깐아

녹디영감 죽었다

칡기한상 해온나."

칡기줄(칡 넝쿨 줄) 그걸로 와 묶으거던. 그거 묶아가지고 인자 할배 인자 갖다 버릴라꼬. 그라이끼네 할배가 고라자(그렇게 하자) 마 할배가 토끼를 탁 잡아뺏는 기라.

잡아가지고 집에 가져 와서러 솥 안에다 딱 여놓고 삶아 물라꼬, 솥 안에 딱 여놓고 할배는 마 칼로 갈고 할매는 인자 물 이러 갔는 기라. 인자 토끼 잡아 물라꼬.

이래가지고 방에 알라를 닙피(눕혀) 낳는데, 토끼가 탁 문을 열고 나오가 알라를 갖다 솥에 여놓고, 토까이는 딱 지붕 우에 올라가 딱 숨어가 있거던. 있으이께네 할마이하고 영감할마이 알라 그거를 삶아가 묵고 이라이.

"영감 영감, 이거 똑 우리 아, 알라 손겉다."

이라이께네,

"요새 토까이 온(본래) 그렇다."

또,

"영감 영감, 요거 또 우리, 우리 저 알라 밸 겉다."

카이,

"요새 토까이 온 그렇다."

그래가 그래 둘이서 먹고 있으이께네 토끼가 폴짝폴짝 뛰 가면서러 뭐라 카노 하면,

"지 자석 지 잡아묵는데 어느 놈이 뭐라 칼까?"

카며 막 뛰가 산에 올라 갔부더란다.

좆총이 무서워 도망간 호랑이

자료코드 : 04_21_FOT_20100202_PKS_KGS_0003
조사장소 : 부산광역시 연제구 연산6동 양지경로당
조사일시 : 2010.2.2
조 사 자 : 박경수, 서정매, 황영태, 최수정
제 보 자 : 고계순, 여, 80세
구연상황 : 제보자는 계속 이어서 이야기를 구술해 주었다. 재미있는 이야기라고 하면서 호랑이에 관한 우스개 이야기를 구연하였다.
줄 거 리 : 옛날에 한 포수가 호랑이를 잡으러 산으로 갔다. 산 속에서 호랑이를 만난 포수는, 너무 놀라서 순간 바지가 벗겨져 버렸다. 그런데 마침 속옷을 안 입은 터라 호랑이는 남자의 남근을 무서운 총인 줄 알고 오히려 놀라서 도망가 버렸다. 다행히 포수는 살아서 숲속을 나오게 되었다.

포수가 인자 깊은 산중에 인자 옛날에, 호랑이 잡으러 인자 사냥을 가는데. 그래 인자 그곳, 그곳에는 포수가 들어가마 드가는 포수는 봐도 나오는 포수는 없는 기라. 호랑이한테 다 잡아믹히고. 마 살아 나오질 못 하는 기라.

그래가 어떤 사람한테 그래,

"호랑이 잡으러 갈라 카면 이리 갈 수 있느냐?"

카이께네,

"아이고 가지 마라."

카거던. 그 사람이,

"드가는 포수는 봐도 나오는 포수 없으니이께네 절대로 거 가면 안 돼. 잡아먹힌다. 가지 마라."

카이께네, 이 사람 지가 자신 있게 드가라 카네.

드가이께네 호랑이가 한 마리 나타나가 어흥- 하며 잡아물라 달려드이께네 영감, 이 남자 포수가 마 놀래가지고 마 허리끈이 터지가(터져서) 주우가(바지가) 싹 벗기뺐는 기라.

주우가 탁 벗기이께네, 꼬치하고 불알하고. 불알이 이래 있고 꼬치가 이래 있거던. 이라이께네 호랑이가 하는 생각이, '야. 나는 포수 저 총 봐도 저런 총은 첨 봤다.' 한다. 꼬치 그거를 총인 줄 알고. 그 양쪽에 마 돌띠 겉은 기 하나 달리가 있고, 총이 저,

"저런 총은 첨 봤는데."

카매 마 호랑이가 도망을 갔는 기라. 호랑이가 도망을 가 그 포수가 안 잡아먹히고 살아나왔단다. [일동 웃음]

그래가 인자 나온다. 나오니끼네 어떤 할매가 밭에 무슨 일을 하고 있거던. 그래,

"할매요 할매요. 내가."

아, 호랑이가,

"할매요 할매요. 내 오늘 희안한 총을 봤어요."

"무슨 총을 봤노?"

카이께네,

"총이요 이거만 한데요. 가에 뭣이 막 달리가지고 총이 그래가 내가 무섭아 도망 왔소."

카이께네,

"그래 봐라. 그 총이 얼매나 무섭은 줄 아노?"

할매가 꼬치를 내민서러,

"우리가 그 총 맞고 이리 이래 돼가 안 있나."

[웃으며] 그라더란대.

봉사와 벙어리 부부의 대화법

자료코드 : 04_21_FOT_20100202_PKS_KGS_0004

조사장소 : 부산광역시 연제구 연산6동 양지경로당

조사일시 : 2010.2.2

조 사 자 : 박경수, 서정매, 황영태, 최수정

제 보 자 : 고계순, 여, 80세

구연상황 : 다른 제보자가 이야기를 한 내용이지만, 무슨 말인지 잘 알아들을 수가 없자, 제보자가 좀 더 자세하게 이야기를 다시 정리해서 구술해 주었다.

줄 거 리 : 봉사와 벙어리 노부부가 있었다. 어떤 집에서 불이 나자 벙어리 할머니가 그 상황을 보고 왔다. 봉사 할아버지가 어떤 상황이냐고 묻자 할머니는 말하는 것 대신 봉사의 신체를 가리키며 설명하자 봉사 남편은 그 뜻이 무엇인지를 바로 이해하였다.

봉사하고 버부리하고(벙어리하고) 둘이 부부간에 사는데, 사는데, 저 만댕이(꼭대기) 집에서 불이 났는 기라.

그래 인자 봉사는 눈이 안 보여서 그렇지 귀는 듣기고, 버부리는 인자 말을 못해서 그렇지 눈은 보이거든.

그래가 인자 영감이, 저 저, 봉사 영감이,

"저 불났단다. 가봐라 구경하고 온나."

카며 보냈는 기라. 할마이를 보내이께네, 그래 가보이께네 저 만대이 집에서 불이 났거던.

"그래 마 이것 저거 다 타고 마 도리 지붕만 남아 있고."

이러카이, 그래 니리 와가지고 영감이 하는 말이,

"불이 어데 났더노?"

카이께네, 영감쟁이 이마를 탁 때리끼네,

"옳다. 저 만당(꼭대기) 집에서러 만대이 집에서 났구나."

이카거던. 그래 났다.

"그래 뭐 하다 불났더노?"

카이께네, 영감 불알로 탁 탱가이꺼네,

"옳다. 감자 꿉아 먹다 났구나."

이카거던. 그래 그래가지고,

"그래 얼마나 탔더노?"

카이끼네, 영감쟁이 꼬치를 탁 팅가이,

"아! 이것 저것 다 타고 도리지둥만 남았구나."

이래 카더란다. [일동 웃음]

똥을 싸고 날아간 제비

자료코드 : 04_21_FOT_20100202_PKS_KGS_0005
조사장소 : 부산광역시 연제구 연산6동 양지경로당
조사일시 : 2010.2.2
조 사 자 : 박경수, 서정매, 황영태, 최수정
제 보 자 : 고계순, 여, 80세
구연상황 : 입담이 좋은 제보자는 하나의 이야기를 마치면 또 생각해 둔 다른 이야기를
          구연했다.
줄 거 리 : 제비가 날라 가면서 똥을 쌌는데, 하필이면 지나가던 행인의 어깨에 똥이 묻
          었다. 행인이 화가 나서 제비에게 속옷을 입으라고 항의하자, 제비가 속옷 입
          고 어떻게 똥을 싸냐고 하며 오히려 대꾸하였다.

제비가 한 마리 날라 가면서 내 옷에다 똥을 딱 싸고 날라가뿠거든.

그래 이리 찾아보고, 제비를 보고,

"야 이 새끼야. 저 저 뭐꼬 니는 팬티도 안 입고 댕기나?"

이카거던. 팬티를 입으몬 여어 안 쌀낀데.

"니는 팬티도 안 입고 댕기나?"

카이께네, 제비가 하는 말이 뭐라 캤겠노?

"니는 팬티 입고 똥 누나?"

카더란다. [일동 웃음]

앉은뱅이, 귀머거리, 봉사의 어긋난 대화

자료코드 : 04_21_FOT_20100202_PKS_KGS_0006
조사장소 : 부산광역시 연제구 연산6동 양지경로당
조사일시 : 2010.2.2
조 사 자 : 박경수, 서정매, 황영태, 최수정
제 보 자 : 고계순, 여, 80세
구연상황 : 조사자가 제보자에게 앞의 청중이 봉사 이야기를 했던 것이 실 없는 소리가
          아니라고 하자, 그 말을 들은 제보자는 또 다른 비슷한 이야기가 생각난다며
          다음 이야기를 구술해 주었다.
줄 거 리 : 옛날에 앉은뱅이, 귀머거리, 봉사가 살았다. 앉은뱅이가 구경하러 가자고 하
          자, 귀머거리는 종소리가 들린다 하고, 봉사는 태극기가 보인다고 했다.

앉는뱅이하고 봉사하고 귀머거리하고 사는데, 귀머거리는 아무리 징 장
구 뚜디러도 안 들기고, 봉사는 아무리 태극기가 날리도 안 보이고, 앉은
뱅이는 아무리 구경하러 가고 싶어도 걸음을 못 걸으이 몬 가거던. 그래
인자 봉사가 하는 말이,

"태극기가 펄펄 날린다."

이카거든. 지한테 안 맞은데, 지 봉산데 태극기가 보이나?

"태극기가 펄펄 날린다."

이카거든.

그래 앉은뱅이가 저 저 뭐꼬, 그 귀머거리가 있다가

"아따. 어데서 굿 하는가 굿 소리가 막 징 소리가 막 난다."

이카거든. 지 귀에 안 들기는데, 징 소리가 난다 카이, 그라이께네 앉은뱅이가 있다가,

"그라면 구경하러 가까?"

이카거던.

"우리 굿 구경 가자."

아카이께네, 지가 앉은뱅이가 굿 구경 어예 가노? 못 가지. 전부 저거 서이서(세 명이서) 안 맞는 소리를 하는 기라. [웃음]

태극기가 날리, 봉사라서 보이나? 또 귀머거리는 아무리 징 장구를 치도 안 들기는 기,

"아따 어디서 징 장구를 막 치고 굿, 어디 굿 하는갑다."

이카고. 앉은뱅이는 다리가 앉아가 못 일라이께네 구경하러 갈 수가 있나? 그렇는 기.

"아따, 굿 구경하러 갈래?"

카거던. 그러니께 전부 지한테 안 맞는 걸로 말로 하는 기라.

동래온천의 유래

자료코드 : 04_21_FOT_20100202_PKS_KGS_0007
조사장소 : 부산광역시 연제구 연산6동 양지경로당
조사일시 : 2010.2.2
조 사 자 : 박경수, 서정매, 황영태, 최수정
제 보 자 : 고계순, 여, 80세

구연상황 : 조사자가 동래 온천에 관한 이야기를 해 달라고 부탁하자 제보자가 잘은 모르지만, 아는 데까지 설명해 보겠다며 구술해 주었다.
줄 거 리 : 옛날에 다리가 부러진 학이 동래온천 물에 다리를 담그자 아픈 다리가 저절로 치료가 되어 다시 날아갈 수 있었다.

옛날에 제일 그 온천물 날 때, 뜨신 물이 나오가지고, 학이 다리를 뿌러가지고, 다리가 뿌러지가 그 온천물에 그 댕기면서로, 온천물에 그 신경통 겉은 거 이런 거 온천물에 인자 마이 간다 아이가.

그래 그 학이 그 온천물 거게 걸어 댕기면서로 뜨겁운 물에 댕기다가, 그 학이 다리가 낫아가 날라가더라 카대.

거기 전설에 인자. 옛날에.

혀 짧은 일본 순사의 말

자료코드 : 04_21_FOT_20100202_PKS_KGS_0008
조사장소 : 부산광역시 연산 6동 양지경로당
조사일시 : 2010.2.2
조 사 자 : 박경수, 서정매, 황영태, 최수정
제 보 자 : 고계순, 여, 80세
구연상황 : 민요 구연이 멈추어 잠시 조용한 분위기가 되자, 제보자가 문득 다음 이야기가 생각났는지 구술해 주었다.
줄 거 리 : 일제 강점기에 할머니와 할아버지가 불을 끄고 다투고 있었다. 그러자 혀가 짧은 일본 순사가 와서 짧은 소리로 집의 시비가 말의 시비, 말의 시비가 나라의 시비가 된다고 했다.

옛날 일본 제국시대에 일본놈 순사 앞잽이가 있거던.

그래 순사 앞잽이가 있는데, 어는 집에 전기세 나간다고 불로 끄고 콩을 영감, 할마이 둘이서 까민서로, 둘이서 영감 할마이 둘이서 콩을 까면서 시비를 하고 있거던.

시비가 있으이, 그 순사 앞잽이, 순사 앞잽이 그 사람이 그 무슨 인자 말 전달 해 줄게 있어서 그 집에 떡 가니까, 불로 꺼놓고 콩을 까고 있으면서 둘이서 영감 할마이 시비를 하고 있거던.

이라이께네 일본 앞잽이 순사 그 사람이 해가 짤라가지고(짭아서),

"긴상 긴상. 불이로 꺼놓고 공아르로 까마 콩아르로 까지, 시비노 무슨 시비노데스까? 집안의 시비노가 말의 시비노데스. 말의 시비노가 나라의 시비노데스."

(청중 : 그런 거 욕한다고. 하지 마라 그런 거.) 시비라 카는 기 무신 날로 저 저. (청중 : 노래나 부르고 하지. 거기 뭣인고.) 시비, 인자 말의 시비가, 집안의 시비가 말의 시비 되고, 말의 시비가 나라의 시비가 된다꼬. 그래 인자 해가 짤라 놔놓이끼네 인자 그래 인자 그 카더라.

도깨비에게 홀린 사람

자료코드 : 04_21_FOT_20100202_PKS_KNJ_0001
조사장소 : 부산광역시 연제구 거제1동 남문경로당
조사일시 : 2010.2.2
조 사 자 : 박경수, 서정매, 황영태, 최수정
제 보 자 : 김남진, 남, 72세
구연상황 : 조사자의 유도에 따라 자신이 들은 도깨비 이야기가 있다며 웃으면서 다음
        이야기를 구술해 주었다.
줄 거 리 : 술을 많이 마신 사람이 늦은 밤에 도깨비에게 홀려, 여기저기 끌려 다니다가
        아침이 되어서야 정신을 차려서 집으로 들어왔다.

술을 마이 자셨는데, 촌에 가면 장이 멀다 아입니꺼 형님. 20리 길에, 20리 이래 거리가 장이 멀어. 면데, 인자 장이, 인자 파장 때까지 있다가 오다가 술을 마이 먹고 오다가 밤새도록 산으로, 마마 까시밭으로, 마 물로.

밤새도록 고게는 달(닭) 울 때 집에 들어왔다 카는 소리 내가 들었다. 닭 울 때 인제 그때 정신을 재리가지고 집에 들왔다.

도깨비와 씨름한 사람

자료코드 : 04_21_FOT_20100202_PKS_KNJ_0002
조사장소 : 부산광역시 연제구 거제1동 남문경로당
조사일시 : 2010.2.2
조 사 자 : 박경수, 서정매, 황영태, 최수정
제 보 자 : 김남진, 남, 72세
구연상황 : 도깨비 이야기를 더 해달라고 하자 제보자는 다음 이야기를 구술해 주었다.
줄 거 리 : 옛날에 어떤 사람이 술에 취해 도깨비와 씨름을 하다가 용기를 내어 칼로 찔러버렸다. 그 이튿날 가보니 도깨비는 없고 사람들이 쓰다 버린 빗자루에 칼이 꽂혀 있었다.

옛날에, 좀 똑똑한 사람이라. 칼 가지고 그걸 찔러뺐는 기라. 그 이튿날 아침에 가이께네, 그, 거기다 칼이 꼽히가 있고.

(조사자 : 어디?) 거 거 인자, 홍두깨 홍두깨. (조사자 : 홍두깨에 칼이 꽂혀있다고요?) 그렇지 그렇지. 빗자루에도 그린 기 있고, 홍두깨에도 그런 기 있고.

씨름을, 씨름을 자꾸 하자 카더라네, 술에 취했는데. 그래 해가지고 그 사람이, 좀 마 머리에 든 것도 있고 이래가지고 인자 얘기도 어데 들었든가, 인자 칼을 빼가지고 꽂으이께네, 꽂고 그 이튿날 가보이께네, 빗자루 몽둥이 있지요. 빗자루 몽, 몽디. 촌에 쓰다가 못 쓰는 거 길가 버린다 아이가. 거다(거기에) 칼이 꽂혀가 있더래요.

멧돼지를 피해서 나무에 올라간 약초꾼

자료코드 : 04_21_FOT_20100202_PKS_KNJ_0003
조사장소 : 부산광역시 연제구 거제1동 남문경로당
조사일시 : 2010.2.2
조 사 자 : 박경수, 서정매, 황영태, 최수정
제 보 자 : 김남진, 남, 72세
구연상황 : 지리산 이야기를 제보자들끼리 하는 도중에 산에서 있었던 이야기라며 조심
　　　　　 스럽게 다음 이야기를 구술해 주었다.
줄 거 리 : 옛날에 어느 사람이 약초를 캐러 갔다. 약초를 캐고 있는데 멧돼지가 나타났
　　　　　 다. 약초꾼은 급한 마음에 나무에 올라갔다. 멧돼지가 나무 밑에서 약초꾼을
　　　　　 잡아먹으려고 기다리고 있었다. 약초꾼은, 두 시간동안이나 나무에서 내려오
　　　　　 지 못했다.

　약초를 캐러 갔는데, 약초 캐다이니까네, 멧돼지가 나타났어.

　그래가지고 발병을 그 할거고. 나무가, 마침 또 큰 기 있어가지고 나무
에 올라가가지고, 두 시간 동안에 나무에 있었대.

　그 나무 던지고, (조사자 : 나뭇가지를?) 나뭇가지 던지고, 던지고 이래
가지고, 두 시간까지 나무에 있다가 내려왔대.

　그래 거는 멧돼지가 많아요. (조사자 : 그래가지고요?) 그래가지고, 두
시간 마 있다가 그래 내려왔다는 소리만 들었지.

　(조사자 : 왜 두 시간 있었냐 하면, 계속 지키고 있으니깐?) 거 거 앉아
가 쳐다보고 있으니까네, 못 내려오지. (조사자 : 계속 앉아서 쳐다보고 있
으니깐?) (청중 : 내려 오면 잡히는데.) (조사자 : 두 시간 동안이나?) 두 시
간 동안이나.

고무신을 신지도 못하고 잃어버린 문칠네

자료코드 : 04_21_FOT_20100202_PKS_POS_0001

조사장소 : 부산광역시 연제구 연산6동 양지경로당

조사일시 : 2010.2.2

조 사 자 : 박경수, 서정매, 황영태, 최수정

제 보 자 : 박옥순, 여, 84세

구연상황 : 청중들 사이에서 문출네에 대한 이야기가 오고 가자, 제보자가 재미난 이야기라며 청중들 사이에서 오고가는 이야기를 정리해서 구술해 주었다.

줄 거 리 : 문출네라는 사람이 어렵게 장사한 돈으로 비싼 고무신을 하나 샀다. 문출네는 신을 너무 아끼느라 신지도 못하고 안고 가다가 그만 기차에 두고 내렸다.

함안 읍네 문출네가, 진짜 문출네라 거기.

그래 인자, 소금장사하면 비 오고, 밀가루 장사하면 바람 불고, 이래가지고 우찌우찌 해가지고 벌이갖고 고무신을 한 켤레 샀는데.

이래갖고 인자 신고 가다가, 이거 아깝다고 기차에 살 벗어 이래 놨는데, 모르고 그냥 내리뺐거던. 그러니께,

"아이고! 어짜꼬이. 많이나 신었나 반나잘. 문수나 작나 이십 오문. 고무나 나쁘나 신라고무."

이라면서 탄식을 하고 가더란다.

고무신을 신지도 못하고 잃어버린 문칠네

자료코드 : 04_21_FOT_20100202_PKS_LSG_0001

조사장소 : 부산광역시 연제구 연산6동 양지경로당

조사일시 : 2010.2.2

조 사 자 : 박경수, 서정매, 황영태, 최수정

제 보 자 : 이수금, 여, 77세

구연상황 : 다른 제보자가 제보자에게 고무신 잃어버린 이야기를 하라고 요청하자 제보자가 웃으면서 구술해 주었다.

줄 거 리 : 옛날에 문칠이가 귀한 고무신을 하나 구입했다. 고무신을 가지고 놀다가 얼마 안 가서 잃어버렸다.

옛날에 문칠이가, 문칠이가 그래 저 저 저 신을, 신을 하나 샀는데, 구포 뚝에서 인자 내- 이래 가 놀다가 신을 잃어뿄는 기라.

잃어뿌가지고, 그래가지고,

"아이고 이, 고무나 나쁘나 신라고무. 저 저 문수나 작나 25문. 저 저 저 신기나 많이 신었나 딱 반나잘."

그래가 신 잃어뿄다고 그래. (청중 : 아까바 죽겠다.) 그래가 아갑에서 인자 거 한다꼬.

도깨비와 싸운 사람

자료코드 : 04_21_FOT_20100202_PKS_LJK_0001
조사장소 : 부산광역시 연제구 거제2동 거송경로당
조사일시 : 2010.2.2
조 사 자 : 박경수, 서정매, 황영태, 최수정
제 보 자 : 이종기, 남, 75세
구연상황 : 제보자가 도깨비에 대한 이야기를 해 달라고 하자 그런 것은 누구나 아는
　　　　　 이야기라며 자꾸 말하기를 꺼리다가 결국 다음 이야기를 구술해 주었다.
줄 거 리 : 옛날에 술을 마신 선비가 공동묘지를 지나가는데, 어두운 산 속에 불빛이 있
　　　　　 어 찾아가보니, 도깨비가 불을 번쩍 거리며 달려들었다. 한참 싸운 뒤 다음날
　　　　　 확인해 보니, 도깨비가 아니라 빗자루였다.

옛날에 그 선비가 어 주막집에 인제 술을 그 먹었어. 이래 먹고 인자 그 자기 집이 산을 넘어 가야되니깐, 산을 가는데 그 인제 어데 불이 빤한 거야. 산에 밤, 밤, 밤이니깐.

거기 찾아 가는데, 어느 놈이 인자, 술이 되니깐 천지도 모르지. 공동산을(공동묘지가 있는 산을) 이제 지내가야 돼.

공동산을 지내, 참 아닌 말로 뭐, 불이 번쩍번쩍 것더니마는 달려드는 기, 기 아마 싸움했어, 토째빈가(도깨비인가) 봐 그게.

그래, 한참 싸우보니 하도 뭐 문 닫고 집에 왔다 보이 그 이튿날 가보이, 이제 그게 토째비라 카는 기 빗자루라, 빗자루.

빗자루랑 밤새도록 싸웠는데, 땀이나 죽겠네, 토째비가 결과적으로 인제 사람이 요는 거 혼을, 그 인자 사람의 혼을 인자 빼버린 거지, 그게 인자. 그게 토째비라, 그기.

개보다 못한 부모 신세

자료코드 : 04_21_FOT_20100202_PKS_LJK_0002
조사장소 : 부산광역시 연제구 거제2동 거송경로당
조사일시 : 2010.2.2
조 사 자 : 박경수, 서정매, 황영태, 최수정
제 보 자 : 이종기, 남, 75세
구연상황 : 한 쪽에서는 화투판이 벌어졌지만, 제보자는 조사자들의 일에 적극적으로 동
        참하며 이야기를 구연해 주었다.
줄 거 리 : 부잣집 아들이 공부해서 서울로 가서 잘 살고 있었다. 부모님께 땅을 다 팔
        고 돈을 가지고와서 같이 살자고 했다. 아들의 말을 거절하지 못하고 서울
        로 올라갔는데, 자식들이 부모보다 손자와 집에 키우는 개를 더 귀하게 여
        겼다. 화가 난 아버지는 일부러 개집에 들어가서 개보다 못한 신세라고 한
        탄하며 다시 재산을 돌려달라고 했다. 노부모는 다시 재산을 받아 나와서
        살게 되었다.

거 옛날에 참 거 아들이 참 아인 말로 공부를 해가 서울 갔어요. 서울 가서 인자, 참 잘 살아.

부부간에 잘 사는데, 인자 집에 딱 촌에 그 영감 할마이, 논이 많이 있었어. 이 아들내미 하는 얘기가,

"아버지 그 고생하지 말고 논 다 팔아가지고 돈 가지고 올라오시오. 그라몬 내가 호강을 시키 주께."

인자, 할 수 없이 카는 중에 갔어. 갔는데, 가만히 보니 손자하고 개하

고 여럿이 있어. 그 자기가 몇 챘고 하니깐, 개 다음에 저 할아버지고, 그 다음에 자기 할마이고, 그렇더래. 그래 젤(제일) 끝이라.

맨날 이놈우 자석, 뭐 아침에 출근하몬 영감 할마이는 집에 있는 거야. 돈도 인자 다 뺏기뿌고 없지. 그래, 한 번은 저그 출근하는데 개집에 드갔어. 옛날에 개집 드가가, 아이, 퇴근해가 오이 아이 이놈의 개집에 들앉았거든.

"왜 개집에 있느냐? "

"임마, 내 돈도 다 내놔라. 임마 너거 개카마(개보다) 못하나? 내가 뭐 하는 짓이냐?"

그래가 전부 인자 돈, 개카마 못 한다 캐서, 그 부부가 돈을 다 청산해 가지고 받아가지고 좋은 데로 왔대.

상여소리

자료코드 : 04_21_FOS_20100202_PKS_KDC_0001
조사장소 : 부산광역시 연제구 거제1동 남문경로당
조사일시 : 2010.2.2
조 사 자 : 박경수, 서정매, 황영태, 최수정
제 보 자 : 강대창, 남, 79세
구연상황 : 조사자가 제보자에게 <상여소리>를 부탁하자, 상여노래는 혼자 하는 것이
아니라며 자신이 없어 했지만, 조사자의 부탁에 <상여소리>의 일부분만 간
략하게 구연해 주었다.

가네가네 나는가네
북망산천으로 나는가네
  어화 넘차 너화호

북망산이 머다더니
대문밖이 북망일세

하든가 그래 하고.

농부가

자료코드 : 04_21_FOS_20100202_PKS_KDC_0002
조사장소 : 부산광역시 연제구 거제1동 남문경로당
조사일시 : 2010.2.2
조 사 자 : 박경수, 서정매, 황영태, 최수정
제 보 자 : 강대창, 남, 79세

구연상황 : 조사자가 제보자에게 <모심기 노래>를 불러달라고 하자 농부들의 노래가 있다면서 구연해 주었다.

사해창생 농부들아
일생신고를 원치마라
사농공상 생긴후에
정전지법 생겼으니
세상천지 만물중에
사람밖에 또있는가

양산도

자료코드 : 04_21_FOS_20100202_PKS_KDC_0003
조사장소 : 부산광역시 연제구 거제1동 남문경로당
조사일시 : 2010.2.2
조 사 자 : 박경수, 서정매, 황영태, 최수정
제 보 자 : 강대창, 남, 79세
구연상황 : 다른 제보자들이 서로 하기를 꺼려하자, 제보자는 자신이 해보겠다며 적극성을 보여주었다. 스스로 박수를 치며 흥을 돋우었다.

에헤헤~이~요-
양덕맹산 흐르는물~은 감돌아든다고 부벽루하로다
삼산은반락에 모란봉이~요 이수중분 능라도라

창부타령

자료코드 : 04_21_FOS_20100202_PKS_KDC_0004
조사장소 : 부산광역시 연제구 거제1동 남문경로당

조사일시 : 2010.2.2

조 사 자 : 박경수, 서정매, 황영태, 최수정

제 보 자 : 강대창, 남, 79세

구연상황 : 조사자가 <창부타령>으로 부르는 일명 '봄배추 노래'를 아는지 물어보자, 제보자가 그것은 쉬운 노래로 누구나 다 아는 것이라고 하면서 불러 주었다.

　　포롬포롬 봄배추는 찬이슬오기만 기다리고

　　옥에갇힌 성춘향이는 이도령올때만 기다린다

　　　　얼씨구나 좋다 지화자 좋아 아니노지는 못하리라

굴뚝새 노래

자료코드 : 04_21_FOS_20100202_PKS_KGS_0001

조사장소 : 부산광역시 연제구 연산 6동 양지경로당

조사일시 : 2010.2.2

조 사 자 : 박경수, 서정매, 황영태, 최수정

제 보 자 : 고계순, 여, 80세

구연상황 : 제보자는 무척 기억력이 좋은 편이어서 자신의 이야기를 끝낸 후에 다음 노래 가사가 생각나는지 <굴뚝새 노래>를 읊듯이 불러 주었다.

　　새야새야 꿀뚝새야

　　부엌으로 쏙드가서

　　굴뚝으로 쏙나와서

　　물동이에 날름앉아

　　물한번 찍어묵고

　　조래끝이 날름앉자

　　쌀낱하나 찍어묵고

　　그래 마 홀 날라가뿌더란다.

아기 어르는 노래 / 알강달강요

자료코드 : 04_21_FOS_20100202_PKS_KGS_0002
조사장소 : 부산광역시 연제구 연산6동 양지경로당
조사일시 : 2010.2.2
조 사 자 : 박경수, 서정매, 황영태, 최수정
제 보 자 : 고계순, 여, 80세
구연상황 : 조사자가 제보자에게 앞의 사설을 띄어주자 제보자는 그제야 생각이 났는지
곧바로 구연했다. 마치 이야기를 해 주듯이 노래 가사를 읊어 주었다.

알캉달캉 서울가서

밤을한되 사가지고

독안에다 여났더니

머리까진 새앙쥐가

오미가미 다까묵고

다문한개 남안거

부엌에 여났디

부엌에 여가 꿈어가지고 인자

껍디기는 아버지주고

비늘은 엄마주고

알콩이는 지가 다묲단다(다 먹었단다)

알캉달캉 니캉 내캉 살자 이카면서러.

아기 재우는 노래

자료코드 : 04_21_FOS_20100202_PKS_KGS_0003
조사장소 : 부산광역시 연제구 연산6동 양지경로당
조사일시 : 2010.2.2

조 사 자 : 박경수, 서정매, 황영태, 최수정

제보자 1 : 고계순, 여, 80세

제보자 2 : 손기조, 여, 92세

구연상황 : 고계순 제보자는 다른 청중들이 부르는 것을 듣고 있다가 생각이 났다며, <아기 재우는 노래>를 불러 주었다. 기억력이 좋아서 긴 가사로 노래를 불러 주었는데, 노래가 끝나자 손기조 제보자가 이어서 한 구절을 더 불러 주었다.

제보자 1 새는새는 낭게자고

　　　　쥐는쥐는 궁게자고

　　　　땅구땅구 영감땅구

　　　　할마이품에 잠을자고

　　　　각시각시 고분각시

　　　　신랑품에 잠을자고

　　　　우리같은 아기들은

　　　　엄마품에 잠을자고

제보자 2 납당납당 송애새끼

　　　　돌담밑에 잠을자고

　　　　우리겉은 아기들은

　　　　엄마품에 잠을자고

모심기 노래

자료코드 : 04_21_FOS_20100202_PKS_KGS_0004

조사장소 : 부산광역시 연산 6동 양지경로당

조사일시 : 2010.2.2

조 사 자 : 박경수, 서정매, 황영태, 최수정

제 보 자 : 고계순, 여, 80세

구연상황 : 조사자가 모심기 노래를 부탁하자 제보자가 예전에 많이 불렀다며 시원하게

긴 소리로 구연해 주었다.

모야모야 노랑모야~ 너언제커서 화생할래
이달크고 훗달크고~ 구시월에 화생하요

유월달이 두달인데 첩을팔아서 부채삼네
구시월이 돌아오니 첩어야생각이 절로난다

다풀다풀 다박머리~ 해다진데 어데가노
우리야엄마 산소등에~ 젖묵으~러 내가가요

아침이슬 채전밭에~ 눈매곱~운 저처녀야
누간장을 녹힐라꼬~ 저래곱기도 생깄던강

화투타령

자료코드 : 04_21_FOS_20100202_PKS_KGS_0005
조사장소 : 부산광역시 연제구 연산6동 양지경로당
조사일시 : 2010.2.2
조 사 자 : 박경수, 서정매, 황영태, 최수정
제 보 자 : 고계순, 여, 80세
구연상황 : 다른 제보자가 <화투타령>을 부르고 나자, 조사자가 똑같은 노래도 가사가
다르다며 노래를 구연해 주었다. 스스로 박수를 치며 장단을 맞추었다.

정월솔가지 쏙쏙한마~음
이월매조 맺어놓고
삼월사쿠라 산란한마음
사월흑사리 흩어지고
오월난초 나는나비

유월 단에 춤을추네

칠월홍돼지 홀로누워

팔월공산 달밝았네

구월국화 굳은마음

시월단풍에 춤을추네

동지섣달 설한풍에

꽃을만날리도 임의생각

앉았으니 임이오나

누웠으니 잠이오나

임도잠도 아니오고

모진강풍이 날속인다

노랫가락 / 그네 노래

자료코드 : 04_21_FOS_20100202_PKS_KGS_0006

조사장소 : 부산광역시 연제구 연산6동 양지경로당

조사일시 : 2010.2.2

조 사 자 : 박경수, 서정매, 황영태, 최수정

제 보 자 : 고계순, 여, 80세

구연상황 : 제보자는 노래를 하는 도중에 가사를 다 까먹었다고 하면서 멈추었다가 스
스로 다시 노래를 정리해서 구연했다.

수천당 세모진낭게 오색가지에 그네를매어

임이뛰면 내가밀고~ 내가뛰면은 임이민다

임아임아 줄미지마소 줄떨어지면은 정떨어진다

청춘가

자료코드 : 04_21_FOS_20100202_PKS_KGS_0007
조사장소 : 부산광역시 연제구 연산6동 양지경로당
조사일시 : 2010.2.2
조 사 자 : 박경수, 서정매, 황영태, 최수정
제 보 자 : 고계순, 여, 80세
구연상황 : 제보자는 앞의 <노랫가락>에 이어서 바로 다음 <청춘가>를 여러 곡 연달
아 불렀다.

앞강에 뜨는배~ 물실러 가고요
뒷강에 뜨는배~ 좋~다 남실러 가고요

나를 실어다~ 정든님 주고요~
물은 실어다~ 좋~다 꽃밭에 주세요~

울너매 담넘에~ 꼴비는 총각아~
니언제 커서러~ 좋~다 내사랑 될기냐

꼴은 비다가 떤지놓고, 날 손목 잡고, 그라니끼네, "야이 총각아. 나 손
목 놔라. 호랑이 같은 우리 오빠 보면, 우리 오빠 보면 큰일 난다꼬." 그
래 그라더란다. 맞다.

울넘에 담넘에~ 꼴비는 총각아~
눈치가 있거든~ 좋~다 이떡을 받아라~

떡은 받아서~ 팔매를 치고요~
부채같은 내손목 좋~다 덥석 쥐는구나~

야이 총각아~ 나손목 나여라(놓아라)~
호랑이같은 우리오빠 보면~

큰일난다.

권주가

자료코드 : 04_21_FOS_20100202_PKS_KGS_0008
조사장소 : 부산광역시 연제구 연산6동 양지경로당
조사일시 : 2010.2.2
조 사 자 : 박경수, 서정매, 황영태, 최수정
제 보 자 : 고계순, 여, 80세
구연상황 : 조사자가 <권주가>를 아는지 물어보자, 바로 다음 노래를 불러 주었다. 제
　　　　　보자가 노래를 부르자 청중들도 따라서 불러 주었다.

　　　잡으시오 잡으시오 이술한잔을 잡으시오~
　　　이술은 술이아니라 먹고노자는 동백주요

창부타령

자료코드 : 04_21_FOS_20100202_PKS_KGS_0009
조사장소 : 부산광역시 연제구 연산6동 양지경로당
조사일시 : 2010.2.2
조 사 자 : 박경수, 서정매, 황영태, 최수정
제 보 자 : 고계순, 여, 80세
구연상황 : 제보자가 기억력이 좋은 편이어서, 조사자가 노래 가사의 운만 띄워주자 곧
　　　　　바로 다음 노래를 불러 주었다.

　　　포름포름 봄배추는~ 봄비오기만 기다리고
　　　옥에갇힌 춘향이는 이도룡오기만 기다린다

너냥 나냥

자료코드 : 04_21_FOS_20100202_PKS_KGS_0010
조사장소 : 부산광역시 연제구 연산6동 양지경로당
조사일시 : 2010.2.2
조 사 자 : 박경수, 서정매, 황영태, 최수정
제보자 1 : 고계순, 여, 80세
제보자 2 : 박옥순, 여, 84세
구연상황 : 조사자가 제보자에게 <너냥 나냥>의 앞 구절을 말하자 제보자는 다음 노래
         를 불러 주었다. 중간에 다른 제보자도 참여해서 함께 주고받으면서 불렀다.

제보자 1 너냥나냥 두리둥실 좋고요

        낮이낮이나 밤이밤이나 참사랑이로구나

        호박은 늙으면 맛이나 좋고요

        사람은 늙으면 쓸곳이 없더라

          너냥나냥 두리둥실 좋고요

          밤이밤이나 낮이낮이나 참사랑이로구나

제보자 2 우리집 서방님은 명태잡으러 갔는데-

        바람아 강풍아 섣달열흘만 불어라

제보자 1 너냥나냥 두리둥실 좋고요

        밤이 밤이나 낮이 낮이나 참사랑이로구나

        아침에 우는새는 배가고파 울고요

        저녁에 우는새는 임이기럽아 운다

          너냥나냥 두리둥실 좋고요

          밤이밤이나 낮이낮이나 참사랑이로구나

덜구소리

자료코드 : 04_21_FOS_20100202_PKS_KNJ_0001
조사장소 : 부산광역시 연제구 거제1동 남문경로당
조사일시 : 2010.2.2
조 사 자 : 박경수, 서정매, 황영태, 최수정
제 보 자 : 김남진, 남, 72세
구연상황 : 조사자가 제보자에게 앞소리의 운을 띄우자 다음 <덜구소리>를 구연해 주
         었는데, 받는 소리를 하는 사람이 없어서 조사자가 받는 소리를 했다. 그러나
         여음만 몇 구절 부르고 그치고 말았다.

　　어허이 덜구야
　　　　어허이 덜구야
　　덜구야 덜구야 얼씨구 좋다
　　　　어허이 덜구야

진도아리랑

자료코드 : 04_21_FOS_20100202_PKS_POS_0001
조사장소 : 부산광역시 연제구 연산6동 양지경로당
조사일시 : 2010.2.2
조 사 자 : 박경수, 서정매, 황영태, 최수정
제 보 자 : 박옥순, 여, 84세
구연상황 : 고계순 제보자가 <양산도>로 시작을 하였으나, 이내 가사를 잊어버리자 박
         옥순 제보자가 <진도아리랑>으로 받아서 불러 주었다. 박수를 치며 즐겁게
         구연하였다.

　　가는님 허리를 아다담썩 안고
　　직이라 살리라 사생결단 난다
　　　　아리아리랑 쓰리쓰리랑 아라리가 났네~
　　　　아리랑 끙끙끙 아라리가 났네~

청천 하늘에는 잔별도 많고
이내야 가슴속에 수심도 많다
　아리아리랑 쓰리쓰리랑 아라리가 났네~
　아리랑 끙끙끙 아라리가 났네

산천이 좁아서 내여기 왔나
임살던 곳이라 내가여기 왔지
　아리아리랑 쓰리쓰리랑 아라리가 났네
　아리랑 끙끙끙 아라리가 났네

아리랑인가 지랄인가 용천~인가
얼마나 좋아서 요지랄을 하나
　아리아리랑 쓰리쓰리랑~

다리 세기 노래

자료코드 : 04_21_FOS_20100202_PKS_SGJ_0001
조사장소 : 부산광역시 연제구 연산6동 양지경로당
조사일시 : 2010.2.2
조 사 자 : 박경수, 서정매, 황영태, 최수정
제 보 자 : 손기조, 여, 92세
구연상황 : 제보자가 <다리 세기 노래>를 작은 소리로 구연하자, 조사자가 다시 크게
　　　　 불러 달라고 해서 한 것이다.

콩 하나 팥 하나
앵기 댕기
가매 꼭지
넘어간다

딱개 동

모심기 노래

자료코드 : 04_21_FOS_20100202_PKS_SGJ_0002
조사장소 : 부산광역시 연제구 연산6동 양지경로당
조사일시 : 2010.2.2
조 사 자 : 박경수, 서정매, 황영태, 최수정
제 보 자 : 손기조, 여, 92세
구연상황 : 다른 제보자가 <모심기 노래>를 부르고 나니, 제보자가 다음 노래가 생각
　　　　　이 난다면서 불러 주었다.

　　문에야부채 손에들고 주인네양반 어데가노
　　문에야부채 손에들고 첩의집에 놀러갔다

　　다풀-다풀~ 타박머리~ 해다진데 어데가노
　　우리야부모 선산등에~ 젖묵으러 내가간다

아기 재우는 노래 / 자장가

자료코드 : 04_21_FOS_20100202_PKS_LGY_0001
조사장소 : 부산광역시 연제구 연산6동 양지경로당
조사일시 : 2010.2.2
조 사 자 : 박경수, 서정매, 황영태, 최수정
제 보 자 : 이계연, 여, 78세
구연상황 : 다른 제보자가 노래하는 것을 듣고 제보자는 어렸을 때는 그것과는 다르게
　　　　　불렀다며 다음 <아기 재우는 노래>를 불러 주었다.

　　자장자장 우리아기

멍멍개야 짓지마라

꼬꼬닭아 울지마라

우리아기 잘도잔다

우리아기 잠못잔다

화투타령

자료코드 : 04_21_FOS_20100202_PKS_LGY_0002
조사장소 : 부산광역시 연제구 연산6동 양지경로당
조사일시 : 2010.2.2
조 사 자 : 박경수, 서정매, 황영태, 최수정
제 보 자 : 이계연, 여, 78세
구연상황 : 제보자는 남편이 <화투타령>을 이렇게 부른다면서 다음 노래를 불러 주었다.
　　　　　노래의 구연이 시작되자 옆에 있던 청중들도 박수를 치며 함께 불렀다.

정월솔가지 꺾어들고

이월매조를 찾아간다

삼월사쿠라 피는꽃위에

사월흑초에 묻어놓고

오월난초 나오는 나비에

유월목단에 날아든다

칠월홍돼지 홀로누워

팔월공산을 바라보며

구월국화 피는꽃위에

시월단풍에 다떨어졌고

오동지섣달에 꽃이피니

우리집영감이 춤을치고~

베짜기 노래

자료코드 : 04_21_FOS_20100202_PKS_LGY_0003
조사장소 : 부산광역시 연제구 연산6동 양지경로당
조사일시 : 2010.2.2
조 사 자 : 박경수, 서정매, 황영태, 최수정
제 보 자 : 이계연, 여, 78세
구연상황 : 청중들이 이야기를 하는 중에 제보자가 갑자기 <베 짜는 노래>가 생각이 났
는지 불러 주었다. 가사의 일부분만 부르고는 그만 그치고 말았다.

    일광단 월광단 다짜서~

    우리 서방님

  옷 해줄라고 짰다 카대.

모심기 노래

자료코드 : 04_21_FOS_20100202_PKS_LJK_0001
조사장소 : 부산광역시 연제구 거제2동 거송경로당
조사일시 : 2010.2.2
조 사 자 : 박경수, 서정매, 황영태, 최수정
제 보 자 : 이종기, 남, 75세
구연상황 : 조사자가 좌중에 <모심기 노래>를 아는 분이 있으면 해 달라고 하자 제보
자가 한 자락 부르겠다며 나섰다. 손뼉을 치면서 장단을 맞추어 큰소리로 불
러 주었다.

    지시골~바람이~ 살짝불어~ 일용사가 멋~지게 잘커간다

    모야모야 노랑모야~ 니언제커~서 환승할래

    이달크고 저달크고~오너석달남~아서 환승하나

파랑새요

자료코드 : 04_21_FOS_20100202_PKS_LCO_0001
조사장소 : 부산광역시 연제구 연산6동 양지경로당
조사일시 : 2010.2.2
조 사 자 : 박경수, 서정매, 황영태, 최수정
제 보 자 : 이채옥, 여, 82세
구연상황 : 제보자는 "새야새야" 노래를 불러도 되는지 구연 여부를 다른 청중들에게 물
　　　　　어보고는, 청중들이 하라고 하자, 그제야 자신있게 구연해 주었다. 가사를 읊
　　　　　는 식으로 구연해 주었다.

　　새야새야 파랑새야

　　녹두밭에 앉지마라

　　녹두꽃이 우러지면

　　청포장사 울고간다

다리 세기 노래

자료코드 : 04_21_FOS_20100202_PKS_LCO_0002
조사장소 : 부산광역시 연제구 연산6동 양지경로당
조사일시 : 2010.2.2
조 사 자 : 박경수, 서정매, 황영태, 최수정
제 보 자 : 이채옥, 여, 82세
구연상황 : 제보자가 노래를 잘 모른다며 하지 않겠다고 했지만, 청중들이 한 번 해보라
　　　　　고 부추기자 아는 만큼 구연하겠다며 짧게 읊어 주었다. 가사를 다 기억하지
　　　　　못해서 중도에 끊어졌다.

　　이거리 저거리 갓거리

　　진주망건 도망건

　　먹수밭에

다리 세기 노래

자료코드 : 04_21_FOS_20100202_PKS_LHS_0001
조사장소 : 부산광역시 연제구 연산6동 양지경로당
조사일시 : 2010.2.2
조 사 자 : 박경수, 서정매, 황영태, 최수정
제 보 자 : 이해선, 여, 77세
구연상황 : 제보자가 자신도 <다리 세기 노래>를 한 번 불러보겠다며 다리를 세는 흉
내를 내며 불러 주었다.

　　이다리 저다리 각다리
　　진주맹근 또맹근
　　짝바리 희양단
　　도리줌치 장독간

아기 재우는 노래 / 자장가

자료코드 : 04_21_FOS_20100202_PKS_CGI_0001
조사장소 : 부산광역시 연제구 연산6동 양지경로당
조사일시 : 2010.2.2
조 사 자 : 박경수, 서정매, 황영태, 최수정
제 보 자 : 최금이, 여, 87세
구연상황 : 조사자가 아기 재우는 노래에 대해 아는지 물어보자, 제보자가 옛날엔 이렇
게 불렀다면서 아기를 재우는 시늉을 하면서 노래를 불러 주었다. 제보자가
노래를 구연하기 시작하자 옆에 있던 청중들도 함께 불러 주었다.

　　자장 자장 자장
　　우리애기 착하다
　　앞집개도 짓지마라
　　뒷집개도 짓지말고

자장 자장 자장

논매기 노래

자료코드 : 04_21_FOS_20100202_PKS_CGI_0002
조사장소 : 부산광역시 연제구 연산6동 양지경로당
조사일시 : 2010.2.2
조 사 자 : 박경수, 서정매, 황영태, 최수정
제 보 자 : 최금이, 여, 87세
구연상황 : 상스러운 노래라면서 제보자가 구연을 거부하였지만, 조사자가 부탁을 하자
용기를 내어 과감히 불러 주었다. 노래 가사에 욕이 섞여 있다. 노래 솜씨가
상당히 좋은 편이다.

영감아 영감아 내영감아~

작은좆 팔아가지고 큰좆 살라카지~

요찌받아~ 보찌객이 왜묵었노

이등저등 해치고~ 좁쌀서되를 흐쳤더니~

공알새가 다까먹고~ 빈좆대만 꺼떡꺼덕

7. 영도구

■ 조사마을

부산광역시 영도구 동삼1동

조사일시 : 2010.1.27
조 사 자 : 박경수, 박양리, 정혜란, 정다혜

동삼1동 중리경로당

　　동삼1동(東三1洞)은 부산광역시 영도구에 속한 행정 동명으로, 1914년 부산부에 편입이 되어 1947년 동삼동으로 행정 명칭을 사용하기 시작했다. 1985년 12월 동삼 1, 2동으로 분동이 되었고, 1994년 7월에 다시 동삼 1, 3동으로 분동이 되면서 현재의 행정구역이 되었다. 동삼동은 이른바 상리(上里), 중리(中里), 하리(下里)의 3개 자연마을로 형성되어 있고, 세 마을이 동쪽에 있다 하여 동삼동이란 동명이 얻어진 것이다.

2010년 9월 통계에 의하면, 동삼1동에는 12,734세대에 남자 16,862명, 여자 17,284명으로 합계 34,148명이 거주하고 있다. 동삼1동은 봉래산을 중심으로 상리와 중리지역의 기존 주택에 최근에는 아파트가 많이 들어서면서 영도구에서 가장 많은 인구수를 가지고 있는 주택지구이다. 동삼1동 주민들의 주 대중교통 수단은 버스이며, 지하철을 이용하기 위해서는 남포동으로 버스를 타고 나가야 한다.

조사자 일행이 2010년 1월 27일(수) 영도구 조사를 시작하면서 첫 조사 장소로 선택한 곳이 동삼1동 중리경로당이었다. 경로당 안에서는 7명의 노인들이 있었는데, 일부는 화투판을 벌리고 있었다. 조사자 일행이 인사를 하고 조사 취지를 설명하자 화투판을 걷고 조사에 임했다. 조사자가 <모심기 노래>를 유도하자 김철래(여, 81세), 박경연(여, 79세), 박분순(여, 73세), 손순남(여, 80세), 임화부(여, 75세), 정옥(여, 79세) 등 6명의 노인들이 조사에 참여했다. 이들은 <모심기 노래>, <아리랑>, <노들강변>, <창부타령> 등 13편의 민요를 불러 주었다. 조사보조원들이 거실로 자리를 옮긴 몇몇의 제보자들을 대상으로 제보자 카드를 작성하고 있는 사이에 손순남 제보자가 <매미가 된 강피 훑던 부인> 이야기 1편을 구술했다. 조사자 일행은 조사를 마친 후 제보자들에게 감사의 인사를 전하고 경로당을 나왔다.

부산광역시 영도구 동삼2동

조사일시 : 2010.1.27
조 사 자 : 박경수, 박양리, 정혜란, 정다혜

동삼2동(東三2洞)은 부산광역시 영도구에 속한 행정동으로, 1985년 12월 동삼1동이 분동이 되면서 생긴 마을이다. 그런데 동삼동은 조선시대에는 동래부에 속해 있다가 1914년 행정구역 개편으로 부산광역시에 속하

동삼2동 성진경로당

동삼2동 하리경로당

게 되었다. 동삼동은 이른바 상리(上里), 중리(中里), 하리(下里)의 3개의 자연마을로 형성되어 있는데, 동삼2동은 이중 하리마을을 중심으로 행정 구역을 설정하고 있다.

2010년 9월 통계에 따르면, 동삼2동에는 1,896세대에 남자 2,352명, 여자 2,089명으로 합계 4,441명이 거주하고 있다. 아파트보다는 일반 주택이 밀집한 동삼2동은 다른 지역에 비해 조용한 주택지구에 속한다. 동삼2동 주민들의 주 대중교통 수단은 버스이다. 지하철을 이용하기 위해서는 버스를 타고 남포동으로 나가야 한다.

조사자 일행은 2010년 1월 27일(수) 아치섬과 관련한 설화를 조사하기 위해 바닷가 근처에 위치한 동삼2동 노인회관을 찾아갔다. 하리경로당이란 별도의 간판이 붙은 회관에는 12명의 노인들이 있었는데, 10여 명의 노인들이 화투판을 벌리고 있었다. 조사자 일행이 인사를 하고 조사 취지를 설명한 후에 누가 <뱃노래>를 불러줄 수 있느냐고 유도하자, 장용자(여, 80세) 제보자가 나서서 노래를 했다. 다른 노인이 민요를 잠시 불렀으나 장용자 제보자가 제대로 부르지 못한다고 타박을 주고는 자신이 <노고할머니가 밀어서 생긴 아치섬> 이야기 1편을 구술하고 3곡의 민요를 더 불렀다. 장용자 노인의 구연이 끝나자마자 유심히 조사판을 지켜보던 정갑선(여, 75세) 제보자에게 민요를 불러줄 것을 부탁했다. 강원도 삼척 출생의 정갑선 제보자는 모두 11편의 민요를 가창했다. 조사자 일행은 두 제보자로부터 어느 정도 조사 성과를 거두었다고 판단하고 노인회관을 나왔다.

조사자 일행은 하리경로당을 나와 가까이 있는 성진경로당을 찾아갔다. 그곳에는 6명의 노인들이 있었는데, 두 패로 나뉘어 화투판을 벌리고 있었다. 조사의 취지를 이야기하자, 성진경로당의 회장을 맡고 있는 노인이 있어 바로 화투판을 정리하고 조사에 응했다. 백금열(여, 81세)의 민요 구연을 시작으로 김복득(여, 83세) 노인, 송금조(여, 89세) 등이 연이어 민요

가창에 합세했다. 백금열 노인이 민요 5편, 김복득 노인이 민요 8편, 송금조 노인은 민요 1편을 불러 주었다. 대부분 창부타령 곡조로 부른 유흥적인 민요였다. 민요를 부른 후에 설화 조사를 시도했으나, 저녁이 가까운 시간인 데다가 비가 오기 직전이어서 노인들이 빨리 집에 가야 한다고 하며 흩어지는 바람에 조사를 그만 둘 수밖에 없었다.

부산광역시 영도구 신선3동

조사일시 : 2010.1.28
조 사 자 : 박경수, 박양리, 정혜란, 정다혜

신선동(新仙洞)은 1957년 1월 1일 영도가 독립 구로 승격이 되면서 부산광역시 영도구에 속한 마을이 되었다. 1966년 1월 신선2동이 신선 2, 3동으로 분동이 되었으나, 2007년 1월에는 신선 1~3동이 신선동으로 통합되었다. 동쪽으로 봉래산(394.6m)이 있고, 북쪽은 영선동·봉래동, 남쪽은 동삼동, 서쪽은 영선동과 해안에 접해 있다. 신선동의 동명은 1885년에 절영도(絶影島) 첨사(僉使) 임익준(任翊準)이 영도의 행정 지명을 지을 때, 이곳에 있는 당(堂)의 주신(主神)이 여신선(女神仙)이므로 이곳을 새로운 신선이 사는 곳이라는 뜻으로 지은 것이라 한다. 1931년에 북서쪽 개펄을 매립하여 산수정(山手町) 1~3정목이라고 했다가, 1947년에 신선동 1~3가로 개칭했다고 한다. 법정동인 신선동은 행정동인 신선 1~3동으로 되어 있으며, 법정동인 신선동 1~3가를 관할하고 있다.

신선동 3가에는 영도에서 가장 오래 된 사찰인 복천사(福泉寺)가 있다. 이 절은 고려 말에 창건된 것으로 보이나 정확한 연대는 알 수 없다. 신선동에 있는 부산남여자상업고등학교 교정에는 청마(靑馬) 유치환(柳致環)의 시비(詩碑)가 있는데, 유치환이 1965년부터 1967년 사망하기까지 이 학교 교장으로 재직하였다. 신선동에는 영도의 수호신을 모시는 산제당과

하씨당(河氏堂)이 있는데, 지금도 매년 봄과 가을에 마을의 안녕을 비는 제사를 지내고 있다. 2010년 9월 통계에 의하면, 신선동에는 6,154세대에 남자 7,413명, 여자 7,267명으로 합계 14,716명이 거주하고 있다.

신선동의 대부분은 가파른 오르막길인데, 이 오르막길을 따라 좌우에 주택들이 들어서 있다. 조사자 일행이 2010년 1월 28일(목) 봉래산과 가까운 곳의 동네를 조사하기 위해 선택한 곳이 신선동 영노경로당이었다. 오르막길을 제법 걸어가니 버스가 다니는 도로가에 경로당이 있었다. 경로당 안에는 6명의 노인이 있었는데, 두런두런 이야기를 하며 앉아 있었다. 조사자 일행이 인사를 하고 조사 취지를 설명한 후에 봉래산 할머니에 대한 이야기를 유도하자 박종묵(남, 83세) 노인이 나서서 <욕심 많은 봉래산 할머니> 이야기를 구연했다. 그후 계속해서 <모찌기 노래>, <모심기 노래> 외에 <신고산타령>, <아리랑>, <닐니리야> 등 창민요를 불렀다. 청중들의 반응도 좋아 노래판의 분위기가 흥겹게 진행되었다.

신선3동 영노경노당

부산광역시 영도구 청학2동

조사일시 : 2010.1.28

조 사 자 : 박경수, 박양리, 정혜란, 정다혜

청학2동 청노경로당

　청학2동(青鶴2洞)은 부산광역시 영도구에 속한 행정동인데, 1970년 7월 청학동에서 청학1, 2동으로 분동이 되었다. 청학2동은 영도구청과 영도구 보건소가 있는 중심지라고 할 수 있다. 자연마을로는 광암마을·석탄고마을·일산봉(日傘峯)마을·조내기마을·청학마을 등이 있다. 청학2동은 고지대에는 주택, 저지대 도로변에는 상가, 산업도로 인근 매립지역은 창고업 등 산업체가 밀집되어 있고, 최근에는 대단위 아파트 건설로 신흥주택가로 형성중인 지역이다. 청학2동의 명칭은 이곳의 숲이 울창하여 청청하고, 풍수지리설에 따라 이 지대가 해운대에서 영도를 바라보면 마치 학이 남쪽으로 나는 형태를 이룬다고 하여 지어졌다. 서쪽으로 봉래산이 있고,

남쪽은 동삼동, 북쪽과 동쪽은 해안에 접해 있다. 2010년 9월 통계에 의하면, 청학2동에는 8,449세대에 남자 11,629명, 여자 11,624명으로 합계 23,280명이 거주하고 있다.

조사자 일행이 2010년 1월 28일(목) 청노경로당을 찾았을 때 10명의 노인이 있었다. 싱크대가 마련되어 있는 작은 부엌 겸 거실에 2명의 노인이 앉아 이야기를 하고 있었고, 방에서는 노인들이 화투판을 벌리고 있었다. 조사자 일행이 인사를 하고 조사 취지를 설명한 후에 방에서 조사를 하려고 하였다. 그러나 워낙 화투판이 시끄럽고 노인들이 조사에 참여할 마음이 없는 듯하여 조사를 접고 거실로 나와 그곳의 노인 2명을 상대로 조사를 시작했다. 김명임(여, 78세) 노인은 이외로 훌륭한 제보자였는데, 7편의 민요와 8편의 이야기를 구술했다. <모심기 노래>, <화투 타령>, <그네 노래> 등을 차분하게 불렀으며, <거제 옥좌수와 인연이 되지 않은 처자>, <메밀밭에 죽은 여인과 메밀꽃 냄새> 이야기와 <여자들의 입방정 때문에 멈춘 띠섬> 등 여자들의 입방정으로 벌어진 사건 이야기, 호랑이 설화 2편 등 다양한 설화를 제공해 주었다. 뒤늦게 온 박민자(여, 69세) 노인이 신민요로 <봄이 왔네> 1편을 온전하지 않지만 기억하는 대로 불러 주었다.

김명임, 여, 1933년생

주 소 지 : 부산광역시 영도구 청학2동
제보일시 : 2010.1.28
조 사 자 : 박경수, 박양리, 정혜란, 정다혜

　김명임은 1933년 계유년 닭띠 생으로 경
상남도 사천시 서포면에서 태어났다. 본관
은 김해이다. 18세 때 고향 바로 옆인 곤양
으로 시집을 가서 살다가, 32년 전쯤 부산
으로 와서 지금까지 거주하고 있다. 30여
년 전에 작고한 남편과의 사이에 1남 1녀의
자녀를 두고 있다. 아들은 부산에 살지만 같
이 살고 있지는 않고, 딸은 서울에서 거주하
고 있다고 했다. 학교는 서포초등학교(당시 서포공립보통학교)를 졸업하
였다. 30세까지는 농사를 지었으나 부산으로 이사를 온 후로는 선박회사
를 다녔다. 제보자는 현재 영도구 청학2동 마을회장을 맡고 있는데, 예전
에 허리를 다쳐서 누군가가 데려다 줘야 마을회관에도 나올 수 있을 정도
라고 했다. 몸은 불편했지만 시종일관 밝게 웃으면서 조사자들을 친절하
게 대해 주었을 뿐만 아니라 조사에서 적극 임해 주었다. 최근의 한국어
교육에도 많은 관심을 보여주는 등 지적인 면모를 보였다. 종교로 불교를
믿지만 거동이 불편하여 절에 가지 않은 지도 꽤 되었다고 했다.

　제보자는 7편의 민요와 8편의 설화를 구연했다. 민요로는 <모심기 노
래>, <화투타령>, <베짜기 노래>, <그네 노래> 등을 불렀는데, 어렸을
때 동네 어른들이 부르는 것을 귀동냥으로 듣고 알게 된 노래라고 했다.

그러나 나이 탓으로 소리를 잘 못한다고 하면서 말로 읊조리는 노래도 여 럿 되었다. 설화로는 거제 옥좌수 이야기, 못갈 장가 이야기, 호랑이 이야 기 2편, 그리고 입방정 때문에 승천하지 못한 시아버지, 가다가 멈춰 선 띠섬, 울산바위 이야기를 했다. 이야기를 몇 편 하고는 힘들다고 하면서 누워서 이야기를 구술하기도 했다. 이들 이야기는 어려서 아버지께 듣고 알게 된 것이라고 했다.

제공 자료 목록

04_21_FOT_20100128_PKS_KMI_0001 거제 옥좌수와 인연이 되지 않은 처자
04_21_FOT_20100128_PKS_KMI_0002 못갈 장가 이야기
04_21_FOT_20100128_PKS_KMI_0003 메밀밭에 죽은 여인과 메밀꽃 냄새
04_21_FOT_20100128_PKS_KMI_0004 호랑이 담뱃불 이야기
04_21_FOT_20100128_PKS_KMI_0005 호랑이이보다 무서운 곶감
04_21_FOT_20100128_PKS_KMI_0006 며느리의 입방정으로 승천 못한 시아버지
04_21_FOT_20100128_PKS_KMI_0007 여자들의 입방정 때문에 멈춘 띠섬
04_21_FOT_20100128_PKS_KMI_0008 금강산으로 가다 멈춘 울산바위
04_21_FOS_20100128_PKS_KMI_0001 모심기 노래(1)
04_21_FOS_20100128_PKS_KMI_0002 화투타령
04_21_FOS_20100128_PKS_KMI_0003 노랫가락 / 그네 노래
04_21_FOS_20100128_PKS_KMI_0004 아리랑
04_21_FOS_20100128_PKS_KMI_0005 모심기 노래(2)
04_21_FOS_20100128_PKS_KMI_0006 베짜기 노래
04_21_FOS_20100128_PKS_KMI_0007 달 노래

김복득, 여, 1928년생

주 소 지 : 부산광역시 영도구 동삼2동
제보일시 : 2010.1.27
조 사 자 : 박경수, 박양리, 정혜란, 정다혜

　김복득은 1928년 용띠 생으로 부산광역시 기장군에서 태어났다. 본관

은 김해이며, 마을에서는 기장집 딸로 통한
다. 5세 때 가족이 영도구 동삼동으로 이사
를 하여 지금까지 동삼동에서 살고 있다.
20살 때 결혼을 하여 슬하에는 3남 1녀를
두었다. 남편은 45년 전 작고하여 현재는
큰아들 가족과 함께 생활하고 있다. 학력은
무학이다. 과거에는 나물도 캐고 물질도 하
면서 생계를 도왔으나 현재는 나이가 많아
서 일을 하지 않는다고 했다. 제보자는 동삼2동 성진경로당 회장을 맡고
있다.

제보자는 8편의 민요를 불렀는데, <뱃노래> 1편 외에 모두 <창부타
령> 곡조로 부른 다양한 노래들이다. 이들 노래는 동네 할머니들에게 들
어서 알게 된 것들이라고 했다. 나이 탓으로 얼굴에 주름이 많이 졌으나,
목소리도 좋고 흥을 내어 노래를 잘 불렀으며, 기억력도 좋았다. 청중들
이 노래를 들으면서 잘한다고 감탄하기도 했다.

제공 자료 목록
04_21_FOS_20100127_PKS_KBD_0001 창부타령(1)
04_21_FOS_20100127_PKS_KBD_0002 창부타령(2) / 한자풀이 노래
04_21_FOS_20100127_PKS_KBD_0003 창부타령(3)
04_21_FOS_20100127_PKS_KBD_0004 창부타령(4)
04_21_FOS_20100127_PKS_KBD_0005 청춘가
04_21_FOS_20100127_PKS_KBD_0006 창부타령(5)
04_21_FOS_20100127_PKS_KBD_0007 뱃노래

김철래, 여, 1930년생

주 소 지 : 부산광역시 영도구 동삼1동
제보일시 : 2010.1.27

조 사 자 : 박경수, 박양리, 정혜란, 정다혜

김철래는 1930년 경오년 말띠로 전라남
도 여수시 삼산면 거문리인 거문도에서 태
어났다. 본관은 김해이며, 마을에서는 근화
맨션에 산다고 하여 '근화언니'라고 불린다
고 했다. 현재 나이는 81세이고, 21살에 결
혼하여 여수시 삼산면 덕촌리로 시집가서
살았다. 남편은 12년 전에 작고했으며, 슬하
에 2남 2녀를 두었다. 50세 때 부산으로 왔

는데, 배를 타는 할아버지가 자식교육을 위해 부산으로 이주하는 바람에
같이 오게 되었다고 했다. 학교에는 다니지 못했으며, 예전에는 농사를
지으며 살았다고 했다. 제보자는 나이에 비해 정정한 모습이었다. 제보자
는 <아리랑>을 불러 주었다. 어렸을 때 어른들이 부르는 것을 보고 배운
노래라고 했다.

제공 자료 목록

04_21_FOS_20100127_PKS_KCL_0001 아리랑

박경연, 여, 1932년생

주 소 지 : 부산광역시 영도구 동삼1동
제보일시 : 2010.1.27
조 사 자 : 박경수, 박양리, 정혜란, 정다혜

박경연은 1932년 임신년 원숭이띠로 당시 경상남도 거제군에서 태어났
다. 본관은 밀양이다. 현재 나이는 79세이고, 윗니가 하나 빠진 것 외에는
건강하고 정정해 보였다. 결혼은 22살 때 했는데, 자식을 두지 못했다. 남
편은 13년 전에 작고했으며, 지금은 혼자 살아가고 있다고 했다.

제보자는 결혼 후 부산에 오기 전까지 계속 거제도에서 살았는데, 그때는 농사를 지었다고 했다. 부산에는 30년 전에 왔으며. 영도구 태종대에서 살다가 동삼1동으로 이사하여 계속 거주하고 있다. 학교는 다니지 못했다. 제보자는 민요 2편을 제공했는데, <노들강변>, <진도 아리랑>이었다. 이들 노래는 거제도에서 어른들이 부르는 것을 듣고 배운 것이라고 했다.

제공 자료 목록
04_21_FOS_20100127_PKS_PKY_0001 진도아리랑
04_21_MFS_20100127_PKS_PKY_0001 노들강변

박민자, 여, 1942년생

주 소 지 : 부산광역시 영도구 청학2동
제보일시 : 2010.1.28
조 사 자 : 박경수, 박양리, 정혜란, 정다혜

박민자는 1942년 임오년 말띠 생으로 경상남도 김해시에서 태어났다. 본관은 밀양이며, 김해댁으로 불린다. 22세 되던 해 6세 연상의 남편과 결혼하여 경남 양산으로 이주하여 살았다. 부산으로 온 지는 35년 전이며, 현재 영도구 청학2동에서 생활하고 있다. 남편과의 사이에는 1남 2녀를 두었는데, 현재 제보자는 남편과 아들 가족과 함께

생활하고 있다. 초등학교 3학년까지의 배운 것이 전부이며, 현재는 복지관에서 민요를 배우고 있다고 했다. 제보자는 민요를 1편 구연했는데, <봄이 왔네>란 노래인데 그리 오래된 노래는 아니었다. 이 노래는 복지관에서 배운 것은 아니고 어릴 적 동네 어른들이 하는 것을 듣고 알게 된 것이라고 했다.

제공 자료 목록
04_21_MFS_20100128_PKS_PMJ_0001 봄이 왔네

박분순, 여, 1938년생

주 소 지 : 부산광역시 영도구 동삼1동
제보일시 : 2010.1.27
조 사 자 : 박경수, 박양리, 정혜란, 정다혜

　박분순은 1938년 무인년 호랑이띠로 경상남도 거창군 고제면에서 태어났다. 본관은 밀양이며, 마을에서는 아파트 303호에 산다고 하여 '303호 할머니'로 불린다고 했다. 현재 나이는 73세인데, 21살 때 6살 연상의 남편과 결혼하여 슬하에 2남 4녀를 두었다. 남편은 8년 전에 작고했으며, 자녀들은 모두 출가하여 부산과 인천 등지에서 살고 있다. 학교는 11살에 초등학교를 들어가서 3년을 다니다 중퇴했다고 했다. 부산에 온 지는 40년 가까이 되었는데, 중구 보수동에서 살다 현재의 영도구 동삼1동으로 이사를 와서 혼자 지낸다고 했다. 부산으로 오기 전에는 농사일을 도우며 살았지만, 부산에서는 부친이 양조장을 운영해서 양조장 일을 도우며 지냈다. 종교는 불교이다.

제보자는 민요 4편을 제공했다. 창부타령 곡으로 부른 <수심가>와 노랫가락으로 부른 <그네 노래>, <나비 노래>, 그리고 <타박네 노래>를 불렀다. 이들 노래는 시골에서 어른들이 부르는 것을 듣고 따라서 부르다 배운 것이라고 했다.

제공 자료 목록
04_21_FOS_20100127_PKS_PBS_0001 청춘가
04_21_FOS_20100127_PKS_PBS_0002 노랫가락(1) / 그네 노래
04_21_FOS_20100127_PKS_PBS_0003 타박네 노래
04_21_FOS_20100127_PKS_PBS_0004 노랫가락(2) / 나비 노래

박종묵, 남, 1928년생

주 소 지 : 부산광역시 영도구 신선3동
제보일시 : 2010.1.28
조 사 자 : 박경수, 박양리, 정혜란, 정다혜

박종묵(朴鍾默)은 1928년 무진년 용띠 생으로 울산광역시 울주군 언양에서 태어났다. 본관은 죽산이다. 29살 때 8살 연하의 부인(김필선)과 결혼하여 1년을 언양에서 보낸 후 부산으로 내려왔다. 처음에는 영도구 영선동에서 거주하다가 20년 전 영도구 신선동으로 와서 지금까지 거주하고 있다. 슬하에 1남 2녀를 두었고, 현재는 부인과 둘이서 생활하고 있다. 학력은 무학으로 지난 1년간 신선3동 영노경로당 회장을 맡았으나 현재는 어떤 직책도 맡고 있지 않다고 했다.

제보자는 7편의 민요와 1편의 설화를 구연했다. 민요는 주로 언양에서 직접 농사를 지으면서 주위 어른들이 부르는 소리를 듣고 알게 된 노래라

고 했는데, <모찌기 노래>, <모심기 노래> 외에 <닐니리야>, <신고산 타령>, <아리랑>, <청춘가>, <치기나 칭칭나네> 등 유흥적인 노래가 많았다. 설화로는 <욕심 많은 봉래산 할머니> 이야기를 했다. 민요는 조용한 소리로 가락에 맞추어 불렸으며, 설화는 차분하게 이야기를 했다.

제공 자료 목록

04_21_FOT_20100128_PKS_PJM_0001 욕심 많은 봉래산 할머니
04_21_FOS_20100128_PKS_PJM_0001 어랑타령
04_21_FOS_20100128_PKS_PJM_0002 아리랑
04_21_FOS_20100128_PKS_PJM_0003 치기나 칭칭나네
04_21_FOS_20100128_PKS_PJM_0004 청춘가
04_21_FOS_20100128_PKS_PJM_0005 모찌기 노래
04_21_FOS_20100128_PKS_PJM_0006 모심기 노래
04_21_MFS_20100128_PKS_PJM_0001 닐니리야

백금열, 여, 1930년생

주 소 지 : 부산광역시 영도구 동삼2동
제보일시 : 2010.1.27
조 사 자 : 박경수, 박양리, 정혜란, 정다혜

백금열은 1930년 말띠 생으로 부산광역시 영도구 동삼동에서 태어났다. 19세 되던 해 10살 연상의 남편과 결혼을 하여 영도구 동삼동에서 아치섬이라 불리는 조도(朝島)로 시집을 갔다. 그곳에서 잠시 살고 다시 영도구 동삼동 내륙으로 옮겨와 지금까지 거주하고 있다. 슬하에 2남 3녀를 두었는데, 40년 전 남편이 작고하면서 현재 혼자서 생활하고 있다. 자녀들은 서울, 인천, 제주도 등지에서 거주하고 있다. 과거에

는 농사도 짓고 배도 타면서 생활하였으나 현재는 별다른 일을 하지 않는 다고 했다. 학력은 무학이며, 종교는 불교라고 했다.

제보자는 5편의 민요를 불렀는데, 모두 창부타령 곡으로 부른 <청춘 가>, <권주가>, <창부타령> 등이다. 김복득 제보자와 번갈아가면서 이 들 노래를 불렀는데, 많은 나이에도 불구하고 노래 가사를 잘 기억하면서 비교적 큰소리로 잘 불렀다. 이들 노래는 일하면서 들어 알게 된 것들이 라고 했다.

제공 자료 목록

04_21_FOS_20100127_PKS_PKY1_0001 청춘가
04_21_FOS_20100127_PKS_PKY1_0002 창부타령(1)
04_21_FOS_20100127_PKS_PKY1_0003 창부타령(2)
04_21_FOS_20100127_PKS_PKY1_0004 권주가
04_21_FOS_20100127_PKS_PKY1_0005 창부타령(3)

손순남, 여, 1931년생

주 소 지 : 부산광역시 영도구 동삼1동
제보일시 : 2010.1.27
조 사 자 : 박경수, 박양리, 정혜란, 정다혜

손순남은 1931년 신미년 양띠 생으로 경 상남도 거제시에서 태어났다. 본관은 밀양 이며, 마을에서는 '손씨 할머니' 또는 '키큰 할머니'로 통한다고 했다. 현재 나이는 80 세이며, 18세에 결혼하여 슬하에 딸 하나를 두었다. 남편은 50년 전에 군대에 가서 사 망하는 바람에 혼자 힘들게 딸을 키웠다고 했다. 딸은 현재 출가하여 부산진구 초읍에

살고 있으며, 현재 거주하는 영도구 동삼1동에는 혼자 생활하고 있다고 했다. 학교는 다니지 못했으며, 결혼하여 거제도에서 농사를 짓고 살았으나, 26살 때 부산으로 이사를 온 다음에는 공장에 다니며 생계를 유지했다. 종교는 따로 없다고 했다.

제보자는 민요 2편과 설화 1편을 제공해 주었다. 민요는 <나물 캐는 노래>와 <시집살이 노래>였는데, 산에서 나물을 캐면서 듣고 알게 된 것이라 했다. 설화는 매미 전설로 젊었을 때 들었던 이야기라고 했다.

제공 자료 목록

04_21_FOT_20100127_PKS_SSN_0001 매미가 된 강피 훑던 부인
04_21_FOS_20100127_PKS_SSN_0001 나물 캐는 노래
04_21_FOS_20100127_PKS_SSN_0002 시집살이 노래

송금조, 여, 1922년생

주 소 지 : 부산광역시 영도구 동삼2동
제보일시 : 2010.1.27
조 사 자 : 박경수, 박양리, 정혜란, 정다혜

송금조는 1922년 개띠 생으로 대구광역시에서 태어났다. 16살 때 결혼을 하여 부산광역시 영도구 동삼동으로 오게 되었다. 40년 전 남편이 작고하고 현재는 혼자서 생활하고 있다. 과거에는 횟집을 운영하였으나 지금은 일을 하지 않고 있다고 했다. 학력은 무학이다. 제보자는 1편의 민요를 창부타령 곡으로 일명 <봄배추 노래>를 불렀는데, 어른들이 부르는 것을 들어서 알게 된 것이라고 했다. 그리고 조사의 취지를 정확하게 이해하지 못해서 트로트를 몇 곡 부르기도 했다.

제공 자료 목록

04_21_FOS_20100127_PKS_SKJ_0001 창부타령

임화부, 여, 1936년생

주 소 지 : 부산광역시 영도구 동삼1동
제보일시 : 2010.1.27
조 사 자 : 박경수, 박양리, 정혜란, 정다혜

임화부는 1936년 병자년 쥐띠 생으로 경남 거제군 고현면에서 태어났다. 본관은 나주이며, 마을에서는 '신대마누라'로 불리고 있다. 현재 나이는 75세인데, 20세(1954년)에 결혼을 하여 슬하에 3남 1녀의 자녀를 두고 있다. 5살 연상인 남편은 6년 전인 2004년에 74세로 작고하였고, 자녀들은 모두 외지에 나가 살고 있다. 제보자는 결혼후에 거제시 연초면으로 가서 살다가 44년 전인 1966년에 부산으로 이사를 와서 현재 부산광역시 영도구 동삼1동에서 혼자 생활하고 있다. 학교는 초등학교를 다녔으며, 젊었을 때는 농사를 지었다고 했다. 종교는 불교이다. 제보자는 나이에 비해 곱고 정정한 모습이었으며, 요즘에는 복지회관에 나가 노래를 배우고 있다고 했다.

제보자는 민요 3편을 제공했는데, <태평가>, <창부타령>, <쾌지나칭칭나네>를 흥겹게 불러 주었다. 이들 노래는 어릴 때 어른들을 통해서 배운 것인데, 복지회관에서 부르기도 한다고 했다.

제공 자료 목록

04_21_FOS_20100127_PKS_IHB_0001 태평가
04_21_FOS_20100127_PKS_IHB_0002 창부타령

장용자, 여, 1930년생

주 소 지 : 부산광역시 영도구 동삼2동
제보일시 : 2010.1.27
조 사 자 : 박경수, 박양리, 정혜란, 정다혜

장용자는 1930년 말띠 생으로 부산광역
시 영도구 동삼2동 하리마을에서 태어났다.
본관은 인동이며, 택호는 부산댁이다. 제보
자는 5대째 영도구 동삼2동 하리마을에서
거주했다고 말했는데, 그만큼 부산 토박이
인 셈이다. 18살에 결혼을 하여 슬하에 1남
1녀를 두었다. 15년 전 남편이 작고하여 현
재는 아들과 같이 생활하고 있다. 딸도 출가
하여 부산에서 거주중이라고 했다. 제보자는 잠시 부산광역시 기장군 대
변에서 살기도 하였으나, 다시 고향인 동삼2동 하리마을로 와서 지금까지
거주하고 있다. 학교는 초등학교를 3년 다니다 중퇴했으며, 종교는 특별
히 없다고 했다.

제보자는 4편의 민요와 1편의 설화를 제공했다. 민요는 <뱃노래>를
부른 후 <멸치 후리 소리>를 짤막하게 설명하듯이 불렀으며, <청춘가>
도 큰소리로 잘 불렀다. 제보자는 다른 사람들이 노래하는 것을 듣고는
목소리가 작다고 핀잔을 준 다음 큰소리로 제법 구성지게 불렀다. 뱃노래
를 부를 때는 직접 손으로 노 젓는 상황을 흉내 내기도 했다. 설화 1편은
한국해양대학교가 있는 아치섬이 영도의 큰섬과 떨어져 있는 사연을 짧
게 이야기하는 것이었다. 민요는 어릴 때부터 부모님들이 부르는 것을 들

으면서 알게 된 것이라고 했으며, 설화는 어려서 주위 어른들에게 들은 것이라 했다.

제공 자료 목록

04_21_FOT_20100127_PKS_JYJ_0001 노고할머니가 밀어서 생긴 아치섬
04_21_FOS_20100127_PKS_JYJ_0001 뱃노래
04_21_FOS_20100127_PKS_JYJ_0002 멸치 후리 소리
04_21_FOS_20100127_PKS_JYJ_0003 청춘가(1)
04_21_FOS_20100127_PKS_JYJ_0004 청춘가(2)

정갑선, 여, 1935년생

주 소 지 : 부산광역시 영도구 동삼2동
제보일시 : 2010.1.27
조 사 자 : 박경수, 박양리, 정혜란, 정다혜

정갑선은 1935년 돼지띠 생으로 강원도 삼척에서 태어났다. 본관은 영일이며, 택호는 강원댁이다. 20대 초반에 동갑의 남편과 결혼을 하여 슬하에 2남 1녀를 두었다. 20년 전부터 남편 바깥일로 부산광역시 영도구 동삼동에 거주했는데, 강원도 삼척과 부산 영도에서 두 집 살림을 한다고 했다. 몇 개월은 부산에 있다가 몇 개월은 강원도에 있는 생활을 20년 째 이어오고 있다. 학력은 무학이며, 과거에는 식당에서 일을 했다고 한다. 종교는 특별히 없다고 했다. 밝은 붉은색의 옷차림에 안경을 쓰고 목걸이를 한 모습이 밝고 명랑한 성격임을 짐작하게 하고, 나이에 비해 젊고 곱게 보였다.

제보자는 11편의 민요를 불렀다. 태생이 강원도 삼척이기 때문에 <뗏

목 젓는 노래>, <정선아리랑>과 <어랑 타령>을 구성지게 잘 불렀으며, <화투타령>, <청춘가>, <신고산타령>, <한오백년>, <쾌지나 칭칭노세> 등 유흥민요에도 능했다. 그리고 특별히 <전쟁 세태 노래>를 불렀는데, 6·25 전쟁을 둘러싼 세대와 의식을 반영하고 있는 노래였다. 제보자는 기억력도 탁월했을 뿐만 아니라 뛰어난 가창력을 가지고 있었다. 한 가지 노래를 부른 다음 계속해서 노래를 이어 부를 정도였다. 부산에서 제보자를 만나 강원도 민요를 채록할 수 있었다는 점은 특기할 만하다.

제공 자료 목록

04_21_FOS_20100127_PKS_JGS_0001 뗏목 젓는 노래 / 청춘가(1)

04_21_FOS_20100127_PKS_JGS_0002 정선아리랑(1)

04_21_FOS_20100127_PKS_JGS_0003 정선아리랑(2)

04_21_FOS_20100127_PKS_JGS_0004 어랑타령(1)

04_21_FOS_20100127_PKS_JGS_0005 청춘가(2)

04_21_FOS_20100127_PKS_JGS_0006 화투타령

04_21_FOS_20100127_PKS_JGS_0007 정선아리랑(3)

04_21_FOS_20100127_PKS_JGS_0008 신고산 타령

04_21_FOS_20100127_PKS_JGS_0009 어랑타령(2)

04_21_FOS_20100127_PKS_JGS_00010 쾌지나 칭칭나네

04_21_MFS_20100127_PKS_JGS_0001 전쟁 세태 노래

04_21_MFS_20100127_PKS_JGS_0002 한오백년

정옥, 여, 1932년생

주 소 지 : 부산광역시 영도구 동삼1동

제보일시 : 2010.1.27

조 사 자 : 박경수, 박양리, 정혜란, 정다혜

정옥은 1932년 임신년 원숭이띠로 경상남도 밀양에서 태어났다. 본관은 동래이며, 마을에서 밀양댁으로 불린다. 현재 나이는 79세이며, 17세에 결혼하여 슬하에 2남의 자녀를 두었다. 남편은 30년 전에 작고했으며,

큰아들은 부산에서 따로 거주하고 있고, 현재는 작은아들 가족과 함께 생활하고 있다. 초등학교는 4학년까지 다니다 중퇴하였으며, 젊어서는 농사를 짓고 살았다고 했다. 제보자는 결혼해서도 계속 밀양에서 살았는데, 남편이 작고한 후 작은아들과 함께 살기 위해 30년 전쯤에 부산으로 와서 현재 영도구 동삼1동 전원아파트에서 살고 있다. 종교는 특별히 없다고 했다.

　제보자는 민요 1편을 제공했다. <청춘가>였는데, 여러 사람들이 부르는 것을 듣다보니 알게 된 노래라고 했다. 노래를 부를 때 어깨를 들썩이고 손짓을 하며 박자를 맞추었다.

제공 자료 목록

04_21_FOS_20100127_PKS_JO_0001 청춘가

거제 옥좌수와 인연이 되지 않은 처자

자료코드 : 04_21_FOT_20100128_PKS_KMI_0001

조사장소 : 부산광역시 영도구 청학2동 청노경로당

조사일시 : 2010.1.28

조 사 자 : 박경수, 박양리, 정혜란, 정다혜

제 보 자 : 김명임, 여, 78세

구연상황 : 조사자가 재미있는 이야기가 없느냐고 물어보자, 제보자가 바로 다음 이야기를 한 번 해보겠다고 한 다음 이야기를 시작했다.

줄 거 리 : 거제도가 고향인 옥좌수가 과거에 합격하여 평양감사로 가게 되었다. 그곳에서 고을 원님의 딸과 눈이 맞아 같이 도망을 가기로 했다. 둘이 동대문에서 만나기로 했는데, 옥좌수가 착각하여 남대문에 가 있었다. 그 처자는 옥좌수를 만나지 못하고 집에도 들어가지 못했다. 옥좌수도 거제도 고향으로 돌아갔다. 처자는 속고 버림받았다고 생각하고 중이 되어 몸에 칼을 품고 옥좌수를 찾아 거제도까지 왔다. 처자는 옥좌수를 죽이기 위해 들어갔으나, 옥좌수가 자기를 위해 축원을 하고 있는 모습을 보았다. 처자는 칼을 버리고 절에 들어가 스스로 목숨을 끊었다.

옥좌수라 쿠는 사람이, 저 전에는 평양이 서울이야, 그래 평양감사가 이 저 두고 일러서 경상남도 이 장항겉이 그런 기라.

거제 옥좌수라 이름이. 거제도 사람인데, 서울에 가서 그 그석에 베실에(벼슬에) 시험이 되가지고, 평양감사가 되가 갔는데, 그 그 나라에 원님 딸하고 눈이 맞았는 기라.

눈이 맞아갖고 그서는(그곳에서는) 이기 혼인은 몬하는 기고,

"니는 동대문에 가 섰거라. 동대문에 가 멫 월 멫 시에 만나자."

그러캤는데, 이는 울아버지한테 들은 이야기가 되서 참 옛날이야기야.

그래 동대문에 가서 서있으라 캤는데, 거제 옥좌수가 남대문에 가 서가

있어. 그래가 처녀가 저그 집에 있는 금덩거리로 많이 뚱치가(훔쳐서) 나왔는데, 옥좌수를 몬 만낸께 몬 들어가는 기야. 그러몬 목을 치가 죽이는 그런 법이 있었어. 그래갖고 또 어디 섬에 귀향을 보내삐고 죽었다고 가짜 초상을 치는 그런 법도 있을 때라.

그래갖고 인자 저 거제 옥좌수가 오도 몬 하고 가도 몬 하고 자기 집에 거제도로 왔는 기라. 자기 고향으로. 온께노 이 처이가 머리로 싹 깎고, 이 중이 되가지고, 스님이 되가지고 조선 팔도로 댕이는 기라. 그런 때에는 조선땅이 강원도부터서가 아이고, 저 함경북도 부령 청진 저까징 다 조선이거든. 그래가 인자 차차 차차 더터(더듬어서) 오는데, 거제에 가서 옥좌수를 만났는 거야.

목을 쳐 죽일라고 검을 갖고 칼로 이만침 질구로(길게) 해가지고 품에, 가슴에다 품었어. 품어갖고 오니까, 거제 옥좌수가 저그 집이다 이래 선발 질러놓고 촛불로 켜 놓고, 물도 떠놓고, '살았걸랑 돌아오고 죽었걸랑 좋은 극락세계로 가라'고 축언을(축원을) 하고 앉았는 기라.

그래서 그 여자가 한문 공부로 마이 했기 때문에 자기가 철학을 하는 기라. 철학을 하니까는, 어딘간고 모르게 자기를 위해서 기도를 하고 있다는 걸 알고, 어느 절에 들어가니까 절에 가서 인자 하룻밤을 묵고, 그 인자 주지님한테 물으니까, 옥좌수로 모리는 거야. 모리는데, 어느 집에 간께논 이렇게 신 모시듯이 모시놓고 촛불 두 개로, 요새는 초도 쌨지만(흔했지만) 그때는 초도 없다. 촛불로 써놓고 이렇게 종바리다 냉수로 떠다놓고 축언을 하고 있는 거야. 그래서 그 칼로 거다 버리고 죽었어.

(조사자 : 아 처이가?) 응.

못갈 장가 이야기

자료코드 : 04_21_FOT_20100128_PKS_KMI_0002
조사장소 : 부산광역시 영도구 청학2동 청노경로당
조사일시 : 2010.1.28
조 사 자 : 박경수, 박양리, 정혜란, 정다혜
제 보 자 : 김명임, 여, 78세
구연상황 : 조사자가 이런 노래도 있지 않느냐고 하면서 노래의 줄거리를 대충 말하자, 그것은 노래가 아니고 이야기라면서 다음과 같이 구술했다.
줄 거 리 : 옛날에 한 사람이 토종비결에도 가지 말라는 장가를 고집을 부려서 갔다. 한 모퉁이를 돌아가니 까막까치가 소리를 하고, 두 모퉁이를 지나가니 곡소리가 들렸다. 세 모퉁이를 돌아가니 상여가 나가는 것을 보았다.

사주에도 못갈 장개, 책력에도 못갈 장개, 옛날에는 토종비결로 책력이라 캤다. 책력. 근데 토종비결 책 이걸로, 이 뭐시 선생(이지함 선생을 말한다.)이 그걸로 만들았는데, 죽는 시간까장 다 그기 맞는 기라.

그래갖고 [조사자 일행이 이야기를 듣고 있는 모습을 보며] 눈이 때끈해가(눈에 생기가 없이) 우리 애들겉다 야.

그래논께는 사람들이 내가 언제 죽을 끼라고 전부 방랑생활을 하고, 먹고 조지고 때리 뿌수고 막 몬 사는 기라. 그래서 그 책을 풀어가 살짝 섞어뺐어. 살짝 석어삐논게 그래도 토종비결이 좀 맞는 기라.

궁합에도 못갈 장개, 옛날엔 궁합을 보잖아. 토종비결 그걸 책력에도 못갈 장개.. 내가 시아서(고집해서) 가는 장개. 그래 장개로 가니까 중간을 모르것네.

그래가 내가 시아 가는 장개, 한 모랭이(모퉁이) 돌아간께 까막까치가 울고 가고, 두 모랭이 돌아간께 난디없는(난데없는) 곡소리가 나는구나.

그거는 이야기야, 노래가 아이고. 그래 세 모랭이 돌아간께 생이가(상여가) 나오는 기라. 그 끝으는 모르겠는데.

메밀밭에 죽은 여인과 메밀꽃 냄새

자료코드 : 04_21_FOT_20100128_PKS_KMI_0003

조사장소 : 부산광역시 영도구 청학2동 청노경로당

조사일시 : 2010.1.28

조 사 자 : 박경수, 박양리, 정혜란, 정다혜

제 보 자 : 김명임, 여, 78세

구연상황 : 조사자의 이야기 유도에 따라 제보자가 이야기를 시작하였다.

줄 거 리 : 옛날에 공부만 하는 이도령이 부인이 살고 있었다. 흉년이 들어 부인이 피를 뽑아 말리고 있는데, 소나기가 왔다. 남편은 비가 와도 공부만 하고 있어 피가 모두 떠내려갔다. 부인이 같이 살 수 없다고 다른 곳에 살러 갔다. 세월이 지나 이도령이 과거에 급제하여 암행어사가 되어 돌아왔다. 이도령이 암행어사가 되어 그곳을 지나가는데, 부인은 여전히 강피를 훑고 있었다. 부인이 옛날 남편을 보고 말 물종이라도 하겠다고 하면서 따라가다가 메밀밭에 쓰러져 죽었다. 메밀꽃이 필 때 냄새가 나는 까닭은 그 부인이 죽어서 나는 냄새이다.

저 이도롱이(이도령이) 공부를 얼매나 집중을 해서 하는지, 숭년(흉년)이 지모(지면) 나락은 말라 죽어도 피는 안 말라 죽거든.

마누래가 피로 훑어가 와서 덕석에다, 망석에다 널어놓고 피로 훑고 온 께노 소내기가 와서 피 덕석이 떠내려 갔는 기라. 그래도 그 남편이 그 피 덕석을 안 걷았는(거두었는) 기라.

그래서 고마 내비리고 살로로(살러) 갔어. 살로로 갔는데 그 남자가 어사급제가 돼갖고, 암행어사커모 요새는 마 그거는 자기 구역도 없어, 천하로 흔드는 사램이야.

그래가 암행어사가 되가, [노래하듯이] 하늘겉은 말로 타고, 구름겉은 갓을 쓰고, 진개맹개 너른(넓은) 들에 피로 훑고 있으니까, 저 진개맹개가 전라남도 어디야, 전라평야 어디로 말하는 기라. [노래하듯이] 진개맹개 너른 들에 갱피 훑는 저 마느래, 간 디(가는 데) 쪽쪽 팔자 좋아 간디 쪽쪽 갱피 훑네.

그러 캐갖고,

"그래, 나는 따라 갈라요."

그러콤서는 그 갱피로 내삐리고 와서,

"나는 말 물종도, 말 물종이라도 할라요."

말 죽 끓이주는 건데.

"나는 말 물종도 있소."

그러 코고(하고),

"시 물종도 할란다."

쿤께,

"나는 시 물종도 있소."

그래 캐갖고, 자기가 그 저저 메물밭에 가몬 메물꽃이 필 때 냄새가 난다고. 메물꽃 앞에 거서 엎어져 죽었잖아. 그래가 그 냄새다.

(조사자 : 아 그 엎어져 죽은.) 응, [노래하듯이] 진개맹개 너른들에 갱피훑는 저마누래 간디쪽쪽 팔자좋아 간디쪽쪽 갱피훑네. (조사자 : 그래서 메밀꽃 필 때 냄새가 난다고.) 응. (조사자 : 그 냄새는 그 이제 마누라가 죽어갖고,) 마누라 썩는 냄새라고. (조사자 : 마누라 썩는 냄새다.)

호랑이 담뱃불 이야기

자료코드 : 04_21_FOT_20100128_PKS_KMI_0004
조사장소 : 부산광역시 영도구 청학2동 청노경로당
조사일시 : 2010.1.28
조 사 자 : 박경수, 박양리, 정혜란, 정다혜
제 보 자 : 김명임, 여, 78세
구연상황 : 제보자가 앞의 이야기를 마치고, 아이들이 옛날이야기를 해달라고 하면 이런
　　　　　이야기도 해준다고 하면서 다음 이야기를 짧게 했다.
줄 거 리 : 옛날에 호랑이가 담배를 피우고, 담뱃대를 돌에다 털다가 그만 산에 불이 났

다. 그래서 토끼랑 노루랑 전부 쫓겨 갔다.

담배로 피았는데, 호랭이가 담밧대로 이렇게 돌에다 털었는데 불이 났어.

아이구, 산에 불이 났어. 그래서 토끼랑 노루랑 전부 다 쫓기 갔어.

그러코마 그기 끝이야. 우리 아들이.

호랑이이보다 무서운 곳감

자료코드 : 04_21_FOT_20100128_PKS_KMI_0005
조사장소 : 부산광역시 영도구 청학2동 청노경로당
조사일시 : 2010.1.28
조 사 자 : 박경수, 박양리, 정혜란, 정다혜
제 보 자 : 김명임, 여, 78세
구연상황 : 제보자가 앞서 호랑이 담뱃불 이야기를 하고 난 후, 호랑이 곳감 이야기도
          있다며 하면서 다음 이야기를 시작했다.
줄 거 리 : 옛날 어떤 아이가 고집을 부리며 울었다. 마침 호랑이가 그 아이 집 앞에서
          그 아이를 물어가려고 있었다. 아이는 호랑이가 와서 물어간다고 해도 울음을
          그치지 않았다. 그런데 곳감을 준다고 하니까 울음을 그쳤다. 그래서 호랑이
          보다 곳감이 더 무서운 것이라고 한다.

꽂감이는(곳감은), 옛날에 아가 억지를 내는데, 고집을 지기는데(부리는데),

"호랭이 온다."

캐도 안 그치고, 그 꽂감 이야긴데. 오맨 걸 다 갖다 꼬와도 말을 안 듣더만은,

"꽂감 주까?"

그러쿤게, 호랭이가 아를 물러 문밖에 왔는데, 그 옛날에 우리 국어책에 보몬 안에서 사램이 알랑알랑 하고, 마루도 없는 집이야.

여 축담이 그인데, 저저 그 호랭이가 와서 있다가, 그래가 인자,

"꽂감 주께."

그러쿤게 아가 그쳤는 기라. 그래서 꽂감이 호랭이보다 무섭다.

며느리의 입방정으로 승천 못한 시아버지

자료코드 : 04_21_FOT_20100128_PKS_KMI_0006
조사장소 : 부산광역시 영도구 청학2동 청노경로당
조사일시 : 2010.1.28
조 사 자 : 박경수, 박양리, 정혜란, 정다혜
제 보 자 : 김명임, 여, 78세
구연상황 : 제보자가 다음 이야기를 갑자기 시작했다. 그래서 앞부분 이야기를 제대로 녹음하지 못했다. 이야기를 마친 후에 다시 앞부분 이야기를 해달라고 하였으나, 조사자의 말을 제대로 이해하지 못하고는 다른 이야기를 하는 바람에 결국 앞부분 이야기를 듣지 못했다.
줄 거 리 : 옛날에 시아버지가 죽으면서 유언으로 샘에 시신을 넣고 아무에게도 이야기하지 말라고 했다. 시아버지의 유언대로 시신을 샘에 넣는데, 며느리가 그만 동네 사람들에게 그 이야기를 하고 말았다. 동네 사람들이 샘에서 물을 퍼내니 시아버지가 용마를 타고 승천하기 위해 준비하고 있었다. 며느리가 말을 하지 않았더라면 시아버지는 승천해서 용이 되었을 텐데, 며느리의 입방정 때문에 승천하지 못했다.

"내가 죽걸랑 저기 샘이에다 묻어라."

그러 캤는데, 시아부지가 죽고 나서 샘에 시신이 들어가몬 샘이 물이 말라삐러, 맹 그 안에는.

근데 메누리가,

"우리 시아부지로 여다 옇었다."

고 그러 캤는 기라. 그래가 동네 사람들이 나와서 물로 퍼고 샘이로 쳐 보니까, 시아버지가 용마를 타고 올라갈라고, 용마가 무릎을 딱 꾸리고(꿇

고) 있더란다.

그런 땜에 여자는 방정시럽어서(방정스러워서), 남자들이 아랫방아서 이 풍수 인자 모시놓고, 일로 여자한테는 안 알으킨다고(알려준다고). 여자 그마이(그만큼) 방정시럽어.

(조사자 : 말 안하면 용 돼서 승천하는데.) 그래.

여자들의 입방정 때문에 멈춘 띠섬

자료코드 : 04_21_FOT_20100128_PKS_KMI_0007
조사장소 : 부산광역시 영도구 청학2동 청노경로당
조사일시 : 2010.1.28
조 사 자 : 박경수, 박양리, 정혜란, 정다혜
제 보 자 : 김명임, 여, 78세
구연상황 : 제보자는 앞에서 한 이야기와 비슷한 이야기가 있다고 하면서, 바로 다음 이야기를 했다.
줄 거 리 : 옛날에 강에 섬이 떠내려 오고 있었다. 그것을 보고 여자들이 섬이 떠내려 온다고 말하니, 가만 섬이 그 자리에 멈추고 말았다. 그것이 현재 경남 사천 강 위에 있는 조그만 띠섬이다.

그러니 우리 동네는 요런 섬이 있는데, 띠섬이라 쿠거든. 사천 강에 요만한 섬이 있는데, 그 섬이 온께는 떠서 이리 오는데, 그 떠서 왔겄나 거짓말이지.

떠서오는데 방정시러운 가시나들이,

"아이구, 저 섬이 떠온다."

싼께, 그 자리에 고마 딱 서삐맀더라.

(조사자 : 아, 그게 사천 옆에 뭐 띠섬?) 띠섬.

금강산으로 가다 멈춘 울산바위

자료코드 : 04_21_FOT_20100128_PKS_KMI_0008
조사장소 : 부산광역시 영도구 청학2동 청노경로당
조사일시 : 2010.1.28
조 사 자 : 박경수, 박양리, 정혜란, 정다혜
제 보 자 : 김명임, 여, 78세
구연상황 : 제보자는 앞에서 한 이야기와 또 비슷한 이야기가 있다고 하면서 다음 이야
         기를 했다. 이 이야기를 끝으로 더 이상 해 줄 이야기가 없다고 했다. 조사자
         가 고마운 마음을 전한 후 조사를 끝냈다.
줄 거 리 : 옛날에 금강산에서 조선의 명산들에게 모두 올라오라고 명령을 했다. 모든
         산이 가는데, 울산산이 가장 늦게 갔다. 울산산이 가고 있는데, 누군가 산이
         간다는 말을 해서 그 자리에 멈추어 서고 말았다. 울산에 있는 산도 아닌데,
         그 산의 바위를 울산바위라고 부르게 되었다.

저 가몬 울산, 울산바위라 커는 바윗돌이 있거든. 울산산이 있거든.

근데 거게 가몬, 그 금강산에서 조선에 산, 맹산(명산) 다 올라오라고
명령을 했는데, 인자 니 산 네 산 전부 다 가는데, 울산산이 맨 늦게 갔
어. 가다가,

"아이고, 저 산이 간다."

고 그러 캤도만 그 자리에 딱 섰어. 울산바위라고 저 감서 보몬 있어.
근디 울산이라 써 붙인 것도 아이고, 울산바위 울산바위.

욕심 많은 봉래산 할머니

자료코드 : 04_21_FOT_20100128_PKS_PJM_0001
조사장소 : 부산광역시 영도구 신선3동 영노경로당
조사일시 : 2010.1.28
조 사 자 : 박경수, 박양리, 정혜란, 정다혜
제 보 자 : 박종묵, 남, 83세

구연상황 : 조사자가 산재당에 모시는 할머니에 대해 이야기가 있지 않느냐고 하며 물어보자, 제보자가 알고 있는 이야기를 했다. 이야기 중간에 청중이 자신이 들어서 알고 있는 이야기를 하기도 했다.

줄 거 리 : 영도에 사는 사람들은 봉래산 할머니에게 갈 때나 올 때 인사를 해야 한다. 봉래산 할머니가 질투가 심하기 때문에 영도에 살던 사람들이 다른 지역으로 이사를 가게 되면 질투를 한다. 그래서 영도를 떠날 때 인사를 하고 가면 괜찮은데, 만일 인사를 하고 가지 않으면 그 사람은 망한다. 그리고 영도를 떠날 때 영도가 보이는 곳으로 이사를 가서 살면 망하고, 영도가 보이지 않는 곳으로 가서 살아야 된다는 말도 있다.

영도에 살몬, 와도 내가 왔다 카고 인사를 한다 카고.

(청중 : 신고하네. [웃음])

인사를 하고 그래 하몬 좋다 카는 그런 전설이 있었어.

(청중 : 나 얘기 들었는데, 영도에 살다가 저 건네 비는데, 영도 비는데 살면 안 되고, 갈라면 저 영도 여 안 비는데 가 살면 괘않고, 보는데 살면 안 된다고.) (조사자 : 그게 왜 그런지?) (청중 : 절대 잘된 사람이 없다.) 여기 봉래산 할무니가 욕심이 많애가지고, 여게 재물을 절대 난 안 뺏기겠다 카는 그런 전설이 있어.

(조사자 : 그래서 할머니 바위라 하는 게… …) 아, 그 요 우에 가면 있어. 그 할무니 바위에다가 와도, "내가 여 왔습니다." 커고 잘 봐줄라 카고, 갈 때도 "나는 갑니다 그 잘 쉬십시오." 고래 하면 괘않고, 암말도 안 하고 그래 가뻐리모 그 살림이 얼매 안 있어가지고 쫄딱 망해가지고, 그런 말이 있어.

매미가 된 강피 훑던 부인

자료코드 : 04_21_FOT_20100127_PKS_SSN_0001
조사장소 : 부산광역시 영도구 동삼1동 중리경로당

조사일시 : 2010.1.27
조 사 자 : 박경수, 박양리, 정혜란, 정다혜
제 보 자 : 손순남, 여, 80세
구연상황 : 조사자들이 제보자들을 상대로 제보자 카드 작성하고 있었다. 조사자가 제보
　　　　　자에게 옛날 이야기가 있으면 하나 해달라고 하자, 제보자가 이야기를 하나
　　　　　해보겠다고 하면서 다음 이야기를 했다.
줄 거 리 : 옛날에 한 부인이 선비 낭군과 결혼하여 살았다. 집이 가난하여 부인이 강피
　　　　　를 훑어서 집 마당에 널어놓았다. 다시 강피를 훑으러 갔는데, 비가 와서 집
　　　　　으로 돌아오니 선비는 공부만 하고 있고 강피가 모두 떠내려 갔다. 부인은 선
　　　　　비 낭군을 만나 이렇게 고생하며 산다고 하며 집을 나갔다. 부인이 새로 농부
　　　　　낭군을 만나서 사는데, 다시 강피를 훑으러 갔다. 선비가 과거에 급제하여 돌
　　　　　아오는데 여전히 옛날 부인이 강피를 훑고 있었다. 옛날 부인이 말죽이라도
　　　　　끓여주겠다고 하며 따라가다가 가랑이가 찢어져서 죽고 말았다. 죽은 부인의
　　　　　혼이 매미가 되어 "정사감사 내나 가자. 매옹매옹" 하며 울게 되었다.

저 마당에다가 훑, 산에 가 인자 훑어 와가이고, 마당에다가 큰 멫
덕석을 놀어놓고 인자 갔어.

쟁피(강피) 훑으러 또 갔는데, 그래 가가이고 쟁피를 훑은 기 마 비가
억수로 오는 기라. 그래가이고 비가 와가지고 인자 산에서 내려온께, 그
쟁피가 떠내려 가는데, 신랑어는 그거로 안 걷고, 떠내려 가든가 말든가
공부만 하고, 책상에서 공부만 하고 있는 기라. 그래갖고,

"아이고 이 농부 낭군을 만냈이몬 이놈만케(이만큼) 잘 살긴데, 선부(선
비) 가장을 만내가지고 이놈만키 몬 산다."

컴서 이 여자가 부왜가(부화가) 나가지고 마 저리 인자 마 이리 가뺐
거든.

가가이고 인자 본께, 농부 낭군이 하나 있어가지고 만나가이고 사는데,
농부 낭군 또 만냈는데 또 쟁피 훑으러 가게가 됐어

그래갖고, 그 쟁피로, 인자 그 선비 가장은 공부로 마이(많이) 해가이고,
과게를(과거를) 해가이고, 좋은 막 마누래도, 선부 인자 마누래로 만나가

이고 마, 인자 마느래는 쌍가매로 타고 앞에 가고, 이 신랑어는(신랑은) 말로 타고 뒤에 감서(가면서) 이래 처다본다고 처다본게, 옛날 마누래가 이래 쟁피를 훑고 있거든.

"저 저게 있는 저 마느래, 훑던 쟁피 다시 훑네."

이람서로(이렇게 하면서) 처다본게, 그래 인자,

"말죽이나 끓이주고, 소죽이나 끓이주고 나도 같이 가자."

컴서(하면서) 내려오다가 마 가랭이가 인자 마 몬 따라가고, 가 인자 내려오다가 따라간다고 가다가 마 몬 따라가고 가래이가 째저가지고(찢어져서) 죽었는데 매미가 됐다 안 합디꺼.

그래서 '정사감사 내나 가자. 매옹매옹', 인자 매미가 울몬, '정사감사 내나 가자' 이람서로 매미가 안 울던가베.

노고할머니가 밀어서 생긴 아치섬

자료코드 : 04_21_FOT_20100127_PKS_JYJ_0001
조사장소 : 부산광역시 영도구 동삼2동 하리경로당
조사일시 : 2010.1.27
조 사 자 : 박경수, 박양리, 정혜란, 정다혜
제 보 자 : 장용자, 여, 81세
구연상황 : 조사자가 영도에 섬에 관한 이야기가 없냐고 물어보자 청중이 이야기를 잠시 했다. 그러자 이 제보자가 이야기를 왜 그렇게 하냐고 타박한 후 다시 이 이야기를 했다.
줄 거 리 : 옛날에 영도의 큰섬과 아치섬은 붙어 있었다. 영도의 노고할머니가 빨래를 하는데 아치섬이 받치고 걸렸다. 노고할머니가 손으로 아치섬을 밀었더니 큰섬과 조금 간격을 두고 떨어지게 되었다.

아치섬하고 큰섬하고 요래 요래 붙었거든. (청중 : 요래 붙었는데.) 할매, 노구할매가(노고할머니가) 빨래를 씻는데, 탁탁 뚜드리더래. 요놈의 섬이 받치거든.

"에라이 요놈우 섬아!"

카며 디밀었뿌논(들이밀어 놓으니) 저마이(저만큼) 갔단다.

모심기 노래(1)

자료코드 : 04_21_FOS_20100128_PKS_KMI_0001
조사장소 : 부산광역시 영도구 청학2동 청노경로당
조사일시 : 2010.1.28
조 사 자 : 박경수, 박양리, 정혜란, 정다혜
제 보 자 : 김명임, 여, 78세
구연상황 : 조사자가 노인들에게 알고 있는 옛날 노래를 불러달라고 부탁한 후, 먼저 제
　　　　　보자에게 "해다지고"라며 모심기 노래의 앞 사설을 잠시 말하면서 노래 구연
　　　　　을 요청했다. 그러자 제보자가 다음 노래를 기억하며 불렀다.

　　　오늘해~는 다-졌-는-가~ 골-골~마-당 연기가나네~
　　　울언~님은19) 어디로가고~ 해가져도~ 못오시나-

화투타령

자료코드 : 04_21_FOS_20100128_PKS_KMI_0002
조사장소 : 부산광역시 영도구 청학2동 청노경로당
조사일시 : 2010.1.28
조 사 자 : 박경수, 박양리, 정혜란, 정다혜
제 보 자 : 김명임, 여, 78세
구연상황 : 조사자가 다른 모심기 노래를 더 아느냐고 제보자에게 물어보았는데, 제보자
　　　　　는 모심기 노래 대신 다음 <화투 타령>을 불렀다.

　　　정월송-송 송대밭에
　　　이월매조로 맺어놓고

---

19) 우리 님은.

삼월사꾸라 산란한마음

사월흑싸리가 흘러간다

오월난-초 나는나비

유월매떼가 춤을춘다

칠월홍돼지 홀로~누워

팔월공산에 달떠온다

구월국화 굳었던마음~

시월단풍에 다떨어졌네

동지오동 오신님아

노랫가락 / 그네 노래

자료코드 : 04_21_FOS_20100128_PKS_KMI_0003

조사장소 : 부산광역시 영도구 청학2동 청노경로당

조사일시 : 2010.1.28

조 사 자 : 박경수, 박양리, 정혜란, 정다혜

제 보 자 : 김명임, 여, 78세

구연상황 : 조사자가 노랫가락으로 부르는 <그네 노래>의 앞부분을 부르면서 노래를 유도하자, 제보자가 숨이 차서 가락을 못 붙이겠다며 하면서 다음 노래를 말로 읊조렸다.

수천당 시모시낭개 둘이뛰자고 그네를매어

내가뛰모 임이밀고 임이뛰몬 내가밀고

임아임아 줄살살미소 줄떨어지면 정떨어지오

아리랑

자료코드 : 04_21_FOS_20100128_PKS_KMI_0004
조사장소 : 부산광역시 영도구 청학2동 청노경로당
조사일시 : 2010.1.28
조 사 자 : 박경수, 박양리, 정혜란, 정다혜
제 보 자 : 김명임, 여, 78세
구연상황 : 조사자가 제보자의 고향을 물어본 다음, 그곳에서는 아리랑을 어떻게 불렀느
냐고 물어보자 제보자가 다음과 같이 불렀다.

　　　아리랑 아리랑 아라리요~

　　　아리랑 고개고개로 넘-어간다

　　　아리랑 고개는 열두나고개~

　　　울언님(우리 님) 고개는 한고개요~

모심기 노래(2)

자료코드 : 04_21_FOS_20100128_PKS_KMI_0005
조사장소 : 부산광역시 영도구 청학2동 청노경로당
조사일시 : 2010.1.28
조 사 자 : 박경수, 박양리, 정혜란, 정다혜
제 보 자 : 김명임, 여, 78세
구연상황 : 조사자가 모심기 노래가 여러 가지 있지 않느냐고 하며 제보자에게 거듭 노
래를 부탁하자, 제보자가 이런 노래도 있다며 다음 노래를 불렀다.

　　　첩아~첩아 문열어라~ 우리본-댁 저기온다

　　　첩의생각을 허실러거든 내문-전을 배반하소~

　　　서마지기~ 논배미가 반달같-이 내나간다

　　　네가무-슨 반달이냐 초생달-이 반달이지

베짜기 노래

자료코드 : 04_21_FOS_20100128_PKS_KMI_0006
조사장소 : 부산광역시 영도구 청학2동 청노경로당
조사일시 : 2010.1.28
조 사 자 : 박경수, 박양리, 정혜란, 정다혜
제 보 자 : 김명임, 여, 78세
구연상황 : 제보자가 조사자에게 다음 노래의 앞부분 가사를 말하면서 이런 것도 불러
도 되느냐고 물어보았다. 조사자가 된다고 하면서 노래를 불러달라고 하자,
노래로 하지 않고 말로 읊조리듯이 구연했다.

밤에짠베
[말을 바꾸어]
낮에짠베는 일광단 밤에짠베는 월광단
일광단월광단 다짜갖고 울언님바지도 지어나보까

달 노래

자료코드 : 04_21_FOS_20100128_PKS_KMI_0007
조사장소 : 부산광역시 영도구 청학2동 청노경로당
조사일시 : 2010.1.28
조 사 자 : 박경수, 박양리, 정혜란, 정다혜
제 보 자 : 김명임, 여, 78세
구연상황 : 조사자가 다른 제보자와 이야기를 하고 있던 중에 제보자가 갑자기 다음 노
래를 불렀다.

저기~저기 저달속에
기수나무가[20] 백혔는데
금도끼-로 찍어다가

---

20) 계수나무가.

옥도끼-로 다듬아서

초가-삼간 집을지어~

우리부-모 모시다게

오손도-손 살고지아

창부타령(1)

자료코드 : 04_21_FOS_20100127_PKS_KBD_0001
조사장소 : 부산광역시 영도구 동삼2동 성진경로당
조사일시 : 2010.1.27
조 사 자 : 박경수, 박양리, 정혜란, 정다혜
제 보 자 : 김복득, 여, 83세
구연상황 : 청중이 제보자를 지목하면서 제보자도 노래를 많이 안다며 하며 한 곡 해보
　　　　　라고 하자, 제보자가 다음 노래를 불렀다. 제보자가 노래를 부르는 동안 제보
　　　　　자를 지목한 청중이 박수를 치며 "잘한다"고 추임새를 넣기도 했다.

이모~작작 범나비든다 잠조리중사21) 개구리상사

날-짐승 집벌레도요 짝을지어서 댕기는데

우리는언제나 고운님만나 짝을지어서 댕기보꼬

　　얼씨구나~ 지화자 좋네 이렇게 좋다가 논팔겠네 [웃음]

창부타령(2) / 한자풀이 노래

자료코드 : 04_21_FOS_20100127_PKS_KBD_0002
조사장소 : 부산광역시 영도구 동삼2동 성진경로당
조사일시 : 2010.1.27
조 사 자 : 박경수, 박양리, 정혜란, 정다혜

---

21) 잠자리 중사.

제 보 자 : 김복득, 여, 83세

구연상황 : 조사자가 제보자에게 노래를 더 불러달라고 요청하자, 제보자가 다음 노래를 불렀다. 본래 노랫가락으로 부르는 노래인데 창부타령 곡으로 불렀다. 청중들이 노래를 잘한다며 박수를 치며 계속 추임새를 넣었다.

앞동산- 봄춘자-요 뒷동산에는 푸른청자[22]

가지가지 꽃화자요 굽이굽이는 내천자라

동-자야 술부어라 마실음자가 간자지라

　　얼씨구 얼씨구 기화자 좋네 아니- 놀지를 못할래라

창부타령(3)

자료코드 : 04_21_FOS_20100127_PKS_KBD_0003

조사장소 : 부산광역시 영도구 동삼2동 성진경로당

조사일시 : 2010.1.27

조 사 자 : 박경수, 박양리, 정혜란, 정다혜

제 보 자 : 김복득, 여, 83세

구연상황 : 백금열 노인이 노래를 부르는 동안 제보자가 다음 노래를 생각하고 있다가 백금열 노인의 노래가 그치자 바로 다음 노래를 불렀다. 급하게 노래를 시작하여 앞부분 사설을 정확하게 알아들을 수 없었다. 계속 창부타령 곡으로 노래를 불렀다.

○○한 솔음사로[23] 온갖풀잎을 희롱한데

요내-몸은 선부나라도[24] 가시는님을 못잡았다

　　얼씨구 얼씨구 기화자 좋네 아니 놀지를 못할래라

---

22) "푸를 청자"를 이렇게 불렀다.

23) 제보자가 갑자기 부른 부분이어서 정확하게 알아들을 수 없다.

24) '선비이라도'의 뜻인 듯하다.

창부타령(4)

자료코드 : 04_21_FOS_20100127_PKS_KBD_0004
조사장소 : 부산광역시 영도구 동삼2동 성진경로당
조사일시 : 2010.1.27
조 사 자 : 박경수, 박양리, 정혜란, 정다혜
제 보 자 : 김복득, 여, 83세
구연상황 : 조사자가 청중들과 이야기를 나누고 있던 중에 제보자가 다음 노래가 생각
났는지 갑자기 부르기 시작했다. 창부타령 곡으로 부른 노래이다.

　　　이대로평상 늙을라고 애반지 한쌍을 꼈더마는25)
　　　세월에장차 여루하여서 끼고보니 님의반지
　　　　얼씨구 얼씨구 저절씨구나 아니 놀지를 못할래라

청춘가

자료코드 : 04_21_FOS_20100127_PKS_KBD_0005
조사장소 : 부산광역시 영도구 동삼2동 성진경로당
조사일시 : 2010.1.27
조 사 자 : 박경수, 박양리, 정혜란, 정다혜
제 보 자 : 김복득, 여, 83세
구연상황 : 제보자는 백금열 제보자와 번갈아가며 노래를 불렀다. 백금열 제보자가 노래
를 끝내자 바로 이어서 제보자가 다음 노래를 불렀다.

　　　청천하늘에 잔별도 많고요~오
　　　요내야 가슴에~ 에루화 한숨도 많구~나
　　　산이 깊어야~ 골도나 깊으지~이
　　　조그만은 여자가슴~ 깊을수가 있나~요

---

25) 정확하게 가사를 알아들을 수 없다.

창부타령(4)

자료코드 : 04_21_FOS_20100127_PKS_KBD_0006
조사장소 : 부산광역시 영도구 동삼2동 성진경로당
조사일시 : 2010.1.27
조 사 자 : 박경수, 박양리, 정혜란, 정다혜
제 보 자 : 김복득, 여, 83세
구연상황 : 조사자가 한 곡을 더 불러달라고 요청하자 제보자가 바로 다음 노래를 불렀다. 창부타령 곡으로 계속 불렀다. 청중 한 사람이 옛날 노래를 참 잘한다고 감탄하기도 했다.

　　　　도라지-팽풍(평풍) 연닻이안에 잠든큰아가 문열어라

　　　　바람불고 비오신다고 안올줄알고서 문걸었소

　　　　쓸쓸한-동남풍 사랑을잃고 사랑찾-아서 내가가지

　　　　바람불고 비온다고 오시던님이- 안올손가

　　　　　얼씨구 얼씨구 지화자 좋네 아니 놀지를 못하리라

뱃노래

자료코드 : 04_21_FOS_20100127_PKS_KBD_0007
조사장소 : 부산광역시 영도구 동삼2동 성진경로당
조사일시 : 2010.1.27
조 사 자 : 박경수, 박양리, 정혜란, 정다혜
제 보 자 : 김복득, 여, 83세
구연상황 : 다른 제보자가 노래를 부른 후, 제보자가 끝으로 부른 노래이다.

　　　　에야노야노 어기여차 뱃노래 가~잔다~

　　　　청천~하늘~에 잔별도 많고요

　　　　우리-네 가슴속에 희망도 많구나~

　　　　　에야노 야노야~

에여노 야노 어기여차 뱃노래 가~잔다~

아리랑

자료코드 : 04_21_FOS_20100127_PKS_KCL_0001
조사장소 : 부산광역시 영도구 동삼1동 중리경로당
조사일시 : 2010.1.27
조 사 자 : 박경수, 박양리, 정혜란, 정다혜
제 보 자 : 김철래, 여, 81세
구연상황 : 조사자가 아리랑을 불러 달라고 부탁하자, 제보자는 아는 부분까지만 해보겠다고 하면서 다음 노래를 불렀다.

아-리랑 아리랑 아라리요~
아-리랑 고개로 넘-어간다
청춘 하날에 잔별도 많고~
요내야 가슴에 수심도 많다-
   아-리랑 아-리랑 아라리요~
   아-리랑 고개로 넘-어간다-

나를 버리고 가시는님은
십리도 못가서 발병난다
   아-리랑 아-리랑 아라리요
   아-리랑 고개로 넘-어간다

너가 잘나서 천하일색이냐
내눈이 어두워 한정이로다
   아-리랑 아-리랑 아라리요~
   아-리랑 고개로 넘-어간다

진도아리랑

자료코드 : 04_21_FOS_20100127_PKS_PKY_0001
조사장소 : 부산광역시 영도구 동삼1동 중리경로당
조사일시 : 2010.1.27
조 사 자 : 박경수, 박양리, 정혜란, 정다혜
제 보 자 : 박경연, 여, 79세
구연상황 : 조사자가 아리랑 중에서 진도아리랑이 있지 않느냐고 하면서 제보자에게 부
탁을 하자, 제보자가 바로 다음 노래를 불렀다. 진도아리랑으로 부른다고 했
지만, 앞부분은 일부 밀양아리랑 가락으로 불렀다.

아리아리랑 쓰리쓰리랑 아라리가 났네~

아—리랑 끙끙끙 아라리가 났네~

세월아 봄철아 오고가지 말어라

아까분26) 요내청춘 다늙어진다

　아리아리랑 쓰리쓰리랑 아라리가 났네~

　아—리랑 끙끙끙 아라리가 났네~

청춘가

자료코드 : 04_21_FOS_20100127_PKS_PBS_0001
조사장소 : 부산광역시 영도구 동삼1동 중리경로당
조사일시 : 2010.1.27
조 사 자 : 박경수, 박양리, 정혜란, 정다혜
제 보 자 : 박분순, 여, 73세
구연상황 : 조사자가 노래를 유도하자, 제보자가 노래를 아는 부분만 부르겠다고 하면서
다음 노래를 불렀다.

청천하늘에~ 참빌도27) 많고요~오

---

26) 아까운.

요내야 가슴에 좋~다 수심도 많구-나~

노랫가락(1) / 그네 노래

자료코드 : 04_21_FOS_20100127_PKS_PBS_0002
조사장소 : 부산광역시 영도구 동삼1동 중리경로당
조사일시 : 2010.1.27
조 사 자 : 박경수, 박양리, 정혜란, 정다혜
제 보 자 : 박분순, 여, 73세
구연상황 : 김철래 제보자의 <아리랑>이 끝나자, 바로 제보자가 다음 노래를 불렀다.
　　　　　노랫가락으로 부른 일명 그네 노래이다.

　　시모시낭게~

또 그래놓고. (조사자 : 늘어진 가지에다.)

　　늘어진가지다 그네를매-어~
　　임이뛰면 내가나밀고 내가뛰며는 임이밀-고
　　임아임아 줄살살밀어라 줄떨어져미는 정떨어진~다-

타박네 노래

자료코드 : 04_21_FOS_20100127_PKS_PBS_0003
조사장소 : 부산광역시 영도구 동삼1동 중리경로당
조사일시 : 2010.1.27
조 사 자 : 박경수, 박양리, 정혜란, 정다혜
제 보 자 : 박분순, 여, 73세
구연상황 : 제보자는 이 노래가 맞는지 모르겠다고 말을 꺼낸 후 다음 노래를 불렀다.

---

27) "잔별도"를 이렇게 불렀다.

타박타박 타박머리 해다진데 니어디가노
울어머니 산소등에 젓묵으러 나는가요
산이높아 니몬간다 물이깊어 니몬간다
물깊으마 헤엄하고 산높으면 기어가고

노랫가락(2) / 나비 노래

자료코드 : 04_21_FOS_20100127_PKS_PBS_0004
조사장소 : 부산광역시 영도구 동삼1동 중리경로당
조사일시 : 2010.1.27
조 사 자 : 박경수, 박양리, 정혜란, 정다혜
제 보 자 : 박분순, 여, 73세
구연상황 : 조사자가 "나비야 청산 가자"고 하는 노래를 불러달라고 요구하자, 제보자가
앞부분과 뒷부분을 잘 몰라서 못하겠다고 했다. 그래도 괜찮으니 아는 부분만
불러 달라고 요구하자 불러준 노래이다.

나비야 청산을가자 호랑나비야 나도가자
자다가 잠이들면은 꽃밭속에서 자고가지
그꽃도 자지못해

어랑타령

자료코드 : 04_21_FOS_20100128_PKS_PJM_0001
조사장소 : 부산광역시 영도구 신선3동 영노경로당
조사일시 : 2010.1.28
조 사 자 : 박경수, 박양리, 정혜란, 정다혜
제 보 자 : 박종묵, 남, 83세
구연상황 : 조사자와 청중이 제보자에게 노래를 한 곡 해달라고 요청하자, 제보자가 다
음 노래를 했다. 조사자와 청중들이 박수를 치며 장단을 맞추어 주었다.

어기여차 뱃놀이 가잖다~

신고산이 우루루루 화물차가는 소리에

구월산 큰아기 반봇짐만 싸누나~

　어랑어랑 어허야 어허야 디-야 내사-랑-아~

산수갑산 놀고다리는 얼커덩설커덩 졌는데

나는언제 님을만나 알콩달콩 살거나~

　어랑어랑 어허야 어야 디-야 내사-랑-아~

휘늘어진 낙락장송 휘여덥석 잡구요

애달픈 요내심정 하소연을 할거나~

　어랑어랑 어허야 어허야 디-야 내사-랑-아~

아리랑

자료코드 : 04_21_FOS_20100128_PKS_PJM_0002

조사장소 : 부산광역시 영도구 신선3동 영노경로당

조사일시 : 2010.1.28

조 사 자 : 박경수, 박양리, 정혜란, 정다혜

제 보 자 : 박종묵, 남, 83세

구연상황 : 조사자가 아리랑을 어떻게 불렀는지 제보자에게 물어보자, 제보자는 이렇게
　　　　　불렀다고 하면서 다음 노래를 했다.

아리랑 아리랑 아라리요~

아리랑 고개로 넘어간다~

아리랑 고개는 열두고개~

정든님 고개는 한고개라~

쾌지나 칭칭나네

자료코드 : 04_21_FOS_20100128_PKS_PJM_0003
조사장소 : 부산광역시 영도구 신선3동 영노경로당
조사일시 : 2010.1.28
조 사 자 : 박경수, 박양리, 정혜란, 정다혜
제 보 자 : 박종묵, 남, 83세
구연상황 : 조사자가 '칭칭이 소리'를 불러달라고 부탁하자, 제보자가 짤막하게 다음 노
　　　　　래를 불렀다.

　　　간다간다 나는간다
　　　　　치기나 칭칭나네
　　　님을두고 나는간다
　　　　　치기나 칭칭나네

청춘가

자료코드 : 04_21_FOS_20100128_PKS_PJM_0004
조사장소 : 부산광역시 영도구 신선3동 영노경로당
조사일시 : 2010.1.28
조 사 자 : 박경수, 박양리, 정혜란, 정다혜
제 보 자 : 박종묵, 남, 83세
구연상황 : 조사자가 다른 노래도 해달라고 요청하자 제보자가 다음 노래를 했다. 청춘
　　　　　가 곡조로 부른 것이다.

　　　청춘하늘에~28) 잔별도 많고요~오
　　　요내가슴에~ 수심도 많거나―

---

28) "청천하늘에"를 이렇게 불렀다.

모찌기 노래

자료코드 : 04_21_FOS_20100128_PKS_PJM_0005
조사장소 : 부산광역시 영도구 신선3동 영노경로당
조사일시 : 2010.1.28
조 사 자 : 박경수, 박양리, 정혜란, 정다혜
제 보 자 : 박종묵, 남, 83세
구연상황 : 조사자가 예전에 모를 찌거나 모를 심으면서 불렀던 노래가 없느냐고 물어
보자 제보자가 많이 있었다며 다음 노래를 불렀다. 그러나 메기는 소리만 하
고 그만 두고 말았다.

한강-에-다 모를부-어~ 모찌-기-도- 난감하-네-

모심기 노래

자료코드 : 04_21_FOS_20100128_PKS_PJM_0006
조사장소 : 부산광역시 영도구 신선3동 영노경로당
조사일시 : 2010.1.28
조 사 자 : 박경수, 박양리, 정혜란, 정다혜
제 보 자 : 박종묵, 남, 83세
구연상황 : 조사자가 다른 노인들과 대화를 하던 중에 제보자가 갑자기 다음 노래를 불
렀다.

이물기-저물기 헐-어-놓-고~ 주인네양-반 어디로갔-나-
문에야~대전복 손에-들-고~ 첩의-방-에 놀러갔-네-

청춘가

자료코드 : 04_21_FOS_20100127_PKS_PKY1_0001
조사장소 : 부산광역시 영도구 동삼2동 성진경로당

조사일시 : 2010.1.27

조 사 자 : 박경수, 박양리, 정혜란, 정다혜

제 보 자 : 백금열, 여, 81세

구연상황 : 제보자는 조사자에게 조사의 취지를 듣고 바로 이 노래를 불렀다.

청산은~ 청색이고 푸른물은 노색이고

사랑위에 사철나무는 주수정상 지철이고

고것뿐이다. (청중 : 잘한다. 더 해라.)

창부타령(1)

자료코드 : 04_21_FOS_20100127_PKS_PKY1_0002

조사장소 : 부산광역시 영도구 동삼2동 성진경로당

조사일시 : 2010.1.27

조 사 자 : 박경수, 박양리, 정혜란, 정다혜

제 보 자 : 백금열, 여, 81세

구연상황 : 김복득 제보자가 노래를 부른 후, 제보자의 이어서 다음 노래를 불렀다. 계속 창부타령 곡으로 노래를 불렀다.

얼씨구나 좋다 저절씨구나 아니놀고 못살겠네

노자노자 젊어노자 늙고뱅들면 못노리라

늙어서 병안든지게 놀고놀고 놀아보자

담장안에 심은화초 담장밖을 넘나들고

길로가는 호걸양반 그꽃보고 길안걷네

얼씨구 저절씨구나 아니 놀지를 못하리라

창부타령(2)

자료코드 : 04_21_FOS_20100127_PKS_PKY1_0003
조사장소 : 부산광역시 영도구 동삼2동 성진경로당
조사일시 : 2010.1.27
조 사 자 : 박경수, 박양리, 정혜란, 정다혜
제 보 자 : 백금열, 여, 81세
구연상황 : 김복득 제보자가 연이어 노래를 부른 후, 제보자가 노래를 받아 다음 노래를 불렀다.

담장안에 심은화초는 담장밖을 넘나들때
우리같은 인생들은 요질로서 다녹는다

선아선아 유봉선아 내안볼라꼬 니가갔다
둘이덮던 유자이불 니혼차덮고 잠들었나
둘이덮던 저베개도 니혼자비고서 잠들었네

권주가

자료코드 : 04_21_FOS_20100127_PKS_PKY1_0004
조사장소 : 부산광역시 영도구 동삼2동 성진경로당
조사일시 : 2010.1.27
조 사 자 : 박경수, 박양리, 정혜란, 정다혜
제 보 자 : 백금열, 여, 81세
구연상황 : 김복득 제보자와 계속 번갈아 노래를 불렀다. 김복득 제보자의 노래가 끝나자 제보자가 다음 노래를 불렀다. 창부타령 곡조로 부른 것이다.

알금삼삼 곱은독에 누룩을섞어 금천주야
팔모로 깍아서 유리잔안에 나비한쌍 권주하소
내한잔 권할직에는 잔말말고 잡으시오
양산통도 어그리판에 찌그라지도록 술채려놓고

니 묵어라 내 묵어라 한다. [웃음]

창부타령(3)

자료코드 : 04_21_FOS_20100127_PKS_PKY1_0005
조사장소 : 부산광역시 영도구 동삼2동 성진경로당
조사일시 : 2010.1.27
조 사 자 : 박경수, 박양리, 정혜란, 정다혜
제 보 자 : 백금열, 여, 81세
구연상황 : 제보자가 마지막으로 부른 노래이다. 창부타령으로 부른 첩 노래이다.

등넘어다가 첩을두고 첩의야집은 꽃밭이고
큰애집은 연못이라 꽃과나비는 지한철이라도
옹달새 금배는 지철이다29)

나물 캐는 노래

자료코드 : 04_21_FOS_20100127_PKS_SSN_0001
조사장소 : 부산광역시 영도구 동삼1동 중리경로당
조사일시 : 2010.1.27
조 사 자 : 박경수, 박양리, 정혜란, 정다혜
제 보 자 : 손순남, 여, 80세
구연상황 : 임화부 제보자가 <창부타령>을 부른 후, 제보자가 "옛날에 이런 노래도 있
어서 부르긴 했는데 다 잊어먹었다."고 말을 한 다음에 바로 다음 노래를 불
렀다. 산에 가서 나물을 캐면서 불렀던 노래라고 했다. 노래를 부르면서 손뼉
을 치며 장단을 맞추었다.

산도첩첩 청산이요 물은출렁 백구로다

---

29) 올달샘 금배는 제철이다.

백구야 강충(깡충) 내뛰지마라 네잡으러 내안간다

시집살이 노래

자료코드 : 04_21_FOS_20100127_PKS_SSN_0002
조사장소 : 부산광역시 영도구 동삼1동 중리경로당
조사일시 : 2010.1.27
조 사 자 : 박경수, 박양리, 정혜란, 정다혜
제 보 자 : 손순남, 여, 80세
구연상황 : 조사자가 제보자에게 시집살이 노래를 한 번 불러달라고 요청하자, 처음에는
잘 모르겠다고 했지만, 곧 다음 노래를 기억하며 불러갔다.

한살묵어 엄마죽고
두살묵어 아바잃고
세살묵어 할매잃고
네살묵어 할배잃고
갈때올때 없어서로
삼춘집을[30] 들어갔디
삼춘은 디리자고[31]
숙모님은 내여자고[32]
그럭저럭 열다섯살
시접이라 가이케네[33]
시접가던 삼일만에
서방님이 뱅이나서

---

30) 삼촌집을.
31) 들어가 자고.
32) 나와 자고
33) 시집이라 가니까.

비녀팔아 댕기팔아

약두첩을 지어다가

머리욱에[34] 담아놓고

모실열어 잠이들어[35]

임가는줄 내몰랐네

여자팔자 이리될파지는[36]

머리나 깍고

신중이나 되어가자

창부타령

자료코드 : 04_21_FOS_20100127_PKS_SKJ_0001
조사장소 : 부산광역시 영도구 동삼2동 성진경로당
조사일시 : 2010.1.27
조 사 자 : 박경수, 박양리, 정혜란, 정다혜
제 보 자 : 송금조, 여, 89세
구연상황 : 다른 제보자가 노래를 부르는 것을 듣고 있던 제보자가 이런 노래를 하면
되는 거냐고 물어본 다음 이 노래를 불렀다.

포롱포롱 봄배추는 찬이슬 오도록 기다리고

옥에들은 춘향이는 이대령 오두륵 기다리고

우리같은 이중생은 공동모지 호출오도록만 기다린다

얼씨구나 좋다 절~씨구 아니야 놀지를 못하리로다

---

34) 머리 위에.
35) 마실을 갔다 잠이 들어.
36) 이리 될 팔자는.

태평가

자료코드 : 04_21_FOS_20100127_PKS_IHB_0001

조사장소 : 부산광역시 영도구 동삼1동 중리경로당

조사일시 : 2010.1.27

조 사 자 : 박경수, 박양리, 정혜란, 정다혜

제 보 자 : 임화부, 여, 75세

구연상황 : 박경연 노인이 <아리랑>을 부른 다음, 제보자가 자진하여 노래를 한 번 불러 보겠다고 한 후에 다음 노래를 불렀다.

춘하추동 사시절에 소년행락이 몇변인가[37]

술취하여 흥이나니 태평가나 불러보자

창부타령

자료코드 : 04_21_FOS_20100127_PKS_IHB_0002

조사장소 : 부산광역시 영도구 동삼1동 중리경로당

조사일시 : 2010.1.27

조 사 자 : 박경수, 박양리, 정혜란, 정다혜

제 보 자 : 임화부, 여, 75세

구연상황 : 제보자는 앞의 <태평가>가 끝나자 바로 다음 노래를 시작했다. 노래가 끝나자 옛날에 이런 노래도 불렀다는 말을 덧붙였다.

청사초롱에 불밝혀라 잊었던낭군이 다시돌아온다

공수래- 공수거하니 아니노지는 못하-리-라~

쾌지나 칭칭나네

자료코드 : 04_21_FOS_20100127_PKS_IHB_0003

---

37) 몇 번인가.

조사장소 : 부산광역시 영도구 동삼1동 중리경로당
조사일시 : 2010.1.27
조 사 자 : 박경수, 박양리, 정혜란, 정다혜
제 보 자 : 임화부, 여, 75세
구연상황 : 조사자가 칭칭이 노래를 불러달라고 요청하자 박분순 제보자가 먼저 이 노
래를 불렀다. 그런데 박분순 제보자가 노래를 매끄럽게 부르지 못하자 자기가
해 보겠다고 하면서 처음부터 다시 노래를 불렀다.

치기나 칭칭나네

놀다가 가세 놀다가 가세

치기나 칭칭나네

저달이 지도록 놀다가 가소

치기나 칭칭나네

놀다가 가는님은 따박그거로 주고요

치기나 칭칭나네

잠자고 가는님은 진베개로 주노라

치기나 칭칭나네

놀러가세 놀러가세

치기나 칭칭나네

춘자야 방으로 놀러가세

치기나 칭칭나네

춘자는 방긋이 웃고

치기나 칭칭나네

사진 한장만 걸렸구나

치기나 칭칭나네

칭칭칭 나네

남산밑에 남도령아

치기나 칭칭나네

어만나무 다비어도

치기나 칭칭나네

어적댈랑 비지마소

치기나 칭칭나네

칭칭칭 나네

올길려 내년을 길려

낚시대를 허울나네

치기나 칭칭나네

양친부모 모시다가

치기나 칭칭나네

천년만년을 살고지아

치기나 칭칭나네

뱃노래

자료코드 : 04_21_FOS_20100127_PKS_JYJ_0001
조사장소 : 부산광역시 영도구 동삼2동 하리경로당
조사일시 : 2010.1.27
조 사 자 : 박경수, 박양리, 정혜란, 정다혜
제 보 자 : 장용자, 여, 81세
구연상황 : 조사자가 예전에 배를 타면서 불렀던 노래 한 곡을 해달라고 요청하자, 제보
자가 다음 노래를 불렀다.

무정한- 세월아 가지를 말어라-

아깝운 내청춘이 다늙아 나구나38)

　　에야라 야노-야 에야라 야노

---

38) "아까운 내 청춘이 다 늙어 가구나"를 이렇게 불렀다.

어기 여~차 뱃노래 가잔~다

열두시- 만나자고 우대막기를 줬더니[39]
일이삼사 내가몰라 한시에 만났네-
　에야라 야노-야 에야라 야노
　어기 여~차 뱃노래 가잔~다

멸치 후리 소리

자료코드 : 04_21_FOS_20100127_PKS_JYJ_0002
조사장소 : 부산광역시 영도구 동삼2동 하리경로당
조사일시 : 2010.1.27
조 사 자 : 박경수, 박양리, 정혜란, 정다혜
제 보 자 : 장용자, 여, 81세
구연상황 : 조사자가 제보자에게 멸치를 후려서 터는 소리를 어떻게 부르는지 한 곡 더
　　　　　불러달라고 부탁하자, 제보자가 다음 노래를 설명하듯이 불렀다.

어기여차
　허이 허이
이어도 사나
　허이 허이

마 아무꺼나 불러도 되거든, 그 사람들은. 아무꺼나 좌 옇어뿌는데.[40]

저놈우 가시나들은~ 팔자가 좋아서
　어이
끼이차고~[41] 돌아댕긴다

---

39) 주었더니.
40) 주워 넣는데.

　　　　이- 이-

이 지랄한다.

청춘가(1)

자료코드 : 04_21_FOS_20100127_PKS_JYJ_0003
조사장소 : 부산광역시 영도구 동삼2동 하리경로당
조사일시 : 2010.1.27
조 사 자 : 박경수, 박양리, 정혜란, 정다혜
제 보 자 : 장용자, 여, 81세
구연상황 : 조사자가 영도의 아치섬과 조도 등에 대한 이야기를 청중들과 잠시 나눈 후,
　　　　　조사자가 제보자에게 노래를 더 청하자, 제보자가 다음 노래를 불렀다. 청춘
　　　　　가의 곡조로 부른 것이다.

　　　산이~ 높아야만~ 골도나 깊으지~

　　　쪼그만한 여자속이- 아흐아흐아 깊을수가 있느냐~

청춘가(2)

자료코드 : 04_21_FOS_20100127_PKS_JYJ_0004
조사장소 : 부산광역시 영도구 동삼2동 하리경로당
조사일시 : 2010.1.27
조 사 자 : 박경수, 박양리, 정혜란, 정다혜
제 보 자 : 장용자, 여, 81세
구연상황 : 제보자는 다른 곳에서 청중들과 어울려 논 다음 다시 조사하는 곳으로 왔다.
　　　　　그래서 조사자가 제보자에게 노래를 한 곡 더 해달라고 요청하자 다음 노래
　　　　　를 바로 불렀다.

---

41) 꿰차고

오동나무 열매는~ 알각달각 하고요~

처녀야 가삼에~42) 으응으응 몽실몽실 하구나~

세월이 가거들랑~ 너혼차만 가-지~

아깝운 내청춘을~ 으응으응 왜다리고43) 가느~냐

뗏목 젓는 노래 / 청춘가(1)

자료코드 : 04_21_FOS_20100127_PKS_JGS_0001
조사장소 : 부산광역시 영도구 동삼2동 하리경로당
조사일시 : 2010.1.27
조 사 자 : 박경수, 박양리, 정혜란, 정다혜
제 보 자 : 정갑선, 여, 76세
구연상황 : 장농자 제보자가 먼저 노래를 불렀다. 이를 지켜보고 있던 제보자에게 조사
자가 "할머니도 노래 한 곡 불러주세요"라고 하며 권유하자, 제보자가 다음
노래를 불렀다. 노래 한 소절을 부른 다음, 자신이 부른 노래가 '나무 타고 다
니는 노래'라고 했다. 제보자의 태생이 강원도 삼척인 점을 감안하면, 강원도
에서 뗏목을 타고 노를 저으면서 <청춘가>를 부른 것으로 생각된다.

청춘하날에~ 잔비달도44) 많고요~오

요내 가슴속에는 좋~다 수심도 많노라

가느님 허리를~ 내가덥석 안구~요

죽여라 살려라~ 좋~다 사상이 절단이라~아

봄철인지 갈철인지~45) 나는야 몰랐더니~

---

42) 가슴에.
43) 왜 데리고
44) "청천하늘에 잔별도"를 이렇게 불렀다.
45) 가을철인지.

뒷동산 해와춘절이 날알아 주는구나

정선아리랑(1)

자료코드 : 04_21_FOS_20100127_PKS_JGS_0002

조사장소 : 부산광역시 영도구 동삼2동 하리경로당

조사일시 : 2010.1.27

조 사 자 : 박경수, 박양리, 정혜란, 정다혜

제 보 자 : 정갑선, 여, 76세

구연상황 : 조사자가 제보자에게 목소리가 좋다고 하면서 한 곡 더 불러달라고 요청하
자, 제보자가 바로 다음 노래를 불렀다. 정선아리랑의 곡조로 노래를 불렀다.

맹사십리가~ 아니라면 해당화는 왜피며~어

모춘삼월이 아니-라면 무정새는 왜우나~아

아우라-지 뱃사공아 배나좀 건네주게~헤에

사리밭에 껌으나 동박이(동백이) 막쏟아-진다~

정선아리랑(2)

자료코드 : 04_21_FOS_20100127_PKS_JGS_0003

조사장소 : 부산광역시 영도구 동삼2동 하리경로당

조사일시 : 2010.1.27

조 사 자 : 박경수, 박양리, 정혜란, 정다혜

제 보 자 : 정갑선, 여, 76세

구연상황 : 조사자가 제보자에게 계속 노래를 청하자, 제보자가 바로 다음 노래를 불렀
다. 정선아리랑의 느린 곡조로 계속 여러 각편을 구성지게 불렀다.

뒷동산에~ 올라서-니 부모님생각이 나~고~오

풀-잎-에 이슬은야 매두매두46) 지었네~에

우리부모님- 날가지-고 고비나물을 잡슀더니~이
굽이굽이 고생이가 매두매두 설움이라~아

서산에~ 해가지느냐 지고싶어서 지겠지~이
날버리고 가시는임은~은 가고싶어 가~나~아

어랑타령(1)

자료코드 : 04_21_FOS_20100127_PKS_JGS_0004
조사장소 : 부산광역시 영도구 동삼2동 하리경로당
조사일시 : 2010.1.27
조 사 자 : 박경수, 박양리, 정혜란, 정다혜
제 보 자 : 정갑선, 여, 76세
구연상황 : 조사자가 제보자에게 아리랑은 어떻게 불렀었냐고 물어보자, 제보자는 이렇게 불렀다고 하면서 다음 노래를 손뼉을 치면서 불렀다. 제보자는 노래를 다 부르고 난 후, 조사자가 노래 이름을 물어보자 '어랑 타령'이라고 했다. 정선 아리랑으로 시작한 노래인데, 후렴은 어랑 타령의 후렴으로 불렀다.

아리-랑- 아리-랑- 아라리~요~오

아리랑 고개고개로 나를넘가주게~

동박따러47) 간다고 동박꾸 동박꾸 하더니

동박나무 밑에서 시집갈 공론만 하노라

　어랑어랑 어허라 얼쑤야 엄마 두둥둥 내사~령~아~

꼬치밭매러~48) 가라니 쫑지박쫑지박49) 하구요~

---

46) 마디마디.
47) 동백 따러.
48) 고추밭 매러.

경당님50) 눈썹을 매라니 반달같애락51) 매노라

  어랑어랑 어허야 얼쑤야 엄마 두둥둥 내사~령~아~ [웃음]

전깃불이가~ 밝아도 다마만52) 없이도 고만이요

시어머니 아들이 잘나도 내맘에 안들몬 못살아

  어랑어랑 어허야 얼쑤야 엄마 둥둥둥 내사~령아~

청춘가(2)

자료코드 : 04_21_FOS_20100127_PKS_JGS_0005

조사장소 : 부산광역시 영도구 동삼2동 하리경로당

조사일시 : 2010.1.27

조 사 자 : 박경수, 박양리, 정혜란, 정다혜

제 보 자 : 정갑선, 여, 76세

구연상황 : 제보자가 또 노래를 불러보겠다고 한 후에, 바로 다음 노래를 불렀다. <청춘가>로 부르는 노래였는데, 세태를 담은 노래이다.

○○○53) 싫다나~ 나무말으54) 들었든지~에

날만 보면은 왜생짜장55) 내느~냐~

천길이~ 만길이~여 뚝떨어져 살아도~

정든님이 떨어져서 좋~다 한시도 못살아~

---

49) 꼼지락 꼼지락.
50) 경당은 고구려 때의 교육기관. 서당과 같은 의미. 따라서 경당님은 서당 도련님의 뜻으로 보임.
51) 반달 같도록.
52) '다마'는 일본어 Tama(玉)으로 구슬이란 뜻인데, 여기서는 전구를 말한다.
53) 제보자가 갑자기 노래를 불러서 녹음되지 못한 부분이다.
54) 남의 말을.
55) 왜 생 짜증.

얼김이같은56) 날짝에57) 도화분을58) 살짝으를 바르고

자동차 바쿠야 꾸불래라- 금강산 열두달을 가노라

　앵헤야 더~야 언여라 난다 디여라~ 허송세월을 말어라-

화투타령

자료코드 : 04_21_FOS_20100127_PKS_JGS_0006
조사장소 : 부산광역시 영도구 동삼2동 하리경로당
조사일시 : 2010.1.27
조 사 자 : 박경수, 박양리, 정혜란, 정다혜
제 보 자 : 정갑선, 여, 76세
구연상황 : 조사자가 예전에 화투노래도 부르지 않았느냐고 물어보자, 제보자가 불렀다
　　　　고 대답하면서 이 노래를 불러 주었다.

　　　정월이-라 속속한맘은

　　　이월매조에다가 맺어놓고

　　　삼월사꾸라 산란한맘은

　　　사월흑싸리에다가 흐쳐놓고59)

　　　오월난초 모든에60) 나비

　　　유월목당에 춤을춘다

　　　칠월홍돼지 홀로만 누워

　　　팔월공산에 달이떴네~

　　　구월국화 꼬치가 패여61)

---

56) 얽은 얼굴같은.
57) 낯짝에. 즉 얼굴에.
58) 도화분(桃花粉)을. 즉 복숭아꽃처럼 불그스레한 분을.
59) 흩어 놓고.
60) 모아든.
61) 꽃이 피어.

시월단풍에 다떨어갔네[62]

동지 섣달이

일년 열두달이 다 지내가고

다 지내가고

(청중 : 기러기 한 바리가 울고 간다.)

얼씨구나 좋다 지화자 좋네

아니아니 노지를 못하리로다

정선아리랑(3)

자료코드 : 04_21_FOS_20100127_PKS_JGS_0007
조사장소 : 부산광역시 영도구 동삼2동 하리경로당
조사일시 : 2010.1.27
조 사 자 : 박경수, 박양리, 정혜란, 정다혜
제 보 자 : 정갑선, 여, 76세
구연상황 : 제보자는 강원도에서 살았다고 하면서 거기서는 아리랑을 이렇게 불렀다며
다음 노래를 불렀다.

정산-읍느냐~ 백모리-밭을~[63] 비호-나마-나~아

어린-가-장 품-안~에~ 잠자-나마-나~아

아리-랑- 아리랑 아라~리~요~오

아리~랑 고개-고개로 날만넘가 주~게~에

정산읍네- 물레방우는 물살안고 도는데~에

우루집-의 저리베기는[64] 날안고 돌줄을 몰라네~에

---

62) 떨어졌네.
63) "정선읍네 보리밭을 비우나마나"를 이렇게 불렀다.

아리-랑- 아리랑- 아라~리~요~오

아리~랑 고개-고개를 날만넘가 주-게~에

봄철인지아 갈철인지 나는몰랐더~니~에

뒷동상 해와춘절이 나를알려 주~네~에

신고산 타령

자료코드 : 04_21_FOS_20100127_PKS_JGS_0008
조사장소 : 부산광역시 영도구 동삼2동 하리경로당
조사일시 : 2010.1.27
조 사 자 : 박경수, 박양리, 정혜란, 정다혜
제 보 자 : 정갑선, 여, 76세
구연상황 : 제보자가 앞의 <한오백년>을 부른 후에 바로 이어서 다음 <신고산 타령>
을 불렀다. 계속 손뼉을 치면서 노래를 불렀다.

고추댕개~ 단장하고 신고산을 뵐때는

한아람 꽃을안고 웃으면 노리라

　웃은정에 웃은정에

　푸른~천지가~하 이만~ 신고산 열두고개 단숨에 올랐네~

어랑차랑~ 이백리 굽이굽이 돌~아

망망대해 동해바다 맹태잡이를 갈까

　무슨정에 무슨정에

　푸른~천지가~하 이만~ 신고산 열두고개 단숨에 올랐네~

고추댕개 단장하고 신고산을 뵐때는

한아람 꽃을안고 웃으며 노리라

---

64) 우리집의 저 베개는.

우슨정에 우슨정에

푸른~천지가~하 이만~ 신고산 열두고개 단숨에 올랐네~

어랑타령(2)

자료코드 : 04_21_FOS_20100127_PKS_JGS_0009
조사장소 : 부산광역시 영도구 동삼2동 하리경로당
조사일시 : 2010.1.27
조 사 자 : 박경수, 박양리, 정혜란, 정다혜
제 보 자 : 정갑선, 여, 76세
구연상황 : 앞의 <신고산타령>에 이어 제보자가 계속 부른 것이다.

이산저산 도라지꽃을 바람에 난실러 하구요

자지못도랑 강포댕기 내눈에 상상하노라

어랑어랑 어허야 어허야 더-야 내사-령~아~

쾌지나 칭칭나네

자료코드 : 04_21_FOS_20100127_PKS_JGS_0010
조사장소 : 부산광역시 영도구 동삼2동 하리경로당
조사일시 : 2010.1.27
조 사 자 : 박경수, 박양리, 정혜란, 정다혜
제 보 자 : 정갑선, 여, 76세
구연상황 : 조사자가 <쾌지나 칭칭나네>는 어떻게 불렀느냐고 물어보자, 제보자가 "그
         노래야 그냥 불렀지."라고 말하면서 다음 노래를 불렀다. "쾌지나 칭칭나네"
         부분을 "쾌지나 칭칭노세"로 불렀다.

정월이라 대보름날에

  쾌지나 칭칭노-세

이월이라 영등날에

쾌지나 칭칭노-세

삼월이라 삼짇날에

쾌지나 칭칭노-세

사월이라 초패일날에

쾌지나 칭칭노-세

오월이라 단오일에

쾌지나 칭칭노-세

유월이라 삼복진날에

쾌지나 칭칭노-세

칠월이라 칠석날에

쾌지나 칭칭노-세

팔월이라 십오일 한가웃날에

쾌지나 칭칭노-세

구월이라 중구날에

쾌지나 칭칭노-세

시월이라 단풍이가 들었네

쾌지나 칭칭노-세

동지야 섣달이가 다지내갔네

쾌지나 칭칭노-세

일년 열두달이 다지내갔다

쾌지나 칭칭노-세

청춘가

자료코드 : 04_21_FOS_20100127_PKS_JO_0001
조사장소 : 부산광역시 영도구 동삼1동 중리경로당
조사일시 : 2010.1.27
조 사 자 : 박경수, 박양리, 정혜란, 정다혜
제 보 자 : 정옥, 여, 79세
구연상황 : 박분순 제보자가 노래를 부른 다음, 청중이 제보자에게 노래를 하나 해보라
고 권하자, 제보자가 다음 노래를 불렀다.

날다리65) 가세요~오 날다리고 가세요~오
독야청춘은- 좋더라 갈곳이 없구나~

---

65) 나를 데려.

봄이 왔네

자료코드 : 04_21_MFS_20100128_PKS_PMJ_0001

조사장소 : 부산광역시 영도구 청학2동 청노경로당

조사일시 : 2010.1.28

조 사 자 : 박경수, 박양리, 정혜란, 정다혜

제 보 자 : 박민자, 여, 69세

구연상황 : 조사가 진행되고 있던 중에 이 제보자가 경로당으로 들어왔다. 조사의 취지
를 청중에게 듣고 자기도 하나 해 보겠다고 하여 부른 노래이다. 그러나 노래
가사를 다 기억하지 못하고 중간쯤 부르다 그치고 말았다.

봄이왔네 봄이왔네

이강산 삼천리 봄이왔네

방실방실 웃는꽃들

우쭐우쭐 능수버들

노들강변

자료코드 : 04_21_MFS_20100127_PKS_PKY_0001

조사장소 : 부산광역시 영도구 동삼1동 중리경로당

조사일시 : 2010.1.27

조 사 자 : 박경수, 박양리, 정혜란, 정다혜

제 보 자 : 박경연, 여, 79세

구연상황 : 조사자가 노들강변 노래를 불러달라고 부탁하자, 제보자가 다음 노래를 불렀
다. 청중들도 박수를 치면서 함께 부르며 흥겨워했다.

노~들강변에 봄바들66) 휘휘 늘어진 가지에다가

무정세-월 하날인가 친친도여서 매이나 볼까[67]

에헤~요 봄바—들도[68] 못믿-으리로~다

닐니리야

자료코드 : 04_21_MFS_20100128_PKS_PJM_0001

조사장소 : 부산광역시 영도구 신선3동 영노경로당

조사일시 : 2010.1.28

조 사 자 : 박경수, 박양리, 정혜란, 정다혜

제 보 자 : 박종묵, 남, 83세

구연상황 : 조사자가 <닐니리야>를 불러달라고 요청하자 제보자가 바로 다음 노래를 불렀다.

닐리리야~ 닐리리야~

니나노 난실로 내가 돌아간다

닐-릴리 닐리리야

영사초롱[69] 불밝혀라~ 잊었던 낭군님 날찾아온다

　닐-릴리 닐리리야 닐리리야~ 닐리리야~

　니나노 난실로 내가 돌아간다

전쟁 세태 노래

자료코드 : 04_21_MFS_20100127_PKS_JGS_0001

조사장소 : 부산광역시 영도구 동삼2동 하리경로당

---

66) "봄버들" 부분이 녹음 실수로 녹음이 되지 않았다.

67) 칭칭 동여서 매어나 볼까.

68) 봄버들도.

69) "청사초롱"을 이렇게 불렀다.

조사일시 : 2010.1.27

조 사 자 : 박경수, 박양리, 정혜란, 정다혜

제 보 자 : 정갑선, 여, 76세

구연상황 : 제보자는 앞의 <화투타령>을 부른 후에 연이어서 다음 노래를 했다. 창부
　　　　　타령 곡조로 부른 노래인데, 노래 사설이 6 · 25 전쟁과 연관된 세태와 일반
　　　　　인의 의식을 반영하고 있다.

　　　우리나—라 공살이 재파쇄국에 전장만안70) 일어나고

　　　홀로독신 남자로생개71) 이남군대마다 뽑아치고

　　　홀로독신 여자로생개 후방종삼아 잘해주시고

　　　악저같은 김일순~아72) 잔말으마고서73) 손들어라

　　　우리나—라 국방군은 태국기 하나만은 믿고 사나

　　　얼씨구나 헬로 저절씨구나 오케 요랑게 좋다가 큰일났네

한오백년

자료코드 : 04_21_MFS_20100127_PKS_JGS_0002

조사장소 : 부산광역시 영도구 동삼2동 하리경로당

조사일시 : 2010.1.27

조 사 자 : 박경수, 박양리, 정혜란, 정다혜

제 보 자 : 정갑선, 여, 76세

구연상황 : 제보자는 앞의 <정선 아리랑>을 부른 다음, <한오백년>을 불러도 되느냐
　　　　　고 하고는 바로 다음 노래를 불렀다.

　　　한많은 이세상에 야속한님아~

　　　정을두고 몸만가니 눈물이나~네

---

70) 전쟁만.

71) 남자로 생겨.

72) 악당같은 김일성아.

73) 잔말을 말고서.

아무럼 그렇~지 그렇고말~고~
한오백년 살자는데 웬성화요-

8. 중구

증편 한국구비문학대계 ● 부산광역시 ③-중부산권

▌조사마을

부산광역시 중구 보수1동

조사일시 : 2010.2.4
조 사 자 : 박경수, 정규식, 박지희, 오소현

　보수동(寶水洞)은 보수천에서 비롯된 지명이다. 보수천은 부산 개항 직
후부터 부른 이름이며, 그 이전에는 법수천(法水川)이라고 불렀다. 『감동
어기전말등록』에는 구초량(舊草梁)의 법수천 동암(東岩) 밖이 곧 왜관 수
문의 옆이라 하였고, 『순영등록』에는 초량 법수천이라 기록되어 있다. 법
수라 함은 불법계에서 중생의 번뇌를 씻어 정하게 한다는 것을 물에 비유
해 일컫는 말이며, 중생의 마음 속의 때를 씻어주는 물이란 뜻이다. 법수
천(法水川)이라는 이름이 어느 때부터 기원하였는지 그 정확한 것은 알
수 없다. 다만 옛날 구덕산에 구덕사라는 오래된 절이 있었고, 또 18세기
중엽 왜인들의 약탈에 못 이겨 그 절이 다른 곳으로 옮겨감으로써 폐사가
되었다는 기록 등을 고려할 때, 법수천이라는 이름은 이곳 구덕사의 승려
들이나 그 불신도들에 의해 만들어진 이름이 아닌가 생각된다.

　근대 개항 후 법수천의 법(法)을 보(寶)로 고쳐 보수천으로 부르게 되었
는데, 그 뜻은 법수와 같은 것이다. 1880년 우리나라에서는 처음으로 보
수천 상류로부터 대나무 통으로 물을 끌어들이는 시설을 하였다. 그 후
1886년 나무 통으로 물을 끌어들이는 시설을 하였으며, 1894년 보수천
상류에 물을 모으는 둑인 집수언(集水堰)을 만들고 자연여과장치를 시공
하였다. 이와 아울러 거류지 가까운 곳에 대청배수지를 설치하였으며, 이
것이 우리나라 상수도 기원이 되었다.

　2010년 현재 보수동은 면적 0.42km²에 전체 가구 수는 5240여 세대이
다. 인구는 1,196명으로 보수 1가, 2가, 3가로 분할되어 있다.

조사자 일행이 보수동을 방문한 날이 2010년 2월 4일(목)이었다. 며칠 전, 조사자 일행은 중구청의 담당자를 통해 보수동에서 노인분들이 가장 많이 모이는 경로당이 어디인지를 파악한 후 보수1동경노회관을 찾아갔다. 경노회관은 2층 건물의 2층에 위치해 있었다. 협소한 계단을 올라 경로당 안으로 들어가니 5명의 할머니들이 있었다. 다른 경로당과 마찬가지로 할머니들은 화투를 치고 있었는데 조사자 일행이 방문하자 화투판을 걷고 반갑게 맞아주셨다. 중구의 보수동은 부산의 구(舊) 중심지로서 전통적인 구비문학 자료를 조사하기 힘들 것이라 판단했지만 강정 할머니와 김단점 할머니의 제보로 민요 <모심기 노래>, <춘유가(春遊歌)> 등 13편, 설화 <도깨비불> 이야기 등 4편 정도를 조사할 수 있었다. 1시 45분에 도착하여 대략 1시간 30분가량 조사가 지속되었다. 조사를 마친 후에는 다음 조사지인 서구의 부민동으로 이동하였다.

중구 보수1동 보수1동경노회관

▌제보자

강정, 여, 1920년생

주 소 지 : 부산광역시 중구 보수1동
제보일시 : 2010.2.4
조 사 자 : 박경수, 정규식, 박지희, 오소현

강정은 1920년 경신생으로 원숭이띠이다.
본관은 진주이며 택호는 새터댁이라고 했다.
출생지는 제주도인데 거기에서 태어나 살다
가 7살 때 전라북도로 이사를 했다고 한다.
그러다가 17살에 결혼을 한 후 농사를 지으
면서 생활하다가 53년 전(1957년)부터 부산
보수동으로 이사를 와서 현재까지 살고 있
다고 했다. 남편은 20여 년 전에 작고했고
자녀는 딸 1명만을 두었는데 현재 타지에 살고 있어 보수동에서는 혼자
서만 지내고 있다.

학력은 무학으로 교육을 받지 못했지만 기억력은 아주 좋아 보였다. 전
화번호도 잘 외우고 기운도 좋아 보였다. 조사자가 노래나 이야기를 구연
해 달라고 하자 처음에는 조사에 응하지 않다가 주위의 다른 할머니가 계
속 부르라고 하자 이야기와 노래를 해 주었다.

설화는 어렸을 때 들은 것이며, 민요는 젊었을 때 자주 불렀던 것이지
만 이제 나이가 들어 기억이 나지 않는다고 했다. 보수1동 경로회관에 있
던 많은 분들이 강정 제보자가 총기도 있고 옛날이야기도 많이 알고 있다
면서 추천해 주었다. 민요보다는 이야기를 많이 알고 있는 듯 했으나 이
날은 많은 이야기를 제공해 주지는 않았다. 제공한 자료는 민요로 <논매

기 노래> 1편, 설화로 <도깨비불>, <곶감이 무서워 도망간 호랑이> 등 2편이다.

제공 자료 목록

04_21_FOT_20100204_PKS_KJ_0001 도깨비불

04_21_FOT_20100204_PKS_KJ_0002 곶감이 무서워 도망간 호랑이

04_21_FOS_20100204_PKS_KJ_0001 논매기 노래

김단점, 여, 1921년생

주 소 지 : 부산광역시 중구 보수1동

제보일시 : 2010.2.4

조 사 자 : 박경수, 정규식, 박지희, 오소현

김단점은 1921년 신유생 닭띠로 경상남
도 남해에서 태어나 16세 때 결혼한 후부터
부산광역시 보수동에서 살게 되었다고 한다.
본관은 김해이며 택호는 특별히 없으나 남
들이 모두 '자갈치 할매'라고 부른다고 했
다. 남편은 50년 전에 작고했다고 했다. 슬
하의 자녀를 두지 못하여 현재까지 혼자 살
아가고 있다고 했다. 학력은 무학으로 교육

은 전혀 받지 못했지만 최근에 노인대학에서 공부를 해 본 경험이 있다고
했다.

연세가 많음에도 치아를 고친 적이 한 번도 없다고 하면서 건강함을
자랑했으며, 공기놀이, 화투치기 등을 즐긴다고 했다. 기억력이 상당히 좋
아 보였으며 적극적으로 노래하거나 이야기를 구연했다. 특히 설화를 구
연할 때 손짓을 상당히 많이 사용했다. 민요는 어릴 적 듣고 기억한 것이
며 설화는 할머니들에게 들은 것이라 했다.

요즘은 치매에 걸리지 않도록 하기 위해 경로당에서 화투를 치는 것이 소일거리이며 송대관의 '차표 한 장'이라는 노래를 제일 좋아한다고 했다. 조사자들을 정겹게 맞아 주었으며 조사의 취지에 적극 동조하면서 많은 자료를 제공하려고 애썼다. 제보자가 제공한 자료는 대부분 민요였는데, 평소 노래 부르기를 좋아하는 성향을 민요를 통해 보여 주었다. <모심기 노래>, <춘유가(春遊歌)>, <학도가> 등 민요와 근현대 구전민요 12편, <은혜 갚은 까치>, <주인 집 아이의 생명을 구해준 충견(忠犬)> 등 설화 2편이 제보자가 제공해 준 목록이다.

제공 자료 목록
04_21_FOT_20100204_PKS_KDJ_0001 은혜 갚은 까치
04_21_FOT_20100204_PKS_KDJ_0002 주인 집 아이의 생명을 구해준 충견(忠犬)
04_21_FOS_20100204_PKS_KDJ_0001 모심기 노래
04_21_FOS_20100204_PKS_KDJ_0002 춘유가(春遊歌)
04_21_FOS_20100204_PKS_KDJ_0003 심청이 노래
04_21_FOS_20100204_PKS_KDJ_0004 화투 타령
04_21_FOS_20100204_PKS_KDJ_0005 잠자리 잡는 노래
04_21_FOS_20100204_PKS_KDJ_0006 아리랑
04_21_FOS_20100204_PKS_KDJ_0007 도라지 타령
04_21_FOS_20100204_PKS_KDJ_0008 파랑새요
04_21_FOS_20100204_PKS_KDJ_0009 시집살이 노래
04_21_MFS_20100204_PKS_KDJ_0001 학도가
04_21_MFS_20100204_PKS_KDJ_0002 성주풀이
04_21_MFS_20100204_PKS_KDJ_0003 우리네 고향은

도깨비불

자료코드 : 04_21_FOT_20100204_PKS_KJ_0001
조사장소 : 부산광역시 중구 보수1동 보수1동경노회관
조사일시 : 2010.2.4
조 사 자 : 박경수, 정규식, 박지희, 오소현
제 보 자 : 강정, 여, 91세
구연상황 : 조사자가 호랑이 이야기, 여우 이야기, 도깨비 이야기를 해 달라고 하자. 어
릴 적 보았다는 도깨비불에 대한 이야기를 구연해 주었다. 강정 할머니가 주
로 구연했지만 김단점 할머니가 이야기를 보충해 주었다.
줄 거 리 : 도깨비불이 반짝반짝 해서 가서 보면 부지깽이나 빗자루밖에 없다. 도깨비불
은 논둑을 옮겨 다니는데, 가까이 가면 없어진다.

비리가 올라가면 이렇게 딱 섰으면 저런 개천에서 불이 번쩍번쩍 별말
로74) 나요.

그럼 저걸 보고 도깨비불이라고 그러더라고요 어른들이.

그럼 도깨비 잡으로 간다고 그걸 쫓아가다 보면 부지땅거리밖에 없어.
빗지랑, 씰고 다 짤라진 거. 부지땅가리.

(청중 : 하모. 빗자리, 빗자리 몽댕이 사람이 손때 묻은 거게가 불이 캐
져가지고 도채비가.)

그 ○○ 불을 부쳐가지고 이 논두룩(논두렁) 저 논두룩 푹푹 붙이러 댕
기거던, 도깨비가. 우리 눈에 보이기로 그렇게 바. 도깨비불을 저거 사방
에 썼으면 인자 이 논두룩 저 논두룩 불 써가고 휘휘 그러거덩.

(청중 : 그리 잡아다 노모. 나중에 보면 빗자리 몽댕이 갖다 나 놓고 있
어.) 쫓아가몬 없어. 불이 있어서 보몬 쫓아가몬 없어. 쫓아가몬 없고, 술

---

74) '별처럼'의 의미인 듯.

이 정신 없으모 인자 그런 것이 비는가.

(조사자 : 아 기운이 빠지고 그럴 때.)

그릴 때 비는가 바요. 그런기 반짝반짝 여 갔다 이 갔다 오갔다 열 개 됐다 두 개 됐다 하나 됐다 그래요. 그런 것도 있었어요. 그래도 거 있던 거 가서 보면 부짓땅가리 빗자락 다 쓸먼 빗자리 몽댕이.

곶감이 무서워 도망간 호랑이

자료코드 : 04_21_FOT_20100204_PKS_KJ_0002
조사장소 : 부산광역시 중구 보수1동 보수1동경노회관
조사일시 : 2010.2.4
조 사 자 : 박경수, 정규식, 박지희, 오소현
제보자 1 : 강정, 여, 91세
제보자 2 : 김단점, 여, 90세
구연상황 : 제보자가 도깨비불 이야기를 마치고 난 후, 조사자가 호랑이 이야기 아는 것이 없느냐고 하자 이 이야기를 구연해 주었다. 제보자가 이야기를 구연하는 중간에 구청에서 자원 봉사자가 방문하여 주위가 산만했다. 제보자 1(강정 제보자)이 곶감을 소재로 <해와 달이 된 오누이> 이야기를 하자 옆에 있던 제보자 2(김단점 제보자)가 <곶감이 무서워 도망간 호랑이> 이야기를 다시 해 주었다.
줄 거 리 : 아이가 울 때 호랑이가 왔다고 해도 그치지 않자 곶감 준다고 하니 울음을 그쳤다. 호랑이는 자기보다 더 무서운 동물이 있다고 생각해서 도망을 갔다.

[제보자 1] 노는데 인제 저녁에 엄마가 없잖아요. 남아 있을 적에. 호랭이가 와서 인자,

"어흥 어흥."

하니까,

"곶감 주면 안 잡아먹제."

그랬어.

"곶감 주면 안 잡아먹제."

그런게, 대체 곶감을 문서 땡기준게 호랭이가 그냥 갔다 했어. 글너게 가서 호랭이가,

"어흥, 곶감 주면 너 안 잡아먹제."

그러고서, 옛날 그러고서 근게 그 소리가 진짜인지 아인지 몰라. 얘기만 그런게 들었은게. (조사자 : 아 그렇게 들었으니까.) 어 들었은게 진짠지 아닌지는 몰라. 그렇게 엄마가 배미를 갔다 오며는 아가가 울고 있어서 호랭이가 왔다 가서 나 잡아묵을라고 했다 그러고 얘기 했다 그 소리야.

(조사자 : 아 그래서 곶감 주면 안 잡아 먹는다는 그런 이야기가…) 아 그 애기여. 곶감.

[제보자 2] 아가 울어서 안만 달개도 안 울어서 인제 호랭이 와갖고 물을라고 하니까, 오만 것 다 해도 안 달개지서 곶감 준다 칸게 아가 달래지거든. 호랭이는 뱎에(밖에) 있는데 아휴 호랭이가 들은께네, 지보다 무서운 짐승이 있는갑다 싶어서 호랭이가 도망가삐렀어.

그리 살렀어 아가 살았어. (조사자 : 아 그래서 아가 살았어예.) 호랭이가 아가 오만 짓을 해도, 아가 인자 호랑이가 잡으러 안온게네. 아가 안 달개고 울어싼게, 아 소리 듣고 호랭이가 물어 갈라고 백에서. 그러면 곶감 줄까 아가 그치거든.

호랭이가 그 소리 듣고 '내보다 더 무서운 짐승이 있는갑다' 싶어 호랑이가 도망가삤어. 그래가 아가 살았어.

은혜 갚은 까치

자료코드 : 04_21_FOT_20100204_PKS_KDJ_0001

조사장소 : 부산광역시 중구 보수1동 보수1동경노회관
조사일시 : 2010.2.4
조 사 자 : 박경수, 정규식, 박지희, 오소현
제 보 자 : 김단점, 여, 90세
구연상황 : 조사자가 제보자에게 옛날 이야기 가운데 기억나는 것이 없느냐고 하자 제
　　　　　보자가 이럴 적 어른들에게 들은 이야기라고 하면서 <은혜 갚은 까치> 이야
　　　　　기를 해 주었다.
줄 거 리 : 활 쏘는 사람이 산길을 가는데 뱀이 까치 새끼를 잡아 먹으려고 하는 것을
　　　　　보고는 까치를 구해 주었다. 날이 저물어 산 속의 집에서 하룻밤 묵게 되었는
　　　　　데, 예쁜 색시가 절에서 종소리가 세 번 나면 살려 준다고 한다. 그 사람은
　　　　　도저히 살 길이 없다고 여기고 있는데 종소리가 세 번 울렸다. 아침에 절에
　　　　　가보니 까치가 세 마리 죽어 있었다.

　활 싸로 댕기는 사람이 있었어요. 있어가. 활로 싸고 댕기는데 저 활로
싸고 갔다고 오다가 간다고 가니.

　저 ○○께 높은 남기에(나무에) 큰― 배미(뱀이)가 깐챙이가(까치가) 새
끼를 놓고 있는데 인자 배미가 잡아 먹을라고 올라간단 말이여.

　그 활 싸는 사람이 저리 보고 활로 싸삐렀어요 그 배미로. 구리로(구렁
이는) 싸삐리 구리가 떨어져 죽어삐고 깐챙이는 살았지예.

　그래가 인자 활을 싸는 분이 인자 갔다가, 오다가 길이 저물어서, 도저
히 옛날이 되논께는 이 산길로 그런게 길은 저물고 집이 없다 말이.

　그래서 보니께 집에 불이 빤해서요, 불이 빤해서 들어갔어. 가서,

　"올 저녁에 길이 저문게네 좀 하룻밤 유고(묵고) 갑시다."

　한게, 아주 예쁜 새댁이 앉아 있더래요.

　그래 유고 가라 카는데, 그래 머 가데 자기 소원을 들어주라 카거든.
그래 어떻게 들어면, 그러몬 저게 절이 있는데,

　"절에 가서 종을 세 번 뚜디리는 소리를 내라."

　카거던.

　"종을 세 번 뚜디리는 소리를 땡땡 소리가 나면 살려준다."

이 사람이 도저히 그 할 수가 없는 기라. 그래 가서 '지는 마 영원히 죽는갑다' 생각하고 있는데, 그래 시간은 가고 이라는데, 종이 땅땅 세 번 울리거든.

그래가 아침에 그 사람이 살았어. 그리고 그 각시는 어디로 가삐리고 그 사람은 거 있는데. 아침에 나가 보니 깐챙이가 와서 종을 세 번을 때리고 지는 죽어서 떨어져 있더래요. 거기 옛날에 활 쏘는….

(조사자 : 어제 그러니까 살려준 까치네요.)

살려 주었어요. 깐챙이가…….

(조사자 : 그 까치가 그래 은혜를 갚은 거네요.)

은혜를 갚죠. 그래요. 짐승이 은혜를 갚더래요.

주인 집 아이의 생명을 구해준 충견(忠犬)

자료코드 : 04_21_FOT_20100204_PKS_KDJ_0002
조사장소 : 부산광역시 중구 보수1동 보수1동경로회관
조사일시 : 2010.2.4
조 사 자 : 박경수, 정규식, 박지희, 오소현
제 보 자 : 김단점, 여, 90세
구연상황 : 조사자가 호랑이 이야기나 도깨비 이야기를 해 달라고 하자 개 이야기를 해 주었다. 구연 중에 청중들의 이동이 있어 다소 소란스러운 상황이 연출되었지만 제보자는 이야기를 잘 구연해 주었다.
줄 거 리 : 주인집 남자가 배 타러 떠난 후, 주인집 여자가 아기를 임신하고 동시에 키우던 개도 새끼를 임신하게 되었다. 사람과 개가 동시에 아기를 낳으면 안 된다고 해서 개를 집 밖으로 쫓았다. 주인집 여자가 아기를 낳자 작은 여자가 아기를 버렸는데 키우던 그 개가 아기를 키웠다. 주인집 남자가 돌아오자 그 개가 남자를 끌고 가서 아기를 보여주었다. 작은 여자는 쫓겨나고 아기는 개 때문에 살았다.

남자가 배 타로 갔는데, 배 타로 갔는데, 인자, 여자가 아를 못 나서 못

놓는데. 그래 인자 남자가 배 타러 감서러 큰 부인이 아로 갖고 있었어요. 알라로 갖고 있었는데.

그리 자기가 배 타러 감서로 사람을 하나 데리놓고 한데. 여자로 인자 아 놀라코 작은 여자를 하나 데렸는데. 인자 배가 불러갖고 있는 걸 보고 남자는 인자 남자는 배 타로 가고.

그런데 개가 강아지, 개가 새끼로 갖고 있는 기라. 근데 우리 옛날에 조선, 우리 클 때는 보몬 개가 키우면 개가 새끼를 갖고 있으모 개도 그 집안에 새끼를 노모 안 되요. 노모 안 되는 기라. 근데 인자 밥을 줌시로

"아무개야, 북실아 북실아. 내가 아 놓긴게(놓을 것이니까) 너는 나가서 어린애 나라(놓아라). 저 둑에 보릿대 같은데 거게 가서 새끼로 나라."

이러는데, 인자 그러는데 배가 부르는 것을 보고 갔는데, 참 남자는 일본 배 타로 옛날에 가고 이랬는데 부인이 아로 낳어요. 여자가 아로 낳는 데, 아들로 낳어. 그만만 낳는데. 작은 여자가, 인자 남자 있는데, 아로 그 아로 고마 보따리 싸가지고 저 가 묻었뻤어. 그 둑에다가 둑에다가.

개가 와가지고 아 인자, 지는 새끼를 먼저 가 놓고. 거 거 틈 저 그 비늘 지와(지어) 논 데 촌에 등비늘 지안(지은) 안에 아 새끼를 나놓고. 그래 인자 개가 주인집에 와서 아로 순산하는가 개가 알고 있는 기라.

이런데 그리 인자 여자가 아로 싸가지고 그 인자 파고 묻었는 여내 여자가 묻어 놓고 온데 개가 파가지고 묻은 아로 물고 가서 저 뎃고 가 끗고 가 거서 젖을 먹이고 개젖, 지가 젖 먹이고 키았어.

그리 남자가 인자 배 타로 갔다 왔는데, 그리 아가 논께네 죽었뻤다 이리 해서, 그리 인자 그리 해고 남자가 인자 생각하고 있는데, 저 여자는 마마 아 놓고 마마 정신을 잃으마 자물시삐고(까무러쳐 버리고, 기절해 버리고) 이래논게 살았는가 죽었는가 모리고.

그래 개가 와가지고 그래 남자로 중우 가래이를 물고 끗고(끌고) 마 간다고 어데로 간다고 끗고 가더래요. 그래 간께네 그래 개가 하도 그래싸

이 이상해서 끗기가다가(끌려가다가) 간께네. 비느리 속에 지 새끼 두 바리 있고 아로 지 젖을 먹고 아를 키아가 머시마 아가 살아서 ○○○○ 하더래요.

그리. 그린 적이 있어갖고. 그 여자를 쫓.. 그때 코를 끼갖고 여자로 그랬다고 안 하요. 그리 아를 살렀다. 예, 개가.

(조사자 : 개 때문에.)

예. 개 때문에.

논매기 노래

자료코드 : 04_21_FOS_20100204_PKS_KJ_0001
조사장소 : 부산광역시 중구 보수1동 보수1동경로회관
조사일시 : 2010.2.4
조 사 자 : 박경수, 정규식, 박지희, 오소현
제 보 자 : 강정, 여, 91세
구연상황 : 조사자들의 요구에 따라 논매기 노래를 구연해 주었다. 제보자가 예전에 농사를 지을 때, 불렀던 노래라고 했다. 제보자는 당시에는 모심기 노래를 많이 했었는데 지금은 기억나는 것이 없다고 하면서 이 노래를 불러 주었다. 그런데 제보자는 모심기 노래라고 했으나 논매기 노래의 일절이다.

얼러~얼러~ 상사디야~~
이배미저배미 건너서 장구배미로 가~자

모심기 노래

자료코드 : 04_21_FOS_20100204_PKS_KDJ_0001
조사장소 : 부산광역시 중구 보수1동 보수1동경로회관
조사일시 : 2010.2.4
조 사 자 : 박경수, 정규식, 박지희, 오소현
제 보 자 : 김단점, 여, 90세
구연상황 : '등지 소리'를 불러 달라고 하자 이 노래를 구연해 주었다. 기억이 잘 나지 않는 듯 같은 구절을 반복하면서 구연했다. 구연 중에 기억이 잘 나지 않는다고 말하기도 했다.

남실남실 방우끝에 무정하는 울오라바
나도죽어 남자되어 처를한번 섬겨볼래

(조사자 : 아 좋다. 할매 잘 하시네.)

　　이내몸이 죽거들랑 눈물인가 알아주고
　　젙에있는 처를두고 먼데있는 처를잡나
　　나도죽어서 남자되어 처를한번 섬겨보리

인자 그래 가서 처이가 인제 물어 떠내려가먼서 하는 긴데.

　　낙실낙실 방우 끝에
　　찬바람이 불거들랑 이내한숨 알아주오
　　갈바람이 불거들랑 이내눈물 알아주소

어 음마 아이구 내가 다 잊어뺐다.

　　나도죽어서 남자되어 처를섬겨 보리러다
　　먼데있는 동생두고 멀기있는 처를잡나

물에 떠내려간끼네

　　갈바람이 불거들랑 이내한숨을 알아주고

아우 자꾸 잊어뻐리지네. 인제 처이가 물에 떠내려간다 아이요.

　　삼단같은 이내머리 물밑에서 녹을랑가
　　연지같은 이내얼굴 잉어밥이 되을랑가
　　먼데있는 처를두고 젖에있는 동생두고
　　먼데처를 잡으두고 우리오빠 무정하리

춘유가(春遊歌)

자료코드 : 04_21_FOS_20100204_PKS_KDJ_0002
조사장소 : 부산광역시 중구 보수1동 보수1동경노회관
조사일시 : 2010.2.4
조 사 자 : 박경수, 정규식, 박지희, 오소현
제 보 자 : 김단점, 여, 90세
구연상황 : 모심기 노래가 끝나자 청중들이 제보자의 구연에 다 같이 호응을 했다. 그러
자 제보자는 신이 난듯 이 노래를 계속해서 불렀다. 제보자도 박수를 치고 청
중들도 박수를 치면서 흥겹게 구연했다. 봄을 맞이하여 춘흥(春興)을 주제로
봄을 즐기는 노래이다.

들에도 울긋불긋

뒷동산도나 울긋불긋

행화동화 만발한데

춤을추는 저나비와

서로섞이 왔다갔다

높고푸른 반공중에

종달새는 비비배배

버들장벗 깊은속에

금빛옷을 떨쳐입고

꾀꼴꾀꼴 우는꾀꼴

봄을한듯 즐기는가

심청이 노래

자료코드 : 04_21_FOS_20100204_PKS_KDJ_0003
조사장소 : 부산광역시 중구 보수1동 보수1동경노회관
조사일시 : 2010.2.4

조 사 자 : 박경수, 정규식, 박지희, 오소현
제 보 자 : 김단점, 여, 90세
구연상황 : 조사자가 다른 노래는 없느냐고 묻자 제보자가 심청이가 팔려 갈 때 불렀던
　　　　　노래라고 하면서 이 노래를 구연했다.

　　　닭아닭아 울지마라 네가울면은 날이샌다

　　　날이새면은 내죽는다 내죽는것은 설지않아

　　　앞못보신 우리부친 날새면이별을 어이하리

화투타령

자료코드 : 04_21_FOS_20100204_PKS_KDJ_0004
조사장소 : 부산광역시 중구 보수1동 보수1동경노회관
조사일시 : 2010.2.4
조 사 자 : 박경수, 정규식, 박지희, 오소현
제 보 자 : 김단점, 여, 90세
구연상황 : 조사자가 화투 타령도 좋다고 하면서 구연을 유도하자 제보자가 다음 화투
　　　　　타령을 불렀다.

　　　일월솔가지 속속헌마음

　　　이월매조다 맺어다놓고

　　　삼월사쿠라 산란한마음

　　　사월흑싸리 허사로다

　　　오월난초 나는○○

　　　유월목단에 춤잘추고

　　　칠월홍돼지가 홀로누워

　　　팔월공산에 달도밝다

　　　구월국화 굳었던마음

　　　시월단풍에 떨어지고

동지선달 오시는손님

섣달장마에 가둬주소

잠자리 잡는 노래

자료코드 : 04_21_FOS_20100204_PKS_KDJ_0005

조사장소 : 부산광역시 중구 보수1동 보수1동경노회관

조사일시 : 2010.2.4

조 사 자 : 박경수, 정규식, 박지희, 오소현

제 보 자 : 김단점, 여, 90세

구연상황 : 조사자가 어릴 적 놀 때 불렀던 노래는 없느냐고 하자 제보자가 잠자리 잡을
때 불렀던 노래라고 하면서 이 노래를 구연하였다.

잠자리 꽁꽁

뒴자리 꼼꽁

멀리가면 니죽는다

앉은자리 붙어라

아리랑

자료코드 : 04_21_FOS_20100204_PKS_KDJ_0006

조사장소 : 부산광역시 중구 보수1동 보수1동경노회관

조사일시 : 2010.2.4

조 사 자 : 박경수, 정규식, 박지희, 오소현

제 보 자 : 김단점, 여, 90세

구연상황 : 조사자가 아리랑이나 도라지 타령 등의 구연을 유도하자 제보자가 아리랑을
구연해 주었다. 제보자는 박수를 치면서 흥겹게 구연했다.

아리랑 아리랑 아라리요

아리랑 고개로 넘어간다

나를 버리고 가시는님은

십리도 못가서 발병난다

도라지 타령

자료코드 : 04_21_FOS_20100204_PKS_KDJ_0007

조사장소 : 부산광역시 중구 보수1동 보수1동경노회관

조사일시 : 2010.2.4

조 사 자 : 박경수, 정규식, 박지희, 오소현

제 보 자 : 김단점, 여, 90세

구연상황 : 제보자가 앞의 아리랑이 끝나자 이어서 바로 도라지 타령을 구연해 주었다.
가사를 정확히 기억하지 못하는 듯 했다. 청중 일부도 함께 노래를 구연했다.

도라지 도라지 백도라지

심~심~ 산천에 백도라지

한두~ 뿌리만 캐어도

바구니 반찬만 대노라

　　에헤이요 디에헤이요 에헤헤이요

파랑새요

자료코드 : 04_21_FOS_20100204_PKS_KDJ_0008

조사장소 : 부산광역시 중구 보수1동 보수1동경노회관

조사일시 : 2010.2.4

조 사 자 : 박경수, 정규식, 박지희, 오소현

제 보 자 : 김단점, 여, 90세

구연상황 : 제보자는 조사자의 구연 유도에 따라 다음 노래를 불렀다.

새야새야 파랑새야 녹디낭개(녹두나무에) 앉지마라
녹디꽃이 떨어지면 청포장사 울고간다

시집살이 노래

자료코드 : 04_21_FOS_20100204_PKS_KDJ_0009
조사장소 : 부산광역시 중구 보수1동 보수1동경노회관
조사일시 : 2010.2.4
조 사 자 : 박경수, 정규식, 박지희, 오소현
제 보 자 : 김단점, 여, 90세
구연상황 : 조사자가 예전에 시집살이 할 때 불렀던 노래는 없느냐고 하자 제보자가 이
          노래를 불러 주었다. 예전에는 잘 불렀는데 지금은 다 기억을 못한다고 아쉬
          워하였다.

성아성아 사춘성아 시집가니 어떻더냐
○○만은 도래판에 수지놓기도 어렵더라
중우버선 시동생이 말하기도 어렵더라
둥글둥글 수박그릇 밥담기도 어렵더라

학도가

자료코드 : 04_21_MFS_20100204_PKS_KDJ_0001

조사장소 : 부산광역시 중구 보수1동 보수1동경노회관

조사일시 : 2010.2.4

조 사 자 : 박경수, 정규식, 박지희, 오소현

제 보 자 : 김단점, 여, 90세

구연상황 : 조사자가 모심기 소리나 베틀 소리 말고 다른 것도 좋다고 하자 제보자가 이 노래를 구연하였다. 제보자는 박수를 치고 몸을 흔들면서 구연하였다. 예전 어릴 적에 불렀던 노래라고 하였다. 근대 계몽기 이후 창가로 불렸던 노래인데, 전승 과정에서 가사가 상당히 변개된 것으로 보인다.

　　　학도야 학도야 청년학도야

　　　배산에 개준75)을 들어보세요

　　　한소리 두소리 들어보더니

　　　인생이 정년카고76) 주마같도다

성주풀이

자료코드 : 04_21_MFS_20100204_PKS_KDJ_0002

조사장소 : 부산광역시 중구 보수1동 보수1동경노회관

조사일시 : 2010.2.4

조 사 자 : 박경수, 정규식, 박지희, 오소현

제 보 자 : 김단점, 여, 90세

구연상황 : 제보자는 뽕 따는 소리의 구연을 마치자마자 바로 이 노래를 구연하였다. 제

---

75) 본래 가사는 "벽상(壁上)의 괘종(掛鍾)을"인데 이렇게 불렀다.

76) 정녕 가고(?). 정확한 뜻을 알기 어렵다.

보자는 계속 박수를 치면서 흥겹게 구연하였다. 이 노래는 엄격히 따지면 전승민요가 아니다. 대중가요로 부르는 창작 유행가로 집을 지을 때나 집터를 다질 때 부르는 <성주풀이>를 대중가요로 편곡하고 개작한 것이다.

저건네~ 잔솔밭에 살살기는 저포수야
그피백피를 잡지마오 지난간밤에 꿈을꾸니
너와같은 임을잃고 임찾는다고 살살맨다
에라~ 만수~ 에라~ 대신이야~

우리네 고향은

자료코드 : 04_21_MFS_20100204_PKS_KDJ_0003
조사장소 : 부산광역시 중구 보수동 보수1동경로회관
조사일시 : 2010.2.4
조 사 자 : 박경수, 정규식, 박지희, 오소현
제 보 자 : 김단점, 여, 90세
구연상황 : 조사자가 더 부를 수 있는 노래는 없느냐고 하자 제보자가 다음 노래를 불렀다. 제보자의 고향과 현재 살고 있는 곳을 지명을 매개로 노래를 불렀다. 노래는 청춘가 가락으로 불렀다.

우리네 고향은 경상도나 남해인데
임시야 몸치장은 부산시 보수동이요
이산저산은 총독부차지 이내몸차지는 누구차지

(조사자 : 아 노래 좋다. 제가 조사하면서 처음 듣는 노래입니다.)

일층짜리 ○○○ 임을찾아 가는마는

남자가 일본 가뺐거든.

천냥짜리 이내몸은 좋~다 임찾아 몬가는가

■엮은이 소개

박경수 부산대학교 국어교육과를 졸업하고, 한국학중앙연구원 한국학대학원에서 문
학석사, 부산대학교 대학원에서 문학박사 학위를 받았다. 현재 부산외국어대
학교 한국어문화학부 교수로 있으면서 한국문학회 회장을 맡고 있다. 주요
저서로『한국 근대문학의 정신사론』(삼지원, 1993),『한국 근대 민요시 연구』
(한국문화사, 1998),『한국 민요의 유형과 성격』(국학자료원, 1998),『한국
현대시의 정체성 탐구』(국학자료원, 2000),『아동문학의 도전과 지역 맥락』
(국학자료원, 2010),『현대시의 고전텍스트 수용과 변용』(국학자료원, 2011)
등이 있고, 편저로『부산민요집성』(세종출판사, 2002),『증편 한국구비문학대
계 8-16~19(경상남도 함양군①~③)』(한국학중앙연구원, 2014) 등이 있다.

정규식 동아대학교 국어국문학과를 졸업하고, 동아대학교 교육대학원에서 국어교육
학석사, 동아대학교 대학원에서 문학박사 학위를 받았다. 현재 동아대학교
교양교육원에서 조교수로 있으며, 동남어문학회·남도민속학회·한국문학회
의 편집위원으로 활동하고 있다. 주요 저서로는『즐거운 고전 삶으로서의
고전』(세종출판사, 2008),『한국 고전문학 연구의 지평과 과제』(동아대 출판
부, 2011),『고소설의 주인공론』(공저, 보고사, 2014),『한국 고소설과 섹슈
얼리티』(공저, 보고사, 2009) 등이 있다.

서정매 계명대학교 작곡과를 졸업하고, 영남대학교 대학원에서 음악학석사, 부산대
학교 대학원에서 한국음악학박사 학위를 받았다. 현재 부산대학교에 출강하
고 있다. 주요 논문으로「정읍우도농악의 오채질굿 연구」(2009),「밀양아리
랑의 전승과 변용에 관한 연구」(2012),「부산지역 범패승 계보 연구」(2012),
「범패 짓소리에 관한 연구」(2015) 등이 있다.

증편 한국구비문학대계 8-22
부산광역시 ③-중부산권

초판 인쇄 2015년 12월 1일
초판 발행 2015년 12월 8일

엮 은 이 박경수 정규식 서정매
엮 은 곳 한국학중앙연구원 어문생활사연구소
출판기획 김인회

펴 낸 이 이대현
펴 낸 곳 도서출판 역락
편   집 권분옥
디 자 인 이홍주

주   소 서울시 서초구 동광로46길 6-6(반포4동 577-25) 문창빌딩 2층
등   록 1999년 4월 19일 제303-2002-000014호
전   화 02-3409-2058, 2060
팩   스 02-3409-2059
이 메 일 youkrack@hanmail.net

값 60,000원

ISBN 979-11-5686-282-6 94810
     978-89-5556-084-8(세트)